Die Filialen

von

TransDime

Band Drei:

Von Springern, Bauern und Damen

FSC
www.fsc.org
MIX
Papier aus ver-
antwortungsvollen
Quellen
Paper from
responsible sources
FSC® C105338

Bibliografische Information der Deutschen Nationalbibliothek:
Die Deutsche Nationalbibliothek verzeichnet diese Publikation in der Deutschen Nationalbibliografie; detaillierte bibliografische Daten sind im Internet über dnb.dnb.de abrufbar.

Herstellung und Verlag:

BoD – Books on Demand, Norderstedt

ISBN: 9783732249503

Kontakt zum Autor:

andreas-r-schopfheimer@gmx.de

Zum Kleingedruckten:

Dies ist ein *rein fiktionales* Werk. Wie in allen fünf Bänden dieser Reihe haben die darin vorkommenden Charaktere keine direkte Entsprechung in der Wirklichkeit. Einige mir bekannte Personen könnten hin und wieder, falls sie diese Romane jemals lesen sollten, den Verdacht hegen, sie könnten mich zur einen oder anderen Figur inspiriert haben, wenn auch nur in Wesenszügen oder allgemein vom Typus her. Ich habe viele Scherze im Bekannten- und Freundeskreis darüber gemacht, aber davon abgesehen bleibt es doch müßige Spekulation, wer sich in welcher Figur wiederzuerkennen glaubt.

Ferner trifft der Leser bereits seit Band Zwei diverse alternative Szenarien an, die ebenfalls *rein fiktiv* sind, was sich bis zum Ende der Serie durchgängig fortsetzen wird. Ich möchte ausdrücklich und entschieden darauf hinweisen, dass alle diese Was-wäre-wenn-Szenarios *ausschließlich* dem Zweck der dramatischen Untermalung der diversen Handlungsorte dienen. *Keinesfalls* beabsichtige ich, dem Leser eine wie auch immer geartete oder ausgerichtete Gesellschafts- oder Staatsform zu empfehlen, näher bringen oder gar aufdrängen zu wollen. Die im Roman von den Figuren geäußerten Meinungen und Beobachtungen sind im Kontext zur Handlung zu sehen und sollen keinesfalls dazu dienen, den Leser politisch oder weltanschaulich zu beeinflussen.

Ich bediene mich in diesem Zusammenhang bewusst allen denkbaren Extremen, soweit diese vertretbar sind, was in der Geschichte der Literatur und des Filmschaffens weder neu, noch unangebracht ist, sofern es als Mittel der Erzählung dient. Am Ende des dritten Bandes findet sich für den politisch gebildeten Leser dann auch der unübersehbar eingeflochtene Hinweis über den rein fiktiven Charakter der Rahmenhandlung. Ich hoffe, der Leser erkennt und respektiert, dass es bei den *Filialen von TransDime* nicht um reale politische Strömungen geht, sondern um das große verborgene Gesamtbild hinter diesen, die in verschiedenen Filialen eben verschiedene Formen annehmen können.

Und zuletzt – ich kann es kaum glauben, dass ich das wirklich hier zur Sprache bringen muss – ist mir vollauf bewusst, dass meine Hauptfiguren praktisch alle jung, gutaussehend, sportlich und auch ansonsten in vielerlei Hinsicht ohne Mängel sind, mit denen die Allgemeinheit von uns sich herumschlagen muss. Deshalb wurden sie in erster Linie auch von TransDime als Stewards aus Hunderten von Bewerbern ausgesiebt. Diese cartoonhaft überzogene und unrealistisch vorteilhafte Darstellung ist *gewollt*. Wer darüber hinaus eine endlose Aneinanderkettung von Beziehungsdramen in diesem Werk sucht, wird leider auch enttäuscht werden. Ihm wird die gemeine Seifenoper empfohlen.

< Prolog >

„Da seid ihr ja! Und, wie ist es gelaufen?" Lothar schüttelte seinem Freund und Arbeitskollegen Nick die Hand, als er die Haustür ihrer WG öffnete. Worauf sofort ihr riesiger schwarzer Hauskater namens Panther aus dem sprichwörtlichen Nichts heran geschossen kam, zwischen ihren Beinen hindurch und in den Flur sowie die Treppe in den Keller hinabraste.

Nick seufzte: „Das werde ich vermissen. Ich erzähle dir gleich alles, lass uns doch erst mal reingehen. Wann seid ihr denn zurück gekommen?"

Lothar meinte ein wenig seufzend: „Gerade eben. So ein langes Wochenende auf dem bestimmt abgelegensten und höchst gelegenen Dorf der Schwäbischen Alb ist ja ganz nett, aber nach ein paar Tagen wird der Familienbesuch doch irgendwann anstrengend."

Rebecca folgte ihrem Verlobten Nick zur Tür herein, nachdem sie ihren Wagen abgestellt hatte. „Verstehst du dich nicht mit ihren Eltern?"

„Doch, alles in Butter. Es ist nur so, dass ihr Vater sechs oder sieben Geschwister in der Gegend hat und gefühlte zwei Dutzend Cousins und Cousinen; ich habe irgendwann aufgehört, mir alle zu merken, die mir vorgestellt wurden. Ihre Großeltern sind auch dort und sogar ein paar Großonkel und Großtanten. Wann immer wir uns bei ihr blicken lassen, ist das Haus sofort voll mit allen möglichen Verwandten, die unbedingt einen Blick auf uns beide werfen und uns Löcher in den Bauch fragen wollen. Ich wurde ständig zur Seite genommen und *ganz im Vertrauen* gefragt, warum wir nicht über unsere Arbeit sprechen können, warum wir noch immer nicht verlobt sind und so weiter." Lothar rollte verzweifelt mit den Augen.

Sie gingen in die offene Wohnküche durch und setzten sich alle. Barbara, ihre vierte WG-Genossin und Freundin von Lothar, war wohl gerade im Bad, wie das kaum vernehmbare Rauschen des Wassers oben vermuten ließ. Rebecca nahm den Faden auf und hielt ihm grinsend ihre beringte Hand vor die Nase. „Ja, warum seid *ihr* denn noch nicht verlobt? Bindungsängste, Herr Kranach?"

„Ach, Unsinn!", wies der die gemein verpackte Vermutung schroff von sich. „Es ist nicht jeder so ein Traumpaar wie ihr Beide und hat sich nur gefunden, um sich sofort um den Hals zu fallen und den gemeinsamen Rest des Lebens zu verplanen."

Nick entgegnete mit genervt nach oben gerichtetem Blick: „Du vergisst bei deiner idealisierten Beschreibung unserer Beziehung die Anzahl an Nächten, die ich auf der Couch hier verbracht habe."

Rebecca sah ihren Verlobten an und hob eine Braue hoch: „Was willst du damit sagen? Soll Lothar dir auch gleich für *heute* Nacht die Laken aufziehen?"

„Ach, kommt schon, das ist doch alles harmloses Geplänkel bei euch. Stufe Eins bei eurem Knatsch, du wirfst ihn bei dir raus und Nick schläft in seinem eigenen Zimmer. Stufe Zwei, du lässt ihn nicht einmal in seinem eigenen Zimmer schlafen und er muss zur Strafe auf die Couch nach unten. Das habe ich bis heute noch nicht verstanden, wie du ihn *dazu* nötigen kannst und er das auch noch mitmacht."

„Wenn du wüsstest, was hinter verschlossenen Türen...", begann Nick mit düsterer Miene.

„Aber das ist doch trotzdem alles nur Kindergarten bei euch. Ziska und ich damals, *das* war Streit!" Ihr Freund setzte eine Miene auf, als sei das ein Wettbewerb und er gerade in Führung gegangen.

„Bei uns wird zwar nicht geschrien und geheult und es fliegt auch kein Geschirr quer durch das Haus. Das bedeutet aber nicht, dass wir uns nicht trotzdem ab und zu richtig fetzen." Rebecca schüttelte missbilligend den Kopf.

„Ja, nur weil wir nicht extra auf Publikum warten, vor dem wir das dann veranstalten können, heißt das noch lange nicht, dass wir hinter verschlossenen Türen nicht auch... aber wir schweifen ab. Es ging doch gerade um deinen und Barbaras Beziehungsstatus, nicht wahr? Wie sieht's denn nun aus?" Nick sah seinen alten Freund gespannt an.

Lothar wiegelte erneut ab: „Wir sind doch noch gar nicht sooo lange zusammen, wenn man es mit euch vergleicht."

„Ach, anderthalb Jahre oder vier Jahre, irgendwann spielt das keine Rolle mehr“, meinte Nick und hielt dann versonnen inne. „Wow, Beckie, ist dir das bewusst, dass wir demnächst *vier* Jahre zusammen sind?“

Sie sah ihn selig lächelnd an. „Ja, aber mir kommt es gar nicht so lange vor. Als wären wir erst frisch zusammengekommen. Mir kommt es erst vor wie gestern, dass du mir in der Sauna...“

„Halt!“, unterbrach er sie mit entsetztem Gesicht. „Das muss nicht auch noch Lothar erfahren. Nach meinem Geschmack wissen das sowieso schon *viel* zu viele Leute.“

Lothar winkte ab und meinte großzügig lächelnd: „Ach, die Sache in der Sauna ist doch ein alter Hut! Jeder in der Abteilung ab Funktionsstufe Eins weiß davon. Was glaubst du, warum dich so oft in der Firma Leute im Vorbeigehen angrinsen und dir zwinkernd den Daumen hochrecken?“

Nick fiel aus allen Wolken. „Verdammt, ich hätte es nicht Sven erzählen sollen. Oder war es Ramon? Ich hätte ihn nicht für so ein Plappermaul gehalten...“

„Du hast *Ramon* davon erzählt, dass du gleich auf unserer ersten Dienstreise in der Sauna mutwillig blankgezogen und mir deinen Pimmel vor die Nase gehalten hast? Natürlich weiß Lothar von *ihm* Bescheid! Jeder weiß doch, dass...“ Rebecca unterbrach sich verwirrt, als sie sah, dass Lothar sie von einem Ohr zum anderen angrinste.

„Du tust dem guten Ramon Unrecht, liebe Rebecca, er hat kein Sterbenswörtchen verraten. Bis gerade eben hatte ich keine Ahnung von der Sauna-Geschichte, die keineswegs Allgemeinwissen in der Firma ist. Vielen Dank für diese wundervolle Info! Oh Mann, Nick, du bist so ein Hengst! Gleich auf der ersten Dienstreise! Ich meine, ihr habt uns ja damals gestanden, dass ihr zusammen in die Kiste gestiegen seid, aber das ist schon noch eine ganz andere Nummer. Ich kann euch wirklich nicht versprechen, dass ich das für mich behalten kann...“

Als Lothar immer breiter grinste, warf Nick einen finsteren Seitenblick zu Rebecca hin, die rot anlief, teils vor Verlegenheit und teils, weil sie von Lothar auf so plumpe Weise übertölpelt worden war. „Na, super! Und *du* willst Geheimnisträgerin in der

Funktionsstufe Zwei werden? Na, dann gute Nacht!"

Lothar erstarrte. „Hast... hast du gerade gesagt, Stufe *Zwei*...?"

Rebecca strahlte ihn an, froh, das Thema so schnell wechseln zu können. „Ja, stell dir nur vor, wir sind befördert worden. Tammy, Sven, Oliver, Thorsten und Teresa auch, alle auf Funktionsstufe Zwei. Und Steven, Jürgen und Jessica sind nun endlich auch auf Stufe Eins. Mann, haben die gestaunt, als sie die Wahrheit über TransDime erfahren haben!"

„Das ist ja Wahnsinn! Herzlichen Glückwunsch, Leute! Und wird sich für euch jetzt viel ändern?" Erfreut schüttelte Lothar ihnen die Hände und klopfte ihnen auf die Schultern.

Nick wurde etwas ernster: „Ja, deshalb wollten wir mit dir reden. Aber erschreck' dich nicht gleich zu Tode, wenn du es hörst. Es ist nicht das, was du denkst."

Lothar sah sie fragend an. „Hm, wollen wir vielleicht noch auf Barbara warten? Dann müsst ihr es nur einmal erzählen. Das gibt auch meinem Magen noch Zeit, zu übersäuern angesichts des Tonfalls, in dem du die kommende Neuigkeit angekündigt hast."

Rebecca musterte ihn stirnrunzelnd: „Du nimmst das wohl nicht so gut auf, ohne überhaupt zu wissen, um was es geht."

„Es kann ja wohl kaum etwas Gutes sein, wenn ihr das Gespräch auf diese Weise beginnt, oder?"

Nick beruhigte seinen alten Freund: „Keine Sorge, wir werden nicht zu Profikillern ausgebildet und verschwinden für immer, wenn es das ist, was dir Sorgen bereitet. Okay?"

Lothar nickte eine Spur erleichtert. „Ja, ich denke, damit kann ich leben. Offenbar hast du meine Gedanken gelesen."

„Das kann ich nicht... *noch* nicht", fügte er geheimnisvoll hinzu, sich mit den Zeigefingern an beide Schläfen fassend, worauf sich Lothars Augen weiteten.

„Du verarschst mich doch!"

„Ja, denn das hast du verdient, nachdem du uns gerade eben so übel ausgetrickst hast. Und kein Wort zu irgendjemandem wegen der Sauna-Geschichte, klar?" Lachend und gleichzeitig rügend wedelte er einen ausgestreckten Zeigefinger vor Lothars Augen hin und her, zum Zeichen, nichts von seinen auf so hinterhältige Weise erhaltenen Informationen preiszugeben.

Rebecca fiel etwas ein und sie erkundigte sich: „Aber mal im Ernst, mir ist es tatsächlich schon öfters aufgefallen, dass diverse Leute in der Abteilung, die ich zum Teil kaum kenne, mir wirklich im Vorbeigehen zuzwinkern oder den Daumen hochrecken. Wenn du das nicht erzählt hättest, wäre ich nie auf deine miese List hereingefallen. Wieso aber tun die Leute das, wenn es nicht um die Sauna-Geschichte geht?"

Als Lothar nun wieder eine feixende Miene aufsetzte, stöhnte Nick auf: „Oh, bitte lass es nicht die Sache von Filiale 65 sein..."

„Aber *selbstverständlich* ist es euer öffentlicher Verlobungskoitus, von diversen Partygästen gefilmt und für die Ewigkeit festgehalten. In frei zugänglichen Datenbanken auf Filiale 65 von jedem mit Funktionsstufe Zwei und höher einsehbar. Was habt ihr denn gedacht, wie lange *so etwas* bei uns in der Firma geheim bleiben würde? Ihr seid so naiv, das ist ja so süß!"

„Ich glaube, ich versinke gleich im Boden vor Scham!" Rebecca schloss gequält die Augen.

Wie immer, wenn es um solch prekäre Themen ging, redete Lothar sich nun um Kopf und Kragen: „Ich muss euch allerdings den höchsten Respekt zollen. Solch ein Einsatz für die Firma! Welch eine Leidenschaft! Ich dachte, ihr zerlegt das Piano zu Brennholz, als ich die Aufnahme gesehen habe. Schade, dass man es durch diese alten Butzenglasscheiben nicht ganz deutlich sieht. Aber Nick hat ein paar ganz tolle Moves drauf gehabt, das muss der Neid dir lassen, Kumpel..."

Nicks Gesichtszüge entgleisten förmlich: „Du... du hast das Video *gesehen*? Wie...?"

„Oh, Mann, *nai-hiv*! Das File ist in Windeseile durch die gesamte Abteilung durch gerauscht auf seinem triumphalen Siegeszug. Ich glaube, der Titel war: 'Voller Einsatz für TransDime' und darunter stand 'nehmt euch mal ein Beispiel an den Beiden' oder so was in der Art." Lothar sah auf, als seine Freundin Barbara die Treppe hinabkam, sich das schwarze Haar mit einem Handtuch frottierend.

„Ach, ihr seid daheim. Na, was gibt es Neues?"

„Zunächst einmal das Video, das offenbar hinter unserem Rücken durch die gesamte Abteilung gegeistert ist. Wie konnte das nur..." Als Rebecca das Leuchten in den blauen Augen ihrer Arbeitskollegin und Mitbewohnerin sah, brach sie ihren entrüsteten Kommentar ab.

„Ach so, die Klaviernummer im Barockschloss? Wenn ich es nicht besser gewusst hätte, hätte ich gedacht, mir hat jemand ein Pornofilmchen zugeschickt. Dann habe ich allerdings die Akteure erkannt, na ja, fast jedenfalls, und muss sagen, Respekt! Da ist wohl euer altes Ich unverhofft zum Vorschein gekommen. Die alten lockeren TransDime-Zeiten, denen ihr entstammt und von denen ich gehört habe, kommen wohl nie wieder." Auch Barbara konnte nicht anders, als sie beide frech anzulachen.

Nick meinte besserwisserisch: „Zunächst einmal war das ein *Flügel*, kein normales Klavier oder Piano. Und was bitte, soll das heißen, die alten lockeren TransDime-Zeiten? Wir sind keine alten Hippies, die als neu eingestellte Stewards alles mitgenommen haben, was nicht bei drei auf den Bäumen war!"

Barbara entgegnete süffisant: „Da habe ich aber andere Geschichten von euch gehört. Man munkelt, dass ihr in früheren Zeiten keine Kostverächter wart."

Rebecca rief entrüstet: „Das ist ungeheuerlich..."

Dann machte sie eine Kunstpause und fügte grinsend hinzu: „... und absolut korrekt!"

„Ich wusste es! Du Luder!" Lachend hielt Barbara ihr die erhobene Handfläche hin, worauf Rebecca ihr ergeben lachend ein High-five abnahm.

Lothar stieß Nick mit dem Ellenbogen in die Seite: „Das sind unsere Mädels. Was macht man nur mit solchen Traumfrauen?"

„Haben wir schon den Begriff der Verlobung erwähnt?", fragte Nick nun süffisant grinsend nach, worauf es nun an Lothar war, entsetzt aus der Wäsche zu schauen.

Barbara fragte aus dem Hintergrund: „Verlobung?"

Als es klingelte, ging Nick mit einem diebisch vergnügten Grinsen zur Tür. Mal sehen, wie Lothar sich aus dieser Nummer herauswinden würde. Er hatte den Verdacht, dass Barbara einer Festigung ihrer Beziehung nicht abgeneigt wäre, ihr Freund hingegen noch etwas kalte Füße bei dem Thema hatte.

Als er die Haustür öffnete, stürmte ihre Freundin Tamara völlig aufgelöst herein: „Ist Beckie da? Ja? Beckie, ich habe euer Video zu sehen bekommen! Ich kann nicht glauben, dass ihr diese Piano-Nummer ohne mich abgezogen habt…"

Sie stürmte in die Küche und brach ihren lauthals gerufenen Kommentar schlagartig ab, als ihr bewusst wurde, dass auch Lothar und Barbara zugegen waren. „Oh, hallo. Was macht ihr Beiden denn hier?"

„Wir wohnen hier, falls sich das noch nicht rumgesprochen haben sollte", entgegnete Lothar trocken.

Barbara sah ihre Kollegin mit verengten Augen an. „Was hast du da gerade gesagt?"

„Wer, ich? Nichts! Gar nichts! Wieso? Was hast du denn verstanden?" Tamara kam mächtig ins Schlingern.

Nick hielt sich die Hand vor Augen in einer Geste der Ohnmacht. „Für jemanden mit einem IQ von 159 bist du ganz schön gaga, weißt du das, Tammy?"

„Ich wollte die Beiden nur ein wenig aufziehen, weil alle Welt in der Firma zu sehen bekommen hat, wie sie es auf diesem Piano treiben und… haha… ich wollte sie damit ordentlich durch den Kakao ziehen…"

„Es war ein *Flügel*!" Rebecca seufzte und ergänzte dann noch: „Vielen Dank, aber das muntert uns jetzt auch nicht gerade auf, liebste Freundin. Den Spott werden wir in nächster Zeit noch oft genug einheimsen. Gott sei Dank sind wir jetzt erst mal eine Weile weg vom Fenster."

Lothar merkte auf, während Barbara noch immer argwöhnisch Tamara musterte und versuchte, aus ihrem Ausruf eben schlau zu werden. „Ach ja, wir wollten ja noch auf dich warten, Babsie. Nick und Rebecca wollten uns etwas Wichtiges mitteilen."

Dankbar für die Ablenkung, beeilte sich Rebecca nun zu sagen: „Ja, wir haben Lothar gerade eben schon erzählt, dass wir beide und unter anderem auch Tamara in die Funktionsstufe Zwei befördert worden sind."

Nun nahmen die Betroffenen die erneuten Glückwünsche von Barbara entgegen, bevor Nick fortfuhr: „Es kommt noch etwas hinzu. Wir drei sind für ein geheimes Spezialtraining auserkoren worden. Wir werden drei Monate lang weg sein, das heißt, falls wir das Training bis zum Ende durchstehen. Danach werden wir für volle zwei Jahre neben unserer normalen Tätigkeit in Einsatzbereitschaft stehen, falls unsere neuerworbenen Fähigkeiten von Nöten sein werden. Na, was sagt ihr dazu?"

„Volle Drei Monate seid ihr weg? Oh Mann, das ist hart, aber ihr werdet es schon durchstehen. Und wir werden hier die Stellung halten, wenn das so ist." Lothar gab sich zuversichtlich, was die ominöse Ausbildung seiner Freunde anging.

„Toll, das wollte ich hören. Aber gewöhnt euch nicht zu sehr daran, das Haus für euch allein zu haben, hört ihr?" Rebecca lachte bei dieser Zurechtweisung.

„Keine Sorge, zum Heiraten und Kinderkriegen reicht ein Quartal ja nicht ganz." Barbara erwiderte das Lachen, während Lothar hinter ihr schlucken musste.

„Wann geht es denn los?"

„Übermorgen. Bin mal gespannt, was uns da erwartet. Einen kleinen Vorgeschmack haben wir schon bekommen, aber so richtig vorstellen kann ich mir das noch nicht." Tamara zuckte nur die Schultern, als wäre das alles nicht weiter erwähnenswert.

„Dann habt ihr ja eine Menge zu erzählen, wenn ihr zurück kommt. Könnt ihr euch melden, wenn ihr angekommen seid?" Barbara sah sie neugierig an.

Rebecca beruhigte sie: „Klar, macht euch keine Sorgen. Und selbst wenn ihr mal nichts von uns hören solltet, heißt das lediglich, dass wir an einem Ort sind, von wo aus man sich nicht so leicht melden kann."

„Ja, schon klar. Inzwischen zieht das nicht mehr, wir wissen Bescheid. Aber zwei Jahre Bereitschaft? Seid ihr dann so eine Art Spezialkommandos?" Lothar musterte sie verständnislos.

„Du weißt doch, wie das läuft. Wenn wir geheim sagen, meinen wir das auch so. Wir haben sogar Zusatzverträge erhalten, in denen alle Rechte und Pflichten eindeutig festgelegt sind, die mit dieser Zusatzausbildung einher gehen." Nick zuckte mit den Achseln.

„Wer sagt denn heutzutage noch 'einher gehen'?", wollte Lothar wissen, voll am

Thema vorbei redend mit seiner üblichen Stichelei, wann immer jemand sich aus dem Stehgreif verbal gewählt ausdrückte.

Rebecca konterte unwirsch: „Wer sagt denn heutzutage noch 'heutzutage'?

Es kann sein, dass das gar keinen so großen Einfluss auf unsere Tätigkeit hat. Wenn nichts in dieser Hinsicht anfällt, machen wir weiterhin unseren Dienst als Agents oder Möchtegern-Inspektoren wie auch zuvor. Nur wenn wir abgerufen werden, müssen wir alles stehen und liegen lassen. Das kann offenbar gar nicht oder auch ein halbes Dutzend Mal vorkommen in diesen zwei Jahren, so wie uns das geschildert wurde."

„Mann, was würdet ihr nur ohne uns machen? Ihr könntet ja gar kein normales Wohnverhältnis mehr führen ohne uns als Haushüter." Barbara warf sich gespielt wichtigtuerisch in Pose.

Tamara lachte fröhlich. „Da hast du wohl recht. Mir geht's ja ähnlich in meiner WG mit den anderen drüben."

„Ich bin schon gespannt darauf, was ihr so erzählen könnt, wenn ihr zurückkommt. Wenn ihr überhaupt was erzählen dürft." Lothar kratzte sich am Kopf.

Nick meinte: „Ich glaube, wir bekommen tatsächlich auch ein kurzes Briefing darüber, was wir euch in eurer Funktionsstufe erzählen dürfen und was nicht. Schon krass, was diese Informationshierarchie bei TransDime für Komplikationen mit sich bringt."

Damit war fürs Erste alles an wichtigen Informationen ausgetauscht und Nick sowie Rebecca zogen sich auf ihre Zimmer zurück.

Von Springern, Bauern und Damen

< 1 >

Frankfurt am Main, Filiale 88 - Monat 1

Sie fanden sich mitten in der Nacht in der Transferhalle ein, wo die riesigen schwarzen Kugeln, die interdimensionalen Fähren von TransDime, ankamen und abflogen. Rebecca und Nick waren relativ müde, doch Tamara konnte kaum an sich halten vor Aufregung.

„Mann, was haben wir für ein Glück! Direkt zum Springer nominiert zu werden und dann nach nur gut zwei Jahren Dienst freie Auswahl! Wollen wir das wirklich noch immer durchziehen? Ich meine, auf einer Forschungsfähre anzuheuern?"

Nick sah auf die Uhr: gleich zwei Uhr morgens. Da er noch nie erlebt hatte, dass sich eine Fähre jemals verspätet hatte, rechnete er auch diesmal mit einem pünktlichen Eintreffen. Er meinte: „Warum denn nicht? Es klingt spannend und erfüllend und wir werden Wunder zu sehen bekommen wie kaum sonst ein anderer Mensch."

Rebecca sah sich auf der Plattform um, die rings um den Rand der fast kugelförmigen Halle herumführte und auf der neben ihnen nur noch eine Handvoll Leute warteten. „Aber zuerst mal müssen wir das Training auch durchstehen und beenden. Nur die fittesten aller Assistants und Agents werden überhaupt dazu eingeladen. Und vergesst nicht, was Herr Kardon gesagt hat: viele müssen die Ausbildung abbrechen, weil sie die Belastung nicht durchhalten. Wenn ich daran denke, wie extrem ausführlich wir vor diesem Angebot zur Ausbildung nochmals auf Herz und Nieren untersucht worden sind... ich frage mich echt, was dabei so fordernd sein kann, dass reihenweise Leute aussteigen, die ansonsten nichts auf dieser oder irgendeiner anderen Welt beeindrucken könnte. "

„Ja, das ist das große Geheimnis. Von wegen, Kardon verschweigt uns nichts mehr... das glaube ich ja nicht!" Nick riss den Arm hoch und deutete aufgeregt nach vorne zur Eingangstür der Halle, wo gerade Teresa und Sven das Terminal betraten.

Aufgeregt winkte Rebecca ihnen zu: „He, ihr Beiden!"

Überrascht kamen sie zu ihnen herüber und sahen sie an. Teresa sagte verdutzt: „Was... was macht ihr denn hier?"

Rebecca schmunzelte: „Als ob du dir das nicht gerade eben selbst zusammenreimen würdest. Ich kann's nicht fassen, dass ihr Beide auch ausgewählt wurdet."

Sven sah Tamara an und sagte zögerlich: „Welche Filiale?"

Nick antwortete freudestrahlend: „Natürlich 32, du Witzbold!"

Rebecca umarmte Teresa und sagte: „Das ist so toll, dass ihr auch dabei seid, wirklich! Ich kann unser Glück kaum fassen!"

Nick gab Sven die Hand und schlug ihm auf die Schulter, dann umarmte er Teresa. Aus dem Augenwinkel sah er, dass Sven Rebecca und Tamara ebenfalls kurz umarmte. Die Vertrautheit ihrer Gruppe war somit hergestellt, was für ihn sehr wichtig war.

Sven fragte: „Habt ihr bereits einen Blick auf den Reiseplan geworfen?"

Tamara antwortete automatisch: „Ja, ein Achter-Sprung zu Filiale 96 hoch, dann umsteigen und vier Stunden Wartezeit. Danach mit der Zweiunddreißiger-Linie nur zwei Sprünge bis zur Filiale 32 runter. Immerhin vierzehn Stunden Reisezeit, aber leider alles auf dem Kurzstrecken-Deck. Ein Sprung mehr, und wir wären oben einquartiert worden."

Rebecca gab zu bedenken: „Ach, je nach Auslastung lässt sich da doch bestimmt etwas machen, meint ihr nicht? Fragen kostet ja nichts. Ich für meinen Teil würde mich schon auf eines der Schlafabteile freuen, auch wenn sie eng sind. Hat einer von euch eigentlich vorgeschlafen?"

Teresa nickte. „Ein paar Stunden, aber das hat nichts genützt. Ich fühle mich bereits jetzt wie erschlagen. Die 'Jet-Lags' bei den Reisen sind für mich mit das

Schlimmste am ganzen Job."

Sven meinte: „Also, ich kann mich auf diese Sitze fallenlassen und schlafe augenblicklich ein, wenn ich müde genug bin. Die Dinger sind doch wahnsinnig bequem, findet ihr nicht auch?"

„Du müsstest halt mal eine der Kabinen ausprobieren, die sind noch viel bequemer, wenn man erholsam durchschlafen will", riet Tamara ihm und zwinkerte ihm dabei verschwörerisch zu, als keiner der anderen es sehen konnte.

Sven ließ sich nichts anmerken und entgegnete: „Danke für den Tipp, aber ich habe die Kabinen auch schon ausprobiert. Es ist nur so, dass ich bei meinen Reisen bisher entweder dummerweise immer nur Kurzstrecken gehabt habe oder der Flug so ausgebucht war, dass man sogar für die Benutzung der Toilette anstehen musste. Auf eine Schlafkabine brauchte man da nicht zu hoffen."

„Wenn du mir noch mehr erzählst, werde ich selbst so müde, dass ich augenblicklich auf den Kurzstreckensitzen einschlafen werde." Bei dieser spitzen Äußerung grinste Tamara ihm unverschämt ins Gesicht, während alle anderen sich bogen vor Lachen.

„Du freches, kleines Ding!", entrüstete er sich mit gespielter Empörung. „Wenn ich derart unverschämt zu meinen Kollegen wäre..."

Sie unterbrach ihn: „Hör bitte auf, ich kann mich kaum noch auf den Beinen halten vor Müdigkeit."

Teresa klopfte ihrem Jahrgangskollegen auf die Schulter: „Gib's lieber auf, gegen die Kleine kommst du nicht an."

„Kann ich dich mal kurz sprechen, Tamara?" Ernst winkte er sie beiseite, während Nick und Rebecca die Augen verdrehten.

„Jetzt fängt das wieder an!" Nick schüttelte den Kopf.

Rebecca fügte hinzu: „Unglaublich."

Teresa sah ihre beiden Kollegen verständnislos an und beobachtete dann, wie Sven mit Tamara für die anderen unhörbar redete.

Rebecca erklärte eine Spur genervt: „Wir nennen das den 'Tamara-Flüsterer', in Anlehnung an den Pferdeflüsterer. Sven hat irgendeinen Draht zu Tamara, um zu ihr durchzudringen und sie auf eine Weise anzusprechen, die sie zur Räson bringt. Das kann kein zweiter Mensch so wie er. Warte nur ab."

Tatsächlich vergingen keine zwei Minuten, dann umarmte sie ihn um die Hüfte herum, was zum Schreien komisch aussah, da sie mehr als einen ganzen Kopf kleiner war als er. Ihre Miene, die ihnen mit geschlossenen Augen zugewandt war, drückte allerdings eine Entspannung und Gelöstheit aus, die erstaunlich war. Rebecca sagte leise zu Teresa: „Siehst du?"

„Erstaunlich", murmelte diese. „Hätte ich ihm gar nicht zugetraut."

Nick bemerkte noch: „Wir wissen allerdings nicht, ob er das auch bei anderen macht. Bisher haben wir es immer nur bei Tamara gesehen. Aber bei ihr scheint es zu funktionieren, was auch immer er macht."

„Vielleicht bläst er ihr auf die Nüstern?" Teresa konnte sich diesen trockenen Kommentar nicht verkneifen.

„He, ich werde nicht zulassen, dass du das Meisterwerk von Robert Redford lächerlich machst!" Rebecca reagierte eine Spur zu heftig für Nicks Geschmack, sodass er sie fragend ansah.

„Tschuldigung, kommt nicht wieder vor", versicherte Teresa ihr und umarmte sie dann ebenfalls.

Nick sprang sofort darauf an. „Das ist genial, Teresa! Achtung, Gruppenkuscheln!"

Er trat sofort zu den beiden hochgewachsenen Frauen und umarmte sie zusätzlich, worauf sie ihn miteinbezogen, sodass sie alle drei nun ein einziges Knäuel aus sich freundschaftlich umarmenden Menschen waren.

„Ihr kommt euch wohl extrem witzig vor, was? Das ist etwas Besonderes und ihr werdet mir das nicht kaputt machen!" Unvermutet erklang Tamaras erzürnte Stimme neben ihnen, worauf sie erschreckt und gleichzeitig lachend schnell voneinander abließen.

Sven war ebenfalls zur Gruppe zurückgekehrt. „Das war jetzt wirklich uncool, Leute. Ihr habt doch keine Ahnung, worum es dabei geht, wenn ich diese kurzen, aber guten und klärenden Aussprachen mit Tamara habe."

Teresa, die die kleine Umarmungsorgie begonnen hatte, erwiderte leicht trotzig:

„Mag schon sein, aber dennoch habt ihr kein Exklusivrecht auf das Friede-Freude-Eierkuchengeschäft. Wenn ich meine guten alten Freunde umarmen will, dann habe ich jedes Recht dazu, klar?"

„Das ist doch kindisch. Weshalb streiten wir uns hier überhaupt?" Tamara hatte sich vor Teresa mit in die Hüften gestemmten Fäusten aufgebaut, worauf diese auf einmal lachen musste.

„Du hast recht, vergessen wir es einfach. Komm her, Süße!" Und damit, untypisch für Teresa, umarmte sie auch noch die überraschte Tamara. Nach einem Moment des Unwillens ließ diese das dann auch mit sich geschehen und ihre Miene nahm entspanntere Züge an.

„Wir sollten zusammenhalten, schließlich kämpft hier niemand gegen den anderen. Wir sind ein Team und wir werden es den anderen zeigen. Abgemacht?"

Wie bei einem Sportevent stellten sie sich in einem Kreis auf und legten alle die Hände in ihrer Mitte übereinander.

Dann erschien das erste Zeichen für das Nahen ihrer Fähre und sie nahmen ihr Gepäck wieder auf. Einer der großen Vorzüge des Reisens mit TransDime war, dass man sein Gepäck sowohl gänzlich unbeaufsichtigt abgestellt lassen konnte und im streng bewachten und hermetisch gegen die Außenwelt abgeschirmten Transferbereich auch niemand da war, der etwas stehlen würde.

Da sie an vorderster Stelle beim Einstieg standen, sahen sie sich nicht mehr weiter nach anderen Passagieren um, bevor sie einstiegen und gleich eine Gruppe an nebeneinander stehenden Sitzen in der Mitte der letzten Sitzreihe auf dem Kurzstreckendeck einnahmen. Im Laufe der Zeit hatte sich diese Position zu ihrer bevorzugen für die Reisen mit den Fähren heraus kristallisiert. Man hatte etwas mehr Ruhe als in den vorderen Reihen und der Blick auf den riesigen Monitor am vorderen Ende der Großraumkabine war besser.

Ganz rechts saß Sven, daneben Tamara, in der Mitte ließ sich Rebecca nieder, dann kamen Nick und ganz links Teresa. Da die Fähre nur schwach besetzt war, hatten sie fast die gesamte hinterste Reihe für sich allein.

Wie alte Hasen schnallten sie sich nicht an beim Start, da sie wussten, dass dieser völlig unmerklich und ohne jegliche Fliehkräfte erfolgen würde. Man hätte während der Startphase ein Haus aus Spielkarten oder Bierdeckeln bauen können, ohne dass dieses auch nur zittern würde. Der kugelförmige Flugkörper würde ganz sanft emporsteigen, bis er nach einigen Minuten eine Beschleunigung von einem g, der normalen Erdschwerkraft, erreichen würde. Diese würde er während des Fluges aufrecht erhalten, während dem die Unterseite der Kabine nach hinten gerichtet war, sodass das Aufsteigen in die Schwerelosigkeit des Weltraums für die Insassen nicht spürbar war.

Schon nach wenigen Minuten ebbten die Unterhaltungen ab, als sie der Müdigkeit Tribut zollten. Ihr Flug würde nur knapp vier Stunden dauern, doch in dieser Zeit würden sie fast jede Stunde eine Phase der Schwerelosigkeit durchlaufen, die jeweils ein paar Minuten andauern würde. Eine auf etwa der halben Strecke zum Mond, wo die Fähre umdrehen musste. Dann bremste sie mit der Unterseite der Passagierkabine in Flugrichtung, was den Insassen wieder wie eine Beschleunigung in Stärke der Erdschwerkraft vorkam. Wenn sie den Librationspunkt zwischen Erde und Mond erreichten, den Ort im Weltraum, wo sich die Schwerkraftwirkung von Erde und Mond gegenseitig ausbalancierten und somit aufhoben, würden sie genau bis zum Stillstand abgebremst haben und wieder schwerelos werden. Diesen Punkt mussten sie ansteuern, weil dort der Transfer in die nächste Realitätsebene nicht vom Schwerefeld der Erde oder des Mondes gestört wurde und somit mit einem erheblich niedrigeren Energieverbrauch möglich war. Wie genau diese Techniken, geschweige denn die physikalischen Grundlagen dazu aussahen, mit denen ihre Dimensionsfähre arbeitete, blieb ihnen verschlossen. Diese Informationen waren und blieben ein gut gehütetes Geheimnis der obersten Ebenen von TransDime.

Während des Sprungmanövers am Librationspunkt, auch Lagrangepunkt nach dessen Entdecker genannt, blieben sie nur einen Moment lang stehen, wurden dabei schwerelos und sprangen in die nächste Paralleldimension. Danach begannen sie unverzüglich wieder zu beschleunigen, zurück zur Erde, ohne Wendemanöver, da sie ja bereits korrekt dafür ausgerichtet waren nach dem Sprung.

Absurderweise war der Transfer in eine andere Realitätsebene mit das Unspektakulärste an der ganzen Reise, die sie unternehmen mussten, um zum Sprungpunkt zu kommen. Einen Moment war die Aussicht nach draußen auf den Monitoren in Schwärze eingehüllt, ansonsten konnte man als Passagier physisch rein gar nichts vom Transfer bemerken. Wenn man nicht aufpasste, verpasste man diesen sogar gerne einmal. Auch Nick war das schon passiert, wie er sich zu seiner eigenen Schande eingestehen musste. Der weit größere Einschnitt waren nun mal die Wendephasen bei null g.

Nach dem Transfer in die nächste Dimension flog die Sphäre wiederum mit normaler Erdschwerkraft beschleunigend den halben Weg bis zur Erde zurück. Dann folgte logischerweise ein weiteres Wendemanöver bei null g, um dann den restlichen Weg bis zurück zur Erde wieder auf Tempo null zurück zu bremsen. Nur dass sie dann eben auf einer anderen Erde ankamen als der, die sie nur knapp vier Stunden zuvor verlassen hatten.

Als alle merkten, dass sie angesichts der Uhrzeit demnächst alle schlafen würden, schnallten sie sich entsprechend an, um nicht in einer Stunde unsanft geweckt zu werden, indem sie aus ihren Sitzen heraus schwebten und beim wieder Einsetzen der Schwerkraft irgendwo in der Kabine unsanft hinab stürzten.

Nick wusste aus Erfahrung, dass zumindest Rebecca keinen Wendezyklus verschlafen konnte, zumindest wenn sie im Sitz angeschnallt war. In den Betten der Schlafkabinen auf dem Langstrecken-Deck war es für sie einigermaßen erträglich. Rebecca hasste die Schwerelosigkeit wie kein zweiter Mensch, den er kannte. Eine seltsame Aussage, dachte er amüsiert. Wer außerhalb von TransDime konnte schon so etwas behaupten?

Aber das war noch harmlos gegen Tamara. Sie fühlte sich nach eigener Aussage in jeder Minute an Bord der Dimensionsfähre auf eine Art unwohl, die sie nur schwer beschreiben konnte. Sie sagte immer, sie fühle sich irgendwie komisch, als ob ihre Sinneseindrücke gedämpft seien. Als ob man ihren Kopf in Watte gepackt hatte.

Nick konnte diese Umschreibung nicht nachvollziehen.

Beim Nachdenken darüber nickte er allmählich ein.

Auch Rebecca neben ihm und Teresa hatten in einen leichten, unruhigen Schlaf gefunden. Als Teresa einmal kurz wach wurde und im Halbschlaf zu den anderen herübersah, bemerkte sie, dass Tamara sich von ihrer Blickrichtung abgewandt und zu Sven hinüber gebeugt hatte. Was hatten die zwei denn miteinander zu tuscheln? Wollten sie einfach nicht, dass die anderen neben ihnen aufwachten, wenn sie sich lauter unterhalten würden?

Leise wisperte sie: „Könnt ihr beiden da drüben nicht schlafen?"

Wie vom Blitz getroffen schnellten die beiden auseinander. Seltsam. Tamara sah zu ihr herüber, rückte ihre schräg sitzende Brille gerade und wisperte mit einem befremdlichen Gesichtsausdruck, der wie der eines Teenagers anmutete, welcher bei etwas Verbotenem erwischt worden war: „Hey, du bist ja wach! Ja, wir sind so aufgeregt, da fällt das Schlafen schwer. Machst du dir noch keine Gedanken darüber, wie es mit uns weitergehen wird, wenn wir die Zeit als Springer abgeleistet haben?"

Teresa wischte ihre Bedenken wegen ihres verdächtigen Verhaltens beiseite und bestätigte ihr: „Doch, natürlich! Aber zuerst einmal müssen wir die Ausbildung überstehen. Die härteste im ganzen bekannten Multiversum, heißt es. Und wie immer haben wir keinen Schimmer, was das heißen könnte. Wir werden nicht zu Killern ausgebildet, aber sollen trotzdem mit allem fertig werden können, was es an erdenklichen Krisen geben kann."

Sven beugte sich vor und sagte leise, sie an Tamara vorbei ansehend: „Mach' dir keine Sorgen, Teresa. Wir kennen uns jetzt so lange und haben soviel zusammen durchgestanden; egal was kommt, wir werden auch das meistern. Außerdem bekommen wir es ja demnächst zu sehen, was uns erwartet. Wir sollten uns nicht länger verrückt machen."

„Du hast recht. Dann sollten wir jetzt alle ein wenig ruhen, nicht wahr?" Sie lächelte versonnen.

Tamara pflichtete ihr eilig bei: „Genau. Ich werde jetzt erst mal ein Weilchen schlafen. Bis später."

Somit drehte sie sich zur Seite und mit dem Rücken zu ihr. Teresa nickte Sven zu und lächelte noch immer. Sie hatte den tiefroten Lippenstift auf Svens Mund als den von Tamara erkannt. War das ein schwacher Moment der Beiden im Angesicht der allgemeinen Anspannung gewesen?

Man würde sehen.

Jedenfalls strafte es Svens Aussage Lügen, dass er praktisch sofort einschlafen würde, wenn er auf einem der bequemen Sessel der Fähren Platz nahm. Es kam halt immer darauf an, wer oder was einen vom Schlafen abhielt.

Die erste Null-G-Phase auf halber Strecke zum Sprungpunkt hatte Nick tatsächlich verschlafen, doch als sich Rebecca leise fluchend beim zweiten Schwebevorgang in ihrem Sitz in den Gurten wand und ihn dabei unabsichtlich anrempelte, war es mit der Nachtruhe vorbei bei ihm. Zum Glück hatte sie sich gleich nach dem Einsteigen die Wunder wirkende Pille gegen die Raumkrankheit geben lassen. Dieses Mittel gegen die sie ansonsten immer befallende Übelkeit bei Schwerelosigkeit vergaß sie nie, zu ihrem Glück und dem von allen ihren Platznachbarn.

Jetzt allerdings wand sie sich rastlos in ihren Gurten, trotz Wundermittel. Müde sah er zu ihr herüber. „Was hast du denn, Beckie?"

Missmutig erwiderte sie: „An diese blöde Schwerelosigkeit werde ich mich nie gewöhnen, und wenn ich hundert Jahre alt werde und tausend Transferreisen mache. Wem ist nur diese blöde Art der Dimensionsreise eingefallen?"

„Tja, wenn wir das wüssten..."

Sie drehte sich zur Seite und wandte ihm den Rücken zu. Auf diese Art war sie halbwegs so fest in den Gurten verklemmt, dass sie nicht mehr im Sitz hoch schwebte.

Nick sah zu Teresa, die vom Mini-Tumult ihrer Kollegin auch gerade erwacht war und sich noch schläfrig umsah, bis sie registrierte, wo sie sich befand. Sie sah Nick an und fing an zu grinsen. Er sah sie befremdet an, bis sie sich zu ihm beugte und ihm leise ins Ohr wisperte.

„Ich glaube, ich habe vorhin Sven und Tamara beim Knutschen erwischt, als sie dachten, wir schlafen alle. Läuft da irgendwas zwischen ihnen?"

Perplex sah er seine Kollegin an. „Nicht dass ich wüsste. Bist du dir sicher?"

„Na ja, sie hatten ihre Köpfe zusammengesteckt, ihre Brille war verrutscht und er hatte ihren Lippenstift auf seinen Lippen. Auf frischer Tat ertappt, würde ich sagen." Sie schmunzelte wissend.

Nick kratzte sich am Kopf. „Würde mich wundern, denn sonst erzählen sich Tamara und Rebecca wirklich alles. Das wäre ein ganz neues Level der Geheimhaltung bei Tamara. Aber warum auch nicht? Er hat einen guten Draht zu ihr, wie wir gerade vorhin wieder sehen konnten. Ich würde es ihnen gönnen. Kann aber auch eine harmlose kleine Geste gewesen sein, im Affekt und ohne tiefere Bedeutung."

Sie dachte kurz nach und fragte dann mit schelmisch blitzenden Augen: „Meinst du etwa so?"

Damit beugte sie sich vor und gab ihm einen kurzen, flüchtigen Kuss auf den Mund.

Völlig verdattert beugte er sich zurück und entzog sich ihr. „Was sollte denn das jetzt bitte?"

Mit Unschuldsmiene sagte sie: „Na, eine kleine Geste im Affekt und ohne tiefere Bedeutung. Nicht wahr?"

„Teresa, kannst du solche Sozialexperimente bitte lassen? Meine Verlobte liegt hier direkt neben uns. Bei aller Freundschaft, aber eine kleine Vorwarnung oder noch besser, Anfrage im Voraus wäre hier wirklich vorteilhaft." Er war eine Spur lauter als beabsichtigt geworden.

„Tut mir Leid, ich wusste nicht, dass dich das so aufregen würde. Es war nur ein kleiner Schmatzer, der nichts zu bedeuten hatte. Mir war einfach gerade danach und du standest zur Verfügung. Andere würden sich geschmeichelt fühlen." Teresa schwankte nun zwischen Schuld und Gekränktsein.

Rebecca hob ihren Kopf und sah über Nick hinweg. „Liebe Teresa, wenn du dachtest, ich bekomme das nicht mit, wirst du es in den nächsten drei Monaten in der Ausbildung richtig schwer haben. Nicht wegen mir, versteh' das nicht falsch. Nick, hat sie dir die Zunge in den Hals gesteckt und dir die Mandeln abgetastet?"

Alarmiert und ertappt stotterte er: „Nein, nichts dergleichen. Sie hat mir nur ein einfaches, kleines Bussi auf den Mund gegeben. Es war wirklich nichts..."

Während Teresa sie anstarrte wie das Kaninchen die Schlange, sagte Rebecca zu ihr: „Teresa, Nick hat recht. Es war wirklich nichts. Du hast auch recht. Er sollte sich geschmeichelt fühlen. Wenn du dich einsam und bedürftig fühlst und mein Verlobter in Reichweite ist, kannst du ihm bei Bedarf gerne hin und wieder einen Schmatzer verpassen. Da ist meine Toleranzschwelle nicht allzu niedrig.

Wir werden jetzt allerdings gleich in ein Trainingscamp mit lauter tollen Kerlen einrücken. Meinst du nicht, da lässt sich für eine ultraheiße Frau wie dich ein anderer toller Kerl finden, der nicht verlobt ist und mit dem du deine Freizeit besser und ohne Schuldgefühle gestalten kannst?"

Teresas Augen wurden wässrig. „Oh Gott, du hast so recht! Es tut mir wirklich Leid, Rebecca."

Nicks Verlobte seufzte leise vor Erleichterung, als die Schwerkraft wieder einsetzte. „Endlich. Pass auf, Teresa, die zwei Sitze da drüben sind frei; setz dich doch mal da rüber. Wir müssen kurz miteinander reden."

Zögerlich folgte Teresa Rebecca zum Ende der Reihe, so dass nun vier freie Sitze zwischen ihnen waren und sie somit außer Hörweite. Gleich nachdem sie sich gesetzt hatten, begannen sie intensiv zu diskutieren, meistens ernst, aber manchmal lachten sie auch oder Teresa schenkte ihrer Kollegin ein trauriges Lächeln. Aus irgendeinem Grund konnte Nick einmal kurz etwas von dem verstehen, was sie sagten, als er seinen Kopf in einem bestimmten Winkel hielt und vielleicht auch noch die Lüftung zu seinen Gunsten arbeitete.

Rebeccas Stimme erklang leise und undeutlich: „...hätte nie gedacht, dass eine Frau wie du jemals einsam sein könnte. Ausgerechnet eine solche Schönheit wie du! Sieh' dich doch nur an! Eine leuchtende naturrote Mähne, traumhaft grüne Augen, ein bildhübsches Gesicht und eine Figur, die so manchem Mann schlaflose Nächte bereiten sollte."

„Jetzt übertreibst du aber!" Verlegen errötete Teresa.

„Hör doch auf! Hast du keinen Spiegel daheim? Tausende Frauen würden töten, um nur halb so heiß auszusehen wie du. Du bist groß, schlank, hast ein toll geschwungenes Becken, lange, schlanke, aber dennoch muskulöse Beine, einen knackigen Po und zwei Halbkugeln in Größe C, die das Gesetz der Schwerkraft widerlegen." Rebecca schüttelte den Kopf, als könne sie nicht glauben, dass sie das ihrer Kollegin überhaupt erst noch erklären musste. „Wie die meisten jungen Damen, die die Steward- und Assistant-Laufbahn bei TransDime mehrere Jahre lang eingeschlagen haben, sind auch wir beide eine Augenweide. Das kommt sicher daher, dass der Fokus unserer Interessen bei uns allen auf Sport und Sprachen liegt, weniger bei kreativen Hobbies oder Stubenhocker-Tätigkeiten. So, wie TransDime es gern hat bei seinen Stewards und Agents. Wegen diesem Profil sind wir unter anderem eingestellt worden, vergiss das nicht."

Mit stockender Stimme schniefte Teresa: „Ja, das... das stimmt. Da ist was dran. Sieh dich doch selbst an! Du bist so ein toller Mensch und siehst so atemberaubend aus... Frauen wie dich mit solchen Figuren gibt es eigentlich gar nicht in der Realität. Du bist direkt der Feder eines Zeichners für Comic-Superheldinnen entsprungen, wenn ich raten müsste. Nick sollte jeden Tag dem Schöpfer auf Knien dafür danken, dass er dir über den Weg gelaufen ist."

Er konnte sie nicht sehen, aber hörte es ihrem Tonfall an, dass sie im Moment grinste. „Komisch, dass du das erwähnst, denn so etwas in der Art hat er auch schon gesagt. Aber ich kann dich schon verstehen, dass du ein klein wenig einen Narren an ihm gefressen hast, denn so einer wie er läuft einem nicht jeden Tag über den Weg... oder jedes Jahrzehnt in diesem Fall."

Nick musste schlucken, als er die Überzeugung hörte, mit der Rebecca das zu Teresa sagte.

„Ja, pass' gut auf ihn auf, er ist was Besonderes. Ich kann dir nicht mal genau sagen, was es ist..." Teresa verstummte, als ihr etwas klar wurde. „Ich werde ihn nie mehr belästigen, das verspreche ich dir. Es gibt bestimmt irgendwo einen anderen für mich"

„Du hast da was gesagt, was mich zum Nachdenken gebracht hat. Wenn du nur wolltest, könntest du jederzeit ausgehen, dich umsehen und dir jeden X-beliebigen Typen mitnehmen. Und du hast außerdem den Luxus, dass du ihn auch jederzeit wieder loswerden könntest und wenn er sich querstellt, ihm den Arsch versohlen, dass er tagelang nicht sitzen kann. Woran hapert es denn dann?"

„Ich habe nicht dein Selbstvertrauen, fürchte ich. Ich habe etwas erlebt auf einer Mission, das ich niemals hätte durchmachen dürfen. Nicht bei meinem damaligen Ausbildungsstand, Dienstalter und meiner Vorbereitung. Ich war gerade erst ein knappes Jahr auf Stufe Eins und hatte auch erst eine Handvoll Einsätze hinter mir, als ein unverantwortlicher Funktionär, der zu wenig Agents oder sogar Springer zur Verfügung hatte, wahllos Leute angefordert hat, ohne bei den jeweiligen Filialen anzugeben, wofür er sie einsetzen will. Was ich daraufhin erlebt habe, war das nackte Grauen. Niemand sollte das erleben müssen. Niemand, hörst du?"

Rebeccas Stimme war der Schrecken anzuhören, den sie mit ihr mit empfand. „Was um Himmels Willen haben sie dir angetan, Teresa? Was hast du erlebt, das so grauenhaft sein könnte?"

Sie senkte den Kopf: „Der blanke Horror. Es gibt Plätze im Multiversum, die willst du nicht sehen, vertraue mir. Wenn ich über das, was ich dort gesehen habe, auch nur ein Sterbenswörtchen verliere, bin ich geliefert. Es ist das ultimative Geheimnis von TransDime; allein deshalb schon hätte ich und noch einige andere Assistants mit unseren Funktionsstufen gar nicht auf diese Welt kommen dürfen. Aber es gibt leider auch in den höheren Ebenen skrupellose Menschen, denen das Schicksal und das Wohlergehen ihrer Untergebenen egal ist.

Dieser Typ allerdings hat ein Fiasko zu verschulden, denn diese Mission konnte nur scheitern, bei all den unerfahrenen und unvorbereiteten Assistants und Agents. Zum Teil waren auch Leute dabei, die bereits vor zehn oder zwanzig Jahren ihre Springerbereitschaft beendet hatten. Ohne die würde ich heute bestimmt nicht hier sitzen und mit dir reden können.

Es ist reiner Zufall, dass ich überhaupt noch am Leben bin. Und das meine ich ernst, denn das war wie ein Lottospiel jede Nacht. Du wusstest nicht, wen es diesmal erwischen würde oder ob es dich selbst erwischt. Und die Umstände, die dazu geführt haben... ich kann nicht mehr erzählen, ich stehe jetzt schon mit einem Bein auf der Filiale 666 im Exil.

Mein einziger Trost bei der Sache ist, dass sie den Verantwortlichen zur Rechenschaft gezogen haben. Er ist auf den Gefängnisplaneten gekommen, allerdings nur zum leichten Vollzug. Egal, Hauptsache, er ist weg vom Fenster und kann keinen Schaden mehr anrichten."

Bei dem Zorn und der Bitterkeit in Teresas Stimme bei deren letzten Worten musste Nick schlucken.

Rebecca war sichtlich aus der Bahn geworfen vom Bekenntnis ihrer Kollegin. „Ich kann mir nur ansatzweise vorstellen, was du durchlitten haben musst. Ich hatte auch ein traumatisches Erlebnis, als ich nach nur einem Jahr als Steward auf Stufe Null mitangesehen habe, wie ein Inspektor während eines Überfalls auf uns seinen Stabi-Gürtel ausgeschaltet hat und vor meinen Augen in der schwarzen Kugel verschwunden ist. Er hat einen der Angreifer dabei mit sich gerissen und einen anderen verstümmelt. Bernd war damals noch mit dabei, aber er war zu dem Zeitpunkt kurz vor der Offenbarung. Mich haben sie damals mit diesem Erlebnis ohne jede Erklärung noch volle zwei Jahre rumlaufen lassen."

Teresa nickte und legte ihr eine Hand auf den Arm. „Das war sicher auch hart. Ein Sonderurlaub und ein wenig Therapie haben da sicher auch nicht viel geholfen, oder?"

Nick konnte Rebeccas zustimmende Kopfbewegung nur von hinten sehen „Der erste Monat war hart. Dann trat Nick in mein Leben. Ich ging noch zwei Monate länger zu den Beratungsgesprächen, dann fühlte ich mich so weit, dass ich damit aufhörte. Daran kannst du sehen, wie gut er mir tat... mir immer noch tut."

Ein paar Tränen der Rührung sammelten sich in seinen Augen. Er hatte damals geahnt, dass sie eine schwere Zeit durchmachte, aber wie schlimm es um sie bestellt gewesen war, hatte sie selbst ihm nie eingestanden. Dass er ihr emotional eine so große Hilfe gewesen war, erfüllte ihn mit so großem Stolz wie nichts zuvor in seinem Leben. Dieser Wahnsinnsfrau, zauberhaft, lustig und eine Seele von Mensch, die er so sehr über alles liebte, eine Stütze und ein Anker in ihrem Leben zu sein, war das Erfüllendste, was er sich vorstellen konnte.

Teresa erklärte ihr nun: „Kurz nach meinem Horrortrip wurde ich auf einen Erholungstrip geschickt, aber nicht als Erholungssuchende, sondern als betreuender Steward, das musst du dir mal vorstellen! Das war die Dienstreise, die ich damals zusammen mit Nick gemacht hatte. Im Nachhinein muss ich Herrn Kardon doch zugestehen, dass er mit ihm als meinem Begleiter die wahrscheinlich beste Wahl getroffen hatte, die er hätte treffen können. Denn obwohl ihm die Hände von oberster Stelle gebunden waren und Nick noch nicht mal auf Stufe Eins war, so hat es mir doch gut getan, die Woche mit ihm zu verbringen.

Ich habe es ihm nicht zeigen wollen, aber ich war zu dem Zeitpunkt völlig aus der Bahn geworfen. Er hat es natürlich trotzdem gemerkt und sich in einer Weise um mich gekümmert, wie es nicht besser hätte sein können. Und jetzt im Nachhinein bereue ich es nicht, dass ich nichts mit ihm angefangen habe, denn das hättest du nicht verdient gehabt. Ich bin froh, dass wir jetzt nach all der Zeit so offen über all das reden können. Allein schon dieses Gespräch tut so gut, besser als die ganzen Therapiesitzungen, die ich danach noch hatte. Deshalb war ich auch so selten zu sehen in dieser Zeit.“

Rebecca stimmte zu: „Ja, das tut gut, sich so etwas von der Seele reden zu können. Aber wie bist du bloß auf die Idee gekommen, die Ausbildung zum Springer anzutreten nach all dem, was du durchgemacht hast?“

„Zwei Gründe. Erstens heißt es, dass man nach dem Training mit allem fertig wird, was man hier im Multiversum erleben kann. Das schließt auch das ein, was ich mitgemacht habe. Ich erhoffe mir von dem Training wirklich dieses Level an Ausgeglichenheit, das es verspricht.

Und zweitens habe ich nur unter der einen Bedingung angenommen, dass ich nie mehr in meinem Leben, auch und vor allem nicht als Springer, an diesen einen Ort geschickt werde. Das habe ich mir schriftlich und von Frau Pielau amtlich beglaubigt geben lassen, bevor ich zugesagt habe. Herr Kardon hat mir persönlich versichert, dass er mir garantiert, ich werde keinen Fuß mehr in diese Filiale setzen müssen.“

Rebecca ließ den Kopf sinken. „Jetzt habe ich bereits den Höllenplaneten gesehen und dennoch macht mir das Angst, was du erzählst. Was kann das nur für ein Ort sein?"

Teresa beugte sich zu ihr herüber und wisperte fast, so leise dass Nick es kaum noch verstehen konnte: „Es gibt eine Filiale Null. Hüte dich vor diesem Ort, wenn dir dein Leben lieb ist."

Rebecca riss ihren Kopf herum und starrte mit entsetzter Miene Nick an, so als wüsste sie auf einmal, dass er sie hatte belauschen können. Ihre Augen weiteten sich, als sie seinen Blick sah.

Ohne ihren Kopf von ihm abzuwenden, sagte sie leise zu Teresa: „Ich glaube, wir haben uns lange genug hier an diesem Platz unterhalten."

Damit stand sie auf und kam zu ihm zurück, wo sie sich schwer auf ihren Sessel fallen ließ. Sie sagte jedoch kein Wort und er hütete sich seinerseits, irgendetwas von sich zu geben. Im Moment wäre das sehr töricht gewesen.

Die Blicke, die sie austauschten, sprachen ohnehin Bände.

Filiale Null.

Sie konnten sich nicht einmal ansatzweise vorstellen, was man sich darunter vorstellen konnte, geschweige denn, was das für sie bedeuten mochte.

Aber eines Tages würden sie das vielleicht herausfinden.

Oder beim Versuch dabei sterben, wenn man Teresa glauben wollte.

Er sah tief in die wundervollen Rehaugen seiner Verlobten und konnte darin das lesen, was auch ihm durch den Kopf ging. Das wäre vielleicht sogar *die* eine große Information, nach der der Widerstand seit etlichen Jahren suchen mochte.

Aber ob sie jemals auch nur in die Nähe dieser so geheimen Filiale kommen würden, stand zu diesem Zeitpunkt in den Sternen. Alle Welt bei TransDime war immer davon ausgegangen, dass die oberste Filiale in der Hierarchie des Multiversums die alles beherrschende Filiale Eins, die sogenannte Zentrale war und die tiefsten Nummern die am weitesten entwickelten und einflussreichsten waren. Irgendwann dann verlor sich das nach ein paar Dutzend Filialen, weil es mit ansteigender Nummer zunehmend schwerer geworden war, die Filialen nach dem Entwicklungsstand einzuordnen. Das jedenfalls war die vorherrschende Meinung über die Systematik der Filialnummern, wie er sie bisher verstanden hatte.

Von einer Filiale Null hatte er bislang noch nicht einmal ansatzweise jemand ein Gerücht wispern hören. Bis zu diesem Zeitpunkt hatte niemand die Existenz dieser 'Urwelt' im Multiversum erwähnt, denn nichts anderes konnte sie darstellen. Und es müsste mit dem Teufel zugehen, wenn dort nicht das große Geheimnis von TransDime verborgen sein würde, der Ursprung dieser allumfassenden Dynastie, die seit unzähligen Jahren die Dimensionen bereiste und versuchte, sich jede Realitätsebene untertan zu machen, auf der sie Fuß fasste.

Es sei denn, die Bezeichnung war zur Irreführung in die Welt gesetzt worden, so wie die Gefängniswelten als Filiale 666 tituliert worden waren. Wobei es in diesem Fall kein allzu großes Geheimnis unter ihnen war, dass das nicht die offizielle Nummer der betreffenden Filiale sein konnte.

Er ergriff Rebecca bei der Hand und drückte sie fest. Sie erwiderte seinen Griff und setzte eine entschlossene Miene auf. Sie würden eines Tages das Geheimnis von Filiale Null lüften. Das war ein Fernziel, das es sich zu setzen lohnte.

Doch nun kam erst einmal die Ausbildung als Springer als nächste große Hürde, die es zu bewältigen galt. Würden sie an dieser Hürde scheitern, würde es ungleich schwerer werden, sich diesem Fernziel, der ominösen Filiale Null, zu nähern.

< 2 >

Dimensionsfähre, im Anflug auf Filiale 32 - Monat 1

Der Rest der Reise war angenehm und ereignislos verlaufen. Beim Umsteigen in Filiale 96 waren ihnen eine Handvoll anderer Leute in ihrem Alter aufgefallen, die durchaus auch Kandidaten für das Springercamp hätten sein können. Immerhin sechs von ihnen bestiegen dann auch tatsächlich die Fähre mit ihnen, die sie zur Filiale 32 brachte, sodass sie diese potentiellen künftigen Kameraden mit gesteigerter Aufmerksamkeit – und wohl auch, weil ihnen schlicht ein wenig langweilig wurde – beobachteten.

Zwei von ihnen stiegen allerdings bei Filiale 64 aus, so dass nur noch vier von ihnen übrig blieben. Sie schienen sich wohl auch nicht untereinander zu kennen, da sie über das gesamte Kurzstreckendeck verteilt waren. Lediglich zwei junge Frauen saßen beisammen, wie Nick auffiel. Immerhin wussten sie von den anderen Verdächtigen nun, dass sie dasselbe Ziel wie ihre kleine Gruppe hatten, denn bei einer noch längeren Reise wären sie automatisch im Langstreckendeck gebucht gewesen.

Und mit dieser Fähre direkt zur Filiale Eins gereist.

Teresa beugte sich zu Rebecca hinüber und sagte: „Ich glaube, die beiden da drüben sind Schwestern."

Rebecca musterte sie genauer und verfiel automatisch in den Analysemodus. Im Halbprofil sahen sie sich tatsächlich zu ähnlich, um nicht verwandt zu sein. Kleine Stubsnasen und eine rundliche Gesichtsform, die zusammen mit den hellen Augen, heller Haut und Sommersprossen auf eine eher nordische oder baltische Herkunft schließen ließ. Sie trugen beide lockere und bequeme Kleidung, wie sie für eine längere Reise angezeigt war, ließen aber eine schlanke und sportliche Figur unter dieser erahnen.

Die eine trug ihre sandfarbenen Haare zu einem kurzen Zopf, die andere trug eine

33

dünne Strickmütze, die ihr Haar komplett verbarg. Sie schienen vom Alter her praktisch gleichauf zu sein. Da die Geburtenrate in den meisten nordischen Ländern eher gering war...

„Sie scheinen beide etwa gleich alt zu sein. Cousinen oder Zwillinge. Eher das Zweite, so frappierend ähnlich, wie sie sich sehen."

Teresa runzelte die Stirn. „Glaubst du? Hm... jedenfalls sind sie bildhübsch. Könnten Fotomodelle für IKEA sein und sehen auch knackig aus. Jede Wette, die sind Stewards oder Assistants."

Nick schaltete sich ein. „Checkt ihr gerade die Konkurrenz ab?"

„Beckie behauptet, sie sind Zwillinge. Ich hätte eher auf Schwestern getippt." Teresa war sich offenbar nicht ganz sicher.

Tamara gab zum Besten, in ihre Unterhaltung einsteigend: „Weißt du, auch Zwillinge sind überraschend oft Schwestern."

Als Sven daraufhin einen Lachanfall bekam, fuhr Teresa sie sauer an: „Du kommst dir wohl sehr witzig vor! Was würdest du kleine Klugscheißerin denn sagen?"

Tamara stand auf und ging in aller Seelenruhe in Richtung der beiden Frauen. Teresas Augen weiteten sich. „Sie wird doch nicht..."

Hochgradig peinlich berührt mussten sie mitansehen, wie die junge Schweizerin zu den Subjekten ihrer Spekulationen trat und sie völlig unbeschwert ansprach. Sie schienen sich kurz und freundlich zu unterhalten, wobei Tamara einmal mit dem Daumen über ihre Schulter in ihre Richtung zeigte und dann kurz gestikulierte, worauf die nordisch wirkenden Schönheiten fröhlich lachten. Sie winkten ihnen zu, was die Freunde verlegen und zögerlich erwiderten.

Dann öffnete die eine ihren Zopf und die andere zog ihre Mütze aus.

„Scheiße, lupenreine eineiige Zwillinge. Als würde man einen Spiegel zwischen die beiden halten. Rätsel gelöst" Sven kam aus dem Staunen nicht mehr heraus.

Wieder winkten die beiden ihnen fröhlich zu und Tamara verließ sie nach ein paar abschließenden Worten und leisem Gelächter wieder. Grinsend kam sie zurück zu ihnen, worauf Rebecca sie sauer rügte: „Tammy, du verrücktes Huhn! Du hast uns in Verlegenheit gebracht!"

„Verlegenheit ist gut für die Hirnrinde. Steigert die Durchblutung“, gab sie keck zurück und lachte sie weiter an. „Die beiden sind wirklich Assistants wie wir und beide zu einem Training nach Filiale 32 versetzt worden. Als ich erwähnte, dann würden wir uns ab jetzt öfter sehen, haben sie trotzdem noch hinter dem Berg gehalten mit der Wahrheit. Aber das werden wir ja dann sehen. Sie heißen Linnea und Lovisa Lindquist.“

„Schwedinnen“, folgerte Sven sofort. „Ja, TransDime ist nicht nur dort tätig, wo die zentralen Transferstationen sind. Das vergisst man gerne mal, wenn man direkt dort in Frankfurt arbeitet.“

„Sie werden halt nicht so oft reisen wie wir, nehme ich an. Der Transferbereich in Schweden wird höchstens einmal täglich von einer Fähre angesteuert, glaube ich. Das wird sich dann aber sicher ändern für sie mit der Häufigkeit ihrer Reisen, wenn sie wirklich auch Anwärter auf den Springerposten sind. Was für ein genialer Schachzug, Zwillinge dafür auszubilden. Die taktischen Möglichkeiten, die das auf einer Mission eröffnet, sind immens.“ Tamara lächelte spitzbübisch.

„Du hast ja keine Ahnung“, rutschte es Rebecca heraus, an die Doppelgängerin von Jessica denkend, die für den Widerstand arbeitete.

Tamara sah sie irritiert an und erwiderte: „Oh doch, die habe ich. Du würdest dich wundern.“

„Ach, so habe ich das nicht gemeint“, wiegelte ihre Freundin darauf ab, worauf Nick sie alarmiert unmerklich gegen die Wade trat, um ihr zu signalisieren, sie solle sich nicht noch mehr verplappern.

„Wie hast du es denn gemeint?“, forderte Tamara sie jetzt heraus, mit hochgezogener Augenbraue.

Nick schaltete sich nun ein und sagte schnell: „Das spielt doch jetzt keine Rolle! Freut euch lieber, dass wir gleich da sind... he, wo landen wir eigentlich? Das ist nicht Frankfurt, oder?“

Teresa entgegnete: „Wenn Frankfurt hier südlich der Alpen liegt, dann schon. Ansonsten würde ich eher auf Mailand oder Turin tippen.“

„Warum sind auf einmal alle so gereizt? Entspannt euch doch mal, Leute! Wir stehen vor dem größten Abenteuer unseres Lebens." Sven versuchte, die Wogen zu glätten und beobachtete ebenfalls auf dem riesigen Monitor, der die gesamte vordere Wand der Großraumkabine einnahm, ihren Flugweg.

„Von der Lage her Mailand, würde ich sagen. Aber es sieht anders aus als ich es kenne." Rebecca studierte das dichte Straßennetz, das sich ausgehend vom Stadtzentrum grob konzentrisch in alle Richtungen ausbreitete.

„Sieh mal in die Stadtmitte, dann trifft dich bestimmt fast der Schlag", mutmaßte Nick.

„Wieso...? Nein!" Ihr blieb sprichwörtlich der Mund offen stehen, als sie eine gigantische weiße Moschee mit vier Minaretten und mehreren großen, ineinander verschachtelten Kuppeln erblickte, dort, wo sie den Anblick des Doms gewohnt war.

„Da bleibt dir die Spucke weg, was? Hier ist wohl einiges anders gelaufen als bei uns." Nick grinste schief, denn so richtig konnte er sich mit dem Gedanken auch nicht anfreunden, dass es hier mit dem Christentum wohl nicht so richtig geklappt hatte. Aber andererseits musste man auf anderen Filialen eben mit fast allem rechnen und musste sich einen offenen Geist bewahren, um sich überall, wohin man geschickt wurde, zurechtzufinden.

„Kein Kommentar", ließ Teresa lediglich verlauten und wandte sich vom Monitor ab. Sie schien das mehr zu berühren als gedacht; vielleicht war sie gläubiger erzogen worden als der Rest von ihnen. Witzigerweise konnte ihr Antlitz auch ohne Weiteres als madonnenhaft im klassischen Sinn durchgehen, wie früher schon mehrfach von anderen angemerkt worden war.

Sie drifteten nun in die nördlichen Randbezirke der Stadt ab, wo sich weitläufige Industrieviertel abzeichneten. An einem Büroturm erkannten sie das Firmenlogo von TransDime und sanken kurz darauf auch schon zwischen den Gebäuden hinab, bis sie in den Boden eintauchten und kurz darauf in der unterirdischen Terminalhalle eintrafen.

Sie hatten wie gewohnt ihr Gepäck aufgenommen und standen bereits zum Aussteigen parat, als sich die Außentüren öffneten. Zusammen mit den Zwillingen und noch zwei anderen Passagieren verließen sie die Fähre und sahen sich um. Als sich am Flugsteig nichts tat, betraten sie den Hauptflur des Transferbereiches, wo sie dann doch auf einen schwarz gelockten jungen Mann mit dunklem Teint trafen, der sie abholte, mit dem Klassiker des hochgehaltenen Schildes, auf welchem lediglich 'Springer' stand.

Die gesamte Gruppe der Ausgestiegenen entpuppte sich nun als Anwärter, auch die beiden anderen Personen, die sie bereits in der Fähre hierher im Verdacht gehabt hatten. Somit nahmen sie sich nun doch einige Augenblicke Zeit, um sich miteinander bekannt zu machen.

Es handelte sich bei den anderen einerseits um einen großen Kerl aus Irland, der von der Statur her Sven in nichts nachstand, aber rotblonde Haare, einen kurz getrimmten hellen Vollbart und ebenso leuchtend grüne Augen wie Teresa hatte. Er kam aus der Dubliner Niederlassung, hieß Oran O'Donnellan und machte auf sie einen herzlichen und freundlichen Eindruck.

Die zweite noch Verbliebene hatte in etwa Tamaras Größe und Statur, war aber nicht so üppig von der Natur beschenkt worden und hatte braunes Haar sowie dunkle Glutaugen in einem schmalen, klassisch geschnittenen Gesicht mit leicht bogenförmigem Nasenrücken. Sie stellte sich als Nadija Matic vor, kam aus der bosnischen Niederlassung in Sarajevo und wirkte fast ein wenig verschlossen. Sie war wohl noch ein wenig von den Umständen beeindruckt, obwohl sie auch nicht ganz unerfahren wirkte. Zum Spaß würde ihr Vorgesetzter sie sicher nicht hierher geschickt haben, um sie an dieser dem Vernehmen nach extrem harten Ausbildung teilnehmen zu lassen.

Linnea und Lovisa sahen aus der Nähe betrachtet noch beeindruckender aus, denn sie waren die typischen nordischen Schönheiten. Die beiden Zwillinge kamen aus Göteborg und strahlten eine sympathische Fröhlichkeit aus, die jeden sofort für sie einnahm. Sie waren etwa so groß wie Nick und beide sehr sportlich, wobei die femininen Aspekte ihrer Figur dennoch nicht zu kurz kamen.

Vor allem ihre Augen zogen den Betrachter sofort in ihren Bann. Bei beiden war die Iris außen von einem dunkelblauen Ring umgeben, der sich nach innen über Grau- und Grüntöne bis hin zu einem hellbraunen Strahlenkranz rund um die Pupillen wandelte. Vor allem Sven war total fasziniert von ihnen; er sagte, er hätte so etwas noch nie zuvor gesehen. Nick erinnerten sie ein wenig an die Augen von Marie Delacourt, aber er hütete sich, auch nur ein Wort davon zu erwähnen, weil er genau wusste, wie empfindlich Rebecca auf die Erwähnung der amazonenhaften Attentäterin mit den Modelmaßen und dem Gesicht einer griechischen Göttin reagierte.

Der Steward, der sie in Empfang genommen hatte, verwies sie auf die Einrichtungen, in denen sie ihre persönlichen Dinge und Reisetaschen wegschließen konnten und in denen sie ihre provisorischen Ausweise für diese Filiale bekamen. Anstatt Koffer mit Kleidung und persönlichen Hygieneartikeln bekamen hingegen alle die gleichen hellgrauen Uniformen, die sie bereits von ihrem Einsatz auf Filiale 666, dem Gefängnisplaneten, kannten. Vor allem Tamara verwünschte diese Bekleidung, weil es diese Uniform in ihrer Größe wohl einfach nicht weit genug für üppig gebaute Frauen zu geben schien. Für Rebecca ging es gerade so, aber sie war schließlich auch über Jahre hinweg an hauteng anliegende Turndresse gewöhnt gewesen.

Etwas verwundert darüber, dass sie für einen dreimonatigen Aufenthalt nichts weiter als eine Garnitur bekamen, ließen sie sich weiterführen. Bestimmt würden sie in der Trainingseinrichtung mit allem Notwendigen versorgt werden.

Als sie den Transferbereich durch die Kontrollstation verlassen hatten, wurden sie direkt zu einem Aufzug geführt, ohne das Gebäude verlassen zu haben, in dem der Ausgang des interdimensionalen Flughafens lag. Nach einer längeren Liftfahrt stiegen sie aus und fanden sich auf einer großen Dachterrasse wieder. Hier stand auf einer Landeplattform ein futuristisch aussehendes Luftgefährt, das entfernt von der Größe und Form her an einen Transport-Helikopter erinnerte. Es besaß aber keinen normalen Hauptrotor an seiner Spitze auf dem Rumpf, sondern kleinere, doppelt ausgeführte Zwillingsrotoren, welche in einer Art von Ummantelung jeweils an den Enden von vier kürzeren Stummelflügeln saßen. Diese waren leicht nach hinten gepfeilt und entsprangen an den Oberseiten vorne und hinten an der Passagierkabine, wobei die hinteren etwas höher und kürzer waren.

Nach einigen anerkennenden und erstaunten Kommentaren wurden sie angewiesen, den Kopter zu besteigen und ihr bisheriger Steward verabschiedete sich von ihnen. Nun verstanden sie auch, weshalb er sie so wortkarg durch diesen ganzen Prozess hindurch geschleust hatte. Es galt offenbar einen Zeitplan einzuhalten.

Im geräumigen Inneren der Flugmaschine mit Platz für zwölf Passagiere wurden sie bereits von einer weiteren Angestellten von TransDime erwartet. Die brünette schlacksige Frau mit dunklen Augen und schmalen Lippen begrüßte sie und erklärte ihnen sachlich auf Esperanto, dass dies nur ein kurzer Transferflug zum Flughafen sei, wo sie alle ihre Maschine zum Zielort, dem Camp, nehmen würden.

„Befindet sich das Trainingslager denn nicht hier in der Nähe?", erkundigte sich Rebecca staunend. Sie alle waren wohl unbewusst davon ausgegangen und jetzt alle perplex, dass dem wohl nicht so war.

Prompt erklärte ihre Reisebegleitung, die sich mit Sabena vorgestellt hatte: „Nein, wir haben eine weitere Reise zum Camp vor uns. Die verschiedenen Fähren von TransDime kommen auf ihren jeweiligen Kontinenten an, doch das Camp selbst befindet sich zentral an einem Ort, an den die Teilnehmer von ihren verschiedenen Ankunftsorten aus anreisen müssen. Dabei haben Sie noch Glück gehabt. Die meisten anderen haben viel weitere Wege zurückzulegen als Sie."

Sie fanden sich mit dieser Erklärung ab und verfolgten dann nach der Aufforderung zum Anschnallen, über Lautsprecher abgegeben, den Abflug mit. Das Frappierende daran war, dass sie fast keine Geräusche vom Antrieb oder den Rotoren vernehmen konnten. Entweder war die Kabine so extrem gut gedämmt oder alle Antriebskomponenten gaben tatsächlich so wenig Lärm von sich, dass man sich fast in normaler Zimmerlautstärke unterhalten konnte.

Sie hoben senkrecht ab und stiegen schnell auf, wobei sich die Rotorkapseln zügig von der Senkrechten in die Waagerechte drehten, bis sie wie die Propeller eines Flugzeugs genau im Fahrtwind standen. Zusammen mit den beiden Flügelpaaren erzeugten sie genug Auf- und Vortrieb für eine hohe Reisegeschwindigkeit.

Tamara fragte Sabena neugierig: „Wie wird dieser Kopter denn angetrieben?"

„Über Elektromotoren. Er ist für kurze und mittlere Reichweiten ausgelegt, als Verbindungs- und Servicemaschine. Wir werden mit ihm in etwa zwanzig Minuten den Flughafen von Rom erreichen, dann müssen wir in die Verkehrsmaschine umsteigen. Unser Flug geht in etwa zweieinhalb Stunden, daher werden noch weitere ihrer Kollegen mit anderen Fähren eintreffen. Sie können es sich in der Lounge der Fluggesellschaft gemütlich machen, bis unser Flug aufgerufen wird."

Tamara rechnete kurz nach: in zwanzig Minuten von Mailand nach Rom... beeindruckt nickte sie.

Rebecca fragte: „Kommen Sie nicht mit?"

„Doch, aber ich habe in der Zwischenzeit wie gesagt noch zweimal hin und her zu pendeln, weitere Anwärter aus anderen Filialen abzuholen und nach Rom zu bringen. Sie werden viele Leute sein am Anfang des Kurses. TransDime verspricht sich viel von Ihnen allen, aber ist sich der Tatsache bewusst, dass ein größerer Teil den Strapazen körperlich nicht gewachsen sein wird. Das kann man leider nie voraussagen, wer durchhalten wird und wer nicht. Es ist eine Frage der körperlichen Fitness und Grundkonstitution." Sie nickte ihr bewundernd zu.

„Das hören wir immer wieder. Wir haben einen kleinen Film von der Trainingsanlage gesehen und vom Programm. Es sieht zwar anspruchsvoll aus, aber ich habe nichts gesehen, was mir nicht machbar erschien." Nick musterte ihre Führerin mit zweifelnder Miene.

„Das war auch nur die Anlage hier. Die ersten zwei Wochen werden auf dieser Filiale absolviert, dann folgt der Transfer auf eine andere Filiale. Das wird der eigentliche Härtetest sein. "

Tamara wurde sauer: „Soviel zum Thema, es gibt keine Überraschungen mehr. Von wegen!"

„Ach, das muss Sie nicht ärgern. Es ist einfach eine streng geheime Anlage, wo der zweite Teil des Trainings stattfinden wird. Und es ist kein Haken dabei. Entweder man erträgt die Bedingungen dort oder nicht. Niemand macht Ihnen einen Vorwurf, wenn Sie dem nicht gewachsen sein sollten, denn es ist wirklich ein fast übermenschlicher Wille zum Durchhalten nötig. Wenn Sie es allerdings schaffen, dann können Sie mehr als nur stolz auf sich sein. Ich habe sogar gehört, dass es derart kräftezehrend sein soll, dass man nicht einmal mehr an Sex denkt während der Zeit der Ausbildung." Sie zwinkerte ihr zu.

Obwohl ihnen allen viele Fragen unter den Nägeln brannten, verkniffen sie sich die Fragestellerei für den Rest des kurzen Fluges und genossen stattdessen alle die schöne Aussicht während des Dahingleitens über die Emilia-Romagna, die Toskana und Latio. Dann, als sie gerade einen fast kreisrunden, mehrere Kilometer großen See überflogen, gingen sie allmählich tiefer und steuerten den Flughafen von Rom in Küstennähe an. Die Landung verlief genauso unspektakulär wie schon der Rest des Fluges gewesen war.

Ihnen wurde klar, wie gut alles rund um die Anreise der Anwärter der Springer organisiert worden war, als sie beim Aussteigen bereits vom nächsten Steward, einem großen schlaksigen Südländer mit hellen Augen hinter einer Brille, kantiger Kinnpartie und schwarzem Haar, in Empfang genommen wurden. Er begrüßte sie formlos und führte sie einen kurzen Weg über das Rollfeld bis zum nächsten Terminal-Eingang. Sie fanden sich kurz darauf im Obergeschoss des Flughafengebäudes in einer komfortablen Lounge mit Imbiss-Buffet und bedienter Bar wieder. Der Raum war bereits mit einem knappen Dutzend Leuten bevölkert, die alle wie sie staunend und ehrfürchtig umherschauten, als wären sie alle zum ersten Mal auf dieser Filiale. Bestimmt waren das weitere Anwärter fürs Springer-Training, die bereits vor ihnen mit einer anderen Fähre angekommen waren. Ein Teil von ihnen döste in den komfortablen Sesseln, andere unterhielten sich leise oder bedienten sich am Buffet. Nick erfuhr von einem von ihnen, dass sie alle von Filiale 61 stammen würden.

Nachdem sich alle Neuankömmlinge mit nahrhaften Dingen versorgt und niedergelassen hatten, beobachteten sie die Abflüge der großen Linienmaschinen, welche man von hier aus gut verfolgen konnte.

Nach nur wenigen Minuten wies Tamara sie aufgeregt auf eine Entdeckung von ihr hin: „Habt ihr das bei den Flugzeugen gesehen? Sie haben alle keine sichtbaren Abgasstrahlen oder auch nur eine stärkere Hitzeentwicklung beim Starten, obwohl das normalerweise der Fall sein müsste, wenn sie zum Abheben mit Vollgas beschleunigen müssen. Und die Form dieser Flieger erinnert mich eher an eine Concorde als an einen herkömmlichen Linienflieger."

Nick pflichtete ihr bei: „Ist mir auch schon aufgefallen. Sie sind aber noch viel stärker keilförmiger, ohne erkennbaren Hauptrumpf, so als würden sie nur aus einem großen Deltaflügel bestehen. Die kommen bestimmt auf eine hohe Geschwindigkeit."

„Ja, hier ist einiges viel moderner und technisch weiter entwickelt als bei uns. War einer von euch schon mal auf der Toilette? Mann, ich musste eine volle Minute herumprobieren, bis ich alles herausgefunden hatte, wie man... ach, ihr werdet es dann ja schon selbst sehen." Rebecca gesellte sich wieder zu ihnen, nachdem sie ein paar Minuten verschwunden war.

Danach unterhielten sie sich noch alle eine Weile miteinander und lernten sich ein wenig besser kennen, bis die nächste Gruppe an Kandidaten eintraf, elf Leute diesmal aus Filiale 70. Auch sie waren aus diversen europäischen Ländern, hatten aber wegen der ungünstigeren Verbindungen eine längere Anreise gehabt.

Da keiner von ihnen wusste, inwiefern man sich mit Leuten aus anderen Filialen hier in diesem Rahmen über seine Heimatebene unterhalten und vielleicht geheime Dinge verraten konnte, hielten sie sich von da an mehr zurück und diskutierten auch nicht mehr offen über alle möglichen Themen.

Nach einer Weile merkte Tamara auf: „Wo sind eigentlich Rebecca und Nick?"

Sven, der gerade vom Buffet mit ein paar Happen zum Essen zurückkehrte, meinte schmunzelnd: „Er hat vorhin gemeint, er würde schnell für kleine Springer gehen."

Teresa sah sich um. „Rebecca ist auch schon ein Weilchen verschwunden. Wo könnte sie nur..."

Als ihr etwas klar wurde, drehte sie sich um und Tamara und sie starrten sich perplex an. Tamara schüttelte nur den Kopf. „Nein, das glaubst du doch nicht wirklich, oder?"

Teresa grinste und meinte süffisant: „Du hast doch Sabena vorhin im Kopter selbst gehört. Drei Monate, in denen man nicht einmal mehr zum Sex kommt..."

Tamara zog eine Schnute. „Du hast recht, darauf hätte ich eigentlich auch selbst kommen können. Die zwei sind wie die Karnickel. Wenn sie jemals eine Familie gründen wollen, wird es etwa zehn Minuten dauern, bis sie soweit sind, dass sie

Nachwuchs erwarten."

Sven warf darauf augenzwinkernd ein: „Zehn Minuten? Tust du dem guten Nick da nicht Unrecht?"

Teresa musterte indes ihren Kollegen: „Und was ist mit dir, mein Lieber? Möchtest du auch noch etwas *loswerden*, bevor es ein volles Vierteljahr ins Zölibat geht?"

Als sie dazu noch verführerisch mit den Augen klimperte, lachte er los. „Um der guten alten Zeiten Willen, oder was? Das ist lieb von dir, Teresa, ich weiß deine Fürsorge wirklich zu schätzen, aber nein, lass mal gut sein."

Beleidigt wandte sie sich darauf ab. „Schade, dein Verlust. Früher warst du kein solcher Kostverächter."

Mit Blick auf das Pokerface von Tamara, hinter dessen Fassade es für ihn deutlich sichtbar brodelte, entgegnete er diplomatisch: „Ich weiß dein Angebot wirklich zu schätzen, Teresa, aber vielleicht bin ich es ja, der ein wenig gesetzter geworden ist. Würdest du wirklich Gefallen daran finden, jetzt und hier mit mir aufs Klo zu gehen und in einer Kabine auf Teufel komm raus noch schnell einmal ein wenig rumzurammeln? Und das nur, weil es *angeblich*, und ich betone angeblich, während der nächsten Monate für uns nicht mehr möglich sein wird? Noch dazu untermalt von der Geräuschkulisse unserer hochgeschätzten Kollegen im Nachbarhäuschen?"

„An deinem Bettgeflüster musst du eindeutig noch arbeiten", bemerkte Teresa daraufhin und Tamara bekam einen spontanen Lachanfall.

„Ja, er macht einem die Sache nicht gerade schmackhaft, oder?"

Nun war es an Teresa, sich lachend an Sven zu wenden. „Keine Sorge, du Casanova, das wird schon noch. Ich werde also die alten Geschichten in schöner Erinnerung behalten und mich auf das Training konzentrieren. So wie es sich anhört, werden wir alle unsere Säfte dafür benötigen."

Eine ziemlich verstörte Nadija erschien bei ihnen und setzte sich. „An eurer Stelle würde ich in den nächsten paar Minuten die Damentoilette lieber nicht aufsuchen. Es sei denn, ihr steht auf erotische Hörspiele."

Wieder konnten sie lauthals loslachen. So schlimm würde diese Erfahrung wohl nicht werden können, bei dieser guten Stimmung.

Als sie eine weitere Stunde später endlich komplett waren, erschien ein Angestellter der Fluglinie, die sich AirFarsi nannte und der diese Lounge angehörte. Er bat sie zum Flugsteig, der beruhigende Ähnlichkeit mit einem ihrer Abfertigungsschalter hatte. Sie wurden an den Dutzenden von wartenden Leuten vorbei geführt und durften die bereitstehende keilförmige Passagiermaschine als erste durch die Zugangsschleuse betreten.

Als sie fast alle Sitzreihen in der ersten Klasse im Bug des Flugzeuges besetzt hatten, warteten sie gespannt auf den Abflug. Sie sahen sich neugierig nach den anderen um, die sich alle für den Flug einrichteten. Vor allem mit den als letztes Hinzugekommenen hatten sie noch praktisch keinen Kontakt gehabt, da diese erst kurz vor ihrem gemeinsamen Aufbruch angekommen waren.

„Jetzt sind wir schon über vierzig Anwärter. Ich bin mal gespannt, wie viele da insgesamt zusammenkommen." Rebecca beendete ihre Rundumschau und widmete sich den komplexen Einrichtungen an ihrem Sitz.

Eine Stewardess erschien vor ihnen und erklärte alles, was man wissen musste, um sich mit dem Sessel und allem drum und dran zurechtzukommen. Dann wurden sie bereits darum gebeten, sich anzuschnallen. Man verlor wirklich keine Zeit hier, dachte Nick noch, als sie bereits losrollten. Er saß in der dritten Reihe von vorne, die immerhin sechs Sitze nebeneinander hatte, mit einem Gang in der Mitte. Da sich der Rumpf nach hinten allmählich verbreiterte, bot die Kabine ab der siebten Reihe bereits sieben Sitzen Platz. Rebecca saß am Fenster, er neben ihr und Tamara am Gang. Auf der anderen Seite waren Sven, Teresa und Oran platziert.

„Interessant, keine Sicherheitshinweise über Notausgänge, Haltung beim Absturz oder Schwimmwesten." Tamara grübelte nach. „Das könnte bedeuten, dass diese

Flugzeuge derart sicher sind, dass praktisch nie etwas passiert und diese Maßnahmen einfach nicht notwendig sind."

Rebecca stimmte ihr zu, mit einem Auge ständig aus dem kleinen Fenster blickend: „Dein Wort in Gottes Ohr. So, wir schwenken gerade auf das Ende der Rollbahn ein. Gleich sollte es losgehen."

Tamara hatte einen Blick in eine Getränke- und Speisekarte geworfen und runzelte die Stirn: „Ist euch das auch aufgefallen, dass hier alles auf Arabisch und Esperanto angeschrieben ist? Jedenfalls glaube ich, es ist arabisch..."

Nick sah zu ihr herüber. „Nicht ganz, es ist Farsi, die Sprache, die vor allem im Iran und dann noch in ein paar zentralasiatischen Ländern gesprochen wird. Siehst du, diese Buchstaben da, der und auch der, die kommen im Arabischen Alphabet nicht vor..."

Seine schweizerische Freundin nickte und meinte: „Deshalb kam es mir so komisch vor, alles klar. Du hast ja Farsi als Fremdsprache für TransDime gelernt, das hätte ich fast vergessen. Die Airline heißt ja auch Air Farsi. Das schränkt die Auswahl unserer Reiseziele schon mal gewaltig ein."

Jetzt stutzte Nick aber doch: „Moment mal, du kannst arabisch?"

„Ja, aber besser lesen als sprechen. Meine Sprachkenntnisse sind zwar ganz passabel; ich könnte bestimmt nach dem Weg fragen oder etwas im Restaurant bestellen, ohne mich dabei als blutige Anfängerin der Sprache outen. Wie du weißt, war meine zweite TransDime-Fremdsprache Mandarin; das war schon eine härtere Nuss, vor allem was die Schrift angeht. Ich glaube, mit Arabisch habe ich damals im ersten Jahr das Dutzend an Fremdsprachen vollgemacht, habe es aber nicht sehr intensiv weiterverfolgt nach dem Basiskurs von TransDime. Aber arabisch und kyrillisch lesen kann ich zumindest flüssig. Ist ja so etwas wie Code-Knacken und somit Denksport für mich." Sie zuckte nur mit den Achseln, als sei das völlig belanglos.

„Ich vergesse immer wieder, wie intelligent und vielseitig du bist." Anerkennend strubbelte er ihr durchs Haar, was sie mit einem empörten Protest kommentierte.

„Hee, was fällt dir ein, mich wie ein kleines Mädchen..."

Als das Flugzeug startete, blieb ihr der Kommentar überrascht im Hals stecken.

Man hatte gar kein Hochdrehen der Turbinen vor dem Anrollen vernehmen können, wie es bei ihnen bekannten Linienmaschinen üblich war. Auch schien die Beschleunigung um Einiges stärker zu sein, als sie es kannten. Nick schoss nur noch der Gedanke durch den Kopf, dass sich so ungefähr ein Katapultstart an Bord eines Flugzeugträgers anfühlen musste. Das Erstaunliche hier war allerdings, dass die gewaltige Beschleunigung kaum nachließ, nachdem sie abgehoben hatten. Stattdessen nahm die Maschine die Nase steil nach oben und stieg beinahe in einem 45°-Winkel empor. Das nun kaum wahrnehmbare Summen der Antriebe steigerte seine Frequenz nur ganz allmählich, war aber immer noch kaum hörbar.

Rebecca keuchte auf: „Mein Gott, schießen die uns auf den Mond?"

Nach wenigen Minuten senkte sich der Anstellwinkel und dann glitten sie ruhig und bequem durch die Lüfte. Nick riskierte einen Blick aus dem Fenster und konnte die Erdkrümmung, den schwachen Schimmer der Atmosphäre und sogar einige Sterne am pechschwarzen Himmel weiter oben erkennen. Man konnte von dieser enormen Höhe aus beinahe den ganzen 'Fuß' des italienischen Stiefels erkennen, allerdings aus einem ungewöhnlichen Winkel, weil sie ungefähr in Richtung Südosten flogen.

„Wir sind bestimmt bis in die Stratosphäre aufgestiegen", mutmaßte dann auch Tamara beim Blick hinaus. „Sehr effizient, so schnell wie möglich auf die Reiseflughöhe aufzusteigen und dann so lange wie möglich auf dieser zu bleiben. Sehr energieaufwändig am Anfang, aber das holen sie bei einem längeren Flug dann wieder auf der Reiseflughöhe herein. Ich frage mich nur, wie dieser Jet angetrieben wird. Es kann ja wohl kaum mit Elektromotoren sein."

„Ich weiß gar nicht, warum das unmöglich sein soll. Die meisten unserer Flugzeuge daheim erzeugen den Großteil ihres Schubes in den Mantelstromtriebwerken durch das Verdichten von Luft und dem Ausstoßen dieser. Der Abgasstrahl von der Verbrennung treibt eigentlich hauptsächlich den Verdichter an. Wenn diese elektrisch betrieben werden könnten, bräuchte man keine Verbrennung." Nick brach ab, als er Rebeccas Gesichtsausdruck sah.

„Wir hätten Lothar und dich nicht nach Speyer in dieses Technikmuseum lassen sollen."

„Unsinn, das hat doch damit nichts zu tun. Das ist Allgemeinwissen", gab er wichtigtuerisch zurück.

„Für Nerds wie dich vielleicht. Und du kannst deinen Mund gleich wieder zumachen, Tammy. Du zählst auch zu den Nerds, basta." Sie wandte sich pikiert ab und sah zum Fenster hinaus, wo das Mittelmeer gerade in den schönsten Blau- und Grüntönen unter ihnen schimmerte. Das Faszinierendste dabei war, wie tief unten die Wolken unter ihnen durchzogen.

Nun gab es eine Durchsage: „Wir begrüßen Sie auf dem Air Farsi Flug 167-761 von Rom nach Teheran. Unsere Flughöhe beträgt derzeit 22'000 m, die Außentemperatur angenehme minus 5 °C und unsere Geschwindigkeit über Grund 3800 km/h. Wir sollten bei schönem Wetter in etwa vierzig Minuten an unserem Reiseziel ankommen. Ich wünsche Ihnen einen angenehmen Flug."

Tamara blieb der Mund offen stehen. „Das sind fast Mach 4. Wie zum Henker schaffen Sie das ohne Verbrennung? Die..."

Mit gerunzelter Stirn unterbrach Sven sie: „Jetzt möchte ich aber doch gerne mal etwas genauer wissen. Du, meine Süße, zerbrichst dir hier den Kopf darüber, wie man es schafft, ein Flugzeug ohne Jets auf Mach 4 zu beschleunigen. Ich habe dich aber noch nie darüber spekulieren gehört, wie eine fünfzig Meter große Kugel, die mit *dunkler Materie* beschichtet ist, durch feste Materie hindurch gleiten, sich unsichtbar machen und die Schwerkraft ad absurdum führen kann. Geschweige denn, dass sie von einem Universum in ein anderes reist. Wie kann das sein?"

Sie stutzte und meinte nach einer Sekunde des Nachdenkens, nun den Blick aller ihrer Kollegen in der Sitzreihe auf sie gerichtet: „Das ist das gleiche Prinzip wie mit dem Steinzeitmensch, dem Compoundbogen und der Interkontinentalrakete."

Oran lachte spontan los bei Svens verdutzter Miene, doch Nick meinte etwas unwillig: „Auf *die* Erklärung bin ich jetzt aber mal gespannt."

„Nun, wenn du einem Höhlenmenschen einen Compoundbogen mit drei Sehnen zeigst, besteht eine gewisse Chance, dass er kapiert, wie das Ding funktioniert, weil er etwas Ähnliches, nämlich seinen Steinzeitbogen aus Holz mit Tiersehne, kennt und benutzt. Aber zeige ihm eine Interkontinental-Rakete, die soviel an hochmoderner Technologie in sich vereint, inklusive dem Atomsprengkopf, dass das bereits ein wenig schwerer zu vermitteln sein wird."

Nun brach Oran neben Teresa endgültig in schallendes Gelächter aus. Sogar Nadija und die Zwillinge sowie einige andere Sitznachbarn in anderen Reihen sahen sich nach ihnen um. Teresa stupste ihn ungnädig mit dem Ellenbogen in die Seite, doch er wischte sich nur die Tränen aus den Augen und tönte erheitert: „Da hat sie einen guten Punkt angesprochen, nicht wahr?"

Teresa zischte ihm zu: „Schon gut, wir alle haben ihre Argumentation verstanden. Wieso ist das so lustig?"

Nun erstarb sein Lachen. „Du bist aber humorlos."

Sie erwiderte: „Das stimmt gar nicht. Das war zum Schreien komisch, das finde ich auch. In einem engen Raum voller Leute ist es trotzdem nicht höflich, deswegen auch gleich in voller Lautstärke loszuwiehern."

„Um Himmels Willen, was ist dir denn für eine Laus über die Leber gelaufen? Na gut, es tut mir Leid, ich wollte nicht aus der Rolle fallen. Friede?" Er streckte ihr mit Hundeblick die Hand hin.

Teresa stockte einen Moment, dann schüttelte sie sie und lächelte milde. „Du hast eine sehr einnehmende Art, Oran. Okay, alles wieder gut."

„Sehr gut, es hätte mich sehr betrübt, wenn du mir wegen so einer Kleinigkeit böse gewesen wärst." Er erwiderte ihren Händedruck und sah dann wieder interessiert zum Fenster hinaus.

Die anderen vier sahen sich mit hochgezogenen Augenbrauen an. Nanu, bahnte sich da etwa mehr an als nur Kollegialität?

Sie hatten gar nicht mehr viel Zeit zum Diskutieren und Spekulieren hinsichtlich der technischen Spezifikationen ihres Reisegefährts, da bereits wieder die ersten Warnzeichen und Durchsagen zum Einnehmen der Plätze und Anschnallen aufforderten. Nach diesem Start vorhin kamen sie dem gerne nach.

Es war wenig überraschend, dass der Abstieg zum Anflug auf ihr Ziel einer Achterbahnfahrt gleichkam. Stark verzögernd und steil absinkend näherte sich die Maschine dem Flughafen von Teheran, wo sie nach einem sanften Ausklingen lassen des Gleitfluges aufsetzte und ausrollte. Sie widerstanden der Versuchung, dabei zu klatschen, weil diese Sitte hier sicher nicht gebräuchlich war.

Sabena übernahm wieder die Führung und geleitete sie an sämtlichen Kontrollen vorbei und in eine weitere VIP-Wartezone, die bereits von mehreren Dutzend jungen Leuten ihres Alters besetzt war. Als alle an Ort und Stelle waren, stellte sich ihre Führerin zusammen mit einer anderen, identisch uniformierten Stewardess, vor die versammelten Leute und bat um Aufmerksamkeit.

„Wir begrüßen Sie alle in Persien. Sie werden demnächst mit einem Kopter zum Ausbildungscamp gebracht werden. Wir haben derzeit nur eine Maschine, daher müssen wir Sie leider in zwei Flügen transportieren. Ich möchte die ersten vierzig Personen, die ich gleich aufrufen werde, bitten, mir zu folgen. Die anderen werden leider ein wenig ausharren müssen, bis sie an die Reihe kommen. Bitte machen Sie es sich hier gemütlich und nutzen Sie das Angebot an Speisen und Getränken reichlich, bis wir in etwa anderthalb Stunden auch Sie abholen kommen. Meine Kollegin Biritta wird bei Ihnen bleiben und Ihnen assistieren, falls etwas sein sollte. Vielen Dank!"

Von ihrer Filiale wurden Nadija, Linnea und Lovisa, Teresa, Rebecca und Oran aufgerufen. Nick sagte scherzhaft: „Besorge uns schon mal ein Stockbett in der Schlafbaracke, bis ich nachkomme!"

„Wir sind nicht bei den NAVY Seals", belehrte Linnea ihn darauf und ließ ihn stehen. Er zuckte nur mit den Schultern und küsste Rebecca zum Abschied, dann blieb er mit Tamara und Sven zurück, um auf die zweite 'Fuhre' zu warten.

Er unterhielt sich eine Weile mit Sven und Tamara, dann ebbte sein Interesse ab. Die Müdigkeit forderte doch langsam ihren Tribut, wie er merkte. Also döste er wie viele andere auch ein Weilchen vor sich hin, bis Tamara ihn weckte.

„Es sieht so aus, als ob es gleich weitergehen wird. Bist du fit?"

Er rieb sich die Augen. „Geht so. Dieses Mal werde ich ein übles Jet-Lag haben. Wie lange sind wir schon unterwegs? Ich habe aufgehört, die Stunden zu zählen. Müsste es nicht eigentlich dunkel sein hier?"

„Dachte ich auch zuerst, aber Pustekuchen. Frag mich nicht, vielleicht dreht sich die Erde hier ein Spürchen langsamer oder schneller, was sich im Laufe der Jahrmillionen auf einen halben Tag Unterschied summiert hat. Was weiß ich schon?" Sie gähnte unbewusst auch und hielt sich die Hand vor den Mund.

„Du siehst reichlich zerzaust aus. Uns allen steckt diese Reise wohl in den Knochen, was?" Nick musterte sie. „Dein Lippenstift ist übrigens verschmiert. Wollte ich nur erwähnt haben, damit es nicht noch heißt, ich lasse dich wie einen Clown rumlaufen, ohne dass du es merkst."

Sie sah sich betreten um und meinte dann: „Oh, danke, Nick. Ich gehe mich gleich frisch machen. Ich hatte den vor der Abfahrt im Halbschlaf aufgetragen, aber nicht mal welchen mitgenommen. Wozu auch? Ich hätte ihn ja ohnehin im Transferbereich zurücklassen müssen und ich bezweifle auch, dass wir welchen im Camp bekommen werden."

Lachend rief er ihr nach, während sie bereits in Richtung Toilette ging: „Ja, ich fürchte, ihr werdet leer ausgehen, was das betrifft."

Dann wandte er sich an Sven, doch der schien gegenüber in seinem Loungesessel ebenfalls ein kleines Schläfchen zu machen. Da es laut Tamara gleich weitergehen sollte, stupste er ihn an. „He, es geht gleich weiter."

Der hünenhafte Mann öffnete träge die Augen und gähnte erst einmal unverschämt. Dabei fiel Nick etwas auf. „Gibt es irgendetwas, was du vielleicht in letzter Zeit erwähnen wolltest, es dir aber bisher immer entfallen ist?"

„Hm...? Du weißt doch, dass wir an Außenstehende nichts von der Springerausbildung erzählen dürfen. Ich wusste ja nicht, dass ihr auch ausgewählt worden seid. Das kannst du mir doch nicht ernsthaft vorhalten. Ihr habt genauso dicht gehalten..."

Ungnädig unterbrach Nick ihn. „Ich rede davon, dass du Tamaras Lippenstift an deinem Mund hast und sie hat ihn verschmiert. In diesem Augenblick ist sie vor dem Spiegel, um das zu beseitigen. Was läuft da zwischen euch? Muss ich mir etwa Sorgen machen, junger Mann?"

„*Junger* Mann? Ich bin fast zwei Jahre älter als du! Wie kommst du dazu..." Als Sven sah, dass Nick sich mit drohender Miene vor ihm aufgebaut hatte, mit in die Hüften gestemmten Fäusten, gab er auf. Das kleine Geheimnis war nun keines mehr.

„Gut, du hast uns überführt. Das Ganze läuft seit dem Abend, als wir von Filiale 666 zurückgekehrt sind. Wir haben uns gesucht und gefunden, völlig ungezwungen. Seitdem sind wir bis über beide Ohren verliebt. Bist du jetzt zufrieden? Wir wollten unsere Beziehung noch für uns behalten, weil wir nicht wussten, wie die Modalitäten in dieser Hinsicht im Ausbildungscmap sind.“

„Hm, da bleibt mir wohl nicht viel dazu zu sagen. Behandle sie gut, sonst bekommst du es nicht nur mit mir, sondern vor allem mit Rebecca zu tun, das kann ich dir versichern. Aber ich will dir nicht drohen, ich freue mich sogar für euch. Lasst uns am besten erst einmal diese drei Monate überstehen, dann können wir ja noch immer weitersehen.“ Nick sah ihn fragend an. „Ist noch etwas?“

Sven druckste verlegen herum: „Na ja, ich weiß von ihr leider, dass du wegen ihr nicht gerade unparteiisch bist, genauso wenig wie Rebecca. Tammy und ich haben uns am Abend unserer Heimkehr einmal quer durch meine Hausbar gesoffen und ich fürchte, sie hat mir im volltrunkenen Zustand euer kleines pikantes Geheimnis anvertraut. Aber keine Sorgen, von mir erfährt keine Menschenseele etwas.“

Nick glaubte, er würde gleich ohnmächtig werden vor Schreck. „Das... was... nein! Das hat sie nicht...“

Sven stand auf, sich mit dem Ärmel über die Mundpartie wischend. Er legte eine seiner massigen Hände auf Nicks Schulter. „Wie es aussieht, haben wir beide ein süßes kleines Geheimnis. Mir wäre es recht, wenn das möglichst lange so bleibt.“

Konsterniert ließ sich Nick darauf in den nächsten Sessel fallen und meinte abwesend: „Da müsst ihr euch aber künftig ein klein wenig geschickter anstellen, wenn ihr das noch ein paar Monate unter diesen Umständen geheim halten wollt. Oh je, ich hatte befürchtet, dass dieser Tag kommen würde. Ich flehe dich an, zu keinem auch nur ein Sterbenswörtchen.“

„Du hast mein Wort, Mann. Ich muss dich aber trotzdem noch etwas fragen...“ Nun merkte man seinem Arbeitskollegen förmlich an, wie unangenehm ihm die nächste Frage war.

„Wie ist bei euch dreien der aktuelle Status eurer Beziehung? Ich weiß, dass mit Oliver schon eine Weile Sendepause war, aber wie haltet ihr das ansonsten im Allgemeinen? Ich meine, habt ihr Tammy auch miteinbezogen, während sie noch liiert war?“

Nick seufzte schweren Herzens. „Nein, natürlich nicht. Nicht auf sexueller Ebene, aber emotionell sind wir immer füreinander da und das wird sich auch nie ändern. Vor allem Rebecca und sie sind so gute Freundinnen, dass ich mir kein Szenario vorstellen kann, das zu einem Bruch zwischen ihnen führen könnte.“

„Gut, ich danke dir für deine ehrliche Antwort. Tamara hat mir auch schon erzählt, dass Beckie für sie wie die große Schwester ist, die sie nie hatte. Ich glaube nicht, dass sich irgendjemand überhaupt jemals zwischen die Beiden stellen könnte.“ Sven nahm seine Hand von Nicks Schulter, als er sah, dass Tamara vom WC zurückkehrte, mit einem leicht schuldbewussten Blick.

„Nanu, wie schaut ihr denn aus der Wäsche? Habe ich was verpasst?“ Sie musterte die beiden eine Spur argwöhnisch und ängstlich zugleich.

Nick antwortete rasch: „Wir haben uns gerade darüber unterhalten, wie gute Freundinnen Rebecca und du seid.“

Das war nicht einmal gelogen, daher fiel es ihm auch nicht schwer, sie derart von der richtigen Fährte abzubringen. Er wusste, wie schlau sie war und dass man ihr nicht so einfach etwas vormachen konnte. Die eine große Ausnahme war gewesen, als sie fast in Panik zu ihnen ins Haus gestürmt war, weil sie dachte, Barbaras riesige schwarze Hauskatze sei eine aus dem Zoo entlaufene Raubkatze. Das war einfach zu köstlich gewesen.

„Da hast du verdammt nochmal absolut Recht!“ Im Brustton der Überzeugung bestätigte sie ihm das, doch dann wurden sie auch schon aufgerufen, sodass sie das Thema zur Erleichterung der beiden Männer nicht weiter vertiefen konnten.

Sie wurden auf das Rollfeld geführt, wo eine ähnlich aussehende Maschine bereitstand wie jene, mit der sie von Mailand nach Rom geflogen waren. Diese war jedoch um einiges größer und bot ihnen allen locker Platz.

Als sie einsteigen wollten, drehten sie sich zum ersten Mal in Richtung Norden, zur

Stadt hin, um und erstarrten vor Ehrfurcht. Die Fenster der Lounge waren in südlicher Himmelsrichtung gelegen, daher hatten sie das Panorama nicht bewundern können, das sich ihnen jetzt darbot.

„Wow, das ist mal eine Aussicht!", ließ sich Sven vernehmen.

Direkt hinter der ausgedehnten Hauptstadt Persiens erhoben sich mehrere Gebirgszüge in schwindelerregende Höhen. Der absolute Hingucker war allerdings ein gigantischer, schneebedeckter Berg in Form eines Vulkanes, der sich rechterhand von ihnen noch weit über alle andere Gebirgsformationen erhob.

Das muss das Elbursgebirge sein", mutmasste Tamara. „Dann ist das sicher der Damawand, der höchste Berg des Landes. Er sieht zum Greifen nah aus."

„Beeindruckend. Wie hoch der wohl ist? Sieht mir alles nach Hochgebirge aus dort drüben." Sven bestieg die Passagierkabine, nachdem er sich wie alle anderen ihrer Gruppe auch einen kurzen Moment des bewundernden Innehaltens gegönnt hatte.

Nick meinte vage: „Er ist um die 5600 m, wenn ich mich nicht irre. Und er ist kein inaktiver Vulkan, sondern nur schlafend."

„Wow, *jetzt* bin ich beeindruckt." Sven sah zu einer der kleinen Luken, neben der er einen Sitzplatz hatte ergattern können, hinaus.

Sie starteten und hielten zur großen Überraschung aller direkt auf die erste Gebirgskette zu, während sie steil anstiegen. Sie überquerten sie in nur wenigen hundert Metern Flughöhe, was ihnen ein atemberaubendes Panorama bescherte. Dann hielten sie fast genau auf den riesigen Damavand zu, während sie die zweite Bergkette ebenso knapp unter sich zurückließen.

„Hier bekommt man was geboten für sein Geld", bemerkte Nick trocken, aber ein wenig blass um die Nasenspitze.

Nun flogen sie tatsächlich in nur wenigen Kilometern Entfernung am Westhang des weißen Riesen aus Stein und Eis vorbei und hielten weiter grob in Richtung Norden, während der Vulkan, dessen Gipfelhöhe sie nicht einmal erreicht hatten, achteraus wanderte. Es kam ihnen wirklich wie ein touristischer Sightseeing-Flug vor. Und die nächste Attraktion wartete bereits auf sie.

Irgendjemand, der sich die Nase an seinem Fenster plattgedrückt hatte, rief auf einmal: „Seht euch das vor uns an! Das ist phantanstisch!"

Sie taten wie geheißen und entdeckten eine ferne Küstenlinie vor sich in weiter Ferne, die in einem großen Bogen von Horizont zu Horizont reichte. Nick merkte auf: „Ach ja, das muss das Kaspische Meer sein. Sehr schön, seht euch nur dieses Türkis an."

Unbemerkt von den anderen, griff Sven nach der Hand von Tamara und drückte sie leicht zum Zeichen der Verbundenheit. Sie suchte seinen Blick und lächelte ihn schwach an.

Die nördlichsten der diversen, parallel verlaufenden Bergketten des Elburs waren dicht bewaldet, wie sie jetzt sehen konnten, als sie stetig tiefer sanken. Dies war ein wohltuender Kontrast zu den kargen, harschen Berglandschaften, die sie soeben überflogen hatten. Sie gingen nun beinahe in die Senkrechte und verloren zügig an Höhe, sodass sie bereits begannen, alle nach ihrem möglichen Ziel Ausschau zu halten.

Eine schmale Küstenebene vor ihnen war bedeckt mit Ackerland und mehreren größeren Städten. Direkt am Rand der nördlichsten Ausläufer des Gebirges begann der Wald. Diese Gegend profitierte eindeutig von dem wasserreichen Bergland und dem milden Klima in Küstennähe.

Einige Kilometer vom Rand der nächsten Siedlung entfernt sprang Nick ein schmales Flusstal ins Auge, das sich in die Ausläufer der unberührt scheinenden Wälder hinaufzog, parallel zu einer unasphaltierten Piste. In einem breiten, steinigen Flussbett schlängelte sich das trübe Wasser des kleinen Laufes aus dem Gebirge, bis zu einer Lichtung ein paar Kilometer vom Rand der Ebene entfernt gut sichtbar und weiter flussaufwärts im undurchdringlichen Gestrüpp verschwindend. Besagte Lichtung war mehrere hundert Meter breit und zog sich etwa anderthalb Kilometer in den engen Kessel, der von außen aus drei Richtungen nicht einsehbar war. Auch die Straße endete auf dieser Lichtung.

Genauer gesagt verästelte sie sich und führte zu einer Vielzahl an verschieden großen Gebäuden, von denen einige sehr lang und mehrere Stockwerke hoch waren sowie erstaunlicherweise fast in Reihen erbaut worden waren; in diesem abschüssigen Gelände eine kleine Meisterleistung. Er sah diverse Plätze, vor jedem der großen Häuser einen eigenen kleinen und mehrere Hallen und andere weitläufige Gebäude, deren Zweck ihm verschlossen blieb. Der Landeplatz und die diversen Sportanlagen, die er nun aus geringerer Höhe identifizieren konnte, beseitigten jeden Rest an Zweifeln an ihm.

Er sprach seinen ersten Gedanken aus: „Wow, alles an dieser Anlage schreit 'Kaserne!' Der Aufbau, die erhöhte Lage, nur eine Straße, die hierher führt... puh! Hätte nicht gedacht, dass ich das nochmal mitmachen muss."

Tamara fragte herausfordernd: „Kriegst du jetzt Fracksausen, wo es nun ernst wird?"

„Was willst *du* denn von mir, du Zivilist?" Er wandte nicht einmal seinen Blick ab, doch alles Hoffen half nichts. Sie steuerten genau auf besagten Talkessel zu und sanken nun der nächstgelegenen Landefläche entgegen.

Sven warf ihm einen kurzen Seitenblick zu und ein Mundwinkel hob sich ironisch. „Willkommen im Ferienlager, Soldat."

„Na, vielen Dank auch!" Er lehnte sich nun in seinem Sitz zurück. Ab jetzt gab es für ihn nichts mehr zu sehen, mit dem er nicht in der nächsten Zeit ausgiebig Bekanntschaft machen würde, dessen war er überzeugt.

Der große Kopter setzte auf und seine leise sirrenden Rotorkanzeln liefen aus. Mehr oder weniger geordnet verließen sie die Maschine und sammelten sich in einem wirren Haufen am Rand der Landefläche. Es gab tatsächlich sogar einen kleinen Tower, auch wenn der nur drei Stockwerke hoch und der Bezeichnung kaum würdig war.

Da sie alle keinerlei Gepäck mitgebracht hatten, war das Aussteigen relativ zügig vonstatten gegangen. Nun wurden sie von einem Mann Mitte Vierzig angesprochen. Er hatte schütteres graues Haar, eine markante Kinnpartie und einen bleistiftdünnen Schnurrbart im hageren Gesicht, stechende braune Augen und war drahtig und durchtrainiert. Er steckte wie sie alle in einem hellgrauen Overall, dem Modell 'Höllenknast', wie Nick diese Standardkleidung in stiller Anspielung auf ihren Einsatz damals auf Filiale 666 nannte.

„Bitte hören Sie mir zu!“, rief er mit überraschend lauter und weit tragendes Stimme, selbstredend auf Esperanto. Fast augenblicklich kehrte Ruhe ein und alle widmeten ihre ungeteilte Aufmerksamkeit dem ersten Menschen, dem sie hier begegneten.

„Mein Name ist Ausbilder Manuel Peruggi, vierte Einheit, dritte Kompanie. Als Allererstes möchte ich Ihnen allen eine grundlegende Sorge oder Befürchtung nehmen, die manche von Ihnen wohl unter dem ersten Eindruck hegen.“ Mit strenger Miene sah er sich um unter den Neuankömmlingen, dann fuhr er fort.

„Dies hier ist keine militärische Organisation.“

„Es ist aber auch kein Ponyhof, habe ich gehört“, erklang eine Stimme schräg hinter Nick, worauf dieser zusammenzuckte. Das durfte doch nicht wahr sein!

„*Wer* hat das gesagt? Ich möchte denjenigen bitten, der diesen Kommentar abgegeben hat, kurz zu mir zu kommen.“ Streng musterte ihr Ausbilder ihren unorganisierten Haufen, der sich nun wie auf magische Weise teilte wie das Rote Meer in der Bibel und den Witzbold damit bloßstellte, der augenblicklich rot anlief und zu schwitzen begann.

„Nun, wie sieht's aus? Muss ich Ihnen ein Meldefahrzeug vorbei schicken, oder schaffen Sie es zu Fuß bis zu mir herüber?“

Alle lachten nun verhalten und natürlich froh darüber, dass die Aufmerksamkeit von Peruggi nicht auf ihnen ruhte. Der junge Mann, dünn, hochgewachsen und blond mit vielen Sommersprossen, beeilte sich auf einmal, der Aufforderung seines Ausbilders nachzukommen.

„Wie ist ihr Name, Agent?“ Peruggi stellte sich dicht vor den Spaßvogel.

„Foss... James Foss.“ Der Anwärter drohte jede Sekunde ohnmächtig zu werden.

„So wie Bond... James Bond? Na, da hege ich doch meine Zweifel, und berechtigte obendrein.“ Etwa die Hälfte der Anwärter lachte nun verhalten, dem Rest war diese Roman- und Filmfigur offenbar unbekannt. Das war die Crux mit Insiderhumor in einer interdimensionalen Einheit, dachte Nick sich ironisch.

„Ja, Agent Foss, ich kann nämlich genau wie Sie meine Witzchen reißen. Der Unterschied ist nur, ich kann das tun, wann immer mir danach ist. Denn wenn ich etwas zu sagen habe, dann hören die Leute für gewöhnlich zu. Bei Ihnen ist das optional, deshalb schlage ich vor, Sie beschränken in Zukunft altkluge Kommentare auf einen ungezwungeneren Rahmen als die Vorstellungsrede Ihres Ausbilders."

„Ja, wird gemacht. Entschuldigen Sie bitte." Foss versank nun jeden Moment im Boden, da war sich Nick beinahe sicher. Er konnte einem fast schon wieder leidtun.

Nun aber kam etwas Überraschendes aus dem Munde ihres schmunzelnden Ausbilders: „Zu Ihrer aller Glück ist dies hier, wie ich bereits erwähnte, *keine* militärische Einrichtung. Sonst würden wir alle dem guten Anwärter Foss nämlich bereits dabei zusehen können, wie er eine beliebige Anzahl Liegestützen oder Joggingrunden über den Hof als erste Strafmaßnahme absolvieren würde.

Ich möchte Ihnen nicht verhehlen, dass es durchaus disziplinarische Maßnahmen gibt, aber keine übermäßig strengen, willkürlich verhängten oder besonders harten. Armee-Bullshit wie kollektive Bestrafung einer ganzen Gruppe für den Fehler eines Einzelnen suchen Sie hier vergebens. Es werden lediglich Übertretungen der Regeln, die hier im Camp herrschen, individuell geahndet. Ich würde mich freuen, wenn alle eine derart justierte Geisteshaltung an den Tag legen würden, dass es gar nicht erst dazu kommen muss.

Sie alle haben sich schließlich freiwillig hierfür gemeldet, nachdem Ihnen die große Ehre widerfahren ist, überhaupt für dieses Trainingsprogramm vorgeschlagen zu werden. Ich gehe daher davon aus, dass Sie alle das hier wollen. Somit obliegt es mir nicht, Sie zu schinden, plagen, psychisch zu foltern oder irgendwelche sadistischen Gelüste an Ihnen auszulassen, indem ich meine Stellung Ihnen gegenüber missbrauche, um persönliche Abneigungen auszuleben. Ihr Vorgesetzter hat Potential in Ihnen erkannt, sonst wären Sie ebenfalls nicht hier. Wenn Sie das hier vermasseln, weil Sie Unsinn fabrizieren und vom Kurs ausgeschlossen werden, werden Sie sich das vielleicht nie verzeihen. Ihr Vorgesetzter hofft natürlich, dass er einen Springer zurück bekommt. Wenn Sie keiner werden, wird er enttäuscht sein. Sie können ihm dann ja erzählen, warum es nichts geworden ist, das steht Ihnen natürlich frei."

Alle schluckten kurz.

„Und jetzt komme ich auch schon nahtlos zur Quintessenz dieser kleinen Ansprache. Ich bin der festen Überzeugung, dass jeder Einzelne von Ihnen das hier durchziehen will. Dies hier ist gleichzeitig das Abenteuer und die Chance ihres Lebens. *Wenn* Sie das hier durchziehen, kann Sie fast nichts mehr im ganzen Multiversum aus der Ruhe oder aus dem Gleichgewicht bringen.

Es gibt nur einen Haken dabei. *Ich* bin nicht Ihr Feind.

Ihr eigener *Körper* ist Ihr größter Feind. Der bei weitem häufigste Grund, warum Sie dieses Training nicht beenden können werden, sind die physischen Grenzen, die Ihr Körper Ihnen an einem beliebigen Punkt in den nächsten drei Monaten aufzeigen mag, falls Sie nicht das Zeug zum Springer haben. Sie können der größte muskelbepackteste Stier sein und dennoch hier versagen. Sie können nicht einmal etwas dagegen tun, denn dies ist nicht nur eine reine Willenssache. Wenn Ihre Kondition oder Ihre genetisch bedingte Grundverfassung Sie im Stich lässt, kann man einfach nichts machen, das ist Pech.

Das Dumme hierbei ist, dass man es nicht im Voraus sagen kann, wer es packen wird und wer nicht. Sie haben alle eine Reihe an Tests durchlaufen, doch keine Untersuchung, kein Training und kein bisher an Ihnen vorgenommener Belastungstest kann Sie auf das vorbereiten, was Sie hier erwartet. Sie werden sich wundern, wie viele Anwärter hier sind. Und Sie werden sich noch viel mehr darüber wundern, wie wenige es am Ende des Kurses noch sein werden, das kann ich Ihnen jetzt schon versprechen.

So, jetzt folgen Sie mir bitte alle, damit ich Ihnen Ihre Unterkunft zuweisen kann. Dort können Sie dann die gelben und braunen Flecken aus Ihren Unterhosen waschen, die Sie nach meiner kleinen lauschigen Ansprache jetzt hoffentlich produziert haben.“

Ein angeekeltes Stöhen von mehreren Anwärtern war unterdrückt hörbar, begleitet von entsprechend pikierten Mienen. Mit einem kleinen Schmunzeln ging Peruggi nun voraus, dicht gefolgt von ihrer Gruppe. Keiner sprach mehr laut, alle wirkten betreten und desillusioniert. Jedem war klar, dass das kein großspuriges Gehabe war, sondern dass dieser Mann an jedes einzelne Wort seiner für sie alle ernüchternden Ansprache glaubte.

Das konnte ja heiter werden.

Sie kamen am dritten Haus an und wurden direkt nach oben geschickt. Im vierten Obergeschoss trafen sie sich alle auf einem langen Flur und stellten sich in einer Reihe entlang der Wand auf, nur dort Lücken lassend, wo die Zimmertüren abgingen. Von wegen, kein Militär, dachte Nick zynisch.

Peruggi erklärte mit gut vernehmbarer Stimme, die in dem breiten, nackten Flur hallte: „Sie haben eine lange Reise hinter sich. Daher werden Sie heute keine Ausbildung mehr erhalten, sondern sich erst einmal hier einfinden und Ihre Zimmer beziehen. Auf jedes Zimmer sind vier Frauen und vier Männer eingeteilt, die eine Gruppe bilden. Sie werden sich wundern, wie gut das dem Klima tut. Wo immer möglich, haben wir Leute aus der gleichen Filiale oder dem gleichen Standort zusammen in ein Zimmer eingeteilt, auch das, um die allgemeine Stimmung zu heben. Wir sind keine Unmenschen und ziehen alle an einem Strang hier, vergessen Sie das bitte nicht.

Als nächstes bekommen Sie jetzt jeder eine personifizierte Kommunikationseinheit. Diese dient dazu, Sie ständig lokalisieren und kontaktieren zu können und liefert Ihnen auch über den Standort-WLAN gewisse Grundinformationen zur Orientierung. Sie werden das Gerät bitte ständig in der Gürtelschlaufe tragen, sobald Sie die Kompanieetage in diesem Gebäude verlassen. Es kommt gleich noch ein Steward bei Ihnen auf den Zimmern vorbei und wird Sie über alles aufklären, was Sie über die Zimmer und den Aufenthalt hier wissen müssen. Um Ihre Zimmernummer zu erfahren, geben Sie einfach Ihren Namen ins Gerät ein. Das ist erst einmal alles für den Moment. Eine gute Nacht und bis morgen.“

Ihr Ausbilder überließ sie nunmehr sich selbst. Nick sah sich in dem allgemeinen Menschengewirr auf dem Flur um, von dem aus etliche Türen zu beiden Seiten auf die Zimmer führten. Er öffnete das Display des kleinen Komm-Gerätes, das er wie alle anderen erhalten hatte, und gab wie verlangt seinen Namen ein. Sofort erschien die Zimmernummer 412 inklusive eines Richtungspfeiles. Praktisch.

Er erreichte die breite, weiß lackierte Tür und öffnete sie. Dabei entging ihm nicht, dass bereits einige Namen auf dem Schild standen, die ihm wohlbekannt waren.

„Nick! Wie schön, dass ihr da seid!" Rebecca sprang ihm augenblicklich um den Hals und erdrückte ihn fast.

Lachend löste er sich von ihrer Umarmung und küsste sie. „Langsam, langsam, Mädchen! Was ist denn los?"

„Das ist toll! Wir sind fast alle auf einer gemeinsamen Stube! Nur Linnea und Nadija durften nicht mit hier hinein, weil nur jeweils vier Männer und vier Frauen auf ein Zimmer kommen. Sie sind aber gleich nebenan auf 414. Wir haben dafür einen der Jungs aus Kairo bekommen, Achmed." Seine Verlobte war ganz aufgeregt, weil das alles hier für sie eine gänzlich neue Erfahrung war.

Nick stellte sich ihrem neuen Zimmergenossen vor, einem höchstens einssechzig großen, aber drahtig und fit wirkenden Mann mit dunklem Teint, schwarzen lockigen Haaren und dunklen Augen. Er war ebenfalls tief beeindruckt und wusste im Moment gar nichts mit sich anzufangen, außer den Schrank mit seinem Namen auf dem Schild darauf durchzusehen, was dort alles verstaut war.

Gut, sagte Nick sich, als er sich die Stube ihrer Gruppe ansah - er konnte das militärische Wort für dieses Zimmer einfach nicht aus seinem Geist verbannen -, das hier war allerdings anders als er es erwartet hätte. Das Fehlen von einem Tisch oder Stühlen wies zum Beispiel darauf hin, dass hier außer zum Schlafen wenig Zeit verbracht werden würde.

Als er zu einem der beiden hohen Fenster hinaussah, pfiff er anerkennend durch die Zähne. Sie hatten einen traumhaften Ausblick auf das Gebirge und den obersten Zipfel des Vulkangipfels in weiter Ferne. Allein die Aussicht war schon die Reise wert gewesen, dachte er grinsend.

Sie waren hier nicht beim Militär, rief er sich ins Gedächtnis. Und sie waren auf einer weitaus fortschrittlicheren Filiale als in ihrer Heimat. Kurioserweise standen jedoch tatsächlich vier Doppelstockbetten im erstaunlich großen Raum. Neben diesen waren jeweils zwei Schränke angeordnet und sie hatten dieselben blick-, schall- und kugelsicheren Vorhänge wie in der Krankenstation von Filiale 666, wo er Tamara und Ziska damals besucht hatte. Und noch überraschender war, dass wirklich jeweils ein Mann und eine Frau sich einen dieser 'Zweierverschläge' teilten. Damit wurde die Privatsphäre um einiges beschnitten, fand er. Außer in ihrem speziellen Fall.

Strahlend meinte Rebecca: „Sieh' nur, wir haben ein gemeinsames Bett. Und wenn wir den Vorhang zuziehen...“

Ihre vielsagende Miene wirkte ermutigend, doch er bremste sie ein wenig ein: „Schatz, du hast doch gehört, was man uns gesagt hat. Wir werden so fertig sein, dass wir nicht mal mehr an die Liebe denken können werden. Außerdem... nanu...“

Als er sich ihr Bett genauer ansah, runzelte er die Stirn. „Was ist denn das?“

„Ah, Sie haben die Bügel schon entdeckt! Sehr schön!“ Alle im Zimmer, die gerade ihre Betten oder die Schränke inspizierten, sahen auf, als ein junger Mann mit orientalischem Aussehen und kurz geschorenem schwarzen Haar herein sah.

„Einen guten Abend wünsche ich. Ich bin Adnan, euer Steward für den ganzen vierten Zug. Ich gehe mit euch zimmerweise die Einrichtungen der Räume durch, damit ihr Bescheid wisst, wofür was da ist. Habt ihr alle ein paar Minuten Zeit?“ Er scharte die acht Zimmergenossen um sich und begann mit dem Schrank.

„Eure komplett eingeräumten Schränke habt ihr mit Namen zugewiesen bekommen, da ist alles entsprechend eurer Größe drin und übliche Hygieneartikel. Diesen einen eingepackten Anzug sollt ihr noch geschlossen lassen, der muss speziell angepasst werden und wird der wichtigste für euch sein.

Ansonsten habt ihr hier rechts ein Bad für die Männer und links eines für die Frauen. Und da ihr hier nicht beim Militär seid, müsst ihr selbstredend nichts selbst putzen, dafür habt ihr auch gar keine Zeit.“

„Gut zu wissen. Wieso kann man das Bad eigentlich nicht abschließen?“ Nick war bereits aufgefallen, dass keine Schließvorrichtung an den Badtüren angebracht war.

„Seht einmal kurz hinein, dann wisst ihr, wieso. Da sich jeweils vier Leute eines teilen, sind dort jeweils zwei Duschkabinen und zwei WC-Kabinen drin. Das heißt, frei zugängliche Räume und in den Bädern selbst dann die nötige Minimal-Privatsphäre."

Sven grinste: „Jetzt rücken wir vom Hotelambiente schon eher wieder in die Richtung Jugendherberge."

Tamara meinte: „Passt schon. Was genau ist eigentlich dieses komische Ding auf Kopfhöhe am Bett?"

Adnan erklärte geduldig: „Das ist eine der wichtigsten Einrichtungen und auch gleichzeitig der Grund, weshalb die gemischte Belegung der Bettenparzellen kein Problem in Bezug auf potenzielle Pärchenbildung darstellt. Ich weiß, ihr denkt alle, ihr seid, jung, attraktiv und knackig und hier könnt ihr euch mal so richtig austoben, aber dafür seid ihr ja nicht da, oder? Ihr werdet diese kurzen drei Monate sehr intensiv und ausgewogen nutzen, wozu auch die Nachtruhe gehört."

Rebecca besah sich den schmalen, leicht gebogenen Metallbügel, der an einem Schwenkarm über dem Kopfende jedes Bettes befestigt war. „Und wie soll das gehen?"

„Jetzt kommt der Alphawellen-Induktor ins Spiel. Der Name ist bei Weitem nicht zutreffend, was seine Funktion betrifft, geht aber in die richtige Richtung. Er verknüpft sich, vereinfacht gesagt, mit euren Hirnwellen-Mustern, solange ihr schlaft, und so seid ihr auch aufnahmefähig für neues Wissen. Ihr lernt praktisch im Schlaf. Gleichzeitig habt ihr auch einen erholsameren Schlaf durch die Alphawellen-Induktion. Zwei Fliegen mit einer Klappe, sagt man auf einer eurer Welten, oder?"

Oran staunte und sagte: „Und das soll funktionieren?"

„Sehr gut, wir haben einen Freiwilligen!" Adnan klatschte zufrieden in die Hände. „Darf ich bitten?"

Etwas skeptisch legte sich der muskulöse Ire in sein oberes Stockbett und meinte zweifelnd: „Kann ich nicht aus dem Bett fallen bei der ganzen Geschichte?"

„Nein, durch den angeregten Tiefschlaf wälzt du du dich automatisch nicht mehr hin und her. Der natürliche Schlafzyklus eines gesunden Menschen wird durch das Programm nachgebildet und dir die Lektionen nur in den dafür geeigneten Phasen des Schlafes eingespielt. Dadurch lernst du praktisch im Schlaf." Er holte ein Steuergerät heraus und tätigte eine ganze Reihe von Eingaben, während Oran mit einer leicht angespannten Miene darauf wartete, dass es losging.

Ohne jede Vorwarnung senkte sich der Bügel ein Stück weit ab, bis er noch etwa eine Handbreit über dem Kopf der Testperson war. Ein sanftes blaues Licht, das kaum merklich zu flackern schien, leuchtete auf der Unterseite des Bügels auf, begleitet von einem sehr tieffrequentem Brummen, das kaum wahrzunehmen wahr. Augenblicklich wurden Orans Lider schwer und senkten sich. Er rührte sich nicht mehr und lag ganz friedlich auf dem Rücken, ganz tief und gleichmäßig atmend.

Tamara betrachtete ihren neuen Kollegen interessiert. „Toll! Und jetzt im Moment lernt er im Schlaf etwas Neues?"

„Ja, ich habe ihm etwas ganz Einfaches eingegeben, was zu Demonstrationszwecken ausreichend sein sollte. Ich schalte jetzt wieder ab." Das blaue Licht erlosch und der filigran wirkende Bügel fuhr langsam wieder nach oben.

Oran schlug die Augen auf und gähnte ausgiebig. „Guten Morgen. Mann, hab ich gut... wieso stehen denn alle um mein Bett herum?"

„Gebt ihm ein paar Sekunden", beruhigte Adnan sie, als er ihre vereinzelt besorgten Gesichter sah.

„Oran, sprichst du eigentlich Arabisch oder Farsi?"

Der Angesprochene richtete sich halb im Bett auf. „Nein, ich habe als Zweitsprache... Moment mal."

„Kannst du bitte auf Farsi von Eins bis Hundert zählen?", bat der junge arabische Steward ihn.

Ohne lange zu überlegen, ratterte der Ire mit staunender Miene die verlangte Nummernfolge herunter und lachte danach auf. „Das ist ja cool! Ich wache nach einem Nickerchen auf und weiß auf einmal Dinge, von denen ich bisher keine Ahnung hatte."

„Und jetzt stellt euch mal vor, welche Menge an Unterrichtsstoff ihr in einem Drittel einer vollen Ruheperiode aufnehmen könnt. Diese Methode ist zeitsparend und effizient. So müsst ihr nicht in langweiligen Unterrichtsstunden sitzen und habt hinterher die Hälfte wieder vergessen. Dafür hätten wir auch gar nicht genug Zeit in diesem Kurs. Ihr müsst schließlich auch trainieren und noch viel fitter werden, als ihr es ohnehin schon seid." Er nickte ihnen freundlich zu.

„Sehr praktisch, das muss ich zugeben, auch wenn es mir etwas unheimlich vorkommt. Aber das wird sich sicher bald legen, denke ich, wenn man sich erst einmal daran gewöhnt hat." Rebecca lächelte und betrachtete ihr eigenes Bett.

„Jetzt wisst ihr auch, warum hier keine nächtlichen Schäferstündchen stattfinden können. Wir haben um zehn Uhr abends Bettruhe, dann müsst ihr auch unbedingt in den Federn sein. Denn dann beginnt das Induktionsprogramm und ihr wacht am nächsten Morgen um sechs frisch, erholt und schlauer als am Vorabend auf."

Lovisa fragte: „Können wir heute Abend noch in der Kantine oder Mensa oder wie auch immer vorbeischauen? Ich könnte noch einen Happen vertragen, bevor es später in die Heia geht."

„Die Kantine hat durchgehend von sechs Uhr dreißig bis zwanzig Uhr dreißig geöffnet. Zu späte Mahlzeiten sind der Wissensaufnahme nicht förderlich."

„Ja, voller Bauch studiert nicht gerne." Als Nick das fragende Gesicht ihres Stewards sah, erklärte er kurz: „Ein sehr, sehr altes Sprichwort aus unserer Filiale."

„Ach so. Wie nett." Adnan schickte ihnen den Link mit der Wegbeschreibung zur Kantine auf ihre Geräte. „So, ich muss noch ein paar der anderen Gruppen einweisen. Einen schönen Abend und falls ihr Fragen oder Probleme habt, meldet euch einfach bei mir per Komm-Gerät. Alles klar?"

„Ja, vielen Dank. Einen schönen Abend noch." Tamara sah ihm nach, als er den Raum verließ, dann wandte sie sich ihren Zimmergenossen zu: „Und, Leute? Abendessen?"

< 3 >

Trainingscamp bei Amol, Filiale 32 - Monat 1

Am nächsten Morgen waren sie tatsächlich alle frisch und ausgeruht, als ihre Komm-Geräte sie um sechs Uhr mit einem Summton aufweckten. Auch die abwechselnde Benutzung der Bäder gestaltete sich ohne größere Staus oder Reibereien. So fanden sie sich schon bald in der Kantine zu einem herzhaften Frühstück am Buffet ein.

Nach diesem wurden sie von ihren Geräten, die sie inzwischen scherzhaft 'Helferlein' nach Daniel Düsentriebs kleinem Roboterassistenten getauft hatten, zum 'Appellplatz' gerufen. Das befeuerte wiederum die von Nick ins Leben gerufene Dauerdebatte 'Militär oder nicht', die sich wohl noch eine Weile hinziehen würde, bis er eingestehen würde, dass sie sich eben doch nicht in einer Kaserne und zum Drill hier befanden.

Mit Staunen und Ehrfurcht nahmen sie zum ersten Mal wahr, wie viele Anwärter hier tatsächlich in diesem Kurs angetreten waren, um Springer zu werden. Sie sahen sich um, doch von den vielen Frauen und Männern aus aller Herren Ländern und aus allen möglichen Filialen kannten sie natürlich auf Anhieb niemanden sonst. Dummerweise war ihr Zug an einer Ecke des weitläufigen Platzes angetreten, sodass sie nur einen Bruchteil der vielen Kandidaten sehen konnten.

Sie hatten schon von ein paar Fällen gehört, wo einzelne Agents aus verschiedenen Filialen sich hier wiedergetroffen hatten und sogar die Zimmer hatten tauschen dürfen, damit sie mit ein paar bekannten Gesichtern in einer Gruppe zusammen in den Kurs hatten starten können. Das hatte Rebecca zu Nicks großem Verdruss eindeutig auf der nichtmilitärischen Seite ihrer imaginären Checkliste verbuchen können.

Eine hochgewachsene, drahtige Frau in den Vierzigern mit blondem, zu einem

Pferdeschwanz zusammengebundenem Haar und durchdringenden blauen Augen in einem kantigen Gesicht, trat vor sie und begann ohne weitere Umschweife zu reden. Ein Mikrofon am Kragen ihres grauen Overalls übertrug ihre Stimme auf versteckte Lautsprecher. „Guten Morgen, meine Damen und Herren. Mein Name ist Maryanne Rukovsy. Ich begrüße Sie im Namen von TransDime zum diesjährigen Kurs auf die Anwärterschaft als Springer der Funktionsstufe Zwei. Ein Teil von Ihnen ist eben erst auf diese Stufe befördert worden, ein anderer hat sich schon eine Weile in dieser Position verdient gemacht, aber nun haben Sie das große Los gezogen, eine dieser heiß begehrten Stellen als Springer erhalten zu können.

Einige wichtige Dinge noch vorneweg, bevor Sie in Kompaniestärke mit dem eigentlichen Training beginnen werden. Zunächst möchte ich betonen, dass dies hier kein Wettkampf ist. Sie sind einer von diesmal 512 Leuten, aber es gibt nicht nur eine begrenzte Zahl an freien Stellen. Jeder, ich betone: jeder, der sich als geeignet für den Job als Springer erweist, besteht diesen Kurs. Es gibt keine Punkte und Ranglisten hier, keinen Erfolgsdruck in Form von Konkurrenzkampf. Wenn einhundert von Ihnen diesen Kurs bestehen, dann werden auch einhundert von Ihnen Springer werden. Wenn es nur zehn sind, dann eben nur zehn. Die Erfahrung zeigt leider, dass die Tendenz eher zur zweiten Zahl hin weist. Aber ich will Sie nicht im Voraus entmutigen, wir hatten auch schon Jahrgänge, in denen extrem viele geeignete Kandidaten im Kurs waren und bestanden haben.

Sie werden tagsüber trainieren und nachts lernen. Dann werden Sie tagsüber das Gelernte anwenden und weiter lernen und trainieren. Körperliche Fitness hat höchste Priorität dabei. Sie haben durch ihre Anreise bereits die Nanobots in sich, die Keime und Krankeiten abtöten, welche Sie in sich tragen könnten. Darüber hinaus nehmen Sie auch Nahrungsmittel und Ergänzungsstoffe ein, die Ihnen sehr zum Vorteil gereichen werden. Keine Angst, keine pharmazeutischen Drogen mit gefährlichen Nebenwirkungen oder dergleichen.

Wir haben schlicht und einfach die besten Nahrungsmittel aller Filialen zusammengetragen und lassen Sie in den Genuss dieser Naturprodukte kommen. Manchen von ihnen wird es beinahe wie Magie vorkommen, was diese pflanzlichen und tierischen Stoffe und Extrakte beim menschlichen Körper ausrichten können. Beispielsweise können alle Brillenträger ihr Nasenfahrrad ab morgen weglassen. Für den Rest ihres Lebens. Einer der Zusätze, den Sie mit dem Frühstück eben eingenommen haben, korrigiert auf natürliche Weise selektiv jeglichen Sehfehler permanent."

Rukovsky lächelte wissend, als ein ungläubiges Gemurmel durch die Reihen ging. „Das erste Training hier wird zunächst volle zwei Wochen dauern. Dann können wir bereits bestimmen, wer von Ihnen geeignet ist für den Transfer zum zweiten Camp, dessen Standort momentan noch streng geheim ist für Sie.

Der Transferflug ist der nächste große Test. Viele werden ihn nicht bestehen, fürchte ich. Ein guter Teil von Ihnen wird am Ziel ankommen, nur um nicht aussteigen zu dürfen und wieder zurück hierher fliegen zu müssen, wo seine Beendigung des Kurses offiziell gemacht werden wird. Diese bittere Erfahrung werden manche von Ihnen machen. Und einige werden uns für verrückt erklären, dass wir so einen immensen Aufwand betreiben für dieses Programm. Manch einer wird uns vorhalten, dass die Umstände, unter denen Sie sich beweisen werden müssen, viel zu hart und ungerechtfertigt sind.

Aber Sie können mir glauben, wenn Sie sich der Herausforderung als gewachsen herausstellen, wird sich für Sie danach ein ganz neues Lebensgefühl einstellen, sobald Sie wieder zurück sind. Alles wird ihnen viel leichter von der Hand gehen und Sie werden Dinge vollbringen können, die Ihnen zuvor als unmöglich erschienen sind. Das ist keine Übertreibung, es wird tatsächlich so sein für Sie. Und das mit Sicherheit weit über die zwei Jahre hinaus, die Sie in der Bereitschaft als Springer stehen werden. Sie werden hochgradig und eine sehr lange Zeit von diesem Training profitieren.

Für den Job als Springer wollen wir nur die Allerbesten und wir machen diese noch besser. Weitaus besser, als Sie es sich je hätten träumen lassen.

Das wäre für den Moment alles."

Nachdem Rukovsky ihre Ansprache beendet hatte und sich ihre Aufstellung in Auflösung befand, trat Ausbilder Peruggi zu ihnen. „Gruppe 410, ich habe hier Jemanden, der Sie zu kennen glaubt und angefragt hat, ob er zu Ihnen aufs Zimmer kommen kann. In diesem Stadium des Trainings nehmen wir solche Wechsel auf Anfrage gerne noch vor."

Er wies hinter sich und Nick und Rebecca fiel die Kinnlade hinab. Freudig überrascht rief Nick: „Wolf! Das gibt's doch gar nicht! He, Leute, das ist Wolfram Zalau von Filiale 108. Er war mal mit uns zusammen unterwegs."

Rebecca umarmte den kräftigen, sympathisch aussehenden Mann mit den rotbraunen Locken und den hellbraunen Augen in einem markanten, sommersprossigen Gesicht. „Wie schön, dass wir uns hier wiedersehen! Toll, dass du auch zum Springer antreten kannst."

„Ja, nicht wahr? Ich freue mich wirklich, dass ich euch über den Weg gelaufen bin. Kann ich mich euch anschließen?"

Nick schlug ihm kumpelhaft auf die Schulter. „Klar! Wie geht es übrigens Sophie? Habt ihr noch Kontakt?"

„Nein, leider nicht mehr groß. Sie ist noch für ein weiteres Jahr in der Stufe Eins verblieben, aus eigenem Wunsch, weil ihr ihre derzeitige Stelle so Spaß macht. Wir haben uns dann leider auseinander gelebt. Sie macht einen echt wichtigen Job, aber ich kann euch leider nicht mehr dazu sagen. Wir sind aber als Freunde auseinandergegangen, könnte man sagen, und haben ab und zu noch Kontakt." Wolf sah sich unter ihnen um und wurde nun erst mal den anderen vorgestellt.

Lange hatten sie allerdings keine Zeit dazu, denn Peruggi ließ sie nun antreten, wie Nick es nannte. Während die ersten Gruppen, bestehend aus drei Zimmerbesatzungen, zum Joggen oder zu diversen Trainingsanlagen aufbrachen, wurden andere noch gebrieft.

„Für heute werden wir die körperliche Ertüchtigung noch in diesen Overalls durchführen. Diese sind nicht optimal, doch dafür werden es Ihre Spezialanzüge sein, die Sie ab morgen für den gesamten Rest ihrer Ausbildung tragen. Von diesen Anzügen wird ihr Leben abhängen, nicht nur später im Einsatz, sondern auch während des Trainings in der anderen Filiale. Sie werden mit dem am weitesten entwickelten Stück an Bekleidung ausgestattet, das es im gesamten Multiversum gibt. Es wird mehr wert sein als das Haus, in dem Sie privat wohnen. Aber dazu kommen wir, wenn es soweit ist."

Während leises Gemurmel aufkam, besah sich ihr Ausbilder etwas auf seinem Komm-Gerät und kratzte sich kurz an seinem fast unbehaarten Kopf.

„Die Anwärter Anders, Millton, Schnyder, White bitte kurz vortreten."

Die Freunde sahen sich erstaunt an, da keiner von Ihnen eine Ahnung hatte, um was es hier ging. Zögernd machte auch Tamara einen Schritt nach vorne wie die anderen drei genannten, eine blonde Frau und zwei dunkelhäutige Männer.

„Ich habe in Ihren Werdegängen einige interessante... Details gelesen. In einigen Fällen bin ich mir nicht einmal sicher, weshalb Ihre Vorgesetzten Sie überhaupt für diese Ausbildung vorgeschlagen haben, nach dem, was Sie sich in Ihrem früheren Berufsleben geleistet haben. Hiermit möchte ich Ihnen versichern, dass ich Ihnen nicht das Leben schwerer machen werde als irgendeinem anderen Ihrer Kollegen, aber ich werde Sie genau im Auge behalten.

Bei uns gibt es keine Spirenzchen oder Alleingänge. Wer hier Unsinn macht, packt seinen Kram und teilt das Schicksal seiner vielen Kameraden, die es nicht geschafft haben und fährt nach Hause. Niemand in Ihrer Heimatfiliale erfährt im Normalfall, weshalb Sie nicht bestanden haben. Man wird davon ausgehen, dass sie der Sache in körperlicher Hinsicht nicht gewachsen waren. Aber Sie selbst werden wissen, weshalb Sie in Wirklichkeit in beruflicher Hinsicht in Bedeutungslosigkeit versinken, vielleicht für den Rest Ihres Lebens.

Heute können Sie noch ein wenig herumtollen wie die jungen Rehkitze auf der Waldlichtung. Aber ab morgen, wenn Sie die SF-Anzüge zum ersten Mal anlegen werden, übernehmen Sie eine Verantwortung, die nicht nur den vernünftigen Umgang mit Ihrer Ausrüstung umfasst, sondern auch das Befolgen von Regeln beinhaltet. Diese befinden sich als Datei auf Ihrer Komm-Einheit. Es sind nicht einmal zwei Seiten Text und ich erwarte von Ihnen nicht, dass Sie sie auswendig aufsagen können, aber Sie müssen sie auf jeden Fall angesehen haben und mit Ihrem gesunden Menschenverstand erfasst haben, um was es bei diesen Regeln geht.

Sie vier können nun zurück ins Glied."

Ein wenig bloßgestellt und peinlich berührt beeilten sich die Angesprochenen, nun nicht mehr aufzufallen, während Peruggi noch kurz auf die ersten Grundregeln einging. Tamara war rot wie eine Tomate im Gesicht geworden, da sie noch nie zuvor in ihrem Leben derart öffentlich vorgeführt worden war. Und das Schlimmste daran war, dass sie genau wusste, dass das ihre eigene Schuld war. Das allein sollte schon genügen, dass sie sich die Warnung ihres Ausbilders zu Herzen nehmen würde.

Sie joggten nun über diverse Wege quer durch das Gelände der Anlage, während ihnen andere Gruppen, ebenfalls im Laufschritt, entgegenkamen, die zu einem anderen Teil der Anlage unterwegs war. Auch das erzeugte wieder Bundeswehr-Retro-Feeling bei Nick, wobei Rebecca nicht widersprechen konnte.

Sie fanden sich am Beginn eines kleinen Hinderniskurses ein, der auf eine leicht abschüssige Wiese am Rande der Lichtung gebaut worden war. Die Hindernisse waren nicht besonders schwer, vielleicht sogar etwas leichter als die Hindernisbahn, die er aus seiner Zeit der Grundausbildung noch in Erinnerung hatte. Nachdem Peruggi sie alle dreimal über den Kurs gescheucht hatte, lief er mit ihnen im Schlepptau zu einer anderen Anlage hinüber, die bereits etwas anspruchsvoller war, mit höheren und breiteren Hindernissen. An einer Stelle musste man sich sogar in über drei Meter Höhe von einer Stange zur nächsten hangeln, was aber alle klaglos schafften. Ohne eine bestimmte Grundfitness hätten sie gar nicht erst antreten dürfen.

Nachdem sie auch diesen Parcours mehrmals absolviert hatten, war es bereits Mittagszeit und sie wurden zur Pause entlassen. Rasch gingen sie in die Kantine, denn die Pausenzeit war knapp bemessen. Als sie alle am Tisch saßen und ihr wohlverdientes Mahl mit Heißhunger verspeisten, meinte Nick kauend: „Und, ist noch sonst jemand der Meinung, dass das hier kein militärischer Drill ist?"

Rebecca gab zögernd zu: „Es mag gewisse Parallelen geben, aber auch genügend Unterschiede, um das Programm als nicht militärisch durchgehen zu lassen. Freie Zimmerwahl zum Beispiel."

Tamara war sehr ruhig seit dem Morgen. Als Sven sie darauf ansprach, erzählte sie: „Dass ich heute Morgen so unvermittelt einen Schuss vor den Bug bekommen habe, hat mich erschüttert. Ich hatte nicht geglaubt, dass ich dermaßen unter Beobachtung stehe wegen der Geschichten mit den Pierre-Stalkings."

„Aber du musst zugeben, dass du auch keinen Orden dafür erwartet hast, oder?", rügte Rebecca sie, worauf sie noch kleinlauter wurde.

Sven meinte abwiegelnd: „Es muss ja nicht unbedingt genau deswegen sein. Es kann genauso gut wegen ihres letzten kleinen Ausrasters in Wien gewesen sein."

„Schlimm genug, dass es eine ganze Auswahl an Gründen gibt, weshalb ich auf der schwarzen Liste stehe. Leute, ich habe mir das so sehr gewünscht und ich kann mir nichts Schlimmeres vorstellen, als hier herauszufliegen, weil ich Mist gebaut habe. Ich muss meine Fehler wieder gutmachen, versteht ihr?" Sie sah beinahe flehentlich in die Runde.

Vorsichtig gab Nick zu bedenken: „Ist es dafür nicht schon zu spät? So wie sich das angehört hat, was Nicolas bei deiner Befreiung gesagt hat, sind bereits Maßnahmen getroffen worden, was deine Eskapaden angeht. Das ist jenseits jeglicher Möglichkeit der Einflussnahme von dir, daher darfst du dich jetzt deswegen auch nicht verrückt machen."

„Ja, lass das jetzt hinter dir und konzentriere dich darauf, den Kurs möglichst gut abzuschließen, dann ist das alles Schnee von gestern und dir stehen alle Türen offen bei TransDime. Na, wie klingt das?" Sven gab ihr einen kleinen Stoß in die Rippen.

Sie lächelte schwach und sagte: „Ich danke euch für euren Zuspruch. Ich verspreche euch, ich werde mich anstrengen und das Beste geben."

Dann aßen alle recht wortkarg zu Ende und saßen noch ein wenig in Gedanken versunken am Tisch. Schließlich hielt Nick es nicht aus und ergriff das Wort, ohne sich dabei an jemand Bestimmten zu richten: „Wisst ihr, mir ist etwas Seltsames passiert: normalerweise wache ich auf und habe innerhalb einer Sekunde vergessen, was ich in der letzten Nacht geträumt habe. Aber gerade eben ist mir wieder eingefallen, was das in der letzten Nacht war."

Erstaunt sah Rebecca ihn an: „Das ist ja fast schon unheimlich! Bei mir genau das Gleiche. Seit ein paar Minuten geistert mir das im Kopf herum und..."

Tamara sah kaum auf: „Lasst mich raten: ihr steht in einem dichten Wald und werdet immer wieder von dunklen, vermummten Gestalten angegriffen, die ihr dann unter Einsatz von exotischen Kampftechniken abwehrt, welche ihr im wirklichen Leben noch nie zuvor angewendet habt?"

Alle Blicke richteten sich auf sie, worauf Tamara eine Spur unwillig aufsah. „Ist doch klar: der sogenannte 'Unterrichtsstoff' von letzter Nacht sickert allmählich aus unserem Unterbewusstsein ins Bewusstsein durch. Was dachtet ihr denn, wie das funktioniert?"

Sven gab etwas verlegen zu: „Ehrlich gesagt, habe ich mir da keine weiteren Gedanken darüber gemacht. Und das ist auch nur ein Aspekt des neuen Wissens, nach diesem Szenario kommt mir auch noch etwas anderes in den Sinn."

Tamara nickte verstehend: „Der Helikopterflug durch den Canyon? Oder ist es die erste Lektion im Stürmen eines Hauses, in dem sich Gangster mit Geiseln verschanzt haben? Oder die sichere Fortbewegung in einer Dimensionsfähre bei Schwerelosigkeit?"

Sven blieb der Mund offenstehen, während Nick ausrief: „Das mit der Fortbewegung bei Schwerelosigkeit geistert bei mir ebenfalls im Kopf herum."

„Bei mir ist bisher nur das Kampfszenario im Dschungel..." Rebecca hielt inne und ihr Blick wurde unscharf, als sie nachdenklich ins Leere starrte. „Nein, wartet, das mit der Erstürmung des Hauses taucht allmählich auch bei mir auf. Faszinierend und erschreckend zugleich, diese Erfahrung, wie einem neues Wissen im Schlaf vermittelt werden kann."

Die Tatsache, dass offenbar nur Tamara vier verschiedene Themen vermittelt bekommen hatte, beziehungsweise sich an alle vier bewusst erinnerte, ging in dem allgemeinen Erguss der Erkenntnis, den sie alle gerade erlebten, völlig unter.

Nach dem Essen fanden sie sich nach Aufruf mittels ihrer Komm-Geräte am Rand der Siedlung ein, wo ein schmaler Waldweg ins tropisch anmutende Unterholz führte. Peruggi sagte: „Wir werden nun einen kleinen Verdauungsspaziergang entlang des Perimeters unternehmen, bis man Sie alle wieder für ernsthafte Leibesübungen gebrauchen kann. Und los geht's."

Sie folgten ihm in einer lockeren Formation geradewegs in das dichte Gehölz hinein, bis sie nach mehreren hundert Metern an einen Maschendrahtzaun kamen.

Genauer gesagt war es ein mannshoher Zaun, hinter dem sich ein weiterer, doppelt so hoher Zaun und dahinter noch ein weiterer mannshoher Zaun gegen außen befanden. Der Abstand der Zäune zueinander betrug jeweils etwa drei Meter. Diese Anlage lief um den gesamten Komplex herum, wie sie nach einer ganzen Weile realisierten, als sie dem Weg neben dem inneren Zaun folgten.

Einer der Anwärter fragte dann auch prompt: „Wozu ist denn eine solch extreme Sicherung des Geländes nötig?"

„Zum einen hält es ungebetene Besucher fern, besonders der vier Meter hohe Elektrozaun in der Mitte. Zum anderen gibt es in diesem Wald eine Unmenge an Raubtieren, die einen Menschen im Handumdrehen töten könnten." Peruggi dreht sich nicht einmal zum Fragesteller um, als er seine Erklärung abgab.

Linnea wollte wissen: „Der mittlere Zaun ist elektrisch geladen? Müssten dann nicht Warnschilder an diesem befestigt sein?"

„Nein, dafür haben wir schließlich den äußeren Zaun mit den Verbotsschildern, hier einzudringen. Wer diesen Zaun dennoch überwindet, nimmt billigend in Kauf, vom Elektroschock des hohen mittleren Zaunes getötet zu werden. Die meisten Tiere spüren, dass dieser geladen ist und werden somit ebenfalls abgeschreckt, sollten sie den äußeren überwinden. Wir finden nur selten tote Tiere und nur einmal nach Inbetriebnahme der Anlage soll wohl ein Wilderer auf die Idee gekommen sein, in die Anlage einzudringen. Das hat sich damals in seinem Dorf herumgesprochen und seitdem haben wir hier unsere Ruhe.

Der innere Zaun ist lediglich zu Ihrem Schutz vor dem Elektrozaun vorhanden."

Sven meinte nachdenklich: „So muss die innerdeutsche Grenze damals ausgesehen haben, mitten im Wald. Nur Minenfelder oder Selbstschussanlagen haben wir hier keine, hoffe ich..."

Nun drehte sich ihr Ausbilder doch noch um. „Innerdeutsche Grenze? Kommen Sie aus der Filiale 127?"

„Nein, aber ich war schon dort. Auf meiner Filiale, Nummer 88, wurde die DDR aufgelöst und diese Grenze abgeschafft, die man im Volksmund den eisernen Vorhang genannt hatte. Das hier kommt dem schon ziemlich nahe."

„Kann sein. Nun, Minenfelder haben wir hier natürlich nicht, das wäre ja sehr kontraproduktiv, wenn ein Tier so eine Mine auslösen würde und dadurch ein Loch in den Perimeter sprengen würde." Dass sie auch keine Selbstschussanlagen hatten, ließ Peruggi bei seiner Erklärung aus, wie Nick auffiel.

Rebecca raunte ihm zu: „Fühlst du dich auf einmal auch wie ein Gefangener?"

Er gab zurück: „Weißt du, überall auf der Welt werden Kasernen gründlich nach außen hin abgesichert..."

„Jetzt hör schon auf, das ist kein Wettbewerb!", zischte sie ihm erbost zu.

„Das stimmt... und ich führe nach Punkten eindeutig", gab er grinsend zurück, wohl wissend, dass er für diesen schlauen Spruch würde büßen müssen.

Als sie am oberen Ende des Tales ankamen, sahen Sie, dass der Fluss an der Stelle, an der die Zäune auf ihn trafen, in einer Art rechteckiger Kanalröhre durch die Sicherungsanlage geführt wurde. Die Zäune verliefen auf der flachen Oberseite der Überdeckelung. Hier hatten sie auch einen etwa Meter breiten Sims, über den sie neben dem inneren Zaun die zehn Meter breite Betonröhre überqueren konnten. Als sie das getan hatten, meinte Wolf argwöhnisch: „Ist das hier nicht eine Schwachstelle, an der ein eventueller Eindringling sein Glück versuchen könnte?"

„Sehen Sie mal hinein", forderte Peruggi ihn auf. Da der Fluss in dem breiten steinigen Bett zur Zeit nur ein schmales Rinnsal war, fühlten sich alle angesprochen und drängten sich schon bald vor der Öffnung, in die sie sogar, ohne sich bücken zu müssen, hineinsehen konnten.

„Was sind das für Drähte, die da kreuz und quer in mehreren Lagen durch die gesamte Röhre gespannt sind?" Lovina sprach das aus, was alle dachten.

„Das ist eigentlich geheim, aber Sie können sich wahrscheinlich denken, dass sie dazu gedacht sind, alles was von außen hier eindringen will, davon abzuhalten." Der drahtige Endvierziger hob einen dünnen, langen Zweig auf und warf ihn in die Röhre. Augenblicklich wurde er in viele dünne Scheibchen zerschnitten, wo er auf die Drähte traf. Ein mehrstimmiges Aufkeuchen ging durch die Gruppe.

„Noch Fragen? Nein? Dann weiter im Tritt." Als sich die ersten der Gruppe anschickten, ihrem Ausbilder zu folgen, meinte Nick grübelnd: „Ob das Mikrodrähte sind? Aus Edelstahl oder..."

Tamara hatte einen faustgroßen Stein aufgehoben und in die Röhre geworfen. Auch dieser wurde genauso widerstandslos im Flug in dünne Scheibchen zerlegt, worauf die Freunde erneut staunten.

„Ich würde eher auf Nanokohlenstoffröhrchen oder Diamantmikrodrähte tippen. Sie haben weder Kosten noch Mühen gescheut, würde ich sagen." Damit wandte sich Tamara ab.

Rebecca sagte leise zu Nick: „Tammy wird sich in den oberen Filialen von TransDime besser zurechtfinden als wir alle zusammen. Ich bin fast stolz darauf, dass wir ihr dabei zusehen können, wie sie sich entwickelt."

Sie beendeten ihren langen Spaziergang entlang des Perimeters, als sie aus dem Wald herauskamen und am streng bewachten Tor der Anlage talwärts ankamen. „So, eine halbe Stunde Pause und danach treffen wir uns beim Parcous Nummer Drei wieder."

Sofort trabten sie zur Kantine, um sich etwas zu trinken und einen Snack zu gönnen, der ihre Batterien wieder auflud. Sie hatten gemäß der Erwartung, körperlich stark gefordert zu werden, nicht so viel zu Mittag gegessen, womit nun der Appetit bei den meisten bereits wieder angeregt war.

Den Rest des Nachmittags verbrachten sie wieder auf diversen Hindernisbahnen, die immer anspruchsvoller wurden. Sie hatten auch bereits bemerkt, dass die einfachste Bahn, auf der sie noch am Morgen gewesen waren, bereits zu einer noch schwierigeren mit höheren Hindernissen und komplizierteren Mechanismen, die man zum Überwinden anwenden musste, umgebaut wurde.

Am Ende des Trainingstages ließ Peruggi sie alle wieder zusammenkommen und zog ein erstes Fazit: „Ich muss sagen, ich bin zufrieden mit Ihnen. Bei einigen von Ihnen hatte ich zuerst Bedenken, was den Körperbau angeht, weil ich schon seit einer Weile keine Anwärter mehr mit solch hohem femininen Körperfett-Anteil unter meinen Fittichen gehabt habe. Sie jedoch haben mich eines Besseren belehrt, was Ihre Fitness und ihre Grundkonstitution angeht. Im Verbund mit Ihren Talenten werden Sie gute Springer sein, wenn Sie die Härteprüfung überstehen."

Sven raunte Nick zu: „Hat er wirklich 'hoher femininer Körperfett-Anteil' gesagt?"

Rebecca zischte ihm ungehalten zu: „Er meint damit große Brüste und vielen Dank auch; wir alle wissen, wen er da gemeint hat."

Nick beschwichtigte: „Na, na, du bist ja nicht die Einzige in dieser Gruppe, daher musst du dich nicht explizit angesprochen fühlen."

„Was weißt du denn von den großen Brüsten der anderen Frauen in unserer Gruppe?" Ihr Tonfall klang gefährlich.

„Das ist eine Falle, nicht antworten", meinte Sven lapidar, bekam darauf jedoch einen Rippenstoß von Tamara.

Peruggi überraschte sie nun: „Anwärter Anwar, Lindquist, nochmal Lindquist, Paulennssen, Schnyder und Ybart, vortreten."

Die Genannten kamen der Aufforderung nach, alle etwas verwirrt und unsicher wirkend. Ihr Ausbilder fuhr völlig ungerührt fort: „Ich möchte, dass Sie sich diese jungen Frauen genau ansehen und sich ein Beispiel an ihnen nehmen. Sie tragen ein hohes Maß an Willensstärke in sich, das es ihnen in Verbindung mit Disziplin und der Freude am Leben ermöglichen wird, das zu erreichen, was sie sich vorgenommen haben. Sie lassen sich nicht durch Umstände von ihrem Ziel abbringen, auf die sie keinen Einfluss haben. Das verdient Respekt und Bewunderung.
Sie können zurück ins Glied."

Er verließ sie ohne Verabschiedung. Rebecca sah Tamara und die schwedischen Zwillinge perplex an. „Das habe ich mir doch nicht eben eingebildet, oder? Er hat uns dafür gelobt, dass wir trotz unserer üppigen Formen mit den anderen mithalten können? Grenzt das jetzt bereits an Sexismus?"

Lovisa gab zu bedenken: „So, wie ich ihn einschätze, betrachtet er das völlig nüchtern. Wir haben einen gewissen Nachteil gegenüber denen, die praktisch nur aus Muskeln bestehen. Aber wie er schon gesagt hat, ich habe nicht vor, mich deshalb von irgendjemandem abhängen zu lassen."

Tamara sagte leicht genervt: „Ihr müsst endlich aufhören, so zu denken. Hier wird niemand von irgendjemandem abgehängt. Das ist keine Olympiade, wo es für die ersten drei Plätze Medaillen gibt. Ihr könnt es alle ohne weitere Bedingungen schaffen, wenn ihr körperlich dazu in der Lage seid, diese ominöse Schwierigkeit zu überstehen, die uns am anderen Ausbildungsort erwartet.

Ich für meinen Teil sehe es nicht so, dass die dünnen Spaxen einen Vorteil mir gegenüber haben, sondern eben einen etwas kleineren Nachteil. Mit dieser Einstellung gehe ich an die Sache. Die Griffkraft beim Hangeln lässt bei mir noch etwas zu wünschen übrig, das habe ich heute gemerkt, weil mir nach diesem Tag die Hände wehtun. Doch das kann man alles trainieren. Ich bin kein einziges Mal von den Hindernissen gefallen, weder an den Stangen, an denen man sich entlang hangeln musste, noch an den Tauen, an denen man sich über den Wassergraben schwingen musste. Das hätte ich mir selbst nie zugetraut, obwohl ich so fit bin, wie ein Agent von TransDime sein kann.

Wir bekommen die besten Wunderheilmittelchen und Nährstoffe der Natur, die sämtliche Universen hervorgebracht haben, beim Essen und Trinken vorgesetzt. Auch das bringt uns körperlich weiter, wenn ihr mich fragt. Meine Brille brauche ich bereits nicht mehr und nach einem Tag fühle ich mich gesünder und kräftiger als je zuvor. Geht es euch nicht auch so?"

Alle stimmten mehr oder weniger bereitwillig zu. Rebecca war wohl etwas mulmig dabei: „Mir kommt das immer noch etwas seltsam vor. Als ob man uns mit Drogen konditionieren würde."

Lovina meinte: „Diese Bedenken kannst du getrost beiseite lassen. Es wäre der Firma nicht dienlich, uns nur kurzfristig aufzuputschen. Alles was wir hier zu uns nehmen, ist natürlich gewachsen und geerntet worden. Das führt zu einer nachhaltigen Verbesserung und Anreicherung der Nährstoffe und speziellen Bestandteile der Nahrung, die wir bekommen. Ich kenne mich damit gut aus, du kannst mir das also ruhig glauben. Ich habe einen Abschluss mit Auszeichnung in Ernährungswissenschaften und durfte im letzten Jahr auch schon ausgiebiger über den Tellerrand schauen, was die Ernährung bei TransDime angeht."

Ein wenig versöhnlicher gestimmt, meinte Rebecca daraufhin: „Okay, ich glaube dir. Dann lasst uns doch gleich mal zu Abend essen gehen. Es sieht wohl ganz so aus, als ob jeder Atemzug, den wir hier tun, uns besser und stärker machen soll."

„Das ist richtig; während wir gerade ruhen, wachsen unsere Muskeln, durch das Training und die gute Ernährung begünstigt, weiter an. Ich bin übrigens promovierte Sportwissenschaftlerin." Linneas Aussage überraschte Rebecca nun kaum noch.

„Wie seid ihr Beide eigentlich auf die Steward-Laufbahn geraten?"

Sie entfernten sich vom Rand des Hindernis-Parcours, während sie mehr übereinander erfuhren. Wie sich herausstellte, unterschieden sich die Motivationen und Erwartungen der verschiedenen Mitglieder ihrer Gruppe deutlich, doch trotzdem waren sie irgendwann nach ihrem Studium bei TransDime auf diesem Posten gelandet, der sich mehr und mehr zur Berufung entwickelte. Dass ihre Studienabschlüsse erst in diesem Stadium ihres Berufslebens zum Tragen kommen konnten, erstaunte sie inzwischen nicht mehr.

Am nächsten Morgen war es so weit, dass sie nach dem Frühstück in ihre Wunderanzüge schlüpfen sollten, wie Tamara es scherzhaft ausdrückte. Dazu wurden sie auf ihre Zimmer beordert und warteten, bis ihr Steward sie zimmerweise instruieren würde.

Linnea meinte etwas nervös: „Jetzt bin ich aber allmählich doch gespannt darauf, was es mit diesen... wie wurden sie genannt?... SF-Anzügen? ...jedenfalls, was es mit diesen Anzügen auf sich hat. Ich meine, wir sehen hier einer Technologie ins Auge, die über eintausend Jahre weiterentwickelt ist als unsere."

Sven sinnierte: „Ja, als wollte man einem Ostgoten eine Goretex-Jacke geben."

Teresa meinte: „Ich glaube, es wird doch ein wenig komplizierter sein als das. Mich würden vor allem die Hintergründe dieser Anzüge interessieren, woraus sie bestehen und wie sie funktionieren."

„Da kann ich euch ein Stück weit behilflich sein, auch wenn mir keine genauen Details bekannt sind." Adnan stand in der Zimmertür und schloss diese auch gleich wieder.

„Endlich, wir können es kaum noch abwarten." Wolf schwang sich von der Bettkante des oberen Stockbettes, Linnea unter ihm tat es ihm nach.

„Dann möchte ich euch bitten, alle an eure Schränke zu treten und die Anzüge herauszuholen. An einem von euch werde ich die Funktionsweise und alles Weitere erklären, was ihr fürs Erste wissen müsst. Eines kann ich euch jedoch schon jetzt versprechen: es wird die Gefahr bestehen, dass ihr ihn nicht mehr ausziehen wollt." Der junge einheimische Steward grinste bis über beide Ohren. „Wer meldet sich freiwillig?"

Wolf hob die Hand, doch Linnea überstimmte ihn schnell: „Nein, lass mich bitte. Ich brenne darauf, dieses Ding auszuprobieren."

„Na gut, Ladies first, wie der Brite sagt." Galant ließ der Siebenbürge ihr den Vortritt.

„Danke, du hast was gut bei mir."

Adnan besah sie sich prüfend. „Bist du wirklich sicher, dass du die Erste sein willst?"

Sie musterte ihren Einweiser nun doch argwöhnisch: „Wieso, ist irgendwas daran gefährlich? Oder ist der Anzug unangenehm zu tragen? Ich dachte..."

„Nein, durchaus nicht. Ich selbst hatte die Ehre, einmal einen anprobieren zu dürfen. Wahrscheinlich nur aus dem Grund, damit ich weiß, wovon ich rede, wenn ich hier die Anwärter einweise."

Die bildhübsche Schwedin strahlte. „Na, siehst du! Dann wollen wir mal."

Adnan nickte: „Holt alle euren Anzug aus den Schränken und streift die Schutzhülle ab, in die das gute Stück nach dem Tragen wieder hineinkommt. Legt die Hülle am Besten auf eure Betten. Dann legt euch den Anzug über den Arm und tretet in der Mitte des Zimmers zusammen."

Sie taten alle wie ihnen geheißen. Es war ein Einteiler, der sogar Schuh- und Handschuhteile an Armen und Beinen aufwies und oben hochgeschlossen war. Nick fiel als erstes auf, dass das Äußere leicht schimmernd, glatt und geschmeidig wie ganz feiner Samt oder Reptilienhaut war. Auch schien er aus einem Guss zu sein, man konnte keinerlei Nähte oder anderes entdecken, das darauf hinwies, dass der Anzug aus mehreren Teilen zusammengefügt war. Die Farbe, die einen seltsamen rosa-hellbraunen Mischton wie Haut oder Fleisch hatte, irritierte ihn ein wenig, wie auch die feine, faserige Textur des Gewebes. Das Gewicht dagegen war relativ hoch für die Materialstärke, die mit einem weitmaschigen Wollpullover vergleichbar war.

„Linnea dient uns nun als Beispiel; bitte gib mir deinen SF-Anzug. Wenn ihr ihn am Hals fasst, locker hängen lasst und auf der Vorderseite auf der Höhe, wo die Schlüsselbeine auf das Brustbein treffen, nachseht, findet ihr eine kleine sechseckige Platte. Diese öffnete ihr folgendermaßen..."

Als Adnan den Mechanismus demonstrierte, musste Nick unwillkürlich an die Stabilisationsgürtel denken, die man tragen musste, wenn man sich nicht in seiner Heimatdimension aufhielt. Die Art, wie man die Platte öffnete, erinnerte an den Verschluss dieses Gerätes und ließ hoffen, dass der angebliche 'Wunderanzug' ähnlich fortgeschritten war wie die Technik der Stabi-Gürtel. Die Bedienelemente des Anzugs befanden sich im Deckel des Sechsecks und standen nach dem Öffnen auf dem Kopf, waren somit praktischerweise dem Träger des Anzugs aus dessen Sichtweite zugewandt.

Der Steward begann nun zu erklären: „So, jetzt habt ihr die Steuerplatte geöffnet. Mit einem schnellen dreifachen Druck auf diesen grünen Taster bringt ihr ihn in Anziehposition."

Als er den Knopf gedrückt hatte, kam Leben in das seltsame Utensil. Es schien sich auszudehnen, Rundungen anzunehmen und sich gleichzeitig zu versteifen, bis es wie eine Hülle in einer quasi-menschlichen Form aussah. Unter dem Staunen aller stellte Adnan den Anzug auf seine Füße, wobei er sich von selbst ausbalancierte und aufrichtete. Nun wurde sichtbar, dass sich auf der Rückseite ein tiefer Schlitz auftat, der sich vom Hals abwärts über den Rücken zog und auf Hüfthöhe in zwei Hälften teilte. Die Rückseiten der beiden Oberschenkel wurden ebenfalls bis zu den Kniekehlen hinab geöffnet. Die Arme hingegen, deren obere Enden sich hinten ebenfalls von den Schulterblättern bis zum Ellenbogen geöffnet hatten, wiesen leicht abgeknickt und nach vorne gestreckt vom Körper weg.

„Wie ihr seht, ist dies die Grundposition. Der Anzug wird von hinten bestiegen, indem man zuerst mit beiden Beinen in die entsprechenden Teile schlüpft. Keine Sorge, ihr könnt das Oberteil dabei nach vorne beugen, damit ihr das Gleichgewicht nicht verliert. Wenn ihr...“

Sven hob eine Hand. „Einen Moment. Ich glaube, ich spreche für alle, wenn ich frage, was genau ist dieser Anzug, aus welchem Material ist er und wie zum Henker funktioniert er?“

Adnan seufzte. „Also gut, seht ihn euch noch einen Moment lang an, bevor wir weitermachen. Ich erkläre euch ein paar grundsätzliche Fakten.

Die SF-Anzüge wurden schon vor langer Zeit entwickelt und waren das Produkt aus zwei verschiedenen Entwicklungen. Eine Gruppe von Wissenschaftlern stand kurz davor, ein Gewebe zu volenden, das sehr robust und somit fast unzerstörbar war.

Ein anderes Team war dabei, eine Art künstliches Muskelgewebe mit vollendeter Effizienz zu erzeugen, doch beiden fehlte noch der letzte Schliff. Als die beiden Gruppen voneinander erfuhren und erkannten, in wie vielen Bereichen sich ihre Forschungen überschnitten, legten sie ihre Anstrengungen zusammen und waren damit auch erfolgreich.

Sie erschufen einen Anzug, der den Träger sowohl optimal vor äußeren Einflüssen schützt und auch dessen Bewegungen unterstützt. Wie eine zweite Haut, die dem Träger in jeder Hinsicht überlegene Eigenschaften verleiht. Es ist der Splitterschutz-Muskelfaser-Anzug. Da die Bezeichnung zu lang ist, wurde er kurz nur Splitterfaser-Anzug oder SF-Anzug genannt.“

Tamara kicherte, worauf Adnan sie ungnädig ansah. „Was ist daran so lustig?“

„In meiner Heimatsprache bedeutet splitterfasernackt, dass man keinerlei Kleidung mehr trägt. Und wir bekommen Splitterfasernackt-Anzüge?“

Nun brach auch Linnea in schallendes Gelächter aus.

Adnan grinste seinerseits. „Das freut mich, wie humorvoll ihr es aufnehmt. Du hast nämlich den Nagel auf den Kopf getroffen mit deiner Bemerkung. Linnea, steigst du jetzt bitte in den Anzug?“

Die Schwedin grinste noch immer: „Klar, mache ich. Was muss ich tun?“

„Zuerst musst du deine Kleidung ausziehen.“

Ihr Lachen erstarb. Etwas baff wollte sie wissen: „Du meinst bis auf die Unterwäsche?“

Er schüttelte nun den Kopf: „Nein, komplett. Splitterfaser, wie ihr so schön sagt.“

Nun lief sie rot an. „Hm, Mist. Äh, könnt ihr euch wohl mal für einen Moment kurz umdrehen,während ich...“

„Keine falsche Scheu, du hast doch sicher nichts, wofür du dich schämen musst. Na hopp, raus aus dem hässlichen Overall und rein in das gute Stück. Denk dran, TransDime vertraut dir mit diesem Stück Hightech einen höheren Wert an als alles, was du bisher bei ihnen verdient hast. Und das ist sicher nicht wenig gewesen, wenn das stimmt, was man so hört.“ Ermunternd machte Adnan eine einladende Geste.

Sie seufzte und begann den Overall aufzuknöpfen. „Na gut, wird mich schon nicht umbringen. Und ihr müsst gar nicht so blöd grinsen, euch blüht schließlich gleich dasselbe wie mir. Aha, schon ist euch das fiese Grinsen vergangen!“

Nach ihrem letzten selbstgefälligen Kommentar hatte sie ihren Schlüpfer abgestreift und stand nun so, wie Gott sie geschaffen hatte und in ihr Schicksal ergeben, hinter dem Anzug. „Gut, was muss ich tun?“

Am Besten beginnst du mit einem Bein, das du bis zum Fuß tief hineinsteckst. Dann gleich das andere, was im Moment dank der Weitung des Gewebes problemlos funktioniert. Und wie gesagt, keine Scheu davor, das Oberteil dabei vor zu biegen, es ist in diesem Zustand leicht elastisch. Sehr gut, genau so.“

Nun stand sie mit beiden Beinen in den entsprechenden Kleidern, sich umdrehend. „Jetzt die Arme, nehme ich an?“

„Genau. Schön langsam und vorsichtig in diesem Stadium, bis du mit den Fingern in den Hülsen der Handschuhteile steckst. Bewege mal probeweise die Finger. Na?“

„Die Innenseite des Anzugs fühlt sich leicht rau an. Etwas unangenehm.“ Sie hob die Hand und bewegte die Finger; es sah aus, als würde sie dicke Winterhandschuhe tragen.

„Keine Sorge, das gibt sich gleich. Jetzt klappst du die Bedientafel unter deinem Hals wieder zu und er passt sich automatisch an bei der Aktivierung. Erschrecke dich nicht, es wird kribbeln." Adnan schloss für sie das Sechseck, worauf sofort eine Veränderung sichtbar wurde. Der Anzug straffte sich und nahm ihre Konturen an, bis er hauteng an ihr anlag. Gleichzeitig begannen sich die offenen Hälften an ihrem Rücken wie von Zauberhand an diesen anzulegen und die Spalten zu schließen, die zum Besteigen des Anzugs vonnöten gewesen waren. Als sie geschlossen waren, erkannte man keinerlei Übergang am Material mehr, als ob alles aus einem Guss wäre. Und erstaunlicherweise war auch kein einziges ihrer langen Haare bei der Prozedur eingeklemmt worden.

Dabei war der SF-Anzug hochgeschlossen; das Material lag um die gesamte Halspartie bis auf das Kinn hoch und entlang der Unterkanten der Kieferknochen an, was einen merkwürdigen Anblick bot wie ein zu großer Stehkragen. Dennoch konnte sie den Kopf und Hals ungehindert in alle Richtungen drehen und beugen, weil das elastische Material jede Bewegung klaglos mitmachte.

Linneas Gesicht durchlief nun eine Vielzahl von Ausdrücken, die von Schreck über Staunen bis hin zu Wohlbefinden reichten. „Oh Gott, was ist das? Als ob einem ein Million kleiner Würmer oder Maden über die Haut kriechen! Es kribbelt wirklich stark. Jetzt wird es langsam besser, es kitzelt fast. Oh, das tut guuuut!"

Als sie ihre Augen verdrehte und die Beine ein wenig zusammenpresste, bemerkte Teresa beeindruckt und mit einem ironisch hochgezogenen Mundwinkel: „So einen Anzug muss ich mir unbedingt für daheim besorgen. Wie viel kostet der gleich nochmal?"

Als alle lachten und Linnea sich ein wenig verschämt wieder besann, meinte Oran: „Du kannst jetzt gleich als nächstes in das gute Stück hineinschlüpfen, dann haben wir alle was davon."

Adnan verneinte: „Das muss ich leider ablehnen, da ihr ja jetzt gesehen habt, was ihr zu tun habt. Ihr könnt zu zweit in euren Stockbettabteilen mit verschlossenen Vorhängen das Umkleiden vornehmen. Warum erfreut dich das so sehr, Oran?"

„Ich teile mir mein Abteil mit Teresa, das heißt die Show bekomme ich dennoch zu sehen.“

„Genauso wie ich, vergiss das nicht. Und denk an die möglichen Auswirkungen, wenn du mich beim Strippen beglotzt: das ist ein Anzug und kein Mannschaftszelt.“ Auf Teresas schlagfertige Antwort hin mussten alle lachen.

Ihr Steward wollte nun wissen: „Wie fühlst du dich jetzt, Linnea? Bedenke, beim ersten Ankleiden dauert es eine kleine Weile, bis sich alles auf dich eingestellt hat. Beim zweiten Mal flutscht ihr bereits in die Dinger rein, als hättet ihr nie was anderes getan.“

Linnea berichtete ihnen bereitwillig und mit noch immer großem Erstaunen: „Leute, das fühlt sich echt gut an. Gar nicht wie Kleidung, man spürt das Gewicht überhaupt nicht. Als wäre man am Strand und hätte einen dünnen Badeanzug an, wenn überhaupt. Nein, eigentlich könnte man denken, man hat gar nichts an! Und alle Bewegungen gehen völlig mühelos von der Hand. Ein großartiges Gefühl.“ Sie hob die Hände und bewegte die Finger, an denen der Anzug nun hauteng anlag und die Bedeckung durch ihn auf den ersten Blick nur durch das Fehlen der Fingernägel auffiel. Als sie einen Bettpfosten ergriff, berichtete sie: „Ich habe praktisch das gleiche Tastgefühl wie mit bloßen Händen. Das ist erstaunlich!“

„Was du gefühlt hast und was ihr auch gleich fühlen werdet, ist die Verbindung, die der Anzug bei Aktivierung mit euch eingeht. Das Gewebe zieht sich zusammen, bis es passgenau anliegt wie eine zweite Haut. Dabei dringen überall zig Millionen von winzigen Fasern durch die Poren in eure oberen Hautschichten ein, ohne diese zu verletzten oder anderweitig zu beeinträchtigen. Sie nehmen Verbindung mit euren Nervenbahnen auf, sodass euch das Gefühl gegeben wird, ihr würdet gar keine Kleidung tragen und könntet ganz normal damit tasten und euch bewegen. Das künstliche Muskelgewebe erhält über diese Verbindungspunkte die gleichen Nervenreize wie eure natürlichen Muskeln und bewegt sich dadurch synchron mit. Auf diese Weise erfahrt ihr keinerlei Einschränkung in eurer Bewegungsfreiheit.“

„Sensationell!“ Tamara fuhr ihr über den Oberarm und die Schulter. „Wie fühlt sich diese Berührung für dich an?“

Als sie an Linneas Achselhöhle ankam und ein wenig keck in die Seite ihrer Brust stupste, entzog sich die Schwedin ihr. „Zieh dir doch deinen eigenen Anzug an und komm wieder her, dann kann ich ja auch ein wenig an dir herum grapschen. Mal sehen, ob dir das auch gefällt."

„Bei dem Angebot sage ich nicht nein. Bis gleich." Die junge Schweizerin ging zu ihrem Bett, Linnea über ihre Schulter anlachend. Verdutzt wandte sich diese an Rebecca.

„Meint sie das etwa ernst?"

„Achte immer auf das, was du sagst. Wir sind bei uns sehr liberal eingestellt, musst du wissen."

Die Schwedin verdrehte ihre Augen. „Ach, herrje!"

„Dann lasst euch nicht weiter aufhalten. Die Anzüge sind standardmäßig eingestellt, spielt also nicht an den Einstellungen herum. Wenn es Probleme beim Anziehen geben sollte, ruft mich einfach, okay?" Adnan rieb sich geschäftig die Hände.

Rebecca wollte mit unschuldigem Augenaufschlag wissen: „Du meinst, wenn ich es nicht schaffe, meine großen Brüste ohne deine Hilfe in den engen Anzug hinein zu quetschen?"

„Nein, der Anzug passt sich doch automatisch jeder Figur an, egal wie groß deine... hm..." Als er abgelenkt verstummte und dann wieder nach oben in ihr Gesicht sah, lachte sie ihn hämisch an.

„Erwischt!"

„Ich glaube, ich warte draußen vor der Tür." Pikiert verließ er ihr Zimmer.

„War das denn nötig?", wollte Nick ein wenig verstimmt wissen.

„Wieso nicht? Wenn ich schon wegen den dicken Mädels hier vor versammelter Mannschaft als Härtefall hingestellt werde, kann ich mir ja wohl auch einen Spaß auf Kosten der Belegschaft erlauben, oder? Das nennt sich ausgleichende Gerechtigkeit."

„Ja, aber der arme Adnan hat dir doch nichts getan. Findest du das nicht etwas unfair?" Er zog ihren Vorhang zu, bis man ihre Parzelle nicht mehr einsehen konnte.

Sie öffnete bereits die Platte ihres Bedienteils und versetzte den Anzug dann in den Einstiegsmodus. „Er wird es überleben. Vielleicht werde ich mich auch noch mit den anderen von der Natur beschenkten Frauen zusammentun, um Peruggi eins auszuwischen, damit er sich solche Nummern in Zukunft zweimal überlegt."

Nick war inzwischen auch komplett entkleidet und schob sein erstes Bein in den Anzug. „Ist dir schon mal die Idee gekommen, dass das alles reiner Zufall sein kann? Dass er schon etliche Kurse für Springer gegeben hat und seit Jahren nur dünne knabenhafte Mädels zu sehen bekommen hat? Dann wärt ihr für ihn in der Tat ein außergewöhnlicher Anblick."

„Natürlich sind wir das. Wir sind für jeden ein *exorbitanter* Anblick", gab sie zurück und bekräftigte das mit dem Anheben ihres Busens vor seiner Nase, bevor sie damit begann, die Arme in die Ärmel ihres Anzugs zu stecken.

Auf einmal spürte sie, wie hinter ihr Nick an sie herantrat und sich gegen sie drückte, während er ihre Taille umarmte. Dabei küsste er sie auf den Nacken und murmelte: „Glaubst du, das könnte ich jemals vergessen?"

Sie hielt inne und neigte ihren Hals, sodass er sie weiter oben unter dem Ohr küssen konnte. Tamara, die ihren Anzug bereits trug, passierte gerade die Lücke und spähte mit einem Seitenblick hinein. Laut rief sie grinsend: „Könnt ihr Beiden mal aufhören, euch zu bespringen während des Umziehens? Wir wollen heute noch was geschafft kriegen!"

Sofort stoben die beiden auseinander wie zwei Kakerlaken, wenn man das Licht im Keller einschaltete. Entrüstet zischte Rebecca ihr zu: „Tammy, wie kannst du nur?"

„Wenn ich nicht darf, dürft ihr auch nicht, ganz einfach." Feixend verschwand sie wieder, worauf Nick ihr wütend hinterher starrte.

„Dieses kleine Biest! Na warte, das wird sie mir büßen!"

Ein wenig verdutzt und besorgt wollte Rebecca darauf wissen, während sie das Ankleiden beendete: „Was meinst du denn damit?"

Auch er schlüpfte nun zur Gänze in seinen SF-Anzug. „Das erkläre ich dir nachher in Ruhe. Mit ihrem Kommentar hat sie nämlich die Wahrheit gesagt, auch wenn es wie ein Scherz klang. Und ich fühle mich durch diesen üblen Streich von ihr jetzt von meiner Schweigepflicht entbunden."

„Okay, schon wieder etwas, worauf ich mich heute freuen kann. Wollen wir dann jetzt?" Sie sah ihn an und er nickte.

„Los."

Sie betätigten beide die Klappe und der Anzug begann sich wie schon zuvor gesehen zusammenzuziehen und schmiegte sich dabei eng an ihre Formen an. Das leicht raue Gefühl im Inneren kam sicher von den Sensoren, die jetzt aktiv wurden und sich mit ihnen verbanden. Es fühlte sich sehr absonderlich an, doch Linnea hatte es gut beschrieben. Als ob man in einen Ameisenhaufen fiel und eine Millionen kleine Insekten über einen hinweg krabbelten. Das Gefühl hielt nur wenige Sekunden an, dann ebbte es in einer Welle des Wohltuns ab und machte einem völlig neuen Empfinden Platz. Nick kam es vor, als sei sein Tastempfinden auf der Haut verstärkt worden und auch seine Bewegungen fühlten sich schwungvoll und mühelos an, als würde ihm der Anzug einen Teil der Arbeit bei jeder Bewegung abnehmen.

Rebecca stöhnte leise auf und biss sich mit geschlossenen Augen auf die Unterlippe. Belustigt fragte Nick: „Soll ich euch beide für ein paar Minuten alleine lassen, dich und deinen Anzug?"

Sie öffnete die Augen wieder und entgegnete: „Linnea hatte recht, es gibt an der einen gewissen Stelle eine momentane Reizüberflutung, wahrscheinlich wenn der Kontakt vom Anzug hergestellt wird. Und jetzt fühlt es sich wirklich so an, als wäre man nackt."

„Splitterfasernackt, wolltest du sagen." Nick konnte nicht anders, als sich über seine Verlobte zu amüsieren.

„Und wie ist's bei dir? Regt sich noch irgendwas da drin?" Unvermittelt hatte sie ihm in den Schritt gegriffen und packte ein wenig gröber als nötig zu.

„Heeee! Ja, auch das wird übertragen, allerdings war das jetzt bereits schon ein wenig abgemildert nach einem Moment, in dem es unangenehm fest war. Könnten wir die Robustheit des Anzugs bitte auf andere Weise testen?" Ungehalten bedachte er sie mit einem finsteren Blick.

„Schon gut. Mir war eben gerade danach." Sie sah beim Verlassen ihres Zweierabteils nochmal kokett über die Schulter und ließ ihn dann stehen.

< 4 >

Trainingscamp bei Amol, Filiale 32 - Monat 1

An diesem Abend saßen sie an einem der langen Kantinentische und hielten sich schadlos am Angebot der ungemein guten, wenn auch noch immer gewöhnungsbedürftigen Küche. Sie wussten zwar, dass sie mit der Nahrung auch spezielle Substanzen einnahmen, doch inzwischen machte ihnen das nichts mehr aus, da sie wussten, dass diese natürlichen Ursprungs waren und keine leistungssteigernden Drogen oder ähnlich schädliche Substanzen. Zudem hatten sie inzwischen mehrfach gesehen, dass sich hier ohne Ausnahme jeder, also auch die Ausbilder und sogar die Standortleiterin vom selben Essen ernährten, da es keine Offizierskantine oder etwas ähnlich Separierendes gab wie beim Militär. Wieder ein Punkt für Rebecca.

Linnea meinte kauend: „In einem Punkt hat Adnan recht gehabt: die Dinger sind so angenehm zu tragen, dass man sie am liebsten gar nicht mehr ausziehen möchte."

„Ja, erstaunlich. Solch ein High Tech-Gadget im Wert eines Einfamilienhauses, direkt auf der nackten Haut getragen. Dabei ist es überhaupt nicht unhygienisch, wie unser guter Steward mehrfach betont hat. Der Anzug ist hochgradig selbstreinigend." Sven grinste. „Wie ein Weltraumanzug vielleicht?"

Tamara gab ihm einen Rippenstoß: „Wenn du damit während des Essens andeuten willst, dass man in den SF-Anzug hinein..."

„Tammy!", rief Rebecca dazwischen. „Nein, ernsthaft, mich würde das inzwischen auch nicht mehr wundern. Dabei haben wir noch gar nicht richtig zu sehen bekommen, was die guten Stücke alles können."

Linnea gab nun zum Besten: „Und es ist gut zu wissen, dass man im Fall der Fälle mit nur einem Tastendruck an der Steuerung auch eine Öffnung für den WC-Besuch erzeugen kann. So muss man nicht jedes Mal bei der Notdurft den ganzen Anzug aus- und wieder anziehen. Außer Sven scheint das offenbar jeder mitbekommen zu haben während der Einweisung heute morgen, sonst würde er sich ja nicht nach NASA-Art in seinen Anzug erleichtern."

Nachdem der Genannte herzhaft von allen anderen ausgelacht worden war, fuhr Rebecca fort mit ihrer Beschwerde: „Mich hat es aber schon genervt, dass wir den ganzen Tag mit den Dingern nur in der Gegend herumgelaufen sind und sonst nichts gemacht haben. Ich glaube, ich kenne inzwischen jede Drahtmasche des Perimeterzaunes. Und das alles nur zur Eingewöhnung. Der Anzug muss sich auf uns einstellen können und so weiter, bla bla."

Nick zog sie ein wenig auf. „So aufmüpfig kenne ich dich gar nicht. Nur weil du einen Tag lang zwangsweise den Anzug im 'Leerlauf' spazieren getragen hast, heißt das noch lange nicht, dass das keine sinnvolle Übung war. Wer weiß schon, wie diese Technik im Detail funktioniert. Ich glaube sogar, es wäre gefährlich, die Kontrolle über das Ding zu verlieren. Und bereits morgen soll es ja losgehen mit den Übungen im Anzug."

„Schön, dann warten wir es eben ab. Dabei dachte ich, die Ausbildung läuft hier im Zeitraffer ab, da wir nur drei Monate haben. Witzig, wenn ich mich hier umsehe, sieht es auf den ersten flüchtigen Blick aus wie in einem Nudistencamp, da die Anzüge alle so eine ähnliche Farbe wie Haut haben. Nur die Leute mit dunklerer Hautfarbe sehen komisch aus, wie ihr Kopf so herausragt aus dem helleren Material." Sie piekste spielerisch mit ihrer Gabel in den Oberarm von Nick. Er ignorierte das.

Teresa ließ ebenfalls ihren Blick über die Runde schweifen. „Ja, wie ein Haufen nackter, gutaussehender Leute, die aus irgendeinem Grund alle keine Brustwarzen und Genitalien haben, sondern an deren Stellen nur kleine Erhebungen auf der 'Haut'."

„Jetzt wirst du aber geschmacklos", meinte Rebecca und stach nochmals auf den Bizeps von Nick ein. „Kann bitte irgendeiner der Herren hier am Tisch demnächst unsere läufige Kollegin hier von ihrem Leiden erlösen?"

Teresa grinste sie an und fügte ironisch hinzu: „Ja, bitte Freiwillige vor! Ist vielleicht die letzte Chance, wo wir dazu noch in der Lage sein werden, bevor wir ab morgen jeden Abend total erledigt auf dem Zimmer aus den Anzügen raus, unter die Dusche und direkt ins Bett kriechen werden, auf allen Vieren, versteht sich."

„Ich opfere mich fürs Team", bot Oran an. „Völlig selbstlos und ohne Hintergedanken."

Als der lebenslustige Ire ihr dabei zuzwinkerte, musste Nick ungewollt loslachen.

Tamara, die schräg gegenüber von ihm saß, machte hingegen eine immer seltsamere Miene und wirkte inzwischen regelrecht irritiert.

Noch bevor er etwas sagen konnte, wandte die Schweizerin sich an Rebecca neben ihm: „Was soll das eigentlich werden, Beckie?"

„Ach, nichts, ich teste nur gerade eine Theorie." Nick sah neben sich und bemerkte, dass seine Verlobte so oft und heftig mit ihrer Gabel auf seinen Oberarm eingestochen hatte, dass deren Zinken schon verbogen waren. Erstaunt ließ er sich vernehmen: „Das ist seltsam, das habe ich gar nicht gespürt."

„Ja, der Anzug hat das komplett herausgefiltert. Es scheint eine Art Filter zu geben, der entscheidet, ob du etwas spüren musst oder dir das schaden könnte. Interessant, oder?" Sie betrachtete sich die Oberfläche des Materials, die keinerlei erkennbare Schäden aufwies.

Sven meinte dazu nur: „Das ist die plumpste Anmache, die ich jemals gesehen habe. Ist das so eine Art Vorspiel bei euch? Wie krank seid *ihr* denn drauf?"

Danach fiel Linnea fast von ihrem Stuhl vor Lachen.

Teresa stand auf und verließ den Tisch. Im Gehen warf sie Oran noch einen Blick über die Schulter zu, der es in sich hatte. Dieser sah sich daraufhin unsicher am Tisch um.

Nick rief mit drängender Stimme: „Fass, Junge, fass! Hol sie dir, los!"

Oran grinste ihn schräg an und stand ganz langsam auf. „Wisst ihr, vielleicht gehe ich ja schon mal aufs Zimmer. Einfach nur so, ohne besonderen Grund. Ihr könnt ja irgendwann nachkommen. Aber nur keine Eile. Lasst euch ruhig Zeit."

Dann schlenderte er gemächlich und unauffällig aus der Kantine hinaus, mit gebührendem Abstand zu Teresa.

Tamara sah ihm nach und fragte mehr sich selbst als jemand Bestimmten am Tisch:

„Das ist jetzt aber nur ein Spaß, oder? Die meinen das nicht ernst."

„Wer kann das schon wissen? Bist du etwa neidisch?" Linnea musterte ihre Kollegin.

„Ich? Nein, kein bisschen. Wieso sollte ich?" Tamara wirkte verwirrt.

„Na, Oran hat doch schon seit unserer Ankunft ein Auge auf dich geworfen, hast du das nicht gemerkt? Und du scheinst ihn ja auch sehr nett zu finden, wenn ich mich nicht irre."

„Doch, du irrst dich. Oran interessiert mich nicht. So einfach ist das." Sie schüttelte den Kopf. Dann stand sie auf und ging ebenfalls, ohne sich noch einmal umzudrehen.

Sven meinte seufzend: „Oh je, ich weiß, was das bedeutet. Ich geh ihr mal nach und versuche sie zu beruhigen. Ihr wisst ja, wie empfindlich sie im Moment ist."

„Was geschieht hier gerade?" Rebecca blickte hin und her und sah selbst immer ratloser aus.

„Keine Ahnung, aber lustigerweise summt mein Helferlein gerade und eine Nachricht kommt herein. Wir sollen uns in zehn Minuten an der Hindernisbahn fünf einfinden. Das wird witzig für die anderen, die bereits aufs Zimmer aufgebrochen sind." Nick sah auf und musterte Wolf.

„Das nennt man wohl coitus interruptus", witzelte dieser und grinste breit, als auch er wie alle anderen ihrer Gruppe nun die Nachricht erhielt.

„Und zwar einen mehrfachen", fügte Nick noch hinzu und erhob sich.

Inzwischen war ihnen klar geworden, dass sämtliche Kursteilnehmer zur besagten Stelle beordert worden waren. Da die Örtlichkeiten zwischen den Hindernisbahnen nicht zur Aufnahme solch großer Menschenansammlungen gedacht waren, gab es ein großes Gedränge und die Anwärter verteilten sich entlang den Seiten der Bahn. Als alle anwesend waren, begannen die Spekulationen, weshalb sie sich zu dieser späten Stunde noch hier versammelt hatten, bis die ersten Ausbilder, wie sie alle noch in die SF-Anzüge gekleidet, die Szene betraten. Sie schufen einen Korridor für die Standortleiterin Rukovsky, die nun auch eintraf. Interessanterweise trug auch sie einen SF-Anzug, wirkte allerdings sehr ernst.

Schnell kehrte Ruhe ein und man hörte nur noch einzelnes Gemurmel. Rudkowskys Stimme erklang auf einmal um sie herum; offenbar waren auch hier überall Lautsprecher, damit man sich ständig per Durchsage an die Anwärter wenden konnte. „Sind alle da? Können Sie mich hören? Gut. Es tut mir Leid, Sie nochmals unplanmäßig zusammenrufen zu müssen, aber es hat einen Vorfall gegeben. Bitte richten Sie ihren Blick auf den Anfang der Bahn zur Sprossenwand.“

Nick, Rebecca, Wolf, Linnea und Lovina, die alle zusammen hergekommen waren, sahen sich ratlos und ein wenig besorgt an, doch dann erklang ein vielstimmiges Gemurmel, als jemand flink wie ein Wiesel die senkrechte, fast zehn Meter hohe Sprossenwand emporkletterte, was fast wie im Zeitraffer wirkte. Erst als die Person oben angekommen war, keuchten viele beim Anblick des blonden Pferdeschwanzes auf, als sie erkannten, dass das ihre Ausbildungsleiterin selbst war, die sich nun ohne Scheu auf die oberste der massiven breiten Sprossen setzte.

„Unglaublich!“, entfuhr es Rebecca. „Hast du das gesehen, Nick? Und sie ist in den Vierzigern!“

Rukowsky erklärte mit humorloser Stimme: „Ja, der SF-Anzug kann wahre Wunder vollbringen. Sie alle stehen noch am Anfang Ihrer Ausbildung und werden in den kommenden Wochen und hoffentlich auch Monaten erst noch erkunden müssen, wozu der Anzug fähig ist und wozu Sie selbst fähig sind, wenn Sie ihn tragen werden.

Nicht umsonst sind Sie den ganzen Tag in der Grundeinstellung damit herumgelaufen, damit der Anzug sich an Sie als Träger sozusagen eingewöhnen konnte und Sie sich an das Gefühl, ihn zu tragen. In dieser Einstellung findet keinerlei Verstärkung Ihrer Kraftausübung durch den Anzug statt, wenn Sie Ihre Muskeln darin bewegen. Und der Anzug bietet eine mannigfaltige Unterstützung und Verstärkung Ihrer eigenen Fähigkeiten, wie Sie gerade mit eigenen Augen an mir sehen konnten.

Leider hat einer von Ihnen die Anweisungen und Warnungen nicht ernst genommen, was die Gefährlichkeit des Splitterfaser-Anzuges betrifft. Er hat, während er auf seinem Zimmer war, die Parameter auf Maximum gestellt. Was dann passiert ist, demonstriert Ihnen Ausbilder Matsuko direkt hier unten neben mir. Bitte geben Sie ihm ein wenig Raum."

Als die Anwärter zurückwichen und Platz machten, trat ein kräftiger, stämmiger Japaner in mittleren Jahren in den entstandenen Freiraum. Alle Augen waren auf ihn gerichtet, als er in die Knie ging und sich zum Sprung bereit machte.

Dann schoss er nach oben wie von einem Katapult abgefeuert. Sie konnten alle gar nicht schnell genug die Köpfe in den Nacken legen, um ihn im Auge zu behalten. Als Nick ihn wieder sah, griff er gerade nach der obersten Sprosse in knapp zehn Metern Höhe und setzte sich neben seine Vorgesetzte auf die Spitze des Hindernisses. Ein lautes Raunen ging durch die Menge.

„Und jetzt stellen Sie sich bitte vor, dass ein junger, disziplinloser Anwärter genau das im Inneren eines Zimmers mit einer Deckenhöhe von zweieinhalb Metern versucht." Rukowsky wartete mit gesenktem Haupt eine kurze Weile, bis die entsetzten und ungläubigen Ausrufe der Anwärter wieder nachließen. „Ich muss Ihnen gewiss keine Details beschreiben, aber das Zimmer selbst wird bis zur abschließenden Grundreinigung nicht bewohnbar sein. Die Inhalte der Schränke der Mitbewohner dieses Unglücksraben werden gerade verlegt und sie selbst auf andere Zimmer umquartiert.

Niemand ist so bestürzt wie ich über diesen tragischen, dummen und völlig unnötigen Unfall. Ich habe noch nie einen Anwärter hier in den ersten zwei Wochen verloren, weil er nicht auf die einfachsten Anweisungen gehört hat. Natürlich passieren Trainingsunfälle, doch diese bleiben meist in einem vertretbaren Rahmen, weil die Anwärter verantwortungsvoll und respektvoll mit den Anzügen umgehen, die Anweisungen beachten und keine dummen Zirkusnummern versuchen, die sie im wahrsten Sinne des Wortes den Kopf kosten können.

Es wäre falsch, jetzt Angst vor der Benutzung des Anzuges zu haben. Wenn Sie sich richtig verhalten und ihn korrekt verwenden, wird er Sie nicht in Gefahr bringen, sondern ganz im Gegenteil Sie beschützen und Ihnen vielleicht eines Tages sogar das Leben retten.

Bitte Vorsicht da unten, wenn Ausbilder Matsuko wieder herunter springt."

Nick sah Rebecca an und murmelte: „Wieso sollen wir...?"

Ein Aufkeuchen ging durch die Menge, als der Japaner tatsächlich von ganz oben hinabsprang und wie ein Dampfhammer auf dem Rasen aufkam. Er federte die Landung ab, indem er wiederum in die Knie ging und sich mit einem Arm auf dem Boden abstützte.

„Wow, das war unfassbar! Hat das nicht wehgetan?" Rebecca konnte sich diesen Ausruf nicht verkneifen, der im allgemeinen verbalen Tumult kaum zu verstehen war.

Matsuko sah sie direkt an und sagte: „Ein kleiner Tipp: versucht das nicht auf Beton. Auf Rasen ist das kein Problem; vor allem die Gelenke werden optimal abgefedert vom Anzug."

Damit war die unheilvolle Verkündung dieses Unglücks vorbei und alle gingen wie im Traum benommen zu ihren Unterkünften. Sie unterhielten sich mit vielen anderen Anwärtern, die gerade neben, vor oder hinter ihnen liefen und hörten so einiges davon, was passiert war.

Als sie an ihrem Gebäude ankamen, fasste Tamara, die gemeinsam mit Sven auf dem Rückweg zu ihnen gestoßen war, zusammen: „Es war demnach jemand aus dem Nachbargebäude aus der ersten Kompanie. Ein Kerl aus Filiale 97 namens Mendor. Das Schlimmste ist, dass er nicht allein war, als es passiert ist.

Der Idiot hat seinen Anzug erst ein wenig hoch gekitzelt und dann solche Faxen gemacht wie rückwärts auf das obere Stockbett zu hüpfen und Ähnliches. Dann hat er tatsächlich auf Maximum gestellt und eine blöde Bewegung später ist sein Kopf an der Betondecke zerplatzt wie eine Wassermelone, auf die man mit einer Schrotflinte schießt. Schau nicht so entsetzt, Beckie; genau so wurde es mir beschrieben. Drei Zimmergenossen liegen wohl mit einem Schock auf der Krankenstation. Einer davon hat bereits das Handtuch geworfen, habe ich gehört."

Nick warf Rebecca einen Seitenblick zu: „Na, hast du noch Lust, weitere Experimente wie das in der Kantine mit der Gabel an mir durchzuführen?"

Sie senkte den Kopf: „Es tut mir echt Leid, Nick. Bitte verzeih mir."

Er nahm sie in den Arm. „Klar doch, du hast es ja nicht ahnen können. Und außerdem ist nichts passiert. Ab jetzt einfach streng nach Lehrbuch, okay?"

Sie lächelte ihn traurig an: „Ja, klar."

„Und jetzt zurück aufs Zimmer. Die Lust auf Schäferstündchen dürfte wohl allen für heute vergangen sein, nehme ich schwer an. Das heißt für uns, eine geruhsame Stunde bis zur Bettruhe."

In den folgenden zehn Tagen erlebten sie eine intensive und vielfältige Ausbildung. Die Verstärkung des Anzugs wurde rigoros jeden Tag um fünf Prozent hochgefahren, sodass sie sich ganz allmählich an das Gefühl der gesteigerten Kraft, die ihnen dieses technische Wunderwerk bot, gewöhnen konnten. Sie konnten schneller laufen und klettern, weiter springen und sich auf ungewöhnliche Weisen bewegen, die ihnen ihr Körper alleine verwehren würde.

Das Schwierigste daran war in der Tat, diese Kraft zu beherrschen. Nicht nur Nick war voll und ganz der Meinung, dass es richtig war, diese langsame Steigerung vorzunehmen. Trotz aller Vorsichtsmaßnahmen gab es immer wieder mal kleinere Unfälle im Camp. Nicht bei ihnen in der Gruppe direkt, aber sie hörten doch jeden Tag von Neuem von Blessuren, Knochenbrüchen oder Ähnlichem. Gott sei Dank gab es keine lebensgefährlichen Verletzungen oder Todesfälle mehr zu beklagen. Diese frühe Tragödie hatte bei ihnen allen Spuren hinterlassen und unvorsichtiges Verhalten stark reduziert.

Inzwischen waren sie auf fünfzig Prozent der möglichen Gesamtverstärkung des

Anzugs angelangt und fühlten sich schon fast wie Superhelden, wie sie über die verschiedenen Hinderniskurse praktisch hinwegflogen und auch in den anderen taktischen und ersten vorsichtig durchgeführten Kampftrainings unvorstellbare Leistungen zeigten.

Das Wissen in vielen Disziplinen, das ihnen nachts im Schlaf eingeimpft wurde, trug auch bereits erste Früchte. Sie waren inzwischen in Taktiken geschult, wie man sich und auch andere Leute aus großer Bedrängnis und bedrohlichen Lagen ohne viel Blutvergießen befreien konnte. Dadurch stellte sich tatsächlich die viel propagierte Gelassenheit gegenüber Gefahrensituationen ein, die man besser einschätzen und meistern können würde, sollte man sich je einer solchen gegenübersehen. Nick dachte dabei an Nicolas, den Franzosen von Filiale 64, der sie bei dem Einsatz angeführt hatte, bei welchem sie Tamara aus dem Dorfgefängnis befreit hatten. Jetzt bewunderte er ihn fast schon dafür, diese Ausbildung absolviert zu haben und verstand auch bereits ansatzweise, wie er zu dieser Aura von Professionalität und Abgebrühtheit gekommen war.

Was Nick besonders praktisch fand, war die Erlernung einer umfangreichen Gebärden- oder vielmehr Zeichensprache, die sie im Einsatz bei Sichtkontakt zur lautlosen Kommunikation untereinander einsetzen konnten. Tamara sagte im Scherz, das hätten sie sich schon viel früher aneignen sollen, da das in der Discothek von immensem Nutzen wäre, wenn die Musik so laut sei, dass man sich nicht mehr unterhalten könne.

In kürzester Zeit, auch dank der wunderbaren Ernährung, hatte das intensive Training dazu beigetragen, dass bei ihnen letzte Reste an Körperfett an unerwünschten Stellen förmlich weggeschmolzen waren und weiteren Muskeln gewichen waren. Jeder Einzelne von ihnen wäre inzwischen mit Kusshand als Fotomodell auf Werbeplakaten für ein Fitnessstudio abgelichtet worden.

Müde, aber zufrieden pellten sie sich an diesem letzten Abend aus ihren Anzügen und legten sie zusammen. Rebecca drehte sich zu Nick um und sah, wie er sich gerade in seinen Schrank beugte, um seinen SF-Anzug darin zu verstauen. Sie stellte sich hinter ihn und umarmte ihn, ihr Kinn auf seine Schulter legend. „Das war es also, die ersten zwei Wochen sind fast vorbei. Wer hätte das gedacht, dass es so fordernd und intensiv wird."

„Ja, aber es macht auch unheimlich Spaß, finde ich. Und inzwischen bin ich am Ende des Tages auch gar nicht mehr so k.o. wie am Anfang." Er drehte sich um und betrachtete seine Verlobte.

„Ich weiß, du hältst das für eine olle Kamelle von mir, aber du siehst noch besser aus als je zuvor." Er umfasste ihre Hüfte und zog sie an sich, eine Hand auf ihren Bauch legend. „Du hast schon einen richtigen Ansatz zum Sixpack bekommen. Das sieht heiß aus an dir, weißt du?"

„Danke gleichfalls, Mister Waschbrettbauch. Dafür habe ich aber obenrum ein klein wenig eingebüßt. Wenn das den Rest der drei Monate so weitergeht, muss ich daheim erst einmal neue Unterwäsche kaufen gehen. Der Vorteil dabei ist, in einer Größe kleiner gibt es mehr Auswahl."

„Alles an dir ist superknackig, Beckie. Ich könnte dich mit Haut und Haaren verschlingen." Er umarmte sie erneut und versank in einem langen Kuss mit ihr.

Sie ließ kurz von ihm ab und zog den Vorhang ihres Zweierabteils zu, der sie blick- und schalldicht von den anderen im Zimmer abschirmte. „Mann, ich kann mich nicht daran erinnern, wann wir das letzte Mal so lange am Stück die Finger voneinander gelassen haben."

Er drückte sie an sich und küsste sie wiederum. „Nackt sind wir ja schon, wo liegt also das Problem?"

Sie zog ihn aufs untere Bett hinab. „Kein Problem. Los, komm her, du Held, nutzen wir den letzten Abend auf Filiale 32 noch aus. Wer weiß, was uns ab morgen blüht? Vielleicht sind wir in dem anderen Trainingscamp dann wirklich so kaputt, wie die Ausbilder behaupten, dass wir freiwillig die Finger voneinander lassen."

„Ich kann mir zwar kaum noch eine Steigerung von dem Training hier vorstellen, aber alle sprechen von nichts anderem mehr. Wir werden das wohl für bare Münze nehmen müssen." Nick lag nun neben ihr auf dem schmalen, nur für eine Person gedachten Stockbett. „Aber du weißt, dass ich dich liebe. Es gibt mehr als nur einen Weg, um sich zu zeigen, dass man sich liebt und zärtlich zueinander sein kann."

Sie lachte ihn fröhlich an und drückte ihn auf die Matratze, während sie sich rittlings auf ihn schwang, den Kopf einziehend, um ihn sich nicht am oberen Bett anzustoßen. „Ein Mann, der kreativ und erfinderisch ist, um seine Frau glücklich zu machen? Was mehr könnte man sich wünschen?"

Der Vorhang öffnete sich ein Stück und Linneas Kopf tauchte auf: „Die anderen wollen noch in der Kantine ein wenig Abschied vom Camp hier feiern und... oh mein Gott!"

Sie verschwand schnell wieder, als sie bemerkt hatte, wobei sie gerade gestört hatte.

Nick rief verschmitzt lächelnd: „Vielen Dank, aber wir sind schon mitten in unserer eigenen Feier!"

„Ja, offenbar. Entschuldigt die Störung und feiert noch schön." Der Vorhang wurde wieder vorgezogen.

„Ja, was mehr könnte man sich wünschen?", nahm Rebecca den Faden wieder auf. „Vielleicht ein eigenes Zimmer zur ungestörten Ausübung der vorehelichen Pflichten?"

„Ja, das wäre schön. Aber im Moment muss das hier genügen." Er zog sie hinab zu sich.

Kairo, Filiale 32 - Monat 1

Sie waren erst am Mittag mit einem der großen Transportkopter abgeholt und nach Teheran geflogen worden, wo sie wiederum in der VIP-Lounge der Air Farsi auf ihren Flug gewartet hatten. Bis dieser für sie bereitgestellt wurde, kam noch ein zweiter Schwung aus dem Camp an. Dabei waren sie nicht einmal die Ersten gewesen; seit dem Morgen waren die Transportkopter im Stundentakt angekommen und hatten Anwärter zum Flughafen in die Hauptstadt gebracht.

Als sie am frühen Morgen auf dem Appellplatz angetreten waren, hatten sich ihre Reihen bereits merklich gelichtet. Für sie war dabei schade, dass auch ihr kurzzeitiger Zimmergenosse Achmed, Oran und Nadija es nicht geschafft hatten. Sie waren nach der abschließenden Untersuchung für nicht tauglich befunden worden, aus gesundheitlichen Gründen. Nadija hatte dabei verlauten lassen, solch fremdartige medizinische Untersuchungen hatte sie noch nie über sich ergehen lassen müssen. Mehr ließ sich aus ihr nicht herausbringen, nur dass sie sich bestimmt auf Einiges gefasst machen konnten angesichts dessen, was sie an Absurdem erlebt hatte in dieser Hinsicht.

Insgesamt waren nur 430 von ihnen noch für den Transport zum zweiten Camp zugelassen worden. Dort würden sie volle 2 Monate verbringen, bevor sie nochmals für 2 Wochen zum Abschluss der Ausbildung hierher zurückkehren würden. Von dem, was ihnen bis dahin noch bevorstand, hatten sie zum jetzigen Zeitpunkt noch keinerlei Ahnung.

Und dann war alles ganz schnell gegangen. Rückblickend ließ sich das so einfach sagen, doch der Wechsel zwischen gebotener Eile und stundenlangem Warten erschien Nick im Nachhinein wie ein Tagtraum. Erst der Aufenthalt auf dem Flugplatz von Teheran, dann der zweieinhalbstündige 'Unterschallflug' nach Kairo, dort ein Transfer in die lokale TransDime Niederlassung und dann wieder Ausharren im Transferbereich vor dem Betreten der Dimensionsfähre. Dass sie im Transferbereich angewiesen worden waren, alle ihre mitgebrachten SF-Anzüge anzuziehen, war für sie sehr rätselhaft. Dennoch suchten sie einen der Ankleidesäle auf, wo wie in jedem Transferbereich eine Anzahl von Kabinen zum Umkleiden der Reisenden bereitstanden, und kamen der Aufforderung nach.

Sie bemerkten gleich beim Betreten der schwarzen Kugel, ihrer Fähre für diesen Flug, dass dies kein Standardmodell war. Die Ausstattung bestand nur aus Sesseln der Kurzstreckenklasse, diese waren jedoch alle nach hinten geneigt, sodass man in diesen fast liegen musste und in Folge dessen weniger Plätze als sonst vorhanden waren. Des weiteren war wie bei der Gefängnisfähre eine zusätzliche Treppe ins Unterdeck vorhanden. Ein Steward wies sie darauf hin, dass alle drei Decks einheitlich ausstaffiert waren und es daher keine Rolle für sie spielte, auf welchem Deck sie sich ihre Plätze suchten. Auf dem mittleren Deck befand sich direkt hinter dem Cockpitbereich ein weiteres abgetrenntes Abteil mit einem großen roten Kreuz auf der Tür. Nick runzelte die Stirn bei dem Anblick. Eine Kranken- oder Sanitätsstation auf einer Fähre?

Sie konnten beim Einnehmen ihrer Plätze auf dem Mitteldeck auch einen kurzen Blick auf die Besatzung werfen, die wie sie auch SF-Anzüge trug. Das war für Nick das Seltsamste an der ganzen Geschichte. Als dann noch vier Leute mit einer Rotkreuz-Armbinde an ihren SF-Anzügen die Sanitätsstation betraten und kurz darauf drei von ihnen wieder mit voluminösen Erste-Hilfe-Koffern herauskamen, um sich auf die drei Decks zu verteilen, sahen sich alle befremdet an.

„Um Himmels Willen, da wird einem ja ganz anders zumute. Ob das etwas mit der sogenannten Härteprüfung zu tun hat?" Rebecca sah Nick mit besorgter Miene an.

„Ich hab da ein ganz mieses Gefühl bei der Sache. Ungefähr so wie damals, als wir nach der Beförderung auf Stufe Eins zu unserer mitteleuropäischen Schnitzeljagd auf Filiale 127 ausgesetzt worden sind. Hoffentlich täuscht mich mein Gefühl." Er ließ sich auf einen der Sitze mittig in der letzten von drei Reihen der pompös wirkenden Liegesessel sinken. Links neben ihm waren Rebecca, Tamara, Sven und Teresa platziert, rechts von ihm Wolf, Lovina und Linnea. Damit war ihre 'Stube' vollzählig und bereit für das Kommende.

Die Fähre füllte sich zusehends und bald waren alle einhundertzehn Plätze besetzt. Als die Fähre startete, erklang eine Durchsage: „Hier spricht der Kapitän des Transferfluges zu Filiale 2. Ich begrüße Sie an Bord und möchte Sie bitten, sich anzuschnallen sowie nach Möglichkeit während des gesamten Fluges angeschnallt zu bleiben. Das Sanitätspersonal wird Sie gleich auf die weiteren Besonderheiten des Fluges hinweisen."

Tamara sah sie mit geweiteten Augen an: „Habt ihr das gehört? Filiale ZWEI! Das ist der absolute Wahnsinn!"

„Daher also die Geheimniskrämerei. Was wir dort wohl für Wunder zu sehen bekommen?" Auch Rebecca war angesichts der sensationellen Neuigkeit aufgeregt.

Sie hatten bereits abgehoben, was hier allerdings nur anhand von drei kleinen, vor ihnen an der Wand der Sanitätsstation entlang verteilten Monitoren zu sehen war. Die riesige Panoramawand der normalen Fähren fehlte hier, aufgrund der Sanitätsstation. Sie stiegen durch die Wolkendecke und aus der Atmosphäre der Erde, als Nick ein seltsames Gefühl hatte.

„Spürt ihr das auch? Ich glaube, wir beschleunigen stärker als sonst."

Tamara meinte zweifelnd: „Bist du sicher? Ich dachte immer, die Fähren beschleunigen stets mit einem g, damit es sich wie normale Erdschwerkraft für die Insassen anfühlt... hm, ich glaube, du hast Recht!"

Rebecca stimmte zu: „Ja, definitiv, die Beschleunigung ist stärker als normal. Nicht viel, aber doch so stark, dass man es merken kann. Was das wohl zu bedeuten hat?"

In diesem Moment wurden alle weiteren Spekulationen im Keim erstickt, als eine der Sanitäter, eine große, kräftige Frau Ende Vierzig mit kurzgeschorenen, blonden Haaren, eisblauen Augen und einer kantigen Gesichtsform, sich an sie wendete. Sie sprach in ein Kragenmikrofon, sodass ihre Stimme überall an Deck deutlich vernehmbar war: „Meine Damen und Herren, darf ich um Ihre Aufmerksamkeit bitten?"

Sofort war es totenstill im Raum.

„Ich werde Ihnen jetzt erklären, was die kommenden zwei Monate auf Filiale 2 und den Hin- und Rückflügen dahin so besonders und so hart für Sie machen wird. Die Filiale 2 ist in vielerlei Hinsicht speziell, vor allem aber in der Hinsicht, dass sie sich radikal von der Erde unterscheidet, wie wir sie kennen.

In der Realitätsebene der Filiale 2 ist bei der Entstehung des Sonnensystems einiges anders gelaufen als bei uns. Es gibt keinen der folgenden Planeten: Merkur, Venus und Mars. Alle diese haben sich in der Frühphase der Planetenbildung mit der Masse der Erde vereinigt, sodass diese ein wesentlich größerer Himmelskörper ist als wir es gewohnt sind. Astrophysiker rechnen ihr auch noch den gesamten Asteroidengürtel und diverse Objekte aus dem Kuipergürtel zu, was darin resultiert, dass diese 'Erde' einen Durchmesser von über zwanzigtausend Kilometern hat und drei kleine, interessant aussehende Monde. Sie ist zudem zu über neunzig Prozent von Ozeanen bedeckt und hat keine zusammenhängenden Kontinente, obwohl ihre Landmasse insgesamt doch größer ist als bei uns."

Alle redeten nun wirr durcheinander, bis die Sanitätsperson durch mehrmaliges

Klopfen auf ihr Mikrofon die Aufmerksamkeit ihrer Schützlinge zurückgewinnen konnte. Gespannt warteten alle darauf, was noch alles kommen mochte.

„Außerdem herrscht auf dieser Version der Erde eine Schwerkraft von fast zwei g."
Nun war absoluter Tumult die Folge. Es dauerte fast dreißig Sekunden, bis ihre Einweiserin sie wieder zur Ordnung rufen konnte. Dann fuhr sie fort: „Ja, Sie alle haben richtig gehört. Das ist der große Härtetest und das k.o.-Kriterium für viele von Ihnen. Sie werden in den nächsten zwei Monaten mit einer Erdbeschleunigung von 18,87 Metern pro Sekunde im Quadrat zurechtkommen müssen. Das ist wie eine nicht allzu schlimme Achterbahnfahrt, aber als Dauerzustand ist das durchaus nicht für jeden von Ihnen etwas. Aus Erfahrung müssen wir davon ausgehen, dass sich viele von Ihnen dieser Belastung nicht gewachsen zeigen werden.

Sie haben sicher auch schon alle gemerkt, dass wir bereits seit dem Start die Beschleunigung ganz allmählich auf dieses Niveau, das auf Filiale 2 herrscht, anpassen. Momentan sind wir bei eins Komma drei g und steigend. Und ab jetzt werden wir kontinuierlich alle Ihre Biofunktionen überwachen, um frühzeitig erkennen zu können, wen sein Körper angesichts dieser Belastung im Stich lässt. Bitte achten Sie auf Ihre Steuerplaketten."

Sie drückte auf einen Knopf und augenblicklich leuchtete das Sechseck unterhalb ihres Halses in einem kräftigen grün auf, bei einigen auch in einem etwas helleren Grünton, der ein wenig ins grüngelb tendierte. „Wir bekommen auf der dauerhaft bemannten Sanitätsstation eine ständige Rückmeldung über ihre Vitalfunktionen in Echtzeit. Für Sie sichtbar ist der Allgemeinzustand als Farbcode. Solange die Deckplatte Ihrer Steuerung grün leuchtet, ist alles in Ordnung. Wenn der Farbton ins Gelbe tendiert, verschlechtert sich Ihr Zustand und wenn es orange wird, droht Gefahr. Bei Rot werden augenblicklich Sofortmaßnahmen von unserer Seite notwendig. Achten Sie deshalb auf Ihre Platte und die Ihrer Sitznachbarn. Sie werden alle bis zu einem gewissen Grad Beschwerden haben, das ist völlig normal und natürlich. Wenn sich Ihr Zustand in einem besorgniserregenden Tempo verschlechtert, fängt die Platte zusätzlich an zu blinken und sondert einen hochfrequenten Piepton ab, der nicht zu überhören ist. Dasselbe geschieht, wenn Ihre Werte ein kritisches Niveau erreichen."

Nick schluckte und sah Rebecca an. Ihre Platte hatte einen satten tiefen Grünton inne, der um einiges dunkler war als seiner. Bei Tamara war der Grünton etwas heller als bei ihm, während Sven sogar eine grüngelbe Färbung aufwies.

Nick drehte sich zu Wolf herum, dessen Platte denselben Ton wie seine anzeigte. Die beiden schwedischen Zwillinge Lovina und Linnea hatten beide einen etwas dunkleren Grünton als er auf ihren Platten, während Teresa etwa gleichauf mit ihm war.

Wolf meinte: „Das ist faszinierend. Hättest du das jemals gedacht, dass *das* die große Prüfung ist?"

Rebecca meinte mit einem sorgenvollen Blick auf Svens Platte: „Das hätte sich garantiert keiner von uns in seinen wildesten Phantasien ausmalen können."

Die Sanitäterin war noch nicht fertig: „Zu Ihrem großen Glück befinden Sie sich momentan in einer entlasteten Quasi-Liege-Position und tragen Ihre SF-Anzüge. Diese werden von der Bordelektronik gesteuert und entlasten gezielt Ihre Muskulatur und Ihren Kreislauf, indem sie ähnlich wie Anti-g-Anzüge von Kampfjet-Piloten wirken. Die Anzüge passen sich ständig der steigenden Schwerkraft an und schnüren ihre Beinmuskulatur genauso stark ein, wie nötig ist, um das Blut am Absacken in die untere Körperhälfte zu hindern. Dennoch wird all das nicht die üblichen Symptome verhindern können, die sich bei erhöhter positiver Beschleunigung bei Ihnen mehr oder weniger stark einstellen können.

Sie werden sich auf Kurzatmigkeit, Kopfschmerzen, Gliederschmerzen, Schwindelgefühl, Gleichgewichtsstörungen und Sehstörungen gefasst machen müssen. Das sind die akuten Symptome. Die drastischeren Leiden, die sich einstellen können, werden durch den Anzug gemeldet und Ihnen angezeigt. Da niemand Ihre Gesundheit gefährden oder gar ruinieren will, werden täglich bis zu vier Flüge zurück zu Filiale 32 durchgeführt, abhängig von der Anzahl an Fällen, die den Umständen nicht mehr gewachsen sind. So werden gleich nach Start der Rückflug-Fähre die Belastungen durch eine geringere Beschleunigung gemildert.

Ich möchte Ihnen raten, möglichst auf Ihren Liegen zu bleiben und sich von Zeit zu

Zeit auf die eine und die andere Seite zu drehen, um die Belastung auf Ihren Organismus zu verteilen. Vermeiden Sie es, aufzustehen und herumzulaufen, auch wenn Ihr SF-Anzug Sie stützt. Im Falle eines Sturzes bewahrt er Sie zwar vor Verletzungen durch spitze Gegenstände wie Kanten oder Ecken, aber ihre Knochen vor einem Bruch schützen kann er nur bedingt, wenn Sie bei dieser hohen Schwerkraft ungeschickt fallen. So funktioniert die Umverteilung der auf den Anzug einwirkenden Kräfte leider nicht.

Wir werden in knapp einer Stunde das Wendemanöver beginnen, dann erfahren Sie eine kurze Entlastung, bevor Ihnen wieder eine gute Stunde an Beschleunigungsphase bevorsteht. Dann sind wir bereits am Sprungpunkt.

Ich danke Ihnen für Ihre Aufmerksamkeit."

Als sich die Sanitäterin wieder auf ihre Liege zurückzog, sagte Tamara, nachdem sie ein wenig abwesend vor sich hingemurmelt hatte: „Wir springen demnach in ein anderes Universum, um Filiale 2 zu erreichten."

„Wie kommst du darauf?", wollte Rebecca wissen.

„Na, unsere Reisezeit ist etwas länger als bei einem normalen Sprung. Normalerweise steuern wir einen Librationspunkt zwischen Erde und Mond an, um zwischen den Realitätsebenen zu wechseln. Um in ein anderes Universum zu kommen, müssen wir aber fast acht Stunden fliegen – im Normalfall. Durch die höhere Beschleunigung gleicht sich die Zeit für die längere Distanz zum Librationspunkt zwischen Sonne und Erde fast wieder aus. Ergo..."

Nick winkte ab. „Ja, bestimmt hast du Recht. Irrst dich ja sonst nie in solchen Dingen. Und, wie fühlt ihr euch momentan?"

„Allmählich fängt es an, anzuziehen", gab Sven zu.

Tamara meinte, mit ein wenig gepresster Stimme: „Wird schon gehen. Wir sind ja bereits auf über anderthalb g. Sie blenden es inzwischen auf den Monitoren oben rechts ein, ist mir eben aufgefallen."

In der nächsten Viertelstunde wandelte sich das Deck nach und nach zu einer Krankenstation um, während die Belastung bis auf den finalen Wert von 1,93 g anstieg. Die meisten der Anwärter lagen leise stöhnend auf ihren Liegen, wälzten sich ab und zu ächzend auf die andere Seite und versuchten, die Zeit bis zum Wendemanöver auszuharren, wenn die dann einsetzende Schwerelosigkeit ihnen vorübergehend ein wenig Linderung verschaffen würde.

Nick drehte sich ebenfalls wieder einmal um und wandte sich damit Rebecca zu, die den in der Sessellehne integrierten Monitor an seinem Schwanenhals aus der Armlehne heraus gefaltet, ihn zurecht gedreht hatte und mit einer Hand ein wenig auf dem Touchscreen herumfuhr. Erstaunt fragte er: „Was tust du denn da?"

„Ich versuche, irgendetwas über Filiale 2 zu finden. Momentan scheinen alle Informationen darüber noch gesperrt zu sein. Ich hoffe, sie schalten ein paar Informationsseiten frei, nachdem wir den Sprung gemacht haben und uns in der entsprechenden Ebene befinden." Ihr Gesicht wirkte hochkonzentriert.

Ungläubig wollte er darauf wissen: „Wie kannst du jetzt gerade an so was denken? Macht dir denn die hohe Schwerkraft nicht zu schaffen? Mir wäre es im Moment sogar zu anstrengend, meinen Arm von der Lehne bis zum Bildschirm zu heben."

„Eigentlich fühle ich mich ganz gut, wenn ich so auf der Seite liege." Sie nickte nach unten und Nick fiel auf, dass ihr Monitor noch immer grün aufleuchtete.

Hinter ihr kam Tamaras Stimme mühsam hervor gepresst: „Gib bloß nicht so an! Jeder hier drin kann kaum einen Finger rühren."

Rebecca drehte sich auf den Rücken und dann ihren Kopf zur Seite, um ihre Freundin anzusehen, deren Monitor inzwischen ein helles grüngelb angenommen hatte, genauso wie Nicks Anzeige. „So schlimm ist es doch auch wieder nicht. Sag bloß, du bist schon k.o. Von der kurzen Belastung?"

„Das ist jeder hier drin, ohne Ausnahme", entgegnete Tamara entrüstet. Rebecca drehte sich wieder auf den Rücken.

Und hob einen Arm bis in die Senkrechte hoch.

Und dann den anderen.

Dann beugte sie beide Beine, bis ihre Knie einen Neunzig-Grad-Winkel beschrieben.

Verblüfft keuchte Tamara auf. „Das... das ist unglaublich! Wie kannst du nur mit der hohen Schwerkraft so gut zurechtkommen?"

Rebecca senkte ihre Arme und Beine vorsichtig wieder ab. „Vielleicht durch meine Turnerkarriere. Oder als gerechten Ausgleich dafür, dass ich mit Schwerelosigkeit überhaupt nicht zurecht komme." Sie zuckte schmunzelnd mit den Achseln.

„Du Glückspilz. Dann wollen wir hoffen, dass es dich nach dieser noch stärkeren Beschleunigung nicht zu sehr in Mitleidenschaft zieht, wenn der Kontrast zwischen jetzt und null g doppelt so hoch sein wird." Tamara grinste nun wieder trotz des Unbehagens, das sie verspürte.

Rebeccas Augen weiteten sich und sie zischte Nick zu: „Verdammt, ich habe keine Antipurgativ-Pillen dabei."

Nick drehte mühsam den Kopf. „Wie konnte *das* denn passieren? Ich dachte immer, du achtest auf nichts in der Welt mehr als auf das?"

„Ich konnte doch keine von zuhause mitnehmen und dass hier an Bord kein Steward ist, den man fragen kann, konnte ich auch nicht ahnen."

„Und auf die Idee, einen der Sanitäter danach zu fragen, bist du wohl auch nicht gekommen?" Nick schüttelte ungnädig den Kopf.

„Mist, mist, mist! Ich bin so blöde!"

„Dann greif dir mal lieber schnell eine Tüte, es geht nämlich gleich los mit der Wegnahme des Schubs, wenn ich den Monitor richtig deute." Tamara starrte gebannt und fast erwartungsvoll auf den Bildschirm vorne in der Kabine.

„Oh je, danke für die Warnung." Hektisch tastete Rebecca die Servicefächer ab, wo die entsprechenden Utensilien zu finden waren.

„Ja, der einzige Grund, warum ich nach all den Erfahrungen noch bei transdimensionalen Reisen neben ihr sitze, ist, dass ich sie liebe und mit ihr verlobt bin", erklärte Nick an Tamara gerichtet, worauf sich deren Grinsen noch verbreiterte.

„Die Tüten an meinem Platz sind aus! Auf welche Seite soll ich mich drehen? Freiwillige vor!"

Tamaras Grinsen erstarb.

Nick fischte angestrengt die Tüte aus seinem eigenen Fach und hielt sie ihr schnell vor die Nase. „Hier, Schatz, nimm solange die hier!"

Sie drehte sich um, als die Schwerkraft allmählich unter das gewohnte normale g absank, und lächelte ihn dankbar an. „Das ist so lieb von dir! Nur zur Sicherheit, man kann ja nie wissen...“

„Oh doch, in deinem Fall kann man es wissen, weil eine Fünfzig-zu-fünfzig-Chance besteht, dass... oh *Mann*, und schon ist es soweit!“ Er drehte sich diskret weg von ihr. Sie war erstaunlich leise dabei, dachte er noch. Umso besser, so konnte ihn nicht die berüchtigte Sympathie-Übelkeit heimsuchen, die manche Leute überkam, wenn sie Zeuge dessen wurden, was sich im Moment neben ihm ereignete. Zum Glück musste er das nur noch selten miterleben, wenn sie auf einer längeren Reise waren und die Wirkung der eingenommenen Pille bei ihr nachließ.

Tamaras Stimme riss ihn aus seinen Überlegungen. „Du hältst dir sogar die *Nase* zu beim Brechen? Bist du inzwischen so ein Profi darin geworden, dass du...? Ja, schon gut, ich bin ja schon ruhig! Meine Güte, wenn Blicke töten könnten...“

„Vielen Dank für die anschauliche Beschreibung, Tammy.“ Grummelnd hob Nick eine Hand mit ausgestreckten Fingern. „Such dir einen davon aus! Ich empfehle die goldene Mitte.“

„Sorry!“

Als Rebecca sich wieder gefangen hatte, kehrte die Schwerkraft bereits wieder zurück. Als sie erneut anderthalb g überstiegen hatte, drückte Rebecca den Rufknopf der Sanitäter. Gleich drauf kam die für ihr Deck zuständige Helferin an ihren Platz, vorsichtig wie durch Wasser watend, was irgendwie komisch aussah.

„Was haben Sie denn? Ihre Vitalwerte sehen ausgezeichnet aus für diese hohe Beschleunigung!“

„Ja, das ist es auch gar nicht; mein Problem ist vielmehr das Gegenteil. Mir wird immer bei Schwerelosigkeit schlecht und ich habe es wegen der Aufregung versäumt, nach der Antipurgativ-Pille zu fragen. Und prompt habe ich hier eine randvolle Tüte zu entsorgen. Meinen Sie, ich kann schnell auf die Toilette? Ich komme sicher mit der Schwerkraft zurecht.“ Verlegen hob Rebecca ihre benutzte Spucktüte hoch.

Die Augenbrauen der Sanitäterin schossen in die Höhe. „Was für ein Malheur! Na, da wollen wir mal nicht so sein; Sie scheinen ja wirklich exzellent mit der Lage klarzukommen. Aber seien Sie bitte sehr vorsichtig, keine unbedachten Bewegungen oder Ähnliches. Ich besorge Ihnen die Pille und einen Schluck Wasser, bis Sie zurück am Platz sind. Die Anzüge sind inzwischen auf dreißig Prozent Leistung hochgefahren, seien Sie bitte daher auch mit Griffen, Knöpfen und anderen Armaturen vorsichtig. Fassen Sie alles an wie rohe Eier!"

„Alles klar, vielen Dank." Rebecca warf einen Blick nach vorne, wo die Monitore inzwischen 1,7 g anzeigten. Sie schwang mühsam ihre Beine von der Liege und erhob sich vorsichtig aus der Hocke. Dann richtete sie sich vollständig auf und balancierte ihre unappetitliche Fracht in Richtung der Toiletten. Alle anderen, die sie passierte, sahen ihr ungläubig hinterher. Wie konnte diese Anwärterin hier herumlaufen, während sie sich kaum von einer Seite auf die andere drehen konnten?

Nick sagte stolz zu Tamara: „Sieh sie dir an! Was für eine Frau!"

Tamara legte ihre Hand mühsam auf seine Schulter. „Wir können froh sein, sie an unserer Seite zu haben. Diese Ausbildung wäre nicht dasselbe ohne sie."

Er drehte sich zu ihr um und sagte unvermittelt: „Ich weiß über dich und Sven Bescheid. Wollte ich dir nur mal kurz sagen, jetzt da wir so schön unter uns sind. Und *danke* nochmal, dass du ihm von unserem Dreieck erzählt hast, als du von ihm abgefüllt worden bist."

Ihre Gesichtszüge entgleisten völlig angesichts dieser unerwarteten Ankündigung von ihm. „Ich... was... seit wann...?"

„Ihr seid nicht so schlau beim Vertuschen eurer Turtelei, wie ihr denkt. Ich bin nicht der Einzige, dem etwas aufgefallen ist, aber ich habe Sven zur Rede gestellt."

Etwas milder gestimmt, wollte er dann wissen: „Und, wie läuft es mit euch?"

Ihre Miene glättete sich wieder, als sie verträumt zu schwärmen begann: „Ganz toll im Moment. Es ist natürlich genial gelaufen für uns, dass wir beide als Springer ausgewählt wurden. Im Moment ist alles noch so frisch und neu, es ist toll und spannend. Er ist umwerfend und behandelt mich wie eine Königin. Ich fühle mich sicher und geborgen bei ihm und kann ihm vertrauen. Das ist bisher noch bei keinem Mann so gewesen und das muss doch etwas zu bedeuten haben, oder?"

Als sie ihn aus ihren großen Rehaugen ansah, beinahe so als erwarte sie seinen Segen, musste er lachen. „Ach Tammy, du dummes Huhn, du bist ernsthaft verliebt.

Genieße es und genieße die Zeit, die ihr gemeinsam verbringen könnt. Ich weiß ja, dass er immer einen besonderen Draht zu dir hatte und dich zur Vernunft bringen konnte, wenn es sein musste. Das ist vielleicht eines der wertvollsten Dinge, die ihr teilt."

„Ja, mag sein. Aber er ist auch der Hammer im Bett." Sie feixte, als er das Gesicht verzog. „Ich weiß, du willst jetzt sicher keine Details hören, aber die Geschichte mit seinem Spruch, dass er Angst hatte, er würde mich in der Hälfte auseinanderbrechen... Gott, das ist so was von außer Kontrolle geraten. Wir sind manchmal ewig total geschafft nebeneinander gelegen nach unseren Schäfernächtchen. Mir fehlen einfach die Worte, um das beschreiben zu können."

„Mir reicht schon der Ausdruck 'Schäfernächtchen' statt Schäferstündchen. Ich hoffe, ihr wollt keinen Anspruch im Duden auf diese neue Wortschöpfung erheben. War deshalb in der letzten Nacht im Camp das Frauenbad bei uns für über eine Stunde besetzt?" Nick sah sie missbilligend an.

„Tut mir Leid, aber nachdem sich herumgesprochen hatte, dass die beiden Verlobikusse ihre eigene horizontale Abschiedsfeier von der Filiale 32 gefeiert haben, fühlten wir uns inspiriert. Wir wussten ja auch nicht, wann wir das nächste Mal Gelegenheit zur Liebe gehabt hätten. Und angesichts dieser Umstände, die uns demnächst erwarten, war das wohl die goldrichtige Entscheidung." Sie machte nicht einmal den Versuch, sich zu rechtfertigen, wie er bei ihrem fröhlichen Grinsen bemerkte. Interessanterweise war auch der Farbton ihrer Brustplakette unmerklich ins Hellgrüne übergewechselt, je entspannter sie beim Erzählen geworden war.

„Ach, was soll's! Ich wünsche euch jedenfalls viel Glück und dass ihr es nicht übertreibt. Auf dass ihr eine erfüllte und lange Beziehung habt." Er musterte sie neugierig. „Mich wundert es allerdings schon, dass du das noch immer nicht Rebecca erzählt hast. Du musst doch fast platzen dabei, das mit Sven ihr gegenüber geheim zu halten."

Als er ihre verlegene Miene sah, ging ihm etwas auf. „Oh mein Gott, du hast es ihr bereits gesagt! Und *mich* wolltet ihr im Dunkeln lassen?"

Tamara beeilte sich zu erklären, ihre Stimme senkend: „Nein, bestimmt nicht. Es ist nur so, dass sie uns sozusagen in flagranti im Bad erwischt hat. Wir dachten, wir seien allein und die Badtür selbst kann man ja nicht verriegeln, nur die WC- und Duschkabinen. Wir wollten in keine der beiden hinein, deshalb haben wir..."

„Okay, das war einfach nur dämlich. Da hätte ja jeder beliebige Zimmergenosse hineinkommen können. Und jetzt verstehe ich auch, warum Rebecca so erpicht auf eine zweite Runde war, als sie aus dem Bad zurückgekommen ist. Ich hatte keinerlei Mitspracherecht dabei... du kennst sie ja, wie manchmal morgens nach dem Aufwachen. Dennoch war es diesmal noch leidenschaftlicher als sonst, als sie... oh Mann, sie hat sich bei *euch* die Inspiration dazu geholt!" Die Erkenntnis traf ihn wie ein Hammer.

„Wir waren so bei der Sache, dass wir sie wohl nicht gleich bemerkt haben. Und da sie und ich sich ja nicht fremd waren, kann das schon gut sein, dass das etwas bei ihr ausgelöst hat, mich mit einem anderen Mann zusammen zu sehen. Sie hat auch gar nicht böse reagiert, sondern sich einfach nur lächelnd wieder zurück gezogen. Was täte ich nur ohne eine Freundin wie sie?"

Just in diesem Moment kam Rebecca zurück und wollte sich wieder setzen: „Mann, das war eine Sauerei, bis ich alles mit der Spülung... was habt ihr denn? Ihr seht so komisch aus der Wäsche."

„Setz dich, Miss Spannerin! Ich weiß alles von letzter Nacht, von Sven und Tammy und von deiner 'unheimlichen Begegnung der dritten Art' im Badezimmer." Er wies mit versteinerter Miene auf den Sitz.

„Tammy, wie konntest du nur!" Entsetzt und mit schuldbewusster Miene ließ sich Rebecca vorsichtig nieder.

„Ich kann nichts dafür, Nick wusste es schon länger, er hat nämlich Sven schon früher in die Mangel genommen und überführt", rechtfertigte Tamara sich.

Ernst erklärte Nick sich: „Die Frage ist doch, was bedeutet das jetzt für uns? Verkünden wir jetzt angesichts der Lage die offizielle Auflösung des Dreiecks oder sieht jemand von euch noch eine andere Option?"

Hinter Tamara erklang überraschend Svens Stimme: „Ich hätte dazu eine ganz unverbindliche Frage..."

Tamara scheiterte kläglich dabei, herumzufahren und ihren Freund anzusehen. Sie stöhnte auf und glitt stattdessen in die Rückenlage. „Oh nein, seit wann hast du mitgehört?"

„Lange genug, um dich küssen und umarmen zu wollen für all die lieben Dinge, die du über mich und uns gesagt hast." Er strich ihr vorsichtig über die Schulter, worauf sie selig lächelnd seine Hand ergriff.

„Und spätestens jetzt könnt ihr es auch genauso gut offiziell machen. Wieso wolltet ihr eure Beziehung eigentlich verheimlichen?" In gespielter Verzweiflung verdrehte Rebecca die Augen.

„Wir wussten nicht, wie das ankommen würde, wenn wir beim Springertraining als Pärchen auftreten würden. Inzwischen wissen wir, dass es niemanden interessiert. Eigentlich hast du recht damit, dass wir es zugeben können, auch wenn ich nicht vorhabe, damit hausieren zu gehen." Sven nickte und meinte dann: „Und wegen euch..."

„Ja, was wolltest du sagen, was unsere Beziehung zu dritt angeht? Wir haben ja im Grunde genommen keine andere Wahl als die Sache sofort zu beenden, jetzt wo die Karten auf dem Tisch sind, oder?" Rebecca sah erst Nick an und dann hinüber zu dem frisch verliebten Pärchen.

Sven schien sich sehr gut zu überlegen, wie er seine Gedanken dazu ausdrücken sollte, als würde er sich über ein verbales Minenfeld bewegen. „Na ja, wir alle haben so einiges ausprobiert in sexueller Hinsicht, seitdem wir bei TransDime sind, einiges bestimmt auch schon vorher. Kein Widerspruch? Gut.

Ihr Drei habt etwas wirklich Einzigartiges, Besonderes, was euch verbindet. Das ermöglicht es euch auch, euch zu dritt aufeinander einzulassen und das ist beneidenswert. Ich beneide euch auch wirklich darum und ich bin gleichzeitig so froh, dass ich den Mut gefunden habe, Tamara zu zeigen, was ich für sie fühle."

„Du Softie", neckte Nick ihn und erntete dafür sofort zornigen Protest von Rebecca und Tamara. Als er zurück gerudert und sich entschuldigt hatte, fuhr Sven fort.

„Ich habe irgendwie das Gefühl, als sei ich jetzt Teil von euch und habe über die Beziehung mit Tammy Anteil an eurer besonderen Verbindung. Dabei bin ich jedoch..."

Nick fuhr ihm alarmiert über den Mund: „Einen Moment mal, was soll denn das jetzt werden? Hast du etwa noch nicht genug Spaß gehabt mit Frauen in deinem bisherigen Leben? Und reicht dir deine Traumfrau nicht, dass du ernsthaft vorschlägst, auch noch an meine ran zu wollen? Ich glaub, ich bin im falschen Film!"

Tamara nahm Svens Hand von ihrer Schulter und sah zu ihm herüber: „Ich hoffe schwer, dass Nick völlig falsch liegt damit. Er weiß genauso gut wie ich, dass du immer schon auf Rebecca gestanden hast und es stets bedauert hast, dass zwischen euch nie etwas gelaufen ist."

Ihr Freund wurde nun verlegen: „Nein, nein, ich dachte nur, weil ihr alle das so locker seht... und Nick und du seid ja während eurer Beziehung auch schon intim gewesen..."

Rebecca setzte sich nun tatsächlich auf, trotz der vollen 1,93 g, die inzwischen herrschten. Ihre Brustplatte leuchtete noch immer in einem kräftigen Grünton. Sie sah zu Sven hinüber. „Wenn du jetzt ernsthaft vorschlägst, dass wir Beide auch mal einen Testlauf durchziehen, nur um deine Neugierde zu befriedigen, dann muss ich mich fragen, ob du meine beste Freundin überhaupt verdient hast."

„Um Gottes Willen, nein! Ich wusste nur nicht, wie weit euer liberales Denken dabei geht. Ich war einfach nur neugierig, wie so etwas abläuft bei einem Dreier, vor allem da ihr diese Sonderform der Liebesbeziehung anscheinend perfektioniert habt. Ich weiß ja nicht, ob ihr da überhaupt noch Platz für jemand anderen habt, aber dass alleine die Frage einen solchen Eklat auslöst, konnte ich ja nicht ahnen.

Ich wäre einfach nur neugierig gewesen, ob ihr jetzt in Frieden auseinandergehen werdet, wonach es ja aussieht, oder ob ihr auch noch zu etwas Neuem bereit gewesen wärt. Ob ich nur zusehe oder wir uns als zwei Paare treffen oder was weiß ich, was wir tun könnten, ich bin ja kein Profi.

Ich entnehme euren Reaktionen, dass das nicht stattfinden wird. Und wenn ich ein klein wenig Glück habe nach dieser Rede, die mich Kopf und Kragen kosten kann, werde ich immer noch meine Tammy haben. Das ist schon mehr als ich je hätte verlangen können. Versteht ihr, was ich sagen möchte?"

Rebecca sah Nick an: „Ich weiß nicht, ihn zusehen lassen? Gut, uns beide gibt es ja auf einer gewissen Filiale inzwischen online zu bewundern, den Schuh haben wir uns selbst angezogen. Aber ob das so gesund ist für dich, Sven, wenn du uns Dreien *zusiehst* beim Liebesspiel?"

Tamara sah ihn fragend an: „Ist das etwa eine heimliche Phantasie von dir?"

Als Sven rot wurde, kicherte Rebecca. „Sieh ihn dir an, wie ein Schuljunge. Ich glaube allmählich, dass dieses Wechselbad der Gefühle, in das uns TransDime ständig wirft, diese Dauerspannung bei uns allen erzeugt. Nick und ich waren auch schon früher keine Kinder von Traurigkeit, aber von Tammy weiß ich, dass sie nicht so wahnsinnig experimentierfreudig war, was oberflächlichen Sex anging.

Da in diesem Fall du diejenige bist, deren Freund das neue Element ist, solltest du das Zünglein an der Waage sein, die bestimmt, ob wir hier etwas Neues zu viert starten."

Nick zischte ihm leise zu: „Ich mach dich zu meinem Trauzeugen, wenn du dir die Sache aus dem Kopf schlägst."

Alle sahen ihn verdutzt an. Sven überlegte kurz und hielt dagegen: „Einmal zusehen ohne jede aktive Beteiligung von mir?"

Rebecca sah Tamara völlig perplex an: „Was geschieht hier gerade?"

„Unsere Männer schachern gerade um die Modalitäten einer orgienähnlichen Aktion mit uns, während wir daneben sitzen. Offenbar wollen Beide wieder ins Single-Leben zurück, wie mir scheint", stellte Tamara fest.

Die Sanitäterin kam zu ihnen herüber und beendete die bizarre Diskussion: „Warum sitzen Sie hier herum und sind nicht angeschnallt auf der Liege? Wollen Sie mich wütend machen?"

Verdattert rutschte Rebecca zurück auf ihren Platz. „Tut mir Leid, wir haben gerade..."

„Sie haben gerade eine direkte Anweisung des Sanitätspersonals missachtet. Wir denken uns diese Vorsichtsmaßnahmen nicht zum Spaß aus, wissen Sie? Nur weil Sie die besten Vitalwerte in der ganzen Fähre aufweisen, heißt das noch lange nicht, dass Sie hier eine Sonderbehandlung bekommen. Sie haben Ihren Kredit schon beim WC-Gang verspielt."

Eingeschüchtert befolgte Rebecca schnell die Anweisung, fragte dann aber doch neugierig nach: „Ich habe die *besten* Werte hier an Bord?"

„Einschließlich des Personals, das schon seit Jahren unter diesen Verhältnissen arbeitet. Da, sehen Sie meine Anzeige; sie ist zwei Farbtöne heller als ihr Dunkelgrün, obwohl mein Anzug auf achtzig Prozent Leistung läuft. Ich habe schon zweimal Ihre Anschlüsse und das Signal getestet, weil ich dachte, da muss etwas defekt sein. Sie sind wohl einfach ein Naturtalent, was das Ertragen hoher g-Kräfte angeht." Unwillig und unfreiwillig anerkennend nickte sie Rebecca zu.

„Dafür kotzt sie bei Null g in alle fünf Himmelsrichtungen", krähte Tamara fröhlich.

„Erzählen Sie mir was, das ich noch nicht weiß." Mit diesem miesepetrigen Kommentar zog sich die Sanitäterin zurück.

Sauer entgegnete Rebecca: „Es gibt nur vier Himmelsrichtungen, du Genie."

„Daran kannst du sehen, wie *übel* du immer kotzen musst", gab Tamara zurück und erntete damit einen kollektiven Lachanfall ihrer Sitznachbarn in Hörweite.

„In einer Minute sind wir am Sprungpunkt", las Nick von den Monitoren ab, just als die Beschleunigung begann, nachzulassen.

„Wenn ihr zwei Männer übrigens glaubt, dass diese Geschichte damit beendet ist, habt ihr euch gründlich geirrt. Was fällt euch ein, hier in unserem Beisein und über unsere Köpfe hinweg derart um uns zu schachern? Noch dazu wirfst du die Position als Trauzeuge in die Waagschale, Nick. Und was ist mit Lothar? Schäm' dich!" Mit wütenden Blicken fixierte Rebecca ihren Verlobten.

„Das ist kein Problem. Wenn Sven uns alle erst mal in Aktion erlebt, kann er sich sowieso nicht zurückhalten. Somit ist der Deal hinfällig."

„Heee, das hab ich gehört", rief der Gemeinte, worauf Rebecca wider Willen loslachte. Inzwischen konnten sie fühlen, wie die Beschleunigung deutlich nachließ.

„Ja, wahrscheinlich hast du Recht; schließlich sind wir drei in Aktion ein Bild für die Götter, stimmt's, Tammy?"

„Da hast du verdammt noch mal Recht. Zu schade für die Beiden, dass sie in den nächsten beiden Monaten mit Kopfkino vorlieb nehmen müssen." Tamara klang entschlossen, was das anging.

„Und ich dachte, ihr seid cool. Da hab ich mich wohl geirrt." Dabei beließ Sven es, denn jetzt setzte die Schwerelosigkeit ein.

„Immer das Gleiche, ein kurzer Moment ist alles schwarz draußen und schon sind wir in einer anderen Realitätsebene. Kaum der Rede wert, dieser 'special effect'", beschwerte Nick sich.

„Dann sieh mal auf den Monitor", erwiderte Rebecca.

Nick fiel die Kinnlade hinab.

„Okay, ich nehme alles zurück. Jetzt sind wir definitiv bei *Krieg der Sterne* angelangt."

< 5 >

Transdimensionale Fähre, Filiale 2 - Monat 1

Nick starrte auf das Bild, das die Aussicht zeigte. Auf den ersten Blick wurde klar, dass dies nicht die Erde war, wie sie sie kannten. Und zum ersten Mal wurde ihm bewusst, was gemeint war, wenn von Filialen gesprochen wurde, wo nichts so war wie bei ihnen.

Da sie einen Sprung in ein anderes Universum gemacht hatten, waren sie erheblich weiter von der Erde entfernt gesprungen als nur bei einem Wechsel in eine andere Realitätsebene innerhalb ihres eigenen Universums. Doch der Planet, auf den sie nun mit erneut zunehmender Beschleunigung zuflogen, sah gar nicht so weit entfernt aus.

Sie alle nahmen den Anblick in sich auf. Zunächst einmal sah alles ganz normal aus: ein blauer Planet mit vielen Wolkengebieten, wenn auch weniger als sie es gewohnt waren. Eine kleine Polkappe konnte man auch erkennen von hier aus. Irgendwie sahen die Wolkenmuster auch anders aus, unregelmäßiger verteilt. Dann erhaschten sie einen ersten Blick auf die Kontinente. Nein, Landmassen wäre der treffendere Begriff, wie Nick sich selbst im Stillen verbesserte.

Denn Kontinente in dem Sinn gab es dem Anschein nach keine.

Es sah aus dieser großen Entfernung so aus, als gebe es nur lange, unregelmäßige Inselketten, die aber alle zusammenhingen und in mehreren verzweigten und verschlungenen Bändern den gesamten Planeten umspannten. Nick war schon gespannt darauf, beim späteren Anflug mehr Details sehen zu können.

Was ihn aber fast umhaute, wie er sich eingestehen musste, war ein System von drei Monden, die jedoch im Vergleich zum Planeten, den sie umkreisten, sehr klein aussahen. Sie wirkten wie an einer Perlenkette aufgereiht und standen somit wohl alle ungefähr im rechten Winkel von ihrer Anflugbahn aus gesehen. Der Innerste wirk-

116

te, als bestünde er vollkommen aus Kohle, war folglich fast ganz schwarz und nur schwach gegen den Hintergrund des Weltraums zu erkennen.

Der zweite sah ähnlich aus wie ihr altbekannter Mond, war jedoch um ein Vielfaches stärker von Einschlagskratern übersät und wies auch nicht die charakteristischen Mare ihres heimischen Mondes auf, dunkle Tiefebenen aus vulkanischem Gestein. Diese Version war gleichmäßig mit Myriaden von Kratern aller Größe bedeckt. Das auffallendste Merkmal war ein riesiger Einschlagskrater, dessen Spuren des Materialauswurfs fast eine halbe Hemisphäre des Trabanten bedeckte und sehr alt sein musste, da viele kleinere Krater seine Konturen bis fast zur Unkenntlichkeit verwischten.

Der dritte, weit entfernt seine Bahnen ziehend, sah kurioserweise aus, als sei er mit flüssigem Quecksilber oder geschmolzenem Blei bedeckt. Er hatte einen ganz schwach ausgeprägten und eng anliegenden Ring wie der Saturn, der sich in mehreren Teilen hauchzart um dessen Äquator legte.

Tamara sagte ergriffen, seinen Kommentar aufgreifend: „Ja, fast wie in Star Wars."

Rebecca neckte sie: „Das passt doch. Du hast dich ja schließlich damals bei uns als R-Zwo-Doppel-D-Zwo vorgestellt."

„Tja, durch das viele Training der letzten Jahre bin ich inzwischen nur noch R-Zwo-D-Zwo, wenn man dieses Bild bemühen will. Und seit Beginn des Springertrainings sowieso. Geht dir sicher ähnlich." Sie warf ihrer Freundin einen kurzen Seitenblick zu.

„Ja, ich hatte es Nick gegenüber auch erwähnt. Er hat es mit bemerkenswerter Fassung getragen." Sie zog einen Mundwinkel ironisch hoch.

Nick ignorierte die Spitze einfach, so sehr war er fasziniert von dem Anblick auf dem Monitor. Dann riss er sich jedoch von der überwältigenden Aussicht los und aktivierte sein Infodisplay, das jeder von ihnen wie gewohnt am Platz hatte. Obwohl ihm jeder Handgriff immer noch ein wenig schwerfiel, biss er die Zähne zusammen und rief das Grundmenu auf. Wie er gehofft hatte, waren nun nach dem Sprung die ersten Informationen über ihr Ziel freigegeben worden.

„Hört mal her: Äquatordurchmesser: knapp 21'500 km. Oberfläche: 89 Prozent

Wasser, 11 Prozent Landmassen. Bahnneigung nur fünf Grad, daher praktisch keine Jahreszeiten. Die Umlaufbahn verläuft etwas weiter außerhalb der unserer Erde, doch die Atmosphäre ist dichter und es ist mehr CO_2 und Wasserdampf in ihr enthalten, daher ist der Treibhauseffekt größer und die Temperatur entsprechend warm genug für Leben."

In der Sekunde, als Nick begonnen hatte vorzulesen, hatte sich Tamara förmlich auf ihr eigenes Infosystem gestürzt und wissbegierig nach den Daten gesucht. Sie übernahm jetzt ungefragt: „Luftdruck mehr als zwei Bar im Mittel auf Meereshöhe. 24% Sauerstoff, 1% Argon, nur 75% Stickstoff, ansonsten nur Spuren von anderen Gasen. Ich sehe mal die Topographie durch... oh wow, hier ist alles eine Nummer größer als bei uns.

Nach dem derzeitigen Stand der Forschungen hatte diese Supererde kurz nach ihrer Bildung vor etwa 5 Milliarden Jahren eine ausgeprägt aktive Tektonik. Aus Gründen, die nicht näher bekannt sind, ist diese jedoch relativ früh und auch in geologischen Maßstäben sehr rasch zum Erliegen gekommen. Da der Planet für seine Größe eine relativ geringe Dichte hat, wird vermutet, dass der höhere Gesteinsanteil, also die Silikate, an der Oberfläche schneller ausgekühlt ist als bei Welten, die einen größeren metallischen Kern haben. Es wurde keinerlei seismische Aktivität und bei Bohrungen an etlichen verschiedenen Stellen überall auf dem Planeten auch kein flüssiges Magma bis in eine Tiefe von 200 km im Erdmantel nachgewiesen. Demnach wird diese Schicht komplett der Erdkruste zugerechnet."

Tamara brach ihre Ausführungen ab und sah auf, als sei sie tief erschüttert. „Wisst ihr, was das bedeutet?"

Sven meldete sich: „Dass diese Erde ein dickes Fell hat, wenn man es laienhaft ausdrücken möchte? Und dass es hier keine Erdbeben, Tsunamis und Vulkane gibt?"

Sie drehte sich aufgrund der inzwischen wieder voll erreichten 1,93 g mühsam um.

„Mit deiner zweiten Bemerkung hast du deine erste wieder wettgemacht. Aber gerade nur so. Fast hättest du ein Sprechverbot für den Rest dieser Diskussion bekommen. 'Laienhaft ausgedrückt?' Oh Mann, ich weiß ja, dass du nicht in Geologie promoviert hast..."

„Hab schon verstanden." Beleidigt drehte er sich weg. „Und was bedeutet es denn
jetzt deiner Meinung nach?"

Aufgeregt wiederholte Tamara: „Bohrungen bis in 200 km Tiefe! Leute! Das Tiefste,
was auf unserer Filiale jemals erreicht wurde bei Tiefenbohrungen, waren gerade
mal 12 Kilometer, und das zu Sowjetzeiten in Nordwestrussland. Sie haben jahrzehntelang rumgebohrt, bis sie auf diese lumpigen zwölf Kilometerchen gekommen sind. Fazit: diese Welt wird erforscht mit Methoden, die wir uns nicht einmal
in unseren kühnsten Träumen vorstellen können."

Rebecca hatte inzwischen ebenfalls etwas gefunden: „Hier steht, dass das Pflanzen-
leben üppig und vielfältig ist, aufgrund der hohen Schwerkraft gibt es allerdings
keine so hohen Bäume wie bei uns. Alles ist eher stämmig und stabil gewachsen.
Das macht Sinn...

Schade, es gibt wohl kein höher entwickeltes tierisches Leben; Vögel, kleine Beu-
teltiere und die übliche Insekten- und Kriechtierpoulation."

Nick warf ein: „Bei der hohen Schwerkraft gibt es flugfähige Vögel?"

„Da auch der Luftdruck doppelt so hoch ist, wird es zumindest auf Meereshöhe welche geben. Der Auftrieb ist entsprechend auch höher", belehrte Tamara ihn.

„Allerdings sind noch nicht einmal zehn Prozent der Landmasse bisher genauer erforscht worden, der Rest meist nur durch Satelliten und hoch fliegende Drohnen.
Und die Vielfalt an Leben in den Ozeanen ist noch nicht einmal ansatzweise erfasst
worden. Klingt doch spannend. Und..."

Nun sah sie auf: „Das ist der absolute Hammer!"

Tamara war kurz davor, sich loszuschnallen und zu ihr herüber zu robben. „Was
denn? Los, sag schon!"

„Es hat hier vor Urzeiten eine hochentwickelte Zivilisation gegeben, die schon seit
Ewigkeiten ausgestorben ist. Man findet überall auf dem Planeten viele Zeugnisse
von ihrer Anwesenheit. Es wird vermutet, kann aber nicht mit Sicherheit gesagt
werden, ob sie humanoid gewesen sind, also menschenähnlich. Auch hier steckt die
Forschung noch in den Kinderschuhen. Mann, diese Fotos von Ruinen und anderen
Artefakten sind der Wahnsinn! Und wir kommen nur zum *Trainieren* hierher, we-

gen der hohen Schwerkraft? Das kann doch wohl nur ein Witz sein!"

Tamara schloss die Augen und ballte die Fäuste. Ihre Miene drückte eine Mischung aus Ergriffenheit und Begeisterung aus: „Oh ja, oh ja, oh ja. Das ist besser als alles, was mir in meinem Leben bisher passiert ist. Heute ist definitiv der schönste Tag meines Lebens!"

Rebecca bemerkte, dass Nick ergriffen auf den nächsten Monitor starrte, wo der Planet immer näher rückte und nun fast schon den ganzen Bildschirm ausfüllte. „Schatz, was hast du denn?"

Er antwortete, ohne sie anzusehen: „Ich weiß nicht. Wenn ich dieses Juwel im Weltall ansehe, werde ich von einer unbeschreiblichen Ruhe und Zufriedenheit erfüllt. Ich kann es mir nicht erklären..."

Erstaunt sah sie auf seine Brustplatte. „Das ist faszinierend. Der medizinische Monitor deiner Platte ist um einige Farbtöne weiter ins Grüne gewandert, obwohl wir doch der vollen Beschleunigung ausgesetzt sind. Als ob diese Welt wirklich eine positive Wirkung auf dich haben würde."

Nick kam wieder zu sich und sah an sich herab. „Tatsächlich! Wie kann das sein?"

Er sah sich um und bemerkte, dass viele auf ihrem Deck noch immer ziemlich benommen auf ihren Liegen vor sich hin stöhnten und sich herzlich wenig für den phantastischen Himmelskörper interessierten, auf den sie zusteuerten. Einige hatten der Belastung inzwischen nachgegeben und waren in einen unruhigen Schlummer gefallen.

Wolf stieg nun auch noch in die Recherche ein: „Ich habe was über die Monde gefunden. Sie sind alle recht klein, der innerste nur knapp 800 km, gerade mal groß genug, um eine Kugel zu bilden. Wenn er etwas kleiner wäre, hätte er eine unregelmäßige Form wie ein Asteroid. Er besteht fast nur aus Felsgestein und ist mit einer dicken Schicht von Kohlenwasserstoffen bedeckt. Interessant. Er ist nicht einmal halb so weit von der Erde entfernt wie unser Mond von unserer Erde und umkreist sie in nur sechs Tagen.

Der zweite ist ebenfalls ein Gesteinsmond mit einem winzigen, erkalteten Eisenkern. Er hat einen Durchmesser von 1700 km und ist immer noch ein ganzes Stück näher als unser Mond, mit einer Umlaufzeit von elf Tagen.

Der dritte mit dem Ring ist knapp tausend km groß und immer noch ein Stück näher als unser Mond, mit zwanzig Tagen Umlaufzeit. Über seine Beschaffenheit steht leider nichts hier, dabei wäre das sehr interessant gewesen. Alle drei Monde zusammengenommen haben nicht einmal die halbe Masse unseres Mondes und können...“

Linnea hob die Hand angestrengt, um ihn zu unterbrechen. „Einen Moment, beim Stichwort Umlaufzeit muss ich jetzt doch etwas fragen. Da diese Erde viel größer als unsere ist, drängt sich mir die Frage auf, wie lange sie für eine Umdrehung braucht? Wie lange ist ein Tag auf diesem Planeten?“

Tamara meinte anerkennend: „Das ist eine richtig gute Frage. Wolf, hast du die entsprechenden Daten gerade vor der Nase?“

„Ja, ich bin ja hier im richtigen Kapitel der Informationen. Oh, das hätte ich nicht gedacht!“

Auch Lovina, die Zwillingsschwester von Linnea, wurde jetzt hellhörig. „Und? Mach's nicht so spannend!“

„Trotz eines Äquatorumfangs von fast 68'000 km dauert ein Tag nur zwanzig Stunden.“ Wolf schluckte.

Einige von ihnen keuchten überrascht auf, doch Tamara gab sich unbeeindruckt. „Eigentlich ist das keine große Überraschung. Ihr müsst wissen, dass unsere Erde kurz nach ihrer Entstehung eine Umlaufzeit von unter sechs Stunden hatte. Dann krachte etwas mächtig Großes in sie hinein und der Mond entstand aus den Trümmern dieser Kollision. Da dieser recht groß im Vergleich zur Masse der Erde selbst ist, bremst er die Erde durch seine Schwerkraft im Lauf der Jahrmilliarden immer weiter ab. So wurden aus den ursprünglichen sechs Stunden bis zum heutigen Tag die vierundzwanzig Stunden...“

„Du meinst, zwanzig“, warf Wolf maliziös grinsend ein.

Rebecca ging mit einem unwilligen Stirnrunzeln dazwischen: „Das ist nicht der Moment, um über verschiedene Zeitmesssysteme auf verschiedenen Filialen zu streiten. Bitte fahre fort, Tamara.“

„Danke. Nun, diese Erde ist viel größer und hat demnach auch eine höhere Masse, während ihre drei Monde zusammengenommen nicht einmal die Hälfte der Masse unseres Mondes aufweisen. Zudem ist diese geringere Masse auch noch auf drei verschiedene Himmelskörper aufgeteilt, die nur ab und zu in einer Reihe zum Planeten stehen wie ungefähr jetzt, wobei sie ihre Anziehungskräfte kombinieren.

Mir fällt übrigens auf, dass die Monde keine Namen zu haben scheinen. Sie werden nur hoch wissenschaftlich als Sol 1b, Sol 1c und Sol 1d bezeichnet.

Meistens stehen sie von der Supererde aus gesehen an verschiedenen Positionen, das heißt ihre Kräfte schwächen sich gegeneinander ab oder heben sich sogar auf.

Darum wurde diese Version der Erde auch viel weniger stark von ihren Monden in ihrer Rotation gebremst und hat noch immer diesen Affenzahn drauf, verglichen mit unserer Erde.“

„Schön erklärt“, räumte Wolf ein, „bis auf eure veraltete und unlogische Zeiteinteilung. Mich würde interessieren, wie sich die Gravitation der Monde auf die Gezeiten dieser Welt auswirkt.“

Nick meinte: „Dazu habe ich etwas gefunden. Warte kurz... ah ja. Sie sind offenbar stark schwankend, abhängig davon, wie die drei Trabanten zueinander stehen. Es ist eine etwas kompliziertere Angelegenheit als bei uns. Wenn alle drei Monde im einen Extremfall jeweils knapp hundertzwanzig Grad voneinander in ihren Umlaufbahnen am Himmel stehen, kann es tatsächlich sechs mal am Tag Ebbe und Flut geben, wobei die beiden inneren Trabanten eine ungefähr gleich hohe Tide erzeugen. Der innerste Mond ist kleiner, aber eben näher an der Erde dran. Der äußere hat eine viel schwächere Auswirkung mit seiner Anziehungskraft. Je nach Ort ist die geringste Differenz zwischen einem Meter und drei Metern, die von dem äußersten Mond erzeugt wird.

Oha, die beiden inneren Monde bewirken jeweils bis zu fünf Meter Schwankungen des Meeresspiegels. Wenn sich die zwei auf ihren Umlaufbahnen gegenüberstehen, fällt Ebbe und Flut für einen halben Tag komplett aus, da sich die Kräfte der beiden aufheben.

Und jetzt kommt der Hammer: wenn alle drei Monde in einer Linie stehen, gibt es

Orte, wo schon dreißig Meter gemessen wurden. Wenn das Ganze noch in einer Linie mit der Sonne steht, sind wohl auch vierzig Meter drin."

Linnea hustete, als sie sich offenbar an der eigenen Spucke verschluckte. „Hast du gerade *vierzig* Meter gesagt?"

Nick sah Rebecca an und zuckte mit bedauernder Miene die Schultern: „Das war's dann wohl mit unserem Haus am Meer, was?"

Sven lachte laut los, hustete dann aber ebenfalls. „Mann, die zwei g lassen einen sich echt schnell verschlucken."

Sie lehnten sich alle wieder zurück, um der hohen Schwerkraft Tribut zu zollen, nicht jedoch ohne noch weitere zugängliche Daten über die Welt anzusehen, die nun bereits deutlich sichtbarer wurde. Man konnte nun auch schon viele weitere Details erkennen.

Nick machte Rebecca auf etwas aufmerksam: „Sieh dir mal die Landmassen an. Am Anfang dachte ich, es sind alles Inselketten, aber aus kleinerer Entfernung betrachtet wirken sie eher wie Landbrücken, schmale Halbinseln, die sich kreuz und quer über die ganze Oberfläche ziehen. Eine Küstenseite ist meistens relativ geradlinig ausgeformt, während die andere Uferseite ausgefranst und unregelmäßig erscheint. Und bei den geraden Seiten hast du meistens hohe Gebirgsketten an den Küsten entlang, während die ausgefransten Seiten flacher aussehen."

Tamara sah auf. „Du hast recht, von der landschaftlichen Beschaffenheit sieht es so ähnlich aus wie Süd- und Mittelamerika. Ein Planet voll mit Südamerikas, wer hätte das gedacht? Witzigerweise sind die geraderen, gebirgigen Seiten auch meistens in westlicher Ausrichtung gelegen. Man sollte diese Welt Neu-Südamerika taufen."

Angestrengt studierte Nick die Küstenlinien mit den gräulich-braunen Hochgebirgsketten, die sämtlich mit Schnee bedeckt schienen, aber kurioserweise nicht die Gipfel, sondern nur eine gewisse Zone in einer bestimmten Höhe, aus der dann die eigentlichen Gipfel unbedeckt herausragten. So etwas hatte er noch nie zuvor gesehen. Das flache Hinterland wies diverse Grün-, Gelb und auch Rosatöne auf. Dann hatte er endlich weitere Informationen über die Landschaftsformung der Welt unter ihnen gefunden.

„Hört euch das an: der größte Teil der Landmassen besteht aus Hochgebirgsketten, die während der hochaktiven tektonischen Frühphase des Planeten aufgefaltetet wurden. Sie ragen durchgängig bis zu 23 km hoch aus dem Meer auf. Der Meeresboden an diesen Küsten fällt in der Regel steil in ebenso umfangreiche Tiefseegräben ab, von denen der tiefste bislang gemessene Punkt sich 29 km unter der Meeresoberfläche befindet. Obwohl fast neunzig Prozent der Oberfläche von Wasser bedeckt sind, ist die Fläche der Landmassen dennoch um die Hälfte größer als auf der uns bekannten Erde. Klar, bei diesem viel größeren Durchmesser des Planeten ist die Gesamtoberfläche auch viel höher.

Die Gebirgsseiten, die den Tiefseegräben abgewandt sind, laufen oft in flachen Schwemmlandebenen aus, die im Laufe der Jahrmilliarden durch Sedimente der umfangreichen Flusssysteme gebildet wurden und in einem weit verzweigten Kontinentalschelf resultieren. Die Gebirgsränder und Tiefebenen sind dabei höchst fruchtbar und aufgrund des milden, stabilen Klimas auf diesen Küstenseiten mit einer üppigen Flora und Fauna besiedelt.

Die Meere umspannen den gesamten Planeten, sind aber durch die überall verteilten langen Landmassen durchbrochen, sodass es keinen Ozean wie den Pazifik gibt, der eine ganze Hemisphäre umspannt. Dennoch sind die größte gemessene West-Ost-Ausdehnung einer Wasserfläche mit über 39'000 km und die größte Nord-Süd-Entfernung zwischen zwei Küsten mit fast 51'000 km beeindruckende Zahlen, die die wahre Größe dieser Welt veranschaulichen. Die Vielfalt an Leben, die sich in diesen Ozeanen tummelt, kann bis heute nur erahnt werden.

Es gibt keine Binnenmeere im eigentlichen Sinn, der Kontinentalschelf ragt allerdings an vielen Stellen bis zu mehrere Tausend Kilometer in den Ozean hinein, bis er dann auf die Tiefseeböden abfällt. Diese sind die anteilsmäßig verbreitetste Landschaftsform hier mit einer durchschnittlichen Wassertiefe von neun bis zehn Kilometern. Somit befindet sich auf dieser Welt ein Vielfaches an Wasser, mit unserer Heimat verglichen. An den Polen gibt es keine Landmassen und nur für ein paar Wochen eine verhältnismässig dünne Eiskappe, die nicht einmal bis zu den nördlichsten oder südlichsten Küsten heranreicht."

„Das ist ja alles sehr interessant, aber was bringen uns diese Informationen denn?", wollte Lovina wissen.

„Sag' bloß, du bist nicht vollkommen fasziniert von dieser Welt? Es ist, als ob wir auf einen völlig fremden Planeten kommen. Wie kann dich das kalt lassen?" Ungläubig richtete sich Tamara ein Stück weit auf, sich mit den Ellenbogen abstützend.

„Na ja, wie du weißt, bin ich keine Naturwissenschaftlerin und auch nicht so wahnsinnig daran interessiert. Für mich zählt nur, dass wir uns hier schwerer bewegen können, gesundheitliche Probleme riskieren und..."

„Das war's schon, ich hör dir gar nicht mehr zu", schnitt die junge Schweizerin ihr ungnädig das Wort ab und legte sich wieder hin.

Brüskiert schwieg die Schwedin darauf ebenfalls.

Rebecca rief triumphierend: „Da, ich hab eine Oberflächenkarte von der Welt gefunden!"

Sie schickte ihnen allen den Link dazu, worauf auch Nick sich sofort die Gesamtansicht dieser Welt hochlud. Mit offenem Mund starrte er es an. Seine Aufmerksamkeit wurde von einer größeren Landmasse im Südwesten auf sich gezogen. „He, hier ist tatsächlich so etwas, das als Kontinent durchgehen könnte. Er ist fast vollständig von Hochgebirgsketten umgeben und besteht fast nur aus Wüste. Wahrscheinlich schaffen es die Wolken vom Meer nicht über die Berge und es ist deshalb so trocken in diesem Landesinneren.

Da fällt mir etwas ein: wenn die Gebirge hier alle so hoch sind, dass sie aus der Wettergrenze der Atmosphäre herausragen, gibt es hier überall scharf abgegrenzte Klimazonen."

Wolf tippte auf den unteren linken Rand: „In diesem Fall würde ich aber nicht direkt 'scharf abgegrenzt' sagen. Hast du dir mal den Maßstab angesehen? Deine kleine Wüstenecke ist größer als Eurasien!"

Völlig baff erkannte Nick, was Wolf meinte. Tatsächlich war der Mittelpunkt dieser nicht besonders groß erscheinenden Landmasse fast fünftausend Kilometer von jeder Küste entfernt. Als er nun die gewaltigen Ozeane im direkten Vergleich dazu ansah, begann er erst zu erahnen, wie unfassbar riesig alles hier war.

Und irgendwie gefiel ihm das.

Ein lautes Stöhnen riss ihn aus seinen Überlegungen. Eine Reihe vor ihnen schrie jemand schmerzgeplagt auf und ein hoher Piepston erklang. Sofort kam die Sanitäterin ihres Decks, so schnell es ging, zu dem vermeintlichen Notfall. Schon von Weitem begann sie zu schimpfen: „So ein Mist! Sanität an Brücke: Beschleunigung reduzieren, wir haben einen Notfall."

Sie sah sich hektisch um und erblickte die grün leuchtenden Monitore von Nick und Rebecca. „Ihr beide, los! Kommt schnell her, ich brauche eure Hilfe."

Rebecca war rasch auf den Füßen und kam bereits um die Ecke zur nächsten vorderen Reihe: „Was ist denn passiert...? Oh mein Gott!"

„Los, helft mir, sie in die Station zu tragen. Sie muss eingeschlafen sein und ist wohl ungünstig gelegen. Jetzt zählt jede Minute."

Eine Anwärterin von zierlicher Statur, mit blonden kurzen Haaren und einem hübschen Puppengesicht, lag mit dunkelrot blinkender Brustplatte auf ihrer Liege und hatte das Bewusstsein bereits verloren, während Blut von ihrem Brustkorb auf ihren Platz tropfte. Der Anzug musste eine Art Grundintelligenz besitzen, was Traumabehandlungen betraf, denn er hatte sich geöffnet, wieder um die Wunde geschlossen und so die Blutung zumindest reduziert.

Dennoch war es kein schöner Anblick, wie einer ihrer oberen Rippenbögen scharfkantig aus ihrer Seite herausragte. Er musste durch die Dauerbelastung gebrochen und der äußere Teil durch die Haut hindurch als offener Bruch nach oben gepresst worden sein.

Sie spürten bereits, wie die Schwerkraft sich langsam absenkte, als sie zu dritt die Verletzte aufnahmen und vorsichtig zur Tür der Sanitätsabteilung trugen. Ohne die Unterstützung ihrer SF-Anzüge hätten sie das unmöglich bewerkstelligen können, wie Nick klar wurde. Der Eingang öffnete sich direkt und ein weiterer medizinischer Offizier, wahrscheinlich ein Arzt, kam heraus. Als er die Art des Notfalls erkannte, murmelte er: „Okay, das hatten wir schon eine Weile nicht mehr. Sofort herein mit ihr."

Die Verletzte wurde von ihnen in den weißen, klinisch aussehenden Saal getragen und auf eine Liege platziert. Sofort machte sich der Mediziner daran, ihren SF-Anzug zu öffnen, wobei er nur schwer an die verletzte Stelle heran kam. Jetzt erwies es sich als äußerst unpraktisch, dass man von hinten in den Anzug einstieg. Das Aufschneiden mittels eines Skalpells gab der Arzt schnell auf, da der Anzug einfach zu widerstandsfähig war, um mit herkömmlichen Klingen beschädigt werden zu können.

Er holte eine Art Stift, von dessen Ende aus ein dickes Kabel in eine klobige Maschine führte und wies die Sanitäterin an, die Patientin zu fixieren. Als das erledigt war, betätigte er einen Knopf, worauf ein winzig kleiner weißglühender Lichtstrahl leise zischend an der Spitze des Stiftes erschien, etwa fünf Zentimeter lang und dünn wie eine Nadel, von einem türkisen Schimmer umhüllt.

Mit vorsichtigen Bewegungen begann er mit dem Aufschneiden des Materials des SF-Anzugs. Die seltsame 'Laserklinge' ging dabei durch das zähe Gewebe wie ein heißes Messer durch Butter. Als die Sanitäterin bemerkte, wie Rebecca und Nick mit Augen groß wie Untertassen dabei zusahen, fuhr sie sie ärgerlich an: „Was tun Sie beide denn noch hier? Schnell, raus mit Ihnen! Sie sind nicht steril. Danke für Ihre Hilfe.“

Perplex und etwas brüskiert stolperten sie rückwärts zur Tür des Sanitätsabteils hinaus, worauf sich diese augenblicklich verschloss. Nick meinte leicht gekränkt: „Mann, war die sauer auf uns! Wie undankbar.“

Rebecca meinte zögerlich: „Es kam mir fast so vor, als ob wir das nicht hätten sehen sollen.“

„Du meinst das Science-Fiction-Lichtschwert-Laserskalpell? Da kannst du aber mal einen drauf lassen, dass wir das nicht hätten sehen dürfen. Wie geil war das denn? Ein Laserskalpell!“ Nick begann nun auszuflippen, wie ihr bewusst wurde.

Schnell zog sie ihn zu ihren Plätzen zurück, wo sie ihn, nun unter der normalen Erdschwerkraft risikolos, auf seine Liege schubste. „Tammy, kannst du diesem Fantasy-Nerd bitte erklären, dass es keine Laserklingen und Lichtschwerter gibt?“

Tamara schoss in die Senkrechte. „Was? Was ist denn dort vorne passiert? Wir haben nur gesehen, wie ihr zu dritt dieses Mädchen in die Sanitätsstation getragen habt und die Schwerkraft reduziert wurde, bestimmt wegen dieses Notfalls. Und alles soll voller Blut sein auf ihrem Platz, hat uns einer von vorne erzählt."

Erst jetzt merkten die beiden, dass ein gewisses Maß an Unruhe auf dem Deck herrschte, da viele etwas mitbekommen hatten und sich über das unterhielten, was sie gesehen hatten oder zu sehen geglaubt hatten.

Rebecca fasste kurz die Art des Notfalls zusammen und endete: „Dann wollte der Arzt ihren Anzug aufschneiden, aber das Material war viel zu zäh für das Skalpell. Deshalb hat er eine Vorrichtung genommen, wo aus einer Art Stift ein winzig kleiner, hell leuchtender Strahl herauskam. Aber es kann kein Lichtstrahl wie ein Laser oder so gewesen sein, denn er endete nach ein paar Zentimetern und wie wir wissen, kann man einen Lichtstrahl nicht einfach irgendwo enden lassen."

Als sie Nick rechthaberisch grinsend zunickte, fragte Tamara nach: „Welche Form und Dicke hatte dieses ominöse Licht?"

„Es war sehr dünn und lief am Ende leicht dünner aus. Wie eine Nadel, aus reinem weißen Licht. Und es war von einem blaugrünen, feinen Schimmer umgeben. Außerdem hat es gezischt, ganz leise."

Nach dieser Beschreibung von Nick ließ sich Tamara hintenüber sinken und verblieb stöhnend auf ihrer Liege, einen Ausdruck auf dem Gesicht, als hätte sie einen Geist gesehen.

„Was hast du denn?", fragte Tammy besorgt und ungeduldig zugleich.

„Das kann nicht sein. Was ihr beschrieben habt, kann eigentlich nur eine Vakuum-Plasmaphiole sein. Doch das ist technisch unmöglich... für uns."

„Wenn ich jedes Mal in den letzten vier Jahren einen Euro dafür bekommen hätte, wenn ich etwas gesehen habe, das technisch unmöglich ist...", begann Nick.

„Schon gut, ich hab verstanden. Was du beschreibst, ist so eine Art von Micro-Lichtschwert, wie es in Star Wars vorkommt, nur eben kein Fantasy-Gadget, sondern die reelle Version davon. Mittels eines starken Magnetfeldes wird in einer Schleife eine winzige Menge heißen Plasmas in dieser genau definierten Klingenform eingeschlossen, in einer Art Vakuumröhre. Dadurch bleibt diese Klinge so genau definiert in der Form, dass man damit sogar unsere SF-Anzüge aufschneiden kann, was mit einem Laserskalpell nicht gegangen wäre. Die Gefahr, dabei den Träger des Anzugs zu verletzen, wäre damit viel zu hoch, weil der Strahl des Lasers eben nicht aufhört zu schneiden, wenn er durch den Anzug durch ist."

Rebecca gab zu bedenken: „Ich bin mir nicht einmal so sicher, ob ein Laser bis zu einer gewissen Stärke den Anzug überhaupt beschädigen könnte."

Tamara winkte ab. „Ich will mir nicht einmal vorstellen, wie es dazu kommen könnte, dass wir das eines Tages herausfinden werden. Wir können wahrscheinlich froh sein, dass es dieses Gerät nur in dieser Größe gibt und nicht als Waffe wie in den Filmen."

Nick schmunzelte: „Ja, vor allem, weil du bereits für die Erzeugung einer Klinge dieser Größe ein Gerät von den Ausmaßen eines Industriestaubsaugers hinter dir herziehen müsstest. Das wäre doch etwas unpraktisch im Kampf."

Rebecca erinnerte sie: „Wir kämpfen nicht als Springer. Wir bergen, retten, schützen und bewahren."

„Schon gut, keiner von uns hat seine Ausbildung vergessen. Wir sind keine Soldaten, das stimmt. Wir lösen Probleme."

Nick war sehr nachdenklich geworden. „Ich kann nicht vergessen, wie der Anzug reagiert hat auf die Verwundung. Er hat sich an der Stelle geöffnet, wo die gebrochene Rippe durch die Haut nach außen geragt hat. Dadurch wurde verhindert, dass sie nach innen in den Brustkorb wandern konnte. Außerdem hat er sich wieder um die Wunde geschlossen, den Splitter somit fixiert und die Blutung auch noch vermindert. Fast so wie eine eingebaute Erste-Hilfe-Funktion. Dennoch mussten sie den Anzug dann aufschneiden, um sie versorgen zu können."

„Das sollte dich doch eigentlich eher beruhigen", gab Rebecca zu bedenken.

Tamara sah ihn mit großen Augen an. „Du denkst jetzt aber nicht etwa an Joe Haldeman?"

Nick keuchte auf: „Mensch, Tammy, gibt es irgendein Science Fiction-Werk, das du nicht kennst?"

„Na hör mal, Haldeman ist Pflichtlektüre. Er ist schließlich einer der ganz Großen.

Und 'Der ewige Krieg' ist unvergleichlich. Ich meine, der Mann war Soldat in Vietnam und hat seine Erfahrungen und Erlebnisse in diesem Buch verarbeitet."

„Muss man das wirklich kennen?", fragte Rebecca vorsichtig.

„Wenn du in unserer Situation bist, hilft dir das eines Tages vielleicht zur Gewissens- und Entscheidungsfindung. Die Graphic Novel ist vielleicht eine der besten Comicadaptionen eines Romans, die ich je gesehen habe. Meine Lieblingsstelle darin ist die, als sich Mandella nach Jahrhunderten im Krieg mit Charlie unterhält und sagt: Ich bin nur ein mittelmäßiger Soldat mit einer einzigen Besonderheit: man hat stets an mir vorbeigeschossen."

„Oh ja, das ermutigt mich *ungemein*! Ich bin mir nicht so sicher, ob ich das jemals lesen werde. Aber was das mit unseren Anzügen zu tun hat, habe ich noch nicht so ganz verstanden." Rebecca sah von einem zum anderen, als sich Nick und Tamara unangenehm berührt ansahen.

Nick begann: „Sie haben in der Geschichte spezielle Raumanzüge, wenn sie in die Schlacht ziehen. Bei einer schweren Verwundung wird das betroffene Körperteil automatisch vom Anzug amputiert, kauterisiert und du mittels Infusionen und Medikamenten stabilisiert und betäubt. Wenn deine Truppe die Schlacht gewinnt, wachst du im Militärkrankenhaus auf und bekommst eine Prothese verpasst."

Entsetzt von dieser Vorstellung wollte Rebecca wissen: „Und... und wenn die Schlacht verloren wird?"

„Dann wachst du nicht auf", beendete Tamara den Gedanken.

„Wie furchtbar! Ich habe mich geirrt, dieses 'Werk' lese ich *ganz bestimmt nicht*."

„Du bist so ein Weichei, Beckie!", neckte Nick sie darauf.

„Vorsicht, Junge! Die letzte, die das zu mir gesagt hat, habe ich mit einem Arschtritt hinter dem Eisernen Vorhang auf Filiale 127 zurückgelassen." Nun war es an ihr, zu grinsen.

Sie ließen sich nun entspannt zurücksinken und genossen den Rest des Fluges über die normale Erdschwerkraft, wohl wissend, dass es mit diesem Luxus bald vorbei sein würde. Der Vorfall mit der verwundeten Anwärterin hing ihnen dennoch nach. Hoffentlich gab es nicht noch mehr solcher Verletzungen aufgrund der Dauerbelastungen durch die hohe Schwerkraft. Allmählich setzte sich bei Nick der Gedanke durch, dass dies wirklich die härteste Ausbildung des ganzen Multiversums war und nicht bloß eine hohle Phrase.

Als sie sich der 'Supererde' bis auf wenige hundert Kilometer angenähert hatten, wie Nick schätzte, waren nun detailliert die Landschaften unter ihnen zu erkennen. Die Weite der Ozeane war atemberaubend, aber die Dramatik der Gebirgszüge unter ihnen stand dem in nichts nach.

„Seht nur, wie hoch die Gipfel aus den Wolken herausragen. Die Gebirgsketten entlang der Küstenlinien halten das Wetter wirklich vom Hinterland auf der windabgewandten Seite ab. Nur an manchen Stellen ziehen sich diese schmalen Wolkenbänder über die Berge. Das müssen tiefere Stellen sein, vielleicht Gebirgspässe oder so, wo die Wolken es über oder besser durch das Gebirge schaffen." Nick war hin und weg von dem Panorama unter ihnen.

Linnea las ihnen vor: „Hier habe ich etwas darüber gefunden. Als die Bewegungen der Erdkruste zum Erliegen kamen, kam es an etlichen Stellen zu Brüchen in den Gebirgsketten, da diese die Orte mit der höchsten Spannung in der Kruste darstellten. Durch diese Brüche gibt es einen Austausch sowohl der Meere als auch der Luft zwischen den verschiedenen Teilen des Planeten. Bei den Brüchen, die in West-Ost-Richtung verlaufen, kann sich bei einer Springflut eine bis zu zweihundert Meter hohe Welle in den Engstellen der Gebirgspassagen auftürmen. Unvorstellbar!"

„Also doch Tsunamis, aber keine durch Erdbeben ausgelösten, sondern natürliche durch die Gezeiten entstehende. Die werden regelmäßig alles rings um diese Brüche wegputzen. Auch dort gibt es keine Grundstücke mit Meeresblick, fürchte ich."

Rebecca besah sich den Ausschnitt, auf den sie offenbar zusteuerten.

„Das könnte unser Zielgebiet sein", mutmaßte auch Nick jetzt. „Sieht nach gemäßigten Breiten aus, dort wo sich diese drei gewundenen Arme der Inseln treffen. Ich muss zugeben, mir fällt es extrem schwer, ein Gefühl für die Distanzen oder die Größen dort unten zu entwickeln, weil einfach alles so fremdartig aussieht."

Tamara rief die Karte auf, die sie entdeckt hatten, und las von ihr ab: „Dort gibt es eine Siedlung, die erforscht wird. Unser Camp befindet sich in der Nähe dieser alten Stadtruine. Sie wird einfach nur Central Junction genannt. Super öder Name für eine alte außerirdische Stadt, deren Ruinen man noch sehen kann. Ich... ah, ich verstehe."

„Was hast du?" Rebecca sah auf und wartete auf weitere Informationen von ihrer Freundin.

„Sie haben der Stadt diesen Namen gegeben, weil es dort eine Verzweigung von einem alten Fernverkehrssystem gibt. Sieht aus wie eine Art Magnetschwebetrasse. Zwei Linien laufen in der Stadt zusammen, daher die Bezeichnung. Nicht sehr phantasievoll, aber zutreffend. Es leben über zweitausend Leute dort. Ein richtiger Stützpunkt, fast schon wie eine Kolonie. Sie bauen auch Feldfrüchte an und betreiben Fischfang im Meer, obwohl es über fünfhundert Kilometer von der Siedlung entfernt ist. Hier muss man sich wohl mit großen Distanzen arrangieren."

Lovina bemerkte: „Das klingt doch alles ganz gut."

„Schon, nur ist unser Trainingscamp ein wenig abseits der Siedlung, damit wir nicht allzu sehr vom Pionierleben abgelenkt werden." Tamara deutete auf einen Punkt auf der Karte, der am Rand der Gebirgskette westlich der Stadt lag. Ein Stück nördlich der Stadt lief das Gebirge aus und ging in eine Hochebene über, bevor noch weiter im Westen eine weitere Kette den Abschluss dieser Landmasse bildete. Dieses zweite Gebirge im Westen war jedoch so weit von ihnen entfernt, dass es sie bestimmt nicht zu interessieren brauchte.

Rebecca sah Tamara über die Schulter. „Die Ausmaße der Bergkette sind wirklich beeindruckend. Mich wundert es nur, dass das Gebirge neben der Stadt mehrere hundert Kilometer breit ist, der höchste Punkt hier aber mit 17'250 m angegeben ist. Auf der Karte sieht es aus wie eine einzige große Bergkette, die auf diese Höhe ansteigt."

Wolf wandte ein: „Das ist wegen der hohen Schwerkraft. Hier wirst du sicher keine steilen Klippen oder etwas Ähnliches wie bei uns im Hochgebirge finden. Solche geologischen Formationen wie bei uns würden hier im Lauf der Zeit unter ihrem eigenen Gewicht kollabieren, daher gibt es nur relativ sanfte Steigungen. Unter Wasser bei den Tiefseegräben kann das hingegen wieder ganz anders aussehen. Ich nehme an, dass sogar die Brüche in den Bergketten von den Elementen ziemlich begradigt worden sind, also keine steilen Bruchkanten mehr aufweisen.“

Tamara nickte verstehend. „Das würde Sinn machen. Umgekehrt gibt es auf Himmelskörpern mit kleinerer Schwerkraft viel steilere und bizarrere Gesteinsformationen als bei uns. Auf allem lastet eben das eigene Gewicht und je höher das ist, desto eher stürzt etwas im Lauf der Zeitalter ein.“

Da inzwischen die natürlich vorhandene Gravitation des Planeten den Einfluss der Beschleunigung beziehungsweise Verzögerung der Fähre ablöste, begann die Schwerkraft wieder zu steigen, bis sie das volle Maß von fast zwei g erreicht hatte. Und diesmal gab es keine Möglichkeit mehr, ihr zu entrinnen.

Sie sanken nun fast schon auf die Höhe der höchsten Gipfel neben ihnen herab. Auf einem der Gipfel war eine Gebäudestruktur errichtet und eine Art Bahnschiene führte von dieser zur Stadt hinab. Nick machte Tamara darauf aufmerksam, die gleich wieder die Karte konsultierte.

„Das ist ein Observatorium. Es wird von der Stadt aus versorgt und von einem Astrophysikerteam betrieben, das die Mechanismen untersucht, durch die dieses Sonnensystem auf jene Art entstanden ist, die wir hier vor uns haben. Faszinierend.“ Sie geriet fast schon ins Schwärmen.

Schlussendlich konnten sie noch einige flüchtige Blicke auf die Hochebene und die weiten Ackerflächen werfen, die die Forscher und Pioniere rings um die alte Ruinenstadt angelegt hatten, dann reduzierte sich ihre Höhe immer weiter, bis sie erkennen konnten, wo sie niedergehen würden. Wieder einmal war von vorherigen Landungen eine halbkugelförmige Vertiefung im Boden, wo die Außenhülle der Fähre diesen beim Kontakt annihiliert hatte. In diesem Fall waren es sogar zwei dieser Kuhlen, von denen die andere in einiger Entfernung bereits belegt war von einer zweiten Fähre. Alle an Deck staunten, da es das erste Mal für sie war, dass sie eine solche von außen im Freien zu Gesicht bekamen. Bisher hatten sie sie immer nur in den Abflughallen oder von innen gesehen.

„Interessant, so ein Ding mal in freier Wildbahn zu sehen", kommentierte Wolf.

Linnea merkte an: „Habt ihr nicht auch das Gefühl, als sei das ganze Camp in einen schwachen Schimmer gehüllt? Irgendwie scheint es zu glitzern um das Gelände herum."

„Hm, kann schon sein", meinte ihre Zwillingsschwester Lovisa. „Vielleicht irgendeine Wettererscheinung."

Die Anlagen rings um die beiden Landeplätze waren ausgedehnt und boten Platz für viele Menschen, wie es den Anschein hatte. Sie vermochten jedoch nicht bei allen der vorhandenen Strukturen mit Sicherheit zu sagen, wozu diese jeweils dienen sollten. Aber wenigstens erkannte man deutlich den Unterschied zu den Ruinen, an dessen Rand sie unmittelbar heran gebaut waren. Und da es hier weder andere Menschen noch wilde, gefährliche Tiere gab, bestand auch keine Notwendigkeit für irgendeine Einzäunung. Sie konnten sich hier frei bewegen.

Wenn sie sich bewegen konnten.

Rebecca sah zu ihm herüber und nahm seine Hand. Sie lachte ihn glücklich an und sagte: „Ich freue mich so sehr auf die Zeit hier. Dass wir das hier zusammen erleben können, bedeutet mir so viel."

Er nickte und drückte ihr einen sanften Kuss auf den Handrücken. „Für mich geht ein Traum in Erfüllung. Inklusive Traumfrau. Was kann es Schöneres geben? Auch wenn wir anschließend zwei Jahre lang vielleicht x-mal die Kastanien für TransDime aus dem Feuer holen müssen werden, allein das hier ist es wert. Ich liebe dich, Beckie."

„Ich dich auch, Nick. Und ich hoffe, du behältst recht. Wir bekommen eine große Verantwortung aufgebürdet. Das geht immer mit großer Macht einher. Und wenn wir diese Ausbildung durchstehen, werden wir in einer Position sein, wo wir Macht ausüben werden."

Tamara murmelte etwas kurzatmig: „Jetzt zitierst du schon Benjamin Parker. Du hast wirklich zu viel Zeit mit mir verbracht in den letzten paar Jahren."

Rebecca schielte kurz zu ihrer Freundin: „Wer ist Benjamin Parker?"

Nick kicherte: „Ben Parker ist der Onkel von Peter Parker alias Spider-Man. Einer meiner Favoriten."

„Dann sieh dir mal einige dieser Hinderniskurse dort unten an. Da kannst du dann auch Spider-Man spielen. Ich möchte mal wissen, was sie an diesen blöden Bahnen nur finden. Die letzten beiden Wochen haben sie uns wieder und wieder über alle diese Kurse auf Filiale 32 gescheucht. Und jetzt geht das ganze Spiel hier weiter?"

Sven gab zu bedenken: „Bestimmt ist die Kombination an Hindernissen ein optimales Training für die verschiedenen Aspekte an körperlichen Fähigkeiten, die wir für die Ausbildung brauchen. Und das ständige Wiederholen dieser großen Bandbreite an Übungen bildet das bei uns aus, was erwünscht ist, um uns hier weiterzubringen. Aber dabei wird es sicher nicht bleiben."

„Sieht aus, als wären wir da, Leute." Wolf erhob sich mühsam, dicht gefolgt von den Zwillingen. Die anderen blieben noch einen Moment sitzen und besahen sich ihre Monitore. Die Schwerkraft war nun wieder auf ihrem höchsten Niveau, da sie jetzt der vollen Gravitation der Erde von Filiale 2 ausgesetzt waren. Alle hatten mehr oder weniger mit den offensichtlichsten Symptomen zu kämpfen, die mit dieser erhöhten Schwerkraft einhergingen: Glieder- und Gelenkschmerzen, Atem- und Kreislaufbeschwerden, Kopfschmerz und Schwindelgefühle beim Aufstehen. Durch ihre SF-Anzüge, die wie stabilisierende Exoskelette wirkten und gleichzeitig einen großen Teil der Muskelarbeit übernahmen, wurden die Beschwerden vermindert, ebenso wie durch das fein dosierte Unterbinden des Blutflusses in die unteren Körperregionen. Im Moment konnte Nick sich nicht vorstellen, was sie ohne die Anzüge tun würden.

Wie bisher schon war Rebeccas guter Zustand durch einen satten Grünton dokumentiert, dicht gefolgt durch den etwas helleren von Nick. Darauf folgten Tamara mit einem leichten Einschlag ins Grün-gelbe und dann schon Sven mit einer etwas helleren gelbgrünen Färbung.

„Bitte bleiben Sie noch eine kurze Zeit ruhig auf ihren Liegen, bis wir ihnen das Zeichen zum Aussteigen geben werden. Sammeln Sie sich dann bitte vor der Fähre und warten sie auf weitere Instruktionen. Vielen Dank."

Nach dieser Aussage ließ sich Wolf unwillig wieder auf seinen Platz sinken und sah an sich hinab. Sein Monitor war auch eher in grüngelben Regionen zu finden, während beide Zwillinge eine Nuance besser abschnitten. Auch Teresas Zustandsverortung machte einen guten Eindruck mit einem zwar hellen, aber dennoch grünlichen Farbton.

Noch bevor sie Gelegenheit zur Spekulation erhielten, wurde die Frage auch schon aufgelöst, warum sie noch nicht hinaus durften. Die Tür zur Sanitätsstation öffnete sich und das medizinische Personal, mittlerweile drei Mann hoch, bugsierte die schwerverletzte und bandagierte Anwärterin auf einer Trage aus der Fähre heraus.

Weiteres Sanitätspersonal betrat die Fähre und verteilte sich auf alle Decks. Einer der beiden, die bei ihnen standen, studierte ein großes Tablet und rief mehrere Namen auf. Insgesamt fünf auf ihrem Deck, die es kaum schafften, sich trotz der Unterstützung der SF-Anzüge aufzurichten, wurden somit hinaus komplimentiert. Bei allen hatte die Farbe ihrer Brustplatte ein sattes orange angenommen. Auch von den beiden anderen Decks fanden sich jeweils eine Handvoll Anwärter in ähnlich bedenklichem Zustand, die mit letzter Kraft die Fähre verließen.

Kurz darauf durften sie endlich auch aufstehen und das interdimensionale Transportmittel verlassen. Zu ihrer großen Überraschung erkannten sie, dass die Notfallpatientin sowie die zuvor aufgerufenen Sorgenfälle nicht in eines der umliegenden Gebäude, sondern direkt zur benachbarten Fähre geleitet wurden und im Innern der zweiten, hier wartenden schwarzen Kugel verschwanden.

Eine Minute später schloss sich der Eingang der Fähre und diese hob völlig geräuschlos und unspektakulär ab. Soviel dazu.

Über ein Dutzend von ihnen hatte nicht einmal die Anreise überstanden.

Sie sammelten sich in gedämpfter Stimmung und wurden dann von den mitgereisten Ausbildern zu ihren Unterkünften geleitet. Vor dem einstöckigen Bungalow ließ Peruggi seinen Teil der Anwärter kurz und formlos zusammenkommen.

„Willkommen auf Filiale 2, bei der härtesten Ausbildung im Multiversum. Wer von

Ihnen denkt jetzt noch immer, das sei übertrieben?"

Keine einzige Hand hob sich, und das nicht nur wegen der Mühsal, die diese einfache Geste hier bedeuten würde.

„Dachte ich mir. Nun, ich möchte Ihnen einige grundlegende Informationen geben, bevor Sie Ihre Zimmer beziehen können.

Sie befinden sich hier an einem Ort namens Central Junction, genauer gesagt im Springercamp oberhalb der Stadt. Wir sind hier etwa fünftausend Meter über Meereshöhe am Rand des Westgebirges dort hinter uns, das bis auf siebzehn Kilometer ansteigt. Auf dieser Höhe beträgt der mittlere Luftdruck etwas über ein Bar, womit wenigstens dieser Wert dem uns gewohnten entspricht. Auf Meereshöhe ist er etwa doppelt so hoch, doch das sei nur am Rande erwähnt.

Den Rest dieses Tages können Sie dazu nutzen, sich zu akklimatisieren und sich hier einzurichten. Sie werden ihre Zimmer beziehen, die Sie jeweils zu zweit bewohnen. Stockbetten gibt es hier keine, da diese viel zu gefährlich wären bei zwei g Schwerkraft. Sie haben vielmehr niedrige Futons, wo die Fallhöhe minimal ist. In den Duschzellen der kleinen Bäder ist ein Hilfsgestell, auf das Sie sich während des Duschens setzen können. Ich empfehle Ihnen dringend, davon Gebrauch zu machen. Falsche Scham oder Stolz kann hier in der Nasszelle schnell zu Knochenbrüchen und dem vorzeitigen Aus für Sie führen.

Heute werden Sie Ihre Anzüge nicht mehr, ich wiederhole: nicht mehr ausziehen. Sie werden sich die nötigste Hygiene verkneifen und lediglich die Funktionen zum Öffnen verwenden, die für die Stoffwechsel-Endproduktausscheidung nötig sind. Sie werden heute Nacht in den Anzügen schlafen. Dies aus dem einfachen Grund, damit wir Ihre Biofunktionen noch überwachen und sofort eingreifen können, falls sich Ihr Zustand noch verschlechtern und lebensbedrohlich werden sollte.

Morgen früh können Sie den Anzug zum Duschen ausziehen. Den Rest des Tages und auch die zweite Nacht über, die Sie hier verbringen, werden Sie den Anzug ebenfalls ständig tragen. Für Sie kann er den Unterschied zwischen Leben und Tod bedeuten.

Für den Rest dieses Tages und den morgigen Vormittag können Sie sich auf dem

Camp-Gelände frei bewegen. Gehen Sie keinesfalls außerhalb des Geländes auf Erkundungstour, dafür ist es noch zu früh und das kann Sie das Leben kosten, wenn Sie nicht schnell erreichbar sind, falls Sie einen Kollaps erleiden sollten.

Zudem dürfen Sie nicht vergessen, dass Sie sich momentan nicht in Ihrem eigenen Universum befinden. Falls Sie das Stabilisierungsfeld des Camps verlassen, das sich halbkugelförmig wie ein Schirm über das Gelände spannt, werden Sie automatisch in ihre eigene Realitätsebene geschleudert. Ich kann Ihnen allerdings nicht garantieren, dass sich Ihre Version der Erde im diesem Moment an der gleichen Stelle im Weltraum befinden wird wie diese hier. Ich denke, wir verstehen uns.

Wenn keine Fragen mehr anstehen, bitte ich Sie hiermit, Ihre Zimmer aufzusuchen und zu beziehen. Einen schönen Tag noch und gewöhnen Sie sich gut ein."

Ihre kleine Gruppe sah sich betreten an. Rebecca sprach es als erste aus: „Ich habe das total vergessen, dass wir eigentlich einen Stabilisator-Gürtel hätten anziehen müssen, da wir ja einen Universumssprung gemacht haben. Mann o Mann!"

„Wir alle, Beckie, wir alle", tröstete Nick sie.

„Ehrlich gesagt...", begann Tamara.

„Jetzt hör aber auf!", fuhr Teresa ihr über den Mund.

Eingeschnappt erwiderte Tamara darauf: „Gut, dann sage ich künftig nichts mehr, wenn solche Dinge anstehen. Ich will ja nicht wieder als Klugscheißer beschimpft werden."

Als sich ihre Versammlung auflöste, bemerkte Nick noch: „Jetzt mal ernsthaft, unser guter Peruggi ist doch garantiert ein Ex-Soldat! Er hat doch wirklich ein Wort mit etwa zehn Silben benutzt, nur um nicht 'Kacken' sagen zu müssen."

„Er könnte auch beim Grenzwacht-Korps oder der Gendarmerie gewesen sein, bevor er bei TransDime angeheuert hat. Die haben auch solche paramilitärischen Strukturen in der Schweiz. Er könnte sogar ursprünglich bei der Berufsfeuerwehr gewesen sein." Tamara zuckte nur mit den Schultern, als sie das Gebäude betraten.

Sven erstarrte: „Soll das heißen, du hältst Peruggi für einen Schweizer?"

„Ja, weil er einer *ist*. Das höre ich genau an seiner Sprechweise. Er ist gut, aber nicht so gut wie ich. Wenn er mit mir Englisch gesprochen hätte, hätte ich ihn wahrscheinlich in zehn Sekunden überführt. Bei Esperanto hat es eine ganze Weile gedauert, bis es mir aufgegangen ist. So lange spreche ich diese Sprache ja noch nicht." Sie nickte zur Bekräftigung ihrer Aussage.

Nick meinte nur kapitulierend: „Da wäre ich jetzt niemals drauf gekommen."

„Lasst uns doch erst mal die Zimmer beziehen. Wer zuerst kommt, malt zuerst." Rebecca trieb sie an, sofern das im Moment überhaupt möglich war, damit sie nicht als letzte bei der Auswahl ihrer Behausungen für die nächsten zwei Monate zum Zug kommen würden.

6

Central Junction-Camp, Filiale 2 - Monat 1

Sie hatten sich ein Zimmer ausgesucht und sich auf den gemütlichen Betten ein wenig ausgeruht, was eigentlich unsinnig war, wenn man bedachte, wie lange sie auf der Anreise nur auf den Liegesitzen in der Fähre herumgelegen hatten.

Dennoch war es für Nick angenehm, seitlich hinter Rebecca in der Löffelchen-Stellung zu liegen. Sie murmelte ermattet: „Tut gut, für ein paar Momente mal auszuruhen. Kaum zu glauben, dabei waren wir nur ein paar Minuten auf den Beinen."

Er schmiegte sich von hinten an sie und fragte neckend: „Und wie fühlt sich das für dich an?"

„Gut. Genieße es, das ist das nächste, an das du dem Sex in den nächsten zwei Monaten herankommen wirst."

Er zögerte kurz und legte dann einen Arm um ihre Hüfte. „Das macht nichts, Hauptsache, wir sind zusammen. Und vielleicht gewöhnen wir uns ja im Laufe der Zeit an die Umstände hier. Dann denkst du vielleicht anders."

„Ja, mal sehen. Aber ich rede nicht nur von der hohen Schwerkraft." Ihr Tonfall wurde reservierter, was er auch wahrnehmen konnte, ohne sie ansehen zu können.

„Du willst mir jetzt aber nicht wirklich einen Strick aus der Sache mit Sven drehen? Ich habe verhindern wollen, dass er auf solch dumme Gedanken kommt. Du legst mir das als Kuhhandel aus, was für mich der Versuch war, ihn aus unserer Dreiecksbeziehung herauszuhalten. Ich hoffe, das ist dir bewusst."

Angesichts seines entrüsteten Tonfalls lenkte sie widerwillig ein: „Ja, schon klar, und die Absicht ehrt dich auch. Mir hat es nur nicht gefallen, wie du da über meinen Kopf hinweg Entscheidungen in meinem Namen treffen wolltest, während ich genau neben dir war und alles mitbekommen habe."

Seine Hand streichelte sanft über ihren Bauch, was sich komisch anfühlte in dem

SF-Anzug, in dem Rebecca steckte. „Du weißt doch genau, dass ich es respektiere, wie selbstbewusst und emanzipiert du bist. Ich wollte dieser Sache nur einen Riegel vorschieben, bevor Sven sich in den Kopf setzten konnte, dass er eventuell sogar eine Chance hat, damit durchzukommen."

Als sie nicht antwortete, hakte er nach: „Es sei denn, du hättest das selbst gewollt. Sag bloß, du wärst dem Gedanken daran nicht abgeneigt! Ob das so gut für Tamaras Beziehung zu Sven wäre, wage ich zu bezweifeln. Die Beiden sind ernsthaft frisch verliebt, und jeder von uns weiß, dass Sven schon immer ein Faible für dich hatte. Das schwebt so ein wenig unheilvoll über uns, wenn du mich fragst."

Statt einer Antwort kam nur ein leiser Schnarchlaut von Rebecca. Er beugte sich über sie und entdeckte staunend, dass sie tatsächlich mitten im Gespräch mit ihm eingenickt war. Wow, das war ein neuer Tiefpunkt für ihn, aber er nahm es mit Humor. Seine Verlobte schien die Dauerbelastung hier mit am Besten zu verkraften, aber es verlangte ihr im Gegenzug wohl auch mehr an Kraft ab als zum Beispiel ihm.

Nick küsste sie sanft auf die Wange und blieb dann einfach hinter ihr liegen.

Da sie noch keine Uhren oder andere Möglichkeiten zur Zeitmessung erhalten hatten, konnte Nick nicht sagen, ab wann sie wieder auf den Beinen waren. Sie fühlten sich allerdings beide erholt und die Sonne stand noch recht hoch am Himmel, daher beschlossen sie, einen Spaziergang durchs Camp zu machen. Wie ausgedehnt dieser werden würde, würden sie spontan bestimmen, wie sie sich vornahmen.

Als sie vor die Tür ihrer Unterkunft traten, konnten sie die Umgebung zum ersten Mal in vollem Bewusstsein in sich aufnehmen. Die Aussicht war nicht einfach nur überwältigend, sie spottete gar jeder Beschreibung.

Ihr Camp war tatsächlich so etwas wie ein Kasernengelände der besonderen Art, wenn man die wahllos verstreute Anordnung der Gebäude und anderen Einrichtungen der Anlage berücksichtigte. Das herausragende Merkmal im wahrsten Sinne des Wortes war ein schmaler, aber sehr hoher Turm in der Mitte des Camps, der mitten aus einer komplex wirkenden, mehrstöckigen Gebäudestruktur emporragte. Auf seiner Spitze thronte die Vorrichtung, welche das Stabilisationsfeld erzeugte, dank derem sie sich ohne das Tragen der entsprechenden Gürtel frei bewegen konnten. Ohne dieses würden sie mit sofortiger Wirkung in ihre eigene Dimension zurückgeworfen werden, was in diesem speziellen Fall den sicheren Tod bedeuten konnte. Diese Erde war auf einer anderen Umlaufbahn, daher würde man sich unweigerlich in der luftleeren Kälte des Weltraums wiederfinden, sollte einem dieses ultimative Missgeschick widerfahren.

Hand in Hand spazierten sie langsam und bedächtig über die angelegten Wege, die sich in einem unregelmäßig verlaufenden Muster zwischen allen Gebäuden, Hallen, Plätzen und Trainingsanlagen hindurchschlängelten. Sie waren beileibe nicht die Einzigen; viele der neu eingetroffenen hatten die gleiche Idee gehabt, sich hier einmal ausgiebiger umzusehen. Mangels entsprechendem Personal waren die Zwischenräume zwischen den Wegen und Gebäuden ungepflegt und glichen eher kleinen Biotopen als Rasenstücken, was sie aber nicht weiter störte.

Die Aussicht von ihrem kleinen Plateau aus auf die etwas tiefer gelegene Stadt war atemberaubend. Der ihnen nächst gelegene Rand der außergewöhnlichen Siedlung war grob geschätzt nur wenige Kilometer entfernt, doch in dieser phantastischen Umgebung war es schwer, ein Gefühl für Entfernungen zu entwickeln, wie Nick zum wiederholten Male auffiel.

Wer auch immer die Erbauer dieser einstigen Siedlung gewesen waren, sie hatten sich im vollen Bewusstsein der Weite dieser Umgebung breitgemacht. Es gab viele freie Räume und die einzelnen, von einer schlichten, aber doch fremdartig wirkenden Architektur zeugenden Strukturen lagen meist weit auseinander. Die Notwendigkeit, wie in ihnen bekannten Großstädten aufgrund der mangelnden Grundfläche in die Höhe zu bauen, war dieser längst vergangenen Zivilisation gänzlich fremd gewesen, soviel konnte man selbst aus dieser großen Entfernung deutlich erkennen. Die wenigen hoch aufragenden Strukturen mussten diese Ausmaße entweder aus ästhetischen Aspekten haben oder aber ganz spezielle Funktionen erfüllen. Aus welchem Material die Gebäude bestanden, konnte er nur raten. Über die tiefer gelegene Ebene erstreckten sich undeutlich umrissene Ackerflächen bis zum fernen Rand der dichten Wälder.

Rebecca deutete auf die schneeweiße, breite Trasse einer Bahnlinie, die sich auf Stelzen stehend hoch über der Landschaft von Horizont zu Horizont über das hochgelegene Grasland erstreckte. In weiter Ferne verästelte sich die Strecke und verschwand in einer gewaltigen Kuppel am Stadtrand, deren Dach teilweise eingestürzt war. Das musste so eine Art Bahnhof gewesen sein. „Ich komme mir wirklich vor wie in einem Science Fiction-Film. Wie gerne würde ich mich in der Stadt einmal umsehen. Oh, Nick, das ist wie in einem Traum. Und erst diese Landschaft!"

Als sie sich einmal langsam um die eigene Achse drehte, tat er es ihr nach und nahm weitere Details auf. Am ungewöhnlich tiefblauen Himmel war keine einzige Wolke zu sehen, was an den Bergen westlich von ihnen liegen mochte. Denn unmittelbar neben ihnen begann das Terrain immer höher anzusteigen. Man konnte es mit nichts vergleichen, weil kein Mensch auf Erden je so etwas gesehen hatte. Die einzigen von den Dimensionen auch nur entfernt ähnlichen Strukturen existierten bei ihnen auf dem Planeten Mars.

Die namenlose Bergkette stieg nicht sehr steil an, was der hohen Schwerkraft geschuldet war, wie sie erfahren hatten. Dafür führte das Massiv in schier endlose Weiten nach oben, für etwa zweihundert Kilometer, wie sie von den Karten wussten, die sie beim Anflug auf diese Supererde studiert hatten. Da die Steigung nicht einmal zehn Prozent betrug, fragte sich Nick, ob die Krümmung des Planeten sogar die Gipfel der Kette vor ihnen verbarg, so dass sie wie an einer Wand hoch sahen, die so groß war, dass sie irgendwann vom Betrachtungswinkel her ihren Blicken entzogen war. Das wäre eine nette kleine Rechenaufgabe, wenn man alle dazu nötigen Zahlen hätte, befand er schmunzelnd und staunend zugleich.

Jedenfalls konnte man in weiter Ferne noch erkennen, dass in einer gewissen Höhe

Schnee lag und dann noch weiter oben nur noch nackter, hellgrauer Fels zu sehen war. Und weit im Süden sahen sie die schmale Bahnspur, die den Berg entlang hoch zum Observatorium führen musste, welches sie ebenfalls bei ihrem Anflug aufs Camp entdeckt hatten.

Nick entdeckte etwas. „Sieh mal da, Beckie, da fliegt gerade eine Fähre ab."

Die große schwarze Kugel wirkte wie ein Fremdkörper in dieser Umgebung, als sie geräuschlos und ohne jegliche Konturen oder Formen zu offenbaren, sang- und klanglos in den Himmel emporstieg und dabei stetig schneller wurde, bis sie nur noch ein winziger Punkt am Himmel war und sich dann ihren Blicken entzog.

Nick sah Rebecca an und sagte leise: „Mir ist gerade ein Gedanke gekommen. Wenn ich mich hier umsehe und denke, ich soll in zwei Monaten wieder einfach so von hier verschwinden, kann ich das gar nicht glauben. Was für ein Ort, angefüllt mit Wundern und Rätseln, und eine ganze Welt davon. Den soll ich wieder sich selbst überlassen?"

Erstaunt hoben sich ihre Augenbrauen: „Du meinst..."

Er musterte sie mit ernster Miene: „Ja, ich könnte mir vorstellen, hier mehr Zeit meines Lebens zu verbringen. Mit dir. Es gibt hier eine Kolonie und der ganze Planet muss noch erforscht werden, was Generationen von Leuten beschäftigen wird."

Sie legte eine Hand um seine Hüfte und zog ihn seitlich neben ihm stehend zu sich. „Kaum zu glauben, aber mir sind schon ähnliche Dinge durch den Kopf gegangen. Dass du derjenige bist, der es zuerst anspricht, ist fast eine Erleichterung für mich. Ich weiß nicht, ob und wann ich damit herausgerückt wäre.

Aber wir müssen erst einmal abwarten, ob wir die hohe Schwerkraft überhaupt auf Dauer vertragen. Du weißt, es kann jeden hier ständig erwischen in der Anfangszeit. Lass uns doch erst einmal abwarten, ob wir nicht schlapp machen und kläglich gescheitert zurück geschickt werden."

„Wo bleibt dein Optimismus?", neckte er sie und sah sich um. „Aber ich weiß, was du meinst. Seitdem wir hier sind, bin ich entweder müde oder hungrig. Im Moment knurrt mein Magen wie ein Rudel Wölfe. Was ist mit dir?"

„Ja, geht mir genauso. Wenn ich es richtig verstanden habe, bezieht der Anzug seine Energie von uns, was wohl heißt, wir müssen momentan für zwei essen, wenn wir unser Exoskelett mit versorgen wollen."

Nick musste lachen. „Dann lass uns schnell die Kantine suchen."

Diese war schnell gefunden. Eigentlich mussten sie nur der Mehrheit an Leuten folgen, denn wie sie hatten die meisten Anwärter durch den ungewohnt hohen Kalorienverbrauch ebenfalls einen Heißhunger, der gestillt werden wollte. So trafen sie dann auch Wolf, Lovisa und Tamara an einem der Tische an, gemeinsam mit noch einigen anderen ihrer Truppe.

Als sie sich mit ihren reichlich gefüllten Tabletts zu ihnen setzten, wollte Rebecca wissen: „Wo ist denn Sven?"

„Der schläft wie ein Murmeltier. Ich wollte ihn nicht wecken, aber mich hat der Hunger hierher getrieben. Er wird schon irgendwann nachkommen."

Wolf bemerkte kauend: „Ich finde diesen Ort unglaublich. Hätte nie gedacht, dass es mich je auf einen so fremdartigen Planeten verschlägt."

„Ja, in wenigen Jahren vom Student zum Raumfahrer, das ist doch mal was." Nick konnte ihm nur beipflichten. „Nicht zu vergessen, Agent und nun auch noch Spezial-Eingreiftrupp."

Rebecca konterte hartnäckig: „Ich sehe uns immer noch nicht als Soldaten in dem Sinn."

Lovina schüttelte den Kopf: „Unser Job ist es, anderen zu helfen, nicht für bestimmte Staaten in einem Krieg Menschen zu töten."

Rebecca sah gespannt ihre Freundin an. „Was sagst du dazu, Tammy? Du kommst schließlich wie Lovisa aus einem neutralen Staat."

„Ich schließe mich dem Konsens an", meinte diese mit vollem Mund undeutlich.

„Ihr wisst eben nicht, wie es ist, ein Soldat zu sein. Ich komme mir jedenfalls fast genauso vor wie damals beim Heer. Warst du beim Militär, Wolf?" Nick sah seinen Freund aus der Filiale 108 gespannt an. Dieses Thema war bei ihrem Besuch in seiner Heimat nie aufgekommen, wie ihm gerade erst klar wurde.

„Kaiserliche Marine, Ladeschütze auf einer Fregatte. Das Militär bei uns ist stark reduziert worden, wie ihr wisst. Da bei uns die Weltkriege nicht stattgefunden haben,

von denen ihr mir erzählt habt, gibt es auch keine Blockbildung und unnötige Auf-
rüstung. Was wir haben, gilt mehr der Bekämpfung von Schmuggel und der mini-
malen Sicherung der Grenzen vor illegalen Grenzübertritten."

Lovisa sah ihn bewundernd an. „Du musst mir bei Gelegenheit unbedingt mehr erzählen. Ich würde deine Filiale gerne mal besuchen."

Geschmeichelt meinte Wolf darauf: „Na klar, warum nicht? Du kannst ja in Zukunft
frei wählen, wohin du reisen willst, jetzt da du die Funktionsstufe Zwei hast."

Rebecca meinte zwinkernd: „Ich würde das Angebot an deiner Stelle annehmen.
Nick und ich waren dort und geraten immer noch ins Schwärmen, wenn wir daran
zurückdenken. Wir waren in der Zwischenzeit schon auf so mancher Filiale, aber so
eine nette wie 108 haben wir bisher nicht mehr gefunden."

„Toll, ich würde mich freuen und spiele auch gerne den Fremdenführer", bot Wolf
begeistert an.

„Darauf möchte ich wetten", raunte Nick Tamara zu, worauf diese leise kicherte.

„Ja, da geht was, glaube ich. Ich war mir bisher nur noch nicht sicher, mit welcher
der beiden Zwillinge er anbandelt."

Nick grinste nun von einem Ohr zum anderen. „Du kannst sie nicht voneinander
unterscheiden, stimmt´s?"

Ertappt sah Tamara auf. „Das ist gar nicht... ach, Klappe!"

Er grinste noch breiter. „Dann wirst du es ja in Zukunft leichter haben. Die, mit der
er Händchen hält, ist Lovisa."

Rebecca schaltete sich ebenso leise ein: „Man könnte meinen, das hier ist ein Ferienlager und ihr seid fünfzehn Jahre alt."

„Ja, toll, oder?" Er stand auf, um sich noch einen Nachschlag zu holen.

Tamara schüttelte den Kopf. „Männer!"

Es ging tatsächlich allen Neulingen so, dass sie den erhöhten Nahrungsmittelbedarf häufiger decken mussten und auch noch öfter ruhen mussten, bis sie sich an die erschwerten Lebensbedingungen hier gewöhnt haben würden. Mitten in der Nacht waren Nick und Rebecca nochmals vom Hunger aufgewacht und hatten die Kantine, welche glücklicherweise - bestimmt aus Erfahrung - rund um die Uhr betrieben wurde, nochmals für einen Mitternachtssnack aufgesucht. Danach hatten sie einen romantischen Spaziergang unter dem dreifachen Mondschein gemacht und fühlten sich danach endgültig wie in einen futuristischen Roman hineinversetzt. Dankbar dafür, dass sie eine Nacht hatten, in der sie einmal nicht im Schlaf neues Wissen eingetrichtert bekamen, genossen sie diese schöne Erfahrung.

Nach einer kurzen, unruhigen Nacht und einem ebenso rastlos verbrachten Vormittag wurden sie dann endlich gruppenweise mittels ihrer neuen Komm-Geräte zu diversen Stationen gelotst, wo erste kleine Schritte zu ihrer weiteren Ausbildung unternommen werden sollten.

Peruggi hatte seine nur noch knapp vierzig Schützlinge ihrer Truppe am Anfang einer der diversen Hindernisbahnen versammelt und erläuterte ihnen den weiteren Ablauf, sobald sich alle auf die massiven Baumstämme niedergelassen hatten, die als Sitzgelegenheiten neben dem Beginn der Bahn dienten.

„Bisher waren Ihre Anzüge auf fünfzig Prozent Leistung eingestellt, um Ihnen die Eingewöhnung hier auf Filiale 2 zu erleichtern. Ich möchte mit Ihnen nun einen ersten Belastungstest machen, um etwas herauszufinden über die Stärke Ihres Willens, Ihren Mut und die Fähigkeit, Herausforderungen zu meistern. Bitte erschrecken Sie nicht, wenn Ihnen die Belastung zu viel wird, sondern machen Sie sich bemerkbar.

Ich habe, wie Sie vielleicht wissen, ein Kontrollgerät, mit dem ich die Einstellungen Ihrer SF-Anzüge steuern kann, während Ihre individuellen Bedienteile noch weitgehend gesperrt sind, hauptsächlich, damit Sie sich nicht selbst töten wie der arme Tropf im Camp auf Filiale 32. Ich werde nun gleich eine Steuersequenz eingeben, die die Unterstützung der Anzüge innerhalb einer Minute auf Leerlauf hinabfährt. Dieser Zustand wird nur wenige Sekunden anhalten, was Sie alle mittlerweile ertragen dürften.

Danach wird die Leistung allmählich wieder hochgefahren, um genau zehn Prozent pro Minute bis zurück auf fünfzig Prozent. Doch bevor wir damit fortfahren und ich Ihnen den tieferen Sinn dieser Übung erkläre, möchte ich Ihnen eine der weiteren Funktionen Ihrer Anzüge demonstrieren. Sie werden im Laufe des Kurses in die volle Bandbreite der Funktionen eingeweiht und bis zum Abschluss alles blind beherrschen, was dieses Wunderwerk der Technik und Bionik zu bieten hat.

Klappen Sie bitte die Bedientafel auf und betätigen Sie den blauen Knopf in der unteren rechten Ecke der Tafel, auf dem ein „HV" steht. Danach halten Sie ihren Kopf ganz ruhig und gerade. In Ihrem Nacken wird eine Art Kapuze ausfahren und... Sie werden es gleich sehen."

Sie taten wie ihnen geheißen und wurden alle von der Wirkung des Tastendrucks überrascht. Eigentlich war keinerlei Wulst oder Ähnliches im Nacken des Anzugs sicht- oder spürbar und dieser ja auch noch zweigeteilt, doch nun schien sich etwas zu entfalten und von hinten wie eine Kapuze über ihren Kopf zu stülpen. Nick konnte es bei Rebecca genau verfolgen, dass wie von Zauberhand diese vorher schlicht nicht existent scheinende Kopfbedeckung sich über das Haupt zog, dann auch noch eine Art Gesichtsschild über die Vorderseite fuhr und sich wie ein Helmvisier über das Gesicht wölbte. Auch bei ihm schloss sich nun die Kopfbedeckung dergestalt und bildete vom Aussehen her eine Art Fechthelm aus, als er sich erhärtete. Das war jedenfalls der passendste Vergleich, der ihm dazu einfiel, denn er konnte hinaussehen, als ob das Visier für ihn komplett transparent war, bei den anderen jedoch war es dunkel, matt und undurchsichtig. Der Träger war nicht mehr zu erkennen.

Rebeccas Stimme kam nur leicht gedämpft zu ihm durch: „Erstaunlich. Ich kann völlig unbehindert atmen, obwohl dieser Helm hermetisch geschlossen zu sein scheint."

„Jetzt sind wir wirklich Ninjas", ließ sich Nick vernehmen.

Über den integrierten Funk erklang Peruggis Stimme: *Ich sehe, Sie freunden sich bereits mit Ihrem Kopfschutz an. Dieses praktische Detail Ihrer Anzüge werden Sie*

*im Einsatz ständig aktiviert haben, denn er bietet in der Tat einen ähnlich guten
Schutz wie ein leichter Helm. Die Visiere sind beliebig polarisierbar und sogar mit
Transponder derart regelbar, dass zwei von Ihnen sich bei entsprechendem Sichtkontakt ansehen können, während jeder, der nur ein paar Winkelgrade abseits Ihrer direkten Sichtlinie steht, bereits ein vollständig opakes Gesichtsschild sieht. Dies dient
künftig im Ernstfall dem Schutz Ihrer Identität im Einsatz."*

Peruggi sammelte seine Gedanken, um fortzufahren, während sie sich noch an das
seltsame Gefühl gewöhnten, welches diese zwar steifen, aber nicht stark einengen-
den oder in der Bewegungsfreiheit einschränkenden Helme boten.

„Wie hast du deine Haare in dem Ding untergebracht?", wollte Nick leise wissen.

Rebecca gab ebenso gedämpft zurück: „Ich habe keine Ahnung. Die Haube muss sie
irgendwie beim Bilden und Entfalten selbsttätig in der Rückseite verstaut haben.
Das muss eine ziemlich ausgeklügelte Mechanik sein, denn ich spüre gar nichts.
Kein Ziepen, nichts ist eingeklemmt."

Ihr Ausbilder fuhr nun fort mit seinen Instruktionen an alle: *„Sie werden ab sofort
nur noch mit geschlossenen Visieren trainieren, um ein Gefühl dafür zu bekommen.
Später können auch noch diverse taktische Informationen auf die Innenseite der Visiere eingeblendet werden, doch dazu ein andermal mehr. Auch die Steuerung Ihrer
Anzugfunktionen über gezielte Blicke aufs Visierinnere werden Sie noch zur Genüge
üben können. Im Moment blende ich Ihnen die prozentuale Leistung der Anzüge ins
Visier ein, damit Sie eine Ahnung haben, wie das künftig aussehen wird.
Sind alle nun bereit dafür, dass ich die Unterstützungsleistung Ihrer Anzüge herun-
terfahren werde, oder gibt es noch Probleme?"*

Als sich niemand meldete, gab ihr Ausbilder etwas auf seinem Tablet ein und Nick
merkte gleich darauf, wie sich ein großes Gewicht auf ihn zu legen schien. Links
unten in seinem Sichtfeld erschien eine grün leuchtende zweistellige Prozentzahl,
die rapide sank. Die hohe Schwerkraft wirkte immer stärker auf sie ein, während die
unterstützende Wirkung auf sie nachließ. Er begann unwillkürlich zu schwitzen,
als die Zahl die Null erreichte.

Peruggi fuhr indessen ungerührt fort. *„Und nun werden wir einen Truppführer be-*

stimmen. Die Aufgabe ist ganz leicht: diese zehn Meter hohe Sprossenwand hinter mir wartet darauf, von Ihnen erklommen zu werden. Der Clou dabei ist, dass Sie das möglichst bald bewerkstelligen sollen, wenn Sie das Gefühl haben, dass Sie zum Truppführer bestimmt sind. Je eher Sie das tun, desto höher ist die Belastung für Sie dabei, da die Regelleistung Ihrer SF-Anzüge wie erwähnt nur um zehn Prozent pro Minute wieder hochfahren wird."

„Wäre das nichts für dich, Beckie? Du bist doch so fit und dir scheint die hohe Schwerkraft mit am wenigsten auszumachen." Nick sah seine Verlobte an. Ihr Helm drehte sich in seine Richtung, worauf ihr Visier transparent wurde und er ihr Antlitz sehen konnte.

„Ja, das wäre schon was. In ein oder zwei Minuten vielleicht, wenn wir wieder bei zwanzig Prozent sind. Dann..."

Peruggi erklärte gerade noch: *„Die zweiten bis vierten Absolventen dieser Übung werden jeweils eine Gruppe anführen und dem Truppführer unterstellt sein, jedenfalls solange, wie noch genügend Anwärter für drei Gruppen hier sind. Wenn wir dann später... nanu?"*

Er unterbrach sich, als er von einigen Ausrufen der Anwärter auf etwas aufmerksam gemacht wurde und sich umdrehte. Auch Nick lenkte seinen Blick nach rechts und entdeckte mit Unglauben, dass bereits eine Person ganz unauffällig und langsam zur breiten Sprossenwand getreten war und den rechten Fuß auf die unterste Sprosse stellte, während beide Hände eine andere auf Kopfhöhe ergriffen. Die eindeutig weibliche Anwärterin zog sich mühsam auf die erste Sprosse und legte den linken Fuß auf die zweite. Ganz langsam und methodisch arbeitete sie sich eine nach der anderen Sprosse hoch.

Peruggi murmelte: *„Das ist faszinierend."*

Nick konnte es kaum glauben. Seine Anzeige wechselte gerade von sieben auf acht Prozent Anzugleistung. Er konnte kaum atmen, geschweige denn sich rühren oder gar erheben. Wie konnte diese Person solch eine Willensanstrengung abrufen, um diese körperliche Tortur bei solch einer hohen Belastung zu meistern?

„Das gibt's doch nicht! Wie macht die das nur? Ich kann kaum einen Arm heben..."

Rebecca neben ihm kam wohl ebenfalls kaum aus dem Staunen heraus, wie er ihrer Stimme nach urteilen konnte.

Die unbekannte Rekrutin war schon fast zur Hälfte oben, als Rebecca bei achtzehn Prozent Anzugsleistung als Zweite die Kraft fand, sich irgendwie hoch zu kämpfen und sich der Herausforderung zu stellen. Sie wankte leicht unsicher und sehr langsam zur Kletterwand hinüber und klammerte sich mit großer Anstrengung an die nächstgelegene Sprosse, um dann ebenfalls langsam, aber stetig den Aufstieg zu beginnen.

Nick sah sich um, doch es dauerte noch über eine Minute, bis der nächste den Mut fand, sich ebenfalls zu erheben und unter diesen enorm harten Bedingungen ans Hochklettern dieses hohen Hindernisses zu machen. Der junge Mann im geschlossenen SF-Anzug wirkte kompakt und gedrungen, doch Nick hatte keine Vorstellung davon, wer sich darin verbergen mochte.

Dann erhob sich jemand, der der Statur nach nur Sven sein konnte. Er sagte verhalten: *„Jetzt will ich es aber auch wissen...“*

Nach drei Schritten klatschte er wie ein nasser Sack der Länge nach hin und blieb liegen. *„Aua.“*

Derjenige, vor dessen Füßen der verhinderte Goliath im Gras gelandet war, sagte lapidar. *„Und jetzt weißt du es auch schon.“*

Nun stand ein Nick unbekannter Mann auf und begann den mittlerweile nicht mehr so anstrengenden Aufstieg, als die Leistung schon bei fast vierzig Prozent angelangt war. Kurz danach folgte noch eine Frau, die er in der Anonymität des SF-Anzugs von der Statur und Figur her durchaus auch für Tamara hätte halten können. Aber bei der ersten Besteigerin des Hindernisses hatte er das auch schon gedacht. Das war bei jetzt über vierzig Prozent Unterstützung durch den Anzug nun wahrlich keine Heldentat mehr, wie er fand. Inzwischen hätte er fast schon selbst hochsteigen können, doch er hatte eine Sekunde zu lange gezögert.

Daher sah er lieber hoch, wo Rebecca bei der ersten Bezwingerin des Hindernisses und folglich neuen Truppführerin ankam, welche schon ein ganzes Weilchen vor ihr oben angekommen war und über den letzten Balken auf die andere Seite gewechselt hatte, um beim späteren Herunterklettern nicht den Nachfolgenden ins Gehege zu kommen. Rebecca tat es ihr gleich und keuchte währenddessen: *„Wer auch immer du bist, du hast meinen größten Respekt, Mädchen. Ich folge dir blind in jeden Einsatz, das gelobe ich dir hiermit feierlich."*

„Na, das ist auch das Mindeste, was ich von dir erwarte, Fräulein Gruppenführerin."

Nick am Fuß des Hindernisses glaubte, seinen Ohren nicht trauen zu können.

Er rief ungläubig nach oben: „Tamara?"

Rebecca klappte ihre Bedientafel auf und öffnete das Visier. „Tammy, bist du das?"

Die andere tat es ihr nach und tatsächlich kam das lachende Antlitz ihrer Freundin zum Vorschein. „Da staunst du, was?"

„Wer hat ihnen erlaubt, die Visiere zu öffnen?", blaffte Peruggi sie vom Fuß der Anlage her an, worauf sie sofort wieder die Gesichtsschilde schlossen.

Tamara begann auf der Rückseite wieder hinunter zu klettern und rief gleichzeitig: *„Verzeihen Sie, Herr Eidgenosse, das wird nicht mehr vorkommen."*

Bei der implizierten Bezeichnung ihres Ausbilders als Schweizer blieb diesem tatsächlich die Spucke weg, wie man deutlich erkennen konnte. Als er sich wieder gefangen hatte, war Tamara am Boden angelangt, dicht gefolgt von Rebecca. Die dritten und vierten Kletterer waren inzwischen oben angekommen und beschlossen den Wettbewerb damit.

„Gut gemacht, Frau Schnyder, Frau Paulenssen. Ich ernenne Sie mit sofortiger Wirkung zum Truppführer und ersten Gruppenführer. Suchen Sie sich elf Leute aus, Frau Paulenssen. Wir werden sehen, wie viele Sie am Ende des Kurses noch unter sich haben."

Sven raunte Nick zu: „Dich hat sie jedenfalls dann noch immer unter sich."

„Hat dir schon mal jemand gesagt, dass du witzig bist?", wollte Nick daraufhin wissen.

„Nein, wieso?"

„Kein Wunder." Damit ließ er seinen Kollegen stehen und umarmte Rebecca.

„Glückwunsch. Ich kann noch immer nicht glauben, was gerade geschehen ist." Er schlug ihr kumpelhaft auf die Schulter, da mit den geschlossenen Visieren an Küssen nicht zu denken war.

„Wem sagst du das? Ich dachte, ich würde die Erste sein, die überhaupt aufstehen können würde... wie hat Tammy das nur gemacht?"

Peruggi rief sie alle zur Ordnung. „Was Sie gerade gesehen haben, war die Zurschaustellung von außerordentlichen Fähigkeiten, wie sie nicht jeder hat. Alle vier Anführer bitte die Visiere öffnen. Zeigen Sie sich ihrem Trupp.

Jetzt zu ihrem Truppführer: Frau Schnyder hat nicht die besten Biowerte gehabt, seitdem sie unter der Belastung der erhöhten Schwerkraft gestanden hat. Niemand hätte ihr das zugetraut, und doch hat Sie etwas mobilisieren können und Kräfte abgerufen, die enorm waren. Wie erklären Sie sich das, Truppführerin Schnyder?"

Verlegen meinte Tamara: „Ich wollte das hier einfach schaffen. Ich habe mir das in den Kopf gesetzt und mir gesagt, das ist machbar und ich werde diese Wand als Erste bezwingen, auch wenn es unmöglich scheint. Danach bin ich aufgestanden und habe es einfach getan. Eine genaue Erklärung, wie ich das geschafft habe, kann ich nicht bieten."

„Was Sie hier gesehen haben, ist eigentlich nicht menschenmöglich für jemanden, der noch nie in erhöhter Schwerkraft operiert hat. Das Ausmaß an Willensstärke, das hier an den Tag gelegt wurde, ist so ungewöhnlich, dass ich gar nicht anders kann, als Ihnen meine höchste Anerkennung auszusprechen. Wenn jemals einer der Anwärter den Posten des Truppführers verdient hat, dann sind Sie das."

Dank des offenen Visiers konnte man sehen, dass Tamara rot anlief vor Verlegenheit. „Ich bitte Sie..."

Peruggi besah sich die neu bestimmten Anführer seiner kleinen Einheit, dann rief er etwas auf seinem Tablet auf, bevor er fortfuhr. „In aller Kürze noch, falls Sie sich noch nicht alle kennen: Ihre Truppführerin heißt Tamara Schnyder, kommt aus der Schweiz von Filiale 88 und ist bereits nach einem Jahr in der Funktionsstufe Null auf Eins befördert worden. Nach nur zwei weiteren... äh... ereignisreichen Jahren, wie ich hier lesen kann, wurde sie auf Stufe zwei befördert und zur Springerausbildung eingeladen. Sie weist in vielen Gebieten hervorragende Leistungen auf und Sie alle sind daher gut beraten, wenn Sie auf sie hören.

153

Die ersteGruppenführerin ist Rebecca Sieglinde Paulenssen, kommt ebenfalls von Filiale 88, aus Deutschland und zeichnet sich durch eine erhöhte Sozialkompetenz aus, neben sehr guten Nahkampf-Fähigkeiten. Nach drei Jahren in Funktionsstufe Null wurde sie auf Stufe Eins befördert und nach weiteren zwei Jahren mustergültigem Dienst als Agent ist sie nun ebenfalls hier gelandet.

Gruppe zwei wird ab heute von Te Makaurau, einem Maori aus Aotearoa der Filiale 150 angeführt. Herr Makaurau hat sich schon früh während seines Stewarddienstes in Funktionsstufe Null ausgezeichnet und wurde nach zwei Jahren auf Stufe eins befördert. Er begann eine Ausbildung zum Korrektor, brach diese aber auf eigenen Wunsch schon nach kurzem wieder ab. Nach vier soliden Jahren Dienst als Agent mit vielen Missionen und einem reichen Erfahrungsschatz auf diesem Gebiet wurde er nun auf Stufe Zwei befördert und sofort für das Springerprogramm vorgeschlagen.

Frau Yoko Forrester schließlich stammt von Filiale 69 aus England, hat aber auch asiatische Wurzeln. Sie zeigte sich beim Stewarddienst der Stufe Null derart unterfordert in sämtlichen Disziplinen, dass sie wie Frau Schnyder auch bereits nach einem Jahr auf Stufe Eins befördert wurde. Auch dort entfaltete sich ihr Potential stets weiter, wobei sie vor allem durch ihre körperliche Fitness und ihr breit gestreutes naturwissenschaftliches Interesse brillierte. Selten war eine Beförderung nach nur einem Jahr Dienst in Funktionsstufe Eins auf Zwei und einer gleichzeitigen Einladung für den Springerkurs derart verdient."

Nach dieser kleinen Vorstellungsrunde überließ Peruggi seinen Trupp für ein paar Minuten sich selbst, bevor es im Programm weitergehen würde. Nick sagte zu Rebecca: „Und, was sagst du zu unseren anderen Anführern?"

Sie taxierte die beiden ihrer Kollegen und sagte: „Ich weiß nicht. Te sieht mir sympathisch aus, auch wenn ich aus ihm nicht recht schlau werde. Er wirkt nicht direkt reserviert, aber doch ein wenig introvertiert. Und er war lange auf Stufe Eins. Ich weiß nicht, ob das ein gutes oder schlechtes Zeichen ist."

Nick meinte nachdenklich: „Wenn er wirklich wie erwähnt eine konstante Leistung gebracht hat, muss das ja nichts Negatives sein. Meine Gedanken kreisen vielmehr um Yoko. Sie erinnert mich sehr an Tammy."

Rebecca sah verstohlen hinüber zu der dezent exotisch anmutenden Frau mit den langen, glatten und rabenschwarzen Haaren, die sich gerade mit ein paar anderen ihrer Gruppe unterhielt. Rebecca war sie schon zuvor aufgefallen, daher wusste sie um ihre hüftlange Mähne, auch wenn diese jetzt zum Zopf geflochten und im Inneren des SF-Anzugs verborgen war. Sie hatte tatsächlich ein fein gezeichnetes Gesicht mit angedeuteten, erhabenen Wangenknochen und einem leicht spitzen Kinn, aber fast europäisch anmutende Augenpartien. Vor allem überraschte sie mit strahlend graublauen Augen, die sie von ihrem britischen Vater geerbt haben musste. Als nun Tamara zu ihr hintrat und nach einer Bemerkung von ihr beide lachten, glaubte Nick seinen Augen nicht trauen zu können.

„Beckie, sieh dir das an! Verliere ich jetzt den Verstand oder sehen sich die Beiden so ähnlich, wenn sie lachen, dass sie glatt als Geschwister durchgehen könnten? Sie dir nur ihre Gesichter an!" Nick war völlig fassungslos.

Rebeccas Augen verengten sich ein wenig. „Hm, da ist was dran. Schwestern nicht gerade, dafür reicht die Ähnlichkeit nicht, aber vielleicht Cousinen. Ihre beiden Profile sind fast identisch, da hast du recht. Aber jetzt, wo du sie von vorne siehst, gleichen sie sich nur sehr stark, wenn sie lachen. Trotzdem erstaunlich. Sie sind auch beide etwa gleich groß und praktisch gleich gebaut."

„Die gute Yoko hat bestimmt ein paar wilde Jahre hinter sich, wenn es auf ihrer Filiale ähnlich locker zugeht wie bei uns", sinnierte Nick, worauf Rebecca ihm einen Klaps gab.

„Hat der Herr Nimmersatt bereits das Kopfkino angeworfen?"

Tamara, die die letzte Szene beobachtet hatte, kam grinsend zu ihnen herüber. „Na, kassierst du bereits wieder... warum seht ihr mich so an? Und warum grinst ihr Beide so dämlich?"

„Wir haben gerade herausgefunden, dass Yoko deine lang verschollene Cousine sein muss. Und Familienzusammenführungen sind immer so rührend, dass wir uns eben ein Grinsen nicht verkneifen können." Rebecca feixte genüsslich, als sie mit der gemachten Feststellung heraus rückte.

Mit gerunzelter Stirn sah Tamara hinüber zur hübschen Halbasiatin. „Was, Yoko und ich? Das kann doch nicht euer... oh, *verdammt!*"

„Du siehst es also auch? Respekt, so viel Selbsterkenntnis!" Nicks Grinsen wurde immer breiter. Doch dann wurde Tamara abgelenkt, bevor sie dieses Thema vertiefen konnten.

Auf ihren Schultern bildeten sich zwei erhabene Streifen aus, auf Rebeccas jeweils einer, ebenso wie bei dem gedrungenen Maori und der asiatisch anmutenden Frau, die ebenfalls die Wand erklommen und den Posten als Gruppenführer damit erworben hatten. Nick raunte ihr zu: „Da, Schulterklappen. Rangabzeichen wie beim Militär."

„Punkt für dich." Rebecca wandte sich stirnrunzelnd ab und beeilte sich, ihre Freunde alle mit ins Boot zu holen und dann noch einige andere, die ihr nicht so gut bekannt waren, bis sie ihre Gruppe aufgestellt hatte. Tamara selbst oblag diese Aufgabe nicht, da sie als Truppführerin die Oberaufsicht über alle drei Gruppen hatte.

Als sie sich aufmachten, um zur nächsten Trainingseinheit zu kommen, sah Nick noch aus einiger Entfernung, wie zwei Männer mit fremdartig aussehenden Messgeräten zur Sprossenwand kamen und dort eine Reihe von Untersuchungen vornahmen.

Was das wohl zu bedeuten hatte? Er tippte Rebecca auf die Schulter: „He, Frau Gruppenführerin, hast du etwas dagegen, wenn ich noch für eine Minute ein Schwätzchen mit diesen Beiden da drüben halte?"

„Nicht, wenn du mich nie, und ich meine wirklich, nie wieder so nennst. Ich würde dir nur ungern den Hintern versohlen." Ungnädig sah sie ihn von der Seite an.

„Das wäre mir aber neu", kommentierte Tamara leise.

Ertappt zischte Rebecca sie darauf an: „Ich meine doch in der *Öffentlichkeit*. Du Luder, wirst du wohl still sein!"

Grinsend schlenderte Nick zu den beiden Technikern, die sich mit ihren seltsamen Geräten, die offensichtlich eine Art von Messinstrumenten waren, beschäftigten und ihn nicht bemerkten, bis er neben ihnen stand.

„Hallo, was tun Sie denn da?", fiel er auch gleich neugierig mit der Tür ins Haus.

„Ach, nichts Besonderes. Wir haben nur einen Alarm in der Zentrale empfangen und überprüfen ein paar Anomalien im Dimensions-Dämpfungsfeld, die hier vor ein paar Minuten aufgetreten sind." Einer der beiden Männer gab ihm desinteressiert die gewünschte Antwort.

„Ach, ist ja interessant! Und welche Werte sind das?"

„Leptonen, junger Mann. Wir haben eine erhöhte Neutrinostrahlung aufgefangen, direkt hier an diesem Hindernis. Außerdem Restwerte, die auf ungewöhnliche Wechselwirkungen mit Higgs-Bosonen hinweisen. Aber das braucht Sie nicht weiter zu stören, wir haben das schon einmal gehabt hier. Innerhalb eines Stabilisationsfeldes dieser Größe gibt es hin und wieder diverse Schwankungen bei Elementarteilchen. Solange es das Feld nicht beeinträchtigt, sind das höchstens lästige Störungen, denen man aber nachgehen muss, wie gesagt."

„Dann kann ich ja beruhigt sein. Schönen Tag noch." Nick beeilte sich, um zum Rest der Gruppe aufzuschließen. Dennoch war er sehr nachdenklich geworden. Im Prinzip hing ihr aller Leben von der einwandfreien Funktionsweise dieses Feldes ab, das ihr Camp einschloss. Wenn es nur die geringste Schwankung gab, konnten sie alle in einem Sekundenbruchteil aufhören zu existieren. Oder in ihrer eigenen Realitätsebene im Weltall materialisieren.

Da stimmte es einen nicht gerade zuversichtlich, wenn ein paar Techniker herumstöberten und ungewöhnliche Messwerte überprüften.

Er erzählte den anderen davon, die es aber alle mehr oder weniger stoisch mit einem Achselzucken abtaten. Als sogar Tamara sich dieser Mehrheitsmeinung relativ schnell anschloss, sagte Nick: „Von den anderen hätte ich das ja gedacht, dass sie so eine Beobachtung nicht weiter interessiert, aber von *dir*?"

Sie schien ein wenig nervös zu werden und nahm ihn kurz auf die Seite: „Was willst du denn von mir hören? Gut, dann haben sie eben etwas Ungewöhnliches dort registriert. Wenn diese Fachleute sich nicht sonderlich beunruhigt zeigen, sollten wir das auch nicht tun. Die hyper-fortschrittliche Technologie, mit der TransDime diverse Einrichtungen ausstattet, hat sich bisher immer als extrem zuverlässig, robust und langlebig erwiesen. Ich sehe keinen Grund, warum mir das schlaflose Nächte bereiten sollte."

„Aber in diesem Fall hängt unser Leben davon ab, dass alles bei dieser Stabilisator-technik völlig problemlos arbeitet. Beim kleinsten Ausfall..."

Tamara fiel ihm ins Wort, etwas ungehalten werdend: „Jetzt hör mal zu, Dominik Geiger. Das hier ist das selbe Prinzip wie bei einem Gammastrahlen-Blitz einer Supernova. Über die Auswirkungen müssen wir ja nicht diskutieren, dafür haben wir schon oft genug die verwaisten Tresore von Filiale 37 leergeräumt. Und du weißt genauso gut wie ich, dass auch in diesem Fall ein wenig Fatalismus das einzig richtige ist, um sich nicht unnötig verrückt zu machen.

So ein Gammastrahlen-Blitz kann theoretisch jederzeit die Erde treffen. Wenn das passiert, macht es einfach 'zisch' und wir sind alle Toast, noch bevor wir merken, was eigentlich los ist. Der Blitz kommt mit Lichtgeschwindigkeit, keiner sieht ihn im Voraus. Entweder er trifft uns im nächsten Moment, oder es passiert nichts für die Dauer deines gesamten Lebens.

Willst du wegen dieser Tatsache den Rest deines Lebens in Sorge oder Panik dar-über verbringen, dass die gesamte Welt rein theoretisch von diesem seltenen, aber statistisch nicht unmöglichen Ereignis in der nächsten Sekunde ausgelöscht wer-den könnte? Und wenn alles gut geht, in der Sekunde danach? So wirst du deines Lebens nicht mehr froh."

Nick sah sie lange an und sagte dann etwas konsterniert: „Ich vergesse immer wie-der, wie sehr du gereift bist und dich entwickelt hast in der Zeit, seitdem wir uns zum ersten Mal begegnet sind. Ich muss sagen, ich kann dir immer wieder nur mei-nen Respekt zollen, Tammy. Du hast dich zu einem ernsthaften, erwachsenen Men-schen gemausert."

„Das nimmst du sofort zurück, sonst kannst du was erleben." Beide lachten nach dieser frechen Erwiderung von ihr.

Er murmelte noch, als er sich bereits abwandte und weiterging: „Trotzdem hätte ich gerne gewusst, was solche Abweichungen im Kraftfeld bei diversen Elementarteil-chen verursachen könnte."

Sie sah ihm einen Moment lang nach und wisperte schwermütig: „Keine Angst, Nick, das wirst du bald. Wenn die Zeit dafür reif ist."

Nach diesem Ereignis der ungewöhnlichen Ermittlung von Führungskompetenz stellte sich nun beinahe so etwas wie Routine für sie ein. Sie trainierten wie auch auf Filiale 32 körperlich hart, des Nachts wurden sie mit neuem Wissen versehen und erlangten so in wenigen Wochen einen neuen Grad an körperlichen und geistigen Fertigkeiten, der sie selbst erstaunte. Dabei ging ihnen der Umgang mit ihren Anzügen so in Fleisch und Blut über, dass sie bald schon gar nicht mehr daran dachten, dass sie sie trugen.

Nach einem Monat hatten sie sowohl Training mit voller Leistungsunterstützung als auch mit Anzügen im Leerlauf absolviert. Bei letzterer Einstellung schützten die Wunderwerke nur vor Verletzungen, ohne die Muskeln aktiv zu unterstützen. Doch selbst das ertrugen sie inzwischen während eines kurzen Marsches bei der doppelten Schwerkraft klaglos.

Sie kannten inzwischen alle Hindernisbahnen in- und auswendig. Zunehmend hatten sie auch im Inneren der Hallen immer öfter trainiert. Dort waren die angelegten Kurse wie ein Labyrinth für Laborratten angelegt, wo man einen bei jedem neuen Durchgang komplett umgebauten Kurs vorfand. Diesen hatte man unter anderem auch bei Dunkelheit und eingenebelt zu bewältigen, die meiste Zeit über in den ein mal ein Meter Querschnitt messenden Passagen kriechend oder geduckt laufend.

Eines ihrer Gruppenmitglieder sagte, er war in jungen Jahren bei der Freiwilligen Feuerwehr gewesen und genau solche Irrgärten hatte er bei Atemschutzübungen auch absolvieren müssen. Diese hier waren allerdings ungleich länger und schwerer. Man konnte auch nach oben und unten klettern und in längere Sackgassen geraten, von diversen Hindernissen und Engstellen in den Bahnen ganz abgesehen. Es verlangte einem viel ab, in den auf mehreren Ebenen aufgebauten Irrgärten nicht die Orientierung zu verlieren.

Wenigstens behinderte einen das Visier in keiner Weise, sondern erleichterte einem sogar noch das Auffinden des richtigen Weges, wenn man sich Umgebungsdaten auf die Innenseite des Helmes einspielen lassen konnte. Aber selbst dann war es oft noch schwer genug, die immer komplexer und schwerer werdenden Übungen zu meistern, selbst mit den immer umfangreicheren Funktionen ihres Anzugs und Helmes, die sie zunehmend besser beherrschen und nutzen konnten.

Doch all das schreckte sie schon nach kurzer Zeit nicht mehr. Sie lernten und entwickelten sich in atemberaubendem Tempo. Ihre Körper machten eine geradezu verblüffende Entwicklung durch. Peruggi versicherte ihnen, das läge zum Teil an der Ernährung und zum anderen an dem Einfluss der erhöhten Schwerkraft. Nick mutmaßte, dass auch nur eine der etlichen Bestandteile ihrer multidimensionalen Spezialdiät sie auf ihrer Heimatwelt im Fitness- und Gesundheitssektor zum Millionär machen würde. Man konnte es sich kaum vorstellen, welch positiven Einfluss diese Nahrungsmittel auf sie hatten, aber sie erlebten es täglich, wenn sie praktisch dabei zusehen konnten, wie sie zunehmend leistungsfähiger wurden.

Die Wirkung dabei war verblüffend. Natürlich bauten sie weiter Muskelmasse auf und Fett ab, aber nicht auf die selbe Art, wie es auf ihrer bekannten Erde der Fall gewesen wäre. Ihre Muskeln wurden weiter definiert, doch niemand von ihnen wirkte wie ein Bodybuilder oder Iron Man-Absolvent. Durch die besondere Kombination der Umstände wurden ihre Muskeln verstärkt und verdichtet, ohne dabei zu sehr im Volumen anzuschwellen. Sie hatten eine ungeheure Ausdauer und Kraft entwickelt, ohne dass man ihnen das Ausmaß ihrer physischen Kräfte auf den ersten Blick gleich ansehen konnte. Das war auch ein erklärtes Ziel dieses speziellen Trainingsumfeldes. Da es keine zweite ihnen bekannte Erde dieser Art gab, konnte niemand außer ihnen diese Ausbildung vorweisen. In dieser Hinsicht waren sie wahrhaft einzigartig.

Als sie an einem der seltenen Regentage in einer der geräumigen Hallen eine Art internen Parcours aufgebaut vorfanden und das Training beginnen wollten, hielt Peruggi sie noch kurz zurück.

„Als kleines Extra möchte ich Ihnen heute noch ein weiteres Detail der Anzüge zeigen, das ich Ihnen bisher vorenthalten habe. Ab heute können Sie es frei nutzen, solange keine besondere Anordnung bezüglich dieser Einstellung vorliegt."

Tamara sah sich nach Rebecca um. „Klingt spannend. Was das wohl sein mag? Ich dachte, allmählich kennen wir alles, was es an Funktionen gibt?"

Ihr Ausbilder winkte Linnea und Lovisa vor und ließ die Beiden sich vor der versammelten Truppe aufstellen. Inzwischen waren nur noch achtundzwanzig Anwärter bei ihrem Trupp im Training. Bei den anderen hatte die Dauerbelastung der hohen Schwerkraft und des harten Trainings einen zu hohen gesundheitlichen Tribut gefordert.

„Unsere liebreizenden Zwillingsschwestern aus dem idyllischen Schweden werden nun die Models für unsere kleine Modenschau geben. Werfen Sie sich ruhig ein wenig in Pose, Sie präsentieren den SF-Anzug nun in einem völlig neuen Licht. Vor allem die Damen unter Ihnen werden mich gleich dafür verfluchen, dass ich Ihnen das hier nicht schon früher gezeigt habe."

„Leicht sexistisch, aber trotzdem spannend", kommentierte Teresa mit einem leichten Schmunzeln.

Die beiden Schwestern machten gute Miene zum bösen Spiel und ließen sich unter vereinzelten aufmunternden Kommentaren tatsächlich zu ein paar angedeuteten Posen hinreißen. Peruggi lächelte versonnen und machte ein paar Eingaben auf seinem Tablet, welches er stets zur Kontrolle der Anzüge dabei hatte. „So, gleich werden wir sehen, was die Kollektion alles zu bieten hat. Lovina trägt gerade einen samtschwarzen Einteiler, während Linnea sich für eine knallbunte Aerobic-Kombination entschieden hat."

Als er ein paar Tasten betätigte, nahm der SF-Anzug der einen Schwester tatsächlich einen mattschwarzen Farbton an, während der andere eine grelle neonpink glänzende Färbung ausbildete, die tatsächlich nach Spandex aussah. Alle riefen überrascht durcheinander.

Peruggi hob eine Hand, um um Ruhe zu bitten. „Ja, ich weiß, dass dies für Sie neu ist, doch bisher war diese Funktion für Sie nicht relevant. Wenn wir aber demnächst...“

Nun nahm sich Tamara als Truppführerin doch ein Herz und unterbrach ihren Ausbilder. „Entschuldigen Sie bitte, Herr Peruggi. Sie haben uns wirklich sechs geschlagene Wochen lang in diesen fleischfarbenen Albträumen durch die Weltgeschichte turnen lassen, in denen wir fast wie nackt aussehen? Im vollen Bewusstsein, dass man das Aussehen der Anzüge verändern kann?“

„Nun, ja“, gab dieser unumwunden zu.

„Warum?“, entfuhr es Rebecca.

Der Instruktor lächelte tatsächlich ein wenig schelmisch. „Man hat so wenig kleine Freuden als Ausbilder. Dies ist eine davon und ich habe mich seit dem ersten Tag auf Ihre Gesichter gefreut, wenn ich Ihnen diese Funktion vorführe.“

Tamara schüttelte den Kopf: „Das ist so sadistisch, dass mir die Worte fehlen.“

„Wenn Sie sich wieder gefangen haben, fahre ich fort. Wie Sie sehen werden, kann man verschiedene Materialien und Texturen simulieren. So wie hier.“ Er gab erneut etwas ein und Linneas Anzug veränderte sich von neonpink zu schwarz glänzender Lederoptik, während Lovinas Anzug einen fast schon chromglänzenden Effekt ausbildete.

Wolf bemerkte verzückt: „Ihr seht zum Anbeißen aus, ihr zwei. Aber wozu sollte man jemals einen neonpinken Anzug brauchen können?“

„Eine sehr gute Frage. Ganz einfach: wenn einer von Ihnen in offenem Gelände verletzt ist und der Rettung bedarf, hilft eine solche Färbung einem eventuellen Such- und Bergungstrupp. Die schwarzen Färbungen hingegen sind nicht nur nachts zur Tarnung sehr hilfreich. Apropos Tarnung...“

Als Peruggi wiederum die Einstellungen veränderte, bildete der eine Anzug ein Tarnmuster für Wälder und der andere eines für Wüsten aus. Erstaunt waren einzelne Rufe und Kommentare bei den Anwärtern zu hören.

„Das wirklich Praktische daran kommt aber erst noch. Darf ich Sie alle unter das Vordach der Halle bitten?“

Sie kamen der Aufforderung nach und verließen die Halle, um sich bei dem draußen strömenden Regen alle unter das ausgedehnte Vordach der Halle zu quetschen. Dieses ging nach hinten auf den Rand der Siedlung hinaus, an die hier ein kleiner Hain grenzte. Peruggi ließ Lovina ihre Kapuze zur Gänze schließen und sie hinaus an den Rand des dichten Unterholzes treten. Dabei fiel Nick auf, dass der Regen am Anzug abperlte, als sei er mit Teflon beschichtet.

„Bitte kauern Sie sich jetzt vor die Büsche und verharren Sie dort kurz." Sie tat wie ihr geheißen und ihr Ausbilder aktivierte wiederum eine Funktion am Anzug. Dieser bildete ein Muster an Grün-, Braun- und dunklen Schattentönen nach, das sich fast genau mit dem Hintergrund deckte, besser als jede herkömmliche Tarnkleidung es je vermocht hätte. Aus größerer Entfernung würde Lovina damit sicher komplett mit dem Unterholz verschmelzen, wenn sie bewegungslos verharrte.

„Jetzt bewegen sie sich bitte einen Meter nach links." Sie blieb in der Hocke und folgte der Anweisung, wobei sich das Muster des Anzugs aktiv veränderte und den neuen Hintergrund erneut aufnahm.

„Wow, fast wie ein Tarnkappenanzug." Rebecca war begeistert.

Lovina stand auf und ging hinüber unters Dach, um sich an die rückwärtige nackte Backsteinmauer zu lehnen. Sofort nahm der Anzug die Farbe und Textur der Mauer hinter ihr an, womit sie auch hier in dieser urbaneren Umgebung aus einer gewissen Entfernung kaum noch vor der rötlichen Mauer erkennbar sein würde. Erneut wurden Laute des Erstaunens geäußert.

„Wie Sie sehen, haben Ihre Anzüge immer noch ein paar Tricks im Ärmel, wie man auf manchen Ihrer Filialen sagt. Meistens werden Sie in mattschwarz mit Kapuze unterwegs sein, wenn der Einsatz bei Dunkelheit stattfindet. Doch auch ein gewisser Grad der Tarnung ist, wenn nötig, problemlos möglich."

Rebecca raunte Nick zu: „*Jetzt* sind wir richtige Ninjas."

„Touché." Er grinste sie an. „Du wirst die beste Ninja-Lady aller Zeiten, da bin ich sicher."

„Ja, wart's nur ab."

Für sie alle war es jedenfalls eine optische Erleichterung, dass die Splitterfasernackt-

Optik nun der Vergangenheit angehören würde. Denn jetzt, wo sie Bescheid wussten um die chamäleonhaften Eigenschaften ihrer Arbeitskleidung, würde niemand mehr die doch recht erniedrigende Farbeinstellung der letzten Wochen tolerieren.

Zwei Wochen darauf hatten sie derart viele Trainingseinheiten absolviert, dass sie sich kaum noch etwas Neues vorstellen konnten, was sie in Hinsicht auf körperliche Ertüchtigung noch tun konnten. Dementsprechend war für den übernächsten Tag eine sogenannte Feldübung angesetzt. Was genau damit gemeint war, würden sie am folgenden Tag erfahren, wie ihnen gesagt worden war.

Nick und Rebecca waren kurz vor der Schlafenszeit bereits fertig fürs Zubettgehen und saßen auf ihrer Bettkante, den Tag Revue passieren lassend. Wie an jedem anderen Tag legten sie sich dann in ihre Betten, als das Signal zur Nachtruhe erklang. Die bogenförmigen Alphawellen-Induktoren senkten sich von hinten über ihre Köpfe und sie versanken fast augenblicklich in einen tiefen, erholsamen Schlaf, der die ganze Nacht andauern würde. Am Morgen zur Weckzeit würden sie dann wie stets erholt und frisch aufwachen, mit einer neuen Portion Wissen versehen, die sie über Nacht einsouffliert bekommen hatten.

Rebecca war daher leicht verwirrt, als sie nicht durch den gewohnten Summton aus dem Schlaf geholt wurde, sondern durch eine Hand auf ihrer Schulter, die sie etwas unsanft schüttelte. Sie sah sich irritiert im fast dunklen Zimmer um und entdeckte einen Umriss, der sich über sie beugte und die Hand auf ihrer Schulter hatte.

Leise zischte die unbekannte Person: „Na endlich! Mann, bist du weggetreten gewesen. Ich dachte schon, ich müsste es aufgeben, dich vor der eingestellten Zeit aufwecken zu können."

Rebecca schob ihre Ellenbogen neben sich, richtete sich ein wenig auf und fragte leicht benommen: „Tammy, bist du das?"

„Wieso zum Henker flüsterst du? Du könntest hier ein volles Dutzend Silvesterknaller im Gang loslassen, ohne dass auch nur eine Menschenseele wachwerden würde." Die Stimme ihrer Freundin klang amüsiert.

„Ja, schon gut. Lass mich auch erst mal völlig wach werden. Wie kann es überhaupt sein, dass du nicht schläfst? Ich dachte immer, die Induktoren knocken jeden von uns ausnahmslos und zuverlässig für die ganze Nacht aus."

„Ah, du redest schon in ganzen Sätzen. Dann tu mir den Gefallen und komm mit, ich muss mit dir reden. Aber nicht hier drin. Meinst du, du packst das, ohne Anzug ein Weilchen auszukommen?" Als Tamara sich von ihrer Bettkante erhob, erkannte Rebecca im fahlen Mondlicht, dass sie völlig nackt war.

„Ja, klar. Aber wieso hast du nichts an?" Sie kam nun endgültig zu sich.

„Aus Gründen der Sicherheit. Du darfst dir leider auch nichts anziehen, weil wir das Risiko von Wanzen in der Kleidung nicht eingehen können. Die Nacht ist mild, ich habe nachgesehen. Fast zwanzig Grad Celsius. Tust du mir den Gefallen? Es ist mir sehr wichtig." Rebecca erkannte den dringlichen, fast flehenden Ausdruck auf dem Gesicht ihrer Freundin und seufzte leise, als sie sich vorsichtig erhob. „Was tut man nicht alles für gute Freunde?"

„Vielen Dank, Beckie, das bedeutet mir wirklich sehr viel." Sie umarmte Rebecca kurz, was sich vertraut und sehr gut anfühlte, obwohl es eine Weile her war, dass sie sich körperlich so nahe gewesen waren.

„Wow, du bist zum Anbeißen knackig. Unser Training hat uns wirklich mehr als gut getan. Aber ich lenke ab, lass uns schnell hier raus, damit wir reden können." Rebecca rief sich selbst zur Ordnung. Sie verließen umgehend ihr Zimmer und ließen Nick friedlich und tief schlafend zurück. Er hatte von der Szene rein gar nichts mitbekommen.

Sie schlichen sich auf den Wegen und dem weichen Gras, auf dem sich bislang noch kein Tau gebildet hatte, hinter eine der Hallen, die am Rand des Camps lagen. Dort waren sie in tiefen Schatten gehüllt, für den die beiden größeren Monde als Halbmonde am Himmel sorgten.

Ungeduldig wollte Rebecca wissen: „Was ist denn nun so wichtig, dass du mich mitten in der Nacht aus dem Tiefschlaf zerrst? Wie konntest du das überhaupt... und verpassen wir dadurch nicht etwas von dem, was wir im Schlaf an neuem Wissen eingepflanzt bekommen sollten?“

Tamara schien sich kurz zu sammeln, dann klärte sie sie auf: „Erstens ist die Nacht schon fast vorbei, in etwa einer Stunde setzt die Dämmerung ein. In dieser Phase der Nachtruhe wird dir kein Lernstoff mehr vermittelt, das passiert nur ungefähr im ersten Drittel der Nachtruhe. Das habe ich ziemlich schnell herausgefunden. Du wirst also nichts verpasst haben, wenn du nachher aufwachst.

Zweitens habe ich schon vom ersten Tag an die Induktion überwinden und aufwachen können, wann ich will, aber dazu gleich mehr. Mir ist es sehr wichtig, dass wir nicht überwacht oder abgehört werden können. Wenn jemand von TransDime von diesem Gespräch etwas mitbekommt, ist mein Leben in Freiheit und Selbstbestimmung zu Ende, unweigerlich und endgültig.“

Rebecca starrte ihre junge Freundin an. „Du machst mir Angst, wenn du so redest, Tammy.“

„Tut mir leid, dass ich das tue und auch dass ich dir dieses Wissen aufbürde, aber wenn ich nicht endlich mit jemandem in meinem Umfeld rede, werde ich wirklich wahnsinnig. Du bist eine der wichtigsten Personen in meinem Leben, das weißt du. Auch Sven hat daran nichts geändert. Ich liebe ihn und er vergöttert mich, aber wir zwei, du und ich, sind die 'Augenzwillinge' und Seelenverwandte.“ Rebecca konnte hören, dass Tamaras Stimme beinahe brach bei diesem Geständnis von ihr.

Sie umarmte nun ihrerseits spontan Tamara. „Ach, komm schon, Kleines. Du weißt, dass sich das nie ändern wird. Du kannst mir alles erzählen. Und mein Gott, fühlst du dich *gut* an!“

Ein wenig pikiert ließ die Schweizerin schnell wieder von ihr ab. „Und du bist wirklich *wuschig* im Endstadium. Himmelherrgott, ich werde Nick gleich morgen früh zur Seite nehmen und ihm auferlegen, deine Bedürfnisse wieder mehr zu beachten, trotz doppelter Schwerkraft. Lasst die Anzüge dabei an, wenn es sein muss, aber *tut* etwas!“

Rebecca sagte versonnen: „Das wäre schön..."

„Können wir die Mädcheninternats-Schmuserei jetzt kurz sein lassen und über mein Anliegen reden? Ich muss das jetzt wirklich loswerden und ich weiß gar nicht recht, wie ich überhaupt anfangen soll. Da hilft das Gefummel nicht weiter, weißt du?"

Rebecca lehnte sich gegen die Wand. „Also gut, tut mir Leid. Zwei Monate Enthaltsamkeit sind eine verdammt lange Zeit. Nick und ich sind zwar ständig zärtlich zueinander, aber das ersetzt eben nicht einen richtig guten..."

„Beckie, konzentrier' dich!" Allmählich wurde Tamara ungehalten. „Du erinnerst dich daran, dass ich nach meiner zwangsweisen Beförderung auf die Funktionsstufe Eins eine Woche auf die Filiale 101 geschickt wurde, ähnlich wie ihr zum Erholungsurlaub auf einer anderen Filiale?"

„Ja, nur dass du darüber noch nie groß etwas erzählt hast. Ich kann mich jedenfalls nicht daran erinnern, dass du jemals etwas detaillierter von diesem Aufenthalt berichtet hättest." Rebecca wurde nun ernster.

„Ja, und das hat auch einen guten Grund."

„Jetzt bin ich aber neugierig geworden. Gut, du hast meine volle Aufmerksamkeit." Rebecca musterte ihre Freundin gespannt.

Tamara sah sich um, als fürchte sie, sogar unter diesen Umständen noch auf irgendeine Weise belauscht werden zu können. Dann flüsterte sie fast: „Mir ist dort etwas passiert, was mein Leben noch viel stärker verändert hat als die Offenbarung, dass wir uns in einem Multiversum von einer Realitätsebene in eine andere bewegen können. Seit jener Woche kann ich kaum noch glauben, was alles möglich oder auch nur denkbar ist."

Rebecca zögerte ein paar Sekunden, von dieser Aussage ins Wanken gebracht. „Okay, *das* musst du mir jetzt genauer erklären. Was kann *noch* unglaublicher sein als die Offenbarung des Multiversums?"

„Hinter TransDime steckt noch mehr, als uns gesagt wurde. Wir sind alle nur Schachfiguren und haben keine Ahnung, was hier wirklich gespielt wird auf diesem multidimensionalen Schachbrett. Und um bei diesem Vergleich zu bleiben, ihr alle seid nur die Bauern bei diesem Spiel. Nun, im Moment seid ihr Springer, wie du ja weißt, aber danach geht es für euch zurück auf den Bauernstatus, wenn ihr kein Glück habt bei eurer Stellenwahl." Tamara war es todernst damit, wie Rebecca gleich merkte.

„Du sagst das so, als ob das für dich nicht gelten würde. Das klingt ein wenig komisch in meinen Ohren."

„Stimmt. Ich erkläre dir gleich, was ich damit meine."

Rebecca stöhnte leise auf, als ihr ein Gedanke kam: „Bitte sag mir, dass der Begriff Springer, der für unsere Ausbildung und diesen Auftrag verwendet wird, nicht wirklich etwas mit Schachfiguren zu tun hat. Ich dachte, es hängt damit zusammen, dass wir schnell überall hin müssen und unsere große Bewegungsfreiheit ausspielen."

„Ich wünschte, ich könnte das sagen. Aber wie du selbst bemerkt hast, ist der Springer die Figur, die die beeindruckendsten Haken schlagen kann. Die Analogie drängt sich einem förmlich auf." Tamara senkte den Kopf.

„Und woher weißt du das?"

„Das ist es ja. Zurück zu meinem verordneten Urlaub direkt nach der Offenbarung. Ich wurde direkt nach meiner Ankunft in den Bergen von einer Organisation kontaktiert, die mich gegen eine Doppelgängerin aus einer anderen Filiale ausgetauscht hat. Diese hat meinen Platz eingenommen und meine Ferienwoche in den Bergen verbracht, während ich..."

Rebecca unterbrach sie schockiert: „Halt, halt, halt! Der *Widerstand* hat dich angeworben und sofort für eine *ganze Woche* ausgetauscht? Jetzt haut es mich aber um! Sie haben Nick und mich damals auch angesprochen, durch eine Doppelgängerin von Jessica, was sehr verstörend war. Bis wir in die Stufe Zwei befördert wurden, wurden wir aber nicht mehr von ihr kontaktiert und dann auch nur, um uns definitiv ins Boot zu holen, kurz bevor wir zur Springerausbildung aufgebrochen sind. Seitdem warten wir darauf, dass sie sich wieder melden, aber aktiv haben wir noch rein gar nichts für ihre Sache geleistet. Wir hatten ja seither auch keine Gelegenheit mehr dazu, da wir hier im Training sind."

Mit konsternierter Stimme erzählte Tamara daraufhin: „Na ja, bei mir war das ein klein wenig intensiver. Wenn du einen Doppelgänger von Jessica schon verstörend findest... stell dir das mal vor, *dir selbst* zu begegnen! Es war eine surreale Erfahrung, fast schon spirituell. Die andere Tamara ist eine tolle Person, wir sind uns wirklich beängstigend ähnlich, nicht nur im Aussehen. Wir hatten uns auf Anhieb verstanden und ihre Vorbereitung darauf, sich überzeugend für mich auszugeben, verlief völlig reibungslos und in kürzester Zeit ab. Und auch meine Selbstfindungsreise danach hatte es in sich. Ich wurde mit einem Privatjet ins Hochgebirge von Xinjiang geflogen, in ein karges, raues Hochtal eines Flusses namens Yarkant. Dort traf ich in einer abgelegenen Bergkommune, in einem Seitental des K'unlun, einen weisen alten Uiguren, der eine Art Schamane ist...“

Rebecca hob eine Hand. „Das wird mir jetzt alles doch ein klein wenig zu bunt. Mit dir geht doch gerade die Fantasie durch, nicht wahr? Was du beschreibst, klingt geradezu lächerlich nach einem Film- oder Buchklischee, von mir aus sogar einem Comic.“

Tamara seufzte. „Mit so einer Reaktion habe ich fast gerechnet. Ich weiß, dass sich das alles nach Wahnvorstellungen anhört, aber versuche dir das doch einfach mal unvoreingenommen anzuhören. Und vergiss nicht, die ganzen alten Kampfkünste, die den Körper und den Geist verbinden und vereinen, kommen aus Asien. Du weißt, dass ich schon lange Karate mache und den schwarzen Gürtel habe. Wir beide haben zusammen trainiert und ich habe dir auch von der Philosophie hinter dem Kampf erzählt, nicht wahr?“

„Zugegeben, du wirkst immer sehr gefasst und konzentriert dabei und strahlst auch eine Reife aus, die für jemanden von deinem Alter sehr ungewöhnlich ist“, gestand Rebecca ihr widerwillig ein.

„Ja, ich habe eine 'alte Seele', wurde mir gesagt. Doch es steckt noch unendlich viel mehr dahinter. Die asiatischen Kampfsportmeister und auch andere Geistliche dort haben eine höhere Verbindung zwischen dem Weltlichen und Geistlichen erlangt. Etwas, das es ihnen erlaubt, körperliche Dinge zu tun, die sie nur mit ihrem Willen vollbringen und die für einen normalen Menschen der westlichen Kultur unvorstellbar sind. Vereinzelt gibt es das ja auch auf unserer eigenen Welt.

Was für sie spirituell ist, könnte man in einem Versuch der wissenschaftlichen Erklärung mit der Fähigkeit des Anzapfens höherer Energien umschreiben, deren Existenz wir zwar erahnen, aber bis heute nie beweisen konnten, bis auf wenige einzelne Elementarteilchen. Kannst du mir noch folgen?"

„Du beziehst dich auf das, was wir so unbeholfen 'Dunkle Materie' und 'Dunkle Energie' nennen, in Ermangelung einer besseren Beschreibung. Der große unbekannte Teil, aus dem 95 Prozent des Universums bestehen." Rebecca stand der Mund offen.

Tamara fügte mit ernster Miene hinzu: „Plus der Äther als allumfassendes Medium, durch das der Geist getragen wird und auch reisen kann, bei entsprechender Beherrschung. Somit werden, stark vereinfacht und auch sehr ungenau beschrieben, insgesamt sieben energetische Aggregatzustände im Multiversum postuliert, auch wenn das vieles, wirklich *vieles* unserer Schulweisheit mit Füßen tritt."

„Gut, dass diese Phänomene existieren sollen, ist allgemein beschrieben. Und da wir ja wie die Vielflieger-Meilensammler von einer Dimension in die andere hüpfen, und das in einer mit aufkonzentrierter Dunkler Materie beschichteten Kugel, will und kann ich dir da nicht widersprechen." Noch immer zögerlich ließ sich Rebecca auf Tamaras Gedankengang ein.

„Das sind aber alles nur technische Ansätze, sich diese höheren Formen der Energie und Materie zunutze zu machen. Was aber, wenn ich dir sage, dass der Körper und Geist mit diesen höheren Energien verwoben sind, Stichwort Seele, und es Wesen gibt, die Zugriff auf diese Energien haben? Durch solch eine Fähigkeit kann man Dinge vollbringen, die man sich in seinen wildesten Phantasien nicht vorzustellen vermag.

Dieser Meister der Schamanie in der Bergkommune hat mir Einiges zu sagen gehabt über diese Dinge." Tamara holte tief Luft. „Ich bin seiner Meinung nach eine dieser wenigen Personen, die einen erweiterten Zugriff auf *alle* existierenden Energieebenen hat. Auf dem Schachbrett des Universums bin ich eine *Dame*."

„Du..." Rebecca verstummte und versuchte sich klarzumachen, was Tamara ihr gerade eröffnet hatte. Die Schachanalogie kam in dieser Hinsicht voll zum Tragen.

„Wir alle wurden vom Widerstand beobachtet, seit dem Tag unseres Eintrittes bei TransDime. Davon abgesehen schaut sich diese Bewegung allgemein nach unerklärlichen Phänomenen auf allen Filialen um, die auf die Manifestation eines Menschen hinweisen könnten, der einen erweiterten Zugang zu den Kräften des Universums hat. So wurde es jedenfalls mir gegenüber ausgedrückt. Auf diese Weise konnten im Lauf der Zeit schon mehrere begabte Personen ausfindig gemacht werden. Wenn das bei einem TransDime-Angehörigen auftritt, haben die Informanten natürlich ein viel leichteres Spiel beim Erkennen eines solchen Menschen.

Weißt du noch, wie fertig ich war, als ihr zum ersten Mal für zwei Wochen in einer anderen Realitätsebene wart? Ich konnte es *spüren*, dass ihr weg wart, auch wenn ihr mir das damals nicht so recht glauben wolltet."

„Scheiße, das stimmt, man konnte dir das ganz deutlich ansehen in deiner Videobotschaft, das war *echt*. Ich frage mich heute noch, wie das sein konnte. Und du meinst, es hat damit etwas zu tun?"

Mit ruhiger Gelassenheit nickte Tamara. „Es gab noch andere Fälle, wo mir unerklärliche Dinge passiert sind. Als ich in Bremen bei meinem ersten Außeneinsatz mit Nick als Geisel genommen wurde, hat sich damals unerklärlicher weise das Magazin der Pistole, die mir an den Kopf gehalten wurde, gelöst und ist aus der Waffe heraus gefallen.

Bei unserem Horrortrip über den Ärmelkanal... Ziska, als sie langsam und gemütlich auf dem abtreibenden Schiff nach hinten gegangen ist, um Pierre zu ermorden, konnte sie kaum gerade laufen, als ob sie dauernd hin- und hergerissen würde. Das Boot lag ruhig im Wasser, es gab keinen Seegang. Ich bin mir sicher, dass ich damals unterbewusst versucht habe, sie aufzuhalten und ganz schwach auf sie einwirken konnte, sodass sie einen physischen Widerstand spürte, der sie schwanken ließ. Erinnerst du dich?"

„Ja, ich glaube schon. Ich nahm damals an, dass es die Nachwirkungen des Kampfes mit mir waren, aber ausschließen kann man deine Theorie auch nicht, wenn das stimmt, was du sagst."

„Und danach, als sie Pierre getötet hat und ich dermaßen ausgerastet bin? Das Boot war bereits ein ganzes Stück weit abgetrieben, als...“

Rebecca hob eine Hand und ging protestierend dazwischen: „Halt! Wenn du mir jetzt wirklich sagen willst, diese gruselige Gespenstergeschichte, als die *Marie-Claude II* gegen die Strömung wieder an den Kai getrieben ist... Ziska bei dem Versuch, doch noch zu fliehen, plötzlich umgeworfen wurde und sich der Kutter dann auf einmal wieder rasend schnell vom Anleger entfernt hat, kurz bevor sich Ziska retten konnte...“

Tamara hatte den Kopf gesenkt. „Ich bin mir inzwischen fast sicher, dass *ich* das war. Der Schock und die Wut müssen das damals in mir ausgelöst haben. Bewusst kontrollieren konnte ich damals freilich nichts davon, denn sonst hätte ich vielleicht sogar Pierre retten können.“

Rebecca schüttelte den Kopf und sagte mit einfühlsamer Stimme: „So darfst du gar nicht erst anfangen zu denken, sonst versaust du dir das Leben mit unnötigen Selbstvorwürfen. Was geschehen ist, ist nun mal geschehen und lässt sich nicht mehr ändern.

Dann hast du also telekinetische Kräfte, die du damals nicht bewusst kontrollieren konntest? Das ist jetzt aber echt nicht leicht zu glauben. Dieses Boot war groß und hat etliche Tonnen gewogen.“ Rebecca starrte sie an wie einen Marsmenschen, ohne es zu wollen.

Tamara erklärte sich: „Ich glaube, es ist nicht Telekinese in dem klassischen Sinn; ich bediene mich eher der Schwerkraft, den Gravitonen oder wie auch immer man es nennen will. Und diese habe ich mittlerweile recht gut im Griff, denke ich. Durch die Effekte, die der kontrollierte Einsatz von Schwerefeldern hat, kann ein Beobachter durchaus den Eindruck von Telekinese haben.

Seltsamerweise hatte ich eine Art Erleuchtung oder Schlüsselerlebnis, als ich mit Sven zusammen gekommen bin und wir unsere erste Liebesnacht miteinander verbracht haben, als ob sich eine neue Tür für mich geöffnet hat. Seitdem sehe und fühle ich vieles klarer als zuvor. Frag mich aber nicht, ob das tatsächlich etwas miteinander zu tun hat oder nur zeitlich ein Zufall ist.“

„Wenn Stress und Zorn ein Auslöser dafür sein können, warum dann nicht auch intensive Glücksgefühle? Du mutest mir aber wirklich einiges zu... die Herrin über die Schwerkraft. *Gravity Girl*." Rebecca war noch immer völlig fassungslos.

„Denk doch nur mal daran, wie es ist, mit mir im Nahkampf zu trainieren!", führte Tamara nun ein weiteres Argument ins Feld, den albernen Superhelden-Namen ignorierend, den Rebecca ihr eben verliehen hatte.

„Gut, das ist nicht von der Hand zu weisen. Bei dir hat man das Gefühl, man ist ein mit Knochen und Gelenken gefüllter Fleischsack, bei dem du nur zu berechnen brauchst, wie du ihn mit möglichst wenig Widerstand auf die Matte befördern kannst. Nick hat das mal sehr gut formuliert: man glaubt, man kämpft gegen eine doppelt so schwere und starke Person."

„Eben, weil ich es unterbewusst vielleicht schon seit Jahren genau so gesteuert habe." Tamara dachte nach. „Das Fazit ist, dass ich wohl tatsächlich Zugriff auf diese Energien in vielen Formen habe und allmählich beginne, sie in einem gewissen Umfang zu beherrschen. Ich bin allerdings noch ganz am Anfang dieses Weges. Aber dank dieser Tatsache war ich zum Beispiel auch dazu fähig, mich dem Alphawellen-Induktor zu entziehen und dadurch konnte ich auch so schnell die Sprossenwand hochklettern, als es um die Vergabe des Truppführer-Postens ging."

„Ja, doch damit hast du dich fast verraten. Als du deinem Glück damals auf die Sprünge geholfen hast, war das ein messbares Ereignis, dem die Techniker von TransDime nachgegangen sind. Das heißt, zumindest solange du hier im Anwärterkurs für Springer bist, musst du aufpassen, was du tust und mit wem du über was redest. Wenn irgendjemand davon Wind bekommt, wozu du fähig bist..."

„Das weiß ich doch, Beckie! Ich hoffe nur, dass ich das auch hinbekomme. Deshalb wollte ich auch *dich* unbedingt als Mitwisser ins Boot holen. Ich benutze diese Kraft jede Nacht in begrenztem Maß, um Sven zu helfen, denn er verträgt die hohe Schwerkraft nicht so gut wie andere. Wenn er schläft, verringere ich die Schwerkraft und lindere die Beschwerden für ihn für ein paar Stunden. Er weiß davon nichts und ich möchte auch, dass das so bleibt." Sie sah bekümmert zu Boden.

„Ich finde, es ehrt dich, dass du das einsetzt, um anderen zu helfen. So sollte es auch sein. Aber was sind das denn genau für Kräfte und was kannst du mit ihnen tun? Sind das solche... *Superkräfte* wie die Comichelden sie haben?" Rebecca hielt inne. Sie konnte es noch immer kaum glauben, dass sie tatsächlich diese Unterhaltung führten.

Tamara fasste ihre Unterhaltung zusammen: „Das weiß ich eben noch nicht so genau. Es scheint, dass ich Zugang zu den höheren Energieebenen des Multiversums habe, was mir erlaubt, in gewissen Fällen die Wirkungsweise von Elementarteilchen zu beeinflussen. Ich konnte wahrnehmen, dass ihr in einer anderen Realitätsebene wart. Demnach kann ich eure Auren spüren und auch finden, wenn es sein sollte, bestimmt, weil sie mir so gut vertraut sind.

Ich habe mir selbst bei der Kletteraktion an der Sprossenwand unter die Arme gegriffen, indem ich irgendwie die Gravitonen um mich herum zu meinen Gunsten gelenkt habe. Und ich kann die Schwerkraft auch in Svens Umfeld für eine gewisse Zeit soweit reduzieren, dass er den Aufenthalt hier erträgt. Auch den Elektromagnetismus begreife ich immer besser und die starke sowie schwache Kernkraft, die die Materie ausmachen und deren Zustand bestimmen. Wie weit das mit diesen Kräften noch gehen kann, weiß vielleicht niemand. Es ist wohl sehr selten, dass jemand mit dieser Besonderheit geboren wird. Das hat mir jedenfalls der Meister erzählt."

„Für mich ist das alles noch schwer zu begreifen. Dazu werde ich eine Weile brauchen, glaube ich. Jedenfalls fühle ich mich geehrt, dass du ausgerechnet mich in diese unglaubliche Sache eingeweiht hast." Rebecca hielt kurz inne und seufzte schwer. „Ehrlich gesagt kommt mir das so absurd vor, dass ich es noch immer nicht voll und ganz glauben kann. Aber wir werden sehen, wohin das führt. Halte dich um Himmels Willen bedeckt, solange wir uns hier im Lager befinden. Wer weiß, was TransDime mit dir anstellt, wenn sie auch nur ahnen, wozu du fähig bist."

„Genau das denke ich auch", bekräftigte Tamara. „Komm, lass uns zurückgehen. Auf unserem Feldtrip können wir uns bestimmt ungestörter unterhalten, falls wir Zeit dazu finden. Oder Nick einweihen."

7

Central Junction-Camp, Filiale 2 - Monat 3

Es ging los.

Heute war ihr großer Tag, die erste Übung außerhalb des Camps. Alle waren aufgeregt und voller Erwartung. Sie hatten die Stabilisatorgürtel bekommen, die sie brauchten, um außerhalb des basiseigenen Stabilisationsfeldes hier auf Filiale 2 existieren zu können. Dann waren sie alle mit einem großen, vollgepackten Rucksack beladen und in einen Helikopter verfrachtet worden. Genauer gesagt sah das Fluggerät wie ein großes, mit schwenkbaren Rotoren versehenes Luftschiff aus. Bei der hohen Schwerkraft war das sicher eine gewisse Notwendigkeit, einen Teil des Auftriebs durch Schwebezellen zu erzeugen, sodass die Rotoren weniger Arbeit für den Hub ihres Gewichtes leisten mussten.

Nach einer Stunde schnellen Tiefflugs um den Nordrand des Gebirges herum wurden sie dann auf einer Lichtung mitten im Wald abgesetzt. Sie hatten Karten und Ausrüstung dabei, um die geforderte Strecke bis zum folgenden Abend zurückzulegen. Dabei mussten sie sich durch den dichten, dschungelartigen Urwald bis zu einer der Magnetschwebebahnen vorkämpfen und der Trasse bis zum vorgegebenen Zielpunkt folgen. Die verschiedenen Gruppen wurden entsprechend an verschiedenen Stellen abgesetzt. Die dabei benutzten Lichtungen im ansonsten dichten Wald machten den Eindruck, als seien sie nicht natürlichen Ursprungs, sondern eigens für diesen Zweck geschaffen worden.

Als sie dem aufsteigenden Helikopter-Luftschiff nachsahen, wurde ihnen klar, dass sie nun zum ersten Mal hier auf sich selbst gestellt waren.

Und der Planet zog an ihnen und ließ sie spüren, wie ihr eigenes Gewicht schwer auf ihnen lastete. Ohne ihre SF-Anzüge wären sie hier sicher nicht weit gekommen. Diese waren auf 50 Prozent Leistung eingestellt und für die Dauer dieser Mission mattschwarz gehalten.

Tamara hatte sich als Truppführerin aussuchen können, welche Gruppe sie begleiten wollte und sich selbstredend für die ihrer Freunde entschieden. Sie hatte sich bisher als besonnene und fähige Anführerin erwiesen, was vor allem Nick sehr überrascht hatte. Sie hatte wohl wirklich aus ihren Fehlern gelernt und in diesem Reifeprozess richtige Führungsqualitäten entwickelt.

Davon abgesehen tat er ihr vielleicht Unrecht, denn er hatte zuvor noch nie die Gelegenheit gehabt, sie in einer solchen Position erlebt zu haben.

Nein, das stimmte nicht ganz, korrigierte er sich. Auf ihrem ersten Härtetest nach der Beförderung auf Stufe Eins, als sie auf Filiale 127 nach einer Möglichkeit zum Grenzübertritt aus der Groß-DDR gesucht hatten, war sie mit Rat und Tat positiv hervorgetreten. Das musste er ihr anerkennen.

Diesmal allerdings hatte Rebecca als ihre Gruppenführerin das Sagen und Tamara beobachtete nur, so wie Sven damals. Auf beide Konstellationen war Nick gespannt, denn im bisherigen Training war noch keine Situation aufgetreten, in der sich Rebecca als Anführerin hätte beweisen müssen.

Sie wandte sich gleich an einen der ihm weniger bekannten Männer der Gruppe, Chen aus Filiale 211. „Du hast den Kompass und die Karte, Chen. Gibst du uns bitte die Richtung vor?“

Der drahtige Chinese mit den schwarzen Haaren und dunklen Mandelaugen studierte kurz den digitalen Anzeiger der Himmelsrichtungen. „Der Karte nach müssen wir uns in dieser Richtung halten, ungefähr nördlich. Es sind mindestens vierzigtausend Meter.“

„Das ist ein ganz schön dichter Urwald hier und es geht stets bergauf“, kommentierte Linnea mit skeptischem Tonfall.

„Dann lasst uns lieber gleich losgehen; je weiter wir heute noch vorankommen, umso mehr haben wir Zeit, gegen Abend ein geeignetes Lager für die Nacht zu finden“, warf Nick ein.

„Er hat recht. Außerdem ist der zweite, aber längere Teil der Strecke im freien Grasland, in dem wir besser vorankommen werden. Das ist dann unser Part für morgen.“

Tamaras Argument leuchtete allen ein und sie setzten sich unverzüglich in Bewegung.

Nick raunte Rebecca süffisant zu: „Wir machen hier ein Überlebenstraining mit Übernachten in der Wildnis. Wie verrechnest du das auf unserer Pro-und-conta-Liste *Militär oder nicht Militär*?"

„Willst du dich freiwillig fürs Latrinengraben des Nachtlagers melden, *Soldat*?", gab sie in einem Tonfall zurück, den er anhand ihrer Miene nicht genau als ernst oder nicht ernst gemeint einordnen konnte.

„Touché." Er beschloss leise in sich hinein lachend, die einzelnen Punkte im Stillen für sich aufzuzählen und ihr nach ihrer Rückkehr zu präsentieren, wenn die Gefahr des Machtmissbrauchs ihrer Führungsposition ihm gegenüber nicht mehr so groß für ihn war.

Sie kamen anfangs gut voran durch das nicht allzu dichte Unterholz. Im Verlauf ihres Marsches jedoch wurde dieses immer dichter und verfilzter. Schon bald wurde das Durchkommen immer schwerer bis vereinzelt unmöglich, sodass sie sich manchmal einen anderen Weg suchen mussten als den direkten. Da sie mit keinerlei Hilfsmittel wie großen Macheten oder Ähnlichem zum Schlagen des Gestrüpps ausgestattet waren, mussten sie sich mit der Vegetation arrangieren, wie sie sie vorfanden. Die Klappmesser in ihrem Rucksack brachten jedenfalls nichts gegen diese Art des Bewuchses.

Wegen der hohen Gravitation war die Pflanzenwelt hier viel robuster und stabiler ausgelegt als irgendwo auf ihrer Erde. Die Bäume waren nicht so hoch und das Blattwerk nicht so dicht wie in Wäldern, die sie gewohnt hatten, doch dafür machte ihnen die bodennahe Vegetation eben das Leben schwerer.

„Wenn das so weitergeht, kommen wir nie vor Anbruch der Dunkelheit hier raus", machte Rebecca ihrer Befürchtung nach einer ganzen Weile Luft.

„Ich denke, es ist normal, dass wir im dichten Wald viel langsamer vorankommen als im offenen Grasland", meinte Wolf.

„Ja, aber ich wollte nach Möglichkeit schon ein gutes Stück auf freiem Terrain sein, wenn die Nacht anbricht. Aber so wird das nie etwas." Man konnte der Gruppenführerin ihre Verdrossenheit förmlich anhören.

Nick meinte dazu: „Darf ich etwas vorschlagen? Wir sollten nach Möglichkeit nur bis zum Waldrand vorstoßen und dort dann ein Nachtlager suchen."

Tamara horchte auf. „Wieso sollten wir das tun?"

„Ganz einfach, im offenen Gelände sind wir dem Wind und der Nachtkälte schutzlos ausgeliefert und werden eine viel härtere Nacht verbringen, als wenn wir uns den Schutz des Waldes zunutze machen."

Sven schaltete sich ein: „Ich finde, da sagt er etwas Wahres. Am Waldrand finden wir viel leichter ein Plätzchen, wo wir uns ein wenig vor Wind und Wetter geschützt einrichten können. Eine Kuhle oder etwas Ähnliches, in der wir Laub und andere weiche, halbwegs isolierende Materialien am Boden verteilen können. Darauf können wir dann die dünnen, aber gut abschirmenden Isomatten aus dem Rucksack ausbreiten. Mit Buschwerk, Blättern und Ästen können wir eine Barriere gegen die vorherrschende Windrichtung errichten und uns so besser gegen Unterkühlung schützen, als dies alleine mit den dünnen Zeltbahnen der Fall wäre, die wir dabei haben."

Lovisa stimmte zu: „Das klingt alles einleuchtend. Und dennoch sind wir dann so weit wie möglich voran gekommen, wie der Wald reicht. Wenn ihr mich fragt, ist das ein guter Kompromiss, um morgen früh dann zeitig loszulegen und weiterzukommen."

Tamara sah Rebecca an. „Was sagst du dazu, Chef?"

„Ich finde, das ist ein ausgezeichneter Plan. Die SF-Anzüge werden uns vor allzu großer Unterkühlung schützen. Wenn wir uns alle nahe beieinander in eine derart ausgestattete und halbwegs geschlossene Mulde legen und uns gegenseitig noch Körperwärme spenden, idealerweise vielleicht noch mit etwas zugedeckt, werden wir die Nacht sicher besser übderstehen als beim Campieren im Grasland."

Nun brachte sich auch Linnea ein, während sie sich weiter durch das Unterholz kämpften. „Wir könnten zusehen, dass wir das Nachtlager mit diesen Maßnahmen so klein halten, dass wir überzählige Zeltbahnen zum Zudecken haben. Wenn wir frieren, unterstützt die künstliche Muskulatur der Anzüge unsere Zitterbewegungen und hält uns warm.“

„Wir werden dann einfach etwas mehr an Kalorien verbrennen. Aber wir haben schließlich ausreichend an Nährstoffriegeln dabei, um das ausgleichen zu können.“ Rebecca nickte anerkennend.

Tamara erinnerte sie daran: „Peruggi hat schließlich bei der Vorbesprechung gesagt, dass dies hier kein Survival-Trip im herkömmlichen Sinn ist. Es werden keine extremen Wetterbedingungen vorhergesagt, es gibt keine wilden oder giftigen Tiere in dieser Gegend und das Gelände ist nicht so gefährlich, dass man sich beispielsweise durch einen Sturz von einer Klippe oder dergleichen selbst in Lebensgefahr bringen könnte. Das Abenteuerlichste an der ganzen Geschichte hier ist sicher, dass wir keinerlei Kontakt zum Camp haben und sie auch nicht wissen, wo wir uns zu welchem Zeitpunkt befinden. Offenbar gibt es keine geostationären Satelliten oder andere Einrichtungen, die Positionssignale und andere Daten über uns aus dieser Wildnis und über diese Entfernungen bis zum Camp senden können.“

Chen bemerkte: „Ich bin froh, dass ich bei euch im Team bin. Ihr habt echt was drauf, Leute. Die anderen Gruppen kämpfen sich sicher so weit wie möglich voran heute, zelten im Grasland und sind morgen früh durchgefroren, abgekämpft und stinkig.“

„Gut, gut, jetzt lasst uns aber erst einmal überhaupt bis zum Waldrand kommen. Was würdest du sagen, wie weit es noch ist?“ Rebecca sah dem Chinesen über die Schulter, als dieser ihr Orientierungsmaterial konsultierte.

„Vielleicht noch zweitausend Meter“, befand dieser. Das gibt uns noch genug Zeit für die Vorbereitungen, wenn wir uns für die Nacht einrichten wollen.

Nick zwinkerte Rebecca zu. „Angeordnetes Gruppenkuscheln?“

„Alles zum Zwecke des Wohlergehens der Gruppe. Außerdem haben sich hier doch alle lieb, da macht das sicher keinem etwas aus.“ Sie klang tatsächlich völlig ernst bei dieser Erklärung.

„Meine Bewunderung für dich wächst immer weiter. Jetzt bist du auch noch die geborene Anführerin.“

„Jetzt übertreib mal nicht. Ich tue das nur, weil jemand es tun muss. Und solange alle mit meiner Führung zufrieden sind..." Sie warf ihm einen kurzen Seitenblick zu.

„Das war mein voller Ernst", bekräftigte er. Gleichzeitig begann er schon einmal, nach dem Waldrand Ausschau zu halten. Er glaubte, bereits einen helleren Schimmer in der Ferne erkennen zu können, der auf das Ende des dichten Blätterdaches hindeutete.

Eine knappe halbe Stunde darauf hatten sie, unterstützt durch das immer lichter werdende Unterholz, den Rand des ausgedehnten Waldgebietes erreicht. Sie waren an einer recht günstigen Stelle gelandet, denn die Baumlinie machte hier einen engen Bogen und hielt den unangenehm frisch von der weiter ansteigenden Hochebene herein wehenden Wind aus drei Himmelsrichtungen wirksam ab.

Sie fanden etwa zwanzig Meter vom Waldrand entfernt im Unterholz eine Stelle, wo ein großer alter Baum umgefallen war, vielleicht wegen Altersschwäche oder von einem Sturm ausgerissen. Sein umfangreiches, dichtes Wurzelwerk ragte fast senkrecht mindestens vier Meter hoch und hatte gleichzeitig eine über zwei Meter tiefe Mulde im Waldboden geschaffen. Teresa meinte: „Jetzt kommt uns die hohe Schwerkraft zugute, denn dank ihr müssen die Pflanzen solch massive Wurzelwerke ausbilden, um sich ausreichend im Boden zu verankern."

Linnea stimmte zu: „Ja, in diese Vertiefung passen wir alle problemlos hinein. Und das Beste ist, dass da unten schon so viel an Laub und Moos drin ist, dass wir gar nicht mehr viel an Dämm- und Polstermaterial zusammensuchen müssen."

Tamara sprang wagemutig mit einem großen Satz hinab, fiel wegen der doppelten Schwerkraft wie ein Stein, was spektakulär aussah, und federte die Landung geschickt in den Knien ab. Sie stapfte vorsichtig die gesamte Fläche ab und befand dann: „Das sieht wirklich gut aus. Relativ ebener Boden, sehr weich. Der Baum ist sicher schon vor einigen Jahren umgestürzt. Hier ist eine dicke Erdschicht unter dem Laub, aber trocken genug für unsere Zwecke. Ein klein wenig an Blättern und anderem Material zum Auspolstern könnte dennoch nicht schaden."

Rebecca sah sich um und entschied: „Fünf von uns sammeln soviel sie können. Zuerst aber packt alle eure Isomatten und Zeltbahnen aus. Ein paar Schnüre sind auch bei der Ausrüstung dabei, habe ich gesehen. Die anderen, die hier bleiben, basteln aus so wenig Zeltbahnen wie möglich einen Unterstand, den sie zwischen Boden und Wurzeln spannen. Die Barriere in Richtung Waldrand können wir uns ja jetzt sparen, in dieser Richtung liegt günstigerweise der Baum."

Tamara sagte bestimmt: „Lovisa, Linnea, Wolf und Teresa, ihr kommt mit mir. Es sei denn, jemand von euch hat ein besonderes Talent oder Erfahrung im Bau von Zeltunterständen? Nein? Dann lasst uns anfangen. Ihr anderen, zaubert uns ein hübsches Eigenheim."

Rebecca lachte: „Geht klar. Ich glaube, ich habe bereits eine gute Idee, wie wir das am besten bewerkstelligen können. Sofern es nicht wie aus Kübeln schüttet heute Nacht, sollten wir es halbwegs komfortabel haben."

So machten sie sich daran, mehrere der grünen rhomboiden Zeltbahnstücke so miteinander zu verbinden, dass sie eine möglichst große Fläche des geräumigen Erdloches überdachen konnten. Sie fanden einige lange und stabile Äste, welche sie als Zeltstangen benutzen und am dem Baum entgegen liegenden Rand der Kuhle in einem bestimmten Winkel nach außen ins Erdreich rammen konnten. Die anderen Enden der Äste klemmten sie zwischen den Wurzeln hoch über sich fest. So konnten sie ihren Unterstand derart schräg nach oben hin abschließen, dass sie im Inneren aufrecht stehen konnten und an der Stelle, die sie mittig als Ein- und Ausstieg geplant hatten, sogar eine Hälfte einer Zeltbahn in der Funktion einer Tür nach oben aufklappen konnten.

Als sie fertig waren, kamen die anderen, die inzwischen massenhaft trockenes Laub und Moos gesammelt hatten, mit ihren Funden zurück und polsterten ihr Nachtlager aus. Dann wurden die Isomatten darüber ausgebreitet.

„Das sieht fast schon zu gut aus für so blutige Anfänger wie uns", urteilte Rebecca abschließend.

„Klar, wir hatten ja auch eine entsprechende Lektion in einer der letzten Nächte." Tamara zwinkerte ihr zu. „Als ob TransDime jemals irgendwas dem Zufall überlassen würde. Das hier ist in der Tat nur ein kleiner Campingausflug für uns. Was sagst du nun?"

„Dass wir trotzdem Wachen für die Nacht aufstellen sollten, nur so spaßeshalber. Ich plane nämlich, diese Geschichte dennoch ernsthaft durchzuziehen. Was sagst *du* nun?" Herausfordernd musterte Rebecca ihre Freundin.

„Dass wir immer zwei Leute zusammen einteilen sollten. So besteht nicht die Gefahr, dass jemand auf Posten einschläft. Was sagst *du* nun?" Tamara konnte sich ein Lachen kaum noch verkneifen.

„Dass ich dich und Nick für die erste Schicht einteile. Was sagst *du* nun?" Inzwischen schmunzelte auch Rebecca.

„Gute Nacht, sage ich." Tamara grinste ihre Freundin schief an und umrundete den gefallenen Baum in einer Art kurzer Inspektion ihres Lagerplatzes, bevor es zu dunkel dafür werden würde.

Nick wollte wissen: „Und was habe ich verbrochen, um zur Nachtwache verdonnert zu werden?"

„Dass du nicht richtig zugehört hast. *Jeder* kommt im Lauf der Nacht einmal mit Wache schieben dran, inklusive mir. Es beginnt gerade zu dämmern und wird neuneinhalb Stunden dunkel sein, daher werden wir immer zwei Stunden Wache halten und dann werden zwei andere drankommen. Die letzten beiden können in der Morgendämmerung den Rest der Gruppe aufwecken, dann bauen wir ab und ziehen gleich wieder los. Einer muss dabei in den sauren Apfel beißen und zwei Schichten schieben." Rebecca sah sich um unter den anderen.

„Das mache ich", ließ sich Tamara vernehmen, „denn ich brauche nicht viel Schlaf und da ich bei der ersten Schicht dabei bin, werde ich den ganzen Rest der Nacht durchschlafen können. Mitten in der Nacht für ein paar Stunden aus dem Schlaf gerissen zu werden, schlaucht viel mehr."

„Weise Worte." Rebecca nickte ihr dankbar zu und fuhr dann mit der Einteilung der

Schichten fort, sich selbst für die letzte Wache einteilend.

Kurz darauf kehrte Ruhe im Lager ein, als sich alle in der fortschreitenden Dunkelheit in ihr selbstgemachtes Nest zum Schlafen zurückgezogen hatten. Nick und Tamara hörten noch eine Weile später leises Gemurmel und verhaltenes Kichern. Irgendwann wurde es Tamara zu bunt und sie rief hinüber: „Das ist kein Pfadfinder-Ausflug, Ladies. Nachtruhe, wenn ich bitten darf!"

„Aye, aye, Sir", gab Rebecca mit belustigtem Tonfall zurück, worauf nochmals mehrere Leute im Zelt kicherten.

„Du hast die Truppe gut im Griff, Chef", bemerkte Nick grinsend.

„Ich geb' mir Mühe. Momentan ist das für alle noch ein Witz, aber was mich als Truppführerin in einem eventuellen Ernstfall erwarten kann, möchte ich mir noch gar nicht ausmalen." Sie sah ihn intensiv an, worauf ihm klar wurde, dass sie das nicht auf die leichte Schulter nahm.

„Für dich ist das wirklich ernst, nicht wahr?"

„Natürlich, sonst hätte ich es nicht auf mich genommen. Ich *kann* das tun, deshalb werde ich es tun. TransDime soll sehen, dass sie keinen Fehler gemacht haben, als sie an mich geglaubt haben. Ich verdanke ihnen einiges und bin bereit, auch einiges dafür zu tun, das ihr Vertrauen rechtfertigt."

„Ich vergesse immer, wie reif du geworden bist. Wir sind alle durch eine harte Schule gegangen, aber niemand so sehr wie du, würde ich sagen." Er nickte ihr anerkennend zu.

Sie schwieg lange Sekunden und sagte dann leise: „Komm mal schnell mit, da rüber, wo uns niemand hören kann."

Nick runzelte die Stirn und folgte ihr außer Hörweite des Unterstandes.

Dann stellte Tamara seine Welt auf den Kopf.

Sie beendete ihre Ausführungen mit den Worten: „Ich habe es bisher nur Beckie erzählt, aber du bist mein bester Freund nach ihr. Wir beide hatten schließlich schon früh diese Diskussionen über die Natur des Universums und darüber, was alles möglich sein kann und was alles noch nicht entdeckt und erforscht ist. Seit diesem schicksalhaften Erlebnis nach meiner Offenbarung in China weiß ich, warum mich diese Fragen immer so umgetrieben haben. Weil ich einer der wenigen Menschen bin, die vielleicht eine Antwort auf diese Fragen haben."

Nick versuchte das Gehörte irgendwie einzuordnen. „Und seit der Ernennung zum Truppführer hast du dich zum ersten Mal nach all der Zeit so richtig manifestiert?"

„So könnte man es sagen, ja. All die Zeit davor habe ich darüber gebrütet und mit mir gehadert, ob das alles stimmen kann, was mir gesagt wurde, dass ich eine Auserwählte bin, die ein tieferes Verständnis für die grundlegenden Kräfte des Multiversums entwickeln kann. Ich habe viel darüber nachgedacht und in mich gelauscht. Ich habe viel erfahren, aber konnte das, was ich an Erkenntnissen zu sammeln geglaubt hatte, nie irgendwie anwenden oder wenn du so willst, kanalisieren. Die Sache mit Pierre hat mich sicher auch derart aus der Bahn geworfen, dass mich das stark zurück gehalten hat, solange ich nicht im Reinen mit mir war.

Doch dann kam die Aufforderung, diese Sprossenwand hochzuklettern, wenn man Truppführer werden wollte. Ich wollte das in diesem Moment so sehr und habe mir gesagt, ich muss meinen Willen und alles was ich habe, einsetzen, um gegen die Schwerkraft anzukämpfen und dort hochzuklettern. Dann habe ich auf einmal eine Erleuchtung gehabt, als ob sich mir ein neuer Sinn offenbart hatte. Ich konnte es fühlen und beeinflussen, wie diese kleinen mistigen Teilchen an mir zogen und mich niederkämpften. Und ich konnte durch meinen bloßen Willen erreichen, dass es weniger wurden, die auf mich einwirkten. Aber mir fehlen die Begriffe, um es ausreichend zu beschreiben. Wie ein Gefühl oder eben ein weiterer Sinn, der über unsere normalen hinausgeht."

Nick zögerte noch: „Das ist alles sehr schwer zu verdauen. Die Beeinflussung von Schwerkraft..."

„Inzwischen habe ich es sogar recht gut im Griff. Sven hat größere Probleme mit der doppelten Anziehungskraft als wir anderen, deshalb erleichtere ich ihm nachts für eine Weile die Last, die auf ihm liegt. Das funktioniert gut. Auch ich selbst benutze es für mich, wenn es mir nützlich erscheint. Aber ich muss vorsichtig sein, damit TransDime das nicht erfährt." Sie senkte ihren Kopf.

Er beruhigte sie: „Keine Angst, ich schweige wie ein Grab. Ich kann mir lebhaft ausmalen, was das für Konsequenzen für dich hätte. Und außer deiner Aussage habe ich ja bisher noch keinerlei Beweis für das Vorhandensein dieser Fähigkeiten gesehen."

Als beide darauf schwiegen, seufzte Tamara leise. „Du willst eine Demonstration, stimmt's?"

„Wenn es sich einrichten lässt... das heißt, wenn du gerade nichts Besseres zu tun hast..." Seiner Stimme war der Schalk deutlich anzuhören.

Erneut seufzte sie. „Dafür ist es eigentlich nicht gedacht..."

Sie nahm einen faustgroßen Stein in die Hand und legte ihn auf ihre ausgestreckte Handfläche. Nick indes lachte und nahm ihr den Stein weg.

„Schon gut, Tammy, ich glaube dir. Alleine schon die Tatsache, dass du es mir demonstrieren *wolltest*, reicht völlig aus. Du solltest solche Kräfte nicht für Spielereien verschwenden."

Sie starrte ihn einen Moment lang verdutzt an und umarmte ihn dann. „Danke, Nick. Das bedeutet mir viel. Aber vielleicht *muss* ich ja damit herumspielen, um diese Fähigkeiten zu entwickeln, so wie man auch Muskeln beim Sport trainiert. Du hast sicher recht, das sollte in Ruhe und vor allem dann geschehen, wenn die Gefahr einer Entdeckung ausgeschlossen ist."

„Ja, wir sind zwar weitab von jeder Funk- oder Satellitenverbindung, doch das heißt nicht, dass wir nicht doch irgendwie überwacht werden."

„Vielleicht finde ich das ja auch eines Tages heraus, wie man sich der Überwachung entzieht." Sie sinnierte ein wenig. „Wenn ich schon Gravitonen wahrnehmen und beeinflussen kann, sollten doch elektromagnetische Wellen die einfachste Übung sein, sollte man meinen."

Er schmunzelte: „Ja, du solltest eigentlich mit etwas Einfachem anfangen, nicht gleich mit etwas, das in unserer Welt noch nicht einmal vollends wissenschaftlich nachgewiesen ist."

Sie gab zu bedenken: „Vielleicht ist das ja meine Spezialität. Auch wenn ich viele andere Sachen inzwischen wahrnehmen und verstehen kann, so muss das nicht automatisch heißen, dass ich alle Naturkräfte gleichermaßen aktiv beeinflussen können werde. Wenn es zum Beispiel so stockdunkel wird wie jetzt gerade, kann ich sozusagen im Dunkeln sehen. Das war das Erste, was mir widerfahren ist auf meiner Reise in das erweiterte Bewusstsein. Der Meister hat gemeint, ich nehme das wahr, was bei uns als Neutrinos bezeichnet wird."

„Okay, jetzt verscheißerst du mich aber", entfuhr es ihm.

„Solche Kommentare wirst du dir in Zukunft wohl abgewöhnen müssen. Ansonsten werden das lange und anstrengende Unterhaltungen, wenn dieses Thema zur Sprache kommt."

„Ja, du hast recht. Es tut mir leid. Wie nimmst du das wahr?"

Sie zögerte und schien nach Worten zu suchen. „Das ist wirklich schwer zu beschreiben. Bei Tageslicht kann ich es auch sehen, blende es aber aus meinem Bewusstsein aus. Doch wenn es dunkel ist, fällt mir das schwerer. Ich kann klare Umrisse und Schatten sehen, wie ein monochromatisches, feinkörniges Bild eines Restlichtverstärkers, einer Nachtsichtbrille oder so. Ja, das ist ein ganz passender Vergleich, denke ich.

Versuche dir mal einen ganz klaren blauen, wolkenlosen Himmel vorzustellen, okay? Wenn du lange ins Blau diese Himmels starrst, bekommst du manchmal das Gefühl, dass du nicht eine einfache blaue Fläche siehst, sondern dass dein Sichtfeld ausgefüllt ist. Da tummeln sich unendlich viele, winzig kleine dunkle Pünktchen, die im Vordergrund vor deinen Augen herum wuseln. Der Himmel im Hintergrund indes ist blau wie eh und ja. Und wenn du den Dreh heraus hast und dich dann umsiehst, entdeckst du dieses Phänomen überall um dich herum, egal wo du hinsiehst. Es füllt den Raum um uns herum aus, zu jeder Zeit."

„Nein, ich fürchte, das geht mir nicht so. Aber die Beschreibung war gut; zumindest kann ich mir jetzt vorstellen, wie es für dich sein muss. Und in stockfinsterer Nacht hilft dir das, Umrisse zu sehen?" Fasziniert folgte er ihren Ausführungen.

„Eher zu erahnen. Es lässt sich wirklich schwer beschreiben. Es ist jedenfalls manchmal sehr hilfreich, so etwas zu können. Ich könnte mich wohl auch mit verbundenen Augen relativ sicher bewegen dadurch." Tamara wurde nun noch ernster.

„Du darfst von der ganzen Sache keinem davon erzählen. Ich habe es außer Beckie und dir wirklich niemandem gesagt, noch nicht einmal Sven."

„Das ist überraschend für mich. Wieso *ihm* nicht?" Er stockte ein wenig. Stimmte etwas zwischen ihnen nicht? Er wollte es nicht hoffen.

Ihre Antwort kam zögerlich. „Es ist so, dass ich ihm doch nachts mit meiner Kraft helfe, die erhöhte Schwerkraft zu ertragen. Wenn ich ihm die andere Sache gestehen würde, müsste ich ihm auch *das* sagen und ich habe ein wenig Angst davor, das zu machen. Ich bin mir nicht sicher, wie er darauf reagieren würde, wenn er wüsste, dass ich ihn ungefragt derart unterstütze. Deshalb will ich noch warten, bis wir das Training hinter uns haben. Ich möchte nicht, dass er denkt, er hätte die Ausbildung nicht aus eigener Kraft bestanden."

„Das kann ich gut verstehen. Außerdem seid ihr ja noch nicht so lange zusammen, dass du dir bei ihm sicher sein kannst..."

Tamara unterbrach ihn eine Spur zu ungestüm für seinen Geschmack: „Da irrst du dich, Nick! Ich weiß, unsere Beziehung ist noch frisch und intensiv. Du wirst mir sicher erzählen wollen, dass ich erst einmal die Phase der stürmischen ersten Verliebtheit abwarten soll, aber in diesem Fall ist etwas anders als sonst."

Interessiert hakte er nach: „Was meinst du damit?"

„Ich weiß, mein Liebesleben, wenn man das überhaupt so bezeichnen kann, war seit der Zeit, als ich hier angefangen habe, etwas unstet und sprunghaft. Dazu kam unser unkonventionelles romantisches Dreieck. Aber bei Sven ist das wirklich etwas anderes. Wir hatten schon von Anfang an diesen besonderen Draht zueinander, was sich bei jeder Begegnung wieder und wieder gezeigt hat. Auch wenn wir uns nicht so oft über den Weg gelaufen sind, dass sich in der ersten Zeit etwas entwickeln konnte..."

„Und du ihn auch hin und wieder arg getriezt hast..." fügte er schelmisch lächelnd hinzu.

„Das stimmt, das muss ich auf meine Kappe nehmen. Dennoch hat sich herausgestellt, dass er im Hintergrund stets für mich da war, auch wenn ich nicht ahnen konnte, in welchem Umfang. Es war wie ein unsichtbares Sicherheitsnetz für mein Lebensglück, von dessen Existenz ich eine vage Ahnung hatte, ohne dahinter zu kommen, wer das war, der da auf mich gewartet hat. Ich glaube, ich war nach der Sache mit Pierre einfach so weit vom Weg abgekommen, dass ich das nicht erkennen konnte." Sie wurde sehr nachdenklich.

„Hast du eigentlich gewusst, dass er keinerlei Affären oder Beziehungen mehr hatte, seit ihr euch das erste Mal über den Weg gelaufen seid? Hat er mir jedenfalls erzählt."

Sie sah ihn staunend an. „Ist nicht dein Ernst! Aber das waren ja..."

„Zig Monate, würde ich sagen. Und das bei seiner... ich sage mal gnädig *legeren* Lebensweise, die er davor hatte."

Tamara murmelte: „Nein, das hat er mir nie erzählt. Auch in der Hinsicht ist er ein Gentleman, wie er im Buche steht. Was würde ich nur ohne ihn tun?"

Nick überlegte lange und sagte dann leise: „Wenn du mir hoch und heilig schwörst, dass du nichts davon erzählst, dass du das erfahren hast, vor allem nicht von mir, dann kann ich dir noch etwas erzählen. Ich finde, es ist an der Zeit, dass du es wissen solltest, wie viel du ihm in Wirklichkeit verdankst."

Sie nickte stumm und mit leicht ängstlicher Miene, bange ob dem, was jetzt kommen mochte.

„Du verdankst Sven wahrscheinlich dein Leben."

Dann erzählte er seiner immer ergriffener wirkenden Freundin von den Begebenheiten auf Filiale 37, als der bösartige Therapeut Hirtenstock während des Bergungseinsatzes in der Zentralbank von Paris nach einer Gelegenheit gesucht hatte, sie ermorden zu können und es wie einen Unfall aussehen lassen zu können. Er hatte die Befürchtung, dass sie ihn melden und belasten könnte wegen seiner zweifelhaften Methoden bei der Behandlung von Ziska. Wie sich herausgestellt hatte, was es goldrichtig gewesen von Sven, den sinistren Professor unauffällig zu beschatten, während die anderen ihrer Freunde Tamara nie aus den Augen gelassen hatten, um einen solchen Mordversuch zu vereiteln.

Am letzten Abend vor ihrem Abflug, als Hirtenstock die Zeit davon zu laufen drohte, hatte er in seiner Verzweiflung damit begonnen, trotz der widrigen Umstände einen Versuch vorzubereiten. Dank seiner unermüdlichen Überwachung hatte Sven das vereitelt und den Bösewicht außer Gefecht gesetzt, bis es für diesen zu spät war, noch etwas vor Ort zu unternehmen. Durch diesen Umstand war Hirtenstock danach gezwungen gewesen, einen hastigen Versuch zu unternehmen, einen Ausknipser auf Tamara anzusetzen, als sie wieder daheim auf Filiale 88 angekommen waren. Diesen Attentäter hatten sie allerdings durch eine List überwältigen können und nach seinem Geständnis war die Karriere von Hirtenstock und die Gefahr, die von ihm ausging, beendet gewesen.

Tamara war sprachlos, als sie diese Geschichte von Nick erfuhr und ihr die Zusammenhänge klar wurden. Sie wisperte leise: „Sven hat mir das Leben gerettet. Er ist wirklich mein Schutzengel gewesen damals, obwohl er mich noch kaum kannte."

„Du darfst dir aber nicht anmerken lassen, dass du davon weißt", wirkte Nick auf sie ein. „Ich fand einfach, dass du es verdienst, das zu erfahren."

Tamara umarmte ihn herzlich. „Ich danke dir, Nick. Diese Eröffnung ist zur richtigen Zeit gekommen, glaube ich. Jetzt kann ich es noch mehr schätzen, dass dieser tolle Mann in mein Leben getreten ist."

Nick gähnte ausgiebig. „Kannst du mir mit deinen Kräften vielleicht auch die Müdigkeit nehmen?"

„Natürlich nicht. Na ja, *noch* nicht. Sei doch froh, dass wir die erste Schicht haben. Den Anderen wird es sicher viel schwerer fallen als uns, für die Dauer ihres Turnus wach zu bleiben." Nun musste sie doch auch hörbar gähnen, von ihm angesteckt.

Sie verbrachten eine Weile schweigend in die Dunkelheit lauschend, dann wollte Nick unvermittelt wissen: „Darf ich dich noch etwas fragen, Tamara?"

„Um was geht's?"

„Hast du die Sache mit Pierre inzwischen wirklich verkraftet?"

„Das ist hart, Nick." Er konnte anhand ihrer Stimme förmlich erahnen, wie sie sich versteifte. „Aber ich denke, jetzt und hier kann ich das bejahen. Die Beziehung mit Sven und die vergangene Zeit haben mir gutgetan und seit der Aktion auf Filiale 64 habe ich große Fortschritte gemacht, damit umzugehen. Inzwischen denke ich nur noch mit Wehmut daran und habe es als trauriges Schicksal abgehakt. Wenn du mich fragst, hat keiner dafür mehr gebüßt als Ziska. Was sie mit ihr angestellt haben, sprengt einfach jegliches Vorstellungsvermögen."

„Glaubst du, TransDime würde mit dir auch etwas in der Art versuchen, wenn sie von deiner speziellen Begabung erfahren würden?" Er formulierte seine Aussage sorgfältig und bedacht. Ihm war bewusst, auf welch dünnem Eis er sich momentan bewegte.

„Ich will es nicht ausschließen." Sie seufzte in die Dunkelheit. „Ich habe mich oft gefragt, ob ich Pierre hätte retten können, wenn ich meine Kräfte in irgendeiner Form schon damals hätte manifestieren können.

Rückblickend glaube ich mittlerweile, ich hatte damals auf dem Boot meinen ersten Ausbruch, als Ziska Pierre so schwer verletzt hatte und ich sie kochend vor Wut im Salon zur Rede stellte. Weißt du noch, dass ihr mich nicht einmal zu zweit festhalten konntet? Ich bin mir fast sicher, dass ich damals zum ersten Mal unbewusst meine Fähigkeit angezapft habe und dadurch so stark an euch zerren konnte, dass ich zwei von euch mitschleifen konnte."

Nick überlegte kurz: „Das kann gut sein. Ich erinnere mich noch gut daran, wie perplex Sven aus der Wäsche geschaut hat, als du kleines Persönchen ihn und noch einen von uns, ich glaube Thorsten, so mitschleppen konntest. Er hat sicher gedacht, dass du bis zum Stehkragen voll mit Adrenalin warst."

„War ich ja auch. Mann, vielleicht war es besser für alle, dass ich meine Kräfte damals noch nicht ausüben konnte. Wer weiß, was ich mit Ziska gemacht hätte." Ihr schien zu schaudern bei dieser Vorstellung.

„Als du auf Filiale 37 bei der Goldberge-Aktion über Ziska hergefallen bist, hatten wir ja etwas ganz Ähnliches erlebt, fällt mir gerade ein. Sie mussten dich mit vier Leuten am Boden halten, weil du so in Raserei verfallen warst. Ich glaube, je länger ich darüber nachdenke, desto mehr subtile Ereignisse mit dir fallen mir ein, die auf dieses Phänomen zurückzuführen sind."

„Ja, da lässt sich sicher noch so einiges finden. Wenn man die Sache mit der *Marie-Claude II* bedenkt... aber ich bin nicht an allem Schuld, was in dieser Hinsicht auftritt. Sogar für mich gibt es Grenzen, was das angeht." Tamara wandte ihren Kopf ab.

„Bitte sei mir nicht böse, dass ich davon angefangen habe. Ich wollte es einfach wissen, ob du dich soweit im Griff hast, dass wir alle unbeschwert an deiner Seite sein können."

„Da musst du dir keine Sorgen machen. Durch die tägliche Meditation, die ich seit einiger Zeit mache, habe ich viel verarbeitet und eine neue Perspektive gewonnen. Ich bin viel ruhiger geworden als noch vor ein paar Monaten." Sie schien es wirklich ernst zu meinen.

Etwas beruhigter versicherte er ihr: „Ihr glaube dir, mir kommt es auch so vor. Aber du weißt, dass wir immer für dich da sind, Beckie und ich, wenn du uns brauchst."

„Danke, Nick. Das bedeutet mir viel. Ich hoffe, ich kann euch eines Tages etwas davon zurückgeben, was ihr mir über die Jahre an Freundschaftsdiensten geleistet habt. Der Tag wird kommen, glaubst du das auch?" Ihre Hand legte sich auf seinen Unterarm und drückte ihn vertraulich.

„Ich bin mir jedenfalls sicher, dass wir immer auf dich zählen können. Gemeinsam können wir alles durchstehen."

Sie verbrachten den Rest der Schicht mit leisen Gesprächen über Gott und die Welt, sodass die Zeit verflog, bis sie ihre Ablösung wecken und sich zu den anderen in den Unterstand legen konnten.

Die Nacht war ereignislos vergangen und sie waren von Rebecca beim ersten Schimmer von Tageslicht geweckt worden. Nach einem kargen Frühstück aus Nährstoffriegeln und Wasser aus der Feldflasche bauten sie ihr provisorisches Lager wieder ab und machten sich gleich auf den Weg. Es war tatsächlich recht frisch geworden, doch da es stetig bergauf ging, wärmte sie der SF-Anzug mit seiner künstlichen Muskulatur schon bald derart, dass ihnen auch der kühle Wind nichts ausmachte. Für einige Stunden ging es unablässig durch kniehohes, blaugrünes Gras, nur ab und zu waren vereinzelte Blumen oder kleine Felsen zu sehen, die die schier endlose Monotonie der Landschaft durchbrachen. Dabei hatten sie hinter sich im Südosten die hoch aufsteigenden Gipfel der weit entfernten Gebirgskette im Rücken, auf deren anderer Seite die Siedlung und ihr Camp lagen. Ab und zu drehte Nick sich um und genoss das Naturschauspiel, wie sich die einzelnen Wolken, die über den ansonsten tiefblauen Himmel zogen, an den Westhängen abregneten oder auch -schneiten. Der Großteil des flach ansteigenden Massivs indes ragte weit über die Wettergrenze hinaus und würde niemals auch nur einen Tropfen oder eine Flocke an Niederschlag abbekommen. Dort oben musste es staubtrocken und kalt wie auf der Oberfläche des Mars an einem schönen Sommertag sein.

Ihm fiel ein, dass die Masse des Planeten Mars in dieser Realitätsebene ja hier ein Bestandteil der Supererde war, daher war das eigentlich nur fair, dachte Nick ironisch. Hauptsache, sie fanden keine Bedingungen wie auf dem Merkur oder der Venus vor, welche ebenfalls in dieser Welt enthalten waren, denn die waren wirklich extrem lebensfeindlich. Doch da mussten sie sich keine Sorgen machen, wie er wusste. Dieses raue, doch gigantische Paradies bot ihnen eine Fülle von Raum, auf dem der Mensch existieren konnte, wenn auch unter den bekannten Erschwernissen.

Rebecca hatte sich ein wenig zurückfallen lassen und fragte ihn leise: „Na, genießen wir die Aussicht?"

„Was du tust, weiß ich nicht, aber ich bade förmlich drin. Das ist der Wahnsinn, oder?"

Sie grinste ihn schief an angesichts seines Spruchs. „Dieser Planet wirkt wie ein magischer Ort auf mich. So vertraut und gleichzeitig so fremd. Es ist unsere Erde und doch etwas völlig anderes. Wie soll man das erklären oder sich je daran gewöhnen?"

„Daran gewöhnen könnte ich mich durchaus. Und wenn ich... warte mal..." Etwas an dem, was sie gesagt hatte, brachte ihn auf eine Idee. „Magisch... natürlich! Das hier ist wie eine übergroße Version von Neuseeland! Neu-Mittelerde würde ich es nennen. Jetzt fällt zum ersten Mal der Groschen."

Sie erstarrte. „Oh je, diesen Gesichtsausdruck kenne ich doch. Nick, das ist zwar ein netter Vergleich, aber bitte gehe nicht damit hausieren…"

„Alle mal herhören!", rief er bereits, worauf die anderen der Gruppe stehenblieben und sich verwundert nach ihm umsahen.

Mit einem peinlich berührten Gesichtsausdruck flehte sie leise: „Ich bitte dich, Nick…"

„Seht euch einmal in die Runde um. Wer von euch außer mir hat noch das Gefühl, er wandelt über Mittelerde, dem Ort, in dem *Herr der Ringe* spielt?"

Alle sahen sich fassungslos an, dann hoben Sven, Linnea, Lovisa und auch Teresa die Hände. Chen fragte verwirrt: „Was ist ein *Herr der Ringe*?"

Wolf wollte wissen: „Ist das vielleicht eine Geschichte über einen König?"

Worauf einige verhalten lachten. Teresa sagte: „Das erklären wir euch in einer ruhigen Minute. Es ist eine der bekanntesten Heldensagen der Literatur bei uns, die auch sehr erfolgreich verfilmt wurde. Aber mich wundert, dass du dich uns nicht anschließt, Tamara. Kommt dir das hier nicht auch so vor wie das malerische, unberührte Mittelerde von Tolkien?"

Tamara strich sich eine rotbraune Haarsträhne aus dem Gesicht, die der Wind ihr vor die Augen geweht hatte. „Naja, ein wenig vielleicht. Ich bin ja sehr belesen und auch cineastisch sehr bewandert, was Science-Fiction und Fantasy angeht. Für mich ist die Supererde hier eine Mischung aus der Welt *Altair 4*, auf dem der Filmklassiker *Forbidden Planet* spielt, zu deutsch 'Alarm im Weltraum'. Kennt jemand von euch den Film?"

„Ja, und ich glaube, du spielst dabei auf die untergegangene, hochtechnisierte Zivilisation an, die dort auch von einem Wissenschaftler erforscht wird." Nick zögerte und fügte noch hinzu. „Aber du hast von einer Mischung gesprochen. An was erinnert es dich noch?"

„An die Welt aus *Alien Covenant*, der eben erst in den Kinos lief. Diesen Planeten haben die Siedler auch anfangs für ein Paradies gehalten, bis sie ihn genauer erforscht haben. Auch auf diesem Planeten gab es kein höher entwickeltes tierisches Leben. Warum, hat man dann im Lauf des Films erfahren."

Rebecca schluckte hart. „Du hast wirklich eine lebhafte Phantasie. Aber die Super-erde wird doch schon seit zig Jahren erforscht, wenn ich das richtig verstanden habe. Meinst du nicht, dass man einen feindseligen, dominanten Organismus schon längst entdeckt hätte, wenn es hier einen gäbe?"

Wolf warf mit fragende Miene ein: „Wovon bitte redet ihr da? Was für ein Organismus? Ich dachte, hier gibt es keine höher entwickelten Tiere."

„Das ist nur eine Filmreihe auf unserer Filiale. Mach dir deshalb keine Gedanken. Es ist nur ein Gruselmärchen, nichts weiter." Nick versuchte seinen Freund aus Filiale 108 zu beruhigen.

Teresa wandte zögerlich ein: „Eigentlich gibt es in der Natur eine Art Vorlage für die *Aliens*, nämlich die Schlupfwespe. Ich habe einen Schein in Biologie, da kommt man mit so was in Berührung. Kennt ihr die Schlupfwespe?"

Linnea sinnierte: „Hat nicht Darwin, als er sie entdeckte, angefangen an Gott zu zweifeln? Ich glaube, mich daran zu erinnern."

Nick meinte nun: „Können wir das bitte lassen? Ich denke, wir einigen uns auf Mittelerde und marschieren weiter."

„Jetzt ist dir unheimlich geworden, was?" Tamara zog einen Mundwinkel hoch.

„Du kannst ganz schön fies sein für eine Superheldin, weißt du das?", raunte er ihr ungehalten zu, als sie an ihm vorbei stapfte.

„Ich habe meine Momente, zugegeben. Jetzt werde ich wieder irgendwelche Heldentaten vollbringen müssen, um mein Karma wieder in Ordnung zu bringen." Sie zwinkerte ihm zu und er musste lächeln. Man konnte ihr einfach nicht böse sein.

Rebecca war neben ihm ein wenig zurückgefallen und sagte jetzt leise: „Ich finde, du liegst richtig. Und auch wenn ich nicht weiß, wie der Rest dieser Welt aussieht, in diese Ecke hier habe ich mich inzwischen verliebt. Das ist wie das Auenland XXL, um bei deinem blöden Vergleich zu bleiben."

Nick sah sie unwillig an, bestätigte ihr dann aber: „Geht mir genauso. Was wir erleben, ist das Beste, was man sich überhaupt vorstellen kann. Wenn ich daran denke, dass wir bald wieder von hier abreisen sollen, wird mir richtig schwer ums Herz. Wer kann schon von sich behaupten, jemals so etwas gesehen oder erlebt zu haben?“

Sie legte ihre Hand auf seinen Unterarm. „Jedes Mal, wenn mich Zweifel überkommen, ob wir nicht doch einen Fehler gemacht haben, als wir uns zur Springerausbildung gemeldet haben, mache ich mir bewusst, dass ich diesen Ort bestimmt niemals zu Gesicht bekommen hätte, wenn wir uns anders entschieden hätten. Ich habe keine Ahnung, was uns in den nächsten zwei Jahren der Bereitschaft erwartet, aber ich denke immer wieder, *das hier* war es wert. Von dieser Zeit, diesen zwei Monaten, werde ich lange Zeit zehren.“

Er nahm ihre Hand in seine. „Du nimmst mir die Worte aus dem Mund. Diese Erfahrungen und Erinnerungen kann uns niemand mehr nehmen, egal was noch kommt. Wir marschieren hier durch...“

„Wandern“, unterbrach sie ihn.

Er hob eine Augenbraue. „Verzeihung, ich vergaß. Also, wir *wandern* hier durch eine völlig neue und fast unerforschte Welt voller Wunder, die es zu entdecken gibt. Und nur wenige sind dazu fähig, sich hier überhaupt aufhalten zu können. Meine Gedanken kreisen immer öfter um die Zeit nach der Bereitschaft. Sollen wir der Filiale 2 denn wirklich für immer den Rücken kehren nach dieser Ausbildung hier?“

„Wir müssen uns darüber wohl noch mehr als einmal Gedanken machen, egal was wir früher geglaubt haben, wie wir unsere Zukunft planen. Durch diesen Aufenthalt hat sich für mich alles verändert.“

„He, Leute, seht mal da oben. Könnte das die Bahnlinie sein, die wir erreichen müssen?“ Tamara vor ihnen deutete nach vorne, wo sich in weiter Ferne tatsächlich ein helles, immer wieder unterbrochenes Band am Horizont abzeichnete.

Rebecca ließ seine Hand los und lächelte ihn warm an. „Bitte entschuldige mich, meine Führungsqualitäten werden verlangt.“

„Super, wir haben das Ziel in Sicht.“ Erwartungsvoll machte sich Chen auf, gefolgt von allen anderen.

Dass auf dieser Welt das Ziel in Sicht zu haben noch lange nicht bedeutete, es auch bald erreicht zu haben, ging ihnen nach über zwei Stunden auf, als sie noch immer ein ganzes Stück entfernt waren. Auch wenn die nun deutlich sichtbare Trasse sich eindrucksvoll über die Landschaft vor ihnen erhob, trennten sie noch mehrere Kilometer vom Verlauf des Schienenweges.

„Tja, wer hätte das gedacht?", unkte Nick und stapfte wie alle anderen das allmählich steiler ansteigende Grasland hinauf. Auch waren hier mehr und größere Felsbrocken in der Landschaft verstreut, manche groß wie ein Haus und dem Aussehen nach aus Granit.

„Ist doch nicht so schlimm, wir sind immer noch ein ganzes Stück vor dem Mittag oben. Dann müssen wir uns nur noch östlich halten, bis wir den Aufnahmepunkt erreichen."

Sven meldete sich: „Ich glaube, ich habe östlich von uns schon ein paarmal Bewegungen in der Ferne ausgemacht. Das könnte eine der anderen Gruppen sein. Seht ihr, dort drüben."

Als er auf eine Stelle zwischen zwei nahen Felsen deutete, spähten sie angestrengt hinüber und konnten tatsächlich eine Gruppe von schemenhaften Gestalten einige Kilometer von ihnen entfernt sich durch das hohe Gras bewegen sehen.

„Die sind aber noch ein ganzes Stück zurück im Vergleich zu uns." Wolf sah in die andere Richtung. „Es sei denn..."

Teresa erkannte es ebenfalls. „Du hast recht. Die Gruppe westlich von uns ist bereits fast an der Trasse oben. Da sie noch einen weiteren Weg zum Aufnahmepunkt haben als wir, wurden sie wohl so abgesetzt, dass sie weiter oben im Gelände waren. Die anderen östlich von uns hingegen müssen demnach einen weiteren Weg durch die offene Landschaft und dann weniger bei der Trasse zurücklegen. So wird die Sache wieder fair für alle."

Tamara gab zu bedenken: „Das ist kein Wettstreit, vergesst das nicht. Ist es nie gewesen. Es geht für uns alle nur darum, die Strecke zurück zu legen und heute Abend am Sammelpunkt zu sein. Es wird keine Zeit gestoppt und niemand bekommt einen Pokal oder eine Medaille. Dieses Denken müssen wir endlich ablegen."

Ernüchtert sagte Teresa: „Klar, du hast recht. Als ob sie uns das nicht schon oft genug eingetrichtert hätten."

„Und jetzt trichtere ich als Truppführer weiter, solange keine Ausbilder da sind. Ist das nicht schön?"

„Ja, herzallerliebst." Teresa hob einen Mundwinkel und zog die Riemen ihres Rucksacks ein wenig fester, bevor sie sich wieder ihrem Etappenziel zuwandte. Allmählich konnte man schon weitere Details der gewaltigen Konstruktion vor ihnen erkennen, als sie sich nun in der Endphase der Annäherung befanden. Allein schon die schieren Ausmaße ließen ihnen den Atem stocken. Die Trasse zog sich auf einer Art von Stelzen von einem Horizont zum anderen sanft am Hang entlang und hielt somit etwa die Höhe. Der Fahrkörper lag mindestens zehn Meter über ihnen, an manchen Stellen auch mehr. Er war etwa vier Meter breit und einen Meter hoch und wies somit etwa den Querschintt eines Rechteckes auf. Ob er massiv war und aus welchem Material die matt weiße Konstruktion bestand, konnte man nicht sagen.

Das wohl Beeindruckendste aber war die Tatsache, dass nur etwa alle zweihundert Meter eine Stelze die Bahnlinie stützte. Entweder war das verwendete Material extrem leicht oder extrem stabil.

Wahrscheinlich sogar beides, dachte Nick beim Bestaunen der Trasse.

Sie folgten dem Verlauf der Schiene und konnten vor sich in weiter Ferne beobachten, wie die Gruppe östlich von ihnen langsam näher kam, während sie sich ebenfalls dem Schienenweg näherte. Nicht mehr lange und sie würden aufeinandertreffen. Somit hatte dieser Aspekt der Planung ihrer Ausbilder schon einmal funktioniert.

Die Gruppe westlich von ihnen allerdings war ein ganzes Stück hinter ihnen, doch sie machten nicht Halt, um auf die Nachzügler zu warten. Wenn sie nicht von ihnen eingeholt werden würden, hatten sie eben Pech gehabt. Keiner von ihnen lief besonders schnell oder langsam, daher war es ohne Bedeutung, wer wann ankommen würde.

Einen Kilometer weiter vorne kamen sie zu einer Kuppe, wo das Gelände so stark anstieg, dass die Trasse darin ebenerdig verlief und für ein paar Dutzdend Meter sogar eine Schneise in den Untergrund getrieben war, um die mutmaßliche Schiene zu verlegen. Nick kam eine Idee.

„He, wie wäre es, wenn wir ab hier *auf* der Schiene weiterlaufen? Sie scheint stabil und eben zu sein und wir würden viel schneller vorankommen als auf dem Untergrund darunter."

Teresa zögerte. „Ich weiß nicht so recht. Die Konstruktion ist doch uralt und wir wissen nicht, ob sie wirklich so robust ist, uns alle zu tragen. Außerdem haben wir keine Ahnung, ob wir noch eine weitere Stelle finden werden, an der wir derart leicht wieder vom Gleis herunter kommen."

Tamara meinte interessiert: „Ein guter Einwand. Du hast die Entscheidungsgewalt, Rebecca. Was sagst du?"

Rebecca betrat die Trasse zögerlich. Entgegen ihrer Erwartungen wies sie keinerlei Fugen, sichtbare Schienen oder andere technische Merkmale auf, die auf ihre Funktion als Fahrbahnkörper schließen ließen. Sie ging ein paar Meter auf der etwa vier Meter breiten Trasse und meinte dann: „Für mich sieht das solide aus, wie für die Ewigkeit gebaut. Und wenn wir höchstens zu zweit nebeneinander hergehen, besteht auch keine Gefahr, dass jemand hinabstürzt. Dieses Ding hat schließlich einmal Gefährte getragen, die um ein Vielfaches schwerer waren als wir alle zusammen."

Tamara war auf ein Knie gegangen und untersuchte die Kante des Schienenweges. „Was ist das bloß für ein Material? Eine Verbindung aus Keramik und einer Metalllegierung? Oder..."

Als ihr bewusst wurde, dass alle sie ansahen, wohl um doch noch ihre Meinung zum gemachten Vorschlag zu hören, sah sie auf und bemerkte wie nebenbei: „Oh, ich finde auch, wir sollten die Trasse nehmen. Selbst, wenn wir keine andere Stelle zum Verlassen des Gleises finden, kommen wir doch irgendwann zu diesem Haltepunkt, wo wir abgeholt werden sollen, oder? Und selbst wenn wir vorher runter müssten, könnten wir eine Stelle suchen, wo das Gelände unter uns nicht so tief liegt und die SF-Anzüge auf volle Leistung stellen. Selbst hier bei doppelter Schwerkraft kann er einen Sprung aus gut fünf Meter Höhe problemlos abfedern."

„Apropos", merkte Sven auf, der der Größte in ihrer Gruppe war, „Ich glaube, ich kann diesen Haltepunkt bereits sehen. Macht einen ähnlichen Eindruck wie der größere Bahnhof der Siedlung bei uns, aber die Kuppel ist um einiges kleiner, würde ich sagen."

„Ein Hoch auf die Erdkrümmung und große Leute, die über sie hinwegsehen können." Tamara erklomm den Rand der Schneise und spähte aus der etwa zwei Meter höheren Position von der Krone der Böschung aus ebenfalls nach Osten. „Er hat recht, da ist die Kuppel. Mir fällt es allerdings immer noch schwer, hier Entfernungen abzuschätzen. Ich hätte gesagt, zehn Kilometer, also sind es wahrscheinlich eher zwanzig."

Alle stöhnten, doch Linnea rügte sie: „Was jammert ihr denn so rum? Seid ihr Springer oder nicht? Wenn euch eine kleine Wanderung in freier Natur schon so zusetzt..."

Chen winkte ab. „Ja, schon verstanden. Wir werden mit allem fertig. Außerdem werden wir hier oben so schnell vorankommen, dass wir der Gruppe vor uns bald beim Überholen schadenfroh zuwinken können."

Wolf lachte. „Allein diese Genugtuung sollte doch schon Motivation genug sein."

Tamara murmelte ergeben: „Ich weiß einfach nicht, was ich noch tun soll, um euch klarzumachen, dass das hier *kein* Wettbewerb ist! Ich erreiche euch mit dieser Botschaft einfach nicht. Soll ich Handpuppen basteln und es euch vorspielen?"

„Auf *den* Tag freue ich mich schon." Sven schlug ihr beim Losgehen lachend auf die Schulter.

„Mal sehen, ob die Gruppe hinter uns auf den selben Gedanken kommt wie wir, wenn sie hier vorbeikommen." Rebecca sah zweifelnd nach hinten, wo sie von ihrer erhöhten Position aus die Nachzügler in ein paar Kilometer Entfernung am Fuß der Trasse entdeckte. Sie winkte ihnen mit einer weit ausholenden Armbewegung zu und erhielt tatsächlich eine identische Geste vom Vordersten der Anderen als Antwort.

„Davon können wir ausgehen. Und da sie sehen, wie wir vor ihnen hier oben entlanggehen, müssen sie sich auch nicht lange überlegen, ob sie das Risiko eingehen sollen. Das übernehmen wir ja für sie", bemerkte Teresa.

Nick raunte ihr zu: „Lass gut sein, es wird schon nichts passieren. Wenn selbst so stark beanspruchte Konstruktionen wie die Gebäude und Kuppeln in der Siedlung nach all der Zeit noch stehen, musst du dir um diese Trasse bestimmt keine Sorgen machen. Und da es hier keine Tektonik gibt, ergo keine Erdbeben und keine Verschiebungen des Bodens..."

„Verwerfungen", korrigierte sie. „Ja, ich habe schon verstanden. Ich wollte eben die Stimme der Vernunft spielen, doch du hast sicher Recht; es ist unbedenklich und spart uns eine Menge Zeit bei diesem Wettstreit, der keiner ist."

Tamara entgegnete: „Wenn ich noch einmal ein einziges Wort darüber höre, werfe ich den Betreffenden von der höchsten Stelle der Trasse eigenhändig auf einen Felsen, ist das klar?"

„Mann, ist das ein Reizthema für Tamara." Teresa traute ihren Ohren nicht. „Ob man sie beiseite genommen und indoktriniert hat, was das angeht?"

Rebecca war zu ihnen gestoßen. „Glaube ich nicht. Wahrscheinlich hat man ihr als Truppführerin das im Schlaf eingetrichtert. Ist ja nicht gesagt, dass sie in dieser Position nicht jede Nacht ein paar Extralektionen verabreicht bekommt, über das, was man eben so braucht, um einen Trupp anzuführen. Bei mir ist das jedenfalls so, und ich bin nur Gruppenführerin. Deshalb nehme ich an, dass das bei ihr genauso sein wird, wenn nicht sogar noch intensiver."

Erstaunt sah Nick sie an. „Davon hast du mir gar nichts erzählt."

Sie zuckte nur mit den Schultern. „Ich dachte, das wäre klar, dass ich die Gute-Nacht-Unteroffiziersschule bekomme, wenn ich mich für diese Position melde."

„Was ein *militärischer* Ausdruck ist", wies Nick sie darauf hin.

„Auch ich kann Klugscheißer von der Trasse werfen, wenn es nötig sein sollte", war ihre schnippische Antwort.

„Muss Liebe schön sein", kam daraufhin Teresas Antwort, als sie sich beeilte, zum Anfang der Gruppe aufzuschließen.

Rebecca rief: „Alles Halt!"

Verwundert blieb die Gruppe stehen und sah sich nach ihrer Anführerin um. Sie waren erst ein paar hundert Meter weit gekommen. Tamara kam zurück ans Ende der Gruppe. „Was gibt's?"

„Wir werden hier warten, bis die Gruppe hinter uns uns eingeholt hat, dann können wir alle zusammen hier oben weiterlaufen. Das wird uns auch einen eventuellen Abstieg erleichtern, falls wir vor Erreichen der Kuppel die Trasse verlassen müssen."

Manche der Gruppe stöhnten erneut, doch Wolf meinte: „Eine sehr gute Entscheidung, um zu demonstrieren, dass dies eben doch kein Wettstreit ist."

Tamara nickte hoch zufrieden. „Sehe ich genauso, eine klasse Idee. Also machen wir kurz Pause und warten auf die Nachzügler."

Sven klappte das Kontrollfeld seines Anzugs auf und stellte die Leistung auf volle Stärke. „Ich hüpfe mal schnell runter auf den Boden und verschwinde für ein paar Minuten, wenn das so ist. Sind ja nur zwei Meter an dieser Stelle."

„Was hast du vor? Wir... oh, okay." Rebecca brach ihre Frage ab, als ihr aufging, weshalb ihr Kollege ein paar Minuten ungestört sein wollte.

„Wir sind alle nur Menschen, nicht wahr?" Damit trat er über die abgerundete Kante des Trägers und fiel schwer nach unten. Man hörte nur einen gedämpften Aufprall und dann das Rascheln des hohen Grases, das sich bald im leichten Wind verlor.

Sobald die Gruppe hinter ihnen sich ihnen angeschlossen hatte, setzten sie ihren Weg fort und holten tatsächlich nach weniger als einer Stunde die dritte Gruppe vor ihnen ein. Dabei hatten sie von Te Makaurau, dem Anführer der Gruppe hinter ihnen, erfahren, dass diese in der letzten Nacht bis zum Anbruch der Dunkelheit weit ins Grasland vorgestoßen war und sich dann einzeln in kleinen Senken und Mulden verteilt mehr schlecht als recht ihr Nachtlager bereitet hatten. Am Morgen waren sie total durchgefroren und übernächtigt gewesen.

Als Tamara ihnen von ihrer Vorgehensweise erzählte, schwankte deren Reaktion zwischen Bewunderung für ihre Findigkeit und dem Bedürfnis, sich sprichwörtlich selbst in den Hintern zu beißen dafür, dass sie nicht selbst darauf gekommen waren. Bei ihnen hatte wahrscheinlich die Tatsache den Ausschlag gegeben, dass sie als 'hinterste' Gruppe am nächsten zum Waldrand abgesetzt worden waren und nicht den Vorteil gesehen hatten, den ihnen ein Verbleiben im Schutz des Forstes geboten hätte.

Sie legten nun ein gutes Tempo auf der Trasse vor und holten eine Stunde später die Gruppe vor ihnen ein, welche unten auf dem Boden langsamer vorangekommen war als sie. Als der Bahnkörper ein Stück weiter vorne erneut bis auf das Bodenniveau herankam und dann in einer kurzen Schneise verlief, stießen auch sie zum Rest der Truppe, sodass Tamara alle ihre Gruppen unter sich versammelt hatte. Dabei gab es eine lustige Begegnung mit der Gruppenführerin dieser Gruppe.

Tamara hatte schon vor ihrer Vereinigung mit der dritten Gruppe an ihre Freunde appelliert: „Können wir uns diesmal die übliche Peinlichkeit ersparen?"

Rebecca erwiderte breit grinsend: „Oh, Tammy, du weißt doch genau, dass ich das nicht tun kann. Nicht, wenn deine 'asiatische Cousine' hier ist. Ihr bekommt euch doch so selten zu sehen, meistens nur bei Hochzeiten, runden Geburtstagen oder Beerdigungen."

Tamara verdrehte die Augen, doch es half alles nichts. Rebecca winkte der fraglichen Person bereits zu.

„He, Yoko, schön dich zu sehen! Komm doch mal schnell rüber."

Die Gruppenführerin der vordersten Gruppe namens Yoko Forrester sah sich nach ihnen um und ließ sich zurückfallen, damit sie sie einholen konnten. „Ja, was ist?"

Nick stieg sofort in die gutmütige Frozzelei mit ein: „Wir wollten nur noch mal ganz sicher gehen. Inzwischen laufen bestimmt schon Wetten, jedenfalls in deinem Vaterland. Dort wird doch auf alles und jeden gewettet, oder?"

„Diese Sache wird auch beim zehnten Mal nicht witziger, wisst ihr? Aber um eure infantile Freude an den kleinen Dingen des Lebens zu befriedigen, will ich mal nicht so sein. Kommst du, *Cousinchen*?" Yoko sah Tamara schmunzelnd an, worauf diese eine Leidensmiene aufsetzte.

„Muss das denn wirklich sein? Das ist doch kindisch!", nörgelte sie, ebenfalls nicht allzu reif klingend.

Sven himmelte die Beiden an. „Kommt schon, fürs Familienalbum!"

Tamara schnitt ihm eine Grimasse. „Also gut, aber es ist wirklich albern."

Sie stellte sich neben Yoko, die einen Arm um die Schulter von Tamara legte, und beide lächelten die Gruppe tapfer an. Es war offensichtlich, dass die schwarzhaarige exotische Schönheit diese ganze Herumalberei mit mehr Humor nahm als ihre Schweizerische Möchte-Gern-Verwandte.

Sofort wurden unter lauten, teils unreifen Kommentaren, Fotos von den Beiden gemacht und die Mobiltelefongeräte danach wieder sicher verstaut. Den witzigen Zufall, dass die beiden Frauen sich so ähnlich sahen, dass sie in der Tat verwandt sein könnten, ließ keiner von ihrer Truppe ruhen.

Yoko Forrester hatte eine Mutter, die halb Japanerin und halb Filipina war und einen englischen Vater, wie sie inzwischen aus diversen Unterhaltungen mit ihr wussten. Die Gruppenführerin Nummer Drei in ihrem Trupp stammte von Filiale 69 und hatte lange schwarze Haare. Fein gezeichnete Gesichtszüge mit leicht erhöhten Wangenknochen und einer Stupsnase, die nur andeutungsweise an ihre asiatische Herkunft erinnerten, rundeten das aparte Erscheinungsbild ab. Sie sah von der Gesichtsform her Tamara wirklich erstaunlich ähnlich, nur dass sie ein etwas spitzeres Kinn hatte.

Wenn beide lachten, konnte man tatsächlich annehmen, dass sie verwandt sein mussten, wenn sie beisammen standen, daher auch der Treppenwitz in ihrer Einheit, dass für die Beiden die Bezeichnung als 'Cousinen' aufgekommen war. Dazu kam noch, dass beide auch etwa gleich groß waren und fast die gleichen aufregenden Kurven von Mutter Natur auf den Weg mit bekommen hatten. Skurriler weise jedoch hatte Yoko von ihrem Vater blaugraue Augen vererbt bekommen, die für einen faszinierenden Akzent in ihrem ansonsten fast typisch asiatischen Wesen sorgten und sie noch interessanter machten.

„Ich hoffe, das war es jetzt erst mal für eine Weile." Tamara umarmte die sympathische Halbasiatin schnell und meinte dann: „Wie habt ihr eigentlich die Nacht verbracht?“

„Wir haben uns im Wald in einer windstillen Senke einen Gruppenunterstand gegraben; einfach eine Reihe von Schützenlöchern, die wir dann ausgekleidet und mit den Zeltbahnen bedeckt haben. So haben wir die Kälte recht gut aushalten können. Jedenfalls besser, als wenn wir auf dem freien Feld übernachtet hätten.“

„Wir hatten eine ganz ähnliche Idee und haben auch so etwas in der Art gebastelt.“

Guten Mutes schritten sie nun voran und kamen am späten Nachmittag an der vergleichsweise kleinen geodätischen Kuppel an, in welche der Schienenstrang hineinlief. Zuvor hatten sie wiederum die aufreibende Erfahrung machen müssen, ihr Ziel schon so weit im Voraus in Sicht zu haben, aber noch etliche Kilometer marschieren zu müssen, bis sie es auch endlich erreicht hatten.

Sie traten unerschrocken durch die breite und erstaunlich niedrige Öffnung in die Kuppel ein, welche die Gefährte damals ins Innere eingelassen haben musste. Auch aufgrund dieser Öffnung ließ sich nicht auf die Form und Größe dieser ehemaligen Transportmittel schließen, was Nick sehr bedauerte. Er hätte wetten können, dass es schicke, stromlinienförmige Geschosse waren, ähnlich wie ihre modernen Hochgeschwindigkeitszüge oder Magnetschwebebahnen.

Sie kamen auf einer Plattform an, die zu ihrem Erstaunen nahtlos und ebenerdig in die Trasse überging, auf der sie all die Kilometer gelaufen waren. An einer Seite führte eine Art Rampe hinab auf die Basis der Kuppel und eine weiter nach unten, die aber verschlossen war. Die verschiedenen Einrichtungen, die aus dem selben weißen Material zu bestehen schienen wie die Trasse und der Bahnsteig, gaben ihnen Rätsel auf. Manche konnte man sich als kleinere Gebäude vorstellen, manche als technische Vorrichtungen. Das Einzige, was auf die Tatsache hinwies, dass dieses Gebäude schon seit langer Zeit nicht mehr benutzt wurde, war der Versuch der Natur, sich ein Stück dieses Ortes zurück zu holen.

Im Laufe von etlichen Jahren hatte der Wind viele Blätter und andere organische Stoffe zur Trassenöffnung und dem Eingang unten in der Halle der Kuppel hineingeweht. Dieses Material war im Lauf der Zeit verrottet und hatte somit den Nährboden für einige Gräser und Moose gebildet.

„Schade, eine Rampe. Ich hatte auf eine Treppe gehofft." Mit Bedauern in der Miene sah sich Yoko in der Kuppel um.

„Wieso?", wollte ein Mann von einer der anderen Gruppen wissen, als sie begannen, die schräge Ebene hinabzugehen.

„Weil die Höhe der Treppenstufen einen Schluss auf die ungefähre Größe der verschwundenen Spezies zugelassen hätte."

„Du denkst da zu konventionell", gab Nick zu bedenken. „Davon abgesehen, dass man sicher schon viel mehr über diese Art weiß, als man uns sagt, weil wir schließlich nur zum Training da sind. Wir wissen im Moment noch nicht einmal, ob sie überhaupt humanoid waren. Du hast ja auch keinerlei Geländer, die auch einen Hinweis hätten liefern können. Entweder haben sie einen derart gut entwickelten Gleichgewichtssinn besessen, dass sie keinerlei solche Geländer zum Schutz vor einem Sturz aus größeren Höhen brauchten. Oder ihre Körper waren derart aufgebaut, dass bei ihnen keine solche Gefahr bestand, wegen eines tiefen Schwerpunktes oder so."

Verblüfft starrte Tamara ihn an, als Rebecca noch hinzufügte: „Oder sie waren so groß, dass diese Höhen für sie überhaupt keine Gefahr darstellten. Dagegen sprechen allerdings die Existenz der Rampe und die hohe Schwerkraft, die sowohl eine Gefahr bei einem Sturz aufgrund der hohen Kräfte und einen eher gedrungenen Körperbau bedingt als einen übergroßen."

Nick gab zu bedenken: „Ich hätte eher darauf getippt, dass sie kleiner als wir waren. Wir konnten ja kaum aufrecht durch die Einlassöffnung in die Kuppel hineingehen. Die Züge müssen entsprechend niedrig gewesen sein. Wenn sie nicht im Liegen gereist sind, waren sie logischerweise um einiges kleiner als wir, um in so niedrige Züge zu passen."

Völlig fassungslos kommentierte Tamara: „Wow, ihr seid ja richtig gut geeignet als Exobiologen oder Soziologen! Welche verborgenen Talente in euch schlummern!"

Teresa merkte noch an: „Es könnte außerdem sein, dass sie gar nicht von hier stammen und diese Supererde nur kolonisiert hatten. Wenn sie von einem massereichen Gesteinsplaneten mit einer Schwerkraft von drei oder vier g hierher gekommen sind, wären sie hier auf dieser Welt herumgehüpft wie die Astronauten der NASA auf dem Mond."

„Und schon sinkt meine Meinung wieder ins Bodenlose", war Tamaras schnippische Antwort, als sie in dem Teil der Anlage ankamen, den man als ehestes als Eingangs- oder Schalterhalle bezeichnen konnte.

„Wieso, es gibt schließlich massenhaft übergroße Supererden in anderen Sonnensystemen. Wenn eine davon einen großen Eisenkern hat, kann sie durchaus eine derart hohe Schwerkraft hervorbringen. Und eine Spezies, die derartige technische Fertigkeiten zum Bau dieser Anlagen hat, beherrscht vielleicht auch die interstellare Raumfahrt." Teresa meinte es durchaus ernst mit dieser Ausführung, wie man ihrer Miene ansehen konnte.

Tamara hingegen kicherte. „Du glaubst also an *Außerirdische*? Wie süß!"

Entrüstet entgegnete Teresa, sich wutentbrannt durch ihr rotes Haar fahrend, als sie die Kuppel verließen und sich auf dem Vorplatz verteilten: „Ja, und das solltest du auch, wenn du weißt, was gut für dich ist."

Verständnislos blieb Tamara stehen. „Das verstehe ich jetzt nicht. 'Wenn ich weiß, was gut für mich ist?' Was soll *das* denn bedeuten?"

Teresas Blick traf den von Rebecca und es schien, als würde sie gerade zur Besinnung kommen. Mit hastig aufgesetzter Pokermiene relativierte Teresa: „Ach, gar nichts. Du hast recht, ich habe nur ein wenig rumgesponnen. Daheim sitze ich immer mit einem Hut aus Alufolie herum und hoffe, dass wir nicht eines Tages von den bösen Aliens erobert werden. Ich bin ein Fall fürs Irrenhaus."

Damit drehte sie sich um und ließ Tamara stehen. Diese starrte ihr völlig aus der Fassung gebracht hinterher.

Nick sah ihr nach. „Was war das denn? Sollte ich vielleicht mir ihr reden?"

Rebecca sagte vorsichtig, mit bedeutungsvollem Blick den Kopf schüttelnd: „Nein, lass nur, am Besten lassen wir sie ein wenig in Ruhe."

Tamara konnte ihren Blick nicht vom großen Rotschopf abwenden, der sich am anderen Ende des Platzes zu einigen anderen ihrer Truppe gesellt hatte. Ihr Mund stand offen vor Staunen. „Sie *weiß* etwas. Verdammt, sie hat etwas erlebt, dass so super geheim ist, dass sie es nicht einmal ihrer Mutter auf dem Sterbebett erzählen würde. Hättest du das jemals gedacht, Rebecca?"

Diese druckste herum: „Ehrlich gesagt hat sie ein einziges Mal in einem schwachen Moment ein paar vage Andeutungen gemacht, aber nichts Konkretes. Sie *hat* auf jeden Fall etwas erlebt, da hast du recht. Aber was das sein könnte, werden wir wohl nicht einmal erraten können. Jedenfalls war sie eine ganze Weile traumatisiert danach und hat das wohl bis heute nicht vollends verarbeiten können."

„Und sie hat dir gegenüber trotzdem etwas davon erzählt? Du bist ein echter Einstein, was soziale Intelligenz angeht, Beckie. Ich fühle mich in diesem Moment direkt geehrt, dich zu kennen." An ihrem Tonfall und der feierlichen Miene konnte Nick erkennen, dass Tamara das in der Tat so meinte, wie sie es gesagt hatte.

Sie wurden von der Ankunft des Transportkopters abgelenkt, der sie aufsammeln und zurück ins Camp bringen würde.

Dieser vermeintlich abenteuerliche Ausflug in die Wildnis auf einer fremden Welt hatte sich demnach tatsächlich lediglich als eine leichte Pfadfinderübung für sie erwiesen. So etwas ließ sich zwar mit keinem Ernstfall-Szenario vergleichen, das konnte man auch ohne entsprechende Erfahrung bereits erahnen. Eine Übung war eine Sache, ein Ernstfall, wenn es um das Wohlergehen oder gar das Leben von Menschen ging, eine ganz andere.

Dennoch war er zuversichtlich, was ihre Zeit nach der Ausbildung anging. Es würden vielleicht zwei lange Jahre werden, in denen sie vieles Schreckliches oder auch gar nichts von derartiger Brisanz erleben würden. Doch zum ersten Mal konnte sich Nick tatsächlich vorstellen, dass sie als Springer nach erfolgreichem Beenden ihrer Ausbildung wirklich mit allem fertig werden konnten.

Wie man sich doch irren konnte.

< 8 >

Central Junction-Camp, Filiale 2 - Monat 3

Die erste Feldübung war offenbar für alle Trupps ohne besondere Vorkommnisse verlaufen. Sie trainierten weiter und führten bereits zwei Tage später eine Art Geisel-Befreiungsübung in einem Teil der Ruinenstädte durch. Ihre Ausbilder fungierten als Geiseln oder als Begleiter, je nachdem welche Gruppe welche Rolle zu spielen hatte. Nach einem vollen Durchgang hatte somit jeder zweimal die Geiseln befreit und war einmal Geiselnehmer gewesen.

Außer Tamara, die bei jedem der drei Durchgänge der Truppführer war.

Beim letzten Mal war sie bereits derart routiniert, dass sie allein beim Erstürmen des leerstehenden Hauses, in dem sie sich verschanzt hatten, vier von ihnen mit dem Elektro-Betäubungsgewehr eins auf den Pelz brannte und sie so neutralisierte. Dabei fiel es glücklicherweise nur Rebecca und Nick auf, dass sich ihre Freundin mittlerweile hier auf Filiale 2 so mühelos bewegte, als sei sie auf einer Erde mit Standardschwerkraft unterwegs. Entsprechend makellos fielen ihre Bewertungen aus.

Etwas enttäuschend für Nick war die Tatsache, dass sie auch anhand der Häuser und Straßenzüge, in denen sie ihre Übungen abhielten, keine weiteren Schlüsse auf die Größe, Form oder Lebensgewohnheiten der längst verschwundenen Erbauer hatten ziehen können. Sämtliche Gebäude schienen aus dem selben weißen Material, das weder eindeutig keramisch noch metallisch, sondern eine exotische Kombination von Beidem sein konnte, zu bestehen. Türen und Fensterscheiben fehlten ebenso wie jede Einrichtung; die Öffnungen, über die man die Häuser betrat, waren über drei Meter hoch und die breiten, aber niedrigen Fenster knapp unter der fast vier Meter hohen Decke gelegen. Mehrstöckige Häuser waren eher die Ausnahme, doch wenn es welche gab, waren die Etagen über breite Rampen wie in dem ver-

208

meintlichen Bahnhof miteinander verbunden. Auch die Raumaufteilung im Inneren ließ nur erahnen, welchem Zweck die jeweiligen Gebäude einmal gedient haben mochten. Dennoch nutzen sie, was sie an Infrastruktur vorfanden, um hier ihre Übungen abzuhalten.

Diese Art der Simulationen und Fallspiele steigerten sich nun von einem Tag auf den anderen. Dabei wurde ihnen allen erst jetzt bewusst, dass sie nun das ihnen bei den nächtlichen Lektionen eingepflanzte Wissen anwendeten, ohne ein zweites Mal darüber nachdenken zu müssen, was sie taten. Einerseits war das beeindruckend, andererseits auch etwas beängstigend. Tatsache dabei war allerdings, dass sie tatsächlich mit einer Gelassenheit und einem kühlen Kopf auch in die brenzligsten Situationen ohne jedes Zögern hineinstürmten, als hätten sie ihr ganzes Leben lang nie etwas anderes gemacht und bereits etliche Jahre Erfahrung darin. Das konnte nur diese Art der Ausbildung bewirken, soviel stand fest.

Die morgendlichen und abendlichen Runden auf den ständig umgebauten Hindernisbahnen, die immer raffinierter und schwieriger zu bewältigen waren, absolvierten sie inzwischen ohne jegliche Schwierigkeit. Es war für sie nur noch eine Art angenehmes Aufwärmtraining, dank der Anzüge in den verschiedenen Einstellungen gab es nicht mehr viel, was sie noch aufhalten konnte in dieser Beziehung.

Teresa meinte einmal, dass ihr vor allem der Trainingskurs abends beim Runterkommen und Revue passieren des Tages helfen würde und ihr das nach der Ausbildung sicher fehlen würde. Einige der anderen pflichteten ihr dabei bei und begannen bereits zu überlegen, wie sie das dabei kompensieren können würden. Das Offensichtlichste wäre Parcouring, doch dabei würden sie Acht geben müssen, dass sie von niemandem gesehen würden. Es würde wohl auf etwas weniger Öffentliches hinauslaufen müssen, damit sie keine unerwünschte Aufmerksamkeit auf sich ziehen würden.

Eines Morgens wachten sie auf und wussten, wie man aus einem Kopter mit Hilfe der SF-Anzüge aus großer Höhe absprang, ohne Fallschirm direkt ins Meer tauchte und unbemerkt ans Ufer schwimmen konnte. Entsprechend groß war die Aufregung und der Austausch darüber beim Frühstück. Nicht weiter überraschte es sie dann, als sie am späten Vormittag tatsächlich nach der ersten Runde auf der Hindernisbahn schon bereitstehende Maschinen bestiegen und prompt zur Küste geflogen wurden. Sie waren bereits mit dem Wissen versorgt worden, das sie für das sichere Bestehen dieser Übung benötigten. Später konnte Nick sich insgeheim nur noch darüber wundern, wie abgebrüht sie alle sich in eine derartige Situation begeben hatten. Peruggi war auch dabei, er versicherte ihnen, dass alles völlig problemlos ablaufen würde, trotz der absurd gefährlich erscheinenden Aufgabe, welche vor ihnen lag.

Sie sprangen aus mehreren Tausend Metern Höhe ab. Die SF-Anzüge riefen ein Programm ab, bei dem sie auf einhundert Prozent Leistung liefen. Sie nahmen eine Haltung ein und steuerten praktisch eigenständig durch Bewegungen und Gewichtsverlagerung den fallenden Körper derart, dass der Träger darin sozusagen zum Passagier wurde. Durch diese Steuerung blieben sie stabil während des Falls, der durch die zunehmend dichtere Luft bis zum Erreichen der Wasseroberfläche stark abgebremst wurde. Sie steuerten eine Bucht an, von der aus es nicht weit bis zum bogenförmig verlaufenden Ufer war.

Das Meer glänzte friedlich in einem tiefen Grün, das nur leicht von Wellenkämmen gekräuselt war, wie Nick bei den letzten Sekunden des freien Falls noch dachte.

Der Anzug gab einen starken Druckimpuls ab, der nach unten gerichtet war und dessen Art der Erzeugung ihm nicht klar war. Die Wasseroberfläche wurde stark eingedrückt und das Wasser darunter aufgeschäumt, sodass die Härte der Oberflächenspannung praktisch auf Null gesunken war, als Nicks Füße sie erreichten. In einer mit Myriaden Bläschen angefüllten Lücke in der Oberfläche schlug er ein und tauchte tief unter, während direkt unter ihm immer noch dieser faszinierende Vorgang das Wasser aufwirbelte und ihn dadurch abfing.

Als die Wirkung dieses schier unglaublichen Vorgangs abgeebt war, zeigte sein Anzugsdisplay an, dass er zwanzig Meter unter der Oberfläche war und sich noch fünfhundert Meter vom Ufer entfernt befand. Ein kleines taktisches Display ließ ihn erkennen, wo der Rest seiner Gruppe war und dass auch sie alle die Landung im Meer gut überstanden hatten. Da sie sich nun wieder ungehindert bewegen konnten, begannen sie in Richtung des Ufers zu schwimmen.

Der Anzug sorgte dabei sowohl dafür, dass sie mit Atemluft versorgt wurden, als auch für eine Austarierung des Auftriebs. Nick merkte, dass sein Rücken sich nass anfühlte und erinnerte sich an das, was er in der nächtlichen Lektion einsoufliert bekommen hatte. Das High-Tech-Kleidungsstück vermochte im Wasser gelösten Sauerstoff flächendeckend im Mikrometer-Maßstab kapillarisch herauszufiltern und seinem Inneren zuzuführen. Verbrauchte Atemluft wurde ebenso fast unmerklich wieder ins umliegende Meerwasser entlassen. Dadurch entstanden keine verräterischen Luftbläschen bei ihrem Tauchgang. Außerdem hatte der SF-Anzug auf seinem Rücken eine Ausbuchtung gebildet und diese mit Wasser gefüllt, um den von seinem Körper erzeugten Auftrieb auszugleichen. An dieser Stelle schränkte dieser 'Zusatzballast' seine Bewegungsfreiheit am wenigsten ein.

Je weiter er sich der Oberfläche näherte, desto kleiner wurde die Ballastblase. Die Sicht durch das Helmvisier auf die Unterwasserwelt von Filiale 2 war sensationell. Das klare Wasser erlaubte ihnen eine ungehinderte Sicht bis auf den noch etwa fünf Meter unter ihnen liegenden Grund, der wie auf Filiale 88 angefüllt war mit Fischen, Kriechtieren am Boden und Pflanzen. Als sie ein Felsenriff erreichten und sich nach und nach alle ans Ufer zogen, bedauerte Nick es direkt, diesen Tauchgang nicht ein wenig ausdehnen zu können.

Peruggi lobte sie für diese gelungene Übung und rief den Kopter heran, der sie wieder abholen sollte. Er ermahnte sie dabei, die Visiere ihrer Helme geschlossen zu halten, da der Druck von zwei Bar hier auf Meereshöhe dadurch nicht noch zusätzlich ausgeglichen werden musste. Wenn sie wieder auf der Höhe des Trainingscamps waren, unterlagen sie wieder dem ihnen gewohnten Druck von einem Bar und mussten nicht noch diese Umgewöhnung in Kauf nehmen.

Sie hatten beim Warten auf ihr Lufttaxi noch Gelegenheit, der letzten Gruppe beim Absprung zusehen zu können. Es war für sie sehr interessant, das auch einmal aus dieser Perspektive betrachten zu können. Die SF-Anzüge steuerten ihre Träger fast wie menschliche Bomben stabil mit den zusammengepressten Füßen und abgewinkelten Armen nach unten bis zur Oberfläche. Es war kaum erkennbar, wie sich die

Oberfläche, die ansonsten hart wie Beton gewesen wäre, kurz vor dem Auftreffen der Springer stark aufschäumte und auch nach dem unglaublich sanften Hineingleiten in den Ozean noch mehrere Sekunden weiter wild brodelte. Danach zeugte nichts mehr von der Anwesenheit des Spezialkommandos, wie Nick insgeheim schmunzelnd dachte. Zumindest auf ihrer Welt hätten so manche militärische Spezialeinheiten diverser Nationen einfach *alles* getan und jeden Preis gezahlt, um so einen Anzug in ihre Hände zu bekommen.

Rebecca brachte noch ein interessantes Thema zur Sprache. Ihrer Meinung nach konnte es durchaus sein, dass Ziska damals auch zur Springerausbildung geladen worden wäre, wenn sie nicht eine derart tiefschürfende Angst vor offenen Gewässern hätte. Sie sagte, dass das bestimmt auch eine Rolle gespielt hatte bei der Auswahl der geeigneten Kandidaten. Obwohl sie bisher nicht damit gerechnet hatten, auch auf diese Weise wie bei der heutigen Übung eines Tages in einem Ernstfall eingesetzt werden zu können. Sie befanden dabei freimütig, dass niemand von ihnen ein Problem mit dieser Art von Herausforderung hatte, was sie damit für den Posten als Springer tauglich machte.

Auch als sie dieses Szenario wiederholten, glänzten sie durchwegs mit einer guten Leistung. Dann kam noch ein dritter solcher Einsatz dazu, diesmal bei Nacht und Neumond. Auch damit hatte keiner Probleme.

Es zeichnete sich allmählich ab, dass ihre Truppe aus dem richtigen Holz für diese Aufgabe geschnitzt war.

Die letzten zwei Trainingswochen waren wie im Nu verstrichen und sie würden am nächsten Tag bereits die Fähren besteigen, die sie ins Camp nach Persien auf Filiale 32 zurück bringen würde. Als sie am Abend in der Kantine beim Essen saßen, mussten sie sich eingestehen, dass das, was sie eigentlich für unmöglich gehalten hatten, tatsächlich eingetreten war. In wenigen Monaten hatten sie eine Ausbildung absolviert, die andere nicht einmal in Jahren hätten bewältigen können.

„Wir können allmählich stolz auf uns sein, möchte ich meinen", verkündete Sven beim Vertilgen einer riesigen Portion Rührei und einiger anderer Speisen, von denen sie noch immer nicht herausgefunden hatten, was es eigentlich sein sollte. Da sie mit der besten Nahrung aus allen Filialen versorgt wurden, war das auch kein Wunder.

Rebecca stocherte in etwas herum, was Nick kurz nach ihrer Ankunft als 'blaues Erbsenpüree' klassifiziert hatte, das aber ungemein nahrhaft und wohlschmeckend war. „Ja, aber ich werde diese Welt vermissen. Ich habe mich schon fast an sie gewöhnt. All diese Wunder, die überwältigende Schönheit der Natur, die geheimnisvollen Hinterlassenschaften der unbekannten Spezies... hach!"

„Mir gefällt es hier auch sehr gut. Allein schon die Monde in der Nacht, da könnte man ganz sentimental werden." Nick warf seiner Verlobten einen Blick zu, der sie zum Lächeln brachte.

„Habt ihr nicht immer wieder mal einen romantischen Spaziergang am Rand des Camps entlang gemacht? Ich dachte, ich hätte euch ab und zu kurz vor der Nachtruhe gesehen?" Sven sah zu ihnen hinüber.

Rebecca senkte den Blick scheu und grinste nun unverhohlen. „Ja, nennen wir es romantisch... und Spaziergang."

Tamara verschluckte sich und hustete. „Was? Wirklich, Beckie, bei doppelter Schwerkraft? Ihr seid wirklich wie die Karnickel. Habt ihr während des Trainings noch nicht genug Kalorien verbraucht? Und war das nicht anstrengend?"

Nick fuhr sie ein wenig ungehalten an: „Willst du jetzt Details hören, oder was? Wenn man so verrückt nach dem anderen ist wie bei uns, lässt man sich eben was einfallen. Gut, wir haben eigentlich auch erst vor drei Wochen mit den *Spaziergängen* angefangen."

„Beim ersten Mal haben wir noch die Anzüge anbehalten", gab Rebecca unbekümmert zu, während sie nun mit größerem Appetit ihren Teller leerte.

„Beckie!", entsetzte sich Nick, während Wolf lauthals loslachte.

„Ich sage nur noch 'Löffelchen', mehr müsst ihr aber wirklich nicht wissen. Wir sind schließlich züchtige und anständige Leute." Sie kratzte mit der Gabel die letzten Reste des Pürees aus dem Teller und erhob sich. „Ich muss unbedingt noch eine Portion von dem Walnisstett haben. Das Zeug werde ich echt vermissen. Hat irgendjemand von euch je herausgefunden, was das eigentlich ist?"

Lovisa meinte: „Ich weiß nicht mal, was du *meinen* könntest. Die Sachen sind zwar alle angeschrieben, aber wozu sich etwas merken, was man für den Rest seines Lebens nicht mehr zu sehen bekommt, geschweige denn zu essen?"

Tamara erhob sich. „Ich komme mit. Ich glaube, ich weiß, was du meinst. Diese kleinen Klößchen, von denen man nicht weiß, ob es Hackfleischbällchen oder Kartoffelklößchen oder eine Mischung aus beidem ist? Oder etwas völlig anderes, was einen nur entfernt an beides erinnert?"

„Ganz genau das."

„Oh ja, wenn man bedenkt, dass das unsere letzte Mahlzeit hier ist, kann ich mir die nicht entgehen lassen. Ein Jammer, dass wir künftig nicht mehr so spachteln können wie in der Zeit hier auf Filiale 2. Alleine was die SF-Anzüge an Kalorien verbrannt haben, geht auf keine Kuhhaut. Und da alles hier so schmeckt wie das delikateste Luxusmenu, wird uns echt was fehlen in Zukunft." Tamara fachsimpelte mit Rebecca noch weiter über die verschiedenen Speisen, bis sie außer Hörweite der anderen waren.

„Ja, auch das gute Essen wird uns fehlen. Wenn ich bedenke, was für extrem positive Wirkungen die ganzen natürlichen Inhalts- und Nährstoffe auf uns gehabt haben, könnte ich als Lebensmittelwissenschaftlerin ein ganzes Jahr nur unser Buffet hier studieren." Lovisa kam wieder einmal ins Schwärmen.

Chen sagte mit einem verschmitzten Grinsen, als er sich gerade mit einem – natürlich – randvollen Teller zu ihnen setzte: „Wenn das so ist, habe ich tolle Neuigkeiten für euch."

Teresa horchte auf. „Tolle Neuigkeiten bezüglich des Essens? Jetzt, wo wir uns gerade an den Gedanken gewöhnen, nie wieder im Leben so gut essen zu werden?"

„Das ist es ja: ich habe mich neulich kurz mit jemandem vom Küchenpersonal unterhalten, weil ich sie für ihre tolle Arbeit loben wollte. Und jetzt kommt's: für die Springer gibt es bei TransDime in allen Filialen ein spezielles Dinner einmal im Monat, wo alle hier aufgetischten Speisen abends in der Chefkantine aufgetischt werden. Das Buffet soll identisch sein mit diesem, das wir hier gewohnt sind. Der Gedanke dahinter ist, dass wir auch weiterhin mit der einmaligen Nährstoffkombination versorgt werden, die wir benötigen, um fit genug für die Tätigkeit als Springer zu sein. Denn einige der speziellen Vitamine und anderen Stoffe bauen sich nach einigen Wochen bis Monaten ab im Körper."

„Für diese Neuigkeit würde ich dich am liebsten auf der Stelle flachlegen", ließ Teresa darauf mit leuchtenden Augen verlauten, was mit einigen anzüglichen Rufen und Pfiffen am Tisch quittiert wurde.

„Zu nett von dir, ich komme gerne darauf zurück", erwiderte der Asiate cool, was wiederum nicht unkommentiert blieb.

Rebecca und Tamara kamen schwer beladen zurück und wollten wissen: „Was ist denn hier los?"

„Chen hat erfahren, dass alle Springer einmal im Monat auch daheim unser Buffet von hier zu Essen bekommen, damit wir auch weiterhin so superfit bleiben wie jetzt."

Rebecca glitt auf ihren Stuhl und bemerkte breit grinsend und ihm zuzwinkernd: „Das ist ja superspitzenmäßig! Wenn ich nicht glücklich verlobt wäre, würde ich dir diese sensationelle Nachricht mit gewissen Gefälligkeiten vergüten."

Nick murmelte leicht sauer unter allgemeinem Gelächter am Tisch: „Ich hatte ja keine Ahnung, dass dir das Essen hier *so* unheimlich wichtig ist."

Chen indes winkte ab: „So großzügig dein Angebot ist, ich muss leider ablehnen. Ich habe bereits ein besseres Angebot."

Als Rebecca ihn verdutzt anstarrte und das Gelächter in die nächste Runde ging, zwinkerte Chen zu Teresa hinüber, die augenblicklich hochrot anlief. Das verstärkte die Heiterkeit nur noch.

Tamara ließ keck die Bemerkung fallen: „Hast du dir also doch noch ein Sahneschnittchen zusätzlich zum guten Essen hier gegönnt, Teresa?"

Wolf meinte unbekümmert: „Noch nicht; das Beste kommt immer zum Schluss."

So wie an ihrem Tisch ging es bei vielen anderen Gruppen zu, als sie sich alle ihr letztes gemeinsames Mahl auf dieser Welt gönnten. Von über fünfhundert Anwärtern waren weniger als hundert bis zu diesem Zeitpunkt noch im Rennen. Die meisten von ihnen würden nie wieder einen Fuß auf diese Filiale setzen, dessen waren sie sich bewusst. Daher war dies auch eine Art Abschiedsfeier, selbst wenn diese völlig formlos ablief.

Da sie mit leichtem Gepäck reisten, waren die jeweiligen Fähren schnell bemannt und bereit zur Abreise. Noch trugen sie während des Rückfluges zur Filiale 32 ihre SF-Anzüge, die sie in der letzten Woche auf Anweisung frei nach eigenem Gutdünken hatten einstellen können, solange sie nicht auf Übungen waren. Tamara hatte ihren auf zehn Prozent Leistung gehabt, wodurch sie nochmals eine Extraportion Muskeltraining nur durch die zusätzliche Belastung der Schwerkraft erhalten hatte. Sven hingegen hatte die maximal möglichen, frei einstellbaren fünfzig Prozent beibehalten, die ihm den Aufenthalt hier erst erträglich gemacht hatten. Ihm war es nicht bewusst, doch aus medizinischer Sicht war er in den letzten Wochen womöglich nur hauchdünn einem Ausschluss vom Kurs entgangen, hätte sich nicht Tamara des nachts um ihn gekümmert. Das war etwas, was sie ihm nicht erzählen würde, wenn es sich vermeiden ließ.

Nick hatte sich bei fünfundzwanzig Prozent Leistung eingependelt, während Rebecca und auch Teresa mit zwanzig Prozent gut klarzukommen schienen. Jetzt in der Dimensionsfähre flogen sie mit der gleichen doppelten Erdbeschleunigung, die sie mittlerweile gewohnt waren, zum Sprungpunkt. Dadurch verkürzte sich die Reisezeit aber weniger als gedacht, denn da die Supererde um Einiges massereicher als ihre gewohnte Erde war, lag der Librationspunkt zwischen Sonne und dieser Erde viel weiter entfernt als sonst.

Kurz nach dem Start plünderten sie bereits geschlossen die Essensausgabe der Fähre, denn alle trugen eben noch immer die SF-Anzüge und benötigten entsprechend viel Nahrung, da die Anzüge sich die Antriebsenergie von ihren Trägern holten. Nick hatte nie nachgefragt, wie dieser Mechanismus funktionierte. Er konnte sich vorstellen, dass es über die erzeugte Wärme des Trägers oder die körperelektrische Spannung ablief, vielleicht war es aber auch eine ihm ganz unbekannte Wirkungsweise, die über die Millionen von winzigen Sensoren funktionierte, welche sich über die Haut mit dem Träger des Anzugs verbanden. Er bezweifelte auch, dass er eine Antwort darauf bekommen würde. Nun, die Hauptsache war, *dass* es funktionierte.

Und es funktionierte ausgesprochen gut.

Die Tatsache, dass sie ständig die Anzüge trugen und das gedrungene, leicht klobige Aussehen ihrer Körper in dieser mehreren Zentimeter dicken Überhaut registrierte auch niemand mehr bewusst. Da sie die Spezialbekleidung von früh bis spät trugen, hatten sie sich so daran gewöhnt, dass es für sie vielleicht sogar ungewöhnlich sein würde, sie nicht mehr anzulegen.

Nick setzte sich neben Rebecca und begann wie sie auch mit dem üblichen Heißhunger, den sie nun schon seit Monaten verspürten, zu essen. Nick sah zu Tamara hinüber und fragte sie: „Hast du eine ungefähre Ahnung, wie lange es auf diesem Flug bis zum Lagrange-Punkt dauert? Wir könnten vielleicht in der Zeit bis zum Sprung...“

Neben ihm begann etwas eindringlich zu piepsen.

Er drehte sich um und erblickte Rebeccas Brustplatte in einem roten Farbton pulsieren, aber nur ein paar mal, danach wechselte das Blinken ständig von orange nach rot und wieder zurück nach orange. Der durchdringende Piepton allerdings blieb, der etliche der Anderen auf ihrem Deck aufschreckte.

Rebecca blickte ihn schockiert an. „Was hat das zu bedeuten? Ich fühle mich wohl, mir fehlt nichts.“

„Bist du sicher? Diese Dinger sind doch unfehlbar, dachte ich.“ Besorgt sah Nick sich auf dem Deck in Richtung Krankenstation um.

Ein Sanitäter kam herbeigeeilt, so schnell es die hohe Schwerkraft zuließ, um nach dem Grund des Alarms zu sehen. Als er die Art des Blinkens erkannte, verlangsamten sich seine Schritte merklich und sein Gesicht drückte Erleichterung aus.

„Was ist mit mir los? Ich merke nichts an mir, es geht mir gut." Mit banger Miene sah sie den Sanitäter an.

Er winkte ab. „Keine Sorge, es ist nichts Akutes. Das Messsystem des SF-Anzugs hat etwas Internes registriert, das die medizinischen Nanobots bei Ihnen entdeckt haben. Sie haben gerade beim Essen die erste Dosis seit zwei Monaten eingenommen. Da Sie ja eine ganze Weile nicht mehr mit der Fähre unterwegs waren, haben Sie seit etwa einem Monat keine mehr in Ihrem Körper gehabt. Die Nanobots sind bestimmt schon dabei, sich auf den Eindringling zu stürzen und ihn auseinander zu nehmen. Der Anzug hat die Kommunikation zwischen den Kontingenten der Nanobots registriert und entsprechend Alarm ausgelöst.

Darf ich Sie bitten, zur Sicherheit schnell mit auf die Station zu kommen? Ich möchte nur auslesen, um was es sich gehandelt hat, um ganz sicherzugehen. Auf dem oberen Deck hatten wir auch schon einen solchen Alarm, da hatte sich jemand ein Bakterium eingefangen, sicher von jemandem der Fährencrew. Auf Filiale 2 gibt es keine Krankheitserreger, weil alle, die welche hätten einschleppen können, mit der Fähre angereist sind und demnach von den Nanobots während des Anflugs oder in den ersten Wochen danach davon befreit wurden."

Rebecca stand auf. „Interessant. Das hatte ich noch gar nicht bedacht, aber das macht Sinn. Kommst du mit, Nick?"

Er folgte ihnen, dem protestierenden Sanitäter Einhalt gebietend: „Ich bin ihr Verlobter. Wenn es keine Umstände macht..."

Das Gesicht des Medizinassistenten hellte sich auf. „Oh, das ist mal ungewöhnlich. In diesem Falle ist das selbstverständlich in Ordnung. Sind Sie schon lange verlobt?"

Sie plauderten ein wenig auf dem Weg in die kleine, aber gut ausgestattete Krankenstation auf ihrem Deck. Die Tür schloss sich hinter ihnen wieder und der Sanitäter bat Nick, auf einem Stuhl abseits der Untersuchungsliege Platz zu nehmen. Rebecca blinzelte angesichts des harten, hellen Lichts im Raum, als sie sich auf den Rücken legte.

„So, bitte stillhalten, der Diagnosezyklus wird nur eine Minute dauern. Danach sehen wir, um was es sich gehandelt hat. Viele Möglichkeiten gibt es ja nicht, was Sie sich eingefangen haben könnten." Er gab einiges auf einem großen Flachbildschirm ein und wartete kurz, während sich ein unsichtbarer Strahl von Rebeccas Kopf bis zu ihren Füßen hinab tastete. Lediglich auf dem Monitor konnte man die Position und den Fortschritt des Scanners beobachten. Am Ende blinkte etwas in leuchtendem Grün.

Mit leichtem Stirnrunzeln bemerkte der Arztgehilfe: „Hm, keine Bakterien oder Viren. Es muss etwas Anderes sein, vielleicht eingeatmete Pilzsporen oder ein Mikrotumor, der sich irgendwie in den letzten zwei Monaten gebildet hat. Ich erweitere die Suchparameter und hole den Arzt hinzu, vielleicht weiß der Rat. Was auch immer es ist, die Nanobots haben es jedenfalls identifiziert und machen es gerade unschädlich, während Sie hier liegen. Also kein Grund zur Besorgnis."

Während er den Bordarzt zu ihnen rief, meinte Rebecca: „Wir waren doch vor zwei Wochen über Nacht im Wald auf diesem Marsch. Vielleicht habe ich da etwas eingeatmet? Oder etwas unter Wasser, was nach den Absprungübungen noch am Anzug haften geblieben war?"

„Das kann alles möglich sein. Wir werden es beim zweiten Scan bestimmt finden. Der erste Suchlauf ist nur auf Erreger eingestellt, weil die über neunundneunzig Prozent der Fälle ausmachen. Ah, da ist er ja." Der Sanitäter sah erleichtert auf, als sich die Schiebetür öffnete und ein Mann um die Fünfzig eintrat. Er war groß, massig gebaut und hatte eine Stirnglatze sowie kleine graue Augen in einem runden Gesicht mit Knubbelnase und Doppelkinn.

„Guten Tag, mein Name ist Helsimm. Um was geht es denn?"

Er schüttelte keinem die Hand, während der Sanitäter erklärte: „Der Monitor von Frau Paulenssen hat Alarm orange-rot gegeben, beim ersten Suchlauf habe ich allerdings nichts gefunden. Keine bekannten Erreger. Das ist ihr Verlobter; ich habe ihn zur Untersuchung mit eingelassen."

„In Ordnung. Na, dann wollen wir mal den zweiten Scan starten und der Sache auf den Grund gehen. Die vielen kleinen Helferlein in ihrem Kreislauf sind zwar schon fleißig bei der Sache, doch wir wollen doch trotzdem wissen, was das Problem ist, nicht wahr?" Beruhigend drückte er Rebecca an der Schulter sanft zurück auf die Diagnoseliege.

„Bleiben Sie bitte ganz ruhig liegen und atmen sie flach und normal. Es gibt keinen Grund zur Beunruhigung, wir finden die Ursache schon."

Wieder sah man auf dem Monitor, wie sich ein heller Balken quer über den Bildschirm schob, bei Rebeccas Kopf beginnend und abwärts laufend, diesmal erheblich langsamer als bei dem ersten Durchlauf. Auf dem Bett selbst war davon nichts zu sehen oder zu hören. Ob Rebecca irgendetwas spüren konnte, vermochte er nicht zu sagen, aber sie ließ sich jedenfalls nichts anmerken.

In ihrer Körpermitte, in Höhe des Beckens, verharrte der Strahl und eine Anzeige begann zu blinken. Die entsprechende Region wurde auf dem Bildschirm vergrößert und eine Reihe von Daten begannen rechts oben über den Monitor zu laufen.

Der Arzt schnalzte mit der Zunge. „Aha. Das ist mal etwas Seltenes."

Er wandte sich an Rebecca. „Sie sind zum letzten Mal vor etwa zwei Monaten mit einer Dimensionsfähre geflogen, ist das korrekt?"

„Ja, natürlich, wir waren doch die ganze Zeit auf Filiale Zwei zur Ausbildung." Verwirrt sah sie zu Nick herüber, doch er war genauso ahnungslos wie sie und konnte nur die Achseln zucken.

„Ihnen ist bekannt, dass die auf den Flügen eingenommenen Nanobots nach etwa einem Monat ihre Arbeit einstellen und aus dem Körper ausgeschieden werden?" Der Arzt veränderte einige Einstellungen und fuhr mit dem Diagnosebild noch etwas näher heran. Nick konnte zwar sehen, was sich auf dem Monitor befand, hatte aber keine Ahnung, was er in diesem mikroskopischen Maßstab dort vor sich sah.

„Ja, aber was habe ich denn jetzt? Spannen Sie mich nicht so auf die Folter, bitte!" Rebecca musste sich beherrschen, um nicht von der Liege aufzuspringen.

„Wie Sie wünschen. Es scheint so, als ob Sie mit Ihrem Verlobten hier ungeschützten Koitus gehabt haben, dieser Aufnahme nach vor etwa zehn bis elf Tagen. Seine Spermien haben dabei eine Ihrer Eizellen befruchtet. Die sich teilende Eizelle hat den Alarm bei den Nanobots ausgelöst und..."

Rebecca hielt nun nichts mehr auf der Liege und sie schnellte verblüfft hoch in die Senkrechte. „Ich... ich bin *schwanger*?!"

„Sie *waren* schwanger. Es tut mir Leid, aber sobald Sie mit dem Essen hier auf der Fähre die Nanobots zu sich genommen haben, sind diese auf die Blastozyste, den vermeintlich wuchernden Fremdkörper angesprungen. Die Blastozyste hat sich erst vor ein paar Tagen in der Gebärmutter eingenistet und sich noch nicht in Trophoplast und Embryoplast geteilt, soweit ich das noch erkennen kann. Das heißt, es ist noch kein Mutterkuchen und kein Embryo vorhanden gewesen. Demnach ist der Schaden und die gesundheitliche Belastung für Sie nicht sehr schwer. Sie sollten in wenigen Monaten wieder Ihre normale Mensa bekommen; für Ihren Körper war diese Episode nicht mehr als eine kurze Scheinschwangerschaft."

Sofort füllten sich ihre Augen mit Tränen. „Oh, Nick, ich bin schwanger gewesen! Und die Nanobots... wie furchtbar!"

Nick war bereits bei ihr und hielt sie in den Armen, während sie hemmungslos zu schluchzen begann. Auch ihm liefen die Tränen die Wangen hinab, während er sie tief bestürzt sanft hin und her wiegte in seiner festen Umarmung. Das war der schlimmstmögliche Fall, der auf diesen Reisen zwischen den Dimensionen für sie hatte auftreten können.

Und es war ihnen tatsächlich passiert, genauso wie Rebecca es einst befürchtet hatte, gleich als sie zum ersten Mal von den Nanobots erfahren hatten.

„Hören Sie, das tut mir wirklich leid für Sie. Ich hätte nicht gedacht, dass so ein Fall einmal während einer Ausbildung zum Springer auftreten könnte. Kann ich irgendetwas für Sie tun? Brauchen Sie Beistand oder wollen Sie ein Beruhigungsmittel?"

Doktor Helsimm zeigte sich nun angesichts dieser Szene doch noch für einen Arzt erstaunlich mitfühlend.

Ihr Kopf hob sich. „Nein... nein, schon gut. Es ist ja unsere eigene Schuld. Wir haben auch kein Baby geplant, wie Sie sich sicher denken können. Es ist nur die Tatsa-

che, dass man erfährt, man ist schwanger und dass es nichts geworden ist, wegen...
wegen..."

Als ihre Stimme wieder erstarb und sie leise weinte, legte der Arzt ihr die Hand auf
die Schulter. „Bitte, Frau Paulenssen, Sie dürfen sich das nicht so sehr zu Herzen
nehmen. Viele Schwangerschaften in diesem Frühstadium kommen gar nicht zum
Tragen. Ein beträchtlicher Prozentsatz der werdenden Mütter verlieren das Kind
noch bis zum dritten Monat oder später. In diesem frühen Stadium hätte ich ohnehin nur eine fünfzig-fünfzig-Chance gegeben. Zudem hätte man in diesem Frühstadium mit den medizinischen Möglichkeiten auf Ihrer Filiale die Schwangerschaft
nicht einmal erkennen können. Sie sind bestimmt noch nicht einmal überfällig."

Rebecca schniefte. „Nein... nein, nicht wirklich. Sie sagen also, ich hätte es wahrscheinlich nicht einmal gemerkt, was passiert ist, wenn ich nicht den SF-Anzug getragen hätte?"

„Ziemlich sicher sogar. Ich kann Sie nur bitten, dieses Ereignis nicht zu tragisch zu
sehen. Wenn Sie ernsthaft Nachwuchs planen möchten, müssen Sie sich konse-
quenterweise vom Außendienst auf anderen Filialen befreien lassen. Dass dies am
Ende der Ausbildung zum Springer nicht so ohne Weiteres möglich sein wird,
müsste Ihnen beiden eigentlich klar sein." Man merkte ihm an, mit welcher Engels-
geduld der Mediziner ihnen diese eigentlich glasklaren Sachverhalte ins Gedächtnis
rief.

Nick sah auf und wandte sich dem Arzt zu: „Hören Sie, Doktor, das ist uns bewusst.
Wir waren nur in diesem Augenblick von der Tatsache so schockiert... es war kein
geplantes Kind, das versteht sich von selbst."

Er beugte sich nochmals zu Rebecca und flüsterte in ihr Ohr: „Ich liebe dich so
sehr, Beckie."

„Ich dich auch. Nick, wir haben ein Baby gemacht. Ist das nicht unglaublich?" Sie
sah ihn nun zum ersten Mal wieder an und wischte sich mit einem Arm über die
verweinten Augen.

„Vielleicht hilft es Ihnen, diesen unglücklichen Vorfall als Testlauf anzusehen. Sie
wissen nun immerhin, dass Sie soweit kompatibel sind, dass Sie problemlos Kinder

zeugen können. Wenn Sie das aus der Geschichte mitnehmen, fällt es Ihnen nicht so schwer, zu akzeptieren, was geschehen ist." Der Sanitäter sah sie um Zustimmung heischend an.

Sie sahen sich kurz tief in die Augen. „Was für ein bescheuerter Vorschlag. Aber ich kann damit leben. Hast du gehört, Nick? Meine Gebärmutter wartet auf dich. Dein Samen darf jederzeit bei mir vorbei schauen."

„Okay." Nick sah über die Schulter. „Sie nimmt das Beruhigungsmittel, würde ich sagen. Eine ordentliche Dosis."

„Du Idiot!" Lächelnd schlug sie ihm gegen den Oberarm. „Allerdings, wenn ich es mir überlege, könnte ich was für die Nerven vertragen nach diesem fürchterlichen Schock, den Sie uns gerade verpasst haben."

Der Arzt meinte schmunzelnd: „So ist es richtig, lassen Sie sich nicht unterkriegen. Es war ja nicht viel mehr als ein Streifschuss Ihres Verlobten. Und wenn Sie es darauf anlegen, kann ich Ihnen gute Chancen auf ein baldiges Gelingen bescheinigen. Vor allem da Sie durch Ihre Spezialdiät für Springer jetzt zu den gesündesten Menschen im Multiversum gehören."

„Wenn es Ihnen recht ist, möchte ich noch ein paar Minuten hier bleiben, bis ich mich soweit gefangen habe, dass ich wieder unter Leute kann. Was verpassen Sie mir denn Schönes?" Sie sah auf, als der Sanitäter ihr ein kleines Pflaster auf den Hals klebte, wo ihre Haut unter dem Anzug hervorschaute.

„Oh, das ist ja ganz was Feines." Sie begann breit zu grinsen. „Nick, das musst du auch probieren. Und wie schnell das wirkt."

„Hm, erstaunlich. Ich glaube, ich passe und achte lieber auf die Gute. Schließlich zischen wir immer noch mit fast zwei g durch das All." Nick half seiner Verlobten von der Liege. „Der eigentliche Spießrutenlauf kommt erst noch für uns. Schließlich haben die anderen draußen alle mitgekriegt, dass etwas nicht gestimmt hat."

„Du stehs under... medi... sinischar Schweije... flicht... vergiss das... nich", erklärte Rebecca ihm mit breitem Grinsen und schwerer Zunge.

„Was auch immer das war, was du da bekommen hast, ich hätte gerne auch eines. Für *auf den Weg*, wie man bei uns sagt." Er legte ihren Arm über seine Schulter und grinste den Sanitäter frech an.

Doktor Helsimm erwiderte: „Ja, mal sehen... kommt nicht in Frage. Und jetzt verschwinden Sie hier."

Er klopfte ihm nochmals gönnerhaft zum Abschied auf die Schulter und entließ ihn somit.

Kaum hatte Nick Rebecca mit Mühe und Not auf ihren Sitz geschafft, als sie auch schon tief und fest eingeschlafen war. Er ignorierte die Fragen der Anderen, bat sich Ruhe für sich und Rebecca aus und legte sich auf den Platz neben ihr, um ebenfalls erschöpft die Augen zu schließen. Was für ein Horrortrip!

Jetzt wo es fast passiert war, konnte er sich seltsamerweise nichts Schöneres vorstellen, als eines Tages mit Rebecca eine Familie zu gründen. Ja, er hatte fest vor, Rebecca zu heiraten und mit ihr Kinder zu bekommen. Diese paar Minuten Achterbahnfahrt der Gefühle hatten etwas in ihm erweckt, von dem er nie geahnt hatte, dass es in ihm schlummerte.

Doch zunächst warteten gewiss erst noch ein paar Jahre Abenteuer und Aufregung auf sie, bevor sie derart sesshaft werden konnten.

Bis zur Landung auf Filiale 32 hatten es alle anderen aufgegeben, erfahren zu wollen, was mit Rebecca los gewesen war. Sie wurde lediglich nach ihrer Rückkehr auf medizinische Anordnung des Bordarztes, wie es hieß, für einen Tag vom Training ausgenommen und musste sich anderweitig die Zeit vertreiben. Doch auch dieser Tag verging wie im Flug für Nick und die anderen.

Danach würde es weitergehen wie gehabt.

Am Ende dieses ersten Tages betrat Nick ihr gemeinsames Zimmer, das allerdings leer war. Rebecca schien sich wohl irgendwo im Camp herumzutreiben, damit ihr die Decke nicht auf den Kopf fiel. Sie kam allerdings kurz darauf hinein, mit einem

Handtuch um die Schultern und feuchten Haaren.

„Hallo, wo warst du denn?"

„Ein paar Runden schwimmen im Hallenbad. Ich hatte einen guten Zug drauf." Sie gab ihm einen flüchtigen Kuss auf die Wange.

Nick fing sie ein und fasste sie um die Hüfte, um sie an sich zu ziehen. „Mit nassen Haaren siehst du heiß aus. Ich wette, du warst die schönste Frau im Becken."

„Kunststück! Ich war die *einzige* Frau im Becken", gab sie lachend zurück. „Ihr wart ja alle auf *Arbeit*."

Er küsste sie lange und leidenschaftlich. Dann riss sie sich von ihm los. „Jetzt lass mich schon ins Bad, ich habe den Badeanzug noch drunter."

Widerwillig ließ er von ihr ab und machte sich daran, den SF-Anzug zu öffnen und ihm zu entsteigen. „Dann lass mich bitte gleich duschen; heute war wieder mal einer dieser Tage. Wie geht es dir denn heute?"

„Gut. Ich hatte ja heute viel Zeit, um über das nachzudenken, was in der Fähre passiert ist. Ich glaube, ich habe überreagiert. Schließlich bin ich von uns Beiden in unserer Beziehung der rationale Teil. Jetzt wäre nicht der richtige Zeitpunkt für Nachwuchs gewesen und wir haben immer noch alle Zeit der Welt, wenn wir das wollen."

„Ja, ich will." Er grinste sie an, was auch ihr ein Lächeln ins Gesicht zauberte.

Kaum war er aus seinem Anzug gestiegen, da umarmte sie ihn und sagte: „Das war lieb von dir, Nick. Kannst du diese Worte bei passender Gelegenheit auf einem Standesamt vor Freunden und Familie wiederholen?"

„Na klar, ist doch schon längst eine abgemachte Sache zwischen uns, oder? Wozu verlobt man sich sonst?"

Sie folgte ihm ins Bad und zog den leichten Trainingsanzug aus, den sie über ihren halbwegs getrockneten Badeanzug übergestreift hatte. Der schwarze Einteiler stand ihr hervorragend, wie er sich gleich eingestand.

„Beckie, wie kann das sein, dass du seitdem ich dich kenne, jeden Tag schöner und attraktiver wirst?"

„Du bist noch immer der gleiche Charmeur wie am ersten Tag", gab sie zurück.

„Nein, ausnahmsweise hat er recht", kam eine Stimme aus ihrem Zimmer. „Klopf, klopf! Darf ich hereinkommen? Ich habe etwas entdeckt, was euch interessieren wird."

„Tamara?" Nick sah überrascht um den Türpfosten in ihr Zimmer. „Was gibt es denn so Dringendes? Ich wollte gerade unter die Dusche..."

Tamaras Kopf erschien in der Tür. „Du bist nackt? Perfekt, das macht es mir leichter. Hallo, Beckie."

Rebecca musterte ihre Freundin mit hochgezogenen Augenbrauen. „Was hast du denn so Faszinierendes entdeckt, dass es nicht einmal bis nach der Dusche warten kann?"

„Ganz einfach, die allgemeine Wirkung auf unsere Körper nach zwei vollen Monaten auf Filiale 2. Wir haben dort ja praktisch von morgens bis abends ständig die SF-Anzüge getragen. Da diese eine gewisse Schichtdicke haben, wegen des künstlichen Muskelgewebes, verbergen sie die Figur des Trägers darunter relativ gut. Ihr selbst habt an euch sicher auch verfolgen können, wie ihr immer fitter und ausdauernder geworden seid während des Aufenthaltes bei doppelter Schwerkraft und der täglichen multidimensionalen Wunderdiät."

Rebecca meinte zweifelnd: „Klar, das war doch der Sinn der Sache."

„Allerdings haben wir ja keine großen Spiegel auf den Zimmern dort oder auch hier. Und auf den kleinen Zweierstuben haben wir auch immer nur einen anderen täglich ohne Anzug gesehen, du Nick und ich Sven. Dabei kam das Prinzip voll zum Tragen, dass einem allmähliche Änderungen an Jemandem nicht so sehr auffallen, wenn man die betreffende Person ständig sieht.

Bei euch Beiden aber kann ich nach mehreren Monaten nun sagen, dass man euch durchaus ansieht, wie spitzenmässig austrainiert ihr seid. Ich kenne euch gut genug, dass ich euch sagen kann, ihr seid in der Form eures Lebens. Das Erstaunliche dabei ist, dass ihr eigentlich noch viel mehr sichtbare Muskelmasse aufweisen müsstet, aber ihr macht nicht den Eindruck, dass ihr zu viel im Fitnessstudio wart und euch vor aufgepumpten Muckies kaum noch rühren könnt. Ihr wisst, welchen Typ von Mensch ich meine?"

„Solche gruseligen Extrem-Bodybuilder?" Nick schauderte. „Gott sei Dank sehen wir nicht so aus! Obwohl das wie so vieles andere auch Geschmackssache ist. Irgendjemandem gefällt so was bestimmt auch, ansonsten gäbe es ja solche Wettbewerbe nicht."

Tamara sah an Nick hinab und wieder hinauf. „Jedenfalls steht dir das Adamskostüm ausgezeichnet. Du machst den Eindruck eines Zehnkämpfers auf Olympia-Niveau oder einem ähnlich athletischen Hochleistungssportler. Tatsächlich aber sind wir alle sogar noch mehr als das vom Grad unser Fitness her. Zum Beweis habe ich mir die Freiheit genommen, eine Waage von der Krankenstation mitzunehmen."

Sie griff unters Bett von Nick und Rebecca, das dank den wenigen verbliebenen Springern im Kurs momentan das einzige benutzte in ihrem Zimmer war. Zum Vorschein kam tatsächlich eine Personenwaage, die von der Bauart her gar nicht so unterschiedlich zu denen war, die sie von zuhause her kannten. „Ich werde den Anfang machen. Ich bin eins fünfundsechzig groß. Wie schwer würdet ihr mich schätzen?"

Ohne jede Scham streifte sie sämtliche Bekleidung ab und legte sie aufs Bett neben sich. Nach der langen Freundschaft und dem Grad der intimen Vertrautheit, den sie untereinander teilten, war das für keinen von ihnen merkwürdig oder unangenehm. Nick begann erstaunt: „Zunächst einmal: Wow! Tammy, wenn jemandem das Training gutgetan hat, dann dir. Schau dir diese Figur an, Beckie. Sie hat immer noch reichlich und an genau den richtigen Stellen, aber dennoch zeichnet sich jeder einzelne Muskel unter der Haut ab wie bei einer Raubkatze. Sie ist jetzt wirklich auch von der Form her deine kleine Schwester, nicht nur von der Augenfarbe her."

Rebecca konnte nicht anders, als zuzustimmen: „Tammy, ich glaube, der Playboy hat gerade angerufen; sie haben einen Blankoscheck für dich, in dem du jede Summe eintragen kannst, wenn sie dich dafür so ablichten dürfen. Mein Gott, Schwester, ich spüre gerade wieder die Rückkehr alter Neigungen aufkommen."

„Soll ich euch zwei Turteltäubchen eine Weile allein lassen?", scherzte Nick.

Tamara lachte befreit: „Vielen Dank für das Angebot, ich komme vielleicht eines Tages darauf zurück. Aber jetzt gebt doch mal eine Schätzung ab. So wie Mutter Natur mich geschaffen hat, mit ein wenig Schützenhilfe von TransDime, was bringe ich jetzt auf die Waage?"

„Vielleicht sechzig Kilogramm? Ich traue mich bei Frauen nicht, mehr zu sagen, als sie tatsächlich wiegen, sonst komme ich in Teufels Küche." Nick grinste schief.

Rebecca gab zu bedenken: „Muskelmasse ist dicht und wiegt mehr, Nick. Ich gebe ihr mindestens fünfundsechzig, objektiv gesehen."

„Dann passt mal auf." Die Schweizerin stieg auf die Waage, die sofort einen Messwert in roten Digitalziffern abgab.

„Neunundachtzig?" Nick traute seinen Augen nicht. „Das Ding muss kaputt sein!"

„Mitnichten, alter Freund. Ich habe vorhin zur Kontrolle ein paar Dinge mit bekanntem Gewicht darauf gestellt. Die Waage ist in Ordnung. Du kannst mich ja gerne mal anheben, wenn du es nicht glaubst." Sie stellte sich vor ihn und breitete die Arme waagerecht zu den Seiten hin ausgestreckt aus.

„Das will ich jetzt aber doch wissen." Rebecca stellte sich vor sie und griff unter ihren Achseln hindurch, um ihre Hände hinter ihrem Kreuz zusammenzuführen und sie anzuheben.

„Uuuf!", machte sie erstaunt. „Da hebt man sich ja einen Bruch!"

Nick stellte sich nun seinerseits auf die Waage und las sein Gewicht ab. Nun gut, er hatte inzwischen ein Kreuz so breit wie ein Leistungsschwimmer und richtig gut definierte Muskeln, aber was er nun ablas, verschlug ihm die Sprache. „Hundertundfünf Kilogramm? Was zum Henker ist hier los?"

„Das muss der Effekt sein, der das ständige Training in der erhöhten Schwerkraft in Kombination mit der Nahrung auf uns gehabt hat. Wir müssen eine derart dichte Muskelmasse mit uns herumtragen, dass wir locker ein Viertel bis Drittel mehr wiegen, als man uns vom Aussehen her nach normalen Maßstäben zugestehen würde."

Tamara grinste. „Ich finde das cool. Ich freue mich schon auf das Gesicht des nächsten Rüpels in der Frankfurter U-Bahn, der mich anrempelt."

Rebecca stand nun auf der Waage und starrte sie beide ungläubig an. „Das ist heftig, Leute."

Nick wurde neugierig. „Und? Du bist sicher die Kräftigste von uns, so wenig wie dir die hohe Schwerkraft ausgemacht hat und so extrem austrainiert wie du bist. Du warst ja schon vorher eine Modellathletin mit Traumkurven und hast auf Filiale 2 lediglich noch den letzten Feinschliff bekommen, stimmt's?"

„Stimmt. Einhundertzwölf Kilogramm. Und das bei einsdreiundachtzig."

„Und das bei der heißesten Figur, die wahrscheinlich je über irgendeine Filiale gewandelt ist." Tamara gönnte sich noch ein paar letzte Blicke auf ihre beste Freundin.

„Das bestätigt meine Theorie. Ich bin übrigens auch schon bei Sven gewesen. Er bringt glatte hundertdreißig auf die Waage."

„Gut, er sieht ja schon von Natur aus wie ein Bär aus. Aber dennoch ist das alles höchst erstaunlich, finde ich. Ob sich das wieder normalisieren wird? Zu meinem bisherigen Hausarzt kann ich jedenfalls so nicht mehr gehen," stellte Rebecca fest.

Tamara entgegnete: „Seit wann muss irgendeiner von uns noch zu einem Arzt? Seitdem die Nanobots auf der Fähre sämtliche Krankheiten wegputzen, die wir je aufschnappen könnten, meine ich."

Rebeccas Gesicht drückte blankes Entsetzen aus. „Ich... ich gehe jetzt duschen."

Sie stürzte förmlich ins Bad und schlug die Tür hinter sich zu. Nick starrte Tamara finster an, während drinnen sofort das Wasser zu rauschen begann. „Gut gemacht, Tammy."

Verblüfft wollte sie wissen: „Was ist denn los? Habe ich was Falsches gesagt?"

„Ich erkläre es dir ein anderes Mal. Ich glaube, sie muss jetzt ein wenig allein sein."

Er öffnete die Badtür einen Spalt und schlüpfte hinein. Über das Rauschen der Dusche hinweg hörte sie ihn noch sagen: „Oh, Beckie, bitte wein doch nicht! Sie hat es nicht wissen können..."

Dann schloss sich die Tür und ließ eine bestürzte Tamara zurück im Zimmer. Wie betäubt nahm sie die Waage auf, um sie zurück zur Krankenstation zu bringen.

Was ging hier vor sich? Hatte das etwas mit dem Vorfall in der Fähre zu tun? Sie konnte sich keinen Reim darauf machen. Aber es brauchte viel, um ihre robuste Freundin zum Weinen zu bringen, da war sie sich sicher. Sie hatte eine Sekunde lang überlegt, ob sie nicht doch moralische Unterstützung anbieten sollte. Aber wenn sogar Nick mit seiner fabelhaften Menschenkenntnis befand, dass die Ursache für Rebeccas plötzlich aufgetretene Traurigkeit so privat war, dass er nicht einmal Tamara zu ihr lassen wollte, vertraute sie blind auf sein Urteil.

Wenn es sein sollte, würden sie es ihr bei passender Gelegenheit bestimmt sagen, um was es hier gegangen war.

Diese letzten zwei Wochen waren für sie essentiell, da sie nun anwenden konnten, wozu sie fähig waren, wenn sie ihre SF-Anzüge bei normaler Erdschwerkraft trugen und benutzten. Die Kraft, Agilität und Sprungkraft war im wahrsten Sinne des Wortes übermenschlich.

Entsprechend fielen die Übungen aus, die für Nick wie eine Mischung aus Action-, Geheimagenten- und Superhelden-Film wirkten, wenn er sich besah, zu welchen 'Stunts' sie fähig waren. Und das Wichtigste dabei war, dass sie nicht übermütig oder selbstgerecht angesichts ihres Leistungspotentials wurden. Sie bewahrten stets einen kühlen Kopf und erledigten die an sie gestellten Aufgaben schnell, effizient und sicher. Sie achteten darauf, unschuldige Menschen zu schonen und die Ziele auszuschalten, ohne andere zu gefährden.

Das bekamen sie sehr gut hin und vor allem funktionierten sie als Team sehr gut. Ganz gleich, wie sie zusammen gewürfelt wurden, jeder wusste, was er zu tun hatte, nachdem Rebecca die Gruppe oder Tamara bei größeren Aktionen den gesamten Trupp für die verschiedenen Ziele eingeteilt hatte. Das war allerdings zum großen Teil ihren nächtlich eingepflanzten Lektionen in Taktik zu verdanken.

Und sie waren nur einer von drei solcher Trupps in ihrem stark vertretenen Jahrgang. Auch ohne ihre Anzüge waren sie in diesem Endstadium der Ausbildung selbstredend zu körperlichen Höchstleistungen fähig, die man ihnen vom Aussehen her nicht zugetraut hätte. Die ganzen Vorschusslorbeeren, was die Qualität dieser Spezialausbildung betroffen hatte, waren durchaus gerechtfertigt gewesen.

Hiervon würden sie lange über die zwei Jahre Springerdienst hinaus profitieren.

Die Ausbilder schienen alle hoch zufrieden. Vor dem letzten Tag am Abend in der Kantine machten sie ihre Runden und sahen bei den verschiedenen Gruppen vorbei. Sie erkundigten sich nach dem Verlauf der letzten Übung, einem kleinen 'Kriegsspiel' im dschungelgleichen Urwald des nordiranischen Berglandes vor der Küste des Kaspischen Meeres. Sie waren zwar selbst bei dieser Übung vor den Toren ihres Camps dabei gewesen, wollten aber dennoch von einzelnen Mitgliedern ihrer Gruppe erfahren, wie sie das Ganze erlebt hatten.

Peruggi überraschte ihre Gruppe dann noch mit einer ungewöhnlichen Ankündigung: „Wenn Sie wieder daheim sind, haben Sie noch eine letzte Aufgabe zu erfüllen. Es geht dabei um eine alte Rivalität zwischen den Ausbildern der Springercamps und den jeweiligen Vorgesetzten ihrer Kursteilnehmer. Was der Auslöser dafür war, liegt inzwischen im Dunkel der Geschichte, ist aber eine altehrwürdige Tradition geworden."

Nachdem die allgemein anerkennenden und begeisterten Zwischenrufe abgeklungen waren, wollte Sven wissen: „Worum geht es dabei?"

Nun, die frisch gebackenen Springer denken sich einen kleinen, harmlosen Scherz aus, der originell und möglichst spektakulär sein sollte. Überstürzen Sie nichts, die Qualität des Ulks sollte nicht unter einer möglichst schnellen Ausführung leiden. Wichtig ist vor allem eine ausreichende Dokumentation der Sache, damit wir hier im Camp auch etwas davon haben. Glauben Sie, Sie können diese nette Tradition aufrecht erhalten?"

Tamara meinte: „Wir werden unser Bestes geben. Sie werden nicht enttäuscht sein."

Gelinde erstaunt wollte Peruggi darauf wissen: „Sagen Sie bloß, Sie haben schon eine Idee?"

„Dazu möchte ich mich noch nicht äußern, dafür ist es noch zu früh. Ich muss auch erst noch einiges recherchieren, was das angeht. Aber eine nette Idee wäre es auf jeden Fall." Die Schweizerin gab sich auffällig bedeckt.

„Morgen Abend machen wir eine kleine Aufführung hier in der Kantine, wobei die Aufzeichnungen der bislang besten durchgeführten Scherze von früheren Abgängern des Kurses gezeigt werden. Vielleicht inspiriert das den einen oder anderen von Ihnen ja zu etwas Großem, was in Zukunft auch hier gezeigt werden wird."

„Das wäre schön", sinnierte Wolf. „Wie die Aufnahme in die Ulk-Annalen der Springer."

Rebecca hatte gar nichts von der Unterhaltung mitbekommen, wie Nick auffiel. Er stupste sie sanft an, worauf sie aufschreckte. Sie hatte seit ihrer traumatischen Diagnose und dem kleinen Rückfall in ihrem Zimmer immer wieder solche Momente gehabt, wie er sorgenvoll registrierte.

„Alles in Ordnung, Schatz?", wollte er mit besorgter Miene wissen.

Sie lächelte tapfer. „Ja, natürlich. Ich musste nur gerade wieder an... etwas... denken."

Als er merkte, dass ihre Augen wässrig wurden, legte er schnell einen Arm um ihre Schulter und drückte sie an seine Seite. Sie Beide, aber vor allem Rebecca, würden noch ein wenig Zeit brauchen, bis sie dieses schreckliche Erlebnis in der Fähre zur Gänze verarbeitet hatten.

Tamara stand mit gerunzelter Stirn auf. „So, jetzt reicht es mir aber! Seit unserer Rückkehr hierher geht das schon so. Seit dem Abend in eurem Zimmer verhältst du dich so komisch in ruhigen Momenten und gehst mir ständig aus dem Weg. Du kommst jetzt sofort mit und erzählst mir endlich, was los ist."

„Nein, Tammy, ich glaube nicht, dass ich..." Rebeccas abwehrende Haltung rief nun sogar Peruggi auf den Plan.

„Gruppenführerin Paulenssen, ich habe ein paar Fragen an Sie."

Verwirrt sah Rebecca ihren Ausbilder an, der sich nachdenklich seinen Schnurrbart zurecht strich.

„Ist Truppführerin Schnyder Ihre Vorgesetzte?"

„Ja, das ist sie natürlich, aber was...?"

Er brachte sie mit einer Handbewegung zum Schweigen. „Und ist sie überdies hinaus auch Ihre beste Freundin, wie mir berichtet wurde?"

„Die beste, die man sich denken kann", schoss die Antwort aus Rebeccas Mund, ohne dass sie darüber nachdenken musste.

„Dann leisten Sie ihrer Aufforderung jetzt Folge." Sein Blick fixierte ihren. „Zwingen Sie mich nicht dazu, einen Befehl daraus zu machen."

„Militär", flüsterte Nick und fing sich dadurch einen kurzen, bitterbösen Blick von Rebecca ein, sodass er es bereits wieder bereute, diese kurze Spitze losgelassen zu haben. Sie war sehr empfindlich in dieser Beziehung und konnte derart nachtragend sein, dass es bis zum Abend dauern konnte, bis er das dann zu spüren bekommen würde. Sobald sie die nächste Gelegenheit hatte, ihn sich ungestört vorzuknöpfen, würde sie ihm die Leviten lesen, was wieder einmal sehr unschön werden würde.

Sie bekamen sich oft wegen seines losen Mundwerks in die Haare, doch nie in der Öffentlichkeit. Dafür besaß Rebecca zu viel Contenance, um sich im Beisein von anderen richtig zu streiten. Und sie verabscheute es, wenn andere das taten.

Tamara hatte sie inzwischen untergehakt und zerrte sie förmlich hoch. „Na los, du störrisches Muli. Komm mit!"

„Tammy, ich weiß nicht, ob ich darüber schon reden will. Es war wirklich schlimm..." Alles Klagen und sich Wehren half nichts. Da von der ursprünglichen Anzahl Anwärter nur noch ein Bruchteil am Ende des Kurses hier war, hatten sie Unmengen von leeren Tischen im Kantinensaal, zu denen sie sich zurückziehen konnten.

Nick murmelte: „Das wurde auch Zeit. Sie hätte sich ihr viel früher anvertrauen sollen. Eine gute Freundin ist unersetzbar, wenn es um solch ein Thema geht."

„Was hat Rebecca denn eigentlich?", fragte Sven etwas treu-doof.

„*Bitte.*" Mehr sagte Nick nicht, aber im richtigen Tonfall, um ihn und alle anderen am Tisch abzukanzeln, die auf die Idee kommen mochten, noch weiter nachzufragen.

Schon nach wenigen Minuten lagen sich die beiden Freundinnen weinend in den Armen, wie man auch von ihrem entfernten Tisch aus sehen konnte. Wolf bemerkte trocken: „Oha, große Gefühle!"

„Halt die Klappe!", fuhr Nick ihn an, ohne sich auch nur zu ihm umzudrehen. Etwas befremdet starrten alle am Tisch ihn an. So hatte er noch nie mit irgendjemandem der Gruppe gesprochen, geschweige denn mit Wolf, seinem Freund von der Filiale 108. Dieser realisierte dann auch gleich, dass er den Bogen schon mit dieser kurzen, flapsigen Bemerkung überspannt hatte. „Tut mir Leid, Nick, ich wollte nicht..."

„Schon gut, du kannst ja nicht wissen, um was es geht. Das ist eine wirklich dramatische Sache, und sie ist sehr privat. Privater geht es eigentlich gar nicht mehr. Darum wäre nicht nur ich euch allen sehr dankbar, wenn keiner mehr danach fragen würde." Er seufzte tief und wandte sich der Gruppe zu. „Lasst uns lieber nach vorne schauen, wir haben den Kurs schließlich praktisch hinter uns. Wir sind Springer, Leute! Lasst euch das mal durch den Kopf gehen, was das für uns alle bedeutet!"

Die Ausbilder hatten es doch wirklich noch fertig gebracht, in den allerletzten Tag hier im Camp noch zwei Krisenlösungsszenarien, wie sie es nannten, hinein zu packen. Diesmal hatten sie auch eine Uhrzeit genannt bekommen, ab wann sie sich zum Abendessen einfinden sollten, da danach die angekündigte Vorstellung der besagten 'Streiche' der älteren Jahrgänge stattfand.

Als sich alle Mitglieder ihrer Gruppe mit vollen Tellern an einem Tisch versammelt hatten, begann Linnea die Spekulationen: „Ich bin mal gespannt, was wir da so alles zu sehen bekommen. Die anderen Abgänger haben sich sicher nicht lumpen lassen, was die Originalität dieser Aktionen angeht."

Chen meinte etwas ratlos: „Ich kann mir momentan gar nicht richtig vorstellen, was uns jetzt alles erwartet in diesen Filmen. In meiner Filiale ist das nicht so üblich, würde ich sagen. Jedenfalls nicht öffentlich."

Lovisa merkte auf: „Da sprichst du einen guten Punkt an. Ist euch eigentlich klar, dass wir jetzt auch einiges an anderen Filialen zu sehen bekommen könnten? Ich meine Städte, Länder, Dinge und auch Gebräuche und Gepflogenheiten, die wir ansonsten vielleicht nie zu sehen bekommen werden. Weil wir vielleicht nie in diese betreffenden Filialen geschickt werden könnten."

Teresa begann zu lächeln. „Du hast recht. Und gleichzeitig liefern uns diese Filme auch eine Art Anleitung über Form, Aufbau, Länge der Aktion und so weiter. Richtlinien, an die man sich halten sollte. Finde ich toll."

„Das wird sicher ein Riesenspaß werden." Tamara schien kurz davor, sich vor freudiger Erwartung die Hände zu reiben. „Habe ich schon erwähnt, dass ich ein begeisterter Cineast bin und das für mich die Chance schlechthin ist, mich bei meiner Idee mal ein wenig in dieser Richtung zu verwirklichen? Vorausgesetzt, sie passt in dieses Konzept, das wir gleich zu sehen kriegen."

„Warum habe ich nur kein gutes Gefühl dabei?" Nick verdrehte die Augen und seufzte.

In den folgenden anderthalb Stunden sahen sie insgesamt sieben Filme, die an Einzigartigkeit, Humor und Originalität kaum zu überbieten waren. Bei einigen wurde dem speziellen Humor der betreffenden Filiale insofern Beachtung geschenkt, als dass die Macher des Filmes eine kurze Einführung darüber gaben, welcher Aspekt des gesellschaftlichen Humors angesprochen wurde, sprich warum der Film für die Macher und die Bewohner der entsprechenden Filiale lustig war. Bei einigen war das auch bitter nötig, dachte sich Nick insgeheim.

Hinterher diskutierten sie über das Gesehene, was ihnen am besten gefallen hatte und warum. Tamara meinte: „Mir hat das hier die Augen geöffnet. Meine Ursprungsidee habe ich sofort in die Tonne getreten. Es würde einfach nicht funktionieren."

Wolf sagte leicht brüskiert: „Ihr habt gut lachen! Ihr könnt euch alle zusammen setzen und etwas aus dem Boden stampfen, während ich als Vertreter meiner Filiale alleine auf verlorenem Posten stehe."

Teresa wollte wissen: „Es gibt wirklich keinen einzigen anderen aus Filiale 108 hier, mit dem du dich zusammentun könntest?"

„Macht's gut." Wie mit dem Gummiband abgeschossen war Wolf auf und davon und steuerte einen der anderen Tische an. Perplex sahen sie ihm nach, als er sich bereits lachend und scherzend zu drei anderen Absolventen setzte.

„Treulose Tomate!", bemerkte Lovisa dazu. „Na ja, er muss in dieser Hinsicht ja auch sehen, wo er bleibt. Und das Ganze ist ja kein Muss, mehr eine Kür."

„Kür? Eine Übung? Hm..." Rebecca schien etwas einzufallen. „Ich habe mal etwas im Fernsehen gesehen, das könnte für uns interessant sein. Aber mir ist noch nicht genau klar, wie wir so etwas überhaupt umsetzen könnten..."

Sie umriss ihnen die Grundidee, was sofort Nick und Tamara auf den Plan rief. Beide hatten wohl unabhängig voneinander denselben Einfall gehabt, wie daraus eine witzige Geschichte gemacht werden konnte. Nur die genaue Umsetzung blieb vorerst noch offen.

Teresa schien das Ganze nicht so zuzusagen. „Behalten wir das Konzept erst einmal in der Hinterhand und holen genauere Informationen über die ganze Geschichte ein, bevor wir uns vorschnell darauf versteifen, okay?"

„Was gefällt dir daran nicht? Du hast rote Haare und damit praktisch freie Auswahl. Mir fallen auf Anhieb vier oder fünf Möglichkeiten für dich ein. Ich werde mir wahrscheinlich eine Perücke besorgen müssen und diese dann irgendwie so befestigen, dass sie bis zum Ende dieser Zirkusnummer auf dem Kopf bleibt." Tamara schnaubte bei der Vorstellung.

Nick warf ihr einen neugierigen Seitenblick zu. „Du hast demnach schon eine Vorstellung davon, wen du verkörpern willst?"

„Tu nicht so, als ob *du* keine hättest", versetzte sie mit ironisch hochgezogenem Mundwinkel.

„Du hast mich erwischt. Für Rebecca hätte ich auch schon ein, zwei Vorschläge." Er grinste sie nun unverhohlen an. „Das wird sensationell, wenn es zustande kommt."

„Und extrem albern. Ich komme mir vor, als würde ich am Kindertisch der Geburtstagsgesellschaft sitzen." Teresa schüttelte den Kopf. „Außerdem wissen wir noch nicht genug, um das tatsächlich durchzuziehen. Macht euch noch nicht zu große Hoffnungen, sonst seid ihr nachher nur enttäuscht."

„Wenn du weiter so negativ eingestellt bleibst, bekommst du die Rolle eines Bösewichts bei der Geschichte", drohte Tamara darauf halb ernst.

„Oh nein, alles nur das nicht! Ich werde kein schlechtes Wort mehr darüber sagen."

Teresa zog eine Schnute nach diesem gekünstelten, ironischen Kommentar, worauf alle am Tisch lachten. Inzwischen hatte sich die Kantine schon weitgehend geleert, sodass sie sich ebenfalls für die Nacht verabschiedeten. Morgen früh würde es zurück in die jeweiligen Filialen gehen und da sie sechsmal weniger als zu Beginn des Kurses waren, würde dieser Transport einfacher zu organisieren sein.

Als Nick und Rebecca sich zu zweit in eines der Stockbetten gequetscht hatten und er sich von hinten an sie kuschelte, fragte Nick sie: „Und, was denkst du, jetzt da wir die Ausbildung hinter uns haben? War es das wert?"

„Ich glaube schon. Wir sind gefühlt um zwei Jahre gereift in diesen letzten drei Monaten und wir haben Dinge gesehen und erlebt, von denen die meisten anderen Menschen nur träumen können. Was uns jetzt allerdings in den zwei Jahren Bereitschaft erwarten wird, kann wohl niemand sagen.

Ich habe gestern noch in einer ruhigen Minute mit Peruggi gesprochen, über seine aktive Zeit in der Bereitschaft. Er selbst war in dieser Zeit auf drei Einsätzen. Es war seiner Meinung nach nichts dabei, was man nicht hätte bewältigen können, aber man braucht wohl ein dickes Fell anhand dessen, was man an Szenarien vorfindet auf solchen Einsätzen. Man wird oft im Schatten von brenzligen oder chaotischen Großkrisen eingesetzt, operiert unmittelbar vor oder direkt hinter Frontlinien in Kriegen, um Personal oder Sachwerte von TransDime aus höchster Gefahr in Sicherheit zu bringen. Und oft müssen viele Springer auf einmal eingesetzt werden, je nachdem wie umfangreich und unmittelbar die Bedrohung ist. Das werden nicht einfach nur simple Geiselbefreiungsaktionen werden. Eher so etwas wie 'Save Private Ryan'-Missionen in nationalem oder internationalem Maßstab."

Als er die Besorgnis in ihrer Stimme hörte, wollte er es genauer wissen: „Hast du Peruggi etwa dazu gebracht, dir Genaueres über solche Aufträge zu verraten?"

Sie nickte bedrückt. „Er hat mir gesagt, dass er auch auf unserer Filiale auf einem Einsatz war. Demnach ist er älter, als ich gedacht hätte. Aber ihm scheint die Ausbildung der Springer eben Spaß zu machen und ein Anliegen zu sein, ansonsten wäre er schon lange im Ruhestand. Und er hat wohl auch einen Narren an Filiale 2 gefressen, wie er mir gestanden hat. Auf diese Weise kann er bis zu dreimal im Jahr für zwei Monate dorthin."

„Du schweifst ab, Schatz." Er knabberte sanft an ihrem Ohrläppchen, worauf sie genüsslich die Augen schloss. „Hat er etwas Konkretes erzählt, was er miterlebt hat?"

„Offenbar war er während seiner Bereitschaftsjahre bei der Evakuierung von sämtlichen Aktivposten von TransDime aus Kuwait City beteiligt, während Saddam Husseins Truppen bereits in die Stadt einmarschierten. Das muss keine schöne Sache gewesen sein nach dem, was er angedeutet hat."

Nick erstarrte und riss die Augen auf. „Warte mal, wenn er zu diesem Zeitpunkt Mittee zwanzig oder so war, dann müsste er ja heute... *nein!*"

„Glaub's ruhig. Er sagte, das mache die Bewegung und vor allem der dauerhafte Genuss des multidimensionalen Super-Buffets im Camp aus. Auf Dauer wirkt das fast wie ein Jungbrunnen, könnte man meinen." Sie lächelte und bewegte ihr an ihn gedrücktes Gesäß sanft hin und her, was ihm ganz und gar nicht missfiel. Dann fuhr sie fort. „Er selbst hat von seinen Ausbildern von Einsätzen auf unserer Heimatfiliale Geschichten gehört, die bis zum ersten und zweiten Weltkrieg zurückreichten. TransDime ist eben in vielen Filialen global aktiv und wenn es Nationen gibt, die instabil sind oder von Krieg heimgesucht werden, müssen sie sich eben temporär aus diesen Gebieten zurückziehen, wenn es keine Alternative dazu gibt."

„Lass uns über etwas anderes reden." Er beugte sich über sie und küsste sie. „Oder besser gar nicht mehr..."

Frankfurt am Main, Filiale 88 - Monat 4

Völlig erschöpft von der langen Rückreise kamen Nick und Rebecca an ihrem Zuhause an und öffneten die Haustür. Das Debriefing nach ihrer Ankunft in der Firmenzentrale hatte ihnen sprichwörtlich den Rest gegeben. Und das Pseudo-Jetlag war doch deutlich spürbar für sie. Obwohl es helllichter Tag war, würden sich beide am liebsten sofort ins Bett werfen und einen Tag lang durchschlafen.

Es war Freitagmittag, soviel hatten sie inzwischen mitbekommen. Für sie hieß das wenigstens ein ungestörtes Wochenende. Am liebsten würden sie gleich noch eine Woche Ferien obendrein einreichen.

Als sie in den Flur eintraten, sagte Nick ermattet: „Ich habe mich noch immer nicht an das unbeschwerte Gefühl gewöhnt, wieder bei normaler Schwerkraft herumzulaufen. Diese zwei Monate auf Filiale 2 haben echt einen bleibenden Eindruck hinterlassen."

„Ja, bei doppelter Gravitation ist es fast so, als würde man sich unter Wasser bewegen, nur nicht ohne die jede Bewegung hemmende Flüssigkeit. Ich fühle mich jetzt leicht wie eine Feder." Rebecca hüpfte zum Spaß auf Zehenspitzen unbeschwert den Flur hinab bis ins Wohnzimmer, wie eine Ballerina.

„Leicht wie eine Feder? Dabei bist du solide wie Gold." Er verkniff sich bewusst jeden anderen Vergleich über hochdichte Substanzen, die einen negativeren Klang hatten.

Sie ließ sich müde auf die Couch fallen. „Keine Sorge, die frauenspezifische Empfindlichkeit wegen meines Gewichtes werde ich wohl einfach ablegen müssen. Das startet jetzt sofort. Sieh' mal, wie tief ich in die Polsterkissen einsinke."

„Irgendwie ist das auch cool. Ich frage mich gerade, ob wir überhaupt noch schwimmen können bei unserer hohen Körperdichte." Nick warf sich neben sie auf die

Couch, die daraufhin bedenklich knarrte.

Sie sah ihn mit halb geschlossenen Augen an und sagte: „Das sollten wir demnächst mal ausprobieren. Obwohl, mir fällt gerade ein, dass ich auf Filiale 32 während meinem Tag 'Mutterschaftsurlaub' schwimmen war. Demnach kann ich dir Entwarnung geben. Ein Hoch auf die Wasserverdrängung."

Beide schliefen unvermittelt ein und wurden dann unsanft von ihrer Hauskatze geweckt, die durch die Katzenklappe über die Terrasse ins Haus gekommen war.

Erfreut sah Rebecca auf, als sich der pechschwarze, riesenhafte Mischlingskater quer über sie beide legte und laut zu schnurren begann. Auf Esperanto begrüßte sie ihn: „Hallo, Panther, du kleines Teufelchen! Hast du uns vermisst?"

Miau.

Seitdem sie herausgefunden hatten, dass, aus welchem mysteriösen Grund auch immer, Katzen Esperanto verstehen konnten, hatten sie eine rudimentäre Kommunikation mit ihrem kleinen Panther aufgebaut, die über Ja-Nein-Fragen funktionierte. Ein Miauen als Antwort hieß dabei Ja und deren zwei dann nein.

Nick, auf dessen Schoß die untere Hälfte ihres felinen Mitbewohners ruhte, begann seinen Rücken zu streicheln. „Hast du dich auch gut benommen, während wir weg waren?"

Miau.

Rebecca kraulte ihn hinter dem Ohr, was dieser mit einem schräg gelegten Kopf und genüsslich geschlossenen Augen quittierte, noch lauter schnurrend. „Kaum zu glauben. Du hast keine toten Viecher mehr angeschleppt?"

Der Kater öffnete die Augen und sah sie lange und intensiv an. Manchmal konnten Katzen einem dadurch ihren geballten Unwillen fast schon telepathisch vermitteln.

Abwehrend begann Rebecca neu: „Also gut, ich hab schon verstanden. Ich formuliere es um. Hast du seit unserer Abreise wieder irgendwelche toten Tiere auf die Türmatte vorne gelegt?"

Miau. Miau.

„Aha. Hat Barbara also mit dir geschimpft, als du es das letzte Mal getan hast?"

Miau.

Panther legte den Kopf auf ihren Schoß, legte die Ohren an und senkte den Schwanz.

Nick musste lachen: „Sieh ihn dir mal an! Das schlechte Gewissen in Person."

Miau.

Rebecca lachte und kraulte ihn weiter. „Mach dir nichts draus. Ich weiß, dass du denkst, wir sind dumme, haarlose Affen, die so ungeschickt sind, dass wir selbst nichts fangen können. Du hast das nur getan, damit wir nicht verhungern müssen."

Miau.

„Aber du weißt jetzt, dass das nicht so ist?"

Miau.

Panther sprang zu Boden und verließ über die Katzenklappe das Haus wieder. Offenbar hatte er für den Moment genug Konversation über seine Verfehlungen geführt.

Rebecca sah ihm nach. „Er ist ein wenig empfindlich, oder? Barbara hat ihn sich sicher ordentlich vorgenommen. Sie kann sehr resolut sein, wenn sie will."

In diesem Moment ging die Tür vorne auf und Barbara betrat das Haus wie aufs Stichwort. Sie begrüßten sich und wehrten erste Fragen ab. „Warten wir lieber, bis Lothar zu uns stößt. Ist er da oder für die Firma unterwegs?"

„Er packt gerade die Wochenend-Einkäufe aus dem Kofferraum. Ich werde mich in diesem Fall wohl noch ein bisschen gedulden." Sie umarmte Rebecca, die aufgestanden war, um ihrer Mitbewohnerin entgegen zu kommen.

„Wow, du fühlst dich an, als ob du nur noch aus Muskeln bestehen würdest. Kommt das von eurem Spezialtraining?" Sie trat einen Schritt zurück und musterte Rebecca von oben bis unten, bevor sie ihr den Bizeps fühlte und eine beeindruckte Miene aufsetzte. „Du siehst fantastisch aus. Da könnte man ja grün werden vor Neid."

„Und das von dir, das ist ein tolles Kompliment. Ja, wir sind jetzt offiziell Superhelden", scherzte Nick, der sich auch erhob. Auch er wurde gedrückt und genauer in Augenschein genommen, nicht ohne eine gewisse Bewunderung.

„Auch mit dir hat die Zeit es gutgemeint. Sieh ihn dir an, Beckie! Ist es für mich schon zu spät, den da gegen Lothar bei dir einzutauschen?"

„Ich fürchte ja. Wie du weißt, bin ich inzwischen ein beringtes Täubchen, was auch für den Herrn der Schöpfung hier gilt." Sie hob die Hand mit dem Handrücken nach außen und wackelte mit dem Ringfinger.

Noch während Nick sie anstrahlte, ging die angelehnte Haustür auf und ihr Freund und Mitbewohner Lothar kam hinein, eine der für Vorratseinkäufe üblichen Plastik-Klappboxen in beiden Händen tragend. „So, damit wären wir vorbereitet für alle Eventualitäten... he, Leute, ihr seid zurück!"

Sie begrüßten sich alle und nachdem Lothar die Einkäufe abgestellt hatte, setzten sie sich und begannen das Wenige, was ihnen erlaubt worden war, weiterzugeben.

„Jetzt bin ich aber mal gespannt. Ich mach uns erst mal Kaffee, aber fangt schon mal an. Ihr seht fitter aus als je zuvor. Mann, diese Ausbildung hat euch gut getan, das sieht man auf den ersten Blick schon." Lothar warf ihren exquisiten Vollautomaten an und begann die diversen Kaffeetassen herzurichten.

Nick erzählte ausgelassen: „Ihr hättet beim Abschlussbriefing dabei sein sollen, das war echt filmreif! Ungefähr neunzig Prozent der Zeit über haben Tammy und Beckie Herrn Kardon Löcher in den Bauch gefragt. 'Dürfen wir das erzählen?' - 'Und wie ist es damit?' - 'Und das?' ...ich glaube, ich habe ihn noch nie so kurz davor erlebt, richtig aus der Haut zu fahren!"

Alle lachten ausgiebig, dann übernahm Rebecca: „Ja, das war der Hit. Die größte Veränderung überhaupt hat aber Tamara durchlebt. Sie ist richtig ernsthaft geworden, hat Verantwortung übernommen und eine leitende Position im Team. Dabei hat sie echte Führungsqualitäten an den Tag gelegt und diese flapsige Jungmädchennummer, die ihr manchmal noch so ein bisschen angehaftet hat, komplett abgelegt. Ihr werdet sie kaum wiedererkennen."

„Na, da bin ich ja mal gespannt. Aber jetzt mal zu eurem Training. Was dürft ihr denn da erzählen? Ihr seht so aus, als wärt ihr drei Jahre weg gewesen, nicht nur drei Monate. Dabei seht ihr frischer und jugendlicher aus als je zuvor. Was ist das große Geheimnis dabei?" Lothar war es also auch aufgefallen, dachte Nick bei dessen Kommentar.

„Okay, wie fange ich am besten an? Was weißt du als Außenstehender über gesunde

Ernährung?"

„He, sei nicht so frech", fuhr er Nick unter Gelächter der Frauen über die Schulter sehend an, während er gleichzeitig durch den Seitenhieb abgelenkt eine Packung Kartoffel-Chips und eine Tafel Schokolade aus dem Einkaufskorb holte, worauf das Gelächter nun dreistimmig wurde. Erst als er auf seine Hände hinabsah, ging ihm sein schlechtes Timing auf.

„Keine weiteren Fragen, euer Ehren!" Rebecca rang nach Atem und fuhr dann fort. „Nein, ernsthaft, einen erheblichen Anteil am überwältigenden Erfolg dieser einzigartigen Trainingsmethode war das Essen. TransDime hat aus sämtlichen Realitätsebenen die gesündesten, nahrhaftesten und den Körper auf ungeheuer viele Weisen unterstützenden Lebensmittel und Speisen zusammen getragen. Und die Sachen waren so wahnsinnig lecker, das kann man gar nicht beschreiben! Da wir durch unser hartes Training und andere spezielle Umstände Unmengen an Kalorien verbrannt haben, konnten wir uns jeden Tag ohne jede Spur von Reue durch das beste Buffet des Multiversums hindurch futtern."

„Da könnte man ja richtig neidisch werden! Wie beim All-inclusive-Urlaub." Barbara geriet fast schon ins Schwärmen.

„Ja, aber die Ausbildung war in der Tat das Härteste, was ich in meinem Leben erdulden musste. Das gilt mit Sicherheit auch für jeden Einzelnen im Kurs. Von über fünfhundert Anwärtern haben nicht mal hundert bis zum Ende durchgehalten." Rebecca sah nun wieder sehr ernst aus. Sie musste an die schwer verletzte Kandidatin auf dem Hinflug zu Filiale 2 denken und an den Todesfall durch den unvorsichtigen Kadett in der Anfangsphase im Camp auf Filiale 32.

„Und wo fand das Training statt?" Lothar war fasziniert von jedem der spärlichen Details, die sie ihnen verrieten.

„Das ist geheim. Aber es war die phantastischste Zeit meines Lebens", schwärmte Nick ihnen vor. „Nicht mal in euren wildesten Fantasien könnt ihr euch solch eine Filiale vorstellen. Wir haben in zwei Jahren nach Beendigung unserer Bereitschaft die Möglichkeit, praktisch frei zu wählen, was wir weiter tun wollen. Und wir haben uns schon beide überlegt, ob wir nicht längerfristig dorthin wollen, zum Beispiel in eine Forschungskolonie. Es ist eine fast unbewohnte Filiale und dort gibt es viel zu entdecken."

Barbara wandte ein: „He, das wäre aber schade für Tamara, wenn euer Erfolgstrio auseinander gerissen wird. Hattet ihr nicht davon geträumt, alle zusammen auf eine Forschungsfähre zu gehen, die neu entdeckte Realitätsebenen erkundet?"

„Das wäre natürlich auch reizvoll", gab Rebecca unumwunden zu und nahm ihre Reisetasche auf, um sie schnell in ihr Zimmer hochzubringen, bevor der Kaffee fertig sein würde und sie sich längere Zeit am Stück unterhalten würden.

Als sie zwei Schritte nach oben gemacht hatte, erstarrte sie: „Was zum Henker ist denn hier passiert? Hat hier ein Massaker stattgefunden, dessen Erwähnung euch zufällig entfallen ist? Oh Mann, wir werden das halbe Treppenhaus neu streichen müssen..."

Während Lothar und Barbara sich ertappt schuldbewusst ansahen, stand Nick auf und begutachtete Rebeccas Entdeckung. „Hm, lasst mich mal raten. Panther?"

Betreten sagte Lothar. „Ja, Panther. Ihr erinnert euch, wie wir ihm wiederholt ins Gewissen geredet haben, dass er aufhört, alles Mögliche an Getier, was er auf seinen Streifzügen reißt, auf unserer Türmatte vor der Haustür abzulegen?"

Ungnädig entgegnete Rebecca, unfähig, den Blick von dem mit Blut 'gemalten' Bild an den Wänden des Aufgangs abzuwenden: „Natürlich, da die Beseitigung der Hälfte dieser Vorfälle an uns hängen geblieben ist..."

„Ja, ich weiß, tut mir Leid. Ich habe das damals schleifen lassen, das ist mir bewusst", entschuldigte Barbara sich. „Ich hatte ihn auch wirklich soweit, dass er nichts mehr auf die Türmatte abgelegt hat. Was ihn allerdings nicht davon abgehalten hat, zur Abwechslung mal etwas an erlegter Beute mit *ins* Haus zu schleppen."

Ungewollt musste Nick lachen. „Dieser Kater hat es faustdick hinter den Ohren. Ihr werdet einen schriftlichen Vertrag mit ihm aufsetzen müssen, mit allen Eventualitäten als Klauseln, den er dann mit einem Pfotenabdruck visieren muss."

„Schön, dass du darüber lachen kannst." Lothar klang nun wie das schlechte Gewissen in Person.

„Okay, servier' mir alle Details, schonungslos. Da kommt doch noch was nach, oder irre ich mich?"

„Es ist meine Schuld", platzte es aus Barbara heraus, die nun sehr unglücklich aus der Wäsche schaute. „Ich hatte gerade morgens das Haus durchgelüftet, als Panther eine Amsel ins Wohnzimmer geschleppt hat und sich ein wenig mit ihr befasste, als ich ihn dort entdeckt habe. Als ich ihn dazu bewegen wollte, von dem Vogel abzulassen und ihn wieder 'rauszubringen, hat sich leider herausgestellt, dass der noch gelebt hat. Verletzt und blutend ist er dann ins Treppenhaus geflattert, während Panther ihn im Blutrausch gejagt hat. Das Ergebnis seht ihr unter anderem hier."

Nicks Augenbrauen hoben sich. „Wenn du sagst: unter anderem, dann..."

Lothar unterbrach seinen alten Freund: „Wie gesagt, wir haben gerade durchgelüftet, so dass diverse Türen offenstanden. Er hat den armen Vogel in dein Zimmer verfolgt, wo er ihn dann auch zur Strecke gebracht hat. Wir streichen natürlich auch bei dir neu, versprochen. Wir haben schon beim Concierge-Service in der Firma einen Auftrag dazu erteilt. Sie schicken gleich nächsten Montag eine Malerfirma und haben uns versichert, dass das an einem Tag erledigt wird."

„Wider besseren Wissens werde ich mir das jetzt erstmal ansehen..." Nicks Stimme verklang, als er die Stufen hoch eilte und in sein Zimmer sah.

„Beckie?"

„Ja, was ist?", antwortete sie auf seinen zögerlichen Ruf.

„Kann ich ein paar Nächte bei dir schlafen?"

„So schlimm?" Sie sah ihre beiden Mitbewohner an, die nur mit nach Verzeihung heischender Miene verlegen lächelten.

„Du willst es dir nicht ansehen, vertrau mir." Er kam wieder nach unten. „Deshalb ist Panther wie ein schwarzer Blitz abgezischt, als er euch kommen gehört hat. Und wir haben ihn noch gefragt, ob er anständig war. Dieses Lumpenviech."

Rebecca sinnierte: „Nun, er hat uns in der Hinsicht alle Fragen nach bestem Wissen und Gewissen... ich glaube, mein Leben ist sogar noch seltsamer, als ich ohnehin schon dachte. Ich versuche gerade herauszufinden, ob unsere *Katze* mich angelogen hat."

„Mein Besen hat jedenfalls eine deutliche Sprache gesprochen", versicherte Barbara ihr resolut und grimmig aus der Wäsche schauend. „Den kennt er schon seit frühester Katzen-Kindheit. Wenn der Besen ins Spiel kommt, weiß er, dass er was ausgefressen hat und dann flitzt er. Seit der Sache vorgestern haben wir ihn nicht mehr zu Gesicht bekommen."

„Oh, da müsst ihr euch keine Sorgen machen. Ich kann euch versichern, dass er wie der Herr im Haus hier herumstolziert ist, solange ihr weg wart. In dieser Hinsicht hat er keine Probleme mit einem schlechten Gewissen." Nick konnte nur den Kopf schütteln.

Lothar sah über die Schulter. „Der Kaffee ist soweit, Leute, die Maschine ist warm. Lasst uns doch erst mal weiter reden, was euch so widerfahren ist."

„Gut abgelenkt." Nick setzte sich wieder, gefolgt von Rebecca und Barbara. „Na ja, wir haben ja nicht nur körperlich hart trainiert. Im Prinzip wurde uns auch jede Menge an Wissen eingetrichtert, was wir zur Ausübung unserer Einsätze brauchen werden. Das ist noch eine Extremsteigerung zu den Lernprogrammen, die über den PC von uns verwendet werden. Stellt euch vor, es ist möglich, einem das im Schlaf sozusagen einzuspeisen. Und zwar..."

Er erklärte ihnen das Prinzip und die Wirkungsweise dieser Prozedur, wobei ihre beiden Mitbewohner mit offenen Mündern staunend dasaßen und lauschten.

„Das ist unglaublich. Und das haben sie euch angedeihen lassen?" Barbara konnte nur den Kopf schütteln.

Rebecca erklärte: „Durch diese Lektionen kommt es mir vor, als wäre ich ein paar Jahre in einer Vollzeitschule beim Unterricht gewesen. Na ja, eher bei einer Polizei- oder Militärakademie, wenn man die Natur des Lehrstoffs berücksichtigt..."

„Aha, jetzt hast du es aber selbst gemerkt, dass du die Sache als militärisch bezeichnet hast, oder? Gibst du endlich auf?" Triumphierend richtete Nick den ausgestreckten Zeigefinger auf sie.

„Nicht in einer Millionen Jahren", entgegnete sie mit missmutig gerunzelter Stirn. Erklärend wandte sie sich dann an ihre verständnislos dreinblickenden Freunde: „Ihr müsst wissen, dass wir seit dem Beginn der Ausbildung einen Disput darüber führen, ob dieses Training militärische Züge trägt oder nicht. Nick behauptet das unsinniger weise, während ich das vehement verneine. Es ist offensichtlich gewesen..."

„*Unsinniger weise*?" Nick keuchte auf. „Ich höre wohl nicht recht? Obwohl wir bei der Auflistung der Pro und Contra-Punkte ungefähr bei 117 zu 38 pro militärische Ausbildung stehen?"

„Mach dich nicht lächerlich, das Verhältnis ist wohl eher genau umgekehrt." Sie verschränkte die Hände vor der Brust und starrte ihn finster an.

Vorsichtig versuchte Lothar zu vermitteln: „Leute, das kann doch nicht so wichtig sein, dass ihr euch deswegen gleich zoffen müsst. Für mich klingt das wie ein *running gag*, der im Laufe der Zeit außer Kontrolle geraten ist. Wenn ihr ehrlich zu euch selbst seid, müsst ihr euch doch eingestehen, dass..."

Die Haustür fiel ins Schloss, worauf alle überrascht zum Flur hin sahen. Prompt tauchte Tamara auf und begann ohne Umschweife: „Hi, Leute, alles klar? Ich musste leider vorbei schauen, weil sich eine unangenehme Entwicklung ergeben hat."

„Wie bist du zur Haustür reingekommen?", fragte Lothar baff.

Sie winkte nur ab. „Ach, *bitte*! Ihr erinnert euch doch sicher daran, dass TransDime so frei war, unsere Domizile zu verwanzen, was wir dann entdeckt haben, als sich meine vorzeitige Beförderung ergeben hat?"

„Na klar, sie haben sich ja schließlich selbst dadurch verraten, dass sie mit der Kavallerie hier eingeritten sind, als gelte es ein Wildwestfort vor einem Indianerangriff zu retten."

„Schöne Analogie, Nick. Weniger schön ist, dass sie unsere Abwesenheit dazu genutzt haben, es wieder zu tun." Zornig musterte sie ihre Kollegen und Freunde, auf eine Reaktion wartend.

Lothar meinte unsicher: „Wie kommst du darauf? Wir..."

„Haben sie euch irgendwann beide gleichzeitig auf Dienstreise geschickt?"

Barbaras Miene verfinsterte sich nun ebenfalls. „Ja, und zwar gleich nachdem ihr zu eurer Ausbildung aufgebrochen seid. Für zwei Tage nach Berlin."

„Ich hatte eben das Vergnügen, unsere gesamte Wohnung zu *entlausen*, was elektronische Wanzen angeht. Auch bei uns waren für einige Tage alle dienstlich ausgeflogen. Das war kein Zufall, wenn ihr mich fragt. Es müsste mit dem Teufel zugehen, wenn wir hier nichts finden würden." Tamara sah sich bereits im Wohn- und Essbereich des Erdgeschosses um.

„Seht euch doch mal in euren Zimmern um, ihr Beide. Nick, Beckie und ich übernehmen das Parterre."

Lothar meinte wütend: „Hört das denn niemals auf? Ich dachte, inzwischen vertrauen sie uns..."

Die beiden gingen wie vorgeschlagen nach oben. Tamara indes hielt einen Finger senkrecht gegen die Lippen, zum Zeichen für Nick und Rebecca, zu schweigen. „Einen Moment, gleich haben wir es..."

Sie schloss die Augen und konzentrierte sich. Ihre Stirn runzelte sich und sie summte kaum wahrnehmbar vor sich hin.

Sie vernahmen dreimal in kurzer Folge ein kurzes, gedämpftes Knacken, wie einen leisen Knall, aus verschiedenen Ecken der Räumlichkeit. Tamara öffnete die Augen wieder. „Das war's. Weißt du noch, Rebecca wie ich sagte, ich würde mich ein wenig mehr auf elektromagnetische Dinge konzentrieren? Nun, diese Idee hat sich als sehr sinnvoll erwiesen, wie ihr hier sehen könnt."

„Du hast die Wanzen aufspüren und gleich ausschalten können?" Nick starrte sie erstaunt an.

„Alles eine Frage der richtigen Spannung zum richtigen Zeitpunkt und am richtigen Ort. Diese winzigen High-Tech-Dinger sind leider sehr empfindlich. Eine kleine Überlastung und ihre mikroskopisch kleinen Platinen-Pendants brennen durch. So was kommt vor, manchmal auch bei zwei Mikrofonen und einer Kamera gleichzeitig." Sie grinste nun zufrieden vor sich hin.

„Du scheinst noch immer ganz am Anfang der Entdeckung deiner Kräfte zu stehen. Hast du das Gefühl, dass du auf einem guten Weg bist?" Rebecca betrachtete sie ein wenig besorgt.

„Ja, für solche kleinen Dinge ist das doch praktisch. Meine Wahrnehmung macht mich zu einem besseren Agenten. Und vielleicht verleiht mir das eines Tages den entscheidenden Vorteil, wenn es darum geht, TransDime sein größtes Geheimnis zu entreißen und etwas für das Vorankommen des Widerstandes zu leisten. Bis dahin mache ich so unauffällig wie möglich damit weiter."

„Ja, lass dich bloß nicht erwischen dabei, wie du deine Kräfte einsetzt, so subtil das im Moment auch noch sein mag. Das Wichtigste ist, dass du unentdeckt bleibst."

„Du hast recht. Ich nehme mir den Rest des Hauses vor. Die neuen Spionagegeräte sind so winzig, dass Lothar und Barbara sie ohnehin nicht finden werden. Wenn ich sie nicht durch ihre Emissionen aufgespürt hätte..." Sie zögerte kurz. „Interessant, der Gedanke ist mir gar nicht gekommen. Ich muss schon seit langer Zeit ganz unbewusst so etwas wie eine Art Grundrauschen der elektronischen Signatur in unserer Wohnung wahrgenommen haben. Ansonsten hätte ich doch nicht realisieren können, dass etwas anders ist als vorher."

„Das klingt schlüssig, wenn auch auf eine absurde Art und Weise. Aber wie hast du dann die Wanzen hier gefunden? Kennst du unser Haus auch schon so gut, dass das hier genauso gut ging wie bei dir?" Nick versuchte, das alles zu verstehen, so unglaublich es sich auch anhörte.

„Ich bin mir nicht sicher. Es kann auch sein, dass ich eben einfach wusste, auf was ich sozusagen 'achten' muss, nachdem ich es in unserer Wohnung geschafft hatte. Jedenfalls habe ich keine Probleme damit, auch die kleinsten Spionagegeräte zu erspüren. Ist doch irre, oder?" Sie ging die Treppe hoch und sagte zu den beiden anderen: „Lasst lieber mich suchen, ich bin inzwischen richtiggehend darauf spezialisiert... hm, hat sich Panther bei euch im Haus ausgetobt?"

„Ja, er hat eine noch lebende Amsel hier hoch gehetzt", hörten Nick und Rebecca die Stimmen aus dem ersten Obergeschoss.

„Ich hätte nie gedacht, dass in einem so kleinen Vogel so viel Blut drin ist. Hört sich übel an, ich weiß, aber ihr müsst schon zugeben..."

„Schon gut, Tammy. Wir haben das bereits ausdiskutiert. Wir sind unten, wenn du uns brauchst." Mit leicht genervter Stimme machte sich Barbara wieder an den Abstieg in die Wohnküche, dicht gefolgt von Lothar. Damit hatte Tamara ihr Ziel erreicht, oben ungestört ihr Werk verrichten zu können.

Lothar wollte gleich wissen, als er wieder hinab kam: „Sie ist auf Mikroelektronik zur Überwachung spezialisiert worden?"

„Nein, mehr auf elektromagnetische Phänomene im Allgemeinen. Aber kein Wort davon an jemand anderen, okay? Eigentlich hättet ihr das gar nicht mitbekommen dürfen."

Beeindruckt nickte Barbara: „Wir schweigen wie ein Doppelgrab."

„Das lobe ich mir." Rebecca nickte zufrieden und machte sich nun an dem Kaffeeautomat zu schaffen, damit sie doch noch zu ihren Heißgetränken kommen würden.

Tamara war in weniger als zehn Minuten wieder bei ihnen und vermeldete, dass das Haus nun 'sauber' sei. Der Respekt von Lothar und Barbara wuchs dadurch noch zusätzlich, angesichts ihrer Effizienz und Gründlichkeit.

Dann verbrachten sie einen netten Kaffeeplausch, wie Tamara es nannte, bevor sie sich für morgen Abend für einen gemütlichen Fernsehabend bei ihnen im Haus verabredeten. Sie hatten auf Tamaras Vorschlag hin auch spontan die anderen Absolventen ihres Springer-Kurses eingeladen. Da auch Lovisa und Linnea fürs Erste bei ihnen in Frankfurt weilten, damit sie im Falle eines Ernstfalles schneller aufgeboten werden konnten, würde es recht voll werden morgen Abend.

Doch in dieser Hinsicht beruhigte Lothar sie, da Barbara und er bereits Karten für einen Auftritt eines bekannten Schriftstellers hatten, der eine kulturell hochwertige Lesung seiner Werke abhalten würde. Lothar sah nicht glücklich aus dabei, als er sie dahingehend informierte. Ganz offensichtlich war dies Barbaras Idee und er wäre lieber woanders hingegangen.

Egal wohin.

Am nächsten Abend fanden sich alle zur verabredeten Zeit ein und ließen sich rund um den Sofatisch auf der großen Couchgarnitur und einem dazu passenden Sessel nieder. Der im Hintergrund laufende Fernseher war momentan noch Nebensache, als sie sich alle bedienten und sich Getränke nahmen sowie Knabbereien und Antipasti auf ihre Teller luden. Barbara und Lothar waren indes bereits zu ihrer Kulturveranstaltung mit anschließendem Restaurantbesuch aufgebrochen.

Als die Hauptsendezeit angebrochen war und Rebecca Anstalten machte, den Blu-Ray-Player zu aktivieren, um einen Film einzulegen, ging Tamara dazwischen und rief: „Halt, warte noch einen Moment, Beckie. Ich habe noch etwas zu sagen."

Nick und Sven, die sich gerade angeregt mit den Zwillingen Linnea und Lovisa unterhalten hatten, verstummten und richteten ebenso wie Teresa und Rebecca ihre Aufmerksamkeit auf die hübsche Schweizerin, die geduldig darauf wartete, anfangen zu können.

„Zuerst einmal möchte ich mich bei unseren Gastgebern dafür bedanken, dass sie es uns ermöglicht haben, uns alle so kurzfristig und spontan zusammen zu finden. Ihr glaubt sicher alle, wir sehen uns lediglich in aller Ruhe einen Film an..."

„Oh nein, Tammy, was hast du vor?" Rebecca setzte ihre beste Leidensmiene auf.

„Ganz ruhig, es wird auch bestimmt nicht wehtun. Es geht darum, dass wir uns ansatzweise etwas überlegt hatten, was wir bei unserem Streich, Scherz, Stunt oder auch Zirkusnummer als Springer-Absolventen tun wollen. Nennt es, wie immer ihr wollt, jedenfalls hat sich für uns diesbezüglich eine unverhoffte Gelegenheit ergeben. Ich kann es eigentlich noch immer nicht glauben, als ich bei meiner kleinen Recherche darauf gestoßen bin, aber uns wird sich in drei Wochen eine perfekte Gelegenheit für die Umsetzung bieten, die so nie wieder kommen wird."

„Und wie immer sprichst du in Rätseln. Ich meine, klar weiß ich, was wir angedacht haben..." Teresa zögerte, als sie Tamaras breites, ansteckendes Grinsen sah.

„Keine Angst, ihr werdet sofort erlöst. Rein zufällig läuft nämlich genau in diesem Augenblick eine Fernsehsendung, die all eure Fragen beantworten wird. Und ich gebe zu, es wird ein wenig aufwendiger und es ist auch ein kleines Risiko dabei, doch erinnert euch an manche der anderen Scherze der früheren Jahrgänge. Verglichen damit wird unsere Aktion ein Spaziergang werden." Sie schnappte sich die Fernsehbedienung und schaltete auf einen Sender des sogenannten werbefinanzierten 'Free-TVs', wo just in diesen Sekunden das Spektakel begann.

Alle stöhnten geschlossen auf, als ihnen aufging, was Tamara vorhatte. Nick fasste sich zuerst: „Du willst *dorthin*? Das ist doch nicht dein Ernst, oder?"

„Überleg' doch mal, es ist *perfekt* für uns. In drei Wochen läuft das Finale und danach ist die Show für dieses Jahr beendet. Der Aufbau wird aber vorerst stehen gelassen, weil es nächsten Monat eine Sondersendung geben wird, in der sich diverse Prominente für einen guten Zweck ebenfalls daran versuchen werden, zum großen Vergnügen und der Schadenfreude der geneigten Zuschauer."

„Und wie geneigt die sind, diese Zuschauer! Du scheinst das alles gut durchdacht zu haben. Oh, wartet, sie zeigen eine Demonstration, was man alles tun muss, um... oh, Tammy! Das ist unfair den Kandidaten der Show gegenüber! Diese Leute trainieren wirklich hart, um da durchzukommen, und du willst diese Athleten derart vorführen? Stell' dir doch nur mal vor, wie du dich an deren Stelle bei so was fühlen würdest! Alle Medien werden behaupten, dass die ganze Show nur gestellt ist, wenn ein paar Jungs und Mädels da in der halben Zeit von dem Jahresbesten durchturnen..."

„Sie werden das nie zu Gesicht bekommen, Beckie. Es ist ja nicht so, dass wir das Ganze ins Internet auf eine bekannte Videoplattform stellen wollen..." Tamara verstummte und wurde nachdenklich.

Sven protestierte: „*Das* kannst du dir gleich wieder aus dem Kopf schlagen, Süße. Ich mache da nur mit, wenn das intern bleibt. Ich hoffe mal, ihr seht das genauso, Leute!"

Rebecca sagte: „Aber auf jeden Fall. Ich fand die Sache auch schon so albern, aber wenn du das online stellen willst, bin ich raus. Ich meine, wir werden uns schließlich kostümieren wie an Karneval und dann..."

Tamara hielt eine Hand hoch, um ihren Redefluss zu stoppen. „Darf ich etwas vorschlagen?"

Teresa ließ sich vernehmen: „Jetzt bin ich aber gespannt."

Nach einem ungnädigen Seitenblick auf ihre Kollegin erklärte sie: „Es war doch nur eine Idee. Folgender Vorschlag: einige von euch werden nicht zu erkennen sein in ihren Kostümen. Nur diese werden in die abgespeckte online-Version aufgenommen und auch nur, wenn sie es wollen. Niemand wird hier zu etwas gezwungen. Es soll ja auch Spaß machen und…"

„Ich nehme Batgirl!", platzte es aus Teresa heraus.

Ungläubig starrte Tamara sie an. „Waaas? Erst zierst du dich so und dann kannst du es nicht abwarten…?"

Teresa erklärte sich: „Du hast auch rötliche Haare, aber meine sind richtig rot, irisch-orangerot. Es wäre ein Jammer, wenn ich jemand anderes sein müsste, weil du mir diesen Charakter durch Ansage weggeschnappt hättest. Und da ich mit diesem Kostüm eine Maske trage, die nur die Mundpartie des Gesichtes zeigt, kannst du mich sogar in der öffentlichen Version des Videos zeigen."

Während im Hintergrund noch immer im Fernsehen ablief, auf was sie sich selbst einlassen wollten, lenkte Tamara ein: „Also gut, ich wollte ohnehin Black Cat sein. Dafür habe ich sogar bereits eine weiße langhaarige Perücke und ein entsprechendes Kostüm gekauft, das ich am nächsten Halloween hatte tragen wollen. Ein Jammer, Teresa, ich hätte dich zu gerne als *Fairchild* gesehen. Sie ist ein bei uns ziemlich unbekannter US-Comic-Charakter, aber du wärst die perfekte Verkörperung gewesen."

„Ich bleibe aber dabei. Batgirl ist sexy." Sie verschränkte die Arme vor der Brust.

Nick meldete sich: „Ich bin Spider-Man."

Rasch fügte Sven hinzu: „Dann werde ich Batman mimen. Somit werden wir alle in beiden Versionen zu sehen sein."

Tamara rieb sich die Hände, mit einem etwas zu breiten Grinsen für einen geistig normalen Menschen: „Oh, das wird ja sooo gut werden! Wie sieht es bei dir aus, Rebecca?"

„Mir würde Wonder-Woman gut gefallen. Ich kenne mich mit der Materie nicht so gut aus, aber der Film war klasse und vom Typ her passe ich doch ganz gut", meinte sie zögerlich.

„Du wirst spitze aussehen, das kann ich dir versichern." Nicks Augen strahlten. „Auch wenn du ohne Maske nur in der TransDime-internen Version erscheinen kannst."

Linnea überlegte: „Dann werde ich als Supergirl auftreten. Ebenfalls nur für interne Zwecke geeignet, leider."

Tamara sagte: „Mit der modernen Videotechnik von heute kann man die Gesichter auch gezielt unscharf machen oder verpixeln, sodass man nicht mehr zu erkennen ist. Ich habe neulich beim Zappen so etwas in der Art gesehen, das sah ganz manierlich aus."

Linnea fragte ihre Zwillingsschwester: „Lovisa? Hast du auch eine Idee, was du machen willst?"

„Ich kenne mich nicht so gut damit aus, mich haben Comichelden nie interessiert. Ich brauche eine blonde Heldin oder eine mit einer Maske, bei der man die Haare nicht sieht, richtig?"

„Oder du trägst eine Perücke mit einer anderen Haarfarbe, wie Tamara es vorhat." Nick überlegte. „Bist du sehr prüde?"

„Nein, würde ich nicht sagen. Wieso?" Sie sah ihn fragend an.

„Es gibt eine Heldin, die aus einer Paralleldimension kommt und eine andere Version von Supergirl ist. Ihr Name ist Powergirl und sie hat die selben Kräfte wie Supergirl. Für euch beide als Zwillinge wäre das perfekt und anhand der zwei Dimensionen noch ein intelligenter Zusatz-Gag. Powergirls Outfit ist nur ein wenig freizügiger ausgeschnitten, als dir lieb sein könnte. Aber wir machen ja keine Live-Übertragung; falls etwas Peinliches passieren sollte, können wir das immer noch 'rausschneiden oder neu drehen. Ich persönlich würde ja auf Tamara setzen, wenn ich raten müsste, wem versehentlich etwas herausrutschen könnte bei ihrem Kostüm."

„Da kannst du lange drauf warten, Spidey-Boy", neckte diese ihn darauf. „Es gibt spezielle modische Tricks für solche Situationen, damit alles an Ort und Stelle bleibt und derart peinliche Zwischenfälle vermieden werden können."

„Von der Attitüde her bist du jedenfalls schon mal die perfekte Black Cat. Und du wirst eine atemberaubende Figur machen, da bin ich sicher." Nick grinste. „Aber Rebecca wird uns alle in den Schatten stellen, das steht für mich fest."

Tamara nickte ihm dankbar zu. „Vielen Dank für die Blumen. Ich hätte Sven übrigens gerne als Superman gesehen, aber das ist ja schon reserviert für Jürgen, falls der auch mal ein Springer wird."

Nun erbebte das Haus vom kollektiven schallenden Gelächter. Als sie wieder einigermaßen zu Luft kam, berichtete Tamara: „Habe ich eigentlich schon erwähnt, dass wir in der WG für ein Halloween-Kostüm für ihn zusammengelegt haben, damit er als Superman zur Firmenparty gehen *muss*?"

Sie mussten alle erneut loslachen, während im Hintergrund noch immer ein Kandidat nach dem anderen sich an der Herausforderung versuchte, die ihnen im Fernsehen gestellt wurde. Nick dachte bei sich, dass sie froh sein konnten, noch alle so unbeschwert herumalbern zu können. Schließlich wusste niemand so recht, was sie tatsächlich künftig auf ihren Springereinsätzen erwarten würde, so denn welche stattfinden würden.

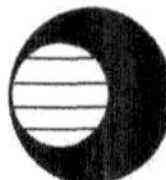

Mitten in der Nacht läuteten ihre Telefone praktisch gleichzeitig. Schlaftrunken tastete Rebecca nach ihrem und sah auf das Display. Sie nahm den Anruf an und lauschte kurz.

„Ja... ist gut... danke. Nein, nicht nötig, ich sage ihm Bescheid."

Nicks Telefon hörte augenblicklich auf zu läuten.

„Das ging ja nicht lange", ließ seine Verlobte verlauten, machte die Nachttischlampe an und schwang ihre langen Beine aus dem Bett.

„Was ist denn los?" Nick rang immer noch mit dem Tiefschlaf, aus dem er gerade erwacht war.

„Was glaubst du denn? Du darfst mich ab jetzt bis auf Weiteres wieder 'Frau Gruppenführerin' nennen."

Schlagartig war er wach.

„Ein Springereinsatz? *Einen Tag* nach unserer Rückkehr von der Ausbildung?" Er stöhnte auf.

„Daher mein bissiger Kommentar. Das könnten zwei verdammt lange Jahre werden." Rebecca gähnte lange und streckte sich, bevor sie die schmale Treppe ihres Zwischengeschosses zum Kleiderschrank hinab stieg und zum Schrank darunter schlurfte, um sich etwas zum Anziehen herauszusuchen.

Er seufzte und tat es ihr gleich. „Das Ganze hat aber auch eine gute Seite."

Sie sah auf, mit einem T-Shirt in der Hand. „Und was meinst du damit?"

„Nach diesem Einsatz haben wir eine Woche Urlaub." Er grinste.

„Wahrscheinlich werden wir den dann auch nötig haben", brummelte sie, während auch er die Treppe ins erste Obergeschoss hinab ging, um seinerseits etwas zum Anziehen aus seinem Zimmer zu besorgen. Wenigstens würde das ganze Blut von den Wänden verschwunden sein, bis er zurückkommen würde. Panther hatte mit seiner kleinen Hetzjagd ganze Arbeit geleistet, bei der er sich als Innendekorateur betätigt hatte.

Sein Mobiltelefon klingelte erneut, als er gerade in seine Hosen stieg. Es war Tamara, wie er beim Annehmen des Gesprächs und dem Einschalten des Lautsprechers sah. „Hallo. Ich stehe unten mit dem Auto vor dem Haus, ihr braucht nicht zu fahren."

„Dich haben sie also auch aufgeboten?"

„Na klar doch. Juhu, eine Woche Sonderurlaub." Ihr Tonfall strafte ihre Aussage Lügen.

Er grinste vor sich hin, als er seine hastig zusammengestellte Kleiderwahl komplettierte. „Das habe ich auch schon zu Beckie gesagt. Wir sind gleich unten."

Keine fünf Minuten später fuhren sie durch die Stille der Nacht; kaum ein Auto kam ihnen entgegen auf der kurzen Fahrt von ihrem Wohngebiet in die Industriegegend, wo TransDime beheimatet war. Im Auto herrschte Schweigen, jeder hing momentan seinen eigenen Gedanken nach.

Einmal begann Tamara: „In Joe Haldemans *Der Ewige Krieg*, als sie sich nach der Rückkehr auf die Erde erneut verpflichten..."

„Um Gottes Willen, Tamara, ich schwöre dir, wenn du unsere Situation noch einmal mit der Mandellas vergleichst, vergesse ich mich. Ich will das jetzt nicht hören!" Die beiden Frauen erschreckten sich ein wenig, als Nick derart ungewohnt aufbrausend wurde.

„Tschuldigung", gab Tamara kleinlaut nach, was Rebecca erstaunte.

„Ich glaube, ich muss dieses Buch doch einmal lesen", murmelte sie mehr zu sich selbst als zu den anderen.

„Lass es lieber", warnte Nick sie mit unheilverkündendem Tonfall, „es würde dir nicht gefallen. Vor allem die Parallelen, die *Miss Ausersehung* hier zu erkennen glaubt, treffen eben nicht zu. Wir sind in einer völlig verschiedenen Grundsituation."

„Schon gut, ich habe nichts gesagt." Wieder fügte sich Tamara. Jetzt war es für Rebecca glasklar, sie musste mit ihren Vorlieben und Abneigungen brechen und diesen Klassiker der Science Fiction lesen, um jeden Preis und zum nächstmöglichen Zeitpunkt.

Irgendwie erlebten sie alles Folgende wie durch einen Schleier: die restliche Fahrt in die Firma, das Abstellen ihres Wagens, das Passieren in die Transferzone und das Einchecken mittels ihrer Firmenausweise.

Der Herr von der Ausgabe der Reisepläne sagte beim Blick auf diese: „Ach, Sie müssen gleich noch in die Einkleideabteilung. Ihre SF-Anzüge sind schon bereit. Über diese können Sie weite, lockere Kleidung tragen, die Ihnen ebenfalls dort ausgegeben wird."

„Gut zu wissen." Rebecca nahm ihre Tickets mit den Reiseangaben entgegen und sie trafen beim Verlassen des Schalterraumes auf die schwedischen Zwillinge, welche demnach ebenfalls zu diesem Einsatz gerufen worden waren.

Da sie nicht mit einem Linienflug zur Zielfiliale gebracht wurden, war auch die Abflugzeit nicht im sonst üblichen Takt dieser Flüge. Vielmehr hatten sie nur noch eine halbe Stunde, in der auch noch Sven, Teresa und ein weiterer ihrer Kameraden aus der Ausbildung auftauchten. Somit waren sie vollständig.

„Jetzt bin ich ja mal gespannt, was uns da vom logistischen Standpunkt aus erwartet." Teresa sah sich unter ihren Gruppenmitgliedern um. „Ich meine, wie viele

Springer eingesetzt werden und für was."

Dann wurden sie eiskalt erwischt.

Die schwarze Kugel der Dimensionsfähre tauchte auf.

Aber von unten.

Linnea entfuhr ein kurzer spitzer Schrei und auch alle anderen keuchten schockiert und überrascht auf. Das war neu.

Es war für sie vielleicht auch nur so bedrohlich, weil es so völlig ungewohnt war. Die Sphäre kam in der gewohnten Höhe und Position zum Stehen und der Einstieg öffnete sich. Ein großer Mann Ende Vierzig mit militärisch kurzrasierten Haaren, stahlblauen Augen und einem kantigen, markanten Gesicht lehnte sich hinaus. Er trug wie sie alle einen SF-Anzug, wie sie sofort bemerkten, während er sie heranwinkte. „Beeilt euch, wir haben nur wenig Zeit!"

Schnell bestiegen sie die Fähre und rückten im Gang auf, sodass die massive Luke hinter ihnen wieder verschlossen werden konnte. Der Mann trieb sie weiter zur Eile an: „Bitte sucht euch rasch einen Platz, damit wir starten können. Jede Minute kann Menschenleben kosten."

Alarmiert hasteten Sie zu den nächsten freien Sesseln im bereits halbvollen Deck. Kaum waren sie sicher angeschnallt, da spürten sie auch schon, wie die Fähre nach unten durchsackte. Sven sah sich etwas ratlos nach seinen Freunden und Kameraden um: „Oh Mann, was ist denn hier los?"

Am Ende der Reihe saß der Mann, der sie in Empfang genommen hatte. „Das will ich euch erklären. Ich bin der Missionsleiter, Kevin Auburn. Ich komme aus Australien, wohin wir jetzt auch fliegen werden. Das Australien der Filiale 191. Die näheren Zusammenhänge erkläre ich allen zusammen nach dem letzten Zwischenhalt, damit ich mich nicht bei jeder Station der Fähre wiederholen muss. Truppführerin Schnyder?"

„Anwesend." Tamara hob eine Hand.

„Gut. Gruppenführerin Paulenssen?" Er sah sich um.

„Jawohl", ließ Rebecca kurz und bündig verlauten.

„Ausgezeichnet, langsam bekommen wir Struktur ins Team. Für die, sie sich wundern: wir steuern gerade den nächsten Aufnahmepunkt an, die TransDime Niederlassung in Boulder, Colorado, nahe Denver. Der direkte Weg dorthin führt eben *durch* die Erde hindurch statt um sie herum. Ihr seht also, wir haben es *wirklich* eilig." Auburn seufzte. "Ich hoffe, wir kommen nicht zu spät. Normalerweise haben wir wenigstens eine kurze Vorwarnzeit, um ein Springerteam dieser Größe zu organisieren. Diesmal hat uns die Geschwindigkeit der Eskalation der Lage ziemlich überrascht. Vor allem haben wir nicht genug freie Fähren für solche Manöver."

Auburn drückte sich umständlich aus, dachte Nick und wollte wissen: "Wie groß wird das Team denn sein?"

"Ich weiß es nicht genau, aber es soll ein recht großer Aufmarsch sein, weil wir viele Ziele gleichzeitig abdecken müssen. Das ist das Dramatische daran: dass der Angriff fast synchron über das ganze Land erfolgt." Auburn rieb sich die Schläfen und schloss die Augen, als ob er im Begriff sei, eine Migräne zu bekommen.

"Können Sie uns nicht wenigstens ein paar Infos vorneweg..."

Auburn hob die Hand und erstickte damit Teresas Anfrage im Keim. "Wie gesagt, ich möchte es nicht fünfmal erklären müssen."

Viele von ihnen schluckten bei den seltsamen Fliehkräften, die bei den Manövern im Erdinneren auf ihrer Reise auftraten. Die Bildschirme vor ihnen blieben schwarz, weil es draußen natürlich nichts zu sehen gab. Sie durchquerten eine lichtlose Masse aus zähflüssigem Gestein und anders als in toll anzusehenden Holywood-Filmen gab es hier in der Realität kein Außenbild.

Erstaunlich schnell tauchten sie im Zentrum der USA in der dortigen Niederlassung auf, um die hier ansässigen Springer aufzusammeln. Es waren einige bekannte Gesichter aus ihrem Kurs dabei, die sie auch gleich begrüßten. Wer die anderen waren, entzog sich ihrer Kenntnis. Einer der Leute aus ihrem Trupp sagte, es seien Springer, deren Bereitschaft gerade erst geendet hatte, die sich aber nach Anfrage für diese Mission zur Verfügung gestellt hatten, weil die Dimensionen offenbar so groß waren, dass die normale Sollstärke der Springer nicht ausreichte für diese Aktion.

Sie sanken bereits wieder zurück ins Erdinnere, diesmal auf dem Weg nach Japan, wie sie erfuhren. Demnach war die Lage wirklich todernst, wenn sie restlos alle verfügbaren Leute weltweit einsammelten. Und Frankfurt konnte nicht ihre erste Station gewesen sein, da die Fähre bei ihnen ja auch bereits von unten her eingetroffen war.

„Jetzt haben wir bald alle Science Fiction Klischees abgeklappert, wenn das so weitergeht: andere Dimensionen, Weltraumreisen, fremde Planeten besucht, durchs Erdinnere gereist... fehlt noch was?“ Der Tonfall Tamaras war fast schon zynisch angesichts ihrer Lage.

„Eine Zeitreise?“, schlug Lovisa vor.

„Genau! Ich wusste, ich hab was vergessen!“ Die beiden Frauen grinsten sich an. Dann hellte sich der gewaltige Bildschirm vor ihnen auf, als sie in die Ankunftshalle des Tokioter TransDime-Werks eintraten und zum Stillstand kamen. Hier kamen einige Leute an Bord, unter ihnen auch ein Mann aus ihrem Trupp, die in einer der anderen beiden Gruppen in der Ausbildung gewesen war.

Rebecca winkte ihm zu. „He, Takuji, hierher!“

Freudig lächelnd setzte sich der kleine, aber nach dem zweimonatigen Training auf Filiale 2 nicht mehr gänzlich zierlich wirkende Japaner zu ihnen. „Hallo, Leute. Könnt ihr mir sagen, warum wir von einer Minute auf die andere aus dem Büro und in diese Fähre gesteckt wurden?“

Nick öffnete den Mund und ihm wurde klar, dass es bei ihnen in Japan bereits Mittag gewesen sein musste, als sie aufgeboten worden waren. „Ach, das sollen wir demnächst erfahren. Wir wissen bisher nur, dass es zur Filiale 191 und nach Australien geht.“

Takujis Gesicht verzog sich und er wirkte unangenehm berührt. „Oh je, ich ahne etwas. Daher die japanischen Leute, die sie unbedingt als Übersetzer für den Notfall dabeihaben wollten. Wir haben eine ganze Anzahl ortsansässiger ehemaliger Springer, die Japaner sind oder fließend japanisch sprechen, mit an Bord. Ich war bereits einmal letztes Jahr auf Filiale 191 auf einer Mission, als sich die Lage in Südostasien und Australien zuspitzte. Ich habe damals mehr vom aktuellen Geschehen dort mitbekommen, als mir lieb war. Es war sehr...“

Unvermittelt erklang eine Durchsage, vom Missionsleiter gesprochen. „Achtung, bitte nehmen Sie alle ihre Plätze ein und schnallen Sie sich an. Wir werden nun zum Librationspunkt starten und mit erhöhter Beschleunigung fliegen, um die Transferzeit zu verkürzen und schneller in der Zielfiliale vor Ort sein zu können. Stellen Sie den SF-Anzug auf mindestens fünfzig Prozent Unterstützung. Nach dem Start folgen weitere Informationen."

Rebecca bemerkte trocken: „Diesen Vorteil hatte ich bisher nicht bedacht: eine Fähre, die nur mit Springern vollgepackt ist, kann man natürlich mit weit mehr als dem für 'normalsterbliche' Passagiere gewohnten einen g Beschleunigung in viel kürzerer Zeit zum Sprungpunkt und zurück fliegen."

Tatsächlich spürten sie bereits beim Durchfliegen der oberen Atmosphäre den erhöhten Andruck und begannen ihre Anzüge entsprechend einzustellen, um die hohe Belastung besser zu verkraften. Sven begann zu schwitzen, wie Nick voller Sorge bemerkte. Ihm selbst kam es so vor, als betrüge die Schwerkraft sogar mehr als das Doppelte.

Schon nach wenigen Minuten, als sich der Horizont merklich gekrümmt hatte und das Schwarz des Weltalls mit all seinen Sternen deutlich sichtbar war, erwachte die Lautsprecheranlage wieder zum Leben und gleichzeitig erschien eine Karte von Ostasien bis hin zu Australien und Neuseeland vor ihnen auf dem Bildschirm. Nick sah, wie Auburn noch immer am Rand ihrer Sitzreihe saß und von dort seine angekündigte Ansprache an alle im Schiff hielt.

„Wir sind nun vollbesetzt und auf direktem Weg zum Librationspunkt, um ohne weiteren Zwischenhalt zur Filiale 191 zu springen. Ich werde euch allen jetzt das Wichtigste in aller Kürze erklären. Weitere Informationen könnt ihr jederzeit auf euren Informationsstationen an euren Sitzen abrufen.

Ein historisches Update in aller Kürze: Japan hatte wie in vielen anderen Filialen auch in den 1930er Jahren große Gebiete in Ostasien und Südostasien besetzt, wie Teile Chinas und ganz Korea. Nach den gesteigerten Spannungen zwischen dem Kaiserreich und den USA griffen sie die Militärbasis in Pearl Harbor auf Hawaii an. Ihnen gelang es in drei Angriffswellen die gesamte dort stationierte Flotte zu ver-

nichten und die Inselkette zu besetzen. Auch die zuvor in See gestochene Träger-
flotte hatten sie aufgespürt und versenkt. Somit hatten die USA fast nichts in der
Hand, um eine Gegenoffensive gegen die vorrückenden Truppen durchzuführen. Ja-
panische U-Boote versenkten auch viele Kriegsschiffe bei San Diego und San Francisco.

Das entstandene Machtvakuum und den späteren Überfall Hitlers auf die Sowjetunion nutzten die Japaner dazu, um die Kurilen, die Insel Sachalin und die Halbin-
sel Kamtschatka im Handstreich zu erobern. Indochina, Thailand, Birma und die
Philippinen fielen ihnen ebenso in die Hände wie sämtliche Inseln des West- und
Nordwestpazifiks bis hinab nach Guinea und den Salomon-Inseln. Sie eroberten die
gesamte chinesische Küste und degradierten das freie Restland Chinas somit zu einem relativ bedeutungslosen Binnenstaat wie die Mongolei.

Die Australier hatten sich allerdings bis nach dem Ende des Krieges dem Zugriff der
neuen Großmacht entziehen können. In Europa indes war Hitler 1942 einem Atten-
tat zum Opfer gefallen und die Nachfolger des Nazi-Regimes arrangierten einen
Waffenstillstand mit der Sowjetunion und England. Vertragsgemäß zogen die
Wehrmachts-Truppen sich auf die Grenzen Deutschlands vor dem ersten Weltkrieg
zurück und beendeten zudem die höchst effektiv verlaufene Seeblockade des britischen Empire. Somit war der Krieg in Europa rascher und unblutiger verlaufen als
in vielen anderen Filialen, mit dem Schönheitsfehler, dass die Achsenmächte noch
immer in Amt und Unwürden waren.

Die USA mit ihrer vormals isolationistischen Politik waren geschwächt aus dem
Konflikt hervorgegangen und spielten jahrzehntelang keine Rolle in der Weltpoli-
tik. Sie rüsteten aber ständig auf und bauten primär ihre Pazifikflotte aus, um sich
ihre Überseegebiete eines Tages vielleicht zurückerobern zu können. Von den sieg-
reichen Japanern, die ebenfalls eifrig weiter ihre Marine ausgebaut hatten, wurde
dies allerdings misstrauisch beobachtet.

Die Zeichen verdichteten sich, dass die Amerikaner mit den Australiern paktierten
und vorhatten, eine militärische Seebrücke zum fünften Kontinent zu etablieren,
um dort Basen zu errichten, von denen aus sie in Reichweite der japanisch erober-

ten Gebiete waren.

Damit kommen wir zur momentanen Lage, denn der Kaiserlich Japanischen Marine sind die Kriegsvorbereitungen dieser Allianz wohl zu weit gegangen, sodass sie eine große Einsatzflotte zusammengezogen hat und nun auf breiter Front den australischen Kontinent angreift. Somit wollen sie einen Präventivschlag verhindern und die Allianz zwischen den beiden Ländern zerschlagen, indem sie Australien unterwerfen und besetzen. Das ist der Stand der Dinge.

Unsere Aufgabe ist es selbstredend, in den diversen TransDime Niederlassungen dort Personal und Material mit der Fähre in Sicherheit zu bringen. Je nach Einsatzort werden die Springerteams mehr oder weniger prekäre Verhältnisse vorfinden. In unserem Fall eher mehr, denn wir fliegen nicht nach Melbourne, Sydney oder Brisbane, wie manche von euch vielleicht erhofft haben, sondern nach Perth, an der Westküste des Kontinents. Obwohl das mutmaßlich weitab vom Schuss liegt, ist gemäß unseren letzten Berichten, die per Komm-Drohnen eingetroffen sind, auch eine Attacke auf diese wichtige Stadt im Gange. Da sich dort eine Marinebasis und ebenfalls ein Luftwaffenstützpunkt befinden, ist auch Perth ein primäres Angriffsziel der japanischen Invasoren.

Die Firmen-Niederlassung in Perth befindet sich ungeschickter Weise recht zentral, direkt neben einem großen Güterbahnhof und unmittelbar südlich des Hauptflughafens gelegen. Und da auch wichtige industrielle Anlagen von den Japanern besetzt und gesichert werden sollten, ist nicht auszuschließen, dass auch wir auf feindliche Soldaten stoßen könnten. Zur weiteren Information: die Technik auf Filiale 191 ist nicht soweit fortgeschritten wie beispielsweise auf Filiale 88 oder 68, von denen die meisten von euch stammen. Beispielsweise wurden nie Atomwaffen entwickelt, doch gibt es dennoch gefährliche und tödliche Waffen, die die Japaner bei Widerstand einsetzen werden. Es ist daher äußerste Vorsicht geboten und jeder feindlich gesonnene Soldat sofort bei Sichtkontakt unschädlich zu machen. Ihr bekommt die Standard-Neutralisierungswaffen ausgehändigt und stellt sie auf schwere Betäubung der Stufe fünf. Wir wollen hier keine halben Sachen machen. Vor der eigentlichen Landung werden daher noch einige Scharfschützen auf den höchsten

Gebäudedächern des Werksgeländes abgesetzt, um die Lage zusätzlich überblicken und die Springer unterstützen zu können. Diese sind *nicht* mit Betäubungswaffen ausgestattet und werden daher nur im äußersten Notfall ins Geschehen eingreifen.

Um die Einordnung unserer Springer bei Sichtung durch Zivilisten oder feindliche Soldaten zu erschweren, wird das Erscheinungsbild der SF-Anzüge auf schwarzes Leder eingestellt. So erzeugen wir keine Ungereimtheiten, falls wir von Außenstehenden gesehen werden. Bei unserer Ankunft vor Ort sollte es noch tiefste Nacht in Perth sein, das ist schon mal ein Vorteil für uns, da wir mit geschlossenen Visieren im Infrarot- oder Nachtsichtmodus operieren können.

Ein erschwerendes Detail noch: da Filiale 191 nicht in unserem Universum liegt, werden wir alle mit Stabilisatorgürteln ausgestattet sein."

Auf diese Ankündigung hin ging ein mehrstimmiges Stöhnen durch die Reihen.

Auburn hielt einen Moment inne und nahm dann den Faden wieder auf: „Die Springerversion des Gürtels ist in mattschwarz gehalten und ansonsten identisch mit den euch bekannten Versionen. Die Dinger sind zwar zäh, aber anders als die SF-Anzüge halten sie wahrscheinlich keinen direkten Treffer mit einer Projektilwaffe aus. Soweit ich weiß, befinden sich in euren beiden Heimatfilialen an derselben Stelle ebenfalls die dortigen TransDime Niederlassungen. Ihr landet demnach nicht komplett in der Scheiße, wenn ihr erwischt und in eure Realitätsebene zurückversetzt werden solltet.

Die weiteren Details erhalten wir direkt nach dem Sprung, sobald wir Zugriff auf die aktuellen Daten der dortigen Komm-Drohne haben, die in eine Parallelumlaufbahn, zu unserem Sprungpunkt zugewandt, gebracht wurde.

Wenn es noch Fragen geben sollte, stehe ich euch zur Verfügung."

Sven hob die Hand, nur mühsam wegen der hohen Beschleunigung, die sie mittlerweile erreicht hatten. „Komme ich aus der Sache noch irgendwie raus?"

Alle Umstehenden lachten und Auburn seufzte. „Verflucht sollst du sein, Cameron, für diesen dämlichen Film und dieses noch dämlichere Zitat. Soll das eigentlich ein Ritual vor jedem Springereinsatz werden?"

Tamara sah interessiert auf: „Ach, Peruggi hat Sie darüber informiert?"

„Erstens: ja, wir haben in Kontakt gestanden. Zweitens: mein Name ist Kevin. Wir sind Springer, keine Elitesoldaten. Bei uns gibt es keine zwei Teammitglieder mit gleichen Vornamen, was praktisch ist bei der Kommunikation ohne Nachnamen. Nicht dass man unsere Frequenzen oder unsere Verschlüsselung jemals mit der dort vorhandenen Technik hacken könnte. Im Falle des Falles, falls ein feindlicher Soldat uns hört, ist das trotzdem besser so. Ansonsten hätten wir Codenamen vergeben müssen, um die Identitäten der Springer zu schützen."

Nick hob die Hand. „Du hast immer nur von feindlichen Soldaten gesprochen. Wie gehen wir vor, falls wir auf dem Werksgelände australischen Soldaten oder anderen Ordnungskräften begegnen, die zum Beispiel die Invasoren bekämpfen wollen?"

„Eine gute Frage. Falls die Gefahr besteht, dass diese uns direkt in die Arme laufen, werden sie ebenfalls neutralisiert. Durch die Schwere der Betäubung entsteht ein leichter synaptischer Schock, der in den meisten Fällen das Kurzzeitgedächtnis beeinträchtigt. Die betroffene Person weiß hinterher für gewöhnlich nicht mehr, was sie getroffen hat und wie es dazu kam, dass sie Stunden später mit einem brummenden Schädel am Boden liegend aufwacht."

„Gut zu wissen. Und was ist mit den Ausknipsern?" Rebeccas Tonfall war eindeutig nicht sympathisch dieser speziellen Sorte von Kollegen gegenüber gestimmt.

„Ich glaube, wir sollten sie besser nicht so nennen. Nun, sie haben ihre eigene Bewaffnung, die zumindest vom Kaliber her der der australischen Streitkräfte dort angepasst ist. Sie werden dafür sorgen, dass uns keine unliebsamen Überraschungen blühen werden, soweit sie dazu imstande sind. Es kann allerdings sein, dass auch sie uns nicht alles vom Hals schaffen können, wenn die Situation zu haarig wird. Für diesen Fall und besonders knifflige Probleme haben sie auch schwereres Geschütz dabei, wie gesagt.

Aber nun ruht ihr euch am besten noch ein wenig aus, bis wir gesprungen sind. Wir sind übrigens gleich am Wendepunkt, danach wird die Beschleunigung zügig wieder hochgefahren. Bei diesen Einsätzen wird wirklich keine Zeit verloren."

Wie auf Kommando begannen Rebecca, Tamara, Teresa und auch die Zwillinge, ihre langen Haare in zweckdienliche Frisuren hochzustecken, sich Pferdeschwänze oder Zöpfe zu machen und sie so zu verstauen, dass sie in den folgenden Minuten der Schwerelosigkeit nicht unkontrolliert im Raum herumsegelten. Überall um sie herum wurde diese Praxis umgesetzt, an die man sich nach etlichen dieser Flüge inzwischen gewöhnt hatte.

Nick sah sich zu Rebecca um: „Hast du diesmal an die Pille gegen Übelkeit gedacht? Wir hatten ja hier keinen Steward, bei dem du dir eine hättest holen können."

„Nicht nötig", meinte diese schmunzelnd und zwinkerte Tamara, die neben ihr saß, verschwörerisch zu.

„Ich helfe, wo ich kann", erwiderte diese beflissen, „mach nur kein Drama draus, lieber Dominik. Es geht nicht lange und niemand wird etwas merken. Sie bekommt auch nur einen Bruchteil eines gs von mir ab, gerade genug, dass die Orientierung nach unten erhalten bleibt."

Er verdrehte seine dunkelbraunen Augen. „Du bist dir deiner sehr sicher mittlerweile, oder?"

Leise sagte sie: „Im Moment bin ich mir gar keiner Sache sicher. Ich beobachte alles um mich herum und habe das Gefühl, mit Sinnen, die ich nicht mal im Ansatz erklären könnte, die Welt zu erfassen. Es ist wirklich mehr wie ein Gefühl, ein Erspüren von elementaren Grundkräften. Ich kann das alles noch nicht in wissenschaftlich korrekten Begriffen einordnen, was ich um mich herum wahrnehme. Sind es molekulare Bindungskräfte, starke und schwache Kernkräfte, van der Waals-Kräfte? Gott, ich habe noch so viel zu lernen. Kann ich das alles nur beobachten oder beeinflussen? Es ist irgendwie auch furchteinflößend."

Er legte ihr eine Hand auf den Unterarm. „Das muss für dich eine unvorstellbare Erfahrung sein. Ich kann mir nicht mal vorstellen, ob das eine Bürde oder eine Gabe ist."

Tamara lief eine einzelne Träne im Augenwinkel hinab. „Egal, was es ist, ihr seid meine Stütze und mein Anker bei all dem. Ihr und Sven. Aber Rebecca und du seid…"

Als sie verstummte, bemerkte er ihren nachdenklichen Ausdruck. Sie wandte sich Sven zu und begann leise mit ihm zu flüstern. Das unhörbare Zwiegespräch wurde immer intensiver, wie anhand des Gezischel nicht schwer zu erahnen war. Dazu nahm die Schwerkraft nun merklich ab, als sie sich offenbar dem Wendepunkt auf halber Strecke zum Librationspunkt näherten und die Beschleunigung drosselten.

Rebecca sah mit gerunzelter Stirn hinüber zu den beiden in leises Zwiegespräch vertieften Freunde hinüber. „Was haben die denn?"

Nick hob die Achseln. „Keine Ahnung. Ich hoffe nur, Tamara vergisst dich nicht vor lauter Diskutieren mit ihrem Herzbuben."

Rebeccas Augenbrauen hoben sich erstaunt, als sie nun vollkommen schwerelos waren und Nick spürte, wie sich sein Körper leicht gegen die Gurte drückte. Sie sagte mit beeindruckter Miene: „Nein, irgendwie bekommt sie es trotzdem hin, mich mit einer ausreichenden Mikrogravitation zu versorgen. Das ist erstaunlich! Ihre Fähigkeiten nehmen wirklich von Tag zu Tag zu, in kleinen Schritten, aber merklich."

„Genau so soll es ja auch sein, schön unauffällig und unter dem Radar, damit niemand sonst etwas mitbekommt. Wie geht es dir?" Er erkannte bei genauem Hinsehen, dass Rebecca tatsächlich noch fest in ihrem Sessel saß und nicht wie die anderen um sie herum, im Drang zu schweben, gegen die angelegten Sicherheitsgurte gedrückt wurde. Auch ihr langer Zopf lag noch auf ihrer Schulter, ohne frei herum zu schweben, aber auch ohne jemand anderem aufzufallen.

Inzwischen waren Sven und Tamara offenbar zu einer Einigung gekommen, denn sie küssten sich lange und intensiv. Nick hörte sie leise sagen: „Das ist so lieb von dir. Ich bin dir wirklich unendlich dankbar dafür. Du hast echt was gut bei mir."

Ein wenig versöhnlich gestimmt meinte er leise: „Ich kann dir einfach nichts abschlagen. Was machst du nur mit mir?"

Sie lächelte versonnen. „Ich habe dich verzaubert, weißt du? Aber ich verspreche dir, du wirst deine Entscheidung nicht bereuen. Du bist als Nächster dran und als Übernächster und danach auch und immer wieder. Es ist nur noch dieses eine Mal. Ich weiß ja noch nicht mal, ob sie auch mitmachen."

„Stimmt ja." Sven lehnte sich vor und sagte über Tamara hinweg zu Nick: „Was auch immer Tammy euch demnächst vorschlagen wird, lehnt es ab. Es ist eine ganz schlechte Idee und kann nichts Gutes bringen."

„Du Depp! Immer wenn ich denke, ich habe endlich einen reifen, tollen Mann gefunden..." Sie boxte ihm lachend auf die Schulter.

„Wenigstens bin ich toll. Besser als nichts." Sven lehnte sich wieder zurück und genoss mit geschlossenen Augen die entlastende Schwerelosigkeit nach dem für ihn besonders anstrengenden Flug mit überhöhter Erdbeschleunigung.

„Weshalb habt ihr euch denn so gekabbelt?", wollte Rebecca neugierig wissen.

„Mir ist etwas für mich Fundamentales klar geworden und ich möchte euch einen Vorschlag machen. Ich hoffe wirklich sehr, dass ihr ihn annehmt, denn für mich ist das extrem wichtig."

„Mach es nicht so spannend, Tammy. Um was geht es?" Nick wurde ungeduldig.

Umständlich begann sie: „Nach diesem Einsatz bekommen wir alle doch automatisch eine Woche Urlaub, den wir an einem Ort unserer Wahl verbringen können. Nun, wir wissen alle nicht, was die Zukunft uns bringt, aber wir drei haben diese spezielle Verbindung, auf so vielen Ebenen, die uns für immer vereinen wird. Ich kann mir jedenfalls nichts vorstellen, was unsere Freundschaft jemals gefährden oder gar beenden könnte.

Wir drei haben noch nie so richtig zusammen einen Urlaub gemacht und ich möchte, dass wir diese Woche gemeinsam verbringen. Ich musste einiges an Überzeugungsarbeit leisten, damit Sven sich damit einverstanden erklärt. Er und ich, wir beide können zusammen funktionieren, das habe ich im Gefühl, daher erwarten uns noch viele schöne, romantische Urlaubsreisen, die wir gemeinsam verbringen können. Er denkt zu meinem großen Glück und zu meiner Erleichterung genauso, weshalb er dieses Mal zurücksteckt und uns drei ziehen lässt."

Rebecca beugte sich über Nick hinweg und drückte ihrer Freundin den Arm. „Das ist eine tolle Idee, ich freue mich total auf eine gemeinsame Urlaubswoche. Hast du schon eine Idee, was wir machen wollen?"

Etwas peinlich berührt meinte Tamara darauf: „Eigentlich habe ich sogar schon eine ganz genaue Vorstellung davon, was wir tun sollten. Es ist für mich von höchster Wichtigkeit, dass ich mit euch auf Filiale 101 zurückkehre, wo ich nach meiner

Beförderung auf Stufe Eins meine Erholungswoche verbracht habe. Ihr wisst schon, was ich meine. Ich kenne dort jemanden und ich möchte ihn unbedingt euch beiden vorstellen. Außerdem brauche ich seinen Rat in einigen essentiellen Fragen, was das Universum und das Multiversum angeht."

Rebeccas Augen waren groß und rund geworden vor Erstaunen. „Ist nicht dein Ernst!"

Nick sah seine Verlobte von der Seite her an. „Wie, du würdest nicht mal gerne nach Asien reisen?"

„Du bist damit einverstanden?" Überrascht musterte sie ihn nun ihrerseits.

Unbekümmert bestätigte er: „Na klar, wenn sie weiß, wie wir sicher dorthin und wieder zurück kommen. Für unsere kleine Nebentätigkeit ist das vielleicht erkenntnisreich. Du weißt schon, unser Steckenpferd."

„Eine sehr blumige Umschreibung für die nette Sache, die uns von einer Zufallsbekanntschaft beim nächtlichen Baden empfohlen wurde." Womit Rebecca zweifellos ihre Anwerbung durch die Doppelgängerin ihrer Kollegin Jessica meinte, welche sie im Auftrag des Widerstandes unter den von Rebecca eben genannten ungewöhnlichen Umständen aufgesucht hatte. „Aber du hast recht, mich würde es auch mal interessieren, was da überhaupt dahintersteckt. Und offenbar spielt Tammy eine viel größere Rolle dabei, als wir es je tun werden."

„Unterschätzt euch nicht. Wer weiß, was ihr für einen Beitrag zur Aufklärung von gewissen Rätseln leisten werdet."

Nick wiegelte ab. „Ich finde, wir sollten uns keine falschen Hoffnungen oder gar Illusionen machen. Die meisten der wie wir positionierten Leute warten ihr gesamtes Berufsleben vergeblich auf eine Chance, etwas Konstruktives in dieser Hinsicht leisten zu können."

Ihnen allen war klar, dass sie einen verbalen Eiertanz vollführten, wenn sie versuchten, über dieses derart prekäre Thema in aller Öffentlichkeit ein Gespräch zu führen. Das galt besonders in einer Dimensionsfähre, umgeben von potentiell grenzenlos loyalen TransDime Angestellten. Dennoch setzte Rebecca noch nach: „Das ist bestimmt eine Generationen übergreifende Aufgabe. Es klang ja auch so, als seien sie schon seit Jahrzehnten daran, ohne je einen wirklichen Durchbruch erzielt zu haben. Das Entscheidende für sie ist offenbar, an wichtige Informationen heran zu kommen, die eben nicht so einfach zu beschaffen sind.

Andererseits haben sie bestimmt noch nie so ein Glück gehabt, gleich drei Leute als Springer am Start zu haben. Und je nachdem, welche Positionen wir uns in Zukunft aussuchen werden, haben wir vielleicht eine echte Chance, einen Schritt voranzukommen."

„Noch ein Grund mehr, den Meister aufzusuchen. Ihr seid also einverstanden?" Hoffnungsvoll sah sie ihre beiden besten Freunde an.

Rebecca nickte besonnen und auch Nick stimmte zu. Sie strahlte sie an. „Ich danke euch, ihr beiden Lieben! Ihr ahnt ja nicht, wie erleichtert ich bin."

Sie machte sich gleich an ihrem Terminal zu schaffen und verfasste eine Botschaft, die sie nach Hause an Barbara schickte, mit Instruktionen für den Fall, dass die drei anderen WG-Mitglieder von Rebeccas Wohnung gleichzeitig auf Reisen gehen mussten. Sie erinnerte sie ans Blumengießen und auch daran, sich dahingehend zu erkundigen, ob eben ständig jemand bei ihr daheim sein würde oder ob ihre Dienste von Tamara in Anspruch genommen werden mussten.

„Ich habe eine bestimmte Wortwahl und ein Muster eingebaut, sodass die Leute, die hier mitlesen, daraus die richtigen Schlüsse ziehen können und alles Nötige vorbereiten. Damit steht es fest: wir werden eine Woche schönen erholsamen Urlaub nach diesem Einsatz machen."

< 10 >

Die langsame Bewegung der Tag-Nacht-Linie auf der Erdoberfläche vom Weltraum aus zu beobachten, war immer wieder ein faszinierendes Ereignis. Auch hier quer über Australien sah das spektakulär aus. Die hell- und dunkelgrünen Ränder am östlichen Rand des Kontinents waren bereits hell erleuchtet, während das trockene Landesinnere in diversen Rot- und Brauntönen schimmerte, von einer fast lotrechten Nord-Südlinie durchtrennt, von der ab alles westlich in Dunkelheit getaucht war. Da dieser Teil der Welt auch recht dünn besiedelt war, sah man nur wenige künstlich beleuchtete Siedlungen. Der größte Lichtfleck war in der Tat ihr Ziel, die Stadt Perth an der Küste, mit weit über anderthalb Millionen Einwohnern auch die größte Stadt im gesamten Westen Australiens.

Rasch rückte der helle, ausgefranste Fleck an der Westküste in den Mittelpunkt des Bildschirms und wuchs zusehends an. Noch wenige Minuten, dann würde es zum ersten Mal ernst werden für sie.

Auburn schritt nochmals die drei Sitzreihen ab und sagte laut: „Die Situation ist weiterhin ernst. Die japanischen Luftlandetruppen haben den Flughafen von Perth im Handstreich genommen, die Luftwaffe den Militärflugplatz außerhalb der Stadt bombardiert und unbenutzbar gemacht. In der Bucht vor Garden Island, wo der Marinestützpunkt liegt, tobt gerade eine heftige Seeschlacht um den Zugang zum Swan River. Weiter nördlich sind amphibische Truppen mit schwerem Gerät an der Küste angelandet und haben sich bis in die Innenstadt vorgearbeitet.

Ein Teil der feindlichen Luftlandeeinheiten ist aufs TransDime-Gelände vorgedrungen, sodass der Standort-Leiter den Zugang zum Transferbereich versiegeln musste. Deshalb müssen wir uns was anderes einfallen lassen, um aufs Gelände zu kommen. Es wird wohl drauf hinauslaufen, dass wir irgendwo zwischen den Gebäuden

271

landen und dabei mit der Fähre ein hübsches Loch in den Boden stanzen. Das können wir hinterher immer noch ein wenig verunstalten und als Bombenkrater einer verirrten japanischen Fliegerbombe ausgeben.

Das weitaus Dringendere ist, die noch auf dem Gelände verstreuten Mitarbeiter außerhalb des Transferbereichs zu bergen und in diesen zu überführen. Dazu haben in unserer Einheit sowohl ich als auch Truppleiterin Tamara Schnyder die Öffnungscodes erhalten. Wir müssen schnell und gründlich sein. Im Moment sieht es so aus, als sei das australische Militär östlich der Stadt in einem Rückzugsgefecht; sie haben Perth wohl vorerst preisgegeben. Uns erleichtert das die Sache, da einfach jeder, der den Rüssel aus der Deckung streckt und eine Uniform trägt, ohne Zögern oder Fragen zu stellen von uns neutralisiert wird.

Weiß jeder über seinen Aufgabenbereich Bescheid?"

Alle nickten ernst und schweigend. Sie hatten gerade ihre Waffen und Stabilisator-Gürtel erhalten und aktiviert. Als sie nun vom Feind unaufspürbar durch die Nacht auf das weitläufige, grob dreieckige Firmenareal hinabsanken, öffnete sich in relativ großer Höhe bereits die Außenluke, jedoch nur kurz.

„Das war das Absetzgefährt für die Ausknipser. Sie werden schneller als wir zur Oberfläche sinken, alle Schützen auf ihren Positionen absetzen und nach der Landung der Fähre zu dieser zurückkommen. Seid ihr alle bereit?" Rebecca sah ihre Gruppe an, die sich kurz vor dem Gang zur Ausgangsluke aufhielt und in den Startlöchern stand.

Tamara rief aufs Deck, so dass alle der drei anwesenden Gruppen sie hören konnten: „Stellt die SF-Anzüge auf fünfundsiebzig Prozent ein. Das Außendesign für die Anzüge wird gleich von der Einsatzleitung überspielt. Schließt die Visiere und schaltet auf Nachtsichtmodus sowie auf taktisches Display."

Nick betätigte wie alle anderen auch die entsprechenden Tasten auf dem aufgeklappten Bedienfeld. Darauf legte sich wie von Zauberhand die elastische Kapuze von seinem Nacken aus über seinen Kopf, verhärtete zum Helm und das Display glättete sich nach dem Entfalten, um eine transparente Innenseite auszubilden. Sein Anzug hatte bereits die Textur von schwarzem, matten Leder angenommen. Er drehte den Kopf zu Rebecca hinüber, wo er durch die Winkelpolarisierung ihr Gesicht hinter dem Helm erkennen konnte, während für Außenstehende ohne Anzug einfach nur ein dunkler undurchsichtiger Schild ihr Gesicht bedeckte. „Du siehst heiß aus in dem Fummel, weißt du das, Schatz?"

„Du aber auch; dein Knackepo kommt so besonders gut zur Geltung." Sie gab ihm einen verspielten Klaps auf die Kehrseite.

„Wie gut, dass sie euch die Anzüge nicht mit nach Hause geben, sonst würdet ihr sie bestimmt auch bei diversen Spielchen im Boudoir tragen." Teresa feixte bei ihrer spitzen Anmerkung.

„Wer sagt, dass wir das nicht schon längst getan haben? Wir hatten schließlich ein Vierteljahr Zeit dazu während der Ausbildung." Nick grinste sie unverhohlen an.

„Euch ist wohl gar nichts heilig, was? Ich geb's auf, mit Karnickeln ist nicht vernünftig zu reden." Die rothaarige Amazone machte entnervt eine abwinkende Handbewegung und wandte sich ab.

Über den Innenfunk seines Helms kam nun die Meldung von Auburn: *„Scharfschützen abgesetzt. Melden mehrere Dutzend feindliche Kräfte auf offenem Gelände zwischen den Gebäuden. Es sind auch zivile Opfer zu sehen. Rund um die designierte Landezone wird ein Korridor gesäubert. Aktiviert jetzt die Stabi-Gürtel. Sobald ihr draußen seid, wird alles, was sich bewegt, neutralisiert."*

„Alles klar." Tamara sagte: „Karte des Geländes wird auf Innenvisier eingespielt. Stoßrichtungen und Positionen der feindlichen Kräfte sind gekennzeichnet. Kreuzung F-2 ist gesäubert und wird angesteuert. Noch zehn Sekunden, Leute. Weidmannsheil."

Nick sah auf seiner Statusanzeige nach, ob alles richtig eingestellt war und funktionierte. Er war laut eingespieltem taktischen Display dazu angehalten, mit seiner Gruppe nach links auszuschwärmen, entlang der nächsten Gebäudewand nach vorne zu rücken, jede Möglichkeit zur Deckung auszunutzen und das übernächste Gebäude, eine riesige Lagerhalle, zu erreichen. Von dort aus sollten sie innerhalb der Halle weiter nach vorne und bis zum Eingang des versiegelten Transferbereichs vorrücken. Wenn dieser gesichert war, mussten sie noch einen Zugangskorridor für die anderen Gruppen freihalten, damit diese nach dem Bergen der Zivilisten und dem Neutralisieren der Feinde auf dem Gelände ihre Schützlinge sicher zum Eingang des Transferbereichs bringen konnten.

Ohne spürbares Bremsen oder Halten der Fähre wurde deren Ausgangsluke plötzlich geöffnet und es ging los. Mit grimmiger Miene hasteten sie alle ins Freie und hielten sich umgehend wie geplant links, während die Gruppe nach ihnen nach rechts und die letzte nach hinten um die Fähre herum ausschwärmte. Nach einigen Sekunden von den Anzügen künstlich verstärktem, unnatürlich schnellem Spurt waren sie bereits dicht an die Mauer gepresst und schoben sich nach vorne.

Zwischen Nick und Rebecca schlug etwas auf Kopfhöhe ein und Gesteinssplitter der Backsteinmauer spritzen durch die Luft. Sofort rollten sie sich ab und kamen zwei Meter weiter vorne wieder auf die Beine. Die gesamte Truppe hatte sich zu Boden geworfen. Rebecca fluchte: „Der Arsch hätte uns fast erwischt. Wo ist der Schütze?"

Tamara sah sich ruhig um, als im Gebäude schräg vor ihnen im ersten Obergeschoss kurz Mündungsfeuer eines einzelnen Schusses aufblitzte und einer aus ihrer Gruppe aufschrie. „Heckenschütze, Gebäude E-3, erstes OG Westseite mittig."

Eine ihnen unbekannte weibliche Stimme sagte ruhig über den Funk: „*Hier Falke Zwei, Ziel erkannt.*"

Vom Dach des nächsten Gebäudes auf ihrer Seite, fast genau über ihnen, wurden einige Schüsse abgegeben, die eine große Fensterscheibe an besagter Stelle im Gebäude gegenüber zu Bruch gehen ließen. Doch mehrere Sekunden darauf schlug eine weitere Kugel zwischen ihnen ein. Das hatte demnach nicht viel gebracht.

Da zog sich urplötzlich eine bläulich schillernde, dünne Lichtspur quer über die Straßenschlucht zwischen den Gebäuden und schlug leise klirrend in eine weitere Fensterscheibe im besagten Gebäude ein. Es sah allerdings nicht wie ein herkömmliches Leuchtspurgeschoss aus, sondern eher so, als hätte man eine Unmenge kleine blaue Ringe aneinandergereiht, aber so schnell, als wären sie schon die ganze Zeit dagewesen und man hätte sie angeknipst wie eine Lichterkette. Begleitet wurde die Erscheinung von einem lauten Geräusch, das an zerrissenes Papier erinnerte. Ein sehr seltsamer Effekt.

Vor allem, weil die Leuchtspur an der Seitenwand der ihnen zugewandten Seite des Gebäudes kurz über dem Boden ebenfalls erschien und bis zur Straße hinabreichte, wo wie durch Zauberei ein relativ großes Loch in der Straße auftauchte. Backsteinsplitter, Pflaster und Beton spritzen in einem weiten Umfeld auf und prasselten auf die Straße nieder. Aus dem Inneren des Lagers erklang ein gedämpfter Schrei, der mitten in der Intonation abbrach.

„Hier Falke Zwei, Ziel eliminiert."

„War das eine *Railgun*?", fragte Tamara mehr sich selbst als jemand Bestimmtes.

„Gruppe Zwei, wahrt die Funkdisziplin", erklang Auburns Stimme. Er war mit der Nachhut dabei, die rückwärtige Seite des Areals zu sichern, wo die meisten Zivilisten lokalisiert worden waren.

„Roger", bestätigte Nick für sie und wies mit der flachen Hand nach vorne zum nächsten Gebäude. Hinter ihm rappelte Sven sich auf und hielt sich in gebeugter Haltung den Steiß.

„Der Mistkerl hat mir mit dem zweiten Schuss einen auf den Hintern gebraten."

Tamara inspizierte die fragliche Stelle kurz. „Es lässt sich keine Spur des Geschosses feststellen. Der Anzug hat alles komplett abgehalten. Nur die kinetische Energie der Patrone wird dir einen blauen Fleck verpasst haben."

In diesem Moment kam ein Trupp von drei Soldaten in olivgrünen Uniformen mit runden Stahlhelmen und Sturmgewehren im Anschlag um die Ecke vor ihnen gestürzt. Sie hatten wohl den ungewöhnlichen Schuss eben gesehen und wollten nachschauen, was sich da abspielte.

Nick legte auf den Ersten an und drückte instinktiv ab. Der bleistiftdünne Strahl war bei der höheren Intensität der schweren Betäubung interessanterweise kaum noch sichtbar und hob sich nur ganz schwach orange schimmernd in der Nacht ab. Die Frequenz erzeugte wohl kaum sichtbares Licht als Nebenprodukt wie in der schwächeren Einstellung.

Als sein getroffenes Ziel leblos zusammensackte, rissen die beiden anderen ihre Gewehre herum, wobei dem einen ein Aufschrei des Erstaunens entfuhr. Rebecca war indes auf ein Knie gefallen und hatte den zweiten, wie in den Übungen trainiert, mit einem gezielten Schuss bereits gefällt. Den dritten erledigte Teresa einen Lidschlag später mit einem Schuss aus der Hüfte heraus, was sehr martialisch aussah, aber seine Wirkung dennoch nicht verfehlte.

„Wir müssen von der Straße runter", befand Tamara und hastete in die Gasse zwischen den beiden Gebäuden, aus denen ihre drei Feinde eben gekommen waren.

Die anderen folgten ihr und fanden sich vor einer verschlossenen Holztür, die Sven kurzerhand unter Einsatz von roher Kraft und unter Mithilfe des SF-Anzugs eindrückte. Das Holz rings um das Türschloss knackte und splitterte leise, als es nachgab und die Tür dann lautlos aufschwang.

Sie drängten sich alle in kürzester Zeit auf den kurzen Korridor und erreichten eine Tür am anderen Ende. Als sie diese lautlos öffneten, erblickten sie eine mit schweren industriellen Maschinen voll gestellte Lagerhalle. Die hintere Hälfte war mit Paletten voller Kisten zugestellt, die in einem Schachbrettmuster aufgestellt waren.

„Das gefällt mir gar nicht. Verteilt euch auf die verschiedenen Gassen und rückt vorsichtig vor." Tamara machte ein paar Handzeichen und ließ sie immer zu zweit zwischen zwei der engen und unübersichtlichen Gassen im Halbdunkel nach vorne gehen.

Dann brach das totale Chaos aus.

Von scheinbar allen Seiten auf einmal wurde das Feuer auf sie eröffnet. Kugeln pfiffen in kurzen Salven rings um sie herum und oft genug fand auch eine ihr Ziel, prallte aber stets vom undurchdringlichen SF-Anzug abgelenkt, als Querschläger ab. Dennoch war ihre Formation in Auflösung, alle suchten nur noch irgendwie Deckung und versuchten dem Hinterhalt zu entkommen, während ein mehrfaches Stimmgewirr aus auf japanisch gebrüllten Befehlen die Halle erfüllte.

Sven befand sich direkt hinter einem Stapel aus Holzkisten, auf dessen anderer Seite ein Soldat mit einem Gewehr auf die anderen feuerte. Er warf die oberste Kiste auf den Mann und sprang über die nun nur noch zwei Meter hohe Gasse hinweg, um den sich benommen aufrappelnden Asiaten mit einem kurzen Rechtshaken niederzustrecken. Sofort danach musste er wieder abtauchen, weil gleich aus zwei

Richtungen auf ihn geschossen wurde.

Nick entdeckte einen Schützen im Gewirr der Stahlträger unter der Decke, der sie von oben aus mit Feuer eindeckte. Er schoss, worauf der Mann getroffen hinabfiel und laut krachend einen Kistendeckel unter ihm durchschlug.

Tamara tauschte Feuer mit gleich zwei Schützen am entgegengesetzten Ende der Halle aus. Diese hatten Rebecca ein Stück vor ihr in einer unglücklichen Position hinter einem kleineren Maschinenteil mit wenig Deckung festgenagelt. Dabei erwischte der eine sie an der Hüfte, worauf sie herumgewirbelt wurde und seitlich in einer hockenden Position zu Tamara gewandt zur Ruhe kam. Diese konnte deutlich ihr Gesicht sehen, als Rebecca bemerkte, wie ihr Gürtel zu flackern begann und dann alle Lichter ausgingen. Mit einem panischen Ausdruck in ihren Augen fanden sich ihre Blicke in dem Moment, als sich plötzlich eine schwarze Kugel um sie bildete und sie verschlang.

Oh Gott, das durfte nicht wahr sein. War sie verletzt? Oder gar tot? Sie konnte ihren mentalen Hilfeschrei förmlich spüren, während rings um sie das Gefecht mit unverminderter Intensität anhielt. Tamara geriet in Rage. Wegen so einer dummen Sache war ihr ihre beste Freundin vielleicht für immer entrissen worden.

Nein, das durfte nicht sein.

Sie spürte sowohl Panik als auch rasenden Zorn in sich aufsteigen und kämpfte beides mühsam nieder.

Dann schloss sie die Augen und fühlte.

Streckte ihre Sinne aus und versuchte etwas zu bewirken.

Die beiden Soldaten vor ihr sackten in sich zusammen, erschrocken aufschreiend.

In einem kurzen Moment schienen sie sich förmlich in den Boden zu bohren, als wären sie aus großer Höhe auf dem nackten Beton aufgeschlagen. Doch damit nicht genug, schrumpften ihre nun leblosen Formen in Sekundenbruchteilen noch weiter in sich zusammen, bis nichts mehr als ein hauchdünner dunkler Fleck an den Stellen, wo sie eben noch gekauert hatte, von ihnen zeugte. Der leise knackende Boden hatte von der augenscheinlich hohen Belastung Rissmuster bekommen.

So musste es in etwa aussehen, wenn man mit zweitausend km/h ungebremst auf einen Betonboden krachte.

Tamara öffnete die Augen wieder, wie in Trance. War wirklich *sie* das gewesen? Das hatte sie nicht gewollt, wie ihr nun bewusst wurde.

Sie konnte Rebecca nicht ihrem Schicksal überlassen. Einen Moment später war sie in der Kuhle, die die schwarze Kugel in den Boden geschnitten hatte. Es verblieb ein Echo von ihrer Freundin, ausgesandt von ihrer Lebensenergie, nun in einer anderen, ihrer beider Heimatfiliale.

Sie konnte nicht sagen, woran sie die Schwingungen der Filiale 88 erkannte, in der ihre Freundin jetzt war. Es war wie der Geruch der Heimat oder etwas anderes, schwerer Erfassbares. Dennoch kannte und erkannte Tamara in ihrer Not es.

Und sie griff hinaus ins Multiversum mit all ihrer Willenskraft.

Um sie herum wurde es schwarz.

Dann tauchte die Lagerhalle wieder auf. Was war gerade passiert? War sie ohnmächtig geworden?

Nein, es war nur wie ein kurzer Augenblick, wie ein Lidschlag gewesen.

Und die Stille traf sie wie ein Hammer.

Sie war allein im Dunkeln der Halle.

Nein, dort neben ihr stöhnte und wälzte sich jemand auf dem Boden.

„Rebecca!" Tamara verstand noch nicht, was gerade geschehen war. Sie stürzte zu ihrer guten Freundin, die erst allmählich zu sich kam. Mit schmerzverzerrtem Gesicht ließ sie sich von Tamara halbwegs aufrichten.

„Oh Gott, hat das *wehgetan*! Das kannst du dir gar nicht vorstellen! Kinderkriegen muss dagegen wie ein Spaziergang sein. *Dieses* Gefühl müsste man Wehen nennen, nicht die Schmerzen beim Gebären." Sie krümmte sich nochmals zusammen, öffnete hastig ihr Visier und erbrach sich danach heftig.

Nach nur wenigen Sekunden fasste sie sich würgend und spuckend und meinte dann leicht ermattet: „Du hättest deinen Gürtel nicht ausschalten sollen, nur um mir zu folgen. Was machen die anderen jetzt ohne Trupp- *und* ohne Gruppenführer? Und... he, dein Gürtel ist ja noch eingeschaltet! Was ist denn hier los? Und du hast gar nichts gespürt? *Keine* Schmerzen?"

„Reiß dich jetzt zusammen, Rebecca, ich erkläre dir alles in einer ruhigen Minute. Ich hatte wohl so etwas wie einen Quantensprung in der Beherrschung meiner... Fähigkeiten. Das habe ich nur dir zu verdanken, genauer gesagt der Angst um dich. So wie eine Mutter in Panik das sprichwörtliche Auto anheben kann, um ihr darunter eingeklemmtes Kind zu befreien, habe ich... aber lassen wir das jetzt. Kannst du stehen und dich fortbewegen?“

Rebecca richtete sich mühsam auf und wischte sich hustend über den Mund. „Oh... ja, ich glaube schon. Was hast du vor?“

„Wir tauschen die Gürtel. Los, beeil dich! Wenn wir zurück sind, musst du simulieren, dass du von mehreren Schüssen getroffen wurdest. Da man das den SF-Anzügen nicht ansehen kann, solltest du damit locker durchkommen. Ich nehme deinen Gürtel. Hopp!“ Sie half der noch immer benommenen Rebecca, ihre Gürtel zu tauschen und schloss den noch funktionierenden um deren Hüfte, während sie den defekten ihrer Freundin selbst anlegte, damit es zum Schein so aussah, als würde sie auch noch einen funktionierenden tragen.

„Aber was soll das nützen? Du kannst doch nicht...“

„Kopf runter, ich mache das zum ersten Mal bewusst.“ Sie drückte mit einer Hand Rebeccas wieder geschlossenen Helm hinab und konzentrierte sich, ihre imaginären Fühler nach dem besonderen Energieniveau ausstreckend, in dem sie noch vor weniger als einer Minute geweilt hatten, von ihren Kameraden und Freunden umgeben. Vor allem die letzte Tatsache ermöglichte es Tamara vielleicht erst, überhaupt das zu finden, was sie suchte.

Sie wurden von Schwärze eingehüllt und direkt darauf pfiffen ihnen wieder die Kugeln um die Ohren wie zuvor. Augenblicklich sackte Rebecca zu Boden und wälzte sich wie eine brennende Person über den Beton zwischen zwei Kistenstapeln. „Oh mein Gott, das darf nicht wahr sein! Scheiße, nichts auf der Welt kann so *weh* tun! Ahh! Verdamm...“

Wieder sprang ihr Visier auf und sie begann zu würgen und husten, von Krämpfen geschüttelt.

„Hm, du bist wohl okay, bis auf die höllischen Schmerzen vom Transfer.“ Tamara ging in die Hocke, ihr Gewehr im Anschlag. Sie sah einen Gang neben sich, wie Linnea hinter einer Kiste kauerte, sich die Seite haltend. Weiter hinten lag Sven auf der Seite und krümmte sich zusammen. Alle waren wohl von Kugeln getroffen worden, was sie nicht verletzten konnte im Sinne einer Schusswunde, aber die Energie der Geschosse war stets wie ein heftiger Schlag und zog sie entsprechend in Mitleidenschaft.

Sie waren hoffnungslos unterlegen mit ihren paar Mann und den Betäubungsgewehren. Alle waren in Deckung gezwungen worden und kaum einer von ihnen konnte noch das Feuer erwidern. Der Feind begann das zu merken und wagte sich aus der Deckung, um auf sie vorzurücken und ihnen den Rest zu geben.

Tamara schloss erneut die Augen und konzentrierte sich. Nun war sie nicht mehr von Zorn getrieben und auch ihr Verstand nicht vor Angst um ihre Freundin und deren ungewissem Schicksal gelähmt.

Sämtliche Japaner wurden gleichzeitig einen Schritt nach vorne gerissen und dann mit der fünffachen Erdbeschleunigung nach unten gezogen. Sie *wurden gestolpert* und schlugen sich praktisch selbst k.o., als sie mit dem g-Äquivalent eines Sturzes aus drei Meter Höhe auf den harten Boden der Halle aufschlugen.

Plötzlich herrschte eine gespenstische Stille im Raum.

Tamara sprang hervor und verpasste in rascher Folge jedem der teilweise noch benommen stöhnenden feindlichen Soldaten einen Schuss aus ihrer Waffe. Zwanzig Sekunden später rührte sich nichts mehr auf der gegnerischen Seite. Rasch lief Tamara die eigenen Reihen ab, bevor sie erleichtert eine Meldung absetzte.

„Hier Gruppe Zwei, Gebäude E-2 gesichert. Mehrere Springer von Waffenfeuer getroffen, Gruppenführerin Gruppe zwei multipel. Keine ernsthaften Verletzten. Rücken weiter vor."

Nick hielt sich die Schulter und fand am anderen Ende ihrer Hallenhälfte Rebecca auf dem Boden liegen. Er eilte zu ihr und beugte sich mit schmerzverzerrtem Gesicht hinab. „Alles okay, Beckie?"

„Nein, nichts ist okay. Ich habe hinter dieser Micky-Maus-Deckung gekauert. Die Idioten haben ein Schützenfest mit mir veranstaltet. Ich fühle mich wie nach zwölf

Runden im Ring mit Regina Halmich." Sie ließ sich von ihm mühsam hochziehen.

„Na komm schon, das wird schon wieder. Unsere Feuertaufe haben wir damit wohl hinter uns. Mich hat's an der Schulter erwischt. Der Vergleich mit einem schweren Boxhieb ist gar nicht so schlecht. Was musst du auch das gesamte Feindfeuer auf dich ziehen?" Er lachte schwach, als er einen Arm von ihr über seine heile Schulter legte und ihr zum anderen Ende der Halle half, wo sie weiter zum Eingang des Transferbereiches gingen.

„Sie waren eben alle wie hypnotisiert von meinem heißen Traumkörper. Jeder von denen wollte der sexy Lederbitch auch mal eins auf den Pelz brennen." Sie klang angestrengt fröhlich.

„Das wäre lustig, wenn es nicht so wahr wäre. Komm, wir ziehen das durch bis zum Ende. Sieh mal Tamara an, wie sie in ihrer Rolle aufgeht. Sie hat eine ganze Menge von denen im Alleingang ausgeschaltet, wenn ich das richtig mitbekommen habe. Auf einmal wurde es immer ruhiger, noch bevor ich wusste, was überhaupt los war. Und dann stand sie auf einmal vor uns und winkte uns weiter. Verrückte Sache." Nick schüttelte ungläubig den Kopf.

Sie drangen in das nächste Gebäude vor, das vornehmlich aus Büroräumen zu bestehen schien, verbunden durch lange Längskorridore. Hier trafen sie auf keinerlei Widerstand.

Sie positionierten diejenigen, die es am schlimmsten erwischt hatte, am nächsten zum versiegelten Eingang des Transferbereichs und die am wenigsten ramponierten Leute ihrer Einheit am nächsten zur Tür des Gebäudes hin. Falls der Feind doch noch hier eindringen würde, sähen sie sich den frischesten Mitgliedern ihrer Gruppe gegenüber.

„Eingang zum Transferbereich und Korridor zum Eingang E-1 gesichert." Tamara öffnete eine verborgene Klappe in einer Nische der Wand neben der Versiegelung. Somit konnte sie den Eingang ohne Verzug öffnen, sobald die zu evakuierenden Personen sie erreichen würden.

„Verstanden. Wir machen uns auf den Weg. Gruppe drei, abrücken zum Transferbereich. Gruppe eins, Flanken sichern und dann nach hinten decken, wenn wir mit den

Zivilisten E-1 erreichen.“ Die Meldung war für alle hörbar, demnach über die Truppenfrequenz von Auburn gesendet.

„Das war eine jämmerliche Vorstellung von uns“, gab Nick zu bedenken, als er mit Tamara kurz vor dem Eingang des Gebäudes mit der Waffe im Anschlag dastand. „Ich hatte echt gedacht, dass wir besser sind.“

„Wir haben unseren Auftrag erfüllt und niemand wurde ernsthaft verletzt. Das ist doch auch was, oder nicht?“ Tamara bedachte ihn mit einem Seitenblick, ohne die Glastür vor ihr aus dem Blick zu lassen. Dass ihr Gürtel nicht aktiviert war, merkte zum Glück niemand, auch Nick nicht.

Ihr fiel es bemerkenswert leicht, sich hier in diesem Universum stabil zu halten, da sie jetzt wusste, worauf es ankam. Und es wurde auch nicht schwerer für sie, je länger es dauerte. Für sie war das der größte Fortschritt, den sie sich je zu erträumen gewagt hätte.

Sie konnte nun aus eigener Kraft in andere Filialen reisen. Sogar in solche, die in anderen Universen lagen. Und das unbeschadet und ohne die Schmerzen zu erleiden, die jeden anderen bei einem so unvermittelten Vorgang wie dem Ausfall eines Stabilisator-Gürtels heimsuchten, wie es etwa bei Rebecca der Fall gewesen war.

Was allerdings mit den ersten beiden Soldaten geschehen war, die sie so einfach mit einem Gedanken in den Boden gestampft und buchstäblich ausgelöscht hatte, war ihr noch nicht ganz klar. Die beiden Männer hatten sie töten wollen, doch das rechtfertigte nicht ihren Ausbruch. Es beunruhigte sie sehr, dass sie zu so etwas im Stande sein konnte, wenn sie unbeherrscht war. Doch jetzt im Moment konnte Tamara es sich nicht leisten, darüber zu sinnieren und unkonzentriert zu sein.

Die Tatsache, dass bereits ihre zweite Aktion direkt nach der Rückkehr hierher mit Bedacht und Fokus auf ihr Ziel, alle Feinde in der Halle auf einmal auszuschalten, ohne sie zu töten, so effektiv verlaufen war, beruhigte sie nur ein wenig.

Alle atmeten auf, als sie die Zivilisten aufgenommen hatten und durch die geöffneten Eingangstore in den unterirdischen Transferbereich getreten waren, nur um die undurchdringlichen, massiven Portale hinter ihnen wieder zu versiegeln. Von außen war der Eingangsbereich nun nicht mehr ohne Weiteres erkennbar. Selbst wenn er durch Zufall entdeckt würde, bezweifelte zumindest Auburn gemäß eigener Aussage, dass die Japaner irgendetwas hätten, mit dem sie sich durch diese Blockade hindurch arbeiten konnten. Da sie keine Atomwaffen auf dieser Welt hatten, wäre das ausgeschlossen, so sein Originalton.

Somit waren sie erst einmal in Sicherheit. Das Personal des Transferbereiches war dankenswerterweise auf seinen Posten geblieben und konnte nun die Springer und die Zivilisten mit Nahrung und bei Bedarf auch mit einer Ruhemöglichkeit versorgen. Die geretteten Zivilisten wurden nun je nach Herkunft per Fähre in Niederlassungen in den USA oder Großbritannien geflogen, was ebenfalls zwecks schnelleren Transports durch die Erde hindurch erfolgen würde. Die Beschäftigten, welche nicht von dieser Filiale stammten und nur hier gearbeitet hatten, würden hingegen zur nächsten Filiale gebracht, wo sie weiter in ihre Heimat reisen konnten. Alleine sie füllten bereits eine Fähre zur Gänze.

Sie hatten per Komm-Drohne eine zusätzliche Fähre zur Evakuierung angefordert, doch diese würde wohl noch Stunden auf sich warten lassen. Ihr Einsatz galt offiziell als beendet. Somit setzten sie sich in ein Restaurant und aßen erst einmal etwas. Rebecca indes hielt sich lediglich an einem Glas Mineralwasser fest und wirkte sogar etwas blass um die Nase, während sie den anderen beim Essen zuschaute.

Nick fragte besorgt: „Ist mit dir wirklich alles in Ordnung? Nach einem Tag in dem SF-Anzug verputzt du doch sonst einen Berg an Essen."

Sie nickte und erwiderte matt: „Gib mir noch ein wenig Zeit, dann wird es schon wieder. Ich bin so zusammengeschossen worden, dass ich mich vor Schmerzen sogar übergeben habe. Dabei habe ich keinen einzigen Kratzer abbekommen, aber wahrscheinlich bin ich mit blauen Flecken übersät wie ein Dalmatiner mit schwarzen. Als wäre ich mit einem Baseballschläger bearbeitet worden."

Tamara, die sich zur Verwunderung der anderen Springer als Einzige von ihnen bei einer Kleiderausgabe ein weites, knöchellanges Kleid in hellblau besorgt hatte, welches sie über ihrem SF-Anzug trug und damit bei genauerem Hinsehen ein etwas seltsames Bild abgab, erwiderte mit wenig Begeisterung: „Da wäre ich mir an deiner Stelle gar nicht so sicher. Da der Anzug nicht nur den Aufprall abfängt, in dem er blitzschnell an der Oberfläche aushärtet, sondern dich dadurch wie eine Schale umgibt, wird die Energie des Geschosses gleichmäßig auf eine große Fläche verteilt. Ein normal fitter Mensch hätte sicher blaue Flecken, aber wir mit unserem hochverdichteten Muskelgewebe und der speziell trainierten Konstitution sollten nicht einmal so viel abbekommen.“

Nick pflichtete ihr bei. „Demnach ist es eher so, als hätte ein Springer auf einen schweren Boxer-Sandsack eingedroschen, den du auf der anderen Seite festhältst.“

„Beides keine schönen Vorstellungen.“ Rebecca warf noch einen kurzen Seitenblick auf Tamara, die ihr mit Blicken zu verstehen gab, ihre Aussagen über das Geschehene mit Bedacht zu treffen. „Wisst ihr was, mein Hunger hat doch gesiegt. Ich hole mir auch etwas zu Essen.“

Sie verließ den Tisch in Richtung Tresen, während Lovisa ihr sorgenvoll hinterher sah. „Rebecca wirkt echt mitgenommen.“

Nick erklärte ihr: „Sie ist ein sehr empathischer Mensch. Genau solchen Szenarien wie dem heutigen wollte sie eigentlich aus dem Weg gehen. Ich glaube, keiner von uns hat sich vorstellen können, dass es so sein wird im Einsatz.“

Teresa nickte verständnisvoll. „Und ausgerechnet sie hat es da drin am schlimmsten erwischt. Die Vorstellung, von anderen Menschen, die sie töten wollen, mit Dutzenden Kugeln beschossen und getroffen zu werden hat sie schwerer mitgenommen, als sie selbst es sich zugestehen will.“

„Ohne den Anzug wäre sie auf jeden Fall mausetot, das darf man nicht vergessen. Sie jedenfalls wird das nicht.“ Tamara brütete vor sich hin.

Sven versuchte abzulenken: „Dir jedenfalls kann man dagegen gratulieren. Als Truppführerin hast du deine Feuertaufe mit Bravour bestanden, würde ich sagen. Wie viele der Japaner hast du im Alleingang ausgeschaltet?“

„Keine Ahnung, es ging alles so schnell. Hat außer mir überhaupt einer von euch den Überblick behalten?" Sie sah sich ein wenig besorgt um.

Linnea winkte ab. „Machst du Witze? Wir haben uns alle hinter irgendeiner Deckungsmöglichkeit zusammengekauert und gehofft, dass alles bald vorbei ist. Du bist die wahre Heldin unter uns, Tammy. Ich bin froh, dass du unsere Truppführerin bist, ehrlich."

„Ich fühle mich beschämt angesichts meines Verhaltens in der Lagerhalle. Keine Ahnung wie es euch geht, aber ich bin heilfroh, dass es dort oben keine Überwachungskameras gab, die das Ganze hätten aufzeichnen können." Nick schüttelte sich angesichts dieser Vorstellung. Tamara riss erschrocken die Augen auf bei diesem Gedanken.

Sven merkte an: „Da muss ich dich enttäuschen, Kumpel. Ich habe sogar zwei davon gesehen. Aber an das Material wird TransDime in absehbarer Zeit wohl nicht herankommen, denn so wie es aussieht, ist die Kampagne der Kaiserlich Japanischen Heereskräfte ein voller Erfolg. Die Australier haben auf ganzer Linie verloren und sich ins Landesinnere zurückgezogen. Canberra ist vor einer Stunde gefallen, Sydney und Melbourne schon früher. Darwin und Brisbane waren die ersten Orte, die komplett überrannt wurden."

Nick sah Sven fragend an: „Woher willst du das denn wissen?"

„Ich seh' dir über die Schulter, da läuft ein Nachrichtensender im Fernsehen hinten an der Wand. Ich lese nur das Laufband mit den Meldungen ab. Jetzt hast du aber schwer gestaunt, was?", feixte sein Kollege.

„Das kannst du laut sagen." Nick sah zu Rebecca herüber, die mit einem mit Pfannkuchen beladenen Teller auf einem Tablett zu ihnen zurückkehrte.

„Ich bin geheilt", verkündete sie der mitfühlend lächelnden Runde und ließ sich nieder.

„Und dein Magen?" Nick sah sie doch etwas skeptisch an.

„Pfefferminztee statt Kaffee. Da, riech'!" Sie hielt ihm die dampfende Tasse unter die Nase. Er rümpfte sie und winkte ab.

„Okay, das muss wohl als Zugeständnis an den lädierten Magen reichen. Fragen wir nach dem Essen nach, wie lange wir uns aufs Ohr legen können? Ein wenig Schlaf wird dir sicher auch guttun." Er strich ihr sanft über die Schulter und sie schloss lächelnd die Augen.

„Muss Liebe schön sein", witzelte Teresa auch gleich.

„Ist sie auch, kann ich dir nur empfehlen. Probier's doch bei Gelegenheit selbst mal aus." Rebecca zwinkerte ihr zu.

„Ja, ja, schon gut. Das hab ich wohl verdient." Mit säuerlichem Gesichtsausdruck winkte sie ab. „Als ob das in diesem Beruf so einfach wäre."

„Hast du keinen netten Nachbarn, der ein wenig desinteressiert ist an Details aus deinem Leben und sich damit abfinden könnte, dass du viel verreist bist?" Nick meinte diese Frage sogar ehrlich, wie sie merkte.

„Hm, ist wohl ein Anfang. Ich sehe mich mal im Haus um. Einen gäbe es da schon. Was täte ich nur ohne euch?" Sie klimperte kokett mit den Wimpern.

„Solange wir noch herum blödeln können, kann es uns ja nicht so schlecht gehen. Leute, ich verziehe mich für eine Weile, wenn es recht ist." Tamara stand auf und verließ ohne einen weiteren Blick zurück das Restaurant.

Alle sahen erstaunt Sven an, der sich seinerseits in der Runde umsah: „Was schaut ihr denn so? Ich habe nichts gemacht, mich hat das eben genauso überrascht wie euch. Vielleicht ist sie einfach nur erschöpft, schließlich hat sie eine große Verantwortung zu tragen mit diesem Posten."

Rebecca sah ihn vornübergebeugt über den Teller an und sagte zwischen zwei Bissen: „Du hast es genau erfasst. Ich würde sie einfach ein wenig in Ruhe lassen. Sie wird von ganz alleine zu dir kommen, wart's nur ab. Ich kenne sie."

„Ich mittlerweile auch ein wenig, weißt du? Aber davon abgesehen hast du ganz recht, so hätte ich sie nämlich auch eingeschätzt." Ein wenig widerwillig lenkte Sven ein und unterließ es, Tamara nachzulaufen. Beste Freundinnen hatten einen Draht zueinander, da konnten selbst die Lebenspartner nicht immer mithalten, wie er sich eingestehen musste.

Kauend und auf ihren Teller hinab starrend, dachte Rebecca bei sich, dass Sven ja nicht unbedingt merken musste, dass Tamara mit einem kaputten Stabilisator-Gürtel herumlief und sich nur Kraft ihrer besonderen Fähigkeiten in dieser Dimension halten konnte. Bestimmt hatte sie sich auch deshalb das Kleid besorgt, damit sie den kaputten Stabilisator-Gürtel unbemerkt unter diesem tragen konnte.

Alleine schon der Gedanke erschreckte Rebecca ein wenig. Tamara konnte nun offenbar zwischen Universen und Realitätsebenen hin- und herspringen; zwar nicht nach Belieben, aber alleine die Tatsache, *dass* sie es konnte, würde sie für den Rest ihres Lebens zu einem Versuchskaninchen für TransDime machen, sollte das jemals jemand herausfinden.

All das musste etwas zu bedeuten haben. Das geschah doch nicht nur aus einer Laune des Universums oder der Natur heraus. Im Moment hatte Rebecca das Gefühl, als würde ihr die Situation über den Kopf wachsen. Sie schaufelte weiter hungrig das Essen vor sich in ihren Mund und vermied es, aufzusehen. Sie war sich nicht sicher, ob man ihr nicht ansehen konnte, was in ihr vorging.

Sie war jetzt schon froh, wenn sie nachher zusammen mit Nick in eine der kleinen Schlafstätten gehen konnte, um eine kurze Pause zu machen von all dem, was hier gerade geschah. Sie war gerade mitten in einem Kriegsgebiet gewesen, das war bei ihr noch gar nicht so richtig ins Bewusstsein gedrungen.

In diesem Moment fühlte sie sich unendlich mental erschöpft.

Nick legte eine Hand auf ihren Unterarm, als hätte er gerade gespürt, was in diesem Augenblick in ihr vorging. Sie konnte nicht anders, als aufzusehen und ihn anzulächeln. Leise sagte sie: „Dich lass ich nie wieder gehen. Du bist das Beste, was mir je passiert ist."

„Ich gehe nirgendwo hin, das kannst du sowieso vergessen." Er legte einen Arm seitlich um sie und sein Kinn auf ihre Schulter.

„Diesmal sage ich es ausnahmsweise dir: ich habe dich gar nicht verdient."

Nick erwiderte schelmisch: „Doch, hast du."

Sie beendete ihr Mahl versonnen lächelnd und stand unvermittelt auf. „Lass uns gehen. Ich muss mich unbedingt ausruhen. So fertig habe ich mich nicht mal nach einem Tag Training auf Filiale 2 gefühlt."

Sie verließen die anderen und zogen sich zurück.

Es war tatsächlich so gekommen, wie Rebecca es Sven vorhergesagt hatte. Kaum war er an Bord der Fähre gegangen, die für ihren Rücktransport bestimmt war, kam Tamara direkt, nachdem sie ihren Gürtel im Eingangsbereich 'deaktiviert' und abgegeben hatte, zu ihm und setzte sich neben ihn. Danach war sie für die gesamte Dauer des Rückfluges auffällig anhänglich und 'verschmust', wie er befand.

Da sie nun nicht mehr in höchster Eile waren, absolvierten sie den Rückflug mit normaler Beschleunigung, was die Reise zu einem Langstreckenflug machte. Tamara nahm Sven bei der Hand und ging mit ihm aufs Oberdeck, um eine Schlafkabine für sie beide zu ergattern. Auf unerklärliche Weise fühlte sie sich nun besonders zu ihm hingezogen, was ihm nur recht war.

Die Beiden ließen sich dann auch für den Rest des Fluges kaum noch sehen. Dafür kam sie dann kurz vor dem Endanflug auf ihre Heimatfiliale nochmals hinab zu Rebecca und Nick.

„So, der alte Brummbär schläft glücklich und zufrieden. Wir drei haben dafür einiges zu bereden, sobald wir wieder zuhause sind. Ich habe mein Urlaubs- und Reisegesuch bereits eingereicht. Könnt ihr das bitte auch noch tun, bevor wir landen? Je eher, desto besser, würde ich sagen."

Nick hob eine Augenbraue. „Du hast es aber eilig. Gibt es einen Grund dafür?"

„Du hast ja keine Ahnung. Aber mehr dazu, wenn wir ungestört sind. Okay?" Sie zwinkerte ihm zu.

Rebecca bemerkte zu Nick hin, ohne von ihrem Display neben sich aufzusehen: „Dir wird die Kinnlade bis auf den Schoß hinabfallen, soviel ist schon mal sicher."

Leicht verstimmt musterte Nick seine Freundin. „So, dir hat sie es also bereits gesagt und ich erfahre wie immer als Letzter alle Neuigkeiten."

„In diesem Fall lohnt sich das Warten, vertrau mir. Außerdem war es Zufall, dass Rebecca alles schon vor dir mitbekommen hat." Tamara tätschelte seine Wange eine Spur zu fest und ging wieder aufs Oberdeck.

„Ich reiche gerade alles ein und melde mich für die Fähre an, die auch Tammy bereits gebucht hat. Soll ich für dich gleich auch noch einen Platz reservieren?"

„Ich bitte darum." Er stand auf, um sich die Füße ein wenig zu vertreten. Auf der Treppe ins Unterdeck begegnete er einem der Crewmitglieder.

„Und, alles klar?", fragte er floskelhaft.

„Nicht wirklich. Wir haben inzwischen schon drei defekte Stabilisator-Gürtel ausgemacht, als wir sie nach der Rückgabe getestet haben. Einer ist so komplett hinüber, dass es an ein Wunder grenzt, dass es sein Träger überhaupt noch bis in die Fähre geschafft hat, ohne in seine eigene Realität zurück geschleudert zu werden. Wir konnten ihn bei ersten Tests nicht mehr einschalten. Zum Glück ist seine Energiezelle praktisch unzerstörbar, sonst wäre das echt übel ausgegangen. Was zum Henker habt ihr mit den Dingern *angestellt*?"

„Wir sind in einen Hinterhalt geraten und ins Kreuzfeuer genommen worden. Was wirklich an ein Wunder grenzt, ist die Tatsache, dass wir überhaupt alle da heil heraus gekommen sind. Nur zwei von uns sind nicht getroffen worden, der Rest von uns hat so viel abbekommen, dass wir ohne die SF-Anzüge schwer verletzt oder getötet worden wären." Eine Spur Unwillen wegen des versteckten Vorwurfs der Nachlässigkeit mit den wertvollen Gürteln schwang in Nicks Stimme mit.

Der Techniker hob nachgibig die Hände. „Schon gut, das konnte ich ja nicht wissen. Wie seid ihr dann überhaupt unbeschadet da raus gekommen?"

„Wie gesagt, zwei von uns wurden nicht getroffen. Das hat gereicht, um den Gegner auszuschalten. Wenn wir nicht gerade als Zielscheibe für Sturmgewehre herhalten müssen, verstehen wir eben doch ein wenig von der Sache", gab er eine Spur zu großspurig zurück.

„Hm, bei jedem anderem als einem Springer hätte ich das als Angeberei abgetan. Aber es stimmt, eines der Betäubungsgewehre ist mit halb leerer Energiezelle abgegeben worden. Dazu müssen etliche Schüsse abgegeben worden sein." Beeindruckt nickte sein Gegenüber.

Nick bestätigte nachdenklich: „Das ist bestimmt das Gewehr unserer Truppführerin. Sie hat den Großteil der Gegner praktisch im Alleingang ausgeschaltet. Die hat wirklich was drauf, das kann ich Ihnen sagen."

„Und dazu sehen alle auch noch gut aus", fügte der Techniker ein wenig bewundernd hinzu.

„Vor allem diese Person. Der trauen Sie nicht zu, dass sie es so faustdick hinter den Ohren hat." Er stieg die Treppe weiter hinab.

„Wohin wollen Sie eigentlich?", wollte der andere nun wissen.

„Ich vertrete mir nur kurz die Beine und drehe eine Runde durchs Schiff. Wissen Sie, als Springer, gerade frisch aus dem Training, fällt es einem schwer, so lange ruhig herum zu sitzen. Man ist die ständige Bewegung einfach gewohnt."

„Verstehe. Kein Problem, gönnen Sie sich nur ihren Auslauf." Der Techniker stieg den Rest der schmalen Treppe hinauf, während Nick nun das Unterdeck betrat, das normalerweise für Fracht reserviert war, aber im Moment auch ihre Gewehre und Gürtel beherbergte.

Doch davon abgesehen barg es auch Fracht.

Und was für eine.

Nick stieg wieder hoch und nahm Rebecca bei der Hand. Sie ließ sich etwas widerstrebend mitziehen. „Was ist denn los?"

„Ich muss dir etwas zeigen." Nick führte sie aufs Frachtdeck hinab und schaltete das ansonsten gelöschte Licht auf dem Deck an.

„Nein!", entfuhr es ihr.

„Soviel dazu." Seine Hand schweifte in einer allumfassenden Geste übers Deck.

Fast das gesamte Frachtdeck war meterhoch mit Goldbarren beladen, säuberlich dicht an dicht auf Paletten gestapelt und mit breiten, stabilen Plastikbändern festgezurrt.

Rebecca sah sich um und meinte zögerlich: „Wie viel das wohl ist?"

„Eine dieser Paletten in dieser Höhe gestapelt wiegt etwa zehn Tonnen, würde ich sagen. Bei einem Kilopreis von wie viel... fünfunddreißig oder vierzigtausend Euro?

Nun, eine Palette wird bei uns derzeit wohl mindestens dreihundertfünfzig Millionen Marktwert haben." Nick schüttelte den Kopf angesichts dieses unglaublichen Reichtums, der hier so unauffällig auf dem Unterdeck der Fähre konzentriert war.

Rebecca zählte noch die Palettenstapel. „Zwanzig... dreißig... vierzig... ist das der gesamte Staatsschatz Australiens?"

„Du erinnerst dich doch sicher an das goldene Känguru, das ich mir neulich gekauft habe? Das ist aus der Perth Mint, der größten Edelmetallverarbeitungs- und Scheideanstalt des Kontinents. Keine zwei Kilometer Luftlinie vom TransDime Werksgelände gelegen. Das erklärt so Einiges, würde ich sagen." Nick sagte tonlos: „Ich vergesse immer wieder, worum es hier geht. TransDime verwaltet insgeheim ganze Welten. Das macht man nicht einfach so aus der Portokasse."

„Bist du so lieb und machst ein Erinnerungsfoto?" Rebecca schwang sich auf einen der vordersten Goldstapel und legte sich in aufreizender Pose diagonal über den fast kubikmetergroßen Quader. Da sie immer noch die Lederoptik des SF-Anzugs aktiviert hatte, verlieh ihre Aktion der Sache tatsächlich die Atmosphäre eines dekadenten Fotoshootings, vor allem mit all den anderen Paletten des gelb glänzenden Edelmetalls im Hintergrund.

Er lachte und holte sein Mobiltelefon hervor. „Aber gerne, Miss Peel. Das wird die Kinder freuen, wenn wir ihnen eines Tages dieses Bild zeigen können."

„Genau, zum Beweis dafür, wie cool ihre Mami damals war." Ihr breites Lächeln hätte in diesem Moment Herzen zum Schmelzen gebracht. Nick musste schlucken, als er die Aufnahme machte, zur Sicherheit gleich mehrmals abdrückend.

„Soll ich noch Tammy dazu holen? Sie könnte eine Art Latexoptik auf ihren Anzug zaubern und wir könnten ein paar anrüchige Posen einnehmen", schlug sie lachend vor.

Er hingegen trat zu ihr hin und hob ihr Kinn. „Nein, dieser Moment ist nur für uns beide."

Als sie sich küssten, musste sie lachen, bis er wieder von ihr abließ. „Was hast du denn?"

Sie erklärte, sich kaum noch einkriegend: „Nichts, das alles ist nur so grotesk. Sieh dir das doch nur an! Unser gesamtes Leben ist völlig aus den Fugen geraten und angefüllt mit unglaublichen Dingen und Wundern. Immer wenn ich denke, noch verrückter kann es nicht werden, bekommen wir noch einen Nachschlag."

„Immer wenn du philosophisch wirst, bekomme ich einen Heißhunger auf dich." Nick legte ihre Beine über den Rand des Goldstapels, sodass ihre Unterschenkel und Füße herabbaumelten und zog sie an sich, bis sich ihre Körper berührten. Sie verschränkte ihre langen Beine hinter seiner Hüfte und drückte sich seinerseits an ihn.

„So romantisch das hier auch ist, ich fürchte, wir werden in wenigen Minuten landen und aussteigen. Diesmal sollten wir es gut sein lassen und lieber zurück zu den Plätzen gehen. Oder willst du von den Ladearbeitern überrascht werden, wenn die hier mit einem schweren Gabelstapler herein gefahren kommen und wir gerade voll bei der Sache sind?" Sie schmunzelte und schwang ihre Beine wieder herab, behände vom Stapel springend.

Er kicherte. „Nein, ich fürchte, wenn wir noch einmal in flagranti in der Öffentlichkeit erwischt werden, lässt Herr Kardon uns beide chemisch kastrieren. Schade, auf einem Stapel Goldbarren wäre vielleicht sogar für TransDime-Verhältnisse eine Premiere gewesen. Aber ich kann dich beruhigen, sie werden die Barren nicht hier abladen, wir wären daher für den Moment sicher."

Als sie die Treppe wieder hinauf gingen, wollte Rebecca wissen: „Wie kommst du darauf, dass die Barren nicht hier ausgeladen werden?"

„Ganz einfach, weil TransDime doch seit einer Weile damit beschäftigt ist, die Goldvorräte von Filiale 88 klammheimlich auf andere Filialen zu schaffen. Da würde es keinen Sinn machen, welches von einer anderen Filiale hier wieder auszuladen."

Sie sah ihn erstaunt an. „Du hast recht, das hatte ich ganz vergessen. Eigentlich sehr beunruhigend, findest du nicht auch?"

„Ja, aber was sollen wir beide schon dagegen tun? Das ist Firmenpolitik und lässt sich nicht ändern." Er drückte sie seitlich an sich, während sie zu ihren Plätzen zurückgingen.

„Na, wo wart ihr beiden Turteltäubchen denn?", fragte Teresa, während sie den Endanflug auf ihre Filiale auf dem großen Hauptbildschirm an der Vorderwand des Decks beobachtete.

Als sei es das Nebensächlichste der Welt, erklärte Rebecca mit todernster Miene: „Ach, wir haben nur entdeckt, dass im Frachtdeck etwa vierhundert Tonnen Goldbarren geladen sind. Ich habe mich lasziv auf einem der Stapel geräkelt und Nick hat erotische Erinnerungsfotos von mir geschossen, fürs private Fotoalbum."

Teresa starrte sie an, als habe sie den Verstand verloren. „Wenn ihr es mir nicht sagen wollt, schön. Aber dass ihr eure Mitmenschen immer gleich so grob verarschen müsst? Nur weil ihr nicht zugeben wollt, dass ihr jetzt schon im Frachtraum unten rumpoppt. Das ist traurig, wirklich."

„Wir haben es nicht getan, nur zu deiner Information. Nick wollte zwar, weil wir es logischerweise noch nie auf einem Stapel Goldbarren getan haben, aber ich habe ihn in seine Schranken verwiesen."

„Ich besorge euch ein paar Rollen Centstücke von der Bank, die könnt ihr dann auf dem Bett ausschütten und es euch damit gutgehen lassen. Ginge das auch?" Nun schien ihre Kameradin ungehalten zu werden.

„Das war echt kein Witz, der Frachtraum ist randvoll mit dem Zeug. Ehrenwort." Rebecca war inzwischen klar, dass nichts von dem, was sie jetzt noch sagen würde, Teresa überzeugen konnte.

Nick fügte hinzu: „Wir könnten dir die Fotos zeigen, aber sie sind von sehr privater Natur. Das will ich nicht, wenn es recht ist."

„Dieses Gespräch war vor fünf Sekunden beendet." Damit drehte sich Teresa von ihnen weg und ignorierte sie geflissentlich.

Linnea lachte sie aus. „Das habt ihr davon. Es ist nicht nett, eure Kollegen so gemein anzulügen."

„Glaubt doch, was ihr wollt, wir kennen die Wahrheit. Außerdem wäre es auf den harten Metallbarren viel zu unbequem gewesen."

„Als ob *euch* das jemals davon abgehalten hätte. Das Piano hat euch schließlich auch gute Dienste geleistet, wie man im berühmten Video sehen konnte." Teresa sah noch immer nicht zu ihnen herüber.

„Zum allerletzten Mal, das war ein *Flügel* und außerdem... was siehst du mich so seltsam an, Linnea?" Nick unterbrach sich angesichts der Miene seiner schwedischen Kollegin.

„Von welchem Flügel redet ihr da? Mir fehlt ein wenig Kontext."

Teresas Kopf ruckte herum und sie sagte breit grinsend: „Du kennst das Video noch nicht? Oh Mann, das ist ja der Hammer!"

„Bitte nicht", murmelte Rebecca ergeben in ihr Schicksal, wusste sie doch genau, was jetzt kommen würde.

Teresa grinste von einem Ohr zum anderen, an Nick und Rebecca gewandt. Sie fragte über deren Schultern hinweg: „Dann kennst du es auch noch nicht, Lovisa? Oh, das macht mich so glücklich und entschädigt mich für so viel an Schmach, die ihr beiden Hoppelhäschen mir habt zukommen lassen.

Passt auf, ihr beiden göttlichen Schwedinnen: das Video trägt den Titel *Öffentlicher Verlobungskoitus* und ist kein Fake, das ist wirklich so geschehen. Auch wenn es abstoßend und vulgär ist, müsst ihr tapfer sein und bis zum Schluss durchhalten. Dann wisst ihr genau, wovon ich rede. Ich schicke euch einen link zum Video."

Als Rebecca hochrot angelaufen war und Nick Teresa finster anstarrte, meinte Lovisa zögernd: „Ich weiß nicht, ob ich mir das ansehen sollte, wenn es das ist, was ich denke."

„Oh, es *ist* das, was du denkst, und zwar meisterlich ausgeführt von unseren beiden Unschuldsengeln hier."

Linnea meinte zweifelnd: „Untergräbt das nicht die Moral, wenn wir das Video kennen? Rebecca ist schließlich unsere Vorgesetzte im Einsatz. Wie können wir noch Anweisungen von ihr annehmen...?"

„Kommt drauf an; wenn die Anweisung lautet: *Oh Gott, hör nicht auf!*, dann werdet ihr sehen, dass sie gut Anweisungen geben kann."

Rebecca schloss gequält die Augen. „Ich bitte dich, Teresa, was haben wir dir denn getan, dass du uns so übel mitspielst?"

„Nun, gerade eben habt ihr mich zum Beispiel derart infam auf den Arm genommen, dass... dass..."

Sie verstummte, als sie einen Blick auf Nicks Handy warf, das er ihr unter die Nase hielt. „Ist nicht euer Ernst! Es... es stimmt also alles?“

„Ich dachte immer, die Frachtkapazität der Fähren läge bei zweihundert Tonnen. Das hier ist aber mindestens das Doppelte. Erstaunlich, nicht wahr?“ Er nickte und nahm das Gerät wieder weg, um es zu verstauen.

„Es tut mir Leid.“ Kleinlaut gab Teresa bei.

Lovisa rief triumphierend: „Da ist es! Öffentlicher Verlobungs... oh, bitte anmelden für die Altersfreigabe, steht da. Na, dann sehe ich es mir in aller Ruhe daheim an.“

„Vielen Dank nochmal, Teresa.“ Wütend stand Rebecca auf, als die Fähre zum Stillstand gekommen war und die Tür geöffnet wurde.

„Oh je, jetzt ist sie stinksauer auf mich.“ Die aparte Rothaarige sah ihrer Kollegin nach.

„Das kannst du nicht mit Bestimmtheit sagen. Wenn sie dich im nächsten Einsatz zum Minenräumen vorschickt oder um zu testen, ob wir in einen Hinterhalt laufen wie heute in der Lagerhalle, *dann* kannst du es mit Sicherheit sagen.“ Lovisa winkte ihr zum Abschied und zwinkerte ihr vergnügt zu.

Teresa musste schlucken.

11

Frankfurt am Main, Filiale 88 - Monat 4

Wieder einmal standen sie am Terminal in der fast kugelförmigen Halle tief unter den Gebäuden ihrer TransDime-Niederlassung und warteten auf ihren Flug, der in zwei Achtersprüngen über Filiale 96 zur Filiale 104 führte. Sie hatten mit ihren Verbindungen ein Riesenglück gehabt und mussten am Ende ihrer ersten Etappe nur eine Stunde warten, bis sie ein Flug in Einersprüngen hinab zur Filiale 101 führte. Da sie bei diesem zweiten Teil der Reise zwölf Stunden unterwegs sein würden, hatten sie sogar Anspruch auf Plätze auf dem Langstreckendeck.

Noch immer fand Nick es skurril, dass die verschieden langen Reisezeiten als Kurz- und Lang*strecke* bezeichnet wurden, obwohl sie stets fast die gleiche Strecke abflogen, hin zu einem Sprungpunkt und zurück zur Erde. Nur die Dauer unterschied sich dabei je nach Reiseziel.

Der Mensch war ein Gewohnheitstier, dachte er ironisch. Schließlich wurden bei ihnen gewisse Teile am Automobil noch immer Handschuhfach, Hutablage oder Kotflügel genannt, obwohl die Bezeichnungen seit gefühlten hundert Jahren obsolet waren. Sogar das Gaspedal verlor seine ursprüngliche Bedeutung mehr und mehr, da es praktisch keine Motoren mit Vergaser mehr gab.

Sie richteten sich auf drei nebeneinanderliegenden Plätzen in der hintersten Reihe ein und genossen wie immer die spektakuläre Aussicht auf die Erde, als sie immer schneller in die oberen Atmosphärenschichten aufstiegen. Da Neumond war, flogen sie den dem Mond gegenüberliegenden Librationspunkt an und hatten somit eine tolle Aussicht auf die vom Licht der menschlichen Zivilisation beleuchteten Gebiete der Nachtseite.

Nick hatte sich gleich nach dem Start etwas zu essen geholt, da für sie momentan noch gefühlte Mittagszeit war. Bald genug schon würde ihr Tag-Nacht-Rhythmus wie immer auf diesen Reisen ordentlich durcheinander gebracht werden. Als er sich setzte, hörte er gerade Rebecca zu Tamara sagen: „Ja, ich kann es noch immer nicht glauben, dass wir diese Reise wirklich unternehmen. Das ist so aufregend!"

Er fügte noch hinzu: „Und vor allem, dass Sven dich so einfach hat ziehen lassen."

„So einfach war das nun auch wieder nicht. Aber ich habe etwas Überzeugungsarbeit geleistet, wie ihr wisst. Zudem hatten wir auf dem Rückflug eine Schlafkabine, falls ihr euch erinnern könnt. Und auch den letzten Tag bis zur Abreise haben wir noch eine wenig auf Vorrat... na ja, ihr wisst schon." Sie kicherte albern.

Schmunzelnd meinte Rebecca, drauf und dran, sich auch etwas für den Mittagsappetit zu holen: „Wie ich dich kenne, liegt er nach deiner Spezialbehandlung einfach nur eine Woche lang in seinem Bett auf dem Rücken und starrt glücklich grinsend seine Zimmerdecke an, bis sein Urlaub vorbei ist."

Nick verschluckte sich vor Lachen mit vollem Mund. Tamara musterte ihn und grinste mit glänzenden Augen vor sich hin. „Das könnte schon sein. Ich muss allmählich aufpassen; wenn ich ihn im Bett noch eine Spur mehr verwöhne, rennt er noch zum Juwelier und steckt mir einen Verlobungsring an den Finger."

„Wäre das denn so schlimm?", hänselte Rebecca sie.

„Etwas früh vielleicht, aber ich kann eigentlich nicht klagen. Ich hatte ja schon eine Handvoll Männergeschichten, aber so gut wie bei ihm hat es noch nie gepasst."

„Ich habe nur *Spezialbehandlung* und *im Bett verwöhnen* herausgehört", bemerkte Nick grinsend, was ihm sofort einen Fausthieb auf den Bizeps von Rebecca einbrachte.

„Blöder Macho! Aber war das jetzt nur so dahergeredet von dir, oder...?" Sie ließ den Satz erwartungsvoll ausklingen.

Leicht verlegen erklärte Tamara sich, hier in der Fähre bewusst vage bleibend, weil man einen potentiellen Lauschangriff nie ganz ausschließen konnte: „Sagen wir so: in meinem speziellen Fall ist es in gewissen Lebenslagen tatsächlich hilfreich, wenn man die Schwerkraft auf seiner Seite hat, mehr oder weniger. Und zwar mehr *oder* weniger, je nach Situation und dem richtigen Moment."

Verblüfft entfuhr es Rebecca: „Du benutzt es im *Bett* zu deinem Vorteil? Tammy, du bist eine Füchsin! Und Sven bestimmt ein Glückspilz."

Sie grinste nun unverhohlen. „Er wusste gar nicht mehr, wie ihm geschieht. Für ihn war das ein Quantensprung, hat er gesagt und mich in den höchsten Tönen gelobt. Er sei der glücklichste Mann auf der Welt, war nur eine der milderen Lobeshymnen, die er auf mich gesungen hat. Tja, man tut was man kann."

„Da fällt es einem schwer, seine Geliebte für eine ganze Woche ziehen lassen, möchte man meinen." Rebecca erhob sich nun und steuerte tatsächlich die Essensausgabe an.

„Er nicht, er ist ein Schatz und weiß ja, dass ich bei euch in guten Händen bin. Auch hinsichtlich unserer romantischen Vergangenheit vertraut er mir völlig. Als ich ihm gesagt habe, dass ich dieses erotische Kapitel meines Lebens in dem Moment für mich abgeschlossen habe, als ich mit ihm zusammen gekommen bin, ist er fast geplatzt vor Stolz. Es entwickelt sich so gut zwischen uns, dass ich bereits jetzt fast schon sicher bin, ihm eines Tages die Wahrheit erzählen zu können. Mein kleines Geheimnis wird bei ihm sicher sein, meinst du nicht auch?" Sie sah ihn fragend an.

Nick bestätigte ihr: „Sven ist eine treue Seele und ein loyaler Mensch. Ich glaube, wenn du jemandem außer uns Beiden vertrauen kannst, ist er es. Und ich glaube, er wird damit auch umgehen können, sobald er sich an den Gedanken gewöhnt hat."

„Lassen wir das Thema. Es nervt schon genug, in einer Umgebung zu sein, in der man ständig um den heißen Brei herum reden muss." Sie sah auf, als Rebecca zurückkam.

„A propos heißer Brei, guten Appetit." Sie hatte tatsächlich den berühmt-berüchtigten Kartoffelbrei mit Rindsroulade und einer dickflüssigen, pappigen Bratensoße genommen, die auch bei Schwerelosigkeit auf dem Teller haftete und nicht unkontrolliert im Innenraum der Fähre herumfliegen konnte. Alle Gerichte hier waren primär auf dieses Kriterium hin ausgerichtet.

Nach dem Essen vertrieben sie sich die Zeit bis zum Umsteigen mit langen Gesprächen über Gott und die Welt, sahen sich über die Computerdisplays an ihren Armlehnen Filme an, lasen und machten ab und zu ein kurzes Nickerchen. In diesem

Aspekt unterschied sich eine solche Dimensionsreise nicht viel von einem Langstreckenflug oder einer Bahnreise bei ihnen.

Bald wurde es Zeit zum Aussteigen für sie. Sie mussten zum Glück nicht viel Zeit im Transferbereich von Filiale 104 totschlagen. Rebecca und Nick hatten es sich seit Neuestem bei normalen Linienflügen zur Gewohnheit gemacht, bei Filialen, die sie noch nie vorher besucht hatten und nur zum Umsteigen betraten, je nach Dauer ihres Aufenthaltes den Transferbereich kurz zu verlassen und für eine kleine Weile einen Fuß vor die Tür der dortigen Niederlassung zu setzen. In vielen Fällen waren sie nicht einmal in Frankfurt, weil die Umstände der jeweiligen Filialen es nötig machten, den Hauptsitz, an dem die Fähren für Europa ankamen, in eine andere Stadt oder sogar ein anderes Land zu verlegen.

Sie passierten die Zugangskontrollen und mussten sich dort sogar erklären, dass sie lediglich ein paar Minuten frische Luft schnappen wollten, bevor gleich ihr Anschlussflug ging. Da es mitten in der Nacht war, hatten die Wachen nichts dagegen. Tamara war diese Angewohnheit neu, doch sie schloss sich ihnen gerne an. So standen sie draußen vor der Tür eines im Bauhaus-Stil gehaltenen Bürogebäudes und atmeten mit tiefen Zügen die kühle Herbstluft ein. Von hier aus konnte man keinerlei Anhaltspunkte erkennen, die einen Schluss auf die Stadt zuließen, in der sie sich hier befanden.

„Hat einer von euch beim Anflug darauf geachtet, wohin wir fliegen?", wollte Tamara dann auch gleich wissen.

„Nein, es war zum einen Nacht und zum anderen mussten wir ja dann zum Ausgang", gab Nick zu. „Aber es sollte irgendwo in Mitteleuropa sein."

Rebecca sah an dem Gebäude empor, aus dem sie gerade gekommen waren und das auch den Eingangsbereich für die Transferzone beherbergte. „Dieser Klotz hier ist recht hoch. Ich könnte mir vorstellen, dass man vom obersten Stockwerk aus einen recht guten Ausblick auf die Umgebung hat.“

Nick grinste nun, als ihm aufging, was sie implizierte: „Und ich kann dir sogar schriftlich geben, dass es genau so sein wird.“

„Worauf warten wir dann noch?“ Tamara ging bereits zur Tür. „Ich schlage vor, wir nehmen die Treppe, damit wir ein klein wenig Training zwischen der ganzen langen Sitzerei haben.“

Zwei Minuten später sahen sie sich alle ratlos an.

„Wenn das mal nicht eine fulminante Pleite ist. Ich habe nicht die geringste Ahnung, welcher Ort das sein könnte.“

„Dann sind wir schon zwei“, stimmte Nick Rebecca zu.

„Macht ruhig drei daraus.“ Tamara kratzte sich am Kopf.

Nick sah sich weiter um. „Diese kleine Burg auf dem Hügel neben der Altstadt und die Kirche dort mit den zwei Zwiebeltürmen... da läutet gar nichts bei mir. Auch der recht kleine Fluss, der um die Innenstadt herum fließt, falls das überhaupt die Innenstadt ist... keine Ahnung, wo wir sein könnten. Bern vielleicht?“

Tamara schüttelte den Kopf und fuhr fort: „Es ist nicht Bern. Hm, keine auffälligen Prachtbauten oder herausragenden Gebäude, Fernsehtürme oder Wolkenkratzer. Und es macht nicht den Eindruck, als seien wir extrem weit draußen, sodass wir das Stadtzentrum nicht sehen können. Von der dichten Bebauung, dem vielen Verkehr und der hellen Beleuchtung der ganzen Straßenzüge her sehen wir wohl schon auf die Innenstadt, würde ich sagen. Auch der große runde Platz dort spricht dafür.“

„Zusammengefasst: wo zum Henker *sind* wir hier?“ Fast hätte Rebecca sich die Nase an der Fensterscheibe des Flurfensters im zehnten und obersten Stockwerk plattgedrückt wie ein kleines Kind.

„Wisst ihr was: wir fragen einfach. Mehr als dass sie uns nichts sagen, kann ja wohl nicht passieren. Wir sind drei verdiente Springer der Funktionsstufe Zwei auf Urlaubsreise und machen hier lediglich einen Umsteigestopp. Wem sollte das also schaden, wenn wir nur so aus Neugierde fragen, wo wir sind?“

„Du hast recht. Außerdem wird es ohnehin allmählich Zeit, zurück in die Abflughalle zu gehen." Nick hielt ihnen die Tür zum Treppenhaus auf. „Wenigstens hatten wir ein wenig Training beim Treppensteigen. Erstaunlich, dass keiner von uns auch nur ins Schnaufen geraten ist bei dieser kleinen Übung."

„Nach dem, was wir für ein Training absolviert haben, sollte dich das nicht in Erstaunen versetzen." Herausfordernd sah Rebecca ihn an.

Er hob einen Mundwinkel. „Wer zuerst unten ist?"

Eine Minute später betraten die drei das Foyer im Erdgeschoss. Nick beklagte sich bei Rebecca: „Das war höchst unsportlich von dir!"

„Wieso? Das Treppenhaus war eng und ich bin groß, daher ist alles in Ordnung für mich." Sie grinste ihn übermütig an.

Tamara trat als letzte aus der Zugangstür. „Ja, solange sich niemand fragt, woher die vielen Fußabdrücke auf den Wänden und an den Decken der Treppenfluchten kommen."

„Was kann ich dafür, dass die hier ihre Flure und Treppen nicht anständig wischen? War ja keine Absicht!", verteidigte sich Rebecca, wobei ihr immer breiter werdendes, ansteckendes Grinsen sie Lügen strafte.

„Schon gut, der Sieg sei dein, sonne dich darin. Jetzt aber zu Wichtigerem." Nick trat zur Sicherheitsschleuse, dem dortigen Wachmann seinen Firmenausweis vorzeigend.

Tamara begann gleich eine unverfängliche Plauderei: „Da sind wir wieder. Hat gut getan, ein wenig frische Luft zu schnappen."

Der Wachmann, von Tamaras Erscheinung sichtlich angetan, erwiderte freundlich: „Ja, tut sicher gut, nach etlichen Stunden eingepfercht in diesen Dingern."

Sie erwiderte: „Acht. Und jetzt nochmal zwölf. Manchmal frage ich mich schon, wozu man das alles auf sich nimmt."

„Na ja, Sie werden bestimmt Ihre Gründe haben." Das Esperanto des Mannes hatte einen seltsamen Akzent, wie sie ihn noch nie zuvor gehört hatte. Nick und Rebecca verhielten sich still und überließen Tamara die Konversation, als auch sie die Kontrolle passierten.

„Nur eine Frage noch, weil wir noch nie in Ihrer Filiale waren: in welcher Stadt befinden wir uns hier eigentlich?“

Unbekümmert antwortete die Wache: „In Nitra.“

Nick merkte auf: „Nitra, Hauptstadt von *Pannonien*?“

„Genau. Waren Sie schon mal bei uns?“ Interessiert sah die zweite Wache auf von der Begutachtung seines Firmenausweises.

„Nein, nur früher einmal zum Umsteigen, aber ich hatte mal einen Kunden bei uns, als ich noch neu in der Firma war. Leider hatten wir damals nicht viel Gelegenheit zum Plaudern, sodass ich nicht viel über Ihre schöne Stadt erfahren habe. Bei uns gibt es nicht einmal die Nation Pannonien.“

„So? Schade für Sie, es ist nämlich ein schönes Land mit netten und großzügigen Leuten.“ Der erste Wächter winkte sie nun durch.

„Vielleicht kommen wir ja eines Tages doch noch für einen richtigen Aufenthalt hierher, nicht nur zur Durchreise.“ Rebecca wandte sich zum Gehen.

„Wäre ein schöner Aufenthalt für Sie; wir sind sehr gastfreundlich hier. Dann noch gute Reise.“ Somit endete ihr kurzes Gespräch mit den einheimischen Wachen des Eingangsbereiches der Transferzone.

„Du kennst diese Stadt also doch?“, erkundigte sich Tamara.

„Nur dem Namen nach. Sven und ich hatten in meinem ersten Jahr als Steward einen Inspektor von hier zu betreuen. Der alte Knabe war leider geistig nicht mehr ganz auf der Höhe und schleifte seinen Reisepass bei uns mit sich herum. Er fiel ihm aus der Manteltasche und wir haben ihn in seiner Abwesenheit gefunden. Zum Glück passierte das im Inneren der TransDime Niederlassung und nicht in der Öffentlichkeit.“

Tamara, die die Geschichte noch nicht gekannt hatte, verzog das Gesicht. „Autsch, eine Kontamination der Stufe Eins. Das hat kein gutes Ende genommen für ihn, nehme ich an?“

Sie betraten bereits wieder die Abflughalle, als Nick erklärte: „Nein, wir mussten mit Höchstgeschwindigkeit von Wuppertal zurück nach Frankfurt gurken und ihn postwendend wieder abliefern. Danach ward er nie wieder gesehen. Und die Beweisfotos, die wir törichterweise von seinem High-tech Science Fiction-Pass gemacht hatten, haben sie uns direkt wieder von den Handys und der Cloud runter gelöscht, in die ich die Bilder hochgeladen hatte."

„Ja, da versteht TransDime bekannterweise keinen Spaß. Ich glaube, ich erinnere mich sogar daran. Lothar und ich wurden nämlich mit einem Ersatzinspektor damals als eure Ablösung hoch geschickt, während ihr den guten unglücklichen Mann zurück in die Zentrale gekarrt habt." Rebecca blickte versonnen nach oben, als just in diesem Augenblick die Fähre auftauchte.

Sie stiegen gleich nach dem Betreten die Treppe nach oben aufs Langstreckendeck und fragten nach einer Schlafkabine, die sie auch prompt erhielten. Tamara meinte, sie könne auch mit zu ihnen in die Kabine, es würde nicht zu eng werden für sie drei. Rebecca und Nick teilten ihre Meinung zwar nicht unbedingt, wurden von ihr aber solange bedrängt, bis sie ihrem Vorschlag doch noch nachgaben. Rebecca hatte ihre Tablette gegen die übliche drohende Übelkeit während den Phasen der Schwerelosigkeit bereits beim Steward abgeholt und eingenommen, daher konnte es losgehen.

Schlussendlich lief es dann doch auf ein Bündel aus guten alten Freunden und ein Gewirr aus Gliedmaßen hinaus. Durch den hohen Grad an Vertrautheit machte ihnen das jedoch nichts aus.

„Wir sind sicher die ersten, die sich zu dritt in eine einzelne Kabine quetschen. Was für eine Schnapsidee!" Rebecca zog ihren Arm unter Nick hervor, was dieser mit einer Vierteldrehung nach außen quittierte.

„Ich bezweifle, dass wir so auch nur ein Auge zumachen werden." Nick stöhnte.

Tamara meinte darauf: „Seid ihr nicht müde?"

„Doch, schon, aber bei diesen Platzverhältnissen...", entgegnete Rebecca.

Tamaras Stimme kam durch das Halbdunkel zu ihnen. „Ihr seid müde..."

Dann schreckte Rebecca auf, als ein Summen ertönte. „Was...?"

Nick drehte sich ein wenig und sah sie aus schläfrigen Augen an, bevor er sie auf die Nasenspitze küsste. „Das ist der Alarm. Wir müssen aufstehen."

„Wir sind eingeschlafen? Ich kann mich nur noch erinnern..." Rebecca brach ab und sah über Nick hinweg, wo nur ein Arm von Tamara über seine Seite gelegt sichtbar war, wobei ihre Hand auf Rebeccas Hüfte auflag.

„Tamara? Warst du das?" Rebecca beugte sich zu ihrer Freundin hinüber, die selbst noch im Halbschlaf war.

Leicht benommen fragte diese: „Was ist los? ...oh, guten Morgen, ihr zwei Hübschen."

Ein wenig verunsichert wollte Rebecca wissen: „Hast du etwas damit zu tun, dass wir derart schnell weggetreten sind und so lange durchgeschlafen haben?"

„Schuldig im Sinne der Anklage. Du weißt doch noch, im Camp auf Filiale 2, wo ich die Alphawellen-Induktoren überwunden habe und dann immer die halbe Nacht lang wach durch das im Tiefschlaf liegende Camp gegeistert bin? Das war das Erste, was ich überhaupt beherrscht habe. Gehirnwellen sind auch nur elektromagnetische Erscheinungen und sozusagen meine leichteste Übung. Keine Angst, ich habe nur einen leicht beruhigenden Einfluss auf euch ausgeübt. Ihr wart auch so schon derart müde, dass ihr nur einen winzigen Anstoß gebraucht habt, um selig einzuschlummern. Danach bin ich auch recht schnell eingenickt, nachdem ihr beide im Tiefschlaf wart. Irgendwie habt ihr eine beruhigende Wirkung auf mich."

Nick gab zu Protokoll: „Ich fühle mich so fit und erholt wie schon lange nicht mehr. Was immer du getan hast, hat Wunder gewirkt."

Etwas unwillig sagte Rebecca: „Es gefällt mir trotzdem nicht, dass du uns einfach so ohne zu fragen ins Reich der Träume geschickt hast. Ich würde vorher gerne informiert werden, wenn du so etwas mit uns anstellst."

Verlegen antwortete Tamara nun: „Das verstehe ich. Es tut mir Leid, ich habe mir nichts dabei gedacht, als ich es getan habe. Das war wirklich nur eine homöopathische Dosis an Alphawellen. Aber ich kann mir denken, dass mich das auch beunruhigen würde, wenn das ohne mein Wissen oder meine Billigung mit mir gemacht würde."

„Danke, mehr wollte ich gar nicht hören. Übrigens eine sehr praktische Fähigkeit im Nahkampf." Rebecca setzte sich auf und streckte sich, ausgiebig gähnend.

Tamara indes war wie vor den Kopf gestoßen: „Verd... Beckie, du hast Recht! Das ist tatsächlich die eleganteste Methode, um einen Gegner im Kampf auszuschalten. Oh nein, warum ist mir das nicht selbst eingefallen in der Lagerhalle in Perth?"

„Vielleicht, weil du bereits ein Betäubungsgewehr mit dir herumgetragen hast, was das technische Äquivalent zu deiner paranormalen Fähigkeit darstellt?" Auch Nick gähnte lange und reckte sich wie eine Katze.

„Du triffst den Nagel auf den Kopf." Tamara wurde ganz still und starrte ins Leere.

„Das ist eine Katastrophe. Ich habe die Schwerkraft benutzt statt einfach nur ein paar sanfte Hirnwellen."

„Wovon redest du?" Rebecca wurde misstrauisch.

„Ich muss euch etwas gestehen. In der Lagerhalle, als wir unter Dauerfeuer standen und Rebecca am Stabi-Gürtel getroffen wurde, ist etwas geschehen. Ich fürchte, ich habe kurz die Beherrschung verloren."

Dann brach es aus ihr heraus und sie erzählte ihnen unter Tränen alles, was in der Lagerhalle während ihres Feuergefechtes vorgefallen war. Als sie geendet hatte, nahm Rebecca sie in den Arm und auch Nick legte ihr Trost spendend eine Hand auf die Schulter.

„Ist schon gut, Tammy, das war ein Unfall in der Hitze des Gefechts. Es ist zwar furchtbar, was mit den beiden Kerlen passiert ist, aber du hast das nicht absichtlich gemacht. Und du hast diese Fähigkeit schon kurz darauf bereits mit Bedacht und Weisheit eingesetzt, um uns andere alle zu retten. Für meine Begriffe hast du dir nichts vorzuwerfen." Rebecca strich ihr beruhigend übers Haar, während sie noch schniefte.

„Trotzdem habe ich zwei Menschen getötet."

Nick gab zu bedenken: „ Vergiss nicht, sie wollten dich auch töten und hätten es ohne zu zögern getan, wenn sie die Chance dazu erhalten hätten. Du hingegen hast nur instinktiv gehandelt, weil du bedrängt warst und Angst um Beckie gehabt hast. Es war keine böse Absicht dahinter."

„Ihr habt ja recht. Ich möchte das am liebsten vergessen, aber ich kann es einfach nicht. Auch deshalb hoffe ich, der Meister in dem uigurischen Kloster kann mir einen Rat und Führung geben. Er hatte mir damals bei meinem Besuch gesagt, wenn sich meine Kräfte über das Wahrnehmen von neuen Dingen hinaus entwickeln sollten, solle ich ihn kontaktieren. Das habe ich nun gemacht. Ich bin mir sicher, er wird sich freuen, euch kennenzulernen. Jedenfalls hat er gesagt, dass ich euch beide jederzeit mitbringen kann und er alles arrangieren wird, wenn ihr auch mitkommt."

Rebecca tauschte einen bedeutungsvollen Blick mit Nick aus. „Das hat er wirklich gesagt?"

„Ja, wieso?"

„Auch das ist eines der Dinge, die ich lieber etwas früher erfahren hätte. Ich bin in einem Stadium meines Lebens angelangt, in dem ich Überraschungen nicht mehr zu schätzen weiß. Das nicht nur, aber auch wegen unseres hoch geschätzten Chefs Colin Kardon." Sie musterte ihre jüngere Freundin tadelnd.

„Das war mir nicht bewusst. Tut mir Leid, Rebecca. Dann erzähle ich euch jetzt am besten alles von meinem ersten Besuch in Xinjiang, an das ich mich erinnern kann." Tamara sortierte ihre Gedanken.

Rebecca sah sich immer noch unruhig um, was Nick auffiel. „Ist etwas nicht in Ordnung?"

Sie erwiderte mit bedrückter Stimme: „Ich glaube, ich werde allmählich paranoide. Ich frage mich ständig, ob wir nicht sogar hier drin noch irgendwie abgehört werden und dann alles zum Teufel geht, weil wir so unbekümmert über alles geplaudert haben und TransDime dadurch Wind von allem bekommen hat."

Tamara beruhigte sie: „Da musst du keine Angst haben, solange du in meiner Nähe bist. Du weißt, ich nehme diese netten kleinen Wanzen und ähnliche Dinge wahr. Ich bin wie ein wandelndes Aufspürgerät für die Dinger. Hier drin ist alles in Ordnung, was das angeht."

„Gut zu wissen." Rebecca würde sich erst noch daran gewöhnen müssen, wozu ihre beste Freundin fähig war.Dann erzählte sie ihnen von China.

„Warum wundert es mich nicht, dass die TransDime Zentrale in dieser Filiale in einer wichtigen Handelsstadt mit Seezugang liegt?" Nick sah sich auf dem Dach des Gebäudes um und erfreute sich an der Silhouette der berühmten Hansestadt, die um einiges altehrwürdiger aussah als bei ihnen. Im Anflug hatte er gelesen, dass die Weltkriege hier nicht stattgefunden hatten, dafür aber ein anderer Konflikt, der ein reiner Seekrieg gewesen war und die Stadt dadurch von Luftangriffen verschont worden war. Da zudem die Nationen und Machtverhältnisse hier gänzlich anders strukturiert waren als bei ihnen, konnte man das ohnehin nicht vergleichen.

Ein Gefährt, dass entfernt an einen Helikopter erinnerte, aber rustikaler aussah und zwei übereinanderliegende Rotoren besaß, näherte sich dem Dach und landete. Der Wind dabei blies sie fast um, doch sie standen ruhig da und warteten geduldig, bis die Flügelblätter ausgedreht hatten und zum Stillstand kamen. Dann stieg ein junger Mann aus, groß und kräftig mit blonden Haaren und grauen Augen, und steuerte zielstrebig auf sie zu.

„Willkommen in Hamburg! Mein Name ist Klaas. Hatten Sie eine gute Anreise?"

Sie stellten sich alle vor und versicherten ihm, dass bei ihnen alles in Ordnung sei. Ortsübliche Kleidung und Gepäck für die Dauer ihres Aufenthaltes hatten sie wie üblich in der Transferzone erhalten. Letzteres wurde nun im Bauch des Fluggerätes verstaut. Ihr Fremdenführer und Betreuer für diese Woche ließ sie einsteigen und sie nahmen gleich nach dem Abheben Kurs nach Süden.

Der Flug dauerte fast drei Stunden, während dem sie Deutschland der Länge nach von Nord nach Süd überquerten, auf dieser Filiale aber drei Grenzen überflogen, wie Klaas ihnen erklärte. Hier verliefen die Grenzen wirklich völlig anders und deren Staatsgebiete waren für sie fremdartig gestaltet. So war das Tiroler Alpental, in dem sie schließlich landeten, ein unbedeutender und vernachlässigter Ausläufer einer stolzen Seefahrernation namens Venovien, deren Küste von Westflandern bis Ostfriesland reichte und deren Staatsgebiet sich diagonal bis in die Ostalpen hinein verjüngte.

Der Ort Lienz lag an der Einmündung der Isel in die Drau und war ein pittoresker kleiner Ort, umgeben von hohen Felsmassiven. Vom kleinen Heliport am Stadtrand fuhren sie mit einem geräumigen Taxi direkt zum Grand Hotel Lienz, der edelsten

Adresse am Ort. Da sie als gute Freunde sich zu dritt die Royal Suite teilten, war der hohe Preis für sie durchaus angemessen. Außerdem würden ja nicht sie selbst hier verweilen. Ihre Stellvertreter konnten es ruhig auch ein wenig gut haben, wenn sie schon für sie die Stellung halten würden.

Das Grand Hotel sah schon von außen beeindruckend und luxuriös aus. Sie erfuhren beim Einchecken, dass es ein exquisites Restaurant mit fünf Speisesälen, einen Innen- und Außenpool, die Entsprechungen eines Spas mit Sauna und eine Art Fitnessraum gab. Als sie ihre Suite bezogen, war es bereits früher Abend. Sie bezogen die beiden Schlafzimmer, machten sich kurz frisch und richteten sich fein her, bevor sie auf den Südbalkon hinaustraten. Die Aussicht reichte über die Terrasse und die Isel, an der der Hotel-Komplex lag, bis zum herbstlich bunten Park am anderen Flussufer und zu den fernen Dolomiten im Süden.

„Fast schon schade, dass wir diese Woche nicht wirklich hier sind. Wäre bestimmt erholsam gewesen. Vor allem ist es für mich schon das zweite Mal, dass ich hier *nicht* bin und den ganzen Luxus *nicht* genießen kann. Wo wir doch so hart arbeiten." Tamara lächelte ihre Freunde schelmisch an.

„Deinen nächsten Urlaub machst du mit Sven zusammen, aber richtig und in mindestens einem ebenso feinen Schuppen wie dem hier, okay?" Nick sah sie gespielt streng an.

„Versprochen. Zum Glück hat Sven auch ein wenig eine Vorliebe für die Berge, da werde ich als Schweizerin mit ihm schon einig werden. Er hat mal erwähnt, dass er den perfekten Ort für uns kennt. Er war dort mal als Steward mit einem Kunden, der das Trauma-Erholungsprogramm verordnet bekommen hat."

Nick sah auf. „Oha, ich glaube, er hat mir davon erzählt. Ist dieser Super-Luxusschuppen nicht auch in Österreich?"

„Doch. In Telfs in den Tiroler Bergen, auf einem Berg hoch über dem Inntal bei Innsbruck, mit Panoramablick über die Alpen. Die Ausstattung soll dort nur vom Feinsten sein und man hat perfekte Ruhe und Erholung dort. Er war im Winter dort, aber es soll eigentlich ganzjährig schön sein." Tamara kam direkt ins Schwärmen.

Und Nick verkniff sich den Kommentar, dass Sven dort mit Serafina zusammen die Betreuung ihres traumatisierten Kunden übernommen hatte. Er hatte gemäß seinen Erzählungen damals nicht nur seinen Kunden betreut. Da das lange vor Tamaras Zeit gewesen war und sie alle als junge Stewards nichts hatten anbrennen lassen zu dieser Zeit, beschloss er, diese Angelegenheit auf sich beruhen zu lassen und den gnädigen Mantel des Schweigens darüber zu breiten.

„Lasst uns nochmal richtig gut zu Abend essen, bevor es für uns dann losgeht", schlug er deshalb vor. Da sie seit einer gefühlten Ewigkeit nichts von Menschen Zubereitetes mehr gegessen hatten, steuerten sie auch gleich das Gourmet-Restaurant 'Orangerie' an und genossen eine vorzügliche Mahlzeit in mehreren Gängen.

Wenn sie schon alle den James Bond geben mussten, konnten sie wenigstens auch so reisen und verweilen wie er, war ihr Resümee über die Art ihrer Unterbringung.

Spätabends, als sie schon wieder müde und kurz vorm Einschlafen waren, klopfte es leise an ihre Tür. Eine junge Frau mit asiatischem Aussehen und schwarzem, glatten Haar sah durch den Spalt, den Tamara öffnete.

„Lin? Wie schön, dass sie wieder dich geschickt haben! Es tut gut, ein vertrautes Gesicht zu sehen!" Sie winkte die ihr offensichtlich Bekannte hinein.

Mit gutturaler Stimme antwortete diese nach der ersten herzlichen Begrüßung: „Dann mach dich auf etwas gefasst, wenn du bekannte Gesichter so gut findest."

Nick und Rebecca sahen sich fragend an, als Lin zur Seite trat und Platz machte.

Dann kam der erste Schock für sie.

Eine zweite Tamara betrat die Suite.

Rebecca hielt sich die Hand vor den Mund und unterdrückte einen kleinen Aufschrei des Erstaunens. Nick indes klappte die Kinnlade hinab. Die zweite Tamara bemerkte keck mit einem Blick auf ihn: „Diese Wirkung habe ich oft auf Männer."

Damit war das Eis gebrochen und Rebecca lachte los, während Tamara ihre Doppel-gängerin herzlich umarmte. „Schön, *mich* wiederzusehen."

„Du hast immer noch diesen unnachahmlichen Humor, wie ich sehe. Ich bin auch froh, dass ich von meinem Dozentenjob an der Basler Uni eine kleine Auszeit ma-chen kann, um für das Wohl des Multiversums mich selbst dabei zu spielen, wie ich eine Woche Luxus-Wellnessurlaub mache."

Nick gab ihr begeistert die Hand. „Das ist klasse! *Du* bist klasse. Du hörst dich ge-nauso an wie Tammy, siehst genauso aus wie sie, die gleiche Mimik und Gestik..."

„Dann hast du ja verstanden, worum es hier geht." Die Doppelgängerin-Tamara sah ihr Pendant an. „Du hattest Recht mit Nicks Beschreibung."

Während er nun recht blöde aus der Wäsche sah, winkte Tamara Eins ab. „Vergiss ihn, du musst dich mit den *anderen* beiden Ausgaben der Beiden hier arrangieren, nicht mit ihnen selbst."

Rebecca hatte nicht anders gekonnt, als die überraschte Tamara Nummer zwei herzlich zu umarmen, sah nun aber verständnislos auf. „Wie bitte?"

„Eigentlich sollten sie schon hier sein." Lin sah auf die Uhr auf ihrem Handydisplay. „Sie reisen zwar separat an, müssten aber praktisch gleichzeitig eintreffen, wenn ihre letzten Nachrichten akkurat waren."

Wie auf Kommando klopfte es erneut. Lin öffnete ungefragt einen Spalt breit und die Stimme eines älteren Herren, den sie nicht sehen konnten, erklang: „Hier ist Ihr neuer Gast. Ich wünsche einen schönen Abend und gutes Gelingen."

„Danke, Ihnen auch." Sie öffnete die Tür etwas weiter, worauf ein Mann mit seiner geschulterten Reisetasche eintrat und fröhlich sagte: „Hallo zusammen. Wow, was für ein Bild."

Nick glaubte, sein Herz müsste stehenbleiben.

Der Mann war *er.*

Dies war ein fast perfekter Doppelgänger seiner selbst, nur einen Hauch weniger muskulös, da er ja kein so intensives Training absolviert haben konnte wie Nick auf Filiale 2.

Er stolperte einen Schritt zurück, während sein anderes Ich ebenfalls erstarrte. Sie glotzten sich ungläubig an.

„Wow, ich hätte nicht gedacht, dass mich das so dermaßen aus der Bahn wirft. Ich bin Dominik, aber das wisst ihr ja bereits... offensichtlich."

Nick trat vorsichtig zu ihm hin und gab ihm die Hand. „Hallo, ich nenne mich allgemein Nick. Das müssen die kleinen, aber feinen Unterschiede sein."

„Ja, ich hasse es, so genannt zu werden. Ist ja witzig." Der andere Dominik zog ironisch einen Mundwinkel hoch. Es war, als würde er in einen Spiegel blicken.

Rebecca, die abseits im Halbdunkel des Türrahmens zum Schlafzimmer gestanden hatte, wandte sich um und rauschte hinaus und ins Bad, bevor Nicks Alter Ego eine Chance gehabt hatte, sie zu sehen. Im Gehen rief sie noch: „Das ist mir im Moment eine Spur zu heftig. Bitte entschuldigt mich kurz."

„War das die dritte Person...?" Dominik sah nun die beiden Tamaras an und ihm blieb die Spucke weg. Er vergaß, was er hatte sagen wollen.

„Wow, kaum zu glauben, dass es so ein zauberhaftes Wesen geben soll. Und dann auch noch gleich *zweimal*." Er trat zu ihnen und gab zuerst Tamara die Hand.

„Nenn' mich zur Unterscheidung am besten Tammy. Das hier ist deine eigentliche Kollegin und meine Vertretung, Tamara. Ihr werdet die nächsten fünf Tage und Nächte als beste Freunde verbringen." Sie winkte ihn schnell weiter, als sie seine eindeutigen Blicke sah.

Dominik hielt sich nun zu Nicks nicht geringer Belustigung sofort an Tamara Nummer Zwei und verpasste ihr einen altmodischen Handkuss. „Dann also wir beide. Ich muss sagen, ich hatte selten so eine tolle Woche in Aussicht wie diese. Was kann es Schöneres geben als ein paar Tage in so einem Traum von Hotel gemütlich die Zeit zu verbringen und sich näher kennenzulernen?"

„Du gehst aber ran, mein Guter. Mit Volldampf voraus auf das Ziel, was?" Belustigt, aber auch ein wenig geschmeichelt entzog sie ihm ihre Hand wieder.

„Bitte verzeih mir, wenn ich diesen Eindruck gemacht habe. In meiner Filiale sind die Sitten und Gebräuche in Mitteleuropa noch ein wenig antiquierter als in anderen Realitätsebenen, wie man mir gesagt hat. Ich wollte nur meine Freude zum

Ausdruck bringen, dir hier unter diesen besonderen Umständen zu begegnen." Er lächelte sie gewinnend an. Nick glaubte, er sei im falschen Film, als er Zeuge dieser Szene wurde.

Lin hob mahnend einen Zeigefinger.„Galant ist er ja. Ein echter Gentleman. Aber vergesst auch nicht, dass ihr eure Rollen zu spielen habt. Ich hoffe, ihr seid locker genug, um die Vertrautheit zwischen allen dreien überzeugend für unseren Steward zu mimen. Außerdem vergiss bitte nicht, lieber Dominik, dass nicht Tamara deine Verlobte ist."

Und wieder, wie in einem schlecht inszenierten Laienspiel, klopfte es wie auf Kommando. Die sympathische Asiatin mit den dunklen Mandelaugen öffnete wiederum und flüsterte kurz mit jemandem auf dem Flur, dann winkte sie den Neuankömmling herein, während Schritte auf dem Flur vom Verlassen der Begleitperson zeugten.

Und nun klappten beiden Männern im Raum unisono die Münder auf. Nick, weil die eintretende Frau seiner geliebten Rebecca wirklich bis aufs Haar glich, nur nicht ganz so durchtrainiert war, aus den offensichtlichen Gründen. Dominik, weil er bestimmt ebenso fasziniert von ihr war wie Nick.

Dominik stürmte auf sie zu und schüttelte ihr die Hand, bevor er auch ihr den für ihn wohl obligatorischen Handkuss verpasste: „Willkommen, meine Liebe. Ich bin Dominik, dein Verlobter für den Rest der Woche in diesem wunderbaren Domizil."

Ein wenig peinlich berührt, aber auch amüsiert meinte die Rebecca-Doppelgängerin: „Hallo, ich bin Siggi. Aber ihr werdet mich wegen unserer Tarnung mit meinem zweiten Vornamen Rebecca ansprechen müssen."

„Waaaas?" Ein entsetzter Aufschrei kam aus dem Nebenraum und eine Tür wurde aufgerissen. Rebecca stürmte heraus und herrschte ihre Doppelgängerin an, die erst einmal völlig perplex von ihrem wandelnden Spiegelbild war: „Sie haben dich wirklich Sieglinde getauft und dir Rebecca nur als *zweiten* Vornamen gelassen? Wie unmenschlich und grausam ist *das* denn?"

Lin ging sofort dazwischen und bat: „Bitte beruhige dich. In Sieglindes, Verzeihung, Siggis Filiale ist dieser Vorname weit verbreitet und völlig normal im deutschsprachigen Kulturkreis, während Rebecca ein verstaubter Charakter aus dem alten Testament ist und höchstens eines zweiten Vornamens würdig, wie in ihrem Fall. Ihr müsst euer Denken erweitern, was das angeht."

Rebecca wurde augenblicklich ruhiger. „Du hast natürlich Recht, Lin. Bitte entschuldige, Siggi, du musst einen furchtbaren ersten Eindruck von mir haben."

„Kein Problem, Rebecca, ich weiß um meinen ersten Eindruck bei neuen Bekanntschaften." Sie drückte ihr sanft die Hand und umarmte sie dann unverhofft.

Nick wünschte sich insgeheim, er könne dieses Bild auf einem Foto festhalten.

„Okay, du bist demnach ebenso feinfühlig wie ich und überdeckst das anfangs auch durch eine spröde, zurückweisende Art."

Siggi schüttelte den Kopf. „Nein, ich würde es eher als schüchterne Zurückhaltung bezeichnen, was ich neuen Bekanntschaften entgegenbringe, bevor ich auftaue."

„Wow, kann ich noch tauschen?", wollte Nick scherzhaft wissen und erntete dafür einen finsteren Blick von Rebecca. Dann jedoch trat Dominik zwischen sie und ihn.

„Zu spät, alter Knabe, ich habe sie zuerst gesehen." Er legte vertraulich einen Arm um Siggis Hüfte und dirigierte sie zur voluminösen Couch hin. Nach einem Moment der Unsicherheit akzeptierte sie diese Geste und ließ sich bereitwillig von ihm setzen.

Tamara stemmte ihre Fäuste in die Hüfte. „He, du Gigolo von einer anderen Welt. Ich bin auch noch da, vergiss das nicht!"

Sofort war Dominik bei ihr und legte ihr einen Arm um die Schulter, um auch sie zur Couch zu führen. „Das könnte ich nicht einmal, wenn ich es wollte. Mir wird ganz anders, wenn ich euch beide ansehe. Ihr seid das zauberhafteste Duo an jungen, schönen Frauen, deren Gesellschaft ich jemals genießen durfte."

Rebecca schaltete sich ein: „Da hast du verdammt noch mal Recht, Dominik. Und wenn du sie nicht wie der perfekte Gentleman behandelst, kriegst du es mit mir zu tun, verstanden?"

„Ich werde mein Bestes tun, da kannst du sicher sein, du forsche, bezaubernde Zwillingsschwester von diesem anmutigen Reh hier. Oh mein Gott, ich muss träumen! Ich sollte *euch* bezahlen für dieses Vergnügen, nicht ihr mich!" Er rückte Tamara galant den Sessel zurecht, auf den sie sich niederließ.

Tamara wandte sich darauf an Siggi: „Er ist ja völlig aus dem Häuschen. Ich glaube, wir werden ihn gemeinsam bremsen müssen, damit er sich wieder einkriegt."

Diese antwortete leise: „Das bekommen wir schon hin. Nach zwei Tagen gemeinsamem Liebesurlaub wird er um Gnade flehen. Ich wirke zwar schüchtern, aber wenn ich will, kann ich auch anders. Und wir drei teilen uns eine Suite, er und ich uns sogar das Bett. Das soll natürlich glaubhaft wirken. An mir wird das nicht scheitern."

Dominik sah beide mit geweiteten Augen an: „Ihr beide verbündet euch gegen mich, um mich gefügig zu machen? Ich muss gestorben und im Himmel gelandet sein!"

Rebecca sagte zu Lin: „Die drei kommen zurecht, da stimmt die Chemie, wie bei uns zu unseren Anfangszeiten. Ich glaube nicht, dass wir da ein Problem bekommen, was die Plausibilität angeht."

„Gut. Ist dein Nick auch so ein Tausendsassa?" Lin konnte kaum glauben, wie Dominik seine zwei neuen Bekanntschaften aus dem Stand weg becircte.

„Du hättest ihn mal hören sollen, als er mich zum ersten Mal im hautengen Badeanzug gesehen hat. Das war nicht mehr feierlich. Ein akuter Anfall von Notgeilheit würde es am Besten beschreiben."

„He!", protestierte Nick augenblicklich.

„Und dann hat er ihr in der Sauna...", krähte Tammy fröhlich.

„Das gehört jetzt wirklich nicht hierher!", fuhr Nick ihr erbost über den Mund. Würde ihn diese 'Heldentat' denn für den Rest seines Lebens verfolgen? Er stöhnte innerlich auf bei diesem Gedanken.

Siggi sagte enthusiastisch: „Habt ihr beide auch noch Lust auf ein mitternächtliches Bad im Pool? Wir sind schließlich zum Entspannen hier und sollten unseren Aufenthalt nach allen Regeln der Kunst genießen."

„Nicht so schnell. Erst einmal sollten wir euch noch einweisen über das, was euer Betreuer Klaas bereits über uns weiß, damit ihr damit übereinstimmt. Wir haben uns extra bedeckt und wortkarg gegeben während der Anreise, unter dem Vorwand, dass wir erschöpft vom langen Trip waren. Dadurch weiß er bisher nur wenig von uns und ihr könnt somit eure Rollen mit mehr Freiheiten spielen.

Zum Glück ist Klaas noch Steward der Funktionsstufe Null und erst ein Jahr im Dienst, demnach hat er nicht viel Erfahrung und er weiß praktischerweise nichts von anderen Filialen. Für ihn ist das nur ein notwendiger Babysitter-Job im Auftrag von TransDime, damit sich jemand um uns 'Ortsfremde' im Urlaub kümmert und uns nichts Dummes passiert. Das sind eigentlich die dankbarsten Jobs, die man als blutjunger Steward bekommen kann. Bei unserer Ankunft wurden wir kurz vom Personalchef hier gebrieft, damit wir keinen unbedachten Blödsinn in einer uns unbekannten Filiale machen.

Und ihr sorgt bitte auch dafür, dass euer Anstandswauwau genauso wie ihr eine erholsame Woche verbringt, nichts merkt und frisch und munter wieder mit uns zurück fährt, wenn die Woche um ist und der Austausch wieder rückgängig gemacht wurde. Du, liebe Tammy, kannst ruhig auch ein klein wenig mit ihm kokettieren, das wird ihn sicher noch zusätzlich ablenken."

Tammy nickte und schnappte sich nun ihre Doppelgängerin, um sich mit ihr zur Besprechung ins große Schlafzimmer zu verziehen. Nick lotste Dominik seinerseits ins kleinere Zimmer, das Tamara bewohnen würde, wenigstens auf dem Papier. Er traute sich noch gar nicht, vorherzusagen, was sich hier in den kommenden Tagen und vor allem Nächten hinter verschlossenen Türen abspielen würde.

Somit blieben Rebecca und ihre interdimensionale Zwillingsschwester Siggi übrig. Lin war Tammy und Tamara gefolgt, sodass die beiden Paulenssen-Damen nun auf der Couch im Salon der Suite alleine waren.

Fasziniert von ihrem jeweiligen Ebenbild, musterten sich beide, da sie sich nun zum ersten Mal in Ruhe gegenüber saßen. Rebecca begann stockend: „Wow, das ist wirklich atemberaubend. Du siehst aus wie ein eineiiger Zwilling von mir. Wie geht es dir?"

Siggi war ebenso geschockt und gleichzeitig fasziniert wie Rebecca. „Ganz gut, denke ich. Das alles ist so verrückt, dass einem das niemand glauben würde."

„Bist du aus Filiale 53, 77 oder 119?"

Siggi riss verblüfft die Augen auf. „Aus 119, aber woher weißt du das?"

Lächelnd holte Rebecca ihren Dienstausweis hervor und zeigte ihn ihrer Doppelgängerin. „Hier, diese drei kleinen roten Zahlen sind die Filialen, auf denen ich keinen Zutritt habe. Das sind die einzigen Welten, in denen ich auf eine andere Rebecca, oder in diesem Fall Sieglinde treffen kann. Das ist für TransDime Agenten im Normalfall extrem ungünstig, deshalb dieses Verbot. Du kannst in Folge dessen nur von einer dieser Filialen stammen."

Fasziniert fragte Siggi daraufhin: „Es gibt also noch zwei von uns irgendwo da draußen im Multiversum?"

Rebecca nickte. „Sozusagen. Aber jetzt zurück zur Sache. Was machst du so in deinem richtigen Leben, wenn du keine Freiwillige für den Widerstand bist?"

Siggi lächelte schwach. „Ich habe ein kleines Café in meinem Heimatort übernommen, das ganz gut läuft und es macht mir auch Spaß, es zu führen. Nebenbei mache ich auch Stadtführungen für Touristen, aber mehr aus Leidenschaft als aus finanzieller Notwendigkeit."

Rebecca stutzte kurz: „Etwa das Parkcafé? In dem habe ich bis zum Abitur mit achtzehn Jahren gejobbt, nachdem ich meine Turnerkarriere an den Nagel hängen musste..."

„Du auch?" Sie sah Siggi erschrocken an. Es gab demnach sowohl Parallelen als auch Unterschiede. Das war so unglaublich!

Mit einem ironisch hochgezogenen Mundwinkel drückte Siggi beide Oberarme seitlich zusammen, was ihre füllige Oberweite zur Geltung brachte. „Ja, die Mädels hier haben die Schwungmasse auf ein zu hohes Maß erhöht. Zum Glück haben meine Eltern mich bei meiner Entscheidung, mit dem Leistungsturnen aufzuhören, unterstützt."

Rebecca senkte den Kopf und erzählte traurig: „Bei mir ging der Ausstieg leider nicht so reibungslos vonstatten. Mein Verhältnis zu meinen Eltern ist ziemlich zerrüttet, nachdem sie mich praktisch dazu zwingen wollten, mit allen Mitteln weiterzumachen bis zur Olympiaqualifikation und am besten wohl noch aufs Siegertreppchen in Übersee. Meine Mutter wollte mich mit einem speziellen Diätplan zu Tode hungern und mein Vater sprach sogar eine Brustverkleinerung an, während ich noch im Wachstum und der Entwicklung war."

Siggi legte ihre Hand auf Rebeccas Wange und hob ihren Kopf an. „Das muss furchtbar für dich gewesen sein. Aber auf der anderen Seite haben mir die beiden hier auch schon viel Aufmerksamkeit im positiven Sinne beschert. Es ist alles wie von der Natur vorgesehen geblieben und das ist auch gut so. Zum Glück haben wir beide ein Sportlerkreuz, nicht wahr?"

Jetzt lächelte Rebecca wieder. „Stimmt, da trägt es sich leichter, wenn man immer fit geblieben ist. Du hast sicher in letzter Zeit wieder viel trainieren müssen, um auch nur annähernd auf mein Level zu kommen, oder?"

„Ja, es war extrem anstrengend; mir die Haare wachsen zu lassen, um die gleiche Frisur zu haben wie du, war bei Gott der leichtere Teil." Siggi lachte verschmitzt.

Rebecca stimmte ein, zeigte sich aber nachdenklich. „Mir war das nicht bewusst, dass solche kleinen Dinge einen Einfluss auch auf dein Leben haben würden. Muss ich jetzt ein schlechtes Gewissen haben, weil ich durch meine Ausbildung auch dich sozusagen zur Extremfitness gezwungen habe?"

„Nein, es hat mir ja gut getan. Aber wenn ich dich so ansehe, kann ich immer noch nicht mit dir mithalten. Du bist so eine Art Spezialagent geworden, wenn ich mich nicht irre?" Siggi musterte sie neugierig, worauf Rebecca nickte.

„Du hast auch keine Geschwister, oder?", wollte Siggi dann wissen.

„Nein, nur einen grenzdebilen Cousin, einen richtigen Volltrottel. Du auch? Okay. Nach der Schule bin ich sofort auf die Uni und von dort nach Frankfurt zu TransDime, die zerrüttete Ehe meiner Eltern hinter mir lassend.

Und du hast tatsächlich das Parkcafé übernommen? Krass. Ich meine, mir hat es dort schon gefallen und wenn die gute alte Frau Mertens nicht da war, konnte ich den Betrieb locker im Alleingang schmeißen, aber das hauptberuflich zu machen? Alle Achtung. Eins muss ich aber fragen: ist die Rückwand bei dir auch in diesem furchtbaren Rosa gestrichen gewesen?"

Siggi schmunzelte: „Das war das Erste überhaupt, was ich nach der Übernahme geändert habe. Sie ist jetzt weiß und es hängen immer wieder andere Bilder als Leihgaben von lokalen Nachwuchskünstlern dort, die dadurch eine Chance haben, ihre

Werke einmal öffentlich auszustellen. Das hatte ich Frau Mertens schon vorgeschlagen, als ich noch Angestellte war, doch sie wollte nichts davon wissen. Sie hat ihre rosa Wand geliebt."

„Ja, auch ich habe ihr das damals unterbreitet. Total krass, wie sich diese Dinge ähneln bei uns." Versonnen dachte Rebecca zurück an ihre Jugend in Niedersachsen.

„Wie bist du denn dazu gekommen, bei TransDime zu arbeiten? Entschuldige, dass ich das frage, aber ich soll ja eigentlich Infos über *dich* in Erfahrung bringen, nicht dir meine Lebensgeschichte erzählen."

„Du hast Recht, entschuldige. Mir hat es schon immer Spaß gemacht, mit Menschen zu arbeiten, wie du weißt. Die Jobbeschreibung klang gut und nach ein wenig Internet-Recherche klang es wie der große Jackpot, wenn man dort genommen würde. Daher habe ich mich neben anderen Stellen auch dort beworben und der Rest ist Geschichte.

Auch nachdem ich nach einem Dienstjahr eine echt traumatische Erfahrung machen musste und kurz ans Hinschmeißen dachte, hat mich doch irgendetwas zum Bleiben bewogen. Heute weiß ich, dass es zumindest zum Teil die heimlich durchgeführte Konditionierung von TransDime war. Es ging mir echt nicht gut, doch kurz darauf trat Nick in mein Leben und hat alles verändert."

Verträumt lächelnd fragte Siggi: „Du liebst ihn wirklich, nicht wahr?"

„Du kannst dir gar nicht vorstellen, wie sehr. Ich konnte mir noch vor ein paar Jahren nicht vorstellen, mich jemals zu verloben, heiraten und eine Familie gründen zu wollen. Aber mit ihm... Wenn die Dominik-Version von ihm in dem Zimmer dort auch nur halb so ein Goldstück ist wie meiner, wirst du ihn schon nach fünf Tagen nicht mehr gehen lassen wollen." Überzeugt sagte Rebecca das, ohne zu zögern.

„Mach mir bloß keine Angst!" Siggi lachte los. „Bisher hatte ich nicht so das Glück mit Männern, was eine dauerhafte Beziehung angeht; ich hatte immer nur lockere Sachen am Laufen. Aber du hast diesen Dominik doch eben auch erlebt. Was würdest du mir denn raten, wie ich ihn behandeln sollte? Ich mag ja auf den ersten Blick prüde wirken, aber ich wusste ja, was von mir erwartet wird in dieser Rolle. Und so wie es aussieht, wird das bestimmt ein angenehmes Engagement."

„Hm, ich würde sagen, bei ihm überwiegt die galante, aber fordernde Ader, die in gemäßigterer Form auch in Nick steckt. Ich würde mich mit Tamara zusammentun und ihn so richtig in die Pflicht nehmen, bis er um Gnade winselt, so wie es bereits von euch angedacht war. Dominiert ihn ein wenig, aber appelliert auch an seine gute Kinderstube, das nimmt ihm den Wind aus den Segeln, wenn er meinem Nick so weit ähnelt, wie ich nach diesem ersten Eindruck vermute. Wenn ihr euch dann mit ihm gut versteht, wird er vor Glück grinsend durch die Hotelgänge laufen und sich soweit artig benehmen, dass die Woche wie im Flug vergehen wird für euch.“

Siggi sah ein wenig grüblerisch aus: „Da verlangst du aber was... na gut, er sieht schließlich echt knackig aus und ist auch ein netter Kerl. Ich denke, da hätten Tamara und ich es schlechter treffen können. Was das mit ihr angeht... ich habe in dieser Hinsicht keine Erfahrung, daher weiß ich nicht, wie überzeugend ich das vermitteln kann. Ich bin mir nicht sicher, ob das etwas für mich ist.“

„Ihr müsst ja nicht in aller Öffentlichkeit herumknutschen, soweit sind wir auch nicht gegangen. Unsere Beziehung zu dritt ist immer nur im stillen Kämmerlein passiert, daher braucht ihr auch nicht allzu viel zu tun, was euch nicht behagt. Ich selbst hatte früher auch keinen Gedanken an andere Frauen verschwendet, aber Tammy ist einfach so süüüß!“ Sie brach ab, als sie Siggis Miene sah und hob die Achseln. „Du wirst es schon selbst heraus finden, ob und was ihr gemeinsam anstellen wollt. Fürs Erste wird es schon reichen, wenn ihr euch zu zweit auf den guten Dominik stürzt. Du wirkst so nachdenklich?“

Siggi meinte nur zögerlich: „Ich hatte immer diese Fantasie, zwei anderen beim Liebesspiel zuzusehen. Vielleicht erfülle ich mir das jetzt mit Tamara und Dominik, falls unser ständiges Aufeinanderhocken zu mehr als keuschen Landschulheim-Spielchen führt. Ich bin ja nicht derart Hals über Kopf in ihn verliebt, dass ich in Raserei verfallen würde, wenn ich die beiden zusammen sehen würde. Das könnte für mich reizvoll sein... und ein Einstieg. Warten wir einfach ab, wie es sich dann entwickelt.“

„Du taust langsam auf, das gefällt mir. Und der Ausdruck mit dem Landschulheim ist witzig; den hat Nick auch schon mal verwendet, wenn ich mich nicht irre. Jetzt aber zu den Personalien, die du über mich wissen solltest... Rebecca Zwei."

Im Jet über dem Schwarzen Meer fielen als letzter auch Rebecca die Augen zu. Sie hatten ihre Doppelgänger ausgiebig auf ihre Rollen vorbereitet und waren danach mit dem Auto nach Klagenfurt gefahren, wo Lin mit ihnen einen Privatjet bestiegen hatte, der sie jetzt durch die Nacht nach Xinjiang flog. Da dieses Land so weit von jeder Küste entfernt und von so hohen Bergen umgeben war, dass sich keine der weltweit dominierenden Küstennationen um einen Zugang zu diesem Land bemüht hatte, war es eine der vergessenen Berg- und Wüstennationen Zentralasiens. Hier wurden keine Rohstoffe abgebaut, Landwirtschaft fand praktisch keine statt und auch Viehzucht wurde nur sehr extensiv und privat betrieben. Industrie gab es erst recht keine in dieser gottverlassenen Gegend.

Und auch TransDime Infrastruktur suchte man dort in der kargen Hochgebirgswelt weit und breit vergebens. Was sie für einen perfekten Standort für den Widerstand machte.

Vor über zwei Jahren hatte in einer lauen Ostseenacht der sogenannte Widerstand gegen ihren nahezu allmächtigen Arbeitgeber Kontakt mit ihnen aufgenommen. Zum ersten Mal seit diesem Ereignis fühlte Rebecca sich wie ein Doppelagent. Zum einen fühlte sie sich der Firma gegenüber verpflichtet, da sie ihr so Vieles verdankte und so dermaßen gut entlohnt wurde, dass sie ganz gewiss nicht bis zum Durchschnittsrentenalter würde arbeiten müssen.

Auf der anderen Seite hingegen war sie derart oft kopfüber in die schlimmsten Situationen geworfen worden, die man sich nur denken konnte. Und oft genug hatte sie sich danach von TransDime alleingelassen gefühlt.

Ausgenutzt und im Stich gelassen.

Das hatte für sie damals letztendlich den Ausschlag für ihre Entscheidung gegeben. Dazu kam noch, dass das erklärte Ziel des Widerstandes zunächst einmal war, überhaupt erst heraus zu finden, was sich hinter den Plänen und Absichten von den hohen Herren der Firma auf Filiale 1 in Wahrheit verbarg. Solange in dieser Hinsicht keine Gewissheit bestand, konnte man sich kein konkretes Ziel setzen, was zu tun sei, um eine effektive Opposition zur hierarchischen Allmacht des Multiversums zu bilden. Sie mussten mehr über den Masterplan der Firma erfahren. War es einfach nur die Erlangung und immer weitere Vermehrung von Macht und Reichtum oder steckte etwas anderes dahinter?

Rebecca schreckte hoch, als das Flugzeug durchsackte. Sie sah hinaus und merkte, dass es draußen bereits hell war. Da sie stetig fast genau nach Osten geflogen waren, war ihnen die Tag-Nacht-Linie entgegengekommen und sorgte so für eine verkürzte Nacht und bestimmt auch demnächst für ein echtes Jetlag, kein künstliches wie bei Dimensionsreisen. Und was sie für ein Luftloch gehalten hatte, war in Wahrheit der Beginn des Landeanfluges gewesen.

Sie sah zum kleinen runden Fenster rechts neben sich hinaus. Die Landschaft draußen war trostlos, spärlich bis gar nicht bewachsen und völlig unbewohnt. Es sah für sie aus wie auf einem anderen Planeten.

Einem Wüstenplaneten.

Einzig ein Stück weit links und rechts eines Flusses, der sich in vielen Verästelungen über eine weite Fläche durch eine Ebene wand, konnte man durchgehendes Grün unter ihnen erkennen. Das war sicher bewässertes Ackerland inmitten dieser ansonsten unfruchtbaren Landschaft.

Kurz vor dem Aufsetzen, als sie schon tief unten waren, sah sie die ersten Zeichen von Zivilisation. Die weit verstreuten, alten und ärmlich wirkenden Häuser konnten sie allerdings auch nicht in ihrer Überzeugung revidieren, dass sie hier am Allerwertesten der Welt waren. Die kleine Siedlung wirkte von oben wie auf dem Reißbrett gezeichnet und aus dem Boden gestampft, ohne jeden Charme oder Individualität.

Der Jet rollte auf der ungeteerten Piste aus und parkte dann neben einem Hangar, wo auch einige Helikopter standen. Inzwischen waren alle wach und packten ihre leichten Reisetaschen, um umzusteigen. Als Rebecca das kleine Flugzeug verlassen hatte, erkannte sie erstmals, wo sie sich befand.

Es war wirklich eine trockene Hochebene, deren Boden bei jedem Schritt eine kleine Staubwolke aufwirbelte. Die Luft war dünn und frisch für europäische Verhältnisse, nicht aber für jemanden, der in einem Camp in einer anderen Dimension gerade zwei Monate zugebracht hatte. In drei Richtungen war der Horizont flach wie ein Teller.

Doch hinter ihnen, im Südwesten...

Keine zehn Kilometer von ihnen entfernt begann die nackte, felsige Landschaft empor zu wachsen. Hoch und immer höher. Und dahinter noch eine Gebirgskette. Und dahinter, kaum noch fassbar, eine noch höhere, auf deren aufgetürmten Felsgipfeln ewiger Schnee und Eis in der Morgensonne glitzerte.

Klarerweise konnte sich nichts auf der Erde mit den absurd großen Dimensionen der gigantischen Supererde auf Filiale 2 messen, doch hier wuchsen die Felsmassen viel steiler in schwindelerregende Höhen empor, als sie es auf der Filiale 2 bei doppelter Schwerkraft jemals vermocht hätten, ohne von ihrem eigenen Gewicht und den Elementen in geologisch kürzesten Zeiträumen zum Einsturz gebracht zu werden. Daher waren diese Berge hier von ihrem Standort aus auch um einiges beeindruckender.

„Das sind die westlichsten Ausläufer des Kunlun. Hier beginnt das zentralasiatische Gebirgssystem, das im Himalaya mündet, doch auch hier in der Gegend sind bereits einige der höchsten Berge der Welt. Eine tolle Aussicht, oder?“ Tamara pausierte mit ihren Erklärungen, um das Panorama zu würdigen.

Lin winkte sie weiter. „Kommt bitte, wir müssen einsteigen und losfliegen. Je weniger Zeit wir hier verbringen, desto sicherer ist es für uns.“

„Gibt es hier Probleme mit der Sicherheit?“, wollte Rebecca wissen, als sie in einen der bereit stehenden Helikopter eingestiegen waren und die Motoren des Drehflüglers gestartet wurden. Die beiden gegenläufigen Rotoren, die übereinander montiert waren, begannen sich zu drehen.

„Könnte man so sagen, aber nur hier in der Wüstenebene, wo man außerhalb der Städte gerne mal überfallen wird. Wo wir hinfliegen, gibt es das nicht. Wir haben nicht einmal eine asphaltierte Straße zu unserem Ziel, nur eine Schlaglochpiste, die sich durch Schluchten windet, welche nur im Sommer für wenige Monate passierbar sind."

„Das sind ja Aussichten", bemerkte Nick trocken.

„Du willst Aussichten? Na, dann setz dich mal ans Fenster. Dort beginnt nämlich das Tal des Yarkant, des Flusses, dem wir etwa eine Stunde lang folgen werden."

Tamara rückte ab und ließ ihn hinaussehen, als sie die ersten Ausläufer des Hochgebirges überflogen. Schon bald folgten sie dem genannten Fluss, dessen trübes Wasser mit der Zeit eine tiefe Schlucht in die Bergmassive gegraben hatte. Sein Lauf wand sich auch hier durch die Berge, um sie herum und hatte dabei viele Wendungen und Schlaufen. Dabei war der Yarkant an den meisten Stellen recht breit und nahm mit vielen Mäandern und Verästelungen stets die gesamte Breite des Grundes ein, der zwischen den Bergen als Talboden nutzbar gewesen wäre. Wohl auch deshalb war die Gegend unbewohnt, da man hier nichts anbauen und nicht einmal eine Straße ohne riesigen konstruktiven Aufwand bauen konnte, geschweige denn eine ganze Siedlung.

Irgendwann waren die nackten, felsigen Bergmassive zu beiden Seiten so hoch aufgestiegen, dass der Helikopter wohl oder übel dem Verlauf des Flusstales des Yarkant folgen musste, da er gar nicht so hoch hätte aufsteigen können, um noch irgendwelche Berge zu überfliegen. Da dieses Tal immer enger wurde und die Windungen immer stärker, wurden sie immer langsamer in ihrer Fluggeschwindigkeit. Auch die Flugmanöver, die der Pilot vollführen musste, um dem Verlauf der Schlucht noch folgen zu können, wurden scheinbar immer waghalsiger, was der Topografie geschuldet war.

„Der Mann versteht was von seinem Job", bemerkte Nick zu seiner und aller anderen Beruhigung.

„Ja, für den ist das bestimmt Routine." Tamara sah über Rebeccas Schulter nun ebenfalls hinaus. „Was für ein Ritt."

Nach einem Schwenk ostwärts verlief das enge Tal etwas geradliniger und weitete sich ein wenig. Hier wurde das Fluggerät langsamer und verlor zusehends an Höhe.

Sie setzten an einem Punkt auf, wo ein tiefer Talkessel sich nach Süden öffnete. Ein Nebenfluss, nicht mehr als ein Rinnsal in einem breiten sandigen Bett, vereinigte sich aus Süden kommend mit dem Yarkant. Die Berge ringsum stiegen in atemberaubende Höhen auf, sämtliche erdige Farbtöne von rötlich braun über ockergelb bis hin zu den grauen Granitgipfeln im Hintergrund abdeckend.

Und auf einer kleinen Felserhebung am Rande des Sandfeldes waren ein paar Häuser zu sehen. Eigentlich war es nur ein großes Haus, neben dem eine Reihe kleinerer Hütten stand. Es wirkte sehr trostlos und verlassen.

Sie stiegen aus, nahmen ihr Gepäck auf und sahen sich um. Es war kalt hier oben um diese frühe Morgenzeit. Der Herbst war weit fortgeschritten in dieser Höhe und die Berggipfel sämtlich schneebedeckt.

Seltsamerweise wandten sich Lin und Tamara nicht dem schmalen Pfad zu den Häusern zu, sondern gingen in Richtung Fluss. Etwas ratlos folgten Rebecca und Nick ihnen. Letzterer fragte: „Wo sind wir hier?"

Dieser Ort heißt Yilike, doch das ist nicht von Bedeutung. Wir wollen nicht dorthin."

„Wohin wollen wir denn?", rutschte es Rebecca automatisch heraus.

Tamara sah über die Schulter und deutete nach vorne und oben. Rebecca legte den Kopf in den Nacken und erkannte am gegenüberliegenden Hang, am nördlichen Flussufer, einen gewundenen, kaum erkennbaren Pfad, der sich den steilen Berghang emporschlängelte, bis zu einem Vorsprung, welcher in den kleinen Talkessel hineinragte und diesen überblickte.

Dummerweise mussten sie eine etwa zwanzig Meter hohe Wand aus bröckeligem Fels und Geröll hinabsteigen, bevor sie überhaupt erst im Bett des Flusses Yarkant waren. Diesen konnten sie dank des jahreszeitlich bedingten tiefen Pegels problemlos durch- oder genauer überqueren.

Dann machten sie sich an den Aufstieg.

12

Yilike, Filiale 101 - Monat 4

Die Tür zum kleinen Zimmer öffnete sich und Nick schaute herein. Rebecca hatte sich gerade ihre langen braunen Haare zum Zopf geflochten und stand vom einfachen Bett auf, um sich eine dicke Jacke anzuziehen. „Ich komme sofort."

Sie verließen das ihnen zugewiesene Zimmer und schritten den langen Gang ab, das ferne Ende mit der schweren Holztür nach draußen ansteuernd. Sie wollte wissen: „Hast du schon etwas gehört?"

Nick hielt ihr die Tür auf und folgte ihr ins Freie, seine eigene Jacke gegen den kühlen Wind schließend. „Nein, Lin hat gesagt, wir müssen noch ein wenig Geduld haben. Der Meister muss sich über alles informieren, was Tamara seit ihrem letzten Besuch hier widerfahren ist. Ich glaube eher, sie fachsimpeln über den Aufbau des Universums, so lange wie das dauert."

Beide drehten sich um und besahen sich ihr Domizil für die nächsten Tage. Als sie vorhin das kleine vorspringende Plateau auf halber Höhe zu den Gipfeln der Gebirgskette nördlich von ihnen erreicht hatten, war ihnen das Anwesen zum ersten Mal aufgefallen. Die Häuser, vor allem aber das große Haupthaus, waren aus dem selben Stein errichtet, der sie umgab und auch die Schindeln der Dächer fügten sich harmonisch von der Farbe und der Textur in die Umgebung ein. Schon aus kurzer Distanz fielen die Bauten nicht mehr auf und wenn kein Rauch aus den drei Schornsteinen des langgezogenen eingeschossigen Gebäudes quellen würde, wäre es aus der Luft fast unmöglich zu entdecken.

Die kleine Kommune wohnte wohl geschlossen im Haupthaus mit seinen vielen Zimmern. Die kleineren Bauten waren bestimmt Vorrats- und Lagerhütten. Eines beherbergte die sehr rudimentären, aber immerhin beheizten hygienischen Einrichtungen, wie sie bereits erfahren durften. Speziell in den Wintern stellte sich

Nick das sehr mühselig vor.

Davon abgesehen würden sie wohl alles, was sie zum Leben brauchten, die sechs-
oder siebenhundert Höhenmeter vom Tal hier hoch schaffen müssen, über einen
Weg, der nicht einmal mit einem Geländewagen zu bewältigen war. Sie mussten
hier irgendwo einen Karren und ein Nutztier wie ein Muli oder ein Yak haben, oder
was auch immer hier in diesem Teil der Welt vor einen Zugwagen gespannt wurde.

Bisher hatten sie vier andere Bewohner dieses Refugiums gesehen. Bedauerlicher-
weise sprachen sie nicht einmal Esperanto, sodass sich Nick und Rebecca nicht mit
ihnen verständigen konnten. Sie wurden dennoch mit Respekt und Höflichkeit behandelt und angelächelt, wann immer sie einem der jungen Männer im oder ums
Haus herum begegneten.

„Und was sollen wir hier draußen, hat Lin das auch gesagt?" Ein wenig unwillig sah
Rebecca sich um. Da sie nach dem Training auf Filiale 2 noch weniger Körperfett ihr
Eigen nannte als es ohnehin schon zuvor der Fall war, musste sie ganz schön schlot-
tern, damit ihre Muskeln sie aufwärmten.

Nick erging es nicht viel besser. Er sah hinab auf den dichten Nebel im Tal vor ihnen, der bis auf ihre Höhe hoch waberte und die Landschaft einhüllte. Zum Glück
war er erst aufgezogen, als sie schon auf halbem Weg nach oben gewesen waren.
Der Aufstieg war zwar beschwerlich, aber für sie in dieser körperlichen Verfassung
kein Problem gewesen. Dann ließ er seinen Blick den Hang hinauf schweifen, bis zu
den in ewiges Eis gehüllten Gipfeln weit über ihnen. „Nein, nur dass sie uns etwas
zeigen will und gleich nachkommt."

Rebeccas Blick folgte seinem: „Wer zuerst oben ist?"

Er lachte und küsste sie auf die Nasenspitze. „Ladies first."

Dann öffnete sich die Tür an der schmalen Seite des Hauses und Lin kam zum Vorschein, ebenfalls warm gekleidet und mit einem Lächeln auf dem Gesicht, als sie zu
ihnen trat. „Sehr schön, es ist gleich soweit. Ich dachte, ich hätte es verpasst. Jetzt
komme ich doch noch dazu, ihn euch zu zeigen."

„Uns wen zu zeigen?" Rebecca sah sie fragend an, doch Lin sah nur quer übers Tal,
als der Nebel sich allmählich in der Ferne auflöste, von der wärmenden Herbstson-

ne zurückgedrängt.

„Seht, dort hinten, im Süden." Und sie wies mit ausgestrecktem Arm an ihnen vorbei. Beide drehten sich um und erstarrten.

„Wow." Nick blieb die Spucke weg angesichts des Anblicks, der vom weichenden Nebel nun enthüllt wurde. In weiter Ferne, aber doch scheinbar zum Greifen nah, ragte ein unvorstellbar hoher Berg aus einem Massiv heraus, das komplett schneebedeckt war. Die Nordflanke, welche sie von hier aus sehen konnten, ragte prominent aus dem Gestein heraus und bildete einen scharfen Grat mit extrem steilen Bergwänden.

„Das ist der Chogori, oder auch der Lhamba Pahar, wie die Pakistani ihn nennen. Er ist der höchste Gipfel des Karakorum und der zweithöchste Berg der Welt."

„Wir kennen ihn als K2. Wie weit ist er von hier entfernt?" Nick starrte gebannt auf den Berg, an dessen von Wind umpeitschter Spitze durch Kondensation Wolken entstanden wie bei der Abrisskante eines Flugzeugs.

„Über fünfzig Kilometer. Das täuscht wegen der Größe, nicht wahr?" Lin schmunzelte angesichts der Faszination, die der am schwersten zu besteigende Berg der Welt auf die beiden Neuankömmlinge ausübte.

„Eigentlich nicht. Ich finde es dennoch toll, wieder mal einen richtig steilen Berg zu sehen. Das Spektakuläre an diesem Anblick hat mir echt gefehlt, auch wenn er nur achttausend Meter hoch ist." Rebecca sagte das mehr zu Nick, doch nun runzelte Lin die Stirn.

„Was meinst du damit, nur achttausend Meter hoch? Das ist doch das höchste, was ein Berg..."

Nick hob die Hand, um ihren Protest abzukürzen. „Rebecca hat sich nur ein wenig verplappert. Das ist streng geheimes Wissen über TransDime Angelegenheiten."

„Na, dann schießt mal los. Wir sind ja hier unter uns." Ungeduldig fixierte die Asiatin ihn.

Rebecca meinte: „Übernimm du das, Nick. Ich gehe wieder rein, mich aufwärmen. Bis gleich."

Worauf es nun ihm überlassen blieb, ihr mehr über die Umgebung zu erzählen, in der sie ihre Springerausbildung erhalten hatten.

Kaum war Rebecca im Flur angekommen, da fing sie einer der jungen Männer ab, die hier in der Kommune wohnten. Er gab ihr mit Gesten und einem leichten Ziehen am Arm zu verstehen, dass sie mitkommen sollte. Ihr Versuch des Protestes, dass sie Nick von draußen dazu holen wollte, kam nicht an bei ihm, so fügte sie sich für den Moment und ließ sich in ein größeres Zimmer leiten, das angenehm warm war dank eines Kamins, in dem ein Feuer prasselte.

Dann entdeckte sie, an einem Tisch sitzend, Tamara und einen alten Mann mit langen weißen Haaren und einem asiatisch getrimmten langen Bart, ebenfalls weiß. Er sah sehr alt und weise aus und war in Woll- und Lederkleidung gehüllt.

„Ich begrüße dich, Rebecca", sagte er in holprigem Esperanto. Gott sei Dank, dachte die sich und kam näher. Tamara lächelte sie milde an.

„Ich möchte mich für Ihre Gastfreundschaft bedanken, Herr..." Sie ließ den Satz unvollendet.

„Ich bin niemandes Herr, meine Gute. Ich bin ein Schamane der Bergvölker der Uiguren und mein Name ist nicht von Belang in diesem Sanktuarium. Ich bin alleine ein Meister über die Gedanken und die Kraft, die das Universum dank der Gedanken zusammen hält."

Wow, ein theoretischer Physik-Schamane, dachte Rebecca und trat zu ihrer Freundin heran, sich neben sie auf das Sitzkissen kniend, das auf ihrer Seite des niedrigen Tisches lag. „Sie hatten viel zu bereden, wurde mir gesagt."

„Das ist wahr. Tamara hat die Hoffnungen erfüllt, die ich in sie gesetzt hatte. Ich hatte es gespürt, als sie über die Grenzen der Realitäten dich und deinen Angetrauten vermisst und herbeigesehnt hat. Das war der Auslöser, der dazu geführt hat, sie ausfindig zu machen.

Wir finden nur sehr selten einen Menschen, der die Gabe hat, große Veränderungen zu bewirken. In meiner langen Lebensspanne ist sie erst die Dritte in den vielen Realitätsebenen, welche die Menschen bevölkern, die zu mir gerufen wurde. Wie viele vor ihr auch konnten sie etwas bewirken, doch nichts Entscheidendes, das unsere Erkenntnisse über diese Macht so weit vorangetrieben hätte, dass wir wirklich etwas hätten bewirken können."

Rebecca hob beinahe schüchtern ihre Hand, was den Schamanen innehalten ließ.

„Du möchtest mir etwas sagen, mein Kind?"

„Ja, ich wäre sehr froh darüber, wenn Nick das auch hören könnte. Er ist an all dem genauso sehr beteiligt wie wir." Sie brach ab, als sie die belustigte Miene des alten Mannes sah.

„Du hast natürlich Recht. Ich habe bereits nach ihm schicken lassen und er müsste jeden Moment zu uns stoßen. Halten wir also noch einen Moment inne." Danach schien er ein wenig in sich zu sacken und schloss die Augen, friedlich leise vor sich hinsummend.

Rebecca flüsterte leise: „Das ist so abgefahren..."

„Keine Sorge, die Kung-Fu Fantasy Nummer hat noch viel Potential. Warte einfach ab." Tamara zwinkerte ihr zu.

Schon öffnete sich die Tür und Nick trat ein, gefolgt von Lin. Der Schamane sagte zu ihr: „Sorge bitte dafür, dass wir in Ruhe reden können, meine Gute."

„Wie ihr wünscht, Meister." Respektvoll zog sie sich zurück und schloss die Tür hinter sich.

„Hier seid ihr drei also vor mir. Die Tochter eines Pauls, der Ahne eines Geigenspielers und die Nachfahrin eines Schneiders. Erst jetzt, da ihr drei vereint bei mir seid, kann ich es erkennen."

Nick setzte sich zu den beiden Frauen und brauchte einen Moment, bis er erkannte, dass der alte Uigure auf ihre Nachnamen anspielte. Er sagte ein wenig eingeschüchtert: „Es ist mir eine Ehre, Sie kennenzulernen. Was meinen Sie zu erkennen, wenn ich fragen darf?"

„Die Verbindung. Die Überlieferungen von vergangenen Hütern des Geistes sind fehlerhaft interpretiert worden. Es wurde stets nach dem Einen gesucht, dabei ist ein Dreigestirn vonnöten, um alles zu vollbringen, was getan werden muss zur Erleuchtung der Menschheit. Oder der Errettung, je nach Interpretation der Übersetzung. Und eure Energien sind so stark miteinander verwoben, dass es wie ein Leuchtfeuer in der Nacht alles andere überstrahlt." Der Schamane machte eine ausholende Armbewegung, die sie alle einschloss.

Rebecca sah ihn zweifelnd an: „Wie meinen Sie das, wenn Sie sagen, wir zu dritt sind vonnöten?"

„Es ist die alte Theorie, dass es besonderer Wesen bedarf, die sich gegenseitig Kraft, Mut und Liebe schenken, um das Unmögliche zu vollbringen. Einer wird die Kraft haben, die Mächte des Universums zu erkennen, zu verstehen und zu lenken. Einer wird den Mut haben, die anderen bei großen Wagnissen zu unterstützen, die sie ohne ihn nicht durchstehen würden. Und einer wird die Liebe schenken, die so bedingungslos ist, dass er sein Leben für die anderen beiden geben würde, ohne zu zögern." Der Meister hielt inne und beobachtete ihre Reaktion.

„Habt ihr verstanden, was ich euch sagen will? Ihr drei gehört zusammen. Gemeinsam habt ihr eure Kraft entdeckt, zusammen werdet ihr eines Tages große Dinge vollbringen. Ihr werdet nicht immer den gleichen Weg beschreiten, dazu ist das Leben zu kompliziert. Aber im entscheidenden Moment werdet ihr beisammen sein und ihr werdet euch beistehen. Dazu sind die bindenden Kräfte zwischen euch zu stark, als dass euch irgendetwas im Geiste entzweien könnte." Der Schamane nickte und beugte sein Haupt vor ihnen.

„Jetzt haben wir also auch noch eine Prophezeihung als Retter des Universums am Hals? Das wird ja immer besser." Rebecca flüsterte in Nicks Ohr, doch der Schamane sah sie direkt aus seinen dunklen Augen an, als hätte er jedes Wort vernommen. Ertappt schwieg sie darauf, obwohl sie sich fast sicher war, dass der Asiate kein Deutsch verstehen konnte. Unheimlich.

„TransDime hat euch viel aufgebürdet. Sie haben in euch nützliche Werkzeuge gesehen und erkannt, wie gewandt ihr seid. Deshalb kommt ihr weiter als andere in der gleichen Zeit, die ihr für sie arbeitet. Und jetzt stehen zwei schwere Jahre vor euch, die ihr überdauern müsst, wie mir Tamara erzählt hat.

Danach könnt ihr eurer Wege gehen und euch aussuchen, wie ihr der Firma dienen wollt. Wählt weise, denn diese Wahl kann der entscheidende Schritt sein, den ihr tun werdet. Ihr könnt auch getrennte Wege gehen, das macht nichts aus. Das Schicksal wird euch im entscheidenden Moment zusammenführen. Ihr werdet es erkennen, wenn es soweit ist."

Tamara sah ihre Freunde an. „Glaubt ihr das auch? Dass wir nicht dauerhaft zusammenbleiben können? Ich fände das schade, Leute."

Nick sprach nun den Schamanen an: „Meister, ich weiß nicht, wie Sie das tun, doch Sie sind gut darin, zu erkennen, was andere Menschen umtreibt. Ihre Weisheit erstaunt mich."

Nun drehte Tamara den Kopf in seine Richtung. „Was willst du damit sagen? Hat er etwa recht?"

Rebecca schaltete sich ein: „Tammy, du hast doch gehört, dass wir uns ruhig für eine Weile trennen können und das okay ist. Dem Widerstand hilft das vielleicht sogar, wenn wir auf verschiedene Weise an die Sache heran gehen."

Tamara senkte den Kopf. „Ihr beide habt das schon unter euch besprochen, was ihr nach der Bereitschaftszeit machen wollt, stimmt's?"

Nick legte nun einen Arm um sie, als er sah, wie sehr sie das traf. „Sieh doch mal, Tammy, du hast doch jetzt auch Sven. Er wird auf dich aufpassen, wenn wir uns für etwas anderes entscheiden sollten. Und es ist ja noch nichts in Stein gemeißelt. Wir wissen doch, dass du unbedingt auf eine Forschungsfähre willst, das ist dein größter Traum. Und wenn Sven mit dabei ist, wird das in Ordnung sein."

„Aber ich dachte, ihr wolltet auch mitkommen?" Sie sah die Beiden mit einem traurigen Hundeblick an, dass ihnen ganz anders wurde.

Rebecca umarmte sie. „Bitte mach es uns doch nicht so schwer, Süße. Nick und ich sind erst vor kurzem darauf gekommen, dass es da noch etwas anderes gibt, was sich für uns lohnen würde. Aber Sven könnte nicht bei uns sein, wenn wir..."

„Ihr wollt zurück auf Filiale 2 und euch dort den Forschungen über die untergegangene Zivilisation anschließen. Sven würde die hohe Gravitation auf Dauer nicht aushalten."

Nick rief erstaunt aus: „Mann, ich vergesse immer wieder, wie klug du bist! Aber... wäre das wirklich so schlimm für dich?"

„Filiale 2 ist so ziemlich der einzige Ort, an den ich nicht so einfach gelangen kann, da dieser Planet anderen Gesetzmäßigkeiten folgt und sich auch an einer anderen

Stelle im Raum befindet als nahezu jede andere Erde im Multiversum. Ich würde im Weltall landen, wenn ich das beim derzeitigen Stand meiner Fähigkeiten versuchen würde, vergesst das nicht." Sie hob warnend einen Finger.

Der Schamane brach sein Schweigen und sagte: „Ihr sprecht in Rätseln. Könnt ihr mir darlegen, um was es in eurer Diskussion geht?"

Tamara schlug sich eine Hand vor die Stirn. „Stimmt ja, wir waren noch gar nicht so weit. Der Meister und ich wollten nach und nach erkunden, was ich an Fähigkeiten schon alles beherrsche. Ich wollte ihm sagen, was ich wahrnehme und er meinte, er könnte mir dadurch helfen, mich auf das zu konzentrieren, was ich alles an Dingen im Multiversum beeinflussen kann durch meinen Willen."

„Wir waren noch nicht soweit, aber wir können jetzt damit beginnen, wenn ihr auch noch bleiben wollt. Ich glaube, eure Nähe ist der Schlüssel für Tamaras Fokus beim Verstehen der Naturgewalten. Sie will immer alles mit eurer Schulwissenschaft erklären; sie denkt noch zu viel mit dem Kopf anstatt mit dem Herzen."

„Man kann mit dem Herzen nicht denken, es hat keine Synapsen." Mit dieser Aussage bestätigte Tamara diejenige des Schamanen.

Rebecca musste lachen.

„Ich glaube, es wird reichen, wenn wir in der Nähe bleiben, denken Sie nicht auch?" Der Schamane hob einen Mundwinkel und kniff die Augen zusammen. „Ja, das wird es wohl. Es hat den Anschein, als ob noch etwas fehlt, damit Tamara die Strukturen der Welt klar erkennen kann. Doch auch so macht sie ständig Fortschritte. Ich habe selbst auch keine Anleitung, wie man sich dieses Wissen und diese Macht zu eigen macht, doch ich kann sie unterstützen und ihr Rat geben, wenn sie ihn braucht."

Schlussendlich waren es nur drei volle Tage und eine Nacht, die sie bleiben konnten, da sie die Hin- und Rückreise auch noch in ihre Ferienwoche mit einbeziehen mussten. Während eines Spaziergangs von Nick darauf angesprochen, bemerkte Rebecca: „Ja, nächstes Mal fahren wir mit dem ICE die lumpigen zwei Stunden in deine Heimatregion und nehmen uns eine blöde Frühstückspension im Südschwarzwald."

„Abgemacht. Solange wir niemandem von meiner Verwandtschaft sagen, dass wir in der Gegend sind." Er hakte sie unter, als sie sich der Kommune näherten. Es war immer ein langsames Vorankommen, weil man auf den steinigen Pfaden hier im Hochgebirge auf jeden Schritt achten musste. Sofern es überhaupt einen Pfad gab und sie nicht einfach einem der etlichen Grate empor- und wieder hinab folgten.

„Ich glaube, Bergurlaub haben wir fürs Erste genug gehabt, oder?" Sie wies auf den fernen K2, der auch heute wieder majestätisch in der Ferne emporragte. Ein stahlblauer Himmel unterstrich die Schönheit dieses Tages, der einer der letzten vor Anbruch des Winters sein mochte, wie Lin ihnen erzählt hatte. Des Nachts sanken die Temperaturen bereits auf den Gefrierpunkt, was angesichts dieser Höhe jedoch kein Wunder war.

„Du hast Recht. Hier oben sind wir bestimmt höher als der Montblanc. Schade, dass uns niemand sagen kann, *wie* hoch wir genau sind." Nun kamen sie auf dem kleinen Plateau an, auf dem die Häuser der Kommune erbaut waren. Sie hatten immer noch nicht herausgefunden, wie sie sich hier überhaupt mit dem Nötigsten zum Leben versorgten. Sie hatten wider Erwarten keine Ställe und somit auch keine Zugtiere für Karren oder ähnliche Gefährte entdecken können.

Lin kam ihnen bereits entgegen. „Da seid ihr ja! Ich begann mir schon Sorgen zu machen, dass ihr es nicht vor Einbruch der Dunkelheit zurück schafft. Ihr solltet früh zu Abend essen und auch früh zu Bett, da wir diesmal noch vor Sonnenaufgang losfliegen."

Sie folgten der jungen Asiatin, die sich in den letzten Tagen gut um sie gekümmert hatte, ins Haus. „Du meinst, wir müssen in der Dunkelheit den Pfad hinab? Ist das nicht unnötig riskant?"

„Nein, keine Angst. Der wöchentliche Versorgungsflug, der in den Bergenklaven seine Runde macht, wird morgen früh hier oben landen. Er fliegt uns zum Flughafen, sodass niemand etwas davon mitbekommt, wie wir morgen früh noch vor Sonnenaufgang ins Flugzeug steigen. Wir kommen bei der Länge des Fluges sogar zu einer noch früheren Ortszeit an, als wir losfliegen. Dadurch werden wir den Austausch mit euren Doppelgängern in aller Stille mitten in der Nacht und sicher vor Entdeckung durchführen können."

Nick erstarrte: „Moment mal, hast du gerade gesagt, der Hubschrauber kommt hier hoch geflogen?"

„Das ist richtig. Jede Woche bringt er routinemässig unseren Nachschub hier hoch. Was dachtet ihr denn? Dass wir mit Packeseln über den Pfad bis zur nächsten Stadt reiten?"

Als sich Nick und Rebecca verlegen ansahen, brach Lin in Lachen aus. „Um Himmels Willen, auch wenn das hier eine andere Filiale ist und ich keine Ahnung von eurer Heimat habe, so haben wir doch hier noch immer das Jahr 2073, nicht 1973. Vielleicht zählt ihr das ja anders..."

„Ja, das tun wir. Welchen Kalender verwendet ihr denn?" Nicks Neugier war geweckt, als er den Frauen die Haustür aufhielt.

„Den Vikram Sambat, das ist der nepalesische Kalender. Aber bei uns gibt es über fünfzig verschiedene Zählungen und die Staaten und Staatenbünde haben sich so oft geändert in den letzten Jahrhunderten, dass viel an Zählungen in den Kriegswirren der Seenationen verloren gegangen ist. Nur die beständigen Länder im Inland wie Nepal, Tibet, Xinjiang oder die Mongolei haben seit Hunderten von Jahren stabile Verhältnisse." Bedenkenlos gab Lin ihnen Auskunft.

„Interessant. Eigentlich schade, dass wir nicht noch mehr von eurer Welt zu sehen bekommen haben. Nick wäre gerne mal ein wenig in den Küstenlanden herumgereist."

Er bestätigte das: „Ja, mit dem höchsten Gebirge hatte ich nicht gerechnet. Trotzdem war unser Aufenthalt hier sehr schön. Wir sind viel in den Bergen wandern gewesen und haben den Kopf frei bekommen bei den Kletterpartien hier. Schade, dass Tamara kaum raus gekommen ist."

„Oh, aber sie ist doch nachts immer für ein paar Stunden raus gegangen. Sie hat sogar den gleichen Ausdruck benutzt wie ihr – den Kopf frei bekommen. Auf meine Bedenken hin, dass es Neumond und stockdunkel ist, hat sie gesagt, sie könne im Dunkeln sehen, weil sie da einen speziellen Trick habe."

Rebecca seufzte: „Ja, die Neutrinos scheinen in einer mondlosen Nacht immer besonders schön."

„Neutrinos?" Nick hielt inne.

„Tammy hat doch jetzt das dritte Auge, schon vergessen? Sie hat ungeheure Fortschritte gemacht in diversen Dingen, hat sie gestern Abend beim Essen erwähnt. Sollen wir es uns ansehen? Sie wollte eigentlich mit Erlaubnis des Meisters eine kleine Demonstration für uns abhalten." Rebecca näherte sich dem Raum, in dem Tamara seit ihrer Ankunft jeden Tag praktisch von früh bis spät mit dem Schamanen in tiefgründigen Gesprächen und Übungen verbracht hatte.

Noch bevor Lin klopfen konnte, öffnete Tamara von innen. „Da seid ihr ja. Lasst uns gleich loslegen."

Etwas befremdet wollte Rebecca wissen: „Hast du uns etwa bereits wahrgenommen, bevor wir in Hörweite der Tür waren?"

Sie winkte ab. „*Bitte*! Setzt euch doch. Ich glaube, der weitaus größere Teil meiner Fähigkeiten liegt in der Wahrnehmung der Naturkräfte, die überall um uns herum ständig ihr Werk tun und alles im Gleichgewicht halten. Je mehr ich mir dieser Dinge bewusst werde, desto mehr Einfluss kann ich auch auf diese Kräfte ausüben, wenn ich meinen Willen, meine Energien darauf richte. Es liegt noch so Vieles im Dunkeln verborgen, was ich nur erahnen kann, doch mit jedem Tag kann ich mehr davon enthüllen."

Nick rutschte heraus: „Jetzt klingst du aber sehr Voodoo-mäßig."

Der Schamane widersprach: „Im Gegenteil, sie hat wirklich alles, was wir erreicht haben, versucht mit nüchternem Sachverstand wissenschaftlich zu erklären. Wir hätten doppelt so viel erreichen können, wenn sie das nicht getan hätte. Würde sie nur auf ihr Gefühl hören, vielleicht würde sich der Schleier dann lüften, der sie noch immer bremst in ihrer Entwicklung..."

„Bitte Meister, in diesem Punkt werden wir uns sowieso nicht mehr einig werden. Ich habe es einfach lieber, wenn ich verstehe, was um mich herum geschieht und vor allem, *warum* es geschieht. Wenn ich mit dieser Gabe verantwortungsvoll umgehen soll, möchte ich nicht das Gefühl haben, einfach willkürlich Zaubertricks vorzuführen, ohne zu wissen, wie sie funktionieren." Sie starrte ihn mit trotziger Miene an.

„Viel Sturheit ich in dieser hier spüre", merkte Nick mit krächzender Stimme an, worauf Tamara wider Willen losprusten musste anhand seiner misslungenen Yoda-Imitation. Diese Star Wars-Analogie war einfach das Ähnlichste, was ihm zu ihrer momentanen Situation eingefallen war.

Der Schamane, dem das kein Begriff war, überging es stirnrunzelnd und lenkte ein: „Wenn das der Weg ist, den du einschlagen willst, gut. Wähle dir deine eigene Geschwindigkeit, mit der du verstehen und lernen willst. Ich kann selbst nur erahnen, wie es sein muss, was du in diesen Tagen durchlebst. Mehr als dir den Weg weisen kann ich nicht, beschreiten musst du ihn selbst. Und du hast auch immer noch dein Totem, das dir den Weg weisen kann, wenn ich nicht bei dir bin."

„Verzeihung, wie war das?" Rebeccas Augen wurden groß und rund.

Etwas verlegen erklärte Tamara: „Na ja, gestern Nacht haben wir noch ein paar Kräuter und Weihrauch in die Tischlampe gelegt und eine kleine Befragung durchgeführt. Dabei ist mir mein tierischer Begleiter erschienen. Stellt euch nur vor, es ist eine Füchsin!"

Nick öffnete den Mund, schloss ihn wieder und holte dann tief Luft. „Weißt du, wenn es irgendetwas anderes gewesen wäre als ein Fuchs, hätte ich gesagt, keine Macht den Drogen. Aber in diesem Fall kann es gar nicht offensichtlicher sein. Mein Glückwunsch, du hast ein spirituelles Haustier."

Rebecca sah ihn von der Seite an. „Du... du glaubst ihr das?"

„Beckie, wir befinden uns seit Jahren in der wildesten Achterbahn der Unwahrscheinlichkeiten. Du redest daheim mit einer Katze, die dir Antwort gibt, im Rahmen von Ja oder Nein. Und du hast *ernsthaft* noch immer den Nerv, irgendwas nicht zu glauben von all dem, was uns das Schicksal so großzügig vor den Latz knallt?"

„Du, Nick, hast die Seele eines Poeten und den Verstand eines Philosophen." Der Schamane stand auf und ging auf ihn zu, um seinen Kopf sanft in beide Hände zu nehmen. Nick wurde es ganz anders dabei.

„Äh, danke sehr?"

„Sehr schön, du bist auf einem guten Pfad." Dann ließ er von ihm ab und wandte sich Rebecca zu. Diese schien sich einen Moment lang sträuben zu wollen, gab diesen Gedanken aber schnell auf angesichts der Lage, in der sie sich befanden. Es konnte ja nichts schaden...

Sie fühlte sich wie elektrisiert, als der alte weise Mann ihr Gesicht mit einer Vorsicht seitlich in beiden Händen hielt, als würde er eine zerbrechliche Vase halten. Sie sah in seine tief dunklen Augen und hielt den Atem an.

Er ließ wieder los. „Auch du, Rebecca wirst noch lernen zu glauben. Du hast wie ihr alle seelische Wunden, die zwar geheilt sind, aber ihr tragt die Narben mit euch, die diese Wunden hinterlassen haben. Es scheint, als würden nur solche Menschen von TransDime in ihre Reihen geholt, weil diese besser für ihre Zwecke einzusetzen sind. Viele dieser seelischen Narben sind alt, einige neu.

Es wird der Tag kommen, da werden auch eure Narben geheilt, von euch selbst. Ihr alle tragt den Mut und die Liebe in euch, die die Kraft bedingen, welche ihr brauchen werdet, um das Kommende durchzustehen.

Ich glaube, ihr habt eine dunkle Zeit vor euch, gefolgt von einer schönen Zeit, angefüllt mit Wundern über Wundern. Dann kommt die dunkelste Zeit eures Lebens, die euch erneut zusammenführen wird, nachdem ihr drei getrennt wart und eine Zeit lang in Zufriedenheit und Glück verbracht habt.

Ich vermag nicht die Zukunft vorherzusehen, nur einen Weg, der euch vorherbestimmt ist. Geht diesen Weg ohne Furcht und ihr werdet sehen, was das Leben euch bringen wird. Vieles rechts und links auf diesem Weg liegt im Dunkeln. Ich sehe eine Person abseits stehen, die leidet und erfüllt von Schmerz ist. Sie wird eine wichtige Rolle spielen, wenn die Zeit für euch gekommen ist, Großes zu bewirken. Und ich sehe eine Person, die für einen von euch wichtig sein wird. Sie wird Freude und Klarheit bringen. Mehr kann ich nicht sehen."

Danach sagte keiner von ihnen für eine ganze Weile etwas, bis Tamara das unangenehme Schweigen brach.

„Und, wer hat Lust auf eine Zaubershow?"

Mit tadelndem Blick sah der Schamane sie an, doch sie zuckte nur mit den Achseln und öffnete die Tür einen Spalt weit. Nach einem gedämpftem Wortwechsel mit Lin kam sie wieder an den Tisch und ließ sich mit gekreuzten Beinen nieder.

„Ich möchte euch einige Dinge zeigen, die ich inzwischen beherrsche und die mir auch, aber nicht nur im Rahmen meiner Tätigkeit bei TransDime von Nutzen sein können. Man könnte sagen, ich habe das Rüstzeug zum besten Doppelagenten aller Zeiten."

Nick setzte sich ihr gegenüber. „Große Worte, denen jetzt auch Taten folgen, hoffe ich?"

„Na klar. Über die Sache mit der Schwerkraft wisst ihr beide ja jetzt hinlänglich Bescheid, denke ich. Es gibt aber auch andere Dinge, die sehr interessant sind." Sie wartete noch einen Moment und dann öffnete sich die Tür, worauf Lin mit einer Handvoll recht großer Eiswürfel in einer Porzellanschale hereinkam und diese wortlos auf den Tisch zu all den anderen Utensilien stellte, die dort bereits standen.

Sie nahm den ersten Eiswürfel heraus und legte ihn auf einen Teller. Dann begann sie: „Wie ihr wisst, habe ich eine gewisse begrenzte Kontrolle über den Einfluss gewonnen, den die Gravitonen auf die Masse eines Körpers auswirken. Ich kann sie abschwächen bis zu einem bestimmten Punkt..."

Womit der Würfel leicht zu vibrieren begann und sich dann einen Fingerbreit über den Teller erhob.

Nun stand beiden Zuschauern der Mund offen.

„... kann sie aber auch erhöhen."

Der Würfel fiel wieder auf den Teller, schien einen Moment zu verharren und zerbrach dann mit einem leisen Knacken in mehrere Teile. Der Anpressdruck auf das Eis musste wohl so hoch geworden sein, dass es gebrochen war.

Tamara gönnte ihnen keine Atempause, als sie den nächsten Würfel auf den Teller legte. Sie nahm ein Messer, legte es mit der scharfen Kante nach unten hochkant auf die Mitte des Eiswürfels und drückte ein wenig, bis es mit der Schneide in der Oberseite stecken blieb.

„Wie ihr wisst, ist thermische Energie im Grunde nichts anderes als die Intensität, mit der sich Atome zueinander bewegen, die Schwingungen in einem Festkörper von benachbarten Atomen beispielsweise. Ich bitte um Verzeihung, wenn ich nicht alles wissenschaftlich auf Punkt und Komma akkurat erkläre. Es geht hier nur um das Grundverständnis."

„Ja, klar, je stärker die Atome schwingen, desto mehr Energie ist in ihnen enthalten. Desto wärmer ist ein Gegenstand, nicht wahr?" Rebecca besah sich noch immer das Messer, das unverändert im Eiswürfel steckte.

„Laienhaft ausgedrückt, ja. Die Temperatur ist ein messbares Merkmal der Schwingungsenergie. Wenn ich mir jetzt das Messer vornehme und die Schwingungsenergie zwischen den Atomen in der Stahllegierung erhöhe..." Sie verstummte und schloss die Augen. Das Messer begann tatsächlich in das Eis einzusinken, als wäre es warme Butter, bis es mit einem leisen Klirren auf das Porzellan des Tellers traf. Der Eiswürfel indes war in zwei Hälften mit sauberen Schnittkanten geteilt worden. Nick nahm das Messer in die Hand und staunte. „Es ist tatsächlich noch etwas warm."

„Das ist mal praktisch, wenn dir jemand ein Messer an die Kehle oder eine Pistole an die Schläfe hält", bemerkte Rebecca und deckte damit gleich beide Situationen ab, in denen sowohl sie als auch Tamara sich schon befunden hatten.

„Ja, wenn ich das damals schon gewusst hätte... hier noch etwas anderes." Sie nahm einen weiteren Eiswürfel und legte ihn auf ein silbernes Tablett. Er begann augenblicklich in einem enormen Tempo zu schmelzen, bis in Rekordzeit nur noch eine großflächige Wasserpfütze auf dem Tablett war.

Rebecca kam aus dem Staunen nicht mehr heraus. „Wow, wie ist das denn gegangen?"

Nick schüttelte nur missbilligend den Kopf. „Tamara, bitte!"

Sie sah schuldbewusst auf und gestand dann ein: „Gut, du hast mich beim Schummeln erwischt. Ich wollte die Sache nur ein wenig auflockern, okay?"

Nick erklärte: „Beckie, das ist ein Silbertablett. Silber ist das Element mit der höchsten Wärmeleitfähigkeit aller Metalle. Der Eiswürfel ist nur so schnell geschmolzen, weil der Temperaturausgleich über die Silberoberfläche viel rascher ablief als mit jedem anderen herkömmlichen Material. Tamara hat rein gar nichts dazu beigetragen. Hier, probier' es selbst."

Sie nahm zögernd eine der beiden vom warmen Messer zerteilten Hälften des Eiswürfels und legte ihn mit spitzen Fingern aufs Tablett, mit dem selben Ergebnis wie beim ersten Versuch. Lachend rügte sie Tamara: „Du bist eine Betrügerin!"

„Wirklich?" Sie nahm den nächsten Würfel und legte ihn auf den herkömmlichen Porzellanteller. Nach einem Moment schon begann der ebenso schnell zu schmelzen wie diejenigen zuvor.

„Gut, du hast dich rehabilitiert." Beeindruckt nickte sie ihrer Freundin zu.

„Ja, im festen Eis schwingen die Moleküle auf ihrem Platz in der Gitterstruktur, sind aber durch die Bindungsenergie der Atome im Festkörper an diesem Platz sozusagen gefangen. Wenn die zugeführte Energie die Bindungsenergie im Festkörper übersteigt, lösen sich die einzelnen Moleküle voneinander und können sich frei innerhalb der nun flüssigen Masse bewegen, wie gerade mit dem Eis geschehen.

Das geht aber auch in anderem Maßstab. Wenn der Flüssigkeit soviel Energie zugeführt wird, dass sich die Atome darin immer schneller bewegen, verlassen sie beim Siedepunkt den flüssigen Zustand und bewegen sich frei im Raum, den sie gleichmäßig ausfüllen.

Da ihr wisst, wie es aussieht, wenn flüssiges Wasser kocht, werde ich gleich zum Wesentlichen kommen. Sublimieren ist der direkte Übergang vom festen in den gasförmigen Zustand. Auch bei Eis kann das vorkommen." Der Eiswürfel, den sie nun auf den Teller gelegt hatte, begann auf eine seltsame Weise von oben nach unten hin zu verschwinden, feine, kaum sichtbare Dampfschwaden erzeugend. Diese verflüchtigten sich aber nicht einfach, sondern sammelten sich und blieben in einer Kugel von einem halbem Meter Durchmesser über dem Tisch schweben.

„Okay, jetzt wird es anspruchsvoller. Wie kannst du das so genau isolieren?" Nick stand auf und umrundete die Erscheinung halb.

„Ich umgebe den Dampf mit einer kugelförmigen Schale, in der die Bewegungsenergie der Luft praktisch null ist. Da dort keine Teilchenbewegung stattfinden kann, ist sie unüberwindbar für den Inhalt und auch perfekt isoliert. Nichts bewegt sich innerhalb dieser Schale." Sie machte keine großartigen Gesten wie irgendwelche Zauberer oder Superhelden, wenn diese ihre besonderen Kräfte einsetzten. Allein durch ihren Willen wurde dieses Phänomen im Gleichgewicht gehalten.

Rebecca untersuchte das Gebilde ebenfalls. „Es kommt mir wirklich kalt vor. Wenn ich es berühren würde, würde mir bestimmt der Finger abfallen, nehme ich an... es sieht fast aus wie ein Hauch von sprödem Glas, das allmählich verschwindet."

„Durch die extrem tiefe Temperatur ist sogar die Spur von Luft in dieser Schale zwischen flüssigem und festem Zustand gefangen. Die Atome sind aber so weit voneinander verteilt, dass kein Körper mit einer messbaren Masse aus der ultratief gekühlten Luft entstehen könnte. Das meiste der Luft darin ist, der normalen Schwerkraft folgend, inzwischen schon aus der Unterseite heraus getropft, könnte man sagen. Da sie aber sofort nach Verlassen der Tieftemperaturzone wieder gasförmig wird, kann man das nicht erkennen. Mittlerweile sollte in der Schale ein fast perfektes Vakuum sein. Das brauche ich jetzt auch für die Fortsetzung der Demonstration."

„Was hast du vor?" Nick schwante nichts Gutes.

Die Kugel begann sich allmählich zusammen zu ziehen. Der Dampf wurde immer dichter und heller. Irgendwann wurde er undurchsichtig und begann Schlieren auszubilden wie eine weiße Glasmurmel. Tamara erklärte dazu: „Die Temperatur und der Druck des Gases erhöhen sich nun ständig. Es ist bereits über dem kritischen Punkt und wird physikalisch als überkritisches Fluid bezeichnet. Ich werde die ganze Sache noch ein wenig beschleunigen. Keine Angst, ich habe es im Griff und durch die Nullpunkt-Vakuumschale ist es perfekt isoliert. Die Schale ist inzwischen größer als der Durchmesser des Inhaltes."

Nick trat einen weiteren Schritt zurück und sah, dass Tamara recht hatte. Während die Vakuumschale im Durchmesser kaum an Größe eingebüßt hatte, war die inzwischen hell gelblich leuchtende Kugel in ihrem Inneren nur noch so groß wie ein

Tennisball und schrumpfte dann zusehends bis auf Erbsengröße. Inzwischen leuchtete sie so grell, dass man sie kaum noch mit bloßem Auge ansehen konnte. Dann schrumpfte sie auf Stecknadelgröße.

Und so blieb sie, nun stabil und hell leuchtend.

Rebecca wollte wissen: „Was ist damit geschehen?“

„Ich habe den Wasserdampf so stark verdichtet und erhitzt, dass sich die Wasserstoff- und Sauerstoffatome darin ionisiert haben. Die Energie ist so hoch, dass die Elektronen aus ihrer Umlaufbahn um die Atomkerne gerissen wurden und jetzt frei in dem verbliebenen, zugegebenermaßen winzigen, Raum herumschwirren. Diesen Zustand nennt man...“

„Plasma!“, rief Nick aufgeregt. „Du hast aus einem Eiswürfel einen Kubikmillimeter des Sonneninneren geschaffen?“

Rebecca blieb der Mund offenstehen, als auch ihr bewusst wurde, was das bedeutete. Ihre beste Freundin hatte wahrhaft eine Gabe. Wie gewaltig diese war, verstand sie erst jetzt. „Du... du bist ein lebendes *Fusionskraftwerk*, Tammy!“

„Ja, zu schade, dass die Stellenausschreibungen dafür recht dünn gesät sind auf dem Arbeitsmarkt.“ Tamara schien diese Tat nicht weiter anzustrengen.

„Dass diese Temperatur und dieser Druck überhaupt beherrschbar sind... wie wirst du das gute Stück wieder los?“ Nick schien etwas ratlos. Wie lange würde eine stecknadelkopfgroße Sonne 'leben', bevor sie ihren Brennstoff verbraucht hatte?

„Ganz einfach, wir verlassen die Schulphysik an dieser Stelle. Ich werde noch mehr Energie hinzufügen und den nächsten Übergang schaffen. Achtung!“ Tamara wirkte nun doch etwas angespannt und eine einzelne Schweißperle bildete sich auf ihrer Stirn.

Die winzige Sonnenkugel schien zu verschwinden.

Nick trat näher heran und erkannte seinen Irrtum sofort. Im Zentrum der unglaublichen Erscheinung schwebte ein fast nicht erkennbarer schwarzer Punkt. Bevor er fragen konnte, bestätigte Tamara seine wilde Vermutung. „Ja, jetzt sind wir auf dem grenznahen Energielevel der Dunklen Materie angekommen. Und wenn ich nur noch ein klein wenig mehr Schwingungsenergie hineinstecke, verabschiedet es sich aus unserem mess- und erfassbaren Realitätsgefüge. Achtung!"

Die Kugel war verschwunden.

Sanft ließ Tamara nun auch die schützende Hülle verschwinden. Sie stand auf und sagte neugierig: „Na, was sagt ihr dazu?"

„Ich bin schwer beeindruckt. Für mich bist du ab heute eine Superheldin." Nick umarmte sie und schüttelte ihr danach begeistert die Hand.

Auch Rebecca nahm sie in die Arme. „Jetzt kommt bestimmt noch der Teil mit der Moralpredigt, was das für eine große Verantwortung nach sich zieht."

„Das hättest du ruhig Nick überlassen können... oder Ben Parker, dem Onkel von Spider-Man." Tamara lachte. „Vergesst nicht, ich mache all das mit viel Bedacht und Vorsicht, weil ich noch am Anfang stehe. Ich bin mir ziemlich sicher, dass ich diese Zeitlupengeschichte mit der Eiswürfelsonne eines Tages ein wenig abkürzen kann. Aus ein paar Kubikmetern feuchter Mainluft lässt sich bestimmt auch im Handumdrehen eines dieser hübschen Dinger fabrizieren. Die Anwendungen im Berufsleben sind nahezu unbegrenzt, was das angeht."

Nick musste lachen. „Ja, nichts schneidet sich so schön und sauber durch *alles* wie eine praktische kleine Plasmakugel mit ein paar Millionen Grad Hitze. Ich könnte nicht einmal raten, wie viel Energie in dem kleinen Ding gesteckt hat, das du eben fabriziert hast. In Zukunft wird es jedenfalls extrem schwer sein, dich irgendwo aus- oder einzusperren."

„Das ist wahr, aber mir mit einer Plasmakugel meinen Weg frei zu brennen, ist so grob und unelegant. Und was das angeht, irrst du dich. Es gibt etwas, das sich noch schöner und sauberer durch einfach alles schneidet als eine Plasmakugel. Jetzt geht es nämlich wirklich ans Eingemachte. Was denkt Ihr, Meister, soll ich es ihnen zeigen?"

„Wenn dir danach ist, mein Kind." Der Schamane machte eine einladende Geste, verschmitzt lächelnd.

„Dazu muss ich schnell mal das Haus verlassen. Bitte seid so gut und beobachtet die Tür genau, bis ich wiederkomme." Sie sah rasch zum Fenster hinaus, als wolle sie sich von etwas Bestimmtem überzeugen. Ohne ein weiteres Wort eilte sie dann zur

Tür und lief rasch den Flur hinab, bis man die Haustür schwer ins Schloss fallen hörte.

Nick und Rebecca sahen sich ahnungslos an. Sie fragte: „Weißt du, was das werden soll?“

„Nicht wirklich. Inwiefern will sie uns etwas zeigen, indem sie aus dem Haus rennt? Wenn ich raten müsste...“

Der Schamane insistierte mit drängender Stimme: „Nicht raten! Ihr vergesst, genau auf die Tür zu achten! Das ist von höchster Wichtigkeit. Sonst verpasst ihr es noch!“

„Ja doch, verzeiht bitte, Meister. Wir fragen uns nur, was das Ganze soll.“ Beide starrten auf die Zimmertür, als hinge ihr Leben davon ab.

„Ta-daaa!“

Beide erschreckten sich zu Tode, als hinter ihnen völlig unerwartet Tamaras Stimme erklang. Rebecca schrie auf und Nick entfuhr unwillkürlich ein höchst ungezogenes englisches F-Wort. Sie fuhren herum und erblickten Tamara hinter ihnen im Raum stehen.

Unter ihren Füßen waren die Bretter des Fußbodens kreisförmig eingeschnitten. Es war ein Kugelsegment von vielleicht dreißig Zentimeter Druchmesser und ein paar Zentimetern Tiefe.

Eine perfekt glatte Oberfläche.

Nick fielen fast die Augen aus dem Kopf. „Wie.. wie hast du... was... arg!“

Er fiel völlig schockiert auf den Hosenboden, als ihm die Beine den Dienst versagten. Rebecca indes schien eher sauer als verblüfft zu sein, wiederum zu seiner maßlosen Verwunderung.

„Ich finde, das geht jetzt zu weit, Tammy. Damit macht man keinen Spaß! Wenn einer von uns zum Fenster gelaufen wäre und du dich in diesem Moment...“

„Deshalb hat der Meister ja aufgepasst. Keine Sorge, ich werde das nicht ständig zum Spaß machen. Die Sprünge in andere Realitatsebenen sind dafür auch zu anstrengend auf Dauer. Ich habe jetzt zwei innerhalb einer Minute gemacht und fühle mich ziemlich ausgelaugt. Und natürlich hast du recht, das sollte man wirklich nur im schlimmsten Notfall tun oder wenn man sich absolut sicher ist, dass niemand im Umfeld zu Schaden kommen kann." Tamara wurde sofort wieder deutlich ernster."

„Du hast meinen Boden beschädigt", stellte der Schamane fest.

„Das tut mir Leid. In der anderen Ebene, in der ich gelandet bin, stand hier kein Haus. Deshalb musste ich hochspringen und in der Luft den Dimensionssprung machen, damit ich auf der Höhe des Zimmers bin, wenn ich wieder hier auftauche. Leider haben mir ein paar Zentimeter gefehlt, so wie es aussieht." Sie überlegte. „In einem Einsatz wäre das eine perfekte Methode, um sich aus einer Gefahrenzone zu verkrümeln. So hoch springen, dass der untere Rand der schwarzen Kugel nicht den Boden berührt..."

„Du bist einfach so in eine andere Ebene gesprungen? In welche denn, um Himmels Willen?" Nick war noch immer fassungslos.

„Na, in die Filiale 88 natürlich, du Dummerle. Glaubst du, ich habe ein interdimensionales Telefonbuch mit Frequenzadressen im Kopf abgespeichert, in dem ich ein bisschen herumblättern und mir eine x-beliebige Filiale aussuchen kann? So funktioniert das nicht. Ich muss einen Bezug zu der betreffenden Filiale haben, das heißt entweder meine Heimat, wie in diesem Fall, oder eine Ebene, in der ich schon zuvor einmal gewesen bin."

„Schon gut, das war mir nicht klar", gestand Nick abwehrend, „aber dennoch ist das schier unglaublich. Du erzeugst einen Dimensionssprung auf natürliche Weise und kannst einfach so in eine andere Realitätsebene wechseln?"

„So konnte ich deine zauberhafte Verlobte bei unserem ersten verkorksten Einsatz in Perth retten. Und wie so oft in der Geschichte der weltbewegenden Entdeckungen war auch das ein Zufall. Als beim Hinterhalt in der Lagerhalle dort Rebeccas Stabi-Gürtel einen Treffer abbekommen hat, ist sie natürlich in die Filiale 88 in unsere Dimension geschleudert worden. Ich habe das mitansehen müssen und habe sie gespürt, wie sie die unerträglichen Schmerzen vom unkontrollierten Sprung zurück erlitten hat. Da bin ich instinktiv zu ihr hin gesprungen und habe sie zurückgeholt an den Einsatzort, nachdem ich ihr meinen intakten Gürtel gegeben habe und ihren defekten zum Schein weiter getragen, bis wir in die Fähre gestiegen sind."

Mit anklagender Miene fügte Rebecca noch hinzu: „Ja, und nur fürs Protokoll: die von dir erzeugten Sprünge sind genauso schmerzhaft wie die durch das Versagen des Stabi-Gürtels herbeigeführten. Vielen Dank dafür nochmal."

„Hätte ich dich dort liegen lassen sollen?" Tamara brummelte: „Undank ist der Welten Lohn."

„He, witzig, dass das alte Sprichwort von *Welten* in der Mehrzahl handelt", fiel Nick auf.

Worauf alle einen Moment lang verblüfft schwiegen.

Rebecca kam wieder zu sich und schüttelte den Kopf: „Wie auch immer, es tut wirklich schweinemäßig weh. Ich hab mir die Seele aus dem Leib gekotzt vor Schmerzen."

„Welch blumiger Ausdruck, aber spirituell nicht möglich. Dafür ist deine Seele zu gut verankert in deinem Körper, um von so etwas wie einem Reflex oder Schmerzen losgelöst zu werden. Ohne eine bewusste, kontrollierte Absicht von dir wirst du nicht auf Wanderung gehen können. Dazu bedarf es Entspannung und einer ruhigen, sicheren Umgebung." Der Schamane schüttelte missbilligend den Kopf.

Rebecca stockte der Atem. „Auf Wanderung gehen? Wie... wie meint Ihr das?"

Tamara erklärte, als sei es das Normalste auf der Welt: „Geistreisen. Oder auch super stealthy Drohnenflug, wie ich es nenne."

„Das kannst du dir gleich mal wieder abgewöhnen. *Damit* treibt man keine Scherze. Das ist also wirklich möglich?" Rebecca schien an diesem Thema ein ungewöhnliches Interesse zu haben.

„Ja, dazu muss man keine sehr große spirituelle Begabung haben. Es reicht für gewöhnlich, sich der Möglichkeit bewusst zu sein, dass man einen kleinen Teil der Seele, des Bewusstseins, vom Körper lösen und auf Reisen schicken kann, an andere Orte, oft auch in andere Realitätsebenen. Die meiste Zeit über geschieht das unbewusst, während wir schlafen. Viele Träume rühren von Geistreisen her, wenn ich alles richtig verstanden habe. Deshalb erscheint dem Wanderer auch alles im Traum so seltsam und verzerrt, weil man sich oft in einer Parallelebene besucht, in der vieles anders ist als in der gewohnten Umgebung. Man sieht dann praktisch sich selbst über die Schulter, was seinem anderen Ich dort widerfährt."

„Außer man lebt selbst nicht mehr in den meisten anderen Realitätsebenen." Rebecca ließ sich mit entgeistertem, fassungslosem Blick auf ein Sitzkissen nieder. „Wie es in unserem Fall ist. Was würde dann geschehen?"

Rebecca schien kurz vor einer lebensverändernden Erleuchtung, einem Moment der Klarheit. Offenbar fehlten ihr nur noch wenige Puzzlestücke dazu. Doch auch Nick kam ein ungeheurer Verdacht, den er ebenfalls noch nicht konkret greifen oder besser, begreifen konnte. Da lauerte etwas in seinem Unterbewusstsein...

Der Schamane nickte, als auch Tamara seltsam still wurde und in sich gekehrt schien. Er übernahm die Erklärungen, offenbar ahnend, welche Richtung dieses Gespräch nahm. „In diesem Fall würdet ihr in eurer eigenen Welt oft auf die Suche gehen. Auf irgendeinen Punkt, einen Anker des Schicksals, von dem ihr euch auf euren Wanderungen immer wieder angezogen fühlen würdet. Ein spiritueller Magnet sozusagen. Ihr würdet euch in seiner Nähe sicher und geborgen fühlen in euren Träumen, in eurem Unterbewusstsein."

„Ich hatte in jüngeren Jahren imaginäre Freundinnen, mit denen ich alles teilen konnte, Freud wie Leid sozusagen. Wir hatten sogar alberne Spitznamen füreinander. Ich hielt das alles immer für eine Ausgeburt meiner kindlichen Phantasie..." Nick sah auf und seine Augen begegneten denen von Rebecca. Er versank tief in ihnen und in alten Kindheitserinnerungen. Sein Mund wurde staubtrocken, sodass er es kaum über sich brachte, den einen, lächerlichen Namen aus seinem Unterbewusstsein auszusprechen: „Bi-Ba-Beckilein?"

„Domi-nicki-Dominostein! Das war damals *real*! Es war keine alberne Kindheitsfantasie, sondern unsere geistige Verbindung im Unterbewusstsein!" Ihre Augen wurden feucht und sie fielen sich tief bewegt in die Arme, als wären sie alte Brieffreunde, die sich jetzt gerade zum ersten Mal seit vielen Jahren begegneten.

Tamaras Gesichtszüge entgleisten komplett und sie stolperte rückwärts, bis sie an die Wand stieß. Rebecca und Nick lachten und weinten inzwischen gleichzeitig vor Glück und Tragik über diesen Moment der unglaublichen Offenbarung. Rebecca sagte nun schluchzend: „Das kann doch nicht sein! Du warst mein unsichtbarer

Freund, der mir immer nachts im Traum Trost und Hoffnung gespendet hat. Ich hatte das völlig verdrängt und vergessen! Du warst diese ganzen Jahre über an meiner Seite und ich habe das nie erkannt."

„Ich doch auch nicht; ich hatte das völlig verdrängt und vergessen! Oh mein Gott, was hätte ich ohne dich nur getan in meiner Kindheit? Ich bin auf der stillgelegten Eisenbahnbrücke über der Schlucht gestanden, als ich elf war. Ohne deinen Besuch in der Nacht zuvor wäre ich gesprungen!" Sie hatte ihn noch nie so emotional wie jetzt erlebt, dass er wortwörtlich Rotz und Wasser heulte.

Tamara stand auf einmal neben ihnen. Mit unsicherer, fast schüchterner Stimme fragte sie: „Sagt euch der Name Tamara-Tomate oder so ähnlich etwas?"

Beide sahen auf und ihre Münder klappten unisono auf. Nick wiederholte seinen Ausruf: „Oh mein Gott, natürlich! Tammy, du... auch du?"

Sie ging in die Knie und fiel beiden um den Hals, laut und hemmungslos weinend, als ihre Gefühle sie jetzt ebenfalls übermannten. Nick sah ihren Körper beben, als sie ihren rotbraunen Haarschopf in Rebeccas Halskuhle vergrub. „Oh Gooott, ich bin so froh, dass ihr darauf gekommen seid! Ihr seid es wirklich!"

„Tamara-Tomate? Was zum Teufel ist hier los? Du warst mein bester Ratgeber im Unterbewusstsein! Wir alle drei waren über unsere Traumwanderungen im Geiste miteinander verbunden?" Nick sah auf und suchte mittels Blicken Rat beim Schamanen, der sich selbst ein paar Tränen der Rührung wegwischen musste angesichts des völlig aus der Bahn geworfenen und heulenden Dreier-Nervenbündels.

„Es ist so schön, wenn sich Seelenverwandte erkennen und wiederfinden. Bei euch hat das Schicksal wohl nichts dem Zufall überlassen. Ihr könnt euch noch vage an eure Träume aus euren Kindertagen erinnern, wenn ich euch recht verstehe?"

Rebecca schniefte kurz und antwortet dann: „Ja, natürlich, inklusive der super-kindischen und peinlichen Spitznamen. Alles macht auf einmal Sinn, jetzt da ich das alles weiß. Meine zwei besten Freunde im Geist, von denen ich immer geträumt habe. Ich habe sie besucht und sie mich. Aber Nick war irgendwie öfter bei mir als du, kann das sein, Tammy?"

„Ja, ich glaube auch. Ich kann mich zwar an euch beide erinnern, aber ich war nicht so wahnsinnig oft bei euch im Geiste. Dennoch war einer von euch immer für mich da, wenn ich mal weinend im Bett gelegen bin und mich in den Schlaf geheult habe wegen irgend etwas." Tamara war ebenso sichtlich erschüttert über diese Entdeckung wie sie beide.

„Unsere tiefgreifende Verbindung reicht also zurück bis zum Beginn unserer Leben. Aber dich habe ich ständig auf der Pelle gehabt, Nick. Egal ob in guten oder schlechten Zeiten, wir hatten immer alles miteinander geteilt. So habe ich das in Erinnerung. Aber mir will kein konkretes Bild zu deiner Erscheinung einfallen. Ist das normal?"

Der Schamane sagte dazu: „Ja, denn es kommt nicht auf das Äußere an bei diesen Reisen. Der Geist hat seine eigene Form und er erscheint nicht den Augen, sondern anderen Sinnen. Und die Gedanken sind frei, was das angeht. Ihr habt euch dennoch erkannt, das ist das wirklich Wichtige im Leben der Wanderer.

Bei den meisten anderen Menschen werden diese Erfahrungen von den vielen anderen Träumen überlagert, die sie von sich selbst in den anderen Paralleldimensionen haben. Bei euch ist das anders, weil ihr fast keine Pendants in anderen Filialen mehr habt und deshalb seid ihr auch immer eine Spur anders gewesen. Ihr habt nie so gut in die gesellschaftlichen Gerüste hinein gepasst wie viele andere Menschen in eurem Umfeld. Ihr habt euch nie so ganz zugehörig gefühlt, egal wo ihr wart und was ihr getan habt. Ist das so gewesen?"

„Als hättet Ihr unsere Gedanken gelesen." Nick bestätigte ihm das alles, was er über sie vermutet hatte. „Und daher sind wir über die Geistreisen im Traum automatisch zu den jeweils Anderen gelangt, wenn wir Trost und Beistand gesucht haben?"

„So ist es. Ich werde euch nun noch zeigen, wie ihr miteinander bewusst in Verbindung treten könnt, wenn ihr danach verlangt. Tamara ist bereits auf ihre ersten Reisen gegangen in den letzten Tagen, doch nun könnt ihr auch stets untereinander für euch da sein mit Rat und Trost, wenn es sein muss."

„Das ist vielleicht das größte Geschenk, dass mir jemals in meinem Leben gemacht wurde." Rebecca beugte sich zu Nick und gab ihm einen Kuss auf die Wange. „Ich wusste, wir gehören zusammen. Jetzt weiß ich auch wieso und bin restlos überzeugt davon."

Er sah ihr nochmal tief in die Augen und antwortete: „Ja, wir gehören zusammen. Das ist nicht mehr zu ändern und war es auch nie. Niemand wird sich jemals zwischen uns stellen können."

Tamara sah sie nun mit gemischten Gefühlen an. „Schön und gut, aber wie passe ich jetzt in dieses Bild?"

„Du bist doch immer noch die Dritte im Bunde, Tammy. Wir werden zwar nicht nach Utah ziehen und alle drei heiraten, doch im Geiste sind wir alle für den Rest unseres Lebens verbunden. So etwas wie heiraten ist nur noch eine weitere Ebene der Verbundenheit. Und du hast ja daheim auch noch einen Modellathleten, der dich vergöttert und dich braucht. Wie steht es mit der Verbindung zu ihm?" Gespannt sah Rebecca sie an.

Tamara druckste ein wenig herum und meinte dann: „Ich glaube, ich war im Traum in den letzten drei Nächten bei ihm, wenn ich ehrlich sein soll. Er vermisst mich und sehnt sich nach mir. Sven wird das natürlich für Träume halten, so wie ich bis heute auch. Es war eine schöne Erfahrung. Aber ob ich das auf bewusster Ebene machen will... ich weiß nicht so recht."

„Wenn du dein Herz und deine Seele zu diesem Mann schickst, wenn du schläfst, dann will das etwas heißen, Tamara. Denn das ist etwas, was du dir nicht aussuchen kannst. Das geschieht unwillkürlich, ohne dein bewusstes Zutun. Deshalb sei unbesorgt, dein Auserwählter ist ein guter Mensch, der eine starke Verbindung zu dir hat. Wenn auch er es schafft, in deinen Träumen zu dir zu kommen, ist alles in Ordnung mit euch Beiden." Der Schamane legte ihr eine Hand auf die Schulter und half ihr auf.

Dann sah er zu Nick und Rebecca herüber. „Und nun zu euch beiden. Ihr sollt noch die Lektion erhalten, wie ihr euren Geist befreien und euch nicht nur in euren Träumen besuchen könnt, auch wenn viele Länder, ganze Welten und auch Dimensionen zwischen euch liegen. Ich bin mir sicher, es wird eine kurze Lektion werden. Den größten Schritt habt ihr eben selbst getan."

Nick und Rebecca sahen sich an und lächelten glücklich.

„Ich bin noch neugierig wegen den seltsam klingenden Namen, die ihr euch früher gegeben habt. Bisher dachte ich, dass man in eurer Kultur lange Namen sinngemäß oder verniedlichend abkürzt, nicht länger macht. Die Absicht dahinter sollte doch sein, dass das entweder praktischer im täglichen Umgang miteinander ist oder eine Geste der Zuneigung. Vielleicht ist auch mein Esperanto nicht gut genug für diese Feinheiten. Könnt ihr mich aufklären?“ Der Schamane sah die Drei fragend an.

Tamara seufzte und begann: „Diese Namen haben wir uns wohl gegeben, als wir noch kleine Kinder waren und zudem fand das nur im Geiste, im Unterbewussten statt. Es kann sogar sein, dass unser Kontakt mit dem Fortschreiten unserer Jugend abgeebbt ist, weil wir den albernen, kindlichen Aspekt in einer Phase verleugnet haben, als wir kurz vor dem Erreichen des Erwachsenseins waren. In diesem Lebensabschnitt lehnt man vieles als unreif und albern ab, was für einen als jüngerer Mensch in Ordnung war.“

Rebecca fügte hinzu: „Und Kinder können grausam sein. Sie suchen sich oft gezielt Aspekte einer anderen Person, die diese an eine Unzulänglichkeit oder eine Besonderheit abseits der gesellschaftlichen Normen erinnert, wenn man sie so tituliert. Die Kreativität hält sich dabei entsprechend der Entwicklung des Kindes eben mehr oder weniger in Grenzen.“

Nick murmelte: „Wie meine Bezeichnung zum Beispiel beweist. Dominostein, pfft!“

Rebecca gab leicht pikiert zurück: „Glaubst du vielleicht, deine Umwandlung des Bi-Ba-Butzemanns hat mich damals begeistert? Wie alt warst du wohl, als du mir diesen *tollen* Namen verpasst hast? Vier?“

Nun musste Nick wieder schmunzeln: „Ja, das dürfte so ungefähr hinkommen. Zu meiner Verteidigung, ich habe damals eine schwere Zeit durchgemacht.“

„Ja, die Milchzähne waren für uns alle eine richtige Plage in dem Alter“, hieb Tamara grinsend in die Bresche. „Davon abgesehen bin ich diesmal ausnahmsweise unschuldig an diesen Stilblüten, da ich ziemlich sicher erst dazustieß in den Club der kleinen Denker, als ihr eure Kosenamen bereits fest etabliert hattet.“

Rebecca sah Nick an: „Ich glaube, das stimmt. Du hast mich seit meiner frühesten

Kindheit begleitet. Tammy kam wohl erst später dazu; sie ist ja auch jünger als wir."

Er nahm sie bei der Hand und erwiderte ihren Blick lächelnd. „Ein Wunder, dass wir alle uns dann auch noch begegnet sind. Schließlich hätten wir auch auf Feuerland, am Nordkap und in Neuseeland aufwachsen können. Statt dessen sind wir alle im weltweiten Maßstab gesehen praktisch aufeinander gehockt."

„Das ist wohl eher Schicksal als Zufall. Falls ihr noch immer nicht an eine Form der Vorsehung glaubt, dies ist ein weiteres Indiz dafür." Der Meister zögerte noch kurz und wandte sich dann an Tamara. „Und wie bist du zu deinem 'besonderen' Namen gekommen?"

Tamara druckste ein wenig herum. „Ich weiß auch nicht so recht... wahrscheinlich weil ich als kleines Kind noch einen intensiveren Rotton in meinen Haaren hatte. Nicht so irisch-orangerot wie Teresa, aber doch deutlich erkennbar. Erst mit zunehmendem Alter hat sich dieser rotbraune Farbton entwickelt, den ich jetzt habe."

„Tamara-Tomate. Grausam *und* genial. Das kommt sicher von Beckie." Sofort nach diesem Kommentar hatte sich Nick einen Klaps auf den Hinterkopf eingefangen.

„He, das lasse ich mir nicht anhängen! Das kann genauso gut auf *deinem* Mist gewachsen sein. Wie willst du das jetzt noch jemandem zuordnen?" Rebecca war richtig empört wegen seiner Unterstellung.

„Weißt du eigentlich, dass du immer wieder mal in der Küche beim Einräumen der Spülmaschine oder Kochen die Melodie vom Bi-Ba-Butzemann vor dich hinsummst? Ich fand das immer schon süß, deshalb habe ich das nie erwähnt, obwohl es doch sehr albern für eine erwachsene Frau ist, die keine Kindergärtnerin ist." Nick konnte sich ein Grinsen nicht verkneifen.

„Ach ja? Und wer kauft denn zur Weihnachtszeit wie ein Bekloppter diese Dominosteine? Dieses Naschzeug ist von Anfang September, wenn sie beginnen, sie in den Läden zu verkaufen, bis nach Neujahr ständig in einem Körbchen auf der Anrichte vorhanden und scheint seltsamerweise nie auszugehen", konterte Rebecca.

Tamara, die neben dem Uiguren stand, raunte diesem zu: „Das ist faszinierend. Es erklärt so vieles."

Er warf ihr einen Seitenblick zu und schüttelte nur konsterniert den Kopf. „Seht ihr drei jetzt, dass ihr auf einem gemeinsamen Weg seid?"

Rebecca wurde wieder ernster, als sie zugab: „Ja, Meister, ich für meinen Teil bin inzwischen restlos überzeugt. Nick, überleg doch mal, wie wir uns zum ersten Mal begegnet sind und uns sofort sympathisch waren, von Anfang an."

Tamara warf ein: „Aber wenn ich mich recht erinnere, sind nicht sofort die Funken geflogen in dem sprichwörtlichen Sinn."

Nick sah Rebecca tief in die Augen. „Das war doch auch gar nicht nötig. Wir waren uns gleich auf einer unbewussten Ebene so vertraut, als wären wir alte Freunde, die sich schon ewig gekannt haben. Wir konnten gar nicht anders, als zusammen zu finden."

Als er ihre Hand in seine nahm und sie an seine Lippen führte, um sie sanft zu küssen, verdrehte Tamara die Augen. „Schön und gut, aber mal Schmalz beiseite. Erneute Frage: wie passe ich dann ins Bild?"

Rebecca drehte sich um und legte lächelnd eine Hand auf Tamaras Schulter. „Als du damals zur Tür herein gekommen bist, hast du uns sofort fasziniert und verzaubert. Ich habe dich angesehen und gedacht: da steht meine beste Freundin."

Tamara umarmte sie spontan und sagte gelöst: „Das stimmt, wir waren sofort ein Herz und eine Seele. Und das wird sich auch nie ändern."

Nick fügte noch hinzu: „Das stimmt. Auch ich habe bei deinem ersten Anblick schon gedacht: wow, diese Frau hat etwas an sich, sie ist etwas Besonderes. Wie Recht ich damit hatte, konnte ich damals ja noch nicht wissen. Aber auch wir beide haben uns sehr schnell gut verstanden, als ob es das Selbstverständlichste auf der Welt wäre."

Der Meister sagte zufrieden: „Es freut mich, dass wir diese wichtigen Dinge klären konnten. Für mich war euer Besuch ein wichtiges Ereignis, aber mehr noch für euch. Ihr habe essentielle Dinge über euch erfahren und euch nochmals aufs Neue gefunden. Mehr habe ich mir gar nicht erwartet."

< 13 >

Wie angekündigt war es mitten in der Nacht, als sie nach ihrer langen Reise kurz vor Sonnenaufgang im Grandhotel Lienz ankamen und in ihre Suite schlichen, ohne vom Nachtportier gesehen zu werden. Sie schafften es sogar, auch Lin ohne entsprechende Erfahrung mit ihnen hinein zu schleusen.

Tammy öffnete die Tür zur Suite im Handumdrehen und sie schlüpften so leise wie möglich hinein. Außer dem schwachen Flurlicht ließen sie die Beleuchtung ausgeschaltet und stellten erst einmal ihre Taschen ab.

„Sind die drei überhaupt da?", fragte Tammy sich. „Man hört ja rein gar nichts."

„Die werden gerade im Tiefschlaf sein", mutmaßte Nick. „Als Agenten wären sie jedenfalls unbrauchbar. Wenn man sich so problemlos bei ihnen einschleichen kann..."

Rebecca hatte inzwischen einen Blick ins Kinderzimmer geworfen, das tatsächlich leer war. „Hm, vielleicht sind sie tatsächlich ausgeflogen. Aber eigentlich sollten sie doch nicht die ganze Nacht um die Häuser ziehen. Wie genau waren unsere Instruktionen diesbezüglich eigentlich?"

„Nicht deutlich genug, fürchte ich." Nick zog seine Schuhe aus und hielt dann inne, als er Tammy in das Hauptschlafzimmer hinein spähen sah.

„Leute, das *müsst* ihr gesehen haben." Sie grinste von einem Ohr zum anderen und stieß die Tür ein wenig weiter auf, so dass alle die Szene im Raum dahinter betrachten konnten.

Im breiten Doppelbett lagen ihre drei Doppelgänger allesamt dicht an dicht zusammengekuschelt und schliefen tief und friedlich. Siggi lag in Seitenlage und Dominik kuschelte sich von hinten an sie wie die sprichwörtlichen zwei Löffelchen. Tamara hatte einen Arm quer über die Beiden gelegt, von ihr ragte allerdings ansonsten nur der rötliche Haarschopf unter der Bettdecke hervor.

„Ein Bild für die Götter. Wie eine außerkörperliche Erfahrung, wenn man sich selbst beim Schlafen zusieht." Nick kratzte sich am Kopf, konnte sich aber das Grinsen nicht verkneifen.

Tammy meinte mit Bedauern in der Stimme und der Hand am Lichtschalter: „Ich hasse es fast, dies hier tun zu müssen..."

Die Deckenbeleuchtung erstrahlte grell und durchdringend und weckte das Kuscheltrio fast augenblicklich. Alle drei stöhnten, protestierten träge und im Halbschlaf und zogen sich die Decke über den Kopf oder hielten sich eine Hand vor die Augen.

„Was ist denn los?" Dominik fand als erster die Sprache wieder.

Lin meinte eine Spur zu streng für Nicks Geschmack: „Wir sind *zurü-hück*, das ist los."

Tamara sah nun mit halb geschlossenen Augen durch ihre verstrubbelte Haarmähne. „Wie viel Uhr ist es denn?"

„Es ist mitten in der Nacht. Tut uns Leid, in eure Privatsphäre einzudringen. Wir werden leider den Austausch recht bald vornehmen müssen, bevor es Morgen ist."

Tammy sah ihr Ebenbild mit einer guten Portion Mitgefühl an. „Hattet ihr wenigsten euren Spaß?"

Siggi nuschelte noch recht verschlafen: „Machst du Witze? Die Beiden da lass ich nie wieder gehen. Das war die verrückteste und schönste Woche meines Lebens."

„Und schon haben wir ein Problem." Rebecca stöhnte auf. „Na ja, wie groß war die Chance, dass die drei sich *nicht* verstehen würden?"

Dominik lag nun genießerisch auf dem Rücken zwischen den beiden Frauen und hatte beide Arme unter der Decke. Man brauchte nicht viel Fantasie, um sich zu denken, was er momentan machte. „Können wir vielleicht irgendwo Asyl beantragen? Auf einer eurer Parallelwelten, wo wir gemeinsam weiterleben können?"

Lin sah sie nun mit gerunzelter Stirn an. „Das ist nicht euer Ernst, oder? Ich meine, ihr könnt doch nicht ernsthaft euer bisheriges Leben einfach so komplett aufgeben wollen, weil ihr nicht mehr voneinander lassen könnt? Ihr kennt euch noch nicht einmal eine *Woche!*"

Siggi meinte verträumt: „Das wäre einfach zu schön, um wahr zu sein. Meint ihr nicht, man könnte da etwas arrangieren?"

Rebecca sah Nick entsetzt an: „Mein Gott, die meinen das tatsächlich ernst! Was haben wir *getan*?"

„Ein gutes Werk", merkte Tamara an und kam umständlich aus dem Bett gekrochen. Worauf ersichtlich wurde, dass nicht nur sie, sondern alle drei nackt waren.

Tammy schüttelte missbilligend den Kopf. „Das ist einfach zu absurd, um ernst gemeint zu sein. Wie stellt ihr euch das vor? Schlagt euch den Unsinn besser gleich wieder aus dem Kopf!"

Dominik wurde nun ernster. „Und wieso? Haben wir uns nicht um euch verdient gemacht? Und was genau spricht denn schon dagegen? Wenn wir in einer ruhigen Gegend irgendwo zusammen ein neues Leben beginnen? Auf mich wartet niemand, meine Eltern leben getrennt, mein Vater ist nach Kanada ausgewandert und meine Mutter unauffindbar verzogen. Die Kreuzfahrtlinie, bei der ich arbeite, hat allein auf dem Schiff, mit dem ich fahre, fast *zweitausend* Angestellte. Die haben schneller einen Ersatz für mich als ich 'Paralleldimension' sagen kann."

„Macht euch doch nicht lächerlich! Was glaubt ihr, was mit euch passiert, wenn TransDime durch Zufall erfährt, dass ihr drei zusammenlebt, noch dazu in der gleichen Filiale? Ihr müsstet alle unter plausiblen Umständen erst einmal aus eurer gewohnten Umgebung verschwinden. Ein langsamer und unauffälliger Rückzug, in geordneten Bahnen und so, dass es wirklich keiner Menschenseele auffallen würde. Das ist es, was wir mit euch machen müssten. Habt ihr soviel Geduld?" Tammy versuchte sie mit logischen Argumenten zur Vernunft zu bringen.

Siggi sah die zwei anderen Doppelgänger an. „Wenn es nach mir ginge, ich könnte warten, bis sich das arrangieren ließe."

Tamara meinte: „Ich auch. Meine Eltern würden das verstehen; sie sagen immer, sie unterstützen mich bei allem, was ich tue. Ich glaube ihnen das."

Tammy wollte von ihr wissen, nun neugierig geworden: „Machst du auch so gerne Gebirgswanderungen wie ich?"

Die Gefragte nickte, worauf die Antwort kam: „Dann hätten wir hier schon mal Kandidat eins: Gletscherspalte, im Kletterurlaub in einem fremden Land. Würde nie wieder gefunden. Fall erledigt. Bei Bedarf können deine Eltern eingeweiht werden, falls das möglich ist."

Nick meinte grinsend zu seinem Pendant: „Bei dir könnte man es so aussehen lassen, als ob du auf deinem Kreuzfahrtschiff von einem Landgang in einem exotischen, aber gefährlichen Hafen nicht mehr zurückgekehrt bist. Oder dass du besoffen über Bord gegangen bist. Wie klingt das für dich?"

„Da würde ich mich doch spontan für Variante Eins entscheiden. Das ist in den letzten paar Jahren auf meinem Schiff tatsächlich schon ein paarmal passiert. Leider mit Crew und auch Gästen, was jedes Mal ein Riesenwirbel an Bord war. Mein Abgang würde ziemlich Wellen schlagen, aber wenn ich schlicht und einfach nicht mehr auftauche, was wollen sie dann schon machen? Bei uns herrscht die strikte Regel, dass das Schiff auf niemanden wartet. Wenn jemand zum Zeitpunkt der Abfahrt nicht zurück an Bord ist, wird ohne ihn abgelegt, ohne Wenn und Aber. In neunundneunzig Prozent der Fälle tauchen die Nachzügler stets auf, aber manchmal eben auch nicht mehr. Bis in die Nachrichten schafft so ein Vorfall es praktisch nie, denn einerseits hält die Kreuzfahrt-Gesellschaft stets den Deckel auf solche Vorfälle und zum anderen passiert das wie gesagt immer wieder."

Siggi meinte, als sie aufstand und nach ihrem Nachthemd griff: „Ich habe schon seit Jahren davon geredet, einmal eine lange Weltreise zu machen. Meine Chefkellnerin könnte das Café problemlos weiterführen für mich; es ist nicht sehr groß, läuft aber gut. Alle rechnen eigentlich schon lange damit, dass ich meine Koffer bald packe und aufbreche. Das wäre doch das perfekte Alibi, oder? Ich könnte sogar anfangs noch fingierte Postkarten schicken."

„Und eines Tages gibt es einfach kein Lebenszeichen mehr von dir. Hm, klingt tragisch, aber ist ebenfalls eine wasserdichte Sache in meinen Augen." Rebecca beobachtete mit gemischten Gefühlen, wie ihr Ebenbild ohne jede Spur von Scham ihr Nachthemd überzog und sich dann wieder auf die Bettkante setzte.

„Euer großer Vorteil bei der Sache wäre, dass ihr jederzeit wieder auf uns zurückgreifen könntet bei Bedarf. Die Tatsache, dass wir in unseren Heimatwelten alle für tot gehalten würden, würde den Verdacht des Austausches sogar noch unwahrscheinlicher werden lassen." Tamara sah sie nach Zustimmung heischend an.

Nun wurde sogar Lin nachdenklich. „Hm, da hast du sogar recht. Das ist das erste Vernünftige, was ich zu dem Thema zu hören kriege."

„Aha, sobald ein Vorteil für euch dabei 'rausspringt, fängst du an, darüber nachzudenken! Wie selbstlos und edel von dir!" Anklagend wies Dominiks Zeigefinger auf sie.

Rebecca griff schlichtend ein. „Immer mit der Ruhe. Zuerst einmal müssen wir diesen Rücktausch heute vollenden, bevor wir irgend etwas Anderes planen können. Und wenn dem Widerstand eure Idee gefällt, ist nicht ausgeschlossen, dass er in irgendeiner Form eurer Bitte nachkommt. Sei mir nicht böse, Lin, aber du hast das sowieso nicht zu entscheiden, sehe ich das richtig?"

„Durchaus, ich bin nur ein kleines Rädchen in der Maschine. Aber jetzt sollten wir euch erst einmal befragen, wie eure Woche verlaufen ist, ob wir etwas Spezielles wissen sollten, was Klaas angeht und wie unsere 'Feriengäste' glaubhaft die Rückreise antreten können."

Tamara ließ verlauten: „Es war einfach traumhaft. Der arme Klaas hat kaum etwas von uns zu sehen bekommen. Wir haben unseren Aufenthalt hier sichtlich ausgekostet und er hat es sich so gut gehen lassen wie möglich, ohne ein schlechtes Gewissen gegenüber TransDime zu bekommen, dass er seine Steward-Pflichten nicht erfüllt haben könnte..

Wir haben ihn eigentlich außer zu den Mahlzeiten kaum gesehen, weil wir gar nicht mehr voneinander lassen konnten, sobald wir uns etwas besser kennen gelernt hatten. Und wir haben ihm bei jeder sich bietenden Gelegenheit zu verstehen gegeben, wie wohl wir uns fühlen und was für ein toller und vielversprechender Steward er ist, weil er uns unseren Freiraum lässt und die nötige Diskretion an den Tag legt. Wir haben ihn unter dieser Prämisse in den höchsten Tönen gelobt und er hat uns daher weitgehend in Ruhe gelassen.

Das war eigentlich bereits das Wesentliche in Kurzversion. Er hat kaum etwas über uns erfahren und war auch besonnen genug, uns keine Löcher in den Bauch zu fragen während des Essens. Wir haben ihm dafür in Aussicht gestellt, ihm nur die besten Bewertungsnoten zu geben. Denkt daran, dass ihr ihn über den Klee lobt, was Contenance und Einfühlungsvermögen für seine Kunden angeht."

Rebecca nickte: „Elegant gelöst, würde ich sagen. Und Hut ab, ihr habt wirklich nichts anbrennen lassen."

„Wir hatten ja auch ein paar Jahre Aufholbedarf im Vergleich zu euch. Wie schade, dass wir drei uns nicht früher kennenlernen durften." Dominik legte seine Hände von hinten auf Siggis Schultern, worauf diese den Eindruck machte, als würde sie gleich wie eine Katze zu schnurren beginnen. Rebecca verdrehte die Augen in gespielter Verzweiflung.

Nick gab, für alle überraschend, zu: „Wisst ihr, ich habe mir schon oft insgeheim gewünscht, ich könnte in der Zeit zurückreisen und Rebecca schon im Teenager-Alter kennenlernen. Wenn ich einen Wunsch freihätte, dann wäre es das, glaube ich."

Rebecca entgegnete trocken: „Wenn du damals ein verpickelter, alberner Idiot wie alle Jungen in dem Alter warst, hätte dein Wunsch aber gewaltig nach hinten losgehen können."

Tammy brach in lautes Gelächter aus: „Ja, an dieser unromantischen Trauerweide hättest du dir die Zähne ausgebissen, Nick. Fahre lieber gedanklich ins schöne Basel und beglücke die süße, lebenslustige Tamara in einer zehn Jahre jüngeren Version."

Nick schien zu überlegen, dann hielt er Tamara die Hand hin: „Hm... Deal!"

„Heeeee, du Strolch!" Empört boxte Rebecca zur allgemeinen Belustigung ihren Verlobten auf den Oberarm. „Und ihr drei Früchtchen, kommt mal allmählich in die Gänge. Das Luxus-Lotterleben hat fürs erste ein Ende für euch."

Die Verabschiedung ihrer Alter Egos verlief herzlich und ließ bei ihnen ein Gefühl des Unwirklichen zurück. Konnte das wirklich sein, dass diese drei Ebenbilder von ihnen, die nicht einmal aus den gleichen Realitätsebenen stammten, auch charakterlich so viel mit ihnen gemein hatten, dass sie spontan nach nur wenigen gemeinsam verbrachten Tagen ernsthafte Absichten an den Tag legten, ihre Zukunft gemeinsam verbringen zu wollen?

Das war einfach zu kitschig und an peinlicher Trivialität kaum zu überbieten.

Rebecca sagte in einem schwachen Moment, das hätte sich nicht mal Konsalik zu seinen besten Zeiten ausdenken können.

Und erntete damit Zustimmung von ihnen.

Doch manchmal schrieb das Leben die fantastischsten Geschichten überhaupt, wie dieses Szenario wieder einmal bewiesen hatte.

Ihre Rückreise nach Hamburg verlief unspektakulär, sodass sie ohne weitere Vorkommnisse in der TransDime Zentrale die Fähre zurück zur Filiale 104 besteigen konnten. Das Wissen darüber, welche verschlungenen Pfade ihre Alter Egos antreten mussten, um unentdeckt zurück in ihre Filialen zu kommen, blieb ihnen verschlossen. Logischerweise würde eine der offiziell verlorenen Dimensionsfähren dabei eine Rolle spielen müssen, die sich der Widerstand klammheimlich unter den Nagel gerissen hatte. Es gab ja auch kaum eine andere Methode, abseits der von TransDime betriebenen Fähren in eine andere Realitätsebene zu wechseln.

Sie nutzten die Zeit, um im komfortablen Langstreckenbereich, der auf dieser Einerlinie typischerweise nur schwach belegt war, leise über das Erlebte zu reüssieren. Ferner lasen sie ihre Fimen-emails, was sie dank des Kommunikations-Drohnennetzwerks problemlos tun konnten. Sie hatten praktischerweise schon auf der Reise zurück die Gelegenheit, ein wenig 'Büroarbeit' erledigen, was ihnen nach ihrer Ferienwoche Zeit am Arbeitsplatz ersparen würde.

„Der Schreibkram hat zugenommen im Lauf der letzten Jahre, findet ihr nicht auch?"

„Zeig' mir einen Arbeitsplatz, bei dem das nicht so ist", entgegnete Rebecca auf Nicks Bemerkung hin leicht genervt.

Tamara meinte etwas frustriert: „Jetzt sind wir doch bereits in Funktionsstufe zwei und können trotzdem nur auf die Medienkanäle von einer Handvoll Filialen zugreifen. Die Geschichte und politische Großlage kann man von etlichen der Filialen ansehen, aber wenn man wissen will, was aktuell auf einer bestimmten Filiale los ist... Fehlanzeige. Nur auf denen, auf denen du bereits warst, wirst du freigeschaltet."

„Kannst du mit deinen neuen Superkräften denn keine Codes knacken oder so?", erkundigte sich Nick halb im Scherz.

„Ich nehme die elektromagnetischen Wellen wahr, nicht jede einzelne Eins und Null. Was glaubst du, wer ich bin, so eine Art weiblicher Neo?"

Rebecca meinte seufzend: „Und schon wieder sind wir bei der *Matrix* gelandet. Allmählich beunruhigt mich das, wie oft wir diesen Film im Vergleich mit unserer eigenen Situation bemühen."

„Suchst du denn etwas Bestimmtes?", fragte Nick jetzt nach.

„Ich wollte nur ein wenig schmökern. Habt ihr gewusst, dass es außer mir und Tamara Numero Zwei keine weiteren von unserer Sorte mehr gibt? Ich bin tatsächlich nur für eine einzige Filiale gesperrt, das ist ihre Heimat, die Filiale 154."

„Nein, das hast du uns vorher nie erzählt. Sowohl Nick als auch ich haben eine Sperre für jeweils drei Filialen. Was das bedeutet, kannst du dir ja denken. Aber an deiner Stelle würde ich nicht versuchen, etwas über ihre Heimatfiliale erfahren zu wollen. Genau das könnte TransDime auf den Plan rufen und sie aufhorchen lassen. Mich würde es nicht wundern, wenn sie einen Administrator alleine damit beschäftigen, den Internetverlauf von uns Stewards und Agenten lückenlos zu überwachen." Rebecca wollte offenbar ganz sicher gehen, dass sie keinen dummen Fehler begingen, der sie auffliegen ließ.

„Komm schon, du weißt, dass ich von Natur aus neugierig bin. Es sollte sie eher wundern, wenn ich nie etwas in der Richtung herauszufinden versucht hätte." Sie schob trotzig ihre Unterlippe vor wie ein Kind.

Nick musste ungewollt lachen. „Schon gut, klein Tammy darf auf verbotenen Seiten surfen."

In diesem Moment sah sie auf und sagte: „Leute, ich habe gerade eine Nachricht bekommen. Ein Auftrag für eine Extraktion. So eine Art Ein-Mann-Springerjob, wenn ich das beim ersten Überfliegen richtig gedeutet habe. Sie fordern eine umgehende Bestätigung an, weil ich nicht mal mehr mit diesem Flug heimkommen kann, sondern in Filiale 104 umsteigen muss, um direkt zu meinem Ziel, der Filiale 120, zu kommen."

„Wahrscheinlich werden sie in ein paar Minuten jemanden von der Besatzung zu dir schicken, um dich auf die Order aufmerksam zu machen, wenn du nicht gleich den Erhalt bestätigst." Nick sah Rebecca an. „So war das doch bei uns, weißt du noch?"

Irritiert sah Tamara ihn an. „Davon weiß ich gar nichts."

Süffisant merkte Rebecca an: „Weil du zu dem Zeitpunkt in einem Dorfknast in Frankreich eingesessen bist und dieser feierliche Moment der Aufmerksamkeit war nur uns vorbehalten, weil wir die Order bekommen haben, dich da rauszuholen."

Verlegen murmelte Tamara darauf: „Hm, jetzt macht das auch Sinn für mich. Sehr unangenehme Sache. Und wisst ihr was? Ich habe schon eine Ewigkeit nicht mehr an Pierre gedacht. Dieses Thema ist wohl ein für allemal abgeschlossen für mich."

Nick legte ihr eine Hand auf die Schulter. „Gut so, Tammy. Lassen wir ihn in Frieden ruhen."

„Und lassen wir alle anderen Pierres einfach nur in Frieden, ohne ruhen", fügte Rebecca noch hinzu, worauf die anderen beiden sie ansahen, als sei ihr Oberstübchen teilmöbliert.

„Das war so was von daneben, Beckie", echauffierte sich Tamara auch sogleich.

„Du hast wirklich viele Talente, Beckie, aber Kalauer gehören definitv nicht dazu." Nick schüttelte nur den Kopf.

„Entschuldigt, man wird es ja wohl noch versuchen dürfen." Nun verschränkte sie die Arme vor der Brust und zog eine Schnute.

Nick lachte und gab ihr einen Kuss auf die Wange. „Du bist so süß, wenn du schmollst!"

Nun wurde Nick auf seinen Bildschirm neben sich aufmerksam. „Oha, eine Nachricht von der Firma. Ich habe eben auch einen Auftrag erhalten, bei uns daheim. Ich soll übermorgen einen 'Agenten' abholen und unterstützend betreuen. Es geht nach Mailand für uns."

Tamara vermutete: „Klingt nach Industriespionage, wenn ich raten müsste. Aber ich will dir nicht die Überraschung verderben."

„Das könntest du auch nie." Er hielt inne, als er Rebeccas versteinerte Miene sah: „Was hast du denn, Beckie?"

Mit leiser Stimme ließ sie verlauten, an Nick gewandt: „Ich habe auch gerade einen Auftrag bekommen. Filiale 60. Auch ich soll in Filiale 104 umsteigen. Ich kann noch bis Filiale 96 mit dir mitfliegen, dann muss ich auf die Sechzehnerlinie umsteigen. Seltsam, dass wir bereits auf dem Rückweg vom Urlaub alle drei neue Aufträge bekommen."

„Vielleicht ist viel los im Multiversum im Moment oder es bahnt sich auf besonders vielen Filialen etwas an, was unseres Einsatzes bedarf? Das würde mich interessieren, aber dieses vermaledeite Terminal rückt eben keine Informationen raus." Verärgert starrte Tamara erneut auf ihr Display.

„Das ist mir auch schon durch den Kopf gegangen. Peruggi hat auch bei der Ausbildung einmal erwähnt, dass seit einer Weile immer mehr Kandidaten zu ihnen geschickt werden, so als würde tatsächlich ein erhöhter Bedarf an Springern bestehen. Ich meine, TransDime plant ja stets voraus und erkennt solche Tendenzen, auch wenn sie nicht hellsehen können. Daher vielleicht diese forcierte Rekrutierung von Agenten und Springern." Rebecca legte ihre Hand in seine und er drückte sie leicht. Dann fiel Nick etwas ein: „He, hast du nicht Filiale 60 gesagt? Da habe ich einen kleinen Extra-Auftrag für dich. Ich war vor fast zwei Jahren auch schon mal dort, auch wenn es nur kurz war und ich nur Aufpasser für Willfehr spielen durfte, der dort an einer Konferenz war."

Rebecca merkte auf. „Du warst schon mal dort? Und, wie ist es denn dort so?"

„Genau darum geht es ja", erklärte er mit verschwörerischem Tonfall, „Ich habe damals nicht den geringsten Unterschied zu unserer Filiale feststellen können. Ich habe sogar die Schlagzeilen der gängigen Nachrichtenportale durchgesehen. Nichts. Nach stundenlanger Suche habe ich entnervt aufgegeben, ich konnte partout kein einziges noch so kleines Detail entdecken, das diese Filiale von unserer unterschieden hätte. Das ist mir zuvor noch nie untergekommen... und auch nie wieder danach."

„Wow, das klingt super seltsam und auch spannend. Herausforderung angenommen, Springer Nick. Ich werde mal schauen, ob ich etwas finden kann. In zwei Jahren kann sich eine Strömung der Ereignisse herausbilden, die den Ablauf der Zeitgeschichte in andere Richtungen lenkt als bei uns, auch wenn sie bei deinem Besuch noch so gut wie identisch war. Aber es klingt auf jeden Fall sehr interessant. Vielen Dank für diese Info, jetzt freue ich mich fast schon auf den Auftrag." Rebecca schien kurz davor, sich erwartungsvoll die Hände zu reiben angesichts dieses zu lösenden Rätsels.

Tamara wirkte nun nachdenklich: „Aber dennoch ist und bleibt es seltsam, dass wir alle zugleich schon wieder ins Feld geschickt werden. Ob TransDime irgendetwas ahnt und uns absichtlich trennen will, um..."

„Du hast doch selbst gesagt, du würdest es zweifelsfrei merken, wenn wir auf irgendeine Weise elektronisch abgehört würden. Glaubst du nicht, du machst dich selbst unnötig verrückt?" Nick musterte sie aufmerksam.

„Ja, schon", gab diese daraufhin zu.

„Ich glaube auf jeden Fall, dass Kardon ahnt, dass wir etwas vorhaben in Bezug auf unseren Absolventenstreich des Springerkurses. Er weiß fast sicher, dass wir etwas vorhaben, aber nicht was. Und wenn alle anderen bisher auch dicht gehalten haben, bekommt er es auch nicht heraus. Das Timing hingegen könnte er uns unbewusst versauen, wenn er uns lange genug immer wieder losschickt, bis es für uns zu spät ist, alle zum Termin zusammen zu trommeln." Rebecca sah ihre beiden Freunde um Zustimmung heischend an.

Tamara gab zu bedenken: „Aber er weiß ja nichts von unserem Zeitfenster, daher tappt er in dieser Hinsicht im Dunkeln. Wir müssen nur den richtigen Zeitpunkt erwischen, möglichst bald nach der letzten Aufzeichnung der Sendungen, wenn alles noch steht und nicht mehr großartig bewacht wird. Wenn alle zu dieser Zeit da sind und nicht überall im Multiversum verstreut, können wir es durchziehen. Die

Klamotten dazu sind jedenfalls bestellt und sollten inzwischen angekommen sein. Im äußersten Notfall machen wir es eben mit ein paar Leuten weniger."

„Ja, das verschafft uns mehr Flexibilität. Und ich denke, niemand von uns wird in Tränen ausbrechen, wenn er wider Erwarten nicht dabei ist. Die Teamleistung zählt schließlich bei dieser Nummer." Nicks Tonfall war fast schon feierlich, was die Sache beinahe wieder ins Lächerliche zog.

„Ihr beide vielleicht aber schon", meinte Rebecca grinsend. „Aber dann bleibt euch ja immerhin noch die Halloween-Party. Witziger wäre es natürlich, wenn das Video in der Firma bereits ausreichend kursiert ist und ihr dann in der entsprechenden Aufmachung auftaucht."

„Dann werden Tammy und ich aber als Kostümpärchen gehen müssen." Tamara überlegte kurz. „Du hingegen wirst dir Jürgen schnappen müssen, um glaubhaft zu wirken, oder notfalls Sven."

„Ich glaube, das ist nicht meine größte Sorge und wird es wohl auch nie werden. Ihr Beiden seid die Superhelden-Comic-Freaks. Ich toleriere das und mache bei solchen Späßen gerne auch mit, aber in diesem Leben werde ich selbst bestimmt nicht mehr zum Anhänger dieser Kunstform. Davon abgesehen ist die bald anstehende Halloween-Party eine gute Tarnung für die Bestellung der Kostüme. Für den Fall, dass unsere privaten Internet-Aktivitäten überwacht werden. Ich denke mal, es ist nicht zu paranoid, das zumindest anzunehmen." Rebecca lehnte sich nach diesem Statement zurück und schloss für eine Weile die Augen. Sie machte sich bereits Gedanken über das, was sie auf ihrem Auftrag erwarten würde. War sie als normaler Agent dort oder wurde sogar ein Springer für das gebraucht, was sie erledigen sollte?

Berlin, Filiale 60 - Monat 4

Erschöpft ließ sich Rebecca spätnachts auf ihr Hotelbett im Adlon sinken und pellte sich dann aus ihrer Kleidung. Das war ein Tag gewesen, den sie so schnell nicht wiederholen wollte, aber wahrscheinlich würde ihr nichts anderes übrig bleiben.

Sie hockte sich im Schneidersitz aufs Bett und schloss die Augen, langsam in eine entspanntere Stimmung kommend. Es war ihr erster Versuch, nachdem sie in dieser Filiale angekommen war und ihren Auftrag aufgenommen hatte. In den Dimensionsfähren auf der langen Anreise war das nichts gewesen, was sie austesten wollte. Da sie in dieser Disziplin bei Weitem nicht die Fähigkeiten Tamaras aufwies, war sie nicht imstande, ihren Geist kontrolliert in eine bestimmte Richtung oder an einen Ort ihrer Wahl zu lenken. Bei ihr funktionierte das in diesem Stadium nur mit Personen, als Empfänger sozusagen. So streckte sie ihre geistigen Fühler aus und ging auf die Reise.

Nach einer kleinen Ewigkeit fühlte sie etwas. Eine vertraute Präsenz, einen geliebten Menschen, dessen Anwesenheit ihr Herz höher schlagen ließ. Sie entspannte sich merklich und ließ die Wärme durch ihren Körper fließen, die seine Freude über ihren Kontaktversuch in ihr erzeugte. Sie brauchte nicht zu sprechen, als ihr Geist Worte formte.

„Hallo, Nick, wie geht es dir?"

„Gut, danke, auch wenn ich einen verrückten Tag hinter mir habe. Ich freue mich so, dass wir uns ab jetzt auf diesem Weg austauschen können." Sie konnte seine Stimme nicht direkt hören, mehr wie ein Echo in ihrem Geist.

Sie berichtete: *„Ich bin erst heute morgen angekommen. Deine Rätselaufgabe habe ich noch nicht lösen können, was mich ehrlich gesagt beunruhigt, gerade weil ich oberflächlich gesehen keinerlei Unterschied zu daheim feststellen kann. Es ist wirklich alles komplett identisch mit unserer Filiale 88. Aber nach den Erlebnissen dieses Tages komme ich mir vor, als sei ich in unserer Heimat in den letzten Jahren wie mit Scheuklappen durch die Welt gelaufen. Nick, ich glaube, es hat sich einiges verändert bei uns, wenn daheim wirklich die gleichen Zustände herrschen sollten wie hier."*

Seine Reaktion kam prompt. *„Das ist unglaublich! Mir geht es genauso. Als hätte ich unsere eigene Welt völlig ausgeblendet seit der Offenbarung des Multiversums. So als hätte es nichts Wichtiges mehr auf unserer Welt gegeben, was meiner Aufmerksamkeit wert gewesen wäre."*

Sie zögerte kurz und formulierte dann ihre Reaktion: „*Okay, jetzt wird es mir langsam unheimlich zumute. Ich war gerade drauf und dran, so ziemlich dasselbe zu sagen, und zwar wortwörtlich. Aber lass mich erst einmal erzählen, was ich während meines Auftrages heute erlebt habe, okay?*“

„*Ja, gerne. Ist dir nicht irgendwie mulmig zumute, ausgerechnet in Berlin zu operieren, wo du dein Anfänger-Trauma mit der schwarzen Kugel und dem verschwundenen Inspektor während dieses Überfalles hattest?*“ Nick zeigte sich besorgt.

„*Das dachte ich zuerst auch, aber nach diesem Tag heute ist das für mich praktisch völlig in den Hintergrund getreten. Das hätte ich eigentlich nicht für möglich gehalten, aber hör dir bitte erst mal an, was ich heute erleben musste.*

Der Agent, mit dem ich unterwegs war, ist mit mir nach Neukölln und zum Cottbusser Torplatz gegangen. Ich weiß wirklich nicht, was wir dort zu schaffen hatten. Er hat mir gesagt, er sei primär auf Aufklärungs- und Erkundungsmission. Weshalb wir dort zur Nachtzeit hin mussten, entzieht sich ebenfalls meiner Kenntnis. Danach waren wir noch irgendwo in Charlottenburg, Friedrichshain, Kreuzberg und auch am U-Bahnhof Alexanderplatz. Und immer in den gewissen Gegenden, die man als No-go Areas bezeichnet.“

Er schien aufzumerken. „*No-go Areas? Diesen Begriff kenne ich nur aus Südafrika oder den USA. Und neuerdings...*“

Sie bestätigte ihm: „*Ja, seit einiger Zeit gibt es halboffiziell auch welche bei uns. Ich konnte es sogar vorhin online nachlesen. In Berlin ist das Dutzend schon längst voll, bei uns in Frankfurt sind es wohl auch schon ein halbes Dutzend und in deiner alten Universitätsstadt im Breisgau haben sie jetzt auch schon eine.*“

Er klang immer besorgter, je mehr sie preisgab von ihrem Auftrag: „*Und ihr habt diese Orte abends im Dunkeln abgrasen müssen? Auf Aufklärungsmission?*“

„*Ja.*“ Ihr Tonfall klang ernüchtert.

„*Ist alles mit dir in Ordnung?*“ Es tat ihr so gut, sein Mitgefühl zu spüren, dachte sie.

„*Mit mir ja und mit dem Agenten auch; er heißt übrigens Detlev, der Arme. Nur die diversen zugereisten Neubürger, die uns in abwechselnder Reihenfolge versucht haben zu belästigen, zu bedrohen oder zu überfallen, hatten nicht so viel gesundheitli-*

ches Glück. Wir mussten auch gar nicht sehr lange an den jeweiligen Orten auffällig herumlungern oder bewusst etwas provozieren. Meistens hat es gereicht, dass wir uns dort ein wenig in einer dunklen Ecke aufgehalten haben und unsicher aus der Wäsche geschaut haben, ohne besonderes schauspielerisches Talent an den Tag zu legen.

Ich muss dabei betonen, dass Detlev auch ein sehr erfahrener Agent zu sein scheint, mindestens Stufe zwei würde ich sagen. Doch beim fünften Mal wurde das Entwaffnen der üblichen Verdächtigen allmählich lästig. Wenn ich das ganze Zeug behalten hätte, könnte ich jetzt meine eigene Straßengang gründen und locker mit allem Nötigen ausstatten.“ Sie seufzte innerlich.

Entsetzt erklang seine geistige Stimme: *„Um Himmels Willen, weiß TransDime nicht, welchem Risiko sie euch da aussetzen?“*

Rebecca seufzte und antwortete ergeben: *„Ich habe sogar das Gefühl, sie haben extra* uns *zu diesen Brennpunkten geschickt, weil wir uns dort* behaupten *können. Es geht ihnen wohl darum, aus erster Hand zu erfahren, wie die Lage an diesen besonderen Orten wirklich ist. In den öffentlich-rechtlichen Presseorganen und auch im Free-TV und Ähnlichem in dieser Filiale hier kannst du nämlich herzlich wenig darüber finden. Es sei denn, wenn etwas wirklich Auffälliges oder Dramatisches passiert, was man nicht so einfach totschweigen kann. Erst wenn sowohl die sozialen Netzwerke als auch alternative Medien im Internet zigfach darüber berichten, lassen sich die sogenannten Mainstreammedien dazu herab, darüber zu berichten.*

Ich möchte gar nicht erst über die Kontroverse berichten, auf die ich hier in den beiden medialen Lagern über diese Problematik gestoßen bin. Das ist verstörend und beängstigend, Nick. Hier auf Filiale 60 läuft etwas gewaltig schief und nicht einmal der Bruchteil der Bevölkerung ist sich dessen bewusst. Und die, die es sind, werden von dieser Agenda der Machthaber in zwei Lager gespalten, die sich unversöhnlicher nicht gegenüber stehen könnten.“

„Jetzt traue ich mich kaum noch, dir über meinen Tag zu berichten.“ Rebecca konnte etwas in seiner Botschaft spüren, das fast an nacktes Grauen grenzte.

Verhalten wollte sie wissen: *„Sag bloß nicht, du hast etwas noch Schlimmeres bei* *uns daheim machen müssen?"*

„Nein, genau das ist ja das Üble daran: ich habe praktisch dasselbe wie du getan, nur in unserer Filiale und in Mailand."

Ihr gefror das Blut in den Adern. *„Bitte sag mir, dass das nicht wahr ist."*

Nick erklärte sich: *„In Italien kommen viele Leute aus Nordafrika an, die übers Mittelmeer nach Europa migrieren wollen und nach einem besseren Leben streben. Die EU, allen voran wir Deutschen, haben die Ankunftsländer wie Italien und Griechenland jahrelang kaltschnäuzig mit diesem Problem alleine gelassen. In einer Metropole wie Mailand kann so etwas zu sozialen Spannungen führen, um es mal diplomatisch auszudrücken.*

Franco heißt der Agent, der mit mir zu den Orten geschickt wurde, wo es potentiell unsicher ist, sich des Nachts, aber auch vermehrt schon bei helllichtem Tag aufzuhalten. Er meinte, das sei normal, was wir dort angetroffen haben. Die Stadt werde schon seit etlichen Jahren von der üblichen hohen Kriminalität geplagt, aber mittlerweile ist das wohl am Kippen. Ich musste mir die ganze Zeit schon verkneifen, dich zu unterbrechen, weil ich mir deine Version bis zum Ende anhören wollte."

Rebecca lief es kalt den Rücken herunter. *„Nick, wenn ich so etwas höre, beginne ich mir echt Sorgen zu machen. Hier auf Filiale 60 scheint irgendwas im Busch zu sein und TransDime versucht offenbar herauszufinden, was. In Deutschland sind Migranten überall verteilt, bis in das kleinste Dorf. Niemand weiß noch genau wie viele, es sind Hunderttausende. Von vielen weiß man nicht, wer sie sind oder woher sie kommen, da sie ohne Ausweispapiere einfach so ins Land gelassen wurden. Ich kann mir keinen Reim darauf machen, wieso die Politiker das zugelassen haben.*

Und ich bin nicht völlig geistig weggetreten, wenn ich anhand der Nachrichtensendungen bei uns daheim annehmen muss, dass es in Filiale 88 ähnlich aussieht. Nur irgendwas muss bei uns doch anders sein, da es ja keine zwei exakt identischen Parallelebenen geben kann."

Unverhofft erklang Tamara in ihrem Geist. *„Da steckt ihr beide ja in einem ganz schönen Schlamassel."*

Erfreut merkte Rebecca auf: *„Tammy, wie schön, etwas von dir zu hören. Was gibt es* *bei dir Neues?"*

„Ihr hattet offenbar einen ebenso 'vergnüglichen' Tag hinter euch wie ich. Auch ich war auf einer Aufklärungsmission, allerdings mit vier anderen Springern. Wir haben ein verborgenes Waffenlager in einem abgelegenen ehemaligen sowjetischen Militärgelände entdeckt, das randvoll mit Sprengstoff und nagelneuen Sturmgewehren gepackt war. Die Bewacher dieses Lagers hatten Glück, dass wir so gnädig waren, ihre bewusstlosen Hintern aus dem Explosionsradius raus zu schleifen, bevor wir das Lager in die Luft gejagt haben. Mann, so ein Feuerwerk habt ihr noch nie gesehen! Und mir war auch neu, dass es bei TransDime Sprengstoffexperten gibt. Die haben wohl für jedes Gebiet Spezialisten."

„Du bist nicht auf Filiale 60, stimmt's?" Nick war neugierig geworden.

„Nein, aber diese Welt ist unserer eigenen auch nicht so unähnlich, nur dass es hier an allen Ecken und Enden der Welt brennt, wo es bei uns nur schwelt. Viele Bürgerkriege, Konflikte und gescheiterte Staaten. Die Ukraine ist seit einem Jahr Mitglied in der NATO, Schweden und Finnland auch. Dadurch ist Russland an seiner kompletten Westgrenze von einem massiven Truppen- und Materialaufmarsch bedroht und hat sich seinerseits bis an die Zähne bewaffnet, um sich dieser Aggression erwehren zu können, sollte das eskalieren. Sieht nicht gut aus. Es gibt viele fanatistisch motivierte Terroranschläge auf beiden Seiten. Das hält die USA und Russland allerdings nicht davon ab, ihre Drohgebärden aufrecht zu erhalten. Klingt ähnlich wie bei uns, nur dass es hier einen Riesenberg an Titelstories für die Tagespresse beinhaltet." Sie pausierte und ließ ihre trotzige Zuversicht in den Geist ihrer Freunde einfließen, zum Zeichen, dass sie sich nicht unterkriegen lassen würde.

„Dann hat keiner von uns einen Auftrag für Blümchenpflücker bekommen, so wie's aussieht. Wie lange soll das bei euch dauern?" Nick konnte es wohl jetzt schon kaum erwarten, seine 'zwei Mädels' wieder in die Arme schließen zu können.

„Noch mindestens zwei Tage bei mir. Plus eine recht lange Rückreise mit zweimal umsteigen." Rebecca seufzte. *„Ich vermisse euch schon jetzt."*

„Ich euch auch. Seid um Himmels Willen vorsichtig." Nick war seine Sorge deutlich anzumerken.

Tamara meinte fast schon überfröhlich: *„Ich habe meine Mission ja bereits hinter mir. Morgen kann ich schon wieder in die Fähre nach Hause steigen. Ich bin sicher noch vor dir zurück in Frankfurt, Nick, obwohl du nicht mal die Filiale wechseln musst."*

„Ja, kann gut sein; verrückte Welt, in der wir leben, was? Franco, mein Ortskundiger, hat jedenfalls gemeint, auf meine 'Talente' will er nicht so schnell verzichten. Ein paar Tage kann es demnach noch dauern, bis wir hier soweit sind."

„Macht's gut, ihr Lieben. Ich schlafe jetzt erst mal aus. Morgen ist wieder eine Nachtschicht fällig bei mir." Rebecca ließ sich nach der herzlichen Verabschiedung ihrer Freunde hintenüber fallen, konnte aber nicht so schnell einschlafen. Was für ein übler Auftrag! Wenn das Ganze nicht in einer Filiale stattfinden würde, die sie frappierend an ihre eigene Welt erinnern würde, und obendrein auch noch in ihrem Heimatland, hätte sie bestimmt kein so beklemmendes Gefühl von dunklen Vorahnungen.

Frankfurt am Main, Filiale 88 - Monat 5

Ingo Willfehr betrat das Büro seines Chefs und verzog dabei seine Miene, als würde ihm etwas sehr Unangenehmes bevorstehen. Sofort wollte Colin Kardon wissen: „Was haben Sie denn, Ingo? Sie sehen ja fast untröstlich aus!"

„Das bin ich auch. Mir ist gerade ein Video von einer bekannten öffentlichen Plattform im Internet zugespielt worden. Es ist vor zwei Tagen online gestellt worden und hat bereits über eine Millionen Aufrufe, nicht nur im deutschsprachigen Raum. Der Inhalt wird Sie nicht erfreuen." Sein Assistent hielt Kardon einen Datenchip hin.

„Ist es das, was ich befürchte, was es sein könnte?"

Mit versteinerter Miene nickte Willfehr. „Ich bin wirklich untröstlich, dass wir das nicht haben kommen sehen. Wir hätten..."

„Ingo, es sind *Springer.* Weder Sie oder ich noch sonst jemand hätte da etwas tun können. Sie wissen, wie das abläuft. Keiner hat etwas gesehen, keiner wird für irgendetwas belangt werden und es werden auch keine Repressionen gegen die Urheber durchgeführt. Diese lächerliche Fehde gegen die Ausbilder im Springercamp können wir nicht gewinnen. Lassen Sie es uns einfach hinter uns bringen."

Kardon legte den Chip in seinen PC ein und rief das Video mit dem Titel auf: Kann das echt sein? Ninja Superhelden!

Als der Film begann, studierte der Personalchef kurz den Anfang des Geschehen, dann schien er aufzugeben, drückte die Pausentaste und wollte wissen: „Gut, was sehe ich da, Ingo? Helfen Sie mir ein wenig auf die Sprünge. Ich nehme an, Sie haben wie üblich recherchiert, was der Sinn hinter dieser Eskapade ist."

„Das ist korrekt, auch wenn es die größte Zeitverschwendung darstellt, die mein Job in dieser Funktion je mit sich gebracht hat. So wie ich es verstanden habe, geht es hierbei um eine triviale Quizshow im Privatfernsehen, in der sich die Kandidaten an einem Parcours versuchen müssen. Wer die aufgebauten Hindernisse in der kürzesten Zeit überwindet, gewinnt eine hohe Geldsumme. Wer sich einen Fehltritt erlaubt oder fällt, landet in einem Auffangbecken mit Wasser und scheidet aus. Der Schwierigkeitsgrad ist dabei angeblich so hoch, dass in den Anfangsrunden sogar diejenigen sich für die nächste Runde qualifizieren, die am weitesten gekommen sind, wenn nicht genug Wettbewerber bis zum Ziel kommen. Kommen mehrere gleich weit, entscheidet die Zeit über..."

„Ingo, ich bin nicht daran interessiert, einen Zweitjob als Schiedsrichter in dieser Posse anzunehmen. Das Wesentliche habe ich begriffen. Welch eine niedrige und anspruchslose Form der Unterhaltung, die an die letzten Tage des alten Roms erinnert. Wenn... nanu, was ist jetzt los?" Kardon hatte die Aufnahme wieder gestartet und besah sich einen schwarz gekleideten und maskierten Athleten, der an den Start des Parcours trat. Er stöhnte gequält auf.

„Bitte sagen Sie mir, dass das nicht einer unserer Springer ist, die öffentlich an dieser Show teilgenommen haben."

„Die gute Nachricht ist, dass das nicht der Fall ist. Dieser uns unbekannte 'Ninja' demonstriert nur am Anfang der Sendung für die Zuschauer, was zu tun ist, um die

Hindernisse zu überwinden. Er ist fester Bestandteil jeder Sendung, damit auch wirklich jeder kapiert, was hier zu tun ist."

„Was ist die schlechte Nachricht?"

Willfehr schluckte. „Am Besten warten Sie es ab."

Als nächstes wurde ein Ausschnitt von einem der besten Teilnehmer gezeigt, einem kompakten, muskulösen und durchtrainierten Mann Mitte zwanzig. Willfehr erklärte: „Dies ist einer der besten Athleten der diesjährigen Staffel. Achten Sie darauf, wie die Kommentatoren ausflippen angesichts der Leistung, die er beim Überwinden der Hindernisse erbringt."

„Dieses Ereignis wird für die Zuschauer *kommentiert*? Wie bei einer *richtigen* Sportart?" Kardon verwünschte die Ausbilder des Springercamps alleine schon dafür, dass sie ihn dazu genötigt hatten, sich in diese seiner Meinung nach tiefstmöglichen Niederungen des schlechten Geschmacks der Unterhaltung herabbegeben zu müssen.

Mit widerwilliger Anerkennung beobachtete er, wie der Wettbewerber über fünf wechselseitig links und rechts der geraden Linie angebrachte breite Bretter, welche auch noch in einem schrägen Winkel nach innen hin abfielen, hin- und hersprang und dann nach vorne auf eine ebenso schräg ansteigende Rampe. Wenn er bei irgendeiner der Übungen das Wasser berührt hätte oder vom Parcours abgekommen wäre, wäre er sofort disqualifiziert worden, so wie Kardon das verstanden hatte.

Als nächstes sprang der Kandidat auf ein Trampolin und erreichte so einen an einer Kette aufgehängten Ring hoch über dem nächsten Becken. An diesem schwang er sich zum nächsten, etwa zwei Meter hoch aufgehängten und von diesem ans Ende des nächsten Beckens. Kardon fiel auf, dass alles soweit wie möglich mit Matten ausgepolstert war, damit sich niemand verletzten konnte, wenn er irgendwo versagte und fiel. Wie im hiesigen Schulsport.

Danach kamen zwei Wippen, die man beim Aufspringen etwa mittig treffen musste, um nicht abzurutschen und ins Wasser zu fallen. Auch dieses Hindernis überquerte der Wettbewerber mit einer auffälligen Lässigkeit. Die Hindernisse selbst waren augenscheinlich mit einer speziellen aufgerauten Oberfläche versehen, damit man nicht so leicht abrutschen konnte. Dennoch sah das nicht allzu leicht aus, auch wenn das Können dieses jungen Mannes durchaus den Eindruck erwecken konnte. Selbst einer der Moderatoren machte zwischen all den anderen flapsigen Äußerungen eine ähnliche Bemerkung, was das anging.

Es folgte ein weiterer Trampolinsprung nach oben und vorne an eine Trapezstange, von der aus man sich zu einem waagerecht aufgehängten, weitmaschigen Frachtnetz aus Tauen schwingen und sich an dessen Unterseite entlang hangeln musste. Vom hinteren Ende aus schwang der Mann seine Beine ans Ende des Beckens und war in Sicherheit.

„Hm, er ist gut. Warum haben wir den nicht für uns entdeckt?“ Kardon beobachtete, wie nun eine Reihe von einem halben Dutzend senkrecht über dem nächsten Becken aufgehängten Säulen an die Reihe kam. Diese waren etwa so stark wie ein großer Laternenpfosten und noch zusätzlich mit einer dicken Schicht rutschfestem Material überzogen. Der Abstand zwischen diesen betrug jeweils etwa einen Meter. Die Technik, um hier zu bestehen, war eine Mischung aus Hangeln, sich die Pfosten zwischen die Beine zu klemmen und den nächsten Pfosten greifen. Auch hier traten keinerlei Probleme für den sportlich versierten Mann auf.

„Bitte verstehen Sie das nicht falsch, aber ich habe geahnt, dass Sie das sagen würden. Ich habe mir die Freiheit genommen, einen Hintergrundcheck über ihn zu machen.“ Willfehr war ein wenig nervös und fragte sich wohl, ob er seine Kompetenzen hiermit nicht überschritten hatte. Er sah mit an, wie der Teilnehmer sich von der letzten über dem Wasser hängenden Säule in Sicherheit schwang, über eine Stufe nach unten abrollte und wieder auf dem Niveau des Hallenbodens war. Dann rannte er mit kurzem Anlauf eine gewölbte Wand, wie eine vier Meter hohe Halfpipe für Skateboarder anmutend, hoch und zog sich am oberen Rand auf die Plattform dahinter.

„Und was haben Sie herausgefunden?“ Offenbar ließ sein Chef ihm diese Eigenmächtigkeit durchgehen, während er nun sah, dass die ganze Sache noch nicht beendet war. Es ging über mehrere meterhohe Stufen hinab und über ein Hindernis, wo man über eine Reihe von mehreren wie eine Schaukel aufgehängten Scheiben über ein Wasserbecken balancieren musste. Der Athlet rannte darüber hinweg, als wären sie fest verankert.

„Leider ist er in fast allen Filialen, die ich überprüft habe, präsent. Nur in den wenigsten Fällen hat seine riskante Betätigung zu einem frühen Ableben geführt, meistens beim Training in speziell ausgestatteten Hallen, die diesem Parcours grob nachempfunden sind."

Der Teilnehmer hangelte sich nun mit Händen und Beinen an der Unterseite eines Stahlträgers entlang, der dann nach zwei Metern einen Knick in die Senkrechte machte. Als er diesen Übergang bezwungen hatte, musste er auf den Kanten des Trägers stehend etwa zwei Meter zu einem identischen, aber etwas höher gegenüberliegenden springen und sich wieder nach unten und nochmals zwei Meter an den Rändern des Trägers entlang hangeln, um sich, nur mit den Fingern sein gesamtes Gewicht tragend, ans Ende des Hindernisses zu bewegen.

„Zu gut für uns, oder besser gesagt, er hat immer Glück gehabt, ohne es zu wissen." War das tatsächlich eine Spur von Bedauern, die man in Kardons Stimme hörte? Sie verfolgten noch, wie die beiden Kommentatoren sich gegenseitig in Rage redeten, als nun das letzte Hindernis in Sicht kam, eine Art Kaminschacht aus dicken Plexiglaswänden, der nach vorne offen und etwa drei Stockwerke hoch war. In dem meterbreiten Schacht musste man sich quasi selbst mit ausgebreiteten Armen und Beinen einklemmen und dann Stück für Stück nach oben schieben. Das beherrschte der Mann im Bild so gut, dass es beinahe spielerisch aussah.

Am oberen Ende angekommen, zog er sich durch ein Loch im Boden einer Plattform auf selbige hinauf, drückte publikumswirksam einen großen roten Knopf auf einer meterhohen Säule und die Zeit hielt bei unter zweieinhalb Minuten an. Es gab ein pompöses Indoor-Feuerwerk im Hintergrund, laute Musik und die Moderatoren verloren jede Contenance, als sie ungläubig lachten und schrien angesichts der offenbar sensationell schnellen Zeit in diesem Wettbewerb.

Kardon drückte die Pausentaste. „Das war eine eindrucksvolle Leistung, zugegeben, wenn auch in ein würdeloses Format verpackt. Die letzten Tage Roms waren noch eine Untertreibung dafür, Opium fürs Volk wäre angemessener. Ich habe fast ein wenig Angst, den Film weiter laufen zu lassen. Wie schlimm wird es werden?"

„Oh, Sie werden es abgrundtief hassen, seien Sie sich da sicher." Sein Assistent versuchte es nicht einmal zu beschönigen. „Es ist so, dass es bei dieser Show keinerlei Bekleidungsvorschriften für die Teilnehmer gibt, was vereinzelt zu recht... ausgefallenen Stilblüten führt. Manche Leute treten kostümiert an, um mehr Aufmerksamkeit zu erregen. Sie wissen doch, was manche dafür tun, um nur einen Moment im Licht des öffentlichen Interesses zu baden..."

„Jetzt habe ich *wirklich* Angst." Nichtsdestotrotz drückte Kardon die Abspieltaste. Man sah eine Zeitrafferaufnahme, wie sich die Zuschauerränge in der Halle leerten, in der das Spektakel stattgefunden hatte. Am unteren Rand des Bildschirms erschienen Untertitel: *Das Halbfinale ist zu Ende und die Lichter gehen aus...*

Passend dazu wurde es dunkel im Studio.

Untertitel: *Aber dann...*

Die Beleuchtung wurde wieder eingeschaltet, wenn auch nur ein Bruchteil dessen, was zuvor für die Ausleuchtung der gesamten Fernsehshow vonnöten gewesen war. Dies erzeugte zusammen mit den leeren Tribünen eine unwirkliche, leicht zwielichtige Atmosphäre.

Dann kamen die Helden.

„Was zum Henker...?" Kardon blieb der Mund offen stehen, als ein Mann in einem hautengen, blaurot gemusterten Kostüm, vollkommen maskiert und unkenntlich, an den Start des Parcours herantrat. Man konnte deutlich unter dem dünnen Stoff die durchtrainierte Figur mit den definierten Muskeln erkennen. In der unteren linken Ecke wurde ein kleines gezeichnetes Bild einer Figur mit identischem Aussehen eingeblendet und in den Untertiteln erschien *Spider-Man.*

„Was soll das?", wollte Kardon, die Pausentaste drückend, an seinen Assistenten gewandt, wissen. „Ist das einer dieser Comic-Superhelden oder Filmfiguren?"

„Zweimal ja, es ist Spider-Man. Eine Figur, die besonders gewandt ist und sich durch übermenschliche Kräfte auszeichnet. Dieser Spinnenmann kann weiter springen, sich schneller bewegen und an Wänden..."

Kardon winkte ab. „Das ist nicht einmal besonders originell, muss ich sagen. Die

Springer haben schließlich nichts anderes getan, als vom ersten bis zum letzten Tag solche Hinderniskurse immer und immer wieder…"

Als ihm klar wurde, was er da sagte, hielt er inne. Er schlug sich mit der flachen Hand vor die Stirn und bedeckte dann mit der Hand die Augen. „Oh, *nein.*"

„Wir haben schon Schlimmeres erlebt in dieser Hinsicht", versuchte Willfehr einen schwachen Versuch der Abmilderung dessen, was nun kommen mochte.

„*Das* würde ich gerne selbst beurteilen." In sein Schicksal ergeben, startete der Personalchef das weitere Video. Das könnte durchaus das erste Mal für ihn werden, dass er sich in der Zentrale persönlich einen Rüffel abholen konnte. Er hoffte inständig, dass es nicht ganz so schlimm werden würde.

Das Startsignal ertönte und die kostümierte Figur legte los. Sie absolvierte die Hindernisse in einer derart wahnwitzigen Geschwindigkeit, dass selbst der Kameramann neben der Strecke kaum mitkam. Bei manchen Hindernissen wurden einzelne Wippen, Ringe oder Pfosten vom maskierten 'Helden' einfach ausgelassen oder übersprungen, als wäre der Parcours eine einzige Farce. Die ganze Geschichte endete in der Erklimmung des Kamins in einem Tempo, das der Schwerkraft spottete. Als der Unbekannte oben ankam, stoppte die eingeblendete Uhr bei knapp unter einer Minute.

„Ich würde liebend gerne wissen, wer von unseren…" Kardon verstummte entsetzt, als die Kameraeinstellung zurück zum Start wechselte und diesmal eine junge Frau mit langen weißen Haaren und einer schwarzen Maske um die leuchtend grünen Augen zeigte. Sie trug einen hautengen schwarz glänzenden Body und weiße Stiefel sowie Handschuhe, die kurz vor den Ellenbogen und Knien mit weißen Fellrändern besetzt waren wie auch der tiefe Ausschnitt, der ihre üppige, aber durchtrainierte Figur betonte. Am Bildschirmrand neben der verblüffend ähnlich aussehenden Miniaturzeichnung erschien der Name *Black Cat.*

Während nun diese zweite Comicheldin ebenso spielend sämtliche Hindernisse meisterte und den Parcours sogar noch zwei Sekunden unter der Zeit ihres Comic-Kollegen abschloss, schien Kardon innerlich zu kochen. „Bei dieser jungen Dame habe ich weniger Zweifel hinsichtlich der Identität. Da helfen auch keine Perücke,

Maske und Kontaktlinsen.“

„Hm, ich dachte mir, dass an dieser Stelle ein wenig Licht auf die Sache fallen würde“, stimmte nun Willfehr zu, als sich als nächstes *Batman* in die nächtlichen Parcoursteilnehmer einreihte und als erster knapp über einer Minute blieb, vielleicht weil ihn der Umhang ein wenig behinderte. Bei diesem Charakter hatte Kardon zumindest eine Ahnung, um wen es sich handeln könnte, da die untere Gesichtshälfte sichtbar war und die Figur derart hünenhaft war, dass nur wenige dafür in Frage kamen.

Als *Wonder Woman* an den Start trat, blieb ihm fast die Spucke weg. Das Kostüm bestand aus rot-gelbem Bustier und blauem Minirock nebst roten Stiefeln, goldenen Armreifen und einem breiten Stirnband, doch das Gesicht der dunkelhaarigen, femininen Amazone war getreu ihrem Vorbild gänzlich unbedeckt. Man hatte sich in der Postproduktion mit dem Verpixeln der Augenpartie beholfen, wann immer das anmutig wirkende Gesicht der Superheldin in Richtung der Kamera gewandt war.

Für Kardon bestand dennoch kein Zweifel daran, wer dort mit nur zwei enorm weiten Sätzen aus dem Stand direkt auf das dritte der fünf Bretter und weiter ans Ende des Hindernisses sprang. In der Sendung wäre sie dafür disqualifiziert worden, wenn Kardon das richtig verstanden hatte. Sie ließ das Trampolin aus, katapultierte sich nach vorne und erreichte direkt mit ausgestrecktem Arm den zweiten der beiden hoch über dem Wasser befestigten Ringe. Als sie an diesem hängend mit einer fließenden Bewegung zum anderen Ende des Beckens schwang, riss die Kette aufgrund der Belastung und ließ sie tatsächlich einen Moment lang straucheln, als sie am mit Matten ausgelegten Rand des Beckens aufkam. Was sie aber nicht davon abhielt, die zwei folgenden Wippen mit weiten Sätzen ohne langes Federlesen zu überqueren, wo der bereits sehr gute Teilnehmer der Fernsehshow noch jede einzelne für sich mit Sprüngen und Ausbalancieren hatte überwinden müssen.

„Das ist bemerkenswert“, rutschte Kardon ungewollt heraus, als die Amazone mit wehender langer Mähne aus dunkelbraunem Haar, wieder ohne das Trampolin überhaupt zu beachten, direkt an die Trapezstange empor sprang, mit einer Hand weiter zum Frachtnetz schwang und sich mit wenigen Griffen unter diesem durchhangelte, sich ohne jede erkennbare Anstrengung ans Ende des Hindernisses schwingend.

Nun kamen die senkrecht über dem nächsten Becken aufgehängten Säulen. Diese schienen die Amazone nicht einmal merklich zu bremsen, so ausgeklügelt war deren Technik, mittels der sie sich an einer Säule abstützte, die nächste umgriff und sich zur dritten hinüberschwang, sie mit ihren langen, muskulösen Beinen umklammernd. Das tat sie zweimal, machte so aus drei Bewegungsabläufen pro Säule je einen und sprang bereits von der vorletzten hinüber ans Beckenende.

„Mir tun die regulären Teilnehmer dieser Show fast ein wenig Leid. Stellen Sie sich vor, wie hart sie für das hier trainieren und sich dann dieses Video ansehen..." Kardon verstummte, als *Wonder Woman* mit einigen langen Schritten die gewölbte Halfpipe in Angriff nahm. Sie bekam die Oberkante auf Anhieb zu fassen, zog sich aber nicht normal hoch, sondern ging durch den immensen Schwung getragen in eine Streckung über, bei der sie die Beine in die Senkrechte riss, verharrte einen Moment im Handstand und rollte sich dann wie eine Turnerin ab, um weiter zu eilen. Verräterisch.

„Diese Posse hat sie Zeit gekostet", bemerkte Willfehr gespielt fachmännisch.

Kardon warf ihm einen finsteren Seitenblick zu und sah dabei zu, wie die 'Superheldin' nach ungebremstem Überqueren des Balance-Hindernisses am ersten Stahlträger ankam und mühelos auf über zwei Meter Höhe hoch griff. Sie hangelte sich mit den Fingern an den Kanten des Trägers bis zu dessen Knick und zögerte einen kurzen Moment, als sie nach unten und hinter sich sah. Dann schwang sie, ihre komplette Größe ausnutzend, mit angezogenen Beinen zum zweiten Träger hinüber, um nicht mit den Füßen ins Wasser zu tauchen, den senkrechten Teil komplett auslassend. Nachdem ihre Beine einen Moment durch die Luft geschwungen waren, hängte sie sich mit den Unterschenkeln sicher am zweiten Träger ein, schwang ihren Körper nach vorne und griff den zweiten Träger weit vorne auch mit den Fingern. Nun ließ sie die Beine los und der Schwung trug sie direkt nach vorne ans sichere Ende des Hindernisses.

„Sie hatte schon immer ein Körperbewusstsein, das alle anderen Stewards und Agents weit in den Schatten stellt." War das etwa Stolz, der sich in den Ärger mischte, dachte Willfehr mit nicht geringer Verwirrung. Den drei Stockwerke hohen Kamin flog sie beinahe hoch und verbesserte die bisherige Bestzeit der *Black Cat* um fast zehn Sekunden.

Noch bevor sich die beiden Zuschauer von dieser absurd mühelos vorgetragenen Zirkusnummer erholen konnten, trat bereits *Batgirl* an den Start. Auch in ihrem Fall erwies sich der weite Umhang als marginal hinderlich und das großgewachsene, schlanke Wesen mit der Traumfigur und der wehenden roten Mähne landete dadurch trotz ihrer mühelos zur Schau gestellten Eleganz bei genau einer Minute.

Kardon drückte nochmals auf den Pausenknopf. „Was haben sie sich dabei gedacht, um Himmels Willen? Geht das noch lange so weiter?"

Willfehr rollte mit den Augen in gespielter Verzweiflung. „Es folgen noch *Supergirl* und ironischerweise ihre Zwillingsschwester aus einem Paralleluniversum, *Powergirl*. Ebenfalls unmaskiert und mit unkenntlich gemachten Augenpartien."

„Hm, ich muss sagen, ich hatte es mir in der Tat schlimmer vorgestellt." Kardon ließ entgegen seines ersten Vorsatzes das Video noch zu Ende laufen und sagte dann beinahe ungläubig: „Und *das* haben sie auf einer Internet-Videoplattform online gestellt?"

„Ja, mir lief es eiskalt den Rücken runter vor Schreck. Gott sei Dank halten es ungefähr neunzig Prozent für einen verdeckten Werbegag des Fernsehsenders, da das Finale ja bevorsteht. Und praktisch alle regen sich darüber auf, dass diese 'mit Tricktechnik bearbeiteten Spezialeffekt-Helden' sich für so etwas hergeben. Einige schreiben auch in den Kommentaren dazu, dass dieser Ulk das Ansehen der echten Sportler beschädigt und durch den Dreck zieht, die wirklich für diese Sendung trainiert haben und das sehr ernst nehmen." Willfehr musste nun ein wenig schmunzeln.

„Das hätte ich mir eigentlich denken können, dass das in der heutigen Zeit, wo mit Computer-Bearbeitung visuell alles darstellbar ist, dieses Video als gefälscht angesehen wird. Hat der Produzent der Sendung dazu schon Stellung genommen?" Kardon war seine Erleichterung über das Medienecho des Videos deutlich anzusehen.

„Ja, sie bestreiten aufs Energischste jede Beteiligung an oder auch nur Kenntnis von dem Entstehen des Videos. Vielmehr haben sie angekündigt, diese Sache untersuchen zu lassen, da immerhin ein halbes Dutzend Leute vom Wachdienst betäubt wurden, um sich Zugang zu dieser Einrichtung verschaffen zu können. Für die meisten Zuschauer des Videos wirkt das Dementi unglaubhaft und als Teil der Werbestrategie, die ihnen Höchstquoten fürs Finale beschaffen soll. Auch die Drohung der beiden Comic-Konzerne mit Rechtsmitteln gegen den Fernsehsender wegen der unerlaubten Benutzung ihrer Charaktere schwebt noch im Raum.

Die Reaktionen darauf treiben selbstredend auch noch ganz andere Stilblüten." Willfehr schüttelte nun den Kopf.

„Als da wären?" Kardon war sich mittlerweile fast schon wieder sicher, dass er aus dieser Sache ohne jeden Schaden herauskommen würde. Dafür war die Resonanz beim Publikum zu unbedenklich, um irgendeinen dauerhaften Schaden für Trans-Dime verursacht zu haben. In dieser kurzlebigen Zeit würde diese Episode schon bald nur noch ein Kuriosum und ungelöstes Rätsel darstellen und völlig in Vergessenheit geraten.

Willfehr bemühte sein brandneues Smartphone, den direkten Nachfolger des russischen Mobiltelefons mit zwei Displays, dem Strom sparenden e-Reader auf der Rückseite. „Moment... von den bisher genannten Reaktion, die den Großteil der Kommentare ausmachen, sind auch etliche anzügliche darunter, die auf die physischen Vorzüge der weiblichen Teilnehmer dieser kleinen Privatveranstaltung anspielen. Einige davon kann man nicht mehr nur als Anspielungen bezeichnen, viel direkter kann man seine unflätigen Wünsche und Verlangen angesichts der Anonymität des Internets nicht mehr ausdrücken.

Einige Comicverrückte behaupten, dass dies die Ankunft von echten Superhelden auf der Erde ankündigen soll und viele Leute vermuten, dass das eine Werbeaktion für bald kommende Neuverfilmungen der entsprechenden Figuren sein soll, die dann demnächst angekündigt werden. Auch wer die Darsteller in diesem High Tech-Digitaltrickfilm sind, ist Gegenstand der Spekulationen.

Das hier ist mein Favorit. Der junge Herr, der als regulärer Teilnehmer am Anfang des Parcours zu sehen war und demnächst im Finale auftreten wird, bittet *Wonder Woman* um ein Treffen. Er möchte die Frau persönlich kennenlernen, die – ich zitiere – den Parcours *pulverisiert* hat."

„Wie niedlich. Wo sind die mutmaßlichen Laiendarsteller, deren Wirken ich soeben erleben durfte, zur Zeit?" Kardon schien nun zum unangenehmen Teil übergehen zu wollen.

Willfehr rief eine Anzeige auf seinem Handy auf und ging eine Weile diverse Angaben durch. Bis auf Frau Paulenssen und Frau Wegener sind alle zurzeit auf Geschäftsreise. Frau Schnyder auf Filiale 88, alle anderen sind in anderen Realitätsebenen unterwegs."

„Veranlassen Sie, dass alle so bald wie es der Dienst zulässt, zurückbeordert werden. Diese Bande werde ich mir vorknöpfen müssen, egal wie nett oder gelungen ihr Streich diesmal auch sein mag. Tatsache bleibt, dass sie unbefugt auf Privatbesitz eingedrungen sind und dabei sogar Wachpersonal ausgeschaltet haben, um ihre Dreharbeiten über die Bühne zu bringen. Ich frage mich, wie sie das mit den Nachtwächtern überhaupt hinbekommen haben." Kardon sah ein wenig ratlos aus.

„Ihnen ist schon klar, dass ihnen von den Ausbildern im Camp eingeschärft worden ist, alles zu leugnen und die Unschuldslämmer zu spielen? Denen ist vollauf bewusst, dass diese Eskapade für sie keinerlei Konsequenzen haben wird. Und wenn ich an die Sache der Springerabsolventen von vor vier Jahren denke... die hätten eine Abreibung weitaus mehr verdient gehabt als diese verhinderten Superhelden. Leider sind auch diese damals straffrei ausgegangen." Willfehr schnaubte verächtlich. „Das war vielleicht ein Durcheinander damals, wissen Sie noch?"

„Ja, Sie haben recht. Ich werde sie dennoch alle zusammen vorladen und ihnen die Köpfe waschen. Das ist das Mindeste, was sie verdient haben." Unwillkürlich lächelte der Personalchef.

Es hätte wirklich schlimmer kommen können. Und so albern und lächerlich dieser Scherz auch war, so zeugte er immerhin von Einfallsreichtum und Witz.

< 14 >

Frankfurt am Main, Filiale 88 - Monat 6

Die Monate waren wie im Flug vergangen. Sie waren auf etlichen sogenannten Aufklärungsmissionen gewesen, sowohl hier bei ihnen als auch auf einer Handvoll anderen Filialen, vor allem aber auf der mit ihrer Heimat praktisch identischen Filiale 60. Da alle drei von ihnen mittlerweile mindestens zweimal dort gewesen waren, meist in ihrer Funktion als Springer zur Unterstützung, sprich dem Leibwächter eines dortigen Agenten, hatten alle nun eine gewisse Vorstellung davon, was sich dort und somit auch hier auf ihrer Filiale abspielte.

Herr Kardon hatte allen Springern die Leviten gelesen, sobald er alle zu einem Termin zusammen bekommen hatte. Er spielte ihnen das Video vor und alle gaben sich selbstredend – wie konnte es auch anders sein? – völlig ahnungslos. Sie hatten ihm erwartungsgemäß ins Gesicht gelacht und behauptet, sie wüssten von nichts, obwohl dieses Dementi von ihnen bei einer genaueren Untersuchung der vorliegenden Fakten keine fünf Minuten standgehalten hätte. Es war somit seine gewohnte Rolle als Personalchef, das zähneknirschend hinzunehmen.

Als sie dann auch noch an der traditionellen Halloween-Firmenparty allesamt mit den im Video getragenen Kostümen auftauchten, platzte ihrem Personalchef fast der Kragen. So nah am Verlust seiner Contenance hatten sie ihn noch nie erlebt.

Die Weihnachtszeit kam erneut näher, nur dass sie als Springer diesmal alle auf Bereitschaft waren und immer wieder in die Filiale 60 oder hier bei ihnen in die Konfliktherde der Großstädte reisen mussten. Da es immer kälter wurde, verlegten die üblichen Verdächtigen dort, die zumeist aus wärmeren Gefilden stammten, ihre Machenschaften offenbar zunehmend nach drinnen. Dadurch ergab sich für sie auch kaum noch eine Aufklärungstätigkeit und es wurde in der Adventszeit ruhiger für sie. _General Winter_ arbeitete für sie, wie es so schön hieß.

Inzwischen war bei vielen ihrer Kollegen die gleiche Frage aufgetaucht wie bei Nick damals bei seinem ersten Besuch in Filiale 60. Wie konnte es sein, dass sich zwei Filialen wie ein Ei dem anderen glichen und auch nach intensiverer Recherche keinerlei Unterschiede erkennbar waren, abgesehen vom Fehlen der TransDime Agenten in der jeweils anderen Filiale selbst? Konnte wirklich *das* alleine den Unterschied ausmachen oder lag da noch etwas anderes im Verborgenen, das ihnen allen entging?

Auch ihren Kollegen in der fraglichen Filiale selbst war ihre Filiale 88 allmählich unheimlich.

Hinterher konnte man nicht mehr sagen, wem die Idee dazu gekommen war, doch es etablierte sich gegen Ende des Jahres eine extrem ungewöhnliche Wettgemeinschaft. Als die Freunde davon erfuhren, waren bereits zwei Dutzend Leute aus den beiden betroffenen Filialen beteiligt. Dabei ging es darum, einen tatsächlichen Unterschied zu finden, etwas von allgemeiner Relevanz, was man als etwas ansehen konnte, das ein nennenswerter und offiziell dokumentierter Unterschied war. Der erste Agent, der einen solchen finden und belegen konnte, gewann den Pott.

Der Haken dabei: um mitzuspielen, musste man eine Unze Gold einzahlen.

Rebecca nannte Nick völlig verrückt, dekadent und abgehoben, als er in diese Wettgemeinschaft einstieg und konnte es kaum fassen, dass auch Tamara, ohne zweimal darüber nachzudenken, mitmachte.

Eine Woche darauf waren alle von ihnen beteiligt. Etwas gefunden hatte freilich keiner von ihnen, doch die Anzahl der Mitspieler stieg konstant an. Der Verwalter und Schiedsrichter der Wette war überraschenderweise Ingo Willfehr, der Assistent von Herrn Kardon. Einige fragten sich, ob ihr Chef von dieser Angelegenheit Kenntnis hatte, aber ernsthaft bezweifeln wollte das niemand.

Die beiden Zwillinge Linnea und Lovisa waren etwas traurig, dass sie nicht einmal über Weihnachten nach Schweden zu ihrer Familie konnten, aber nachdem sie in letzter Zeit häufiger mit ihren Verwandten telefoniert und auch die dortigen Nachrichten aufmerksam verfolgt hatten, hielt sich ihre Betrübtheit in Grenzen. Wenn man glaubte, dass sich die allgemeine Stimmung im deutschsprachigen Raum merklich eingetrübt hatte, konnte man im direkten Vergleich mit dem einst so idyllischen und friedlichen Land im Herzen Skandinaviens doch direkt froh sein, hier zu leben.

Aber sie wollten sich nicht die Lebenslust vermiesen lassen. Sie verbrachten viel Zeit mit ihren Freunden und Arbeitskollegen und begannen sich über vieles Gedanken zu machen. Zum einen waren sie beruflich mehr unterwegs als je zuvor und das würde sich in den folgenden Jahren sicher auch nicht ändern. Zum anderen hatte sich auch ihr Privatleben weiter entwickelt, es waren neue Konstellationen und Paarungen entstanden und hatten einiges von dem, was sich etabliert hatte, bei ihnen in Frage gestellt.

Nachdem sich einige von ihnen in verschiedenen Gruppierungen wiederholt darüber unterhalten hatten, beschlossen sie, sich mit allen zusammen zu setzen, die das in ihrem Umfeld betraf. So richteten sie eine gemütliche schöne Weihnachtsfeier bei ihnen im Haus aus. Nach dem für diese Jahreszeit fast schon obligatorischen Racletteabend ließen sie alle das gemütliche Beisammensein in ihrer Wohnküche und dem Sofabereich ausklingen.

Viele von ihnen waren zu Rebecca, Nick, Lothar und Barbara ins Haus gekommen, um einen der letzten Abende gemeinsam mit ihnen zu verbringen, bevor diejenigen, die das konnten, wie Jürgen, Jessica und Steven, über die Feiertage in ihre jeweilige Heimat fahren würden.

Dann ergriff Rebecca das Wort und überblickte die Gruppe von jungen und engagierten Leuten, die sie in den letzten Monaten und Jahren so gut kennen-, schätzen- und auch liebengelernt hatte. Da waren natürlich Tamara und Sven, die inzwischen als Paar allgemein anerkannt waren, nachdem sie seit ihrer Rückkehr vom Springercamp keinen Hehl mehr aus ihrer Beziehung gemacht hatten. Dann Jessica, Jürgen und Steven, der Rest von Tamaras WG, inzwischen auch schon alle eine Weile in der Funktionsstufe Eins. Dazu noch Serafina, welche sich im Laufe der Zeit fest mit Barbara und Lothar angefreundet hatte. Das Erlebte auf ihrem ersten gemeinsamen Trip in eine andere Filiale, wo sie sich ohne Hilfsmittel in ein anderes Land hatten durchschlagen müssen, hatte sie zusammengeschweißt. Sie hatten nie detailliert über das dort Erlebte berichtet, fast so, als hätten sie ein Schweigegelübde untereinander abgelegt über das, was dort geschehen war.

Ferner waren noch Teresa und die Zwillingsschwestern da, die als Springer nun auch ihren Stammplatz in ihrem Freundeskreis hatten. Von ihren anderen Kollegen hatte leider niemand sonst kommen können, doch die Runde war auch so fröhlich genug.

Und nun begann Rebecca, an ihre zwei Mitbewohner gewandt: „Barbara und Lothar, ich möchte euch hier im Rahmen unserer Freunde und Kollegen etwas sagen. Ich hoffe, ihr nehmt es gut auf und dass sich dadurch nichts zum Schlechten verändern wird für uns.“

Lothar sah fragend auf: „Das klingt aber ernst, beinahe feierlich.“

„Ein wenig von Beidem vielleicht. Zuerst möchte ich euch sagen, wie froh ich bin, wenn ich Barbara und dich so zusammen sehe. Ich freue mich wirklich, dass ihr euch gefunden habt und so ein schönes Paar abgebt.“

„Hört, hört.“ Ausgelassen gab Barbara Lothar einen kurzen Schmatzer auf die Lippen, was mit kollektivem begeisterten Gejohle quittiert wurde.

Als wieder halbwegs Ruhe eingekehrt war, fuhr Rebecca fort. „Ich habe genauso wie Nick das Gefühl, dass ihr ein Stück weit hier angekommen seid und euch in diesem Haus pudelwohl fühlt, oder irre ich mich da?“

Barbara lächelte sie an. „Ja, so kann man es ausdrücken. Worauf willst du hinaus?“

„Nun, wir alle werden älter und reifer, wir entwickeln uns weiter. Und daher ergibt sich für manche von uns das Bedürfnis nach Veränderung. Nick und ich haben uns überlegt, dass wir uns eine eigene Wohnung suchen werden und euch das Haus überlassen. Ihr habt ein wenig mehr Freiraum verdient, ihr seid viel öfter zuhause als wir und bei euch sehe ich mittelfristig auch Bedarf für mehr Zimmer, die ihr belegen könnt.“

Während einige wieder in Lachen ausbrachen angesichts der angedeuteten potentiellen Familienplanung, sah speziell Lothar sehr betrübt aus der Wäsche. „Das kommt jetzt aber wirklich wie aus heiterem Himmel, Leute. Ich hoffe, wir haben nichts getan, was euch letztendlich vergrault hat, oder? Ansonsten können wir darüber reden, was..."

Nick erhob sich nun und gebot ihm Einhalt. „Nein, wir fühlen uns nach wie vor sehr wohl und heimisch hier, aber wir wollen euch wirklich zusätzlichen Entfaltungsraum geben. Und wir werden uns nicht komplett als Paar einigeln, denn wir haben uns mit Tammy zusammen überlegt, ein schönes Objekt zu suchen, wo wir eine neue WG gründen können, eventuell sogar mit Sven zusammen. Wir vier sind durch unsere Jobs zumindest in den nächsten anderthalb bis zwei Jahren weniger daheim als ihr beide und daher bietet sich das in diesem Lebensabschnitt für uns eher an. In gewissem Maße behalten wir die Vorteile bei, die wir hier zu viert auch hatten. Und ihr Beide könnt euch die Miete für das Haus doch inzwischen locker auch zu zweit leisten."

„Ja, das ist nicht das Problem, seitdem wir zwei auf Stufe Eins sind. Aber es ist dennoch schade, denn das Haus wird so leer sein ohne euch." Barbara seufzte. „Es ist ja nicht so, dass wir jetzt sofort heiraten und einen Haufen Kinder machen würden, die das Haus dann wieder mit Leben füllen werden. Und wenn wir beide weg sind, werden wir die Dienste von unserer Nachbar-WG verstärkt in Anspruch nehmen müssen, vor allem um Panther versorgen zu können."

Jessica fügte hinzu: „Und uns fehlt dann auch ein WG-Genosse. Ich meine, klar können wir die Miete auch zu dritt locker stemmen, doch es wird auch bei uns ein Stückchen öder werden."

Lovisa hob die Hand: „Darf ich etwas vorschlagen?"

Alle sahen sie neugierig an.

„Meine Schwester und ich wohnen seit unserem zwangsweisen Herzug nach Frankfurt in diesen zwar schönen, aber langweiligen Firmenapartments. Diese stehen uns auch nur für sechs Monate zur Verfügung, bis wir etwas Eigenes gefunden haben müssen. Unser Bereitschaftsdienst als Springer dauert aber noch fast zwei Jahre an, wie ihr alle wisst.

Wie wäre es denn, wenn eine von uns eines der leeren Zimmer für den Rest unseres Aufenthaltes hier bewohnt, dann ist das Haus nicht ganz so leer und ihr habt einen leichteren Übergang von vier auf immerhin drei Bewohner. Ich könnte mir das gut vorstellen; vor allem Rebeccas Zimmer gefällt mir sehr gut. Wenn sie ihren Spezialeinbau beim Auszug hier lässt, würde ich gerne die nächsten knapp anderthalb Jahre hier bei euch verbringen, sozusagen als temporärer Untermieter. Mit der Option auf Verlängerung, wenn ihr mich zu gegebener Zeit lasst."

Lothar sagte begeistert: „Hey, das ist eine tolle Idee! Was sagst du dazu, Barbara?"

„Mir fällt kein Argument ein, das dagegen sprechen würde. Dann kann ich nur sagen, willkommen bei uns in der Haus-WG, Lovisa."

Linnea ergriff das Wort: „Wenn wir schon dabei sind, würde ich gerne eine kleine Besichtigung von Tamaras WG-Zimmer machen. Ich könnte mir gut vorstellen, bei euch zu wohnen, solange ich hier beruflich bleiben werde. Und ich habe mich heute Abend mit euch dreien gut unterhalten, Jürgen, Steven und Jessica. Ihr seid nette Leute und es würde mich freuen, wenn ihr mich bei euch aufnehmen würdet. Wir könnten uns gegenseitig im Haushalt helfen wie auch Tamara es früher getan hat und ich fände es toll, nur ein paar Straßen von Lovisa entfernt zu wohnen. Dann könnten wir uns auch immer gegenseitig besuchen, wenn wir beide hier sind."

Steven bekam leuchtende Augen bei der Aussicht darauf, mit der bildhübschen Schwedin unter einem Dach zu leben. Jürgen meinte dazu: „Das fände ich toll! Was sagst du, Jess?"

„Klar, ist doch eine gute Sache. Steven?"

„Willkommen bei uns. Wann ziehst du aus, Tammy?"

Empört rief Tamara unter allgemeinem Gelächter: „He, es kann dir wohl nicht schnell genug gehen, bis ich meinen Platz geräumt habe für diese Naturschönheit hier, was?"

„Klar, warum sollte ich das leugnen, wenn du es doch ohnehin schon gemerkt hast?", meinte der Halbengländer darauf trocken.

Nun bogen sich die Balken fast bei dem ohrenbetäubenden Gelächter in ihrem großen Wohnzimmer.

Rebecca sagte halb im Scherz zu den zwei nebeneinander sitzenden Frauen vor sich: „Was ist mit euch, Serafina und Teresa? Seid ihr noch nicht vom allgemeinen WG-Fieber gepackt worden und wollt vielleicht auch eine gemeinsame Wohnung beziehen?“

Die beiden sahen sich kurz an und dann sagte Teresa zu Rebecca: „Nein, ich kann sie eigentlich nicht leiden.“

Sofort wurde es totenstill. Die Halbitalienerin/-türkin musterte die Kollegin neben sich abschätzig und erwiderte: „Ich kann dich auch nicht ab, nur dass du es weißt.“

„Ich hasse dich, du Biest!“

„Ich dich noch mehr!“ Serafina zog ihr nun an den Haaren. „Du Hexe!“

„He, meine sind wenigstens nicht rot gefärbt, sondern Natur!“ Sie begannen sich auf der Couch zu balgen.

Rebecca war aufgesprungen und wollte bereits dazwischen gehen, als beide innehielten und begannen, sich vor Lachen zu schütteln. Alle starrten sie entgeistert an und Rebecca stemmte zornig die Fäuste in die Hüften: „Ihr habt uns nur auf den Arm genommen?“

Prustend brachte Teresa hervor: „Klar, die Gelegenheit konnten wir uns doch nicht entgehen lassen. Du hättest mal dein Gesicht sehen sollen!“

Die beiden umarmten sich nun und lachten noch immer herzlich, was sich nun auf die ganze Gruppe übertrug. Kopfschüttelnd setzte sich Rebecca nun, da der Teil mit den großen Ankündigungen vorbei war.

Steven hatte bereits sein Handy hervorgeholt und sich darauf vorbereitet, den ausgebrochenen Kampf der beiden Frauen auf Video festhalten zu wollen. Jessica sah ihn ungnädig an und fragte: „Was zum Henker stimmt bloß nicht mit dir? Bist du pervers oder so?“

Verschämt steckte dieser darauf sein Mobiltelefon wieder ein und murmelte: „Sorry, war ein Reflex aus alten Zeiten.“

„Um Gottes Willen, wenn du es wirklich so bitter nötig hast, lach dir doch eine der neuen weiblichen Stewards an, die mit dir auf Dienstreisen geschickt werden. Das sollte ja wohl keine unlösbare Aufgabe sein.“ Seine verbliebene Mitbewohnerin wandte sich irritiert von ihm ab.

Serafina sah ihn unverwandt an. „Ich werde mich nicht fürs Team opfern; du bist diesmal auf dich allein gestellt. Die lockeren Zeiten neigen sich dem Ende zu und wir werden alle brave Mädchen."

Teresa murmelte: „Dass ich das noch erleben darf, dass *du ein braves...*"

„He, Bitch, was soll das heißen?" Sofort fingen sie wieder mit dem fingierten Mädchenkampf und Haareziehen an, zur allgemeinen Erheiterung der Runde.

Lothar raunte Barbara zu: „Merk dir die Weinsorte, die wir heute zum Raclette hatten. Wenn der immer für solche ausgelassenen Abende sorgt, müssen wir uns einen Vorrat von dem zulegen."

„Es könnte aber auch am Kirschwasser danach gelegen haben. Das gehört ebenso traditionell zum Abrunden einer so reichhaltigen Käsemahlzeit." Tamara neben ihm gab sich schulmeisterlich.

Barbara nahm sie etwas zur Seite: „Wie seid ihr eigentlich auf die Idee gekommen, zusammen eine neue WG zu gründen? Gibt es da was, dass ich wissen müsste?"

„Wissen müsste, ja. Aber du darfst nicht. Streng geheim für Stufe Eins, tut mir Leid. Aber ich kann dich trösten, sie haben wirklich lange mit sich gehadert und überlegt, wie sie das bewerkstelligen und vor allem euch Beiden schonend beibringen können. Sie haben sich hier sauwohl gefühlt, aber es steht wohl diese Art von Veränderung in ihrem Leben an." Tamara klärte sie sachlich über die Umstände auf, wie sie sie kannte.

„Was mich eigentlich eher wundert, ist dass du nach so relativ kurzer Zeit diesen Schritt mit Sven ebenfalls wagst. Ich meine, bei Beckie und Nick ist das keine Sache, die zwei werden eines fernen Tages noch eng umschlungen in ein Doppelgrab sinken, aber bist du dir deiner Sache mit dem guten Herrn Petersen wirklich so sicher?" Mit fragender Miene musterte Barbara ihre Jahrgangskollegin.

Tamara überlegte nur einen kurzen Moment und antwortete dann: „Es erstaunt mich selbst ein wenig, aber ja, ich war mir bei einem Mann noch nie so sicher, dass es ernst ist. Bisher habe ich auch viel herumexperimentiert und nur kurzfristige Beziehungen mit anderen gehabt, wie zuletzt mit Oliver, aber das mit Sven ist etwas Besonderes. Das wird halten, da habe ich keine Zweifel."

„Wow, das klingt ja wirklich gut. Ich wünsche euch das Beste, Tammy. Man kann sich für euch ja echt freuen, wenn das so ist. Und bist du sicher, dass er auch so denkt?“

Tamara schnaubte leise. „Wenn ich nicht aufpasse, rennt er in Kürze noch zum Juwelier und steckt mir einen Ring an! Er ist so vernarrt in mich, das ist schon fast peinlich. Frag mal Rebecca oder Nick, die können dir das bestätigen. Aber mich erfüllt es mit Glück und ich freue mich über jeden Tag, den wir zusammen sind.“

„Toll.“ Barbara geriet fast schon ins Schwärmen.

„Wie läuft es eigentlich zwischen euch in der Hinsicht?“ Nun war es an Tamara, ihrer Freundin und Kollegin auf den Zahn zu fühlen.

„Ach, eigentlich ganz toll. Lothar ist ein Rohdiamant, aber meine Schleifmaschine läuft auf Hochtouren und hat seine Machokanten allmählich abgetragen. Und er ist ein echter Schatz, das kannst du mir glauben. Bei ihm habe ich ein gutes Gefühl und ...warum grinst du denn so? Hab ich etwas Witziges gesagt?“

„Ich stelle mir nur gerade vor, wie Kardon seine Techniker und Statistiker zusammenscheißt, weil die ihm so einen Bullshit prognostiziert haben mit ihren Psycho- und Persönlichkeitstests. Laut deren Analysen müssten wir doch ein Haufen oberflächlicher Spasten sein, die sich einfach nur kreuz und quer durch alle Ränge hier durchvögeln und komplett beziehungsunfähig sind. Damit, dass diese Prognose eines Tages nicht mehr aufgeht, hat wohl keiner von denen gerechnet.“

„He, solange wir alle trotzdem unsere Arbeit gut erledigen, hat das doch niemanden etwas anzugehen bei TransDime, oder?“

Tamara seufzte: „Ich wünschte, du hättest recht. Ich bin mir da aber nicht so sicher.“ Damit ließ sie die verblüffte Barbara stehen. Sie hatte vielleicht schon zu viel gesagt. In ihrer neuen WG würde sie wenigstens nicht ständig darauf achten müssen, was sie sagen konnte und was nicht. Dieser Eiertanz mit ihren anderen Mitbewohnern würde auch Nick und Rebecca künftig erspart bleiben. Ein Argument mehr für ihre Entscheidung.

Und dank 'Onkel Holgers' vollem Einsatz hatten sie auch schon gleich zwei fast schon dekadent geräumige Mietobjekte zur Auswahl. Der erfolgreiche Makler und alte Familienfreund von Rebecca, der wirklich wie ein Onkel für sie war, hatte sich ordentlich ins Zeug gelegt und ihnen die zwei besten Sahnestücke aus seinem stets umfangreichen Portfolio an Mietobjekten vorgelegt. Noch vor den Feiertagen würden sie beide Wohnungen ansehen und sich dann über die hoffentlich ruhigen Feiertage durch den Kopf gehen lassen, ob und falls ja, welche der beiden sie sich leisten wollten.

Und leisten war dann auch das Stichwort, denn durch die allgemein prekäre Lage auf dem Wohnungsmarkt waren die Preise derart in einer Blase aufgegangen, dass nicht einmal ihnen mit ihren wirklich fürstlichen, sechsstelligen Gehältern der Kauf einer Wohnung oder eines Hauses ohne Finanzierung auch nur im Entferntesten in den Sinn kam. Zum Glück gehörten sie dank ihres Insiderwissens nicht zu den 99,9 Prozent der Bevölkerung, die über die Nullzinspolitik der Zentralbankzocker, wie Dr. Decker sie immer abfällig genannt hatte, stöhnten.

Die meisten Leute wussten nicht mehr, wohin mit ihrem Geld und begannen Risiken wie Aktienkäufe einzugehen, ohne diese Anlageklasse auch nur im Entferntesten zu verstehen. Oder wollten vermeintlich auf Nummer Sicher gehen und sich mit Immobilien absichern. Da auf einem augenscheinlich freien Markt die Nachfrage das Angebot bestimmte, wurde gebaut was das Zeug hielt und das zu Preisen, die inzwischen nicht nur illusorisch, sondern bereits utopisch waren. Entsprechend fielen auch die Mieten dieser Neubauobjekte aus, von denen sie im Begriff waren, eines demnächst zu beziehen. Dank ihrer finanziellen Lage und ihrer beruflichen Situation bot es sich für die zwei Paare an, sich eine luxuriöse Bleibe zu viert zu gönnen und die Kröte der überteuerten Miete zu schlucken. Wenn sie schon einmal hier zu Hause waren, konnten sie es sich auch gut gehen lassen und sich ein behagliches Nest schaffen.

Das neue Jahr war angebrochen und sie waren zu einem Entschluss gekommen. In unmittelbarer Nähe zur Innenstadt, am Rand eines Parks war ein Gebiet mit Neubauten bepflastert worden. Sie hatten nun ein Penthouse im 20. Stockwerk ergattern können, dem obersten eines soliden und edlen Wohnkomplexes mit einer fantastischen Aussicht, auch über die Skyline der Innenstadt.

Sie hatten immerhin zwei Tiefgaragenplätze und einen dritten noch dazu gemietet, dank der Beziehungen, die ihr Makler, Rebeccas 'Onkel Holger' in der Rohbauphase hatte spielen lassen. Die einzelnen Parkplätze waren jeweils in einer Gitterbox mit Rolltor innerhalb der Tiefgarage individuell verschlossen, sodass ihre Autos für urbane Verhältnisse sehr sicher abgestellt waren.

Im Erdgeschoss des Gebäudekomplexes gab es ein Café und eine Kita. Nicht, dass sie planten, letztere in absehbarer Zeit in Anspruch zu nehmen, doch es war gut, eine derartige Einrichtung in unmittelbarer Nähe zu wissen. Am Eingang des Hauses gab es einen Empfangstresen mit Concierge, sodass nicht einfach jedermann ungefragt ins Haus gelangen konnte. Davon abgesehen hatte die Lifttür ein Schloss auf ihrer Etage, womit nur sie mit ihren Wohnungsschlüsseln in ihr Stockwerk gelangen konnten.

Das war auch nötig, denn der Lift öffnete sich direkt in den Flur ihres Fünf-Zimmer-Penthouses. Auch die Treppe endete direkt ohne Absatz an ihrer Wohnungstür, da ihr Domizil das gesamte oberste Stockwerk einnahm.

Alleine schon der weitläufige und helle Wohn- und Kochbereich, der die gesamte Südfront einnahm, hatte über fünfzig Quadratmeter, die gesamte Wohnung die dreifache Fläche. Die moderne, komplett eingerichtete Küche war nur eines der vielen Details, der Kamin in der bis auf etwa vier Meter Raumhöhe ansteigenden Decke des Wohnzimmers ein weiteres und die große Sonnenterrasse nach Osten und Süden, die halb vom großen Pultdach überspannt war, ein letztes krönendes. Hier konnten sie sich niederlassen, einrichten, zurückziehen und wohlfühlen.

Sie würden noch eine massive Stahlgittertür an der Treppe installieren lassen, die einen Zugang zu ihrem Stockwerk gar nicht erst zulassen würde. Ein Wandsafe, der versteckt eingebaut war, hatte für sie unbedingt dazugehört bei der Art, wie sie dank ihres Hintergrundwissens Krisenvorsorge und Altersabsicherung betrieben. Ihre Sachwerte waren hier sicher verwahrt, vor allem bankenunabhängig. Auch der

Einbau einer der besten Alarmanlagen auf dem Markt war bereits direkt mit dem Innenausbau bewerkstelligt worden. In dieses Nest würde TransDime erst gar nicht versuchen können, Abhörgeräte einzuschmuggeln.

Und wenn doch, würde Tamara es herausfinden.

Und dann Gnade Gott ihrem Vorgesetzten. Noch ein weiteres Mal würden sie sich das nicht bieten lassen, soviel hatten sie sich feierlich gelobt.

Aus einer Trotzreaktion heraus hatten sie ihre Umzugspläne noch gar nicht bei ihrem Arbeitgeber gemeldet. Die würden schon früh genug merken, wo vier ihrer wertvollen Springer abgeblieben waren, wenn sie auf Zack waren. Was das anging, waren sie auf Krawall gebürstet mit der Autorität, die ihre Privatsphäre mehrfach so nachhaltig verletzt und das Vertrauen zu ihnen beschädigt hatte.

Sie sahen sich in der schlüsselfertigen Wohnung um, die sie sich bereits hatten teilmöblieren lassen. Vor allem Rebecca und Nick hatten den Großteil ihrer Gemeinschaftsmöbel ihren beiden Freunden Barbara und Lothar im Haus überlassen, da sie fanden, das stünde ihnen zu.

Verliess man den offenen Wohnbereich und beschritt den langen Flur, der quer durch die Gebäudemitte führte, kam gleich rechts die Wohnungstür zum Treppenhaus und links eine kurze Abzweigung. Diese endete nach zwei Metern in einem Gäste-WC, einem kleinen Schlafzimmer, welches sie als Gästezimmer und Büro nutzen wollten, sowie dem Zugang zum Aufzug.

Am hinteren Ende des mit Parkett ausgelegten Flurs war eine weitere kleine Abzweigung. Hier waren zwei Schlafzimmer, die sich Tamara und Sven zur gemeinsamen Nutzung gesichert hatten. Sie planten in eines ein großes Bett und Kleiderschränke hineinzustellen, in das andere weitere Schränke sowie einen Schreibtisch mit PC-Arbeitsplatz sowie vielleicht eine Klappcouch für eine weitere Schlafgelegenheit bei Besuch.

Das Praktische dabei war, dass das erste Bad mit großer Luxusdusche direkt an diese beiden Zimmer angrenzte. Im toten Winkel zwischen diesen Zimmern war zudem noch ein Hauswirtschaftsraum untergebracht, in dem unter anderem die Waschmaschine und der Trockner Platz fanden, Rücken an Rücken mit einer kleinen Abstellkammer neben der Küche.

Den wahren Luxus jedoch hatten sich Rebecca und Nick sichern können. Rechts am Ende des Flurs, gegenüber von den Zimmern ihrer Freunde, war der Eingang ihres Bereiches gelegen. Zunächst kam man durch einen Vorraum, der rechts und links mit geräumigen Wandschränken ausgekleidet war. In diesem begehbaren Kleiderschrank konnte man bereits vieles an Kleidung und anderen Dingen unterbringen. Ihr Schlafzimmer mit Doppelbett war etwas geräumiger, aber insgesamt kleiner als die beiden Räume von Tamara und Sven zusammen.

Dafür hatten sie einen exklusiven Zugang von ihrem Raum zum Hauptbad mit großer Wanne und einer Extradusche daneben. So etwas hatten sie bisher nur von den edlen Hotels gekannt, in denen sie bei ihren Dienstreisen für die Firma einquartiert gewesen waren. Jetzt so etwas in ihrer eigenen Wohnung zu haben, war für sie ein Quantensprung in der Lebensqualität. Es war sogar noch praktischer als das Duschbad ihrer beiden Mitbewohner, das ebenfalls nur zwei Schritte von deren Schlafzimmer entfernt war, aber eben vom Hauptflur her zugänglich war.

Viele Neureiche redeten sich ein, dass sie sich solch einen Luxus verdient hatten. Meist waren das Bänker hier in Frankfurt.

Bei ihnen stimmte diese Phrase aber in der Tat. Wenn sie sich das nicht verdient hatten, wer dann?

Zeit, ihre vier großen Geländewagen zu beladen und ihre Habseligkeiten nach und nach hierher zu bringen. Das Einrichten würde eine Weile brauchen und hoffentlich nicht von allzu vielen Einsätzen unterbrochen werden.

Hannover, Filiale 88 - Monat 9

Müde warf sich Nick auf sein Hotelbett, als er nur wenige Stunden vor Sonnenaufgang endlich für diese Nacht Feierabend hatte. Diese Einsätze nach dem immer gleich aufreibenden und entnervenden Muster begannen allmählich wirklich an den Nerven zu zehren. Dafür hatte er nun wahrlich nicht bei TransDime angeheuert. Was bezweckte die Firma damit nur?

Er schloss die Augen und versuchte sich zu entspannen, bis er nicht mehr mit Bestimmtheit sagen konnte, ob er noch wach war oder bereits ins Reich der Träume zu entgleiten begann.

Er spürte Rebeccas Präsenz in seinem Geist und öffnete sich ihr. *„Hallo! Ich habe dich so sehr vermisst heute. Wie ist es dir in der wunderschönen Filiale 60 ergangen, Schatz?"*

Ihre Antwort über die Abgründe der Dimensionen ließ nicht lange auf sich warten: *„Ich vermisse dich auch, Schatz. Ich war bis gerade eben noch unterwegs. Inzwischen beginne ich mich sogar schon daran zu gewöhnen; ist ja auch stets das Gleiche. Bei Dämmerung mit dem örtlichen Agenten namens David losziehen, die diversen Hotspots abklappern, sich von den Neubürgern angehen lassen. Beobachten, wie ihre Einstellung ist, ihre Moral, ihre Gesinnung, bis fast zum Morgengrauen. Mein Agent hat übrigens eine spezielle Schulung darin, das alles zu taxieren.*

Ich bin diesmal ja erst seit zwei Nächten hier in Düsseldorf, aber ich habe das Gefühl, die Jungs werden selbstsicherer, vor allem die Schwarzafrikaner, die uns des Nachts erwarten. David meint, dass mindestens ein Viertel von ihnen irgendwann in ihrem früheren Leben militärische oder paramilitärische Erfahrung in ihren Heimatländern gesammelt haben. Sie sind gut ernährt, durchtrainiert und kräftig. Die Armeen und Söldnertruppen versorgen ihre Soldaten natürlich besser als die Zivilbevölkerung, daher denke ich, er hat recht mit seiner Einschätzung. Unsere Spycam läuft immer mit, so können die Analysten von TransDime unsere 'Patrouillen' später besser auswerten."

Nick seufzte: *„Bei uns hier in Hannover läuft es haargenau gleich ab. Ich bin froh, dass es dir gut geht. Ich mache mir immer solche Sorgen, wenn du bei solchen Jobs bist. Dabei wird dir sicher weniger passieren als mir, du bist viel besser in der Nahkampftechnik. Da wir unsere speziellen Fähigkeiten ja nicht so auffällig benutzen können, sind uns ja schon ein Stück weit die Hände gebunden. Mich nervt das; ab und zu würde ich gerne ein wenig mehr Dampf ablassen als ich kann. Die Jungs, die meinen Agenten Florian und mich ständig angehen, werden immer unverschämter*

*und aggressiver. Die meinen inzwischen, ihnen gehört das Gebiet, in dem sie herum-
lungern.*"

„Hallo, Leute, was gibt es Neues bei euch?" Unverhofft kontaktierte auch Tamara sie
jetzt.

Erfreut begrüßte Rebecca ihre Freundin: *„He, Tammy, wie schön, was von dir zu hören! Wie läuft es in Zürich?"*

*„Naja, wir Basler Leute haben ja nicht die beste Meinung von der Möchtegern-Metro-
pole der Schweiz, das ist auch in Filiale 60 nicht anders. Ist so ein Ding wie bei Köln
und Düsseldorf. Mich wurmt es nur, dass wir beide auf der selben Dreckskugel ho-
cken und uns nicht sehen können, nur weil wir sechshundert Kilometer voneinander
entfernt im Einsatz sind."* Ihrer Stimme nach stimmte das, was Nick im Inneren seines Kopfes von ihr zu hören bekam.

*„Seit Monaten machen wir fast nichts anderes mehr, als immer bei uns und auf der
Filiale 60 diese ermüdenden Sondierungseinsätze zu fahren. Allmählich sollte es
doch auch dem letzten Sesselfurzer bei TransDime klar sein, was aus dem deutschsprachigen Raum geworden ist, sowohl in Filiale 60 als auch bei uns daheim. Und bei
dem, wesssen wir seit Monaten ausgesetzt werden, fällt es einem immer schwerer,
noch an das Gute im Menschen zu glauben. "* Nick regte sich auf über das, was er alles erlebt hatte und was er daraus schloss. Noch vor fünf Jahren hätte er niemals von
sich gedacht, dass er jemals solche Aussagen machen würde. *„Und einen Unterschied zu unserer Filiale habe ich auch wieder nicht entdecken können. Der Jackpot
wächst immer weiter an, hat mir Willfehr neulich erzählt."*

*„Du darfst nicht so denken, Nick. Es gibt überall auf der Welt gute und schlechte
Menschen. Ich hätte mir nur gewünscht, dass sich mehr gute und weniger schlechte
aus diversen Ländern auf den Weg zu uns gemacht hätten. Trotz all den üblen Dingen und menschlichen Abgründen, denen wir in den letzten Monaten ausgesetzt waren, bin ich nicht bereit, mir den Glauben an das Gute nehmen zu lassen.*

*Eines kann ich euch aber sagen: Zürich ist nicht mehr das, was es einmal war. Ich bin
zwar früher auch nicht so oft hier unterwegs gewesen, aber das, an was ich mich erinnern kann, deckt sich nicht mit der Art von Wirklichkeit, wie wir sie jetzt hier ha-*

ben. Zum Glück habe ich heute nicht die ganze Nacht raus gemusst wie ihr beiden. Ich bin meinem Süßen vorhin im Traum erschienen, was ihm offenbar sehr gefallen hat. Es war ein sehr lebhafter Traum, müsst ihr wissen." Man konnte Tamara den Schalk förmlich anhören.

„Der Glückspilz. Wenn du dich ihm eines Tages offenbarst, kannst du mit ihm die mentalen Buschtrommeln erklingen lassen wie mit uns. Das wäre doch was, oder?" Rebecca schien sich für Tamara ehrlich zu freuen, dass es so gut lief zwischen Sven und ihr.

Sie bestätigte auch sogleich: „Ja, eigentlich weiß ich gar nicht, warum ich das noch immer vor mir herschiebe. Allmählich ist die Zeit dafür reif, da könntest du recht haben."

„Du wirst wissen, wenn der richtige Zeitpunkt gekommen ist", versicherte Nick ihr.

„Konntest du auch etwas davon mitbekommen, wie es ihm ergeht? Er wurde ja schon einen Tag vor mir auf Reisen geschickt."

Ihre Stimme wurde etwas bekümmerter: „Ja, und er hasst jede Minute in Brüssel. Dort unten ist ein wahrer Hexenkessel, wie er es ausdrückt. Ich glaube, selbst mit der Springerausbildung ist er ein bisschen weniger resilient als wir. Diese Erfahrungen, die er dort Nacht für Nacht sammelt, machen ihm offenbar zu schaffen. Ich würde ihn am liebsten in die Arme nehmen und trösten, den armen zart besaiteten Bärli. Sobald ich mich ihm gegenüber geoutet habe, könnte ich das zumindest, wenn ich in der gleichen Stadt wie er Dienst schieben müsste, aber in einer anderen Filiale. So erscheine ich ihm eben nur in seinen Träumen und eines Tages dann können wir uns so austauschen wie wir drei jetzt. "

Nick stimmte ihr zu: „Ja, das wäre schön für euch. Aber wie groß ist die Chance schon, dass ihr zwar in der gleichen Stadt, aber in unterschiedlichen Filialen eingesetzt werdet? Ihr werdet euch mit Liebesbezeugungen über die Ferne begnügen müssen, so wie Beckie und ich jetzt."

„Gut, inzwischen erfreue ich mich einfach nur daran, seine 'Traumfrau' zu sein, im wahrsten Sinn des Wortes."

„Träume sind Schäume", neckte Rebecca sie daraufhin.

„He, mach mir das nicht madig", beschwerte sich Tamara sofort und eine Spur zu heftig.

„Was du übrigens vorhin gesagt hast, über das Gute im Menschen, das war sehr schön. Ich möchte mir genauso diese Einstellung bewahren, auch wenn TransDime sich derzeit alle Mühe gibt, uns unseren positiven Glauben an die Menschheit abzutöten. Indem sie uns ständig nur mit dem Schlimmsten konfrontiert, was es in den Städten unserer Heimatländer nachts auf den Straßen anzutreffen gibt, tun sie niemandem einen Gefallen. Wir..." Nick hielt inne, als er etwas Ungewöhnliches bemerkte, innerhalb ihrer geistigen Verbindung.

Tamara hauchte völlig schockiert: „Spürt ihr das auch? Da ist noch jemand bei uns."

In Rebeccas Stimme war blanker Horror: „Ja, ich kann es fühlen. Etwas Dunkles, Unheimliches ist hier. Es ist von unserer Verbindung angelockt worden, glaube ich."

Wer seid ihr? Wieso könnt ihr so wie ich die Gedanken anderer wahrnehmen?

Nicks Nackenhaare richteten sich auf und er bekam eine Gänsehaut.

Unerschrocken fragte Tamara zurück: „Wer bist du? Was hast du in unseren Gedanken zu suchen?"

Du... du bist nicht wie die anderen. Du bist wie ich, auf eine gewisse Art. Ich kann es spüren. Die anderen sind nur ein Schatten im Vergleich mit dir. Du hast die Gabe, so wie ich. Und du kennst das Universum so wie ich, du siehst Dinge davon, von seinem Aufbau und seinem Wesen, die den anderen Menschen verborgen sind. Das ist interessant. Wo bist du?

Rebecca rief in mentaler Panik: „Brecht die Verbindung ab! Er sucht nach uns!"

Tamaras Geist stellte sich gegen die unheimliche Präsenz: „Wir wollen bitte in Ruhe gelassen werden. Was willst du von uns? Wir sind nur drei im Geiste verbundene Menschen, die sich in einem Moment des Friedens und der Ruhe austauschen. Ich glaube nicht, dass du in unsere Runde passt. Wo befindest du dich?"

An einem Ort des Grauens. In einer Welt, wo jegliche Hoffnung schon vor langer Zeit vergangen ist. Ihr dürft es nicht erfahren, welches Schicksal mir beschieden ist.

„Ich möchte aber gerne mehr über dich erfahren. Wer du bist, wie du in diese Lage kommen konntest..." Tamaras mentale Bitte wurde unterbrochen, als die unheimliche, finstere Stimme sie überlagerte.

Nein, das geht nicht! Es ist zu gefährlich für dich. Es war ein Unfall, ein Zufall, dass ich mit euch in Kontakt gekommen bin. Ich fürchte um dich; dir darf nicht das geschehen, was mit mir geschah. Niemand darf etwas merken, niemand darf von dir erfahren. Ich muss aufhören, es kommt näher und es ist sicher, dass es uns heute Nacht heimsucht. Es kommt jede Nacht! Gebt auf euch acht, ihr guten Seelen!

Dann waren die drei Freunde wieder allein in ihren Gedanken.

Nick fiel aus allen Wolken. *„Was zum Henker war das? Es gibt noch andere Menschen, die gedanklich kommunizieren können?"*

Versonnen und bewegt ihre Gedanken vor den anderen beiden ausbreitend, erklärte Tamara. *„Ganz offensichtlich. Und obwohl es so eine dunkle Aura ausstrahlte, schien es mehr über das Zustandekommen dieses Kontaktes erschrocken als wir. Offenbar hat es sich sogar Sorgen darüber gemacht, dass jemand anderes, wer auch immer, von uns oder genauer gesagt, von mir erfahren könnte, und zwar von meinen Fähigkeiten. Seltsam."*

Rebecca klang tief verschreckt. *„Das... das war bestimmt das Unheimlichste, was ich jemals erlebt habe. Dabei wollte uns dieser Unbekannte bestimmt gar nichts Böses, aber er war so... ich finde gar keine Bezeichnung dafür. Es lief mir einfach nur kalt den Rücken herunter."*

Nick beruhigte sie: *„Er wirkte tief deprimiert und von Finsternis umschlossen, so als habe er jede Hoffnung fahren gelassen. Er hat doch auch etwas in der Art verlauten lassen, oder?"*

„Ja, und er hat uns gewarnt, dass wir uns von ihm fernhalten sollen. Ich kann mir da keinen Reim drauf machen." Tamara seufzte. *„Ich fürchte, das könnte ein ungelöstes Rätsel bleiben. Ohne eine Möglichkeit für uns, ihn gezielt anzusprechen, wird eine weitere Kontaktaufnahme nicht möglich sein, fürchte ich."*

Rebecca wollte fast schon ängstlich wissen: *„Wieso sollten wir von uns aus nochmal mit ihm in Verbindung treten wollen? Ich für meinen Teil bin froh, wenn wir nie wieder etwas von ihm hören."*

„Ich glaube, du tust unserem todtraurigen Unbekannten Unrecht, Beckie, aber auch ich denke, dass wir diesen Zufall nicht so einfach rekonstruieren können, um ihn nochmals anzusprechen. Davon abgesehen hat er uns eindringlich gewarnt davor." Tamara schien hin- und hergerissen von dem sonderbaren und ein wenig beängstigenden Phänomen.

Nick schlug vor: *„Können wir es für heute auf sich beruhen lassen? Mir reicht es eigentlich auch schon so, was ich während dieser nächtlichen Patrouillen in der realen Welt erdulden muss, auch ohne dass wir in Gedanken noch zusätzlich düstere Gespenster jagen."*

„Manchmal hast du direkt eine poetische Ader." Rebecca klang etwas beruhigter. *„Ja, lasst uns bitte Schluss machen für heute, mich hat das ganz schön mitgenommen. Für Geister-Seancen bin ich zur Zeit auch nicht zu haben."*

„Also gut, auch wenn mich diese Begegnung im Geiste doch sehr aufgewühlt hat. Das Schicksal dieser armen Seele beschäftigt mich. Ich wünsche euch eine gute Nacht, trotz allem." Nick spürte, wie Tamara ihm entglitt und dann auch Rebecca. Er war wieder allein im Hotelzimmer und fühlte sich auch so in diesem Moment.

Frankfurt am Main, Filiale 88 - Monat 9

Endlich waren sie alle vier einmal gemeinsam in der neuen, fertig eingerichteten Wohnung anwesend. Sie hatten sich ein leckeres Abendessen zubereitet und den Kamin entzündet, vor dessen prasselndem Feuer sie jetzt bei dezenter Hintergrundmusik und einem kleinen Absacker auf der gemütlichen, neuen Eckcouch saßen.

Tamara kuschelte sich an Sven und sagte leise mit zufriedenem Tonfall: „An solchen Abenden weiß ich wieder, warum ich das alles bei TransDime auf mich nehme."

„Leider sind solche Gelegenheiten zur Zeit eher selten." Ihr Freund drückte sie sanft an sich und genoss den Moment des Friedens und der Ruhe.

Rebecca hatte ihre langen Beine seitlich hochgeschlagen und sich derart an Nick geschmiegt, dass auch er nicht anders konnte, als entspannt die Stimmung in sich aufzunehmen. Wenn dieser Abend nur nie enden würde!

Rebecca bemerkte: „Ich bin so froh, dass wir mal eine Woche weder hier noch in Filiale 60 losziehen mussten, um mit dem Stock im Wespennest rumzustochern. Allmählich hat mir diese Art der sogenannten 'Aufklärung' so richtig gestunken."

„Wem sagst du das?", beschwerte sich Tamara. „Bei mir war es schon so weit, dass viele der Möchtegern-Gangster, die sich an mir und meinem Agenten versucht haben, oft auf ungeschickteste Weise über ihre eigenen Füße gestolpert und böse hingefallen sind."

Sven sah auf und fragte arglos: „Du meinst, sie werden immer ungeschickter? Das ist mir bis jetzt nicht aufgefallen."

Nick grinste und zwinkerte ihr verschwörerisch zu: „Vielleicht schicken sie ja Tamara nur zu den unfähigen Straßenräubern, damit sie die nicht allzu schlimm vermöbelt."

Rebecca sah sie alarmiert an, wohl wissend, dass Sven den Zusammenhang nicht verstanden hatte, dass Tamara ihrer Aussage nach die Schwerkraft zu ihren Gunsten beeinflusste, um gewisse brenzlige Situationen zu entschärfen. „Du passt aber auf, dass solche Ereignisse nicht zu viel Aufmerksamkeit auf dich lenken, nicht wahr?"

„Klar, ich habe es unter Kontrolle. Wer traut einem netten, lieben Mädchen wie mir schon solche Dinge zu?" Sie hielt ihre Hand vor den Mund, um ihr breites Lächeln zu verbergen.

„Du bist dir dessen voll bewusst und baust darauf. Das ist so beeindruckend." Noch immer tappte Sven als Einziger der Runde im Dunkeln, als er Tamara bewundernd anhimmelte und sie dann spontan küsste. Nick und Rebecca tauschten einen wissenden Blick und ein Schmunzeln aus.

Sven bemerkte noch in einem verschwörerischen Tonfall: „Aber allmählich beginne ich mir schon so meine Gedanken zu machen, was TransDime mit diesen Aktionen denn nun erreichen will. Es nervt mich, dass wir noch immer so vieles nicht wissen, nicht einmal erahnen können...“

Nick stieg sofort auf das Thema ein: „Ja, uns wird gesagt, sie sind die graue Eminenz und pfuschen überall hinter den Kulissen mit am Weltgeschehen herum. Und sie behaupten, dass sie das im Bestreben machen, unsere Welt zu einem besseren Ort zu machen. Aber wer kann das schon wissen, ob das die Wahrheit ist?“

Rebecca gab zu bedenken: „Na ja, das Internet ist voll von Verschwörungstheorien über die verborgenen Eliten und Bilderberger und einen Tiefenstaat in den USA... keine Ahnung, was es sonst noch so alles gibt. Wir waren nie auf dem Mond, die Erde ist eine Scheibe... such dir was aus.“

„Andererseits haben wir selbst schon alle erleben können, dass mehr von dem stimmt, was wir früher als Spinnerei abgetan haben. Vieles von diesem vermeintlichen paranoiden Mist geht auf das Konto unseres hochgeschätzten Arbeitgebers.“ Tamara wurde nun auch nachdenklich. „Aber wie weit geht das? Mich macht es auch schier wahnsinnig, dass uns so vieles noch immer verborgen ist.“

„Ab und zu bekommt man aber dennoch ein klein wenig von dem mit, was sich hinter den Kulissen abspielt, und wenn es auch nur durch Zufall ist.“ Rebecca lächelte nun listig, als sie fortfuhr: „Wir haben es euch nie erzählt, glaube ich, weil uns das auf unserer allerersten Reise passiert ist, aber bei unserem jetzigen Kenntnisstand erscheint durch unser kleines Erlebnis vieles in einem ganz neuen Licht, was die jüngere Geschichte unserer Filiale angeht.“

Sven sah sie ratlos an. „Wovon redest du?“

Auch Nick ahnte nicht, worauf sie hinaus wollte, bis es aus ihr herausplatzte: „Ihr erratet nie, wen wir damals auf unserem ersten Flug mit einer Dimensionsfähre gesehen haben.“

Nun fiel es Nick wieder ein. Erstaunt rief er: „Stimmt ja. Wir haben damals Gorbatschow gesehen!"

Tamara fiel die Kinnlade hinab und Sven keuchte fassungslos auf. Er richtete einen ausgestreckten Zeigefinger auf Nick: „Das hast du doch gerade eben erfunden! Nein, das kann nicht sein! Niemals!"

Rebecca bestätigte es mit einem milden, wissenden Lächeln. „Oh doch, genau den haben wir gesehen. Und jetzt überlegt einmal, was das für uns heißt, wenn man unsere jüngere Geschichte mit dieser Information im Hinterkopf betrachtet."

Vorsichtig gab Sven zu bedenken: „Wir können nicht einmal wissen, wenn wir bei einem Dimensionsflug einer solchen Persönlichkeit begegnen, ob diese tatsächlich in Diensten von TransDime steht oder ob sie nicht sogar einen Doppelgänger aus einer Parallelrealität von dieser Schlüsselfigur angeworben und ihn gegen die ursprüngliche ausgetauscht haben. Man könnte das nicht einmal mit einem Gentest beweisen, da die Personen ja identisch *sind*. Wir als kleine Rädchen im Getriebe könnten höchstens raten anhand eines Zeitpunktes, ab dem der betroffene Amts- oder Würdenträger damit begonnen hat, auffällige Verhaltens- oder Gesinnungswechsel an den Tag zu legen. Mann, was für ein gruseliger Gedanke!"

„Da fällt mir doch sofort eine gewisse Staatsführerin ein. So weit braucht man gar nicht zu suchen, wenn man diese Prämisse annimmt." Nick schüttelte unwillig den Kopf. „Jetzt sind wir also alle hochoffiziell komplett durchgeknallte Verschwörungstheoretiker."

„Du meinst, Verschwörungs*praktiker*!" Tamara sagte mit leerem Blick nachdenklich: „Wow, jetzt, wo du es erwähnst, ich habe neulich erst auf einem Flug ebenfalls eine Person von höchster Wichtigkeit in einer Fähre gesehen. Ich habe es damals nur kopfschüttelnd abgetan, weil ich dachte, es ist nur eine verblüffende Ähnlichkeit, aber wenn *dieser* Amtsträger auf der Gehaltsliste von TransDime stehen würde..."

„Wer war es denn?" Sven platzte fast vor Neugierde.

Tamara sagte es ihnen.

Rebecca sagte daraufhin ernüchtert: „Okay, das war's. Wir sind offiziell am Arsch. Gleich morgen früh hole ich mein gesamtes Geld von der Bank, das noch auf meinem Konto ist und münze es in Edelmetalle um. Scheiß auf Diversifikation meines Portfolios. Mit *dieser* Person in Diensten von TransDime kann uns nur ein Szenario bevorstehen...“

Als Rebeccas Handy klingelte, sah sie überrascht auf: „Wer ruft denn um diese Zeit noch an... hm, Teresa.“

Sie nahm den Anruf an und begann: „Hallo, Tere... was?... wie bitte?... hm... ja... okay, klar. Du Arme!... oh, okay. Vom Auto aus? Ja, ich muss nur schnell... gut. Bis gleich.“

Alle starrten sie fragend an, als Rebecca wieder auflegte. Sie stand auf und erklärte mit ernstem Gesichtsausdruck: „Es ist etwas vorgefallen. Teresa kommt zu uns. Sie steht praktisch schon vor der Tür.“

„Die hat ja Nerven!“, beschwerte sich Sven, dem die Störung zu so später Stunde offenbar gar nicht passte.

„Sei nett zu ihr, okay? Ihr ist etwas sehr Dramatisches passiert, wenn ich sie richtig verstanden habe. Jede Andere wäre komplett durch den Wind und würde mit einem Schock im Krankenhaus liegen. Wir müssen jetzt für sie da sein.“

Tamara stand ebenfalls auf. Sie folgte Rebecca zur Wohnungstür, wo das unaufdringliche, aber doch in der ganzen Wohnung vernehmliche Summen der Türklingel erklang. Rebecca schaltete die Kamera ein, wo der Concierge am Eingangstresen das Wort an sie richtete: „Einen schönen guten Abend, Frau Paulenssen. Bei mir ist eine junge Dame, die sagt, sie ist eine Kollegin und Freundin. Sie wird wohl bereits von Ihnen erwartet.“

Im Hintergrund war Teresa inklusive einem kleinen Rollkoffer zu sehen, worauf Rebecca bestätigte: „Ganz Recht, schicken Sie sie bitte gleich hoch.“

„Ich entsperre den Aufzug für die Fahrt zu Ihnen hoch. Einen schönen Abend noch.“

„Danke sehr, und Ihnen wünsche ich einen ruhigen Dienst.“ Sie nickte dem Concierge der Spätschicht zu.

„Den wünsche ich mir auch“, murmelte dieser noch verhalten, kurz bevor die Verbindung abbrach. Tamara grinste ihre Freundin an.

„Der Arme! Ob Teresa ihn bei einem Nickerchen gestört hat?“

„Ach, lass ihn doch, diese Leute sind nicht zu beneiden; schlagen sich die Nacht um die Ohren, damit wir unsere Ruhe haben. Immerhin hat er sich an meinen Namen erinnert. In einem Haus mit sechzig Mietparteien ist das nicht selbstverständlich.“

„Kunststück, an dich würde ich mich auch erinnern, wenn ich so ein junger Studi im vollen Saft wäre, der sich nebenbei bei diesem Job was dazuverdient.“ Tamara beendete ihre Frotzeleien, als sich die Lifttür öffnete und Teresa vor ihnen stand. Fast ein wenig eingeschüchtert betrat sie den Flur, ihren türkisfarbenen Hartschalenkoffer hinter sich herziehend.

„Hallo. Wow, ihr habt ja erzählt, dass ihr eine tolle Wohnung gefunden habt, aber das...“ Ihr blieb fast schon der Mund offen stehen, als sie sich tief beeindruckt umsah im Flur.

„Hallo. Wir können dich später herumführen, wenn du willst. Komm doch erst mal rein. Wozu der Koffer?“ Tamara beäugte das Gepäckstück mit fragender Miene.

„Ihr wart am nächsten von meiner Wohnung aus. Von meiner zukünftigen Ex-Wohnung aus, sollte ich wohl eher sagen. Ihr müsst wirklich entschuldigen, ich wusste im Moment nicht, an wen ich mich sonst wenden soll. Wahrscheinlich hätte ich es als Nächstes bei Lothar und Barbara...“ Sie sah die beiden Frauen mit gehetztem Blick an.

Dann brach ein innerlicher Damm und sie fiel Rebecca um den Hals. Schluchzend stammelte sie: „Oh Gott, es war so schrecklich! Und ich habe die Beherrschung verloren und etwas Grausames getan! Ihr werdet mich für ein Monster halten! Aber was hätte ich denn sonst tun sollen?“

Tamara nahm Teresa nun ebenfalls unter dem Arm und führte sie gemeinsam mit Rebecca ins Wohnzimmer, wo die beiden Männer ebenfalls ihren kurzen Ausbruch am Eingang mitbekommen hatten. Sie setzten sie an den großen Achter-Esstisch und machten für alle eine Runde Kaffeegetränke je nach Belieben. Inzwischen beruhigte sich Teresa wieder soweit, dass sie sich ein Herz fasste und begann, zu erzählen.

„Ich bin ja wie ihr alle auch in den letzten paar Monaten ständig hier und auf der Filiale 60 auf diesen furchtbaren Erkundungsmissionen im deutschsprachigen Raum gewesen. Mit der Zeit habe ich aufgrund all dieser einseitigen negativen Erfahrungen wohl eine unterbewusste Abneigung gegen nicht europäisch stämmige Zuzügler entwickelt. Allein das finde ich schon bedenklich, denn ich bin ein weltoffener Mensch und will mir nicht selbst dabei über die Schulter schauen, wie ich allmählich zum Rassisten werde." Sie hielt inne und schüttelte unwillig den Kopf.

Tamara meinte dazu: „Na ja, was erwartest du, wenn du innerhalb weniger Monate zigmal in der Nacht unterwegs bist und es darauf anlegen musst, dass du von den üblichen Verdächtigen überfallen und belästigt wirst? Ich finde diese Praktik von TransDime auch zutiefst verabscheuungswürdig, als ob sie vorhätten, uns mit Absicht zur Xenophobie hinzuzüchten."

Sven wandte ein: „Das kann ich mir jetzt beim besten Willen nicht vorstellen. Hinter diesen Missionen muss doch etwas anderes stecken, auch wenn das ein unerwünschter Nebeneffekt auf uns alle sein mag."

Teresa fuhr nun fort. „Wie auch immer, jedenfalls haben sie diese sogenannten *Aufklärungsaufträge* vor einer Woche vorerst ausgesetzt. Wenn ich euch richtig verstanden habe, für uns alle praktisch gleichzeitig. Warum das so ist, weiß offenbar niemand. Kann sein, dass es zu auffällig geworden ist oder dass TransDime nun schlicht und einfach weiß, was sie wissen wollten."

„Eine gute Analyse. Aber was ist dir denn jetzt konkret passiert, dass du mitten in der Nacht völlig fertig vor unserer Türe stehst?" Nick konnte sich noch immer keinen Reim auf die ganze Sache machen.

„Ich werde es ganz kurz machen. Ich bin heute Abend zu Bett gegangen und vorhin davon wach geworden, dass ein großer Schwarzafrikaner mit einem langen Küchenmesser bewaffnet am Fußende meines Bettes stand. Der Typ war riesig und muskelbepackt. Er hatte ganz unverschämt das Licht im Schlafzimmer angeschaltet und sagte in gebrochenem Englisch, ich sollte nicht schreien, sonst tötet er mich. Dann rief er etwas in einer mir unbekannten Sprache über seine Schulter und aus einem anderen Zimmer kam von zwei anderen Männern Antwort."

Alle anderen waren total schockiert, als sie fortfuhr: „Er hat dann die Bettdecke zurückgeschlagen und als er mich in meinem leichten Nachthemd gesehen hat, gegrinst und sofort seine Hose aufgemacht. Dabei hat er wiederholt, ich solle nicht schreien und wir würden jetzt Spaß haben, als er sich aufs Bett gekniet hat und meine Beine auseinander gedrückt hat.

Eigentlich hätten jetzt meine antrainierten Abwehrreflexe einsetzen sollen. Aber ich habe ganz spontan reagiert und ihn stattdessen zu mir hinabgezogen. Fragt mich nicht, wie ich in diesem Moment auf so eine bekloppte Idee gekommen bin, anstatt ihn einfach nur k.o. zu schlagen. Einen Moment lang hat er überrascht aus der Wäsche geschaut, doch dann hat er meine Reaktion für ein Einverständnis von mir missinterpretiert und sich wohl bereits auf das Kommende gefreut.

Ich nehme an, das war in diesem Moment auch meine Absicht gewesen, ihn auf eine falsche Fährte zu locken. Das weit verbreitete Vorurteil der feurigen und temperamentvollen rothaarigen Frauen ist mir in diesem Moment sicher auch zugute gekommen, um ihn so in Sicherheit zu wiegen und ihn dann zu überrumpeln. Irgendwie habe ich sogar ein schwaches Lächeln zustande gebracht, um seinen Eindruck zu bestätigen."

Tamara sah sie mit großen und runden Augen an. „Oh Mann, das ist nicht dein Ernst! Du hättest ihn windelweich prügeln sollen! Was hast du dir dabei nur gedacht?"

Sie sah beschämt zu Boden: „Wie gesagt, wahrscheinlich gar nichts."

Rebecca hatte die Augen weit aufgerissen und die Hand vor den Mund geschlagen. „Oh Gott, was für ein Alptraum! Sei nicht so hart zu ihr, Tammy. Ich hatte auch schon einmal ein Messer an der Kehle. Aber da war ich noch im ersten Jahr und relativ unerfahren."

Tamara meinte unwillig: „Dann frag mich mal, wie es war, im ersten Dienstjahr eine Pistole an die Schläfe gehalten zu bekommen. Aber das ist kein Wettbewerb. Erzähl doch weiter, Teresa."

„Immerhin hat er sein Messer aus der Hand gelegt, was mir den Rest um einiges erleichtert hat. Soweit hat meine hirnverbrannte Aktion dann doch funktioniert. Es ging dann alles so schnell, dass er keine Chance zu einer Reaktion mehr hatte. Ich habe ihm mit einer Hand seinen Mund zugehalten und meine Beine um seinen Brustkorb geschlungen, während ich seine Arme mit abgespreizten Ellenbogen von mir weggedrückt habe. Das hat ganz schön hässlich geknackt, als seine Rippen eine nach der anderen gebrochen sind. Er hat dann auch nur für ein oder zwei Sekunden versucht zu schreien und sich von mir loszureißen, aber nicht mit meinem hohen Gewicht und meiner außergewöhnlichen Kraft gerechnet. Danach war er weg vom Fenster. Wahrscheinlich hat sich eine der Rippen direkt in sein Herz gebohrt."

„Oh Gott, ist das furchtbar! Du bist so tapfer! Ich wüsste nicht, was ich in dieser furchtbaren Lage an deiner Stelle getan hätte!" Rebecca war vollkommen aus der Bahn geworfen.

Teresa führte weiter aus: „Glaub mir, auch bei dir würden die antrainierten Reflexe in so einer Lage irgendwann einsetzen.

Als nächstes habe ich mir meine Armbrust, die ich mir vor kurzem in einem Anfall von Paranoia für alle Fälle gekauft und im Schlafzimmer parat gelegt hatte, geschnappt und mit einem langen Carbonbolzen geladen. Dann habe ich die anderen im Wohnzimmer dabei erwischt, wie sie gerade meine Sachen durchwühlt haben. Auch diese beiden waren durchtrainiert, groß und sahen topfit aus. Ich habe sie mit angelegter Waffe auf Englisch dazu aufgefordert, die Messer fallen zu lassen, die sie bei sich hatten. Sie haben sich nur kurz angeschaut, dann sind sie langsam auf mich zugegangen, mit einem überheblichen Grinsen im Gesicht. Der eine zog dabei eine Pistole aus dem Hosenbund. Sie haben mir bestimmt nicht zugetraut, dass ich mich wirklich zur Wehr setzen würde."

Nick legte eine Hand auf ihren Arm. „Das ist ja schrecklich. Und dann?"

Leicht verlegen und bedrückt erklärte sie: „Na ja, sie wussten offenbar nicht so richtig, was eine Compound-Armbrust mit drei Sehnen und einem Zuggewicht von über 100 kg bewirken kann. Der Bolzen ist auf diese kurze Entfernung sauber durch den Brustkorb von dem Kerl mit der Waffe durch gerauscht und in der Wand direkt hinter ihm stecken geblieben. Gegrinst hat er danach nicht mehr, als er derart mit dem Torso an die Mauer genagelt war. Der andere war so schockiert, dass er zu keiner Reaktion mehr kam, bis ich ihm im Affekt die Schulterstütze vom Schaft der

Armbrust frontal gegen die Stirn geschlagen habe. Ich habe ihm den Schädel direkt in die Rigipswand hinter ihm gerammt, wo er ebenso regungslos stecken blieb wie der andere, der nun leblos neben ihm hing."

Svens Mund stand weit offen. „Scheiße nochmal! Leg dich nie mit einem Springer an! Was hast du dann getan?"

„Danach hat der von TransDime antrainierte Automatismus erst richtig eingesetzt. Ich habe die Firma angerufen, den Fall gemeldet und ein Cleanerteam angefordert. In den paar Minuten, die es gedauert hat, bis sie vor Ort waren, habe ich ein paar Sachen gepackt und bin nach dem kurzen Briefing nichts wie raus aus der Wohnung.

Da das Ganze leise ablief wie bei einem Geiselbefreiungseinsatz der Springer, hat keiner im Haus etwas von dem Vorfall gehört. Nur das aufgebrochene Türschloss meiner Wohnung dürfte wohl nicht unbemerkt bleiben. Es sei denn, das Cleanerteam bekommt auch das in Rekordzeit repariert, bevor irgendjemand der Nachbarn das mitbekommt." Sie senkte den Kopf und seufzte, dann begann sie wieder zu schluchzen.

„Das Schlimmste ist, dass ich mich ständig frage, ob ich genauso reagiert hätte, wenn es Europäer gewesen wären. Bin ich die Typen nur so heftig angegangen, weil ich in der letzten Zeit ständig nur mit den übelsten kriminellen Elementen dieses Menschenschlages zu tun hatte? Oh Gott, ich weiß es wirklich nicht! Was macht dieser Job nur mit uns?

Mir muss doch bewusst gewesen sein, dass die Typen keine Chance gegen mich haben konnten! Nicht mit meiner Ausbildung und meinen körperlichen Fähigkeiten! Wahrscheinlich hätte ich mit ihnen einfach nur den Boden aufwischen und die drei dann krankenhausreif den Einsatzkräften übergeben können. Aber in dem Moment des Schreckens habe ich keine Sekunde an diese Option gedacht, nur daran, dass sie in meine Wohnung eingebrochen sind und mich bedrohten. Jetzt im Nachhinein denke ich ständig, dass ich maßlos überreagiert habe. Ist so eine Handlungsweise Selbstjustiz? Ich weiß nicht einmal mit Sicherheit, ob ich sie alle drei getötet habe oder ob sie noch gelebt haben, als ich die Wohnung verließ. Aber an diesem

Ort kann und will ich nicht mehr wohnen."

Nick legte ihr tröstend einen Arm um die Schultern. „Das ist völlig normal, Teresa. Jedem Anderen ergeht es nach einem Einbruch und Überfall in den eigenen vier Wänden genauso, Springer hin oder her. Diese brutale Verletzung der Privatsphäre lässt sich nicht wieder so einfach rückgängig machen, egal wer das ist, der dir so etwas antut. Das Wichtigste ist doch, dass dir nichts dabei passiert ist."

Tamara überraschte alle, als sie mit finsterer Miene sagte: „Es macht auch einen kleinen Unterschied, ob jemand nur bei dir einbricht, um dich zu bestehlen, oder dich persönlich bedroht. Diese Typen hätten dich ja auch schlafen lassen können und einfach die anderen Zimmer nach Wertgegenständen durchsuchen können. Aber sie haben sich derart überlegen und vogelfrei gefühlt, dass sie auch vor einer Vergewaltigung nicht Halt gemacht hätten. Jedenfalls der Eine bei dir im Schlafzimmer nicht. Ich habe jedenfalls kein Mitleid mit diesen Typen."

Sven starrte seine Freundin an. „Tammy! Meinst du das ernst?"

„Du kannst nicht wissen, welches Ausmaß das angenommen hätte, wenn Teresa nicht zufällig eine ausgebildete Nahkämpferin mit übermenschlicher Körperkraft gewesen wäre. Sie hätte genauso gut von allen dreien missbraucht und anschließend getötet werden können. Wenn normale Einbrecher es geschafft haben, in ein fremdes Heim einzudringen, halten sie sich normalerweise nur wenige Minuten dort auf und nehmen in aller Eile alles mit, was wertvoll ist und schnell zu Geld gemacht werden kann. Vor allem brechen sie in der Regel nur dort ein, wo niemand zu Hause ist, meistens in freistehenden Einfamilienhäusern. Alleine das ist an Dreistigkeit kaum noch zu überbieten, in eine Wohnung in einem Mehrfamilienhaus einzusteigen, in der die Bewohnerin daheim ist und in ihrem Bett liegt. Überleg' dir mal, wie viel kriminelle Energie diese Typen gehabt haben, die Teresa heimgesucht haben. Für mich klingt das nicht so, als ob die das zum ersten Mal gemacht haben. Und wenn sie damit durchgekommen und entkommen wären, hätten sie genauso gut damit weitermachen und noch anderen Personen schaden können."

Tamara gab sich auffällig unversöhnlich.

Nick bedachte sie mit einem langen Seitenblick, bevor er sich an Teresa wandte.

„Na ja, das ist nicht von der Hand zu weisen. Aber jetzt versuche dich erst einmal zu beruhigen. Die Sache ist vorbei und das Cleanerteam wird alles regeln."

Rebecca stimmte zu: „Ja, und natürlich kannst du fürs Erste hier bleiben. Wir haben ein Gästebett im Büro, da kannst du dich erst mal niederlassen. Oder hat jemand etwas dagegen?"

Als sie sich umsah, schüttelte Sven nur den Kopf: „Ich kann wohl für alle sprechen, wenn ich sage, dass es wohl selbstverständlich ist, dass du hier bleiben kannst. Du brauchst jetzt unsere Freundschaft, Kollegialität und Unterstützung. Die wirst du bekommen, ohne Wenn und Aber."

Tamara nickte und sagte, ihre leere Tasse in die Küche tragend: „Ich zeige dir gleich dein Zimmer und das Gästebad."

Rebecca zog ihre gleich große Kollegin auf die Beine und umarmte sie herzlich. „Willkommen bei uns. Morgen früh machen wir dich mit der Wohnung an sich vertraut. Jetzt erhol' dich erst mal von dem Schock. Ich bin so froh, dass dir nichts passiert ist!"

Nick und Sven sahen sich an und nickten grimmig. Sie waren füreinander da und kümmerten sich umeinander, wie echte Waffenbrüder. Oder -schwestern in diesem Fall.

Für Nick war es befremdlich, doch ihm kam der Gedanke, dass es irgendwie beruhigend war, dass Teresa sogar in dieser abgrundtief grauenvollen Lage doch die Oberhand über gleich drei Eindringlinge behalten und derart kurzen Prozess mit ihnen hatte machen können. Er war sich sogar ziemlich sicher, dass sie nicht einmal die Waffe unbedingt gebraucht hätte, wenn es hart auf hart gekommen wäre. Was ihm mehr Sorgen hätte bereiten müssen, war immer noch die Spur von mangelndem Selbstvertrauen, die Teresa dazu veranlasst hatte, überhaupt eine Armbrust zu kaufen. Ob sie das vor oder nach der Ausbildung zum Springer getan hatte, wusste er freilich nicht, tippte aber doch auf vorher.

Es schien aber doch zu stimmen: ein Springer wurde mit nahezu allem fertig.

Diese Einschätzung von Nick bestätigte sich am nächsten Abend, als Teresa ihnen beim gemeinsamen Abendessen von ihrem Tag in der Firma berichtete. „TransDime hat Nachforschungen über meine drei Einbrecher angestellt, die das Cleanerteam hat verschwinden lassen. Sie sind bei zwei unterschiedlichen Quellen fündig geworden."

„Jetzt bin ich aber gespannt." Sven hing ihr wie alle am Tisch gebannt an den Lippen.

„Die drei stehen allesamt auf einer Fahndungsliste der MINUSMA, das ist die UN-Stabilisierungsmission in Mali. Offenbar gehörten sie zu einer islamistischen Gruppierung, die der Boko Haram nahesteht und im Norden Mails bei den bürgerkriegsähnlichen Kämpfen dort aktiv waren, wo ein unabhängiger Staat namens Azawad ausgerufen wurde.

Gleichzeitig wurden sie von diesem inoffiziellen Staat Azawad schon geraume Zeit als vermisst geführt, wahrscheinlich fahnenflüchtig. Sie sind daher bestimmt auf eigene Faust über Libyen nach Europa gelangt, wurden hier in Deutschland aber nie als Einreisende registriert." Teresa seufzte schicksalsergeben.

„Kein Wunder, denn wenn man sie identifiziert hätte, wären sie direkt ins Gefängnis gewandert, ohne über Los zu gehen und... ihr wisst schon, Monopoly." Nick verstummte angesichts der Ernsthaftigkeit der Lage, seinen Scherz nicht beendend.

„Es gab mal eine Zeit, da wären diese drei Gesellen nicht so einfach hier ins Land hinein spaziert und hätten sich so lange unerkannt und ungestraft breit machen können. Aber was weiß ich schon?" Sven klang fast schon verbittert.

„Das einzig Gute an dieser Sache ist, dass ihr Verschwinden niemandem auffallen wird, da sie ja offiziell nicht gemeldet waren. Trotzdem ist das bedenklich, dass so etwas überhaupt erst passieren konnte." Tamara dachte pragmatisch.

Nick schüttelte den Kopf. „Wir dürfen uns nicht verrückt machen wegen dem, was hier als allgemeine politische Lage angesehen wird. Wir als eingeweihte TransDime-Mitarbeiter wissen es besser und dürfen uns da gedanklich nicht mit hinein ziehen lassen. Ihr seht ja, wohin das führen kann. Wir sind keine unbekannten Rächer der Armen und Schwachen, die das Pech haben, einem skrupellosen Einwanderer in die Quere zu kommen. Es klingt abgedroschen, aber wir alle wissen, dass es überall gute und schlechte Menschen gibt."

„Ja, nur in Teresas Fall kannst du dir jetzt ausmalen, was passiert wäre, wenn sie eine normale 'hilflose' Frau gewesen wäre." Rebecca sah ihn mit unversöhnlicher Miene an.

Teresa selbst fügte noch hinzu: „Mir gefällt einfach nicht, wohin das alles führen soll. Wird das alles irgendwann der Normalfall bei uns? Man kann sich ja an vieles gewöhnen und die meisten der Zuwanderer wollen einfach nur ein besseres Leben führen. Ich kann mir nicht vorstellen, dass wir dem Untergang der abendländischen Kultur entgegensehen, nur weil unsere Sozialsysteme durch gezielte Überlastung der regierenden Parteien über die Hangkante geschoben werden. Anstatt hier im Land für die Ausbildung und vor allem den Verbleib von Facharbeitern zu sorgen, sollen ausländische Fachkräfte hergelockt werden, die dann in ihren Heimatländern fehlen und somit die Lage dort noch verschärft wird. Das nenne ich wirtschaftspolitisches Versagen auf ganzer Linie."

„Das mag ja sein, aber davon abgesehen: was mir aufgefallen ist, je öfter ich in Filiale 60 und dann hier zur *nächtlichen Aufklärung* eingesetzt war: hier ist es weniger schlimm zugegangen als dort. Jedenfalls kam mir das so vor." Tamara sah sich unter ihren Freunden um, das Thema schnell wechselnd.

Nach und nach bestätigten ihr alle diese Tendenz, auch wenn das eher ein subjektiver Eindruck war. Sie konnten davon abgesehen noch immer keinen größeren Unterschied zwischen den beiden Filialen benennen. Somit blieb das ein Rätsel, dessen Auflösung auf sich warten ließ.

15

Frankfurt am Main, Filiale 88 - Monat 10

Erstaunlicherweise hatten sie sich an die neue temporäre Mitbewohnerin recht schnell gewöhnt. Teresa war ihnen unendlich dankbar dafür, dass sie so spontan und bedenkenlos bei ihnen aufgenommen worden war. Ihr war vollauf bewusst, dass sie in einem Haushalt mit zwei Paaren wohnte und versuchte sich entsprechend nicht groß aufzudrängen, wenn sie daheim war.

Manchmal gipfelte das darin, dass Rebecca oder Tamara sie mit sanfter Gewalt aus ihrem Gästezimmer herausholen mussten, damit sie am sozialen Leben ihrer WG teilnahm. Nach einer Weile akzeptierte sie die Tatsache, dass sie nicht störte und niemandem zur Last fiel, wenn sie sich im Wohn- und Küchenbereich aufhielt wie alle anderen auch. Von da an wurde die Stimmung etwas unbeschwerter und Teresa schien sich auch mental ein wenig von dem ersten Schock zu erholen, der dieses schlimme Ereignis bei ihr ausgelöst hatte.

Nach einigen Wochen war Nick unter der Woche gerade daheim und ließ nebenher die Nachrichten im Fernsehen laufen, während er sich gerade eine Kleinigkeit zum Abendessen machte. Er hatte nach einem kurzen Bürotag eine Runde im Fitnessstudio eingelegt und dann noch eine Anzahl Bahnen im Hallenbad der Firma geschwommen, bevor er zufrieden mit der Welt und sich nach Hause gekommen war.

Sven war zusammen mit Linnea nach Malmö gefahren, wo sie offenbar für eine ganze Woche ähnliche Aufklärungen in diversen Hot Spots betreiben mussten wie die ganze letzte Zeit schon hier. Da passte es auch ins Bild, dass sowohl Tamara als auch Rebecca in Filiale 60 etwas ganz Ähnliches tun sollten, zusammen mit Lovisa. Eine von ihnen war in Kopenhagen und eine in Göteborg. Beide waren erst auf der Anreise und er konnte sich nun beim besten Willen nicht mehr daran erinnern, wer von ihnen wo, wer mit Lovisa zusammen und wer alleine unterwegs war. Wenn er hätte raten müssen, hätte er auf Göteborg als den Ort getippt, wo zwei der Springer zusammen hinfuhren. Schweden war bei weitem schlimmer dran als Dänemark, auch wenn dort die Situation in den größeren Städten mitunter ebenso problematisch war wie bei ihnen oder ihrem nördlichen Nachbarn.

Er schnaubte verächtlich beim Bruzzeln von mehreren Rühreiern mit ein wenig Gemüse und Schinken, als er den Informationsgehalt der neuesten Meldungen ermittelte. Wenn man in dem Maße an der urbanen Front tätig war wie sie in den letzten Monaten, konnte man es kaum noch fassen, welche Selektionierung von den Medien vorgenommen wurde. Die präsentierten Nachrichten waren vom Grad der Aufbereitung her von der Realität auf den Straßen ungefähr so nah dran wie ein BicMäc an den natürlichen Zutaten, aus denen er bestand.

Erstaunt hörte er die Lifttür aufgehen. Nanu, ein ungeplanter Rückkehrer? Er linste um die Ecke der weitläufigen Einbauküche und erblickte Teresa, die müde und abgekämpft wirkend den Flur betrat. Sie hatten ihr schon am zweiten Tag einen Schlüssel gegeben und sie beim Concierge-Dienst registrieren lassen, falls sie einmal nicht direkt aus der Tiefgarage nach oben fuhr, sondern von draußen aus das Haus betrat.

„He, wie geht's, du rotschöpfige Blume des Abendlandes?"

Sie lachte kurz, aber mit erzwungener Fröhlichkeit. Als sie merkte, wie das ankam, ließ sie ihren Koffer und Mantel einfach fallen und kam zu ihm herüber. „Hi."

Dann umarmte sie ihn kurz, was sie sonst nicht mit jedem tat. Er war kurz verblüfft, erwiderte die zutrauliche Geste dann aber. „Hi. Alles in Ordnung bei dir?"

„Jetzt ja, da ich einen Hauch menschlicher Wärme von einem guten Menschen erhascht habe." Sie ging zurück, um die Jacke aufzuhängen und ihren Trolleykoffer im Gästezimmer zu verstauen. Sie rief noch um die Ecke des Flurs herum: „Diese Sorte Wesen wird immer seltener, musst du wissen."

Er seufzte. „Ja, wer von uns wüsste das nicht heutzutage? Hast du Verlangen nach einer ordentlichen Portion Eiweiß?"

Sie kam zurück und setzte sich sogleich an den Tisch. „Bis gerade eben nicht. Aber jetzt, da ich den Duft deiner Eier gerochen habe..."

„Und das, was ich in der Pfanne bruzzele, ist auch sehr vielversprechend“, fügte er grinsend hinzu, worauf sie sich die Hand vor die Stirn klatschte.

„Sind wir heute mal wieder fünfzehn Jahre alt, ja?“

„Sorry, das war eben eine unwiderstehliche Steilvorlage. Außerdem bin ich geschädigt, ich bin heute in der Firma Lothar in die Arme gelaufen. Da bleibt ein kurzer temporärer Schaden zurück.“ Er zuckte nur mit den Achseln und holte zwei Teller hervor.

„Ja, das entschuldigt natürlich alles, was du an unreifen und anzüglichen Kommentaren für den Rest des Tages von dir gibst, nicht wahr?“, höhnte sie und ging zum Kühlschrank, um etwas zum Trinken für sie zu holen.

„Du siehst das genauso? Prima, ein Freifahrtschein für die Patent-Lothar-Kranach Niveaulos-Show.“ Nick gab nun die beiden Portionen in zwei hohe Teller und bugsierte diese geschickt auf ihre Plätze. „Wir hatten sogar Zeit für einen kurzen Kaffee im Pausenraum auf seiner Etage, sodass ich mich ein wenig unterhalten konnte.

Sie begann in ihrer Mahlzeit herumzustochern. „Und, gab es etwas Neues?“

„Nein, ihm stinkt es genauso wie allen anderen, dass er auch immer wieder mal auf unsere neuen Lieblingsnachtschichten geschickt wird. Er hat geflucht wie ein Rohrspatz über die Großwetterlage sowohl bei uns als auch auf Filiale 60. Vor allem die Tatsache, dass von dem, was sich so auf unseren Straßen und in unseren Städten ereignet, nur ein Bruchteil in der Presse berichtet wird, stößt ihm wohl besonders auf. Er hat gemeint, wenn die Entwicklung der Presse- und Meinungsfreiheit bei uns noch ein paar Jahre so weiter geht, sind wir auf dem gleichen Stand wie in Filiale 78, wo er mit Barbara und Serafina die erste Feldübung mit eingebauter Traumaerzeugung hatte.“

„Übertreibt er da nicht ein wenig? Ich meine, auf europäischer Ebene wird doch vieles unternommen...“ Teresa sah ihn an und brach angesichts seiner verbitterten Miene ab.

Nick erklärte: „Das genau war es ja, was ihm so sauer aufstößt. Hör dir dieses Bonmot von ihm an: Was ist die Steigerung von Na-ti-o-nal-so-zi-a-lis-mus?“

Nun stöhnte Teresa mit vollem Mund gequält auf: „Oh, bitte nicht die rechte Scheiße, die er manchmal in einem Anfall von geistiger Umnachtung von sich gibt."

„Keine Angst. Die logische Antwort darauf lautet in diesem Fall *Kontinental*-Sozialismus! Seiner Meinung nach sind wir auf dem besten Weg zu dieser fiktiven Regierungsform hin. Er nennt die EU ja immer wieder EudSSR."

Teresa meinte nun versonnen: „Weißt du was? Seitdem ich bei TransDime arbeite und bei dem, was ich inzwischen über die größeren Zusammenhänge weiß, interessiert mich diese ganze Links-Rechts-Kacke einfach nicht mehr. Ich versuche, da einfach drüber zu stehen. Ich meine, es ist ja mehr als offensichtlich, dass wir als Gesellschaft gespalten werden sollen. Und wer auch immer das vorantreibt, macht einen verdammt guten Job. Der Riss geht durch Familien, Freundeskreise, Arbeitskollegien, Parteien... einfach die gesamte Bevölkerung. Und die verschiedenen Positionen sind derart festgefahren, dass man sich den Standpunkt des Anderen gar nicht mehr anhört."

Anerkennend meinte er: „Deine Einsicht in diese Zusammenhänge ist bemerkenswert. Ich habe schon seit langem keine Horrorfilme mehr angeschaut. Ich schalte einfach nur die Nachrichten an, wenn ich Horror haben will. Aber wem erzähle ich das?

Ach ja, woher kommst *du* jetzt eigentlich? Irgendwie kann ich mir das immer schlechter merken, wo wir überall hingeschickt werden."

Sie meinte nur, eine Flasche Rotwein aus ihrem Weinkühlschrank und zwei Gläser auf den Tisch stellend: „Potsdam, unsere Filiale. Wie immer war es sehr nett, sich zwischen den Agenten der Berliner Filiale und ein paar pöbelnde Araber zu stellen. Diesmal haben sie sich sogar von mir beeindrucken lassen, vielleicht hat es sich gelohnt, an meinem finsteren Blick vor dem Spiegel zu arbeiten. Davon abgesehen war ich einen halben Kopf größer als jeder von ihnen."

Nick musste unabsichtlich lachen. „*Du* willst einen bösen Blick haben? Den will ich sehen."

Teresa sah zu ihm herüber und starrte ihn finster an. Er musste schlucken. „Wow, das ist wirklich beeindruckend. Das ist... du hast dich weiterentwickelt."

Sofort nahm ihr madonnenhaft klassisches Gesicht wieder weichere Züge an. „Ach,

Nick, haben wir denn eine Wahl in unserer Position? Dieser Blick ist eine Art von Selbstschutz, der meinem Gegenüber mitteilt: Junge, ich habe die Nase so was von voll von der ganzen Scheiße, dass ich dir deine beim kleinsten Zucken brechen werde. Manchmal fühle ich mich nicht wie der Mensch, der ich werden wollte. Aber ich bin mittendrin in der Sache und ich bilde mir ein, dass ich gut darin bin. Ich warte nur noch auf die richtige Gelegenheit, um etwas Gutes zu tun, auf das ich wirklich stolz sein kann."

„Heute könnte der Tag der langen Umarmungen werden. Für diesen Spruch gehörst du den ganzen Abend lang geherzt, Teresa. Ich bin echt froh, dass ich dich überhaupt kenne und ich wünsche mir, dass ich dabei sein kann, wenn deine große Chance kommt." Er sah sie mit einer Ernsthaftigkeit an, die ihr ein kleines Lächeln in die Mundwinkel zauberte.

„Ach, Nick, du hast nicht zufällig noch einen Bruder?"

„Nur insgesamt drei Ebenbilder in diversen Filialen. Einen davon solltest du eines Tages mal kennenlernen. Er wäre bestimmt sehr charmant zu dir." Nun war es an Nick, versonnen zu schmunzeln. Er fragte sich, ob die Arrangements vom Widerstand bereits getroffen worden waren, um die Doppelgänger von ihm, Rebecca und Tamara aus ihren alten Umfeldern unauffällig zu extrahieren und auf einer anderen Filiale wie von ihnen ersehnt zusammen zu bringen.

„Weißt du, vielleicht sollte ich das ja wirklich tun. Für einen der Alternativ-Dominiks während einer spontan eingereichten Ferienwoche die geheimnisvolle Traumfrau geben und mich ein paar Tage lang verwöhnen lassen, bevor ich wieder spurlos verschwinde und ihn schmachtend mit gebrochenem Herzen zurücklasse." Sie klimperte kokett mit den Wimpern und goss ihnen lächelnd den Wein ein.

„Ja, genau... Notiz an mich selbst: nie mehr meinen Firmenausweis unbeaufsichtigt herumliegen lassen, damit du nicht die Filialen in Erfahrung bringen kannst, auf denen meine Doppelgänger leben." Schadenfroh grinsend stellte er den Teller mit ihrer Portion vor ihr ab und dann seinen eigenen vor sich.

Sie sah über die Schulter und griff nach dem Weinglas. „Früher oder später bekomme ich deinen Ausweis schon zu Gesicht und dann beginnt die Ferienplanung. Welche Nachrichtensendung siehst du da gerade?“

„Aktuelle Kamera, Wochenschau, wer kann sich das schon merken heutzutage?“

Sie verschluckte sich vor Lachen am Wein und hustete. „Mensch, Nick, muss das sein? Du hast mich voll während dem Schlucken erwischt.“

„Sorry, ich wollte beim Thema bleiben. Oder war das mit den Nachrichtensendungen zu geistreich für einen Lothar-Spruch? Er hat durchaus seine Momente, musst du wissen.“

Sie probierte nun das Rührei. „Ja, das stimmt. Gibt es übrigens was Neues von ihm?“

Er nickte und merkte auf: „Ach ja, das wollte ich dir ja die ganze Zeit schon erzählen. Ganz schön viele Neuigkeiten sogar aus unserem Dunstkreis. Wo fange ich am Besten an?

Also, Steven hat sich freiwillig für einen Posten als Ausknipser gemeldet und stell dir vor, Kardon hat ihn genommen. Er hat gesagt, nichts in seiner Dienstakte spricht dagegen und er hatte so etwas für ihn ohnehin schon im Hinterkopf. Wer hätte das gedacht, oder?“

„Nein, bei Steven kann ich mir das sogar gut vorstellen. Gut gekocht übrigens. Lecker.“ Sie deutete mit der Gabel auf den Teller und nickte anerkennend.

„Danke. Jetzt kommt es aber: dadurch, dass er am Monatsende in der WG auszieht und zur Ausbildung auf einer sogar für uns geheimen Filiale vom Radar verschwindet, ist ein wahres Bäumchen-Wechsel-dich-Spiel unter unseren Kollegen in Gang gesetzt worden.“

„Oh, jetzt wird’s interessant. Erzähl!“

Er fuhr eifrig aufzählend fort: „Also, zunächst einmal hat sich die zweite der Lindquist-Schwestern sofort für das freiwerdende Zimmer in ihrer WG gemeldet und offenbar hat niemand damit ein Problem. Soweit Lothar mir erzählt hat, hat Lovisa ihm in einem schwachen Moment gestanden, dass sie und Linnea Jürgen insgeheim schon seit einer ganzen Weile beglücken. Mister Clark Kent hat allerdings keine Ahnung, dass sich die beiden Zwillinge dabei immer mal wieder abwechseln, ohne dass er es merkt, wen er da aktuell vor sich hat, weil die beiden sich so sehr ähneln. Er kann sein Glück noch immer nicht fassen, dass er derart häufig zur Ader gelassen wird. Und wenn ich ihn richtig verstanden habe, wollen die Beiden ihm bei passender Gelegenheit reinen Wein einschenken und schauen, wie sich das dann weiterentwickelt. Sie wollen seine Offenheit und Toleranz auf die Probe stellen, wenn du weißt, was ich meine."

Teresa fiel die Gabel aus der Hand und kam klirrend auf den Tellerrand auf. „Ist nicht dein Ernst! Ich meine, waaaas? Die beiden sind *Schwestern!*"

„Tja, ein Hoch auf die sexuelle Freizügigkeit unserer aufgeklärten Tage. Ich für meinen Teil will diese Errungenschaft nicht missen." Er prostete ihr zu und lachte dabei leise in sich hinein.

„Klingt so, als seist du auch nicht so ganz unerfahren in komplizierteren Konstellationen. Wenn *du* weißt, was *ich* meine." Sie sah ihn mit einem forschenden Blick an.

Ausweichend antwortete er: „Ja, ich weiß was du meinst. Es geht aber noch weiter. Jetzt sind natürlich Lothar und Barbara wieder allein im großen, finsteren Haus, das sie noch immer nicht mit vielen kleinen Bambini füllen wollen. Lach nicht, das hat Lothar selbst so gesagt, jedenfalls ungefähr.

Was machen sie also? Sie schlagen Serafina vor, bei ihnen einzuziehen und was glaubst du, was passiert? Sie sagt sofort ja, ohne eine Sekunde zu zögern! Das ist doch der Hammer, oder?"

Nun hielt Teresa inne und wurde nachdenklich. „Was spielt sich eigentlich zwischen diesen Dreien ab? Das würde mich mal wirklich interessieren. Seitdem sie nach ihrer gemeinsamen Beförderung das erste Mal zu dritt auf dem Horrortrip unterwegs waren, auf der Schnitzeljagd durch Mitteleuropa, die wir alle zu durchleiden haben... du weißt schon. Irgendwas ist dort vorgefallen, über das sie unter keinen Umständen reden wollen, das sie aber auf eine Art zusammengeschweißt hat wie Soldaten im Gefecht. Wie Waffenbrüder, die für den Rest ihres Lebens füreinander einstehen oder so was."

„Ja, ich weiß, was du meinst. Nicht mal Lothar hat sich jemals über dieses Thema verplappert und auch nur ein einziges Detail preisgegeben, obwohl er sonst die größte Klatschtante überhaupt ist. Als sie damals frisch zurück gekehrt waren, haben sie ein paar Sätze fallen lassen, dass sie in einem zentralistischen Großeuropa ohne Grenzen gelandet waren, wo alles komplett überwacht und reguliert worden ist. Ohne Ausweis und Kreditkarten warst du völlig verloren in dieser Filiale.

Sie haben lediglich etwas erwähnt, dass sie Dinge getan haben, auf die sie nicht stolz seien, um sich zum Ziel durchzuschlagen. Und nach ihrer Rückkehr hierher waren sie derart durch den Wind, dass sie alle drei zusammen in einem Zimmer im Haus einen ganzen Tag durchgeschlafen haben." Nick kratzte sich ratlos am Kopf. „Seitdem sind sie die besten Freunde, das stimmt. Von diesem Aspekt aus ist es doch nett, dass sie jetzt auch alle zusammen wohnen."

„Okay, glaub was du willst. Mich würde es jedenfalls nicht wundern, wenn da auch eine romantische Komponente im Spiel wäre." Sie beendete ihre Mahlzeit und wartete auf seine Reaktion.

„Damit hab ich kein Problem, wie gesagt. Aber da wir die Sache schon ansprechen: Stimmt es, was Sven mal über euer derartiges Spießrutenlaufen erwähnt hat? Das wollte ich ihn schon immer mal fragen, aber wusste nie, wie ich es ansprechen sollte."

Teresa seufzte: „Wie du dir denken kannst, sind auch bei unserer Geschichte die meisten Details geheim. Aber es stimmt schon, wir waren tatsächlich in einem Szenario, in dem die Nazis den Zweiten Weltkrieg gewonnen und über weite Teile Europas geherrscht haben auf der Filiale 45. Wobei sich die ganze Geschichte dort über die Jahrzehnte relativiert hat. Ich will das nicht beschönigen, es war echt hart, durch diese unwirklich erscheinende Version der Welt zu wandeln. Wie auf einer üblen Theaterbühne oder einem schlechten Was-wäre-wenn-Film. Ich glaube, es war genau diese Erfahrung, die Miriam dazu bewogen hat, ihre Karriere etwas abflachen zu lassen. Ich selbst war zu dieser Zeit kurz davor, auf einer Fähre als Stewardess anzuheuern."

„Ist nicht dein Ernst? Na ja, zugegeben, du hast schon wirklich was durchgemacht in den letzten Jahren. Aber ich möchte dich nicht bemitleiden, denn ich halte dich trotz allem für eine starke Frau und bewundere dich. Du lässt dich nicht unterkriegen. Ich habe jedenfalls keine Bedenken, wenn du beim nächsten Springereinsatz meinen Rücken decken sollst. Bei dir kann man sich sicher sein, dass du einen nicht hängen lässt."

Teresa kam um den Tisch herum und gab ihm einen flüchtigen Kuss auf die Wange. Er war so perplex, dass er nicht reagierte, als sie einen Moment überlegte und ihm dann noch einen weiteren verschämten auf den Mundwinkel gab. „Wenn du dein Herz nicht so bedingungslos an diese tolle und heiße Frau mit den Rehaugen und den langen braunen Haaren vergeben hättest, würde ich dich jetzt auf der Stelle ins nächste Bett zerren.

Nick, du bist ein toller Mensch und Rebecca ist so voller Güte und Mitgefühl, sie ist der Inbegriff von Gerechtigkeitssinn. Ihr habt einander verdient und ich wünsche mir für euch, dass ihr zusammen alt werdet und das wahre Glück erfahrt. Wenn ihr jemals heiratet, würde es mich überglücklich machen, wenn ich eine eurer Brautjungfern sein dürfte. Mehr kann man gar nicht verlangen, außer eurer bedingungslosen Freundschaft."

Er war so ergriffen, das er ein wenig feuchte Augen bekommen hatte. Um seine Verlegenheit zu überspielen, stotterte er: „Äh, das... vielen Dank, Teresa... ich würde sagen... Deal, du wirst Brautjungfer. Rebecca hätte dich sowieso gefragt, da bin ich mir absolut sicher. Wir haben nur noch kein festes Datum. Wie auch, bei der Auftragslage im Moment?"

Sie lachte und fiel ihm um den Hals. „Danke, Nick, das bedeutet mir viel. Ich denke mal, sobald die beiden Bereitschaftsjahre als Springer vorbei sind, wird das nicht mehr lange auf sich warten lassen, oder?"

„Da könntest du recht haben." Er stimmte in ihr glückliches Lachen ein.

Ein stärkerer Windhauch aus dem Flur ließ sie beide aufsehen. Auf einmal erklang überraschend Tamaras Stimme: „He, Nick, bist du zuhause? Rate mal, wer jetzt auch über persönliche Bezugspunkte räumliche Distanzen beim Dimensionssprung überwinden kann?"

Dann kam sie um die Ecke und erblickte Nick und Teresa Arm in Arm. „Oh, Kacke!" Teresas Kinnlade fiel hinab. „Tammy, was... wie kannst du... bist du nicht erst nach Filiale 60 abgereist?"

„Ich... mein... ich musste die Abreise verschieben... aus privaten Gründen... ich... eine familiäre Angelegenheit, sehr privat, ich will nicht darüber reden...“ Sie stotterte wie ein ertapptes Schulmädchen.

Teresa sah sie unwillig an. „Das soll ich dir abnehmen? Und was hast du mit persönlichen Bezugspunkten beim Dimensionssprung und räumlichen Distanzen gemeint?“

Die Schweizerin lief hochrot an: „Das... genau, was ich gesagt habe. Eine persönliche Nachricht und... Moment mal. Wie kann es sein, dass ich unerwartet hier 'reinschneie und euch hier eng umschlungen vorfinde? Nutzt du vielleicht unsere Gastfreundschaft aus und versuchst Rebecca zu hintergehen, solange sie auf Filiale 60 ist? Das ist ja unerhört und so perfide...“

„Wir haben uns über Freundschaft und Kameradschaft ausgesprochen, das ist alles. Nick hat mir angeboten, bei seiner Hochzeit mit Rebecca Brautjungfer zu sein und ich habe mich so sehr darüber gefreut, dass ich ihm um den Hals gefallen bin. Alles ganz harmlos, wie du siehst.“ Nun sah sich Teresa in die Defensive gedrängt.

Nick fügte schnell hinzu: „Aber keine Sorge, du bleibst natürlich Beckies Trauzeugin, daran wird sich niemals etwas ändern.“

„Gut zu wissen. Du kannst ihn jetzt loslassen, du langes Elend, sonst mache ich noch ein Foto und schicke es der glücklichen Braut in spe.“ Schnell eilte Tamara um die Ecke und in ihr Zimmer, wo sie mit offener Tür deutlich vernehmbar durch ihre Schränke ging, etwas suchend.

Teresa ließ nun tatsächlich von Nick ab, nachdenklich vor sich hin brütend. „Was passiert hier gerade? Ich werde nicht schlau daraus. Hast du gehört, wie der Lift angekommen ist? Normalerweise nehme ich das Öffnen der Türen immer wahr. Und dieser starke Luftzug...“

„Das kann ja nur der Lift gewesen sein. Was denn sonst? Komm, wir lassen sie lieber in Ruhe, sie scheint mir ziemlich aufgewühlt zu sein. Muss ja schon etwas Bedeutsames sein, wenn die Firma sie einen Tag später abreisen lässt.“ Nick bemühte sich nach Kräften darum, Tamaras plötzliches Auftreten irgendwie plausibler zu machen.

„Hm, okay." Teresa schien noch nicht restlos überzeugt, nahm aber nichts desto trotz ihr Weinglas und setzte sich auf die Couch, um den Rest der Nachrichtensendung noch zu verfolgen.

„Ich komme gleich zu dir." Nick stellte sein Glas auf den Couchtisch neben sie und eilte dann vermeintlich zum Bad, um Tamara außer Hörweite von teresa zur Rede zu stellen.

„Bist du verrückt geworden, einfach so hier aufzutauchen? Was, wenn ich gerade durch den Flur gelaufen wäre an der Stelle? Oder Teresa? Das würde ich gerne mal erleben, wie du *das* dem Cleanerteam erklären willst." Er fuhr sie zornig an, ohne die Stimme zu erheben.

Tamara starrte ihn verblüfft an und dann machte sich Entsetzen auf ihrem Gesicht breit. Sie schlug die Hände vor den Mund. „Oh mein Gott, Nick! Du hast recht, ich hätte einen von euch umbringen können! Es tut mir schrecklich Leid, ich war nur so begeistert über diese Entdeckung, dass ich nun auch..."

Sie senkte den Kopf und murmelte beschämt: „Ich muss mich wirklich am Riemen reißen. Sonst bringe ich euch alle in Gefahr. Oder werde von TransDime in ein tiefes dunkles Loch geworfen... oder in ein Labor."

Sie ging ins Wohnzimmer und redete kurz mit Teresa, dann hörte er, wie die Lifttür sich öffnete und wieder schloss.

Vorsichtig ging er zurück in den Wohn- und Kochbereich. Tamara war wie erwartet gegangen. „Und, hat sie gefunden, wonach sie gesucht hat?"

„Ja, sie hat noch gemeint, wir sollen uns keine Sorgen machen. Es ist nichts wirklich Schlimmes, nur nichts, worüber man außerhalb der Familie redet. Keine Ahnung, was das sein könnte, aber ich werde auch gar nicht darüber nachdenken. Sie hat sich so süß von mir verabschiedet und mich sogar kurz an sich gedrückt, dass ich ihre Privatsphäre respektieren werde."

„Recht hast du. Betäuben wir unser Großhirn noch ein wenig vor der Glotze?" Schwer ließ er sich neben sie fallen.

Das war gerade nochmal gut gegangen, dachte er bei sich. Tamara konnte jetzt also auch mit einem Dimensionssprung einen Ortswechsel vornehmen, indem sie einen ihr erkennbaren Bezugspunkt ansteuerte. Konnte das ein Ort sein oder eine Person? Er würde sie bei nächster Gelegenheit ausfragen müssen über diese faszinierende Erweiterung ihrer Fähigkeiten.

Sie konnten es kaum glauben, dass sie einmal alle gemeinsam ein ganzes Wochenende frei hatten. Rebecca hatte, gleich nachdem das klar geworden war, vorgeschlagen, einen gemütlichen WG-Abend zu fünft zu machen. Ihre große Einweihungsparty stand noch aus, auch wenn einige der anderen schon vereinzelt bei ihnen zu Besuch gewesen waren.

Tamara hatte es sich nicht nehmen lassen, die Anleitung für ein deftiges Fleischfondue zu übernehmen, das sie jetzt mitsamt etlicher, leckerer Beilagen und Soßen in vollen Zügen genossen. Das Ganze wurde abgerundet durch eine Flasche guten Weißweins, bei der es nicht blieb.

Nach dem Essen saßen sie noch alle gemeinsam auf der Couch und sahen dem Prasseln des Feuers zu, dass im ansonsten schwach beleuchteten Raum eine heimelige Atmosphäre verbreitete. Den Kaffee hatten sie bereits hinter sich und waren jetzt an diversen hochprozentigen 'Verdauerli', wie Tamara unter breitem Grinsen ihrer deutschen Freunde die diversen Obstbrände genannt hatte, angelangt.

„Was für ein schöner Abend. Und was noch besser ist: noch zwei volle Tage ohne Aufträge, die einem die gute Laune verderben und einen runterziehen.“ Teresa seufzte.

Sven gab zu bedenken: „Warte mit dieser Aussage lieber bis Montagmorgen.“

Tamara stieß ihm verspielt einen Ellenbogen in die Rippen. „Du alter Miesepeter.“

Nachdem sie kurz gekichert hatte, wandte sich Teresa nochmals an alle: „Ich glaube, ich konnte mich noch gar nicht angemessen bedanken bei euch für die nette Aufnahme in eurem trauten Heim. Ich weiß, dass ihr eben erst eingezogen seid und euch das Ganze hier eher als ein schönes romantisches Liebesnest gedacht habt. Ich muss euch doch vorkommen wie das fünfte Rad am Wagen."

Die anderen sahen sich alle an, erst erstaunt, dann nachdenklich. Nick ergriff zuerst das Wort: „Weißt du, wenn du es so formulierst, muss ich dir sagen, dass es mir eigentlich gar nicht so vorkommt. Ich hatte vielleicht kurz nach deinem Eintreffen mal unterbewusst so ähnliche Gedanken, aber nach den letzten paar Wochen sind die gar nicht mehr vorhanden."

Rebecca stimmte sofort zu: „He, du hast recht. Mir geht es ganz ähnlich. Ich hatte zu keiner Zeit das Gefühl, dass unsere Privatsphäre in irgendeiner Weise eingeschränkt gewesen wäre. Es ist vielmehr noch eine zusätzliche nette Abwechslung, wenn alle anderen ausgeflogen sind und dann wenigstens noch sonst einer da ist, den man gut leiden kann."

„Die Wohnung ist so groß, dass das gar nicht störend ins Gewicht fällt, da brauchst du dir echt keine Gedanken zu machen. Du hast dein eigenes Gästebad, die Zimmer sind gar nicht hellhörig und niemand bekommt etwas davon mit, was die anderen hinter verschlossenen Türen machen." Sven ging die Sache logisch an, doch Nick sah seinen Kollegen nun doch etwas skeptisch an.

„Warte mal, willst du etwa sagen, ihr habt auch letzte Nacht nichts von uns gehört?" Nun sah er hinüber zu Rebecca, die rot anlief. „Die nehmen uns doch auf den Arm, oder?"

„Nick! Das gehört doch jetzt echt nicht hierher!"

Tamara hieb sofort süffisant in die Bresche. „Ich finde schon, dass genau das doch gerade die Frage war. Teresa, hast *du* etwa gewisse Geräusche aus dem Zimmer von Nick und Rebecca gehört?"

„Tammy, du Luder! Das ist nicht witzig!" Rebecca zischte ihre Freundin empört an, doch diese war nicht bereit, dieses höchst peinliche Thema auf sich beruhen zu lassen.

Auch Teresa war offenbar sehr unangenehm berührt, als sie antwortete: „Nein, gar nichts. Keine Ahnung, was du damit meinen könntest."

Tamara zählte nüchtern auf: „Keine Schreie, klatschende Geräusche, Tierlaute...?"

Sven fiel fast vor Lachen von der Couch, während Rebecca und Teresa nun beide verschämt zu Boden starrten.

Nick sah Rebecca von der Seite her an. „Du musst zugeben, die Zimmer sind tatsächlich nicht hellhörig."

„Sie wurde schon mal als Schreihals tituliert, musst du wissen", informierte Tamara ihren Hausgast.

„Von Ziska, na *vielen Dank*!" Jetzt geriet Rebecca doch allmählich in Rage, worauf Tamara beschloss, das Thema doch noch auf sich beruhen zu lassen.

„Schön, stellen wir also fest, dass du uns gar nicht zur Last gefallen bist, Teresa. Wir alle sind derzeit so oft weg, dass die zusätzliche Belegung des Gästezimmers gar nicht groß ins Gewicht fällt, jedenfalls nicht für meine Begriffe."

Teresa nickte ihr zu: „Das ist lieb, Tamara. Trotzdem glaube ich, dass es allmählich Zeit wird, mich nach etwas Neuem umzusehen. Dein Onkel Holger kann sich doch sicher mal in seinem Bestand nach einer kleinen, netten..."

Als ihr die Stimme versagte und sie vor sich hin ins Leere starrte, konnte man ihrer Miene genau ablesen, dass Teresa gar nicht mehr alleine wohnen wollte. Springer oder nicht, ein Einbruch in die eigenen vier Wände und eine versuchte Vergewaltigung würden jedem zu schaffen machen. Ihr Penthouse hier war eine der sichersten Wohnungen, die man sich denken konnte, da ging es einem schon besser als in einem gemeinen Mietshaus, wo sich jeder ohne Weiteres Zutritt verschaffen konnte, wie es bei ihr der Fall gewesen war. Auch wenn sie wahrscheinlich mit zehn dieser Sorte von Eindringlingen hätte fertig werden können.

Rebecca sagte vorsichtig: „Darf ich vielleicht einen Vorschlag machen?"

Nick sah auf. „Um was geht's denn?"

„Wir sind während der beiden Bereitschaftsjahre als Springer in der Stufe Zwei so oft unterwegs, dass es doch wirklich keine Sache wäre, Teresa während dieser Zeit bei uns wohnen zu lassen. Sie ist keine Belastung, sondern eher eine Bereicherung für unsere WG." Sie sah sich in der Runde um.

Tamara nickte sofort enthusiastisch. „Das fände ich toll."

Nick stimmte auch gleich mit ein: „Ich wüsste nicht, was dagegen sprechen würde."

Und auch Sven nickte lächelnd. „In diesem Fall würde ich sagen, willkommen in der WG, wenn du willst, Teresa."

Ihrer Freundin waren nun die Tränen gekommen und sie stammelte völlig ergriffen: „Das... würdet ihr... für... für mich tun? Seid ihr... sicher?"

„Natürlich! Wir verteilen den Krempel aus dem Büro auf die anderen Zimmer und richten einen allgemeinen Büroplatz mit Schreibtisch im Wohnbereich ein, da hinten in der Ecke neben dem Kamin, wo wir das Brennmaterial stapeln. Da ist locker noch Platz dafür, außerdem hat doch ohnehin jeder irgendwo ein Laptop, Tablet oder Smartphone herumfahren." Tamara begann gleich die praktischen Aspekte durchzuspielen.

„Gute Idee, das klappt sicher. Ich freue mich, dass wir das geklärt haben. Was sagst du dazu, Teresa?" Erwartungsvoll sah Rebecca sie an.

„Natürlich bleibe ich gerne! Ihr müsst mir aber versprechen, dass ihr mir sofort sagt, wenn ich einem von euch auf den Wecker gehe. Egal, wem von euch. Ein Wort und ich bin weg."

„Stell' doch dein Licht nicht so unter den Scheffel! Du bist toll und wir freuen uns wirklich, dass du bleiben willst. Ich weiß nur noch nicht so genau, wie ich Lothar diese Wendung der Ereignisse schmackhaft machen soll." Nick kratzte sich ratlos am Kopf. „Ihm hatten wir gesagt, dass wir ausziehen aus dem Haus, weil wir uns weiter entwickeln wollen und unser eigenes Ding machen. Jetzt sind wir wieder in einer großen WG."

Teresa meinte nur: „Ach, da musst du dir keine Gedanken machen, bei ihm ist ja jetzt auch wieder eitel Sonnenschein., jetzt da Serafina bei ihm..."

Tamara meinte verständnislos: „Was meinst du denn damit?"

Als ihr klar wurde, dass ihr da eine vertrauliche Information heraus gerutscht war, hielt sich Teresa erschreckt die Hand vor den Mund.

„Jetzt musst du aber schon mit der Sprache rausrücken, Mitbewohnerin", nahm Sven sie auch gleich in die Pflicht.

Sie seufzte und ihre Miene nahm einen verschwörerischen Ausdruck an, als sie die Stimme senkte: „Also gut, aber ihr müsst mir versprechen, dass ihr wirklich keiner

Menschenseele davon etwas verratet."

„Versteht sich von selbst. Schieß' schon los!", drängte Rebecca neugierig.

„Barbara hat mir in einem schwachen Moment letzte Woche auf einer gemeinsamen Geschäftsreise etwas anvertraut. Ihr erinnert euch doch daran, dass sie, Lothar und Serafina gemeinsam nach ihrer gleichzeitigen Beförderung auf dem Höllentrip quer durch das Orwellsche Großeuropa gewesen sind? Dieser Spießrutenlauf, von dem sie ums Verrecken niemandem irgendwelche Details erzählen wollen?"

„Ja klar. Davon hatten wir es doch erst neulich mal. Was ist damit?" Nick platzte fast vor Neugierde.

„Dieser Trip hat sie zusammengeschweißt und ein Band zwischen ihnen gefestigt, auf vielerlei Ebenen. Unter anderem auch..."

„Ich *wusste* es! Die drei haben was miteinander! Ich habe es immer geahnt!" triumphierend rief Nick dies aus und handelte sich dadurch den Unwillen der anderen ein.

Rebecca gab ihm eine ihrer patentierten Kopfnüsse. „Du Idiot! Bitte fahre fort, Teresa, und ignoriere den Depp da."

„Okay, obwohl er durchaus richtig gelegen hat mit seinem..."

„Ich *wusste* es!", rief Nick erneut, worauf Rebecca ihn spielerisch in den Schwitzkasten nahm.

„Wirst du dich wohl benehmen? Fahre fort, Teresa. Keine Sorge, dem geht's gut, der braucht das von Zeit zu Zeit. Siehst du, er lacht noch, auch wenn er schon rot anläuft." Sie strubbelte ihm übers Haar, während sie den Griff noch etwas anzog.

Irritiert fuhr Teresa fort: „Na ja, durch das erlittene Trauma hatten sie viel Zeit neben dem Job zusammen verbracht, um sich gegenseitig beizustehen. Dann wart ihr beide mal eine Weile auf Reisen und Serafina hat einen Abend bei ihnen verbracht. Seitdem sind die drei sozusagen ein Herz und eine Seele. Sie hat wohl sogar etliche Male die Nacht bei ihnen verbracht, während ihr ebenfalls daheim im Haus wart."

„Ich *wusste* es!", rief Nick nun erneut, kurz nachdem Rebecca ihn losgelassen hatte, den ausgestrecken Zeigefinger auf sie gerichtet. „Wer hat mich für verrückt und paranoid erklärt? Das Rauschen der Dusche, obwohl beide erst später aus ihrem Zimmer nach unten in die Küche gekommen sind? Das unglaublich vollbeladene Tablett für Frühstück im Bett 'zu zweit'? Das Geräusch im Morgengrauen, als jemand die Haustür ins Schloss gezogen hat, während Barbara und Lothar noch oben im Bett gelegen sind?"

Rebecca schüttelte ungläubig den Kopf. „Die Zeichen waren alle da, das stimmt. Wie konnten wir das nur übersehen?"

„Vielleicht, weil ihr so beschäftigt wart mit eurer eigenen Dreiergesch...eiße!" Erschrocken hielt sich nun Sven die Hand vor den Mund, als ihm aufging, dass er sich grandios vor Teresa verplappert hatte.

Diese riss den Kopf herum und starrte die beiden betroffenen Freunde an: „Waaas? Stimmt das?"

Nick wurde nun sehr verlegen: „Das hat sich auf ganz natürliche Weise ergeben. Keiner von uns hat sich etwas dabei gedacht und es war eine wunderschöne Zeit, wirklich. Du musst dir nichts dabei denken, keiner von uns hat jemals etwas bereut dabei."

Teresas Augen verengten sich. „Ich muss wohl nicht erst fragen, wer die Dritte im Bunde war? Oder *ist*?"

Verschämt sagte Tamara leise: „War. Aber Nick hat recht, was wir geteilt haben, war wunderbar und eine der schönsten Erfahrungen meines Lebens. Mit einer guten, vertrauten Freundin und einem verständnisvollen Mann wie Nick konnte nichts dabei schiefgehen und wir hatten so viel Spaß und schöne Momente, das kannst du dir gar nicht vorstellen."

Teresa Blick verklärte sich. „Doch, ich glaube, das könnte ich. Da ist nichts Schlimmes dabei und ich habe volles Verständnis dafür. Wenn ich darüber nachdenke..."

Rebecca sah sie verblüfft an. „Du bist der Idee nicht abgeneigt?"

„Nein, durchaus nicht, auch wenn ich noch nie das Vergnügen hatte. Wieso, ist das für dich ein Problem?"

„Teresa, ich glaube, wir kommen hier gerade einem faszinierenden demografischen Rätsel auf die Spur. Tamara, denkst du auch das Gleiche wie ich?" Nick sah sie gespannt an.

„Ja, wir sind da tatsächlich einer Sache auf der Spur, die höchst erleuchtend für uns sein könnte. Fassen wir kurz zusammen. TransDime geht bei den Persönlichkeitsprofilen von uns dabei aus, dass wir alle bei der Einstellung jung, sexuell aktiv und mit einer gewissen Oberflächlichkeit gesegnet sind sowie häufigen Partnerwechseln nicht abgeneigt.

In den letzten Jahren hat sich jedoch etwas geändert. Es finden augenscheinlich immer häufiger Pärchenbildungen zwischen den Stewards und Agents statt, was sich die Verhaltensforscher, die die Testkriterien für die Eignungstestes erstellen, nicht erklären können. Bei dieser Sache fehlt ihnen ein Parameter, den wir gerade eben identifiziert haben, wie ich zu meinen glaube."

„Du bist sexy, wenn du so geschwollen daher redest", gab Sven zum besten.

„Lass bloß deine Hose an, Mister Heißsporn", bremste Rebecca ihn mit gespieltem Ernst ein. „Ich glaube allmählich, ich weiß, worauf du hinauswillst, Tammy. Weiter!"

„Danke. Wie wir jetzt wissen, gibt es eine Bindung von mehr als zwei Partnern zwischen Lothar, Barbara und Serafina. Des weiteren war da unsere Dreiecksbeziehung und nun zeichnet sich auch noch etwas Derartiges zwischen Jürgen und den Zwillingen ab, was ich besonders krass finde bei Schwestern.

Wie dem auch sei, auch unser guter Sven wäre gewissen Experimenten gegenüber nicht abgeneigt, jedoch nicht mit einem zweiten Herren der Schöpfung. Stimmt's?"

„Es werden keine Schwerter gekreuzt", bekräftigte dieser metaphorisch.

Tamara zog eine Schnute. „Vielen Dank für dieses Bild. So etwas in der Art kannst du dir sowieso abschminken, jedenfalls mit mir. Aber davon abgesehen ist uns allen gemein, dass wir alle diese Neigung zu haben scheinen. Was ist denn nun mit dir, Teresa?" Tamara sah ihre Kollegin fragend an, als diese ganz still geworden war und auf ihre Hände hinabsah.

„Wenn wir schon alle so ehrlich zueinander sind, kann ich euch vielleicht auch ein Geständnis machen?"

„Nur zu, alles was heute Abend als Licht kommt, bleibt unter uns", ermutigte Nick sie.

„In der Tat hatte ich auch schon solche Phantasien, doch das waren alles nur Tagträumereien. Bisher habe ich so etwas noch nie in die Tat umgesetzt. Was denkt ihr jetzt von mir?“ Sie sah die anderen mit ängstlichem Blick an.

„Dass du ein wunderbarer Mensch bist, der ganz normale Träume und Phantasien hat wie jeder andere auch. Willkommen im Club, Teresa. Ich kann nichts Schlimmes daran finden.“ Sie legte ihr die Hand auf den Arm, was in in diesem Augenblick eine vertraute und angenehme Geste für Teresa war.

„Das finde ich toll, dass wir alle so offen darüber reden und damit umgehen können.“ Teresa sah sich um und fragte: „Und jetzt? Orgie auf dem Lammfell vor dem Kamin?“

Damit war das Eis gebrochen, als alle außer Teresa in schallendes Gelächter ausbrachen.

„Nein, wirklich, Leute, wir müssen meinen Einzug doch gebührend feiern. Los, macht schon, zieht euch alle aus!“

Das Gelächter der anderen wurde nur noch lauter. Rebecca schlug ihr auf die Schulter: „Mann, Teresa, ich wusste nicht, dass du so eine tolle Ulknudel sein kannst.“

„Aber warum denn? Dafür habt ihr das riesige Fell doch eigentlich gekauft, oder etwa nicht? Na los, runter mit den Klamotten!“

Tamara hielt sich den Bauch: „Gnade, ich kann nicht mehr!“

„Wenn ihr mir nicht glaubt, gut, ich fange an.“ Sie begann, sich ihr weites Schlabber-T-Shirt über den Kopf zu ziehen.

Sven glotzte sie nun ernster an, als bereits ihr nackter Bauch zu sehen war: „Meinst du das jetzt wirklich ernst?“

„Nee!“ Sie lachte nun auch unvermittelt los. Darauf bogen sich alle vor Lachen.

Teresa fügte noch hinzu: „Doch nicht heute Abend. Wir sind alle viel zu überfressen von dem leckeren Fondue und wir müssen ja nichts überstürzen. Wir haben alle Zeit der Welt.“

Nick studierte ihr Antlitz. „Wow, du bist echt gut. Ich könnte wirklich nicht sagen, ob du es ernst meinst oder nicht.“

„Tja, gelernt ist gelernt.“ Sie machte einen angedeuteten Knicks wie nach einer Theatervorstellung und setzte sich dann wieder, mit kokettem Augenaufschlag.

Rebecca bemerkte: „So fröhlich und gelöst habe ich dich noch nie gesehen, glaube ich."

„Ist ja auch kein Wunder, hier unter Freunden fällt es mir leicht, einmal die ganzen Sorgen zu vergessen. Ihr habt so einen tollen Humor und blödelt so schön herum, dem möchte ich in nichts nachstehen. Ich fühle mich einfach nur wohl im Moment." Sie umarmte Rebecca und dann auf der anderen Seite neben sich Tamara.

„Dann lasst mal die schönen WG-Zeiten kommen." Sven lehnte sich zurück und nippte nochmals genüsslich an seinem aromatischen Himbeergeist.

Sie hatten noch einen unbeschwerten und geselligen Abend und zogen sich dann zurück auf ihre jeweiligen Zimmer. Morgen würden sie ein spontanes Räumkommando für Teresas Wohnung organisieren und dann weiter sehen, wenn sie das Wichtigste an Hausrat geholt hatten.

Am nächsten Montag hatten sie bereits das Nötigste bezüglich Teresas Umzug erledigt, ihr beim Einräumen geholfen und den Conciergeservice an ihrer Eingangstür mit einem Botengang bezüglich der Meldeformalitäten beauftragt. Sie fuhren spät am Vormittag zu viert zu TransDime.

Tamara hatte mitten in der Nacht noch einen Anruf bekommen und Hals über Kopf packen müssen, um eine Fähre zu bekommen, die sie zu einem streng geheimen Spezialauftrag bringen würde. Sie hatte lediglich erfahren, dass sie in einer anderen Dimension sein würde, was extra lange Reisezeiten und das Tragen eines Stabi-Gürtels für sie bedeuten würde. Nick bedauerte es, dass sie sich nicht hatten voneinander verabschieden können, doch sie konnten ihr immer noch per Drohne Nachrichten schicken und hatten ja seit einer Weile auch die alternative Methode des direkten geistigen Kontaktes.

Manchmal konnte er es immer noch nicht glauben, in was für einer verrückten und phantastischen Welt er lebte. Sein Leben und das seiner Freunde und Kollegen war im wahrsten Sinne des Wortes komplett auf den Kopf gestellt worden in den letzten Jahren.

Im Laufe dieses Tages würden auch sie bestimmt ihre nächsten Aufträge erhalten und wieder in alle Winde zerstreut, dachte Nick bei ihrer Ankunft in der Firma. Er hatte sich kaum eingeloggt in den PC an seinem Büro-Arbeitsplatz, als ihn auch schon eine e-mail mit neuen Auftragsdaten erreichte. Er musste bereits in einigen Stunden wieder einmal zur Filiale 60 aufbrechen. Diesmal sollte es nach Hamburg gehen, wo er die üblichen Auskundschaftungen in einem Viertel durchführen sollte, in denen nicht nur ausländische Banden, sondern auch Linksautonome zu einem Risiko wurden, wenn man des Nachts durch die Straßen dort lustwandelte.

Dabei fiel ihm ein, dass er von den zwei Dutzend Auseinandersetzungen, die er in den letzten Monaten hatte bestreiten müssen, nur eine einzige mit einer Horde Neonazis gewesen war. Das sollte nicht heißen, dass dieser Menschenschlag weniger radikal oder gefährlich war, aber in der Masse der Sicherheitsrisiken in Großstädten traten diese allmählich in den Hintergrund. Er konnte nicht gerade behaupten, dass es sich über diesen Umstand freuen konnte.

Rebecca kam in seine Büroparzelle und setzte sich auf seine Schreibtischkante. „Na, großer Krieger, musst du auch schon wieder in die Schlacht?"

Er nickte grimmig: „Hamburg, Filiale 60. Du?"

Sie lächelte fröhlich: „Ich muss auch nach 60, Düsseldorf. He, dann können wir zusammen fliegen. Ist doch toll!"

Er umarmte sie. „Ja, das ist sogar bei weitem das Tollste in der kommenden Woche. Ich weiß echt nicht, wie lange wir das noch weiter so treiben sollen. Irgendwas ist hier doch oberfaul, und zwar in beiden Filialen, ihrer und unserer. Ich habe immer noch keinerlei Unterschied entdeckt, bis auf das, was unsere Aktionen dort ausmachen. Das bleibt jedoch meist geheim, daher kann ich auch wieder keinen Unterschied in der Zeitgeschichte feststellen. Aber es *muss* einen geben!"

Sie erwiderte die Umarmung und intensivierte sie noch. „Du hast recht, aber wie immer werden wir im Unklaren gelassen über das, was da geschieht. Ein Teil von mir wünscht sich inzwischen fast, dass es mal einen großen Knall gibt, der diese Situation in irgendeine Richtung auflöst, denn so kann es doch nicht endlos weitergehen.“

„Wollen wir noch zu Mittag Essen in der Kantine, bevor wir unsere Reisetaschen schultern müssen?“

Rebecca sah auf die Uhr. „Okay, etwas früh zwar, aber besser als in der Transferzone oder in der Fähre zu essen.“ Sie sah herüber zu Teresa, Sven und den Zwillingen, die inzwischen auch eingetroffen waren. Alle nickten sich zu, zum Zeichen, dass auch sie bereits wieder für die nächste unliebsame Geschäftsreise eingeteilt waren.

Sie fragten bei den anderen nach und diese schlossen sich ihnen spontan an. Sven und Lovisa mussten hierbleiben und lediglich nach Augsburg und Bremerhaven fahren, nur Teresa und Linnea würden ebenfalls die nächsten Fähre in einigen Stunden nehmen, mit der auch Nick und Rebecca auf Reisen gehen würden. Nach dem Erlebten der letzten Monate waren sie schon soweit, dass sie alle stets eine gepackte Reisetasche im Auto oder dem Spind ihrer Garderobe bereitliegen hatten.

Nach dem Essen trafen sich alle beim Kontrollpunkt zum Transferbereich. Sven und Lovisa verabschiedeten sich und sahen ihren Freunden beim Passieren der gut bewachten Sicherheitsschleuse zu. Als diese über die langen Rolltreppen auf dem Niveau des Transferbereiches tief unter der Erde angelangt waren, machten sie sich auf zum Einchecken.

Doch sie kamen nicht mehr so weit, da auf einmal eine Durchsage auf Esperanto durch den gesamten Bereich hallte. „Sehr geehrte Reisende! Aufgrund eines Großereignisses auf Filiale 297 muss der gesamte reguläre Reiseverkehr aus Kapazitätsgründen demnächst eingestellt werden. Alle ankommenden Fähren in den nächsten Stunden werden die Passagiere entlassen und dann für einen voraussichtlichen Einsatz bereitgestellt.

Bitte stellen Sie sich entsprechend auf eine längere Verweilzeit auf dieser Filiale ein. Bei Bedarf können Sie den Transferbereich verlassen und eines der Hotels in der

Stadt beziehen, bis wieder Kapazitäten für den Linienverkehr zwischen den Filialen zur Verfügung stehen. Bei Fragen und Anliegen wenden Sie sich ans Personal des Transferbereiches. Wir bitten Sie, die Unannehmlichkeiten zu entschuldigen und danken für Ihr Verständnis. Wir werden Sie über sämtliche firmeneigene Kommunikationskanäle ständig auf dem neuesten Stand der Entwicklungen halten, was den freien Reiseverkehr betrifft."

Alle sahen sich erschüttert an. Rebecca entfuhr es: „Donnerwetter! Ich hätte nie gedacht, dass so etwas überhaupt jemals gemacht würde. Die Dimensionsfähren sind doch immer pünktlich und nichts hält sie jemals auf! Was da wohl los ist?"

„Ein Großereignis auf Filiale 297... war von euch schon mal jemand auf dieser Filiale?" Teresa sah sich um, erntete aber nur kollektives Kopfschütteln.

„Da du ein Springer bist, wird es bestimmt nicht lange dauern, bis du darüber informiert wirst. Da bin ich mir sicher." Linnea sah sich unruhig um. „Unsere regulären Flüge sind jedenfalls gestrichen, wie alle anderen auch. Gehen wir ins Büro zurück und sehen nach, ob es für uns etwas Neues gibt."

Als sie alle gleichzeitig auf ihren Mobiltelefonen eine Nachricht bekamen, wussten sie, dass sich das bereits für sie erübrigt hatte. Sie waren gerade wieder aus dem Zugangsbereich der Transferstation heraus und trafen zufällig auf Sven und Lovisa, die wohl nochmals im Büro gewesen waren und nun gerade aus dem Aufzug traten. Auch sie hielten ihre Mobiltelefone in der Hand, waren demnach genauso wie sie eben über etwas informiert worden.

Teresa las als Erste laut ab: „Von Willfehr. Er schreibt: Ihr zuletzt erteilter Auftrag ist abgesagt. Bitte finden Sie sich um 19 Uhr im Hörsaal 2 im Bau 12 ein. Nach einer ersten Einweisung wird unmittelbare Abreise zum Springereinsatz erwartet. Die Zeit bis zur Einweisung haben Sie zu Ihrer freien Verfügung."

Alle anderen nickten und sahen sich an. Nick stellte fest: „Offenbar haben wir alle die gleiche Mitteilung bekommen. Das könnte wieder so ein großer Einsatz werden, wenn ich raten müsste."

„Und wir stehen ohne unseren Truppführer da. Na prima! Wo Tamara inzwischen wohl ist?" Linnea schien gar nicht glücklich mit der Richtung zu sein, in die sich die

Ereignisse diesmal entwickelten.

Sven antwortete: „Als sie sie mitten in der Nacht aus dem Bett geholt haben, hat sie nur wenig erfahren. Dass sie sofort aufbrechen musste, die Fähre für ihren Spezialauftrag bereits im Anflug auf die Filiale war und nur noch eine weitere Filiale anfliegen würde, um ein paar weitere Leute für den Einsatz aufzunehmen. Es sollte wohl auch in ein anderes Universum gehen für sie und extrem wichtig sein."

Nick meinte, Rebecca aufmunternd auf die Schulter klopfend: „Wenigstens haben wir noch unsere Gruppenführerin zur Hand. Ich für meinen Teil vertraue ihr bedingungslos und sie kann mir ebenso blind vertrauen."

„Das will ich dir auch geraten haben." Sie warf ihm einen gespielt finsteren Blick zu. „Sonst gibt's keinen Junggesellenabschied für dich, wenn es dereinst mal ernst wird für uns."

Die anderen grinsten. Nick blieb völlig gelassen angesichts dieser Drohung. „Apropos, wollen wir nicht nochmal nach Hause fahren, wenn wir noch so viel Zeit haben? Ich habe jedenfalls keine Lust, stundenlang in der Firma rumzuhängen und Zeit totzuschlagen."

„Klar, das können wir noch genauso gut bei uns machen. Kommt ihr auch alle mit oder wollt ihr etwas für euch unternehmen?"

„Nein, das klingt toll. Ich bin dabei." Lovisa sah ihre Schwester erwartungsvoll an. Sie nickte zustimmend, sodass sie sich auch gleich auf zwei Autos verteilten und in ihr geräumiges Penthouse fuhren, um sich noch einen schönen Nachmittag zu machen.

„So, fertig." Rebecca holte ein Blech mit frisch aufgebackenen Bruschettas, die sie spontan aus zwei Pariser Baguettes, in Scheiben geschnitten, Tomatenwürfeln, Olivenöl und Kräutern zubereitet hatte, aus dem Ofen. Sie hatten sich alle um den großen Esstisch versammelt und bedienten sich alle rege bei diversen Antipasti, die sie schnell und unkompliziert hergerichtet hatten.

Den ansonsten fast obligatorischen italienischen oder griechischen Rotwein dazu mussten sie so kurz vor einem Einsatz selbstredend weglassen, ließen es sich aber dennoch schmecken. Im Hintergrund lief leise der Fernseher, auf einen der landesweit sendenden Nachrichtenkanäle geschaltet. Falls eine Meldung kommen würde, von der sie etwas ableiten konnten, wollten sie diese nicht verpassen. Es war zwar sehr unwahrscheinlich, aber doch nicht völlig auszuschließen.

„Dieses Mineralwasser ist sehr Besonders im Geschmack. Wo habt ihr das her?", wollte Lovisa wissen.

Teresa sagte: „Rebecca hat einen italienischen Supermarkt entdeckt, gar nicht weit von hier. Die importieren einfach alles, vom Shampoo über die Zahnpasta bis hin zu allem Ess- und Trinkbaren, was ihr auch in Italien in einem Supermarkt finden würdet."

Rebecca führte aus: „Ja, es ist echt krass. Ihr latscht da rein und denkt, ihr steht in Italien in einem Laden. Und dort kaufen auch viele Italiener ein, was für mich ein gutes Zeichen ist. Das Wasser ist übrigens nicht ganz billig, denn es stammt von den Hängen des Vesuvs und ist mit natürlicher, vulkanisch erzeugter Kohlensäure versetzt. Es heißt..."

Teresa unterbrach sie plötzlich, wie gebannt auf den Fernseher hinter Rebecca starrend: „Das gibt's doch nicht! He, Sven, mach schnell mal lauter; den Kerl da in der Nachrichtenmeldung kenne ich."

Alle drehten sich um, doch im Moment war niemand mehr zu sehen, nur das Bild eines Hafens oder Jachtclubs. Sven schnappte sich die neben ihm liegende Fernbedienung und stellte den Ton laut. „...sind sich die Ermittlungsbehörden noch nicht im Klaren darüber, was dort genau geschehen ist. Die Zeugen dieses Vorfalls stehen sämtlich unter schwerem Schock und sind nicht vernehmungsfähig."

Als das Bild zu einem alten Passagierkutter wechselte, sagte Teresa: „Der Typ, den sie eben gezeigt haben, habe ich in den Nachrichten vor knapp zwei Wochen schon mal gesehen. Aber auf Filiale 60, als ich abends im Hotel ein wenig fern gesehen habe. Er ist unter mysteriösen Umständen ermordet worden, erschossen oder so, aber das wurde nicht genau gesagt."

Der Nachrichtensprecher fuhr aus dem Off fort: „Das Opfer ist den Behörden nach nicht polizeibekannt und zuvor noch nie in auffälliger Art in Erscheinung getreten.

Daher ist diese spektakuläre Erschießung, die wie eine Hinrichtung eines Auftragskillers anmutet, so ungewöhnlich. Der Täter hat dabei billigend in Kauf genommen, dass die Gruppe von Touristen, die offenbar mit dem jungen Bootsführer auf eine Ausflugstour gehen wollte, ebenfalls zu Schaden hätten kommen können."

In Nicks Hals bildete sich ein Kloß, als ihm bewusst wurde, dass er diesen Ort kannte. Er war dort schon einmal gewesen, auch wenn nicht alles genauso aussah, wie er es in Erinnerung hatte.

Weil er diesen Ort auf einer anderen Filiale besucht hatte.

Filiale 127.

Als das Bild eines jungen, sympathisch wirkenden Mannes mit dunklen Haaren und Augen auf dem Bildschirm erschien, in Schwarz-Weiß und mit einem schwarzen Rand, erhielten alle Gewissheit. Rebecca entfuhr ein kleiner Schrei, als der Kommentar weiterging. „Pierre Mitrand, geboren und aufgewachsen sowie wohnhaft in Dünkirchen in Nordfrankreich, hatte einen kleinen Privatbetrieb als Bootseigner gemeinsam mit seinem Vater, einem ehemaligen Marineoffizier, geführt und Ausflugsfahrten mit Touristengruppen unternommen. Er hatte keine Probleme, keine Schulden und war ersten Aussagen von Verwandten und Freunden zufolge weder verschuldet noch in beruflicher Hinsicht in Konkurrenz zu anderen Wettbewerbern. Auf den ersten Blick gibt es nichts, was einen derartigen Akt der sinnlosen und völlig überzogenen Gewalt rechtfertigen würde. Mitrand hinterlässt Ehefrau und ein Kind..."

Sven war ebenso perplex wie Nick und Rebecca: „Das gibt's doch nicht! Leute, denkt ihr auch, was ich denke?"

Rebeccas Gesicht war wie eine Maske. „Das kann kein Zufall gewesen sein."

Nick schüttelte den Kopf, kaum fähig, zu glauben, was er da eben gesehen und gehört hatte. „Das waren *sie*. Sie haben ihn von einem *Ausknipser* wegputzen lassen."

Teresa sah ihre Freunde völlig verständnislos an. „Äh, Leute, jetzt müsst ihr mir aber einiges erklären, glaube ich. Ich dachte eigentlich, dass das hier für *mich* kurios ist, weil ich in einer anderen Filiale vor mehreren Wochen den gleichen Typen in den Nachrichten gesehen habe, der auch dort ermordet worden war. Auf brutale Weise mit einer großkalibrigen Waffe unbestimmter Art in den Kopf geschossen. Und jetzt hier das gleiche. Aber ihr scheint über den Fall mehr zu wissen...“

Lovisa war kreidebleich geworden und hatte beide Hände vor den Mund geschlagen. Linnea bemerkte es und fragte arglos: „Was ist denn mit dir los? Du siehst aus, als hättest du einen Geist gesehen.“

„Das... das werdet ihr mir jetzt kaum glauben, aber ich habe diesen Mann ebenfalls schon mal gesehen. Bei mir ist es schon drei oder vier Monate her, deshalb habe ich etwas länger gebraucht, bis es mir wieder eingefallen ist. Das ist echt *unheimlich*! Ich war ebenfalls auf einer anderen Filiale, war es 52 oder 54? Ich müsste in meinen Unterlagen nachsehen.

Aber jedenfalls ist auch dort genau dieser Kerl da genauso wie hier ermordet worden, und zwar auf auffällige und rätselhafte Weise. Die Polizei hatte keine Ahnung, was den armen Hund getroffen hat. Man hat davon gesprochen, dass sein Kopf wie eine Melone explodiert ist. Er ist am Steuer seines Bootes bei der Ausfahrt aus dem Hafen getroffen worden. Das Boot ist danach führerlos gegen eine Kaimauer gerauscht und es gab mehrere verletzte Passagiere. Ich glaube mich noch zu erinnern, dass das Geschoss beide Seitenfenster der Brücke durchschlagen hat, aber ohne die Scheiben zu zerstören. Es waren einfach zwei Löcher im Glas, ohne den kleinsten Riss in den Scheiben. Das kam mir so ungewöhnlich vor, deshalb erinnere ich mich auch noch daran.“

Teresa wurde etwas ungehalten: „Woher zum Henker kennt ihr diesen Typen, der offenbar der größte interdimensionale Pechvogel des Jahres ist?“

„Das ist... war Pierre Mitrand. Lange Rede, kurzer Sinn: wir sind ihm auf Filiale 127 begegnet, wo er uns bei unserem ersten Trip nach der Beförderung auf Funktionsstufe Eins nach England hatte fahren sollen. Auf dem Boot sind die Dinge mit Ziska damals eskaliert und sie hat Pierre vor unser aller Augen umgebracht. In der Folge wurde sie von TransDime einkassiert und ihr Geisteszustand mittels übelster Gehirnwäsche und Gedächtnislöschung neu justiert." Sven schüttelte den Kopf.

Rebecca merkte betrübt an: „Aber Tamara konnte diese Tat nicht so einfach verkraften. Sie hatte einen guten Draht zu ihm entwickelt und verrannte sich danach in die fixe Idee, dass es eine besondere Verbindung zwischen ihnen gegeben hatte, die durch seine Ermordung so kurz nach ihrem Kennenlernen viel zu früh gekappt worden war.

Sie ist dann hier auf unserer Filiale zu seinem Pendant gefahren und hat mit ihm Kontakt aufgenommen. Das hat sie emotional extrem aus der Bahn geworfen. Eine ganze Weile später hat sie das, trotz ihrer Beteuerungen, dieses ungesunde Spiel künftig zu lassen, nochmal auf einer anderen Filiale getan. Diesmal lief etwas schief und sie wurde von der dortigen Polizei in den Knast gesteckt. Wieso eigentlich?"

Nick, den sie bei ihrer Frage angesehen hatte, zuckte mit den Schultern. „Das hat sie auch mir nie erzählt. Jedenfalls mussten wir mitsamt einem dort ansässigen Springer ein kleines Einsatzkommando bilden, um sie zu befreien. Der Springer hat ihr damals prophezeit, dass so eine Verfehlung bei TransDime nicht ohne Konsequenzen bleiben würde. Und auch wenn sie seitdem keinerlei Anzeichen eines Rückfalls mehr gezeigt hat, nicht zuletzt dank der tollen Beziehung mit Sven, so ist die Geschichte für irgendein hohes Tier hinter den Kulissen in der Firma wohl noch nicht erledigt."

Teresa sah entsetzt aus. „Du glaubst, dass sie einen Ausknipser damit beauftragt haben, nach und nach alle Filialen abzuklappern, in denen eine Version dieses Mannes existiert, nur um ihn per Scharfschützenwaffe möglichst spektakulär umzubringen? Und das alles nur, um endgültig sicherzustellen, dass Tamara nie wieder rückfällig werden kann und einen weiteren Pierre aufsuchen kann? Wie furchtbar!"

Sven schluckte. „Genau diesen Eindruck macht es aber! Um Himmels Willen, das darf sie niemals erfahren!"

Rebecca seufzte: „Wir können ihr nichts davon sagen, aber das garantiert nicht, dass sie es nicht doch irgendwann zufällig selbst herausfindet. Nicht bei der auffälligen und medienwirksamen Art, wie diese Serienexekutionen ablaufen. Mann, was für eine kranke Geschichte!"

„Wie viele verschiedene Pierres sie wohl schon umgebracht haben? Wie viele von ihm *gibt* es überhaupt? Und wollen sie wirklich *alle* von ihm töten?" Linnea konnte es nicht glauben, sogar noch als sie es sich selbst vor Augen führte.

„Irgendjemand bei TransDime hat einen Riesengroll wegen dieser Sache, dass er eine solch drastische Maßnahme ergriffen hat. Und er muss über eine Menge Macht verfügen, um das tun zu können. Was für ein Mist!" Nick schlug wütend mit der Faust auf den Tisch.

Der Rest des Nachmittags verlief in gedämpfter Atmosphäre. Immer, wenn sie es geschafft hatten, sich selbst halbwegs überzeugend in die Tasche zu lügen, dass sie für die Guten arbeiteten, kam wieder solch eine Geschichte ans Tageslicht. Nick könnte manchmal heulen vor Ohnmacht, dass er ein Teil dieser Maschinerie war und gleichzeitig nur ein so kleines, wenn auch wichtiges, Rädchen darin, dass er an solchen Missständen nichts Entscheidendes ändern konnte.

Die obersten Bosse bei TransDime mussten sich ihrer Selbst wirklich sehr sicher sein, dass sie sich derartige Machenschaften erlaubten und ernsthaft dachten, das würde keine Ressentiments bei ihren Untergebenen erzeugen. Sie waren sich ihrer Sache offenbar im Laufe der Zeit zu sicher geworden. Nur so konnte auch die Entstehung und das Wachsen des Widerstandes erklärt werden.

Dass TransDimes Machtapparat inzwischen die Ausmaße und Strukturen eines aufgeblähten Riesenreiches angenommen hatte, bezweifelte niemand mit ihrem Kenntnisstand über die Firma mehr. Und es war eine altbekannte Tatsache, dass ein Imperium, sei es ein Firmenimperium oder ein Riesenstaatsgebilde, wenn es zu groß wurde, an seiner eigenen Größe früher oder später unweigerlich zugrunde gehen musste. Entweder schwelgten deren Anführer in Dekadenz bis zum bitteren Ende oder sie besannen sich rechtzeitig und versuchten es zurechtzustutzen und gesund zu schrumpfen, bevor es für sie zu spät war. Bei TransDime schien derzeit eindeutig der erste Fall zuzutreffen.

Nick hoffte insgeheim, dass er in der Zeit lebte, in der der Fall dieser Monstrosität stattfinden würde. Manchmal konnte so etwas ganz schnell vonstatten gehen und meistens sahen die obersten Anführer die Zeichen der Zeit nicht, bis es für sie zu spät war, noch etwas gegen ihre Götterdämmerung zu unternehmen. Wenn er sich überlegte, wie viele kleine Anzeichen es dafür bereits gab, die offenbar an der Spitze dieser gewaltigen Pyramide nicht wahrgenommen wurden, keimte stets wieder ein Funke Hoffnung in ihm auf.

16

Frankfurt am Main, Filiale 88 - Monat 11

Punkt 19 Uhr fanden sie sich alle zu der Besprechung ein, in genau dem Saal, in dem sie vor einer gefühlten Ewigkeit vor ihren ersten Aufnahmetests die rechtliche Belehrung von Frau Pielau erhalten hatten. Das schien nun für Nick wie eine Erinnerung aus einem früheren Leben zu sein.

Sie merkten gleich, dass Springer aus ganz Europa in der Zwischenzeit angereist waren und den Saal nun mit immerhin gut zwei Dutzend Leuten füllten. Daher auch die lange Wartezeit bis zu dieser Einweisung, um Springern von anderen Standorten die Anreise zu ermöglichen. Offenbar waren nicht nur aktive, sondern auch solche Springer, die ihre zwei Jahre Bereitschaft bereits hinter sich hatten, anwesend. Dass man sich für solche Großeinsätze auf Anfrage freiwillig melden konnte, war ihnen nicht unbekannt. Freilich war man nicht verpflichtet, einer solchen Anfrage auch zuzustimmen.

Ein wenig erstaunt registrierte Nick, dass es nicht Herr Kardon, ihr Personalleiter war, der die Einweisung gab. Ein ihm unbekannter Mann in den Vierzigern, groß, kräftig und fit wirkend, trat ans Pult und schaltete das Mikrofon ein. Seine blauen Augen schweiften abschätzend über die Menge vor ihm, jeden kurz musternd, bevor er mit tiefer Stimme seine Ausführungen begann. Nick glaubte, einen englischen Akzent aus seinem Esperanto herauszuhören. Er war selbst ein wenig erstaunt über sich, dass er bereits zu solchen Schlüssen kam, doch angesichts der Häufigkeit, mit der er es mittlerweile sprach, sollte er es eigentlich nicht sein.

„Ich danke Ihnen allen für Ihr Kommen, vor allem den Freiwilligen. Wir werden Sie entsprechend Ihres Status bei diesem Einsatz positionieren, das kann ich Ihnen versichern.

Mein Name ist Gabriel Fench. Da Ihre Truppführerin in der Anfangsphase dieser

Mission nicht anwesend ist, werde ich kommissarisch diese Funktion für sie übernehmen, bis sie am Ziel zu uns stoßen wird. Danach werde ich weiterhin beratende und unterstützende Tätigkeiten in Ihrem Wirkungsbereich ausüben, in erster Linie aber den Einsatz koordinieren müssen, sollte der Ernstfall eintreten.

Das Erste vorneweg: wir werden diesmal einen Frühstart hinlegen, was die Gesamtsituation auf der Zielfiliale angeht. Eine große Umwälzung kündigt sich an und die Vorbereitungen dazu befinden sich in den letzten Zügen. Bis die Großlage eskaliert und sich für uns zuspitzt, wird jedoch noch etwas Zeit vergehen. Diese können und werden wir nutzen, um geordnet anzurücken und hoffentlich ebenso geordnet nach Erfüllen unserer Ziele wieder abzurücken.

Das hat auch mit der Abwesenheit von Truppführerin Schnyder zu tun. Sie ist mit einer Reihe von anderen spezialisierten Agenten zu einer hochwichtigen Aufklärungsmission unterwegs, die uns das Feld ebnen wird, wenn sie erfolgreich sein werden. Ich werde Ihnen kurz umreißen, was deren Aufgabe sein wird...“

Dimensionsfähre, im Anflug auf Filiale 297 - Monat 11

„Wir sollen die Aufmarschpläne für eine *Invasion* entwenden?“ Tamara war dieser Ausruf unbeabsichtigt entschlüpft, worauf sie sich nun verlegen die Hand vor den Mund hielt. Die anderen einunddreißig Kollegen auf dem Hauptdeck sahen sie an, manche erstaunt, andere etwas unwillig ob der Unterbrechung.

Als sie in ihrer Schlafkoje geweckt worden war, hatte sie einen Moment gebraucht, bis sie hinab aufs Hauptdeck hatte kommen können. Dieses war bereits halb abgedunkelt gewesen und der große Hauptmonitor am vorderen Ende des Decks zeigte eine Weltkarte mit einer ihr gänzlich unbekannten Aufteilung der Erde. Eine Asiatin mit hohen, schmalen Wangenknochen, tiefschwarzen Augen und einem schwarzhaarigen Pagenschnitt, stand schon vor der vordersten Reihe und hatte bereits begonnen, sich vorzustellen.

„Ich werde selten zitiert, daher lasse ich Ihnen das gerne dieses eine Mal durchgehen, Truppführerin Schnyder. Schön, dass Sie sich auch noch zu unserer illustren Runde gesellen." Die Frau mochte Chinesin oder vielleicht Koreanerin sein, das wusste Tamara nicht genau zu bestimmen, gab sich nun aber der Lage angemessen reumütig.

„Bitte verzeihen Sie, ich hatte..."

„*Truppführerin* Schnyder? Das kann doch wohl nur ein Scherz..." Ein anderer Zwischenruf aus der hinteren Sitzreihe, wo die eine Hälfte der knapp drei Dutzend Agenten saß, unterbrach Tamaras Ansatz einer Entschuldigung. Als die Leiterin des Einsatzes einen erbosten Blick in die Richtung des Störenfriedes warf, verstummte dieser abrupt.

„Ich möchte Sie alle bitten, sich zu mäßigen. Wir sind hier nicht auf einem Hippie-Sit-in, dies ist eine Einsatzbesprechung. Was Sie tun werden, birgt ein hohes Risikopotential in sich, daher rate ich jedem Einzelnen von Ihnen, sich meine Worte genau einzuprägen, wenn Sie das Risiko minimieren wollen. Ich dachte eigentlich, dass man mir nur die besten Springer und Korrektoren zugeteilt hat, aber bisher liefern Sie mir nicht gerade einen professionellen ersten Eindruck. Ich hoffe, ich liege falsch damit."

Schnell glitt Tamara in den äußersten freien Sitz in der vorderen der beiden besetzten Reihen, im Bemühen, ab jetzt möglichst wenig Aufmerksamkeit auf sich zu ziehen. Sie hatte den letzten Zwischenrufer nur anhand der Stimme nicht identifizieren können. Und alleine die Tatsache, dass an diesem Einsatz auch 'Ausknipser', wie sie die Korrektoren unter sich abfällig nannten, beteiligt waren, reichte schon aus, um sie nervös zu machen.

Die Einsatzleiterin begann von Neuem: „Wie ich bereits sagte, mein Name ist May Luan, ich komme aus Hong Kong, Filiale 83, und bin mit der Koordinierung dieses Spezial-Einsatzes betraut worden.

Zuerst einmal eine grobe Übersicht über die Gesamtlage der Filiale 297, die wir gerade anfliegen. Die meisten von Ihnen werden solch eine historische und politische Lage als sehr fremdartig empfinden, doch wie Sie wissen, ist in unserem Job nahezu alles möglich.

Am Besten beginne ich in der Zeit des sogenannten Zweiten Weltkrieges, da liegen offenbar die größten Unterschiede zur Entwicklung in den meisten anderen Filialen. Einiges lief anders als Sie es aus den Geschichtsbüchern ihrer Heimat kennen. Die USA verblieb in ihrer isolationistischen Haltung und zog sich völlig auf ihren Kontinent zurück. Sowohl Hitler als auch Stalin fielen früh im schwelenden, fast globalen Konflikt Attentaten zum Opfer, noch bevor sich die Nazis zum Überfall auf die Sowjetunion entschieden. Dieser blieb ohne Hitlers Befehl aus, stattdessen erlebte Großbritannien eine Invasion und Japan nahm ungehindert den gesamten australisch-westpazifischen Raum ein. Die sogenannten Achsenmächte ohne ihre schlimmsten Despoten arrangierten sich irgendwie dank ihrer gemäßigteren Nachfolgeregierungen mit den anderen Nationen und teilten sich die sogenannte Alte Welt nach ihrem Gutdünken untereinander auf.

Die USA hingegen hatte eine amerikanische Allianz gebildet, die von Kanada bis Chile ausnahmslos alle Nationen und ehemaligen Ländereien der alten europäischen Kolonialherren beinhaltete. Diesen hatten sie in den Zeiten der großen Umwälzungen mit anhaltender Propaganda die Idee schmackhaft gemacht, dass sie den Rest der Welt nicht brauchten und besser gestellt wären, wenn sie sich komplett isolieren würden und sich nur noch um ihre eigenen, kontinental-amerikanischen Angelegenheiten kümmern würden.

Das Erstaunliche an dieser absurden Entwicklung war, dass das jahrzehntelang auch wirklich funktionierte. Unter der großen politischen, wirtschaftlichen und dann auch militärischen Dominanz der USA verblieb der Doppelkontinent für sich allein gestellt. Ein verdeckter politischer Putsch mit halblegal durchgeführten Mitteln in den sechziger Jahren verhalf den Republikanern zur alleinigen Herrschaft der Nation; die Demokratische Partei wurde diskreditiert, versank angesichts von Skandalen und unfähigen Politikern in der Bedeutungslosigkeit und wurde schließlich abgeschafft. Als die URA, die Vereinigten Republiken von Amerika ausgerufen wurden, waren die Republikaner am Ziel, mit Walter Stratham an der Spitze. Dieser Präsident wurde nicht wiedergewählt, weil es keine Präsidentenwahlen mehr gab. Die Schwäche der übrigen Staaten des amerikanischen Kontinents wurde schamlos ausgenutzt. Ohne eine weltweit agierende, überwachende Institution wie die UN war Lateinamerika und die Karibik der schrittweisen Besetzung der URA-Truppen nahezu schutzlos ausgeliefert. Sie hatten sich damals vom Rest der Welt abgenabelt, unter dem Eindruck der falschen Versprechungen des mächtigen Verbündeten, der sich nun unter neuer Führung zu ihrem Herrscher aufschwang. Fortan wurden sie ausgebeutet wie Kolonien, ihre Rohstoffe, ihre Arbeitskräfte und ihre Landwirtschaft. So lebten die URA wie die Made im Speck, mit nur einer Sorge: dass der Rest der Welt auf sie aufmerksam werden, einen erneuten Kontakt mit Amerika anstreben und einen negativen Einfluss auf die momentane Lage ausüben konnte. An den derzeitigen Verhältnissen sollte sich verständlicherweise nach Meinung der URA nichts ändern.

Die URA hatten sich im Zuge der internationalen Isolierung von allen pazifischen und anderen Besitztümern in Übersee zurückgezogen, bis auf Hawaii. Diese Inselgruppe bildete den ersten Reibungspunkt, denn kaum war sie gemeinsam mit Alaska zu einer Republik der URA erklärt worden, lehnten sich die Lokalpolitiker offen gegen das ferne Washington auf und erklärten sich für unabhängig. Eine Militärpräsenz gab es dort schon lange nicht mehr, da die Flugzeugträger des Landes damit beschäftigt waren, die Küsten 'ihres' Kontinentes hinauf- und hinab zu kreuzen und Präsenz an den Ufern ihrer Kolonien zu zeigen, wann immer es ihnen nötig erschien.

Zur großen Verstimmung der URA taten die aufmüpfigen Hawaiianer etwas beinahe Undenkbares: sie nahmen Kontakt zum Rest der Welt auf, namentlich zum Japanischen Kaiserreich und baten dieses um Unterstützung gegen die unliebsamen ehemaligen Herren. Als diese das Hilfsgesuch annahmen und Truppen sowie Marinekräfte nach Hawaii entsandten, schäumte der selbstherrliche, charismatische Alleinherrscher Stratham vor Wut. Nach einem jahrzehntelangen Durchmarsch ohne jeglichen Widerstand waren die Herren im Weißen Haus dies nicht mehr gewohnt und sannen auf Vergeltung für diese Annektion, wie sie es in ihren Augen sahen. Dummerweise konnten die Streitkräfte der Alten Welt, wie die Amerikaner sie in Ermangelung einer korrekten Bezeichnung nannten, es durchaus mit allem aufnehmen, was die URA ihnen entgegenstellten. Nachdem vier Expeditionen zur Rückeroberung der hawaiianischen Inselgruppe allesamt auf spektakuläre Weise gescheitert und zwei von acht Trägergruppen der Navy nebst einem Dutzend U-Booten auf dem Grund des Pazifiks lagen, akzeptierte Washington widerstrebend den Unabhängigkeitsstatus seines ehemaligen Territoriums. Die Amerikaner hatten in diesem Konflikt feststellen müssen, dass der Verband aus vielen verschiedenen Nationen, mit dem sie konfrontiert worden waren, ihnen in technischer Hinsicht haushoch überlegen war.

Die technische Entwicklung auf dem isolierten Kontinent war mangels Notwendigkeit eines raschen Fortschritts stagniert oder hatte sich bestenfalls im Schneckentempo weiterentwickelt. Von dem Rest der Welt konnte man das nicht behaupten. Mit vereinten Kräften und dem Wissen und der Erfindungsgabe der besten Männer aller Nationen hatte sich ein enormer Vorsprung in technischer Hinsicht entwickelt, was sich auch im Militärgerät widerspiegelte, dem sie sich gegenüber gesehen hatten.

Sie haben eine Frage?"

Die Einsatzleiterin unterbrach ihre Ausführungen, als sie eine hoch erhobene Hand in der hinteren Reihe bemerkte. Eine gutturale weibliche Stimme aus dem Halbdunkel erklang: „Technischer Fortschritt ist ja schön und gut, aber was müssen wir in Hinsicht auf die gesellschaftlichen Zustände dort erwarten? Wenn die Welt von den Nachfahren der Nazis, Stalinisten, Maoisten und dem japanischen Kaiserkult beherrscht wird?"

„Zum einen ist Ihre Frage berechtigt, zum anderen übereilt. Ich möchte Sie alle bitten, mich bis zum Ende anzuhören, dann verlieren wir weniger Zeit mit Zwischenfragen. Ich versuche, nur die allerwichtigsten Zusammenhänge darzulegen, die Sie wissen müssen. Es ist ein wenig mehr Hintergrundwissen als sonst üblich, doch für Ihre Mission ist zumindest das, was ich Ihnen vermittle, unerlässlich."

„Verzeihung." Die wohlklingende weibliche Stimme verstummte und ließ May Luan fortfahren.

„Ich greife den Faden somit beim technischen Fortschritt wieder auf. Während die

Amerikaner somit heute auf einem furchtbaren Stand beim Umweltschutz, der Nachhaltigkeit und dem Verschleudern von Ressourcen verweilen, hat sich auf diesen Gebieten im Rest der Welt viel getan. Die Weltbevölkerung ist in einem gesunden Maß gewachsen, es gibt im Vergleich mit vielen anderen Filialen wenig Hunger, Armut, Seuchen und Verbrechen. Geschuldet ist dies alles freilich einer restriktiven Politik, was Meinungsfreiheit, Selbstbestimmungs- und Reisefreiheit angeht.

Viel ist reguliert von dem Staatenbund, der Eurasien, Afrika und Australien umspannt. Doch es gibt erstaunlicherweise keine hochtrabende Elite und keine Herrscherklasse, die die hart arbeitende Bevölkerung ausbeutet und mit Steuern und Inflation schleichend enteignet wie in vielen anderen Parallelebenen der Erde. Irgendwie wurde dieser Fortschritt der Menschheit durchgesetzt.

Bereits Anfang der Siebziger Jahre war der Mensch auf dem Mond. Eine Kooperation von Deutschen, Sowjetischen und Chinesischen Weltraumagenturen hat diesen Schritt ermöglicht. Von Braun und Koroljew haben ein traumhaftes Gespann gebildet beim Verwirklichen von Visionen, von denen noch heute gezehrt wird. Der Menschheit genügte es nun nicht mehr, nur mit hoher Geschwindigkeit auf Schienen und in der Luft von einem Teil der Erde zum anderen zu gelangen, sie hat auch eine große internationale Weltraumstation errichtet, die seit Jahren perfekt funktioniert und den Startschuss für ein Jahrhundertprojekt darstellte."

„Den Weltraumfahrstuhl", murmelte Tamara ehrfürchtig.

„Und zwar den Weltraum..." Luan sah erstaunt zur jungen Schweizerin hinüber.

„...fahrstuhl. Dieser wird in einem geostationären Orbit in etwa 36'000 Kilometer Höhe über dem Äquator mit einer Raumstation etabliert, von der aus ein Fahrstuhlseil bis zur entsprechenden Bodenstation gespannt wird. Die größte Schwierigkeit, ein Material für dieses Seil zu finden, das leicht genug und dabei belastbar genug ist, um nicht unter seinem eigenen enormen Gewicht zu reißen, ist vollbracht.

Durch diese Innovation erübrigt sich der Gebrauch von chemisch angetriebenen Raketen, mit denen mühsam, gefährlich und teuer jedes Kilogramm Fracht in das All geschossen werden muss. Der Griff zu den Sternen stand nun bevor, eine Mondbasis war schon im Bau und ein Marsraumschiff fest in Planung.

Die Bodenstation, über der das obere Ende des Fahrstuhls schwebt, befindet sich an der Küste von Gabun, was zu einem unerwarteten Problem geführt hat."

„Die Amerikaner", murmelte Tamara wiederum leise, jedoch nicht leise genug.

Diesmal war der Seitenblick von Luan bereits amüsiert, wenn nicht gar beeindruckt. „Die Amerikaner. Schon bald hatten sie entdeckt, dass im Weltraum, nur wenige hundert Kilometer über ihren Köpfen, immer mehr Satelliten ihre Bahn zogen, außerhalb ihrer Reichweite, vermeintlich feindlich gesonnen und sie unablässig ausspionierend, wenn nicht sogar bewaffnet und sie bedrohend. Durch die Ereignisse bei Hawaii extrem sensibilisiert und ihre Niederlagen diesbezüglich als Totschlagargumente einsetzend, setzten sich die paranoiden Hardliner im Militär der URA mit ihren Forderungen durch, etwas gegen die so offensichtliche Bedrohung unternehmen zu müssen.

Daraufhin unternahmen sie eine gewaltige Anstrengung und stampften sowohl auf eigenem Staatsgebiet in Florida als auch auf einer Insel im Amazonasdelta, in der Nähe der Stadt Macapa am Äquator, zwei große Raketenabschussbasen aus dem Boden. Schon nach wenigen Jahren waren sie soweit, erste eigene Raketen auf eine Höhe zu befördern, auf der die tiefsten Orbits von Satelliten der Alten Welt lagen.

Es ging nicht lange, bis die ersten 'Zusammenstöße' von amerikanischen Raketen mit Kommunikationssatelliten geschahen. Nach den ersten paar Vorfällen dieser Art wurde das Murren der Weltbevölkerung gegen die Aggression der Amerikaner immer lauter. Man forderte, eine Art der Kommunikation zu ihnen herzustellen, um ihnen den Protest gemeinsam mit der Forderung, solche Aktionen künftig zu unterlassen, zukommen zu lassen. Dazu suchte man sich den naheliegendsten Weg."

„Die Diomedes-Inseln." Tamaras Flüstern war kaum noch vernehmbar und brachte ihr dennoch einen weiteren, diesmal ermahnenden Blick der Einsatzleiterin ein. Sie beschloss, ab jetzt still zu sein.

„Die Diomedes-Inseln liegen in der Beringstraße, mitten zwischen Alaska und Ostsibirien. Eine der beiden Inseln ist US-Territorium, die andere gehört zur Sowjetunion. Zwischen beiden liegen nur vier Kilometer, weshalb es nicht überrascht, dass auf beiden Seiten eine rudimentäre Militärpräsenz eingerichtet wurde, trotz des rauen Klimas und der langen Winter dort. Diese Nähe der beiden Systeme wurde dazu benutzt, um die Botschaft zu überbringen.

Es half leider nichts. Die Paranoia und der Geltungsdrang des amerikanischen Präsidenten überwogen. Die Warnungen seiner gemäßigteren Berater verhallten ungehört. Eine der weiter entwickelten Raketen traf die internationale Raumstation in einem höheren Orbit von achthundert Kilometern voll. Sie tötete achtundvierzig Kosmonauten aus China, Russland sowie Deutschland und brachte die gewaltige Konstruktion dazu, in etliche große Trümmer zu zerbrechen. Erste Teile trafen Edinburgh, dann fielen einige in die Nordsee. Etliche Trümmer kamen zum Absturz über einem dicht bewohnten Korridor, der von Bremen über Wolfsburg, Magdeburg, Dresden, Prag und Wien bis zum ungarischen Plattensee reichte. Es gab mehrere Tausend Tote in den Großstädten. Die Opferzahl hätte noch bedeutend höher sein können, denn es gingen einige der größten Teile auf dünn oder nicht besiedelte Gebiete nieder.

Der Aufschrei der Öffentlichkeit war groß. Die Alte Welt musste reagieren und verschob einen ihrer schwimmenden Weltraumbahnhöfe zu den Kapverdischen Inseln. Sie sandte eine einzelne Rakete aus, die präzise die Abschussrampe an der Küste von Ostflorida traf, von der aus das Geschoss gestartet worden war, das die Weltraumstation vernichtet hatte. Eine zweite traf ebenso präzise die unterirdischen Treibstofflager direkt neben der Raffinerie der Raketenbasis, was als die größte Explosion von Menschenhand in die Annalen dieser Filiale einging und die Versorgung der URA mit Raketentreibstoff für Jahre unterband.

Doch die Amerikaner hatten immer noch ihre zweite, voll ausgerüstete Basis in Brasilien, von der aus sie munter immer höher reichende Raketenstarts unternahmen.

Als den Regierenden der Alten Welt klar wurde, was das Fernziel ihrer ungeliebten Kontrahenten war, platzte allen der Kragen. Die Amerikaner testeten tatsächlich aus, ob sie die Station für den Weltraumfahrstuhl mit ihren Raketen erreichen und somit zerstören konnten.

Als die neueste Rakete bis auf eintausend Kilometer an die fast fertiggestellte Station im geostationären Orbit herankam und beim Rücksturz zur Erde direkt durch den Korridor flog, durch den das mühsam erstellte Tragseil des Weltraumfahrstuhls führte, war das Maß endgültig voll. TransDime wurden Informationen zugespielt, dass nun ein für allemal Schluss gemacht werden sollte mit der engstirnigen, rückgerichteten Bedrohung der Amerikaner. Es wurden diverse Pläne ausgearbeitet, die in überall verteilten Einrichtungen weltweit unter strengsten Sicherheitsvorkehrungen unter Verschluss gehalten werden. Und da kommen Sie ins Spiel."

Luan unterbrach ihre Ausführungen, ließ ihren Blick kurz über die versammelten Männer und Frauen auf dem Deck schweifen und fuhr dann fort, einige Orte auf der gewaltigen Weltkarte markierend. „Wie Sie hier sehen können, braut sich etwas zusammen. Es massieren sich diverse Verbände vor den Häfen dieser Städte, in denen größere Marinebasen eingerichtet sind. Als da wären Glasgow in Schottland, La Rochelle in Frankreich, Vigo in Spanien und Casablanca in Marokko. Das ist der Teil im Atlantik.

Des Weiteren finden ähnliche Bewegungen statt im sowjetischen Wladiwostok, Sasebo in Japan, vor Zhanjiang in Südchina und schlussendlich vor der Manilabucht. Da die Kräfte im Pazifik im Ernstfall, den wir für unmittelbar bevorstehend halten, eine erheblich längere Fahrdauer haben als jene, die den Atlantik überqueren müssen, werden die Ersteren bei einem koordinierten Synchronangriff um einiges früher auslaufen müssen.

Wir werden demnach jeweils zwei Zweierteams für jeden der genannten Standorte bilden, die sich aus je einem Springer und einem Korrektor zur Unterstützung zusammensetzen. Diese Vierer-Teams werden auf die in diesen Orten ansässigen Marinebasen angesetzt, um die dortigen Planungsunterlagen an sich zu bringen. Durch diese Redundanz haben wir eine echte Chance, an die vollständigen Planungen der Allianz heranzukommen, was einen Angriff auf Amerika angeht. Ich muss wohl nicht erst betonen, wie immens wichtig ein Erfolg Ihrer Mission ist."

„Ich dachte immer, wir werden nicht auf Selbstmordmissionen geschickt", bemerkte ein arabisch aussehender Mann neben Tamara.

„Reiß dich zusammen, Ausknipser. Wir werden schon auf dich aufpassen, egal wen du zugeteilt bekommst." Auf diesen Ausspruch aus der hinteren Reihe, der offensichtlich von einem Springer gekommen war, lachten einige Leute nervös auf.

„Jetzt wäre der Zeitpunkt, um erste Fragen zu stellen, bevor wir Sie jeweils zu viert in den eingeteilten Teams für Ihre jeweiligen Ziele in Asien, Europa und Marokko einweisen."

Frankfurt am Main, Filiale 88 - Monat 11

„Soviel also zu den Missionen, die diese Springer und Korrektoren zu erfüllen haben, bevor wir Sie alle in Bewegung setzen können. Dies wird eine der größten Operationen werden, die in den letzten paar Jahrzehnten durchgeführt werden muss. Auf dem gesamten amerikanischen Kontinent sind Dutzende von TransDime Standorten verteilt, mit Unmengen von wichtigen Unterlagen, Sachwerten und Personal aus anderen Filialen, die allesamt in Sicherheit gebracht werden müssen. Die zeitliche Koordination ist dabei das größte Problem.

Wie Sie wissen, werden zur Zeit sämtliche verfügbaren Fähren für diesen Exodus mit Ansage bereit gestellt, was den regulären Fährbetrieb stark einschränkt, wenn es ihn nicht sogar komplett zum Erliegen bringt, und das wohlgemerkt für Tage. Sitzungen wie diese hier finden momentan bestimmt auf Dutzenden von Filialen statt. Auch Agenten aus anderen Filialen, die gerade hier sind, können noch zu Ihrer Truppe stoßen, wenn dies dem Erfolg der Mission hilft.

Sobald wir wissen, was uns blühen wird, können Sie mit einer Abreise innerhalb weniger Stunden rechnen. Es wird auf Sicherung der Standorte und Verteidigung sowohl gegen einheimische Sicherheitskräfte als auch eventuelle Invasoren hinauslaufen. Der Umfang und die Verteilung sind momentan noch unklar, bis die Aufklärungsmission zur Erlangung der Daten abgeschlossen ist. Das ist fürs Erste alles. Sie können bis zu einer neuen Benachrichtigung wieder frei über Ihre Zeit verfügen. Ich wünsche uns allen einen schönen Abend und hoffentlich auch eine gute Nacht."

Nick beugte sich zu Rebecca hinüber, während die anderen bereits aufstanden und den Sitzungssaal verließen: „Bei der Bundeswehr hatte ich übrigens Besprechungen, die mit weniger an militärischen Ausdrücken abgehalten wurden."

„Ach, Klappe!" Missmutig bedachte sie ihren Verlobten mit einem finsteren Seitenblick. „Willst du jetzt schon wieder mit diesem dämlichen Spielchen anfangen, das mit dir auf der Couch schlafend endet?"

„Ach, allmählich habe ich eine Position gefunden, in der ich recht entspannt auf der Couch schlafen kann. Und dieses Spielchen ist wohl nur dämlich, wenn es dabei 97 zu 13 für mich steht, was?" Er legte einen Arm um ihre Schulter. „Komm schon, ich weiß doch, dass es dir extrem gegen den Strich geht, so eine Art Privatsöldner für TransDime spielen zu müssen. Du bist im Grunde deines Herzens eine Pazifistin und du verabscheust diese paramilitärischen Spielchen zutiefst."

Sie lehnte ihren Kopf an seine Schulter und eine einzelne Träne lief über ihre Wange. „Ich hasse es, wenn du so verständnisvoll bist und gleichzeitig rechthaberisch."

Er küsste sie auf die Stirn. „Sieh's doch mal so: ein Jahr haben wir schon fast hinter uns und wenn die Bereitschaftszeit vorbei ist, können wir tun und lassen, was wir wollen. Ist es das nicht wert?"

Rebecca sah nun auf zu ihm und meinte leise: „Doch, ich glaube, das ist es. Und ich bin ja nicht zum Spaß Gruppenführerin geworden, sondern weil ich glaube, dass ich in dieser Position etwas bewirken kann. Ich kann einen mäßigenden und vernünftigen Einfluss ausüben, wo andere Heißsporne in einem Einsatz ihre ganze Gruppe in Gefahr bringen könnten."

Inzwischen saßen sie ganz allein in dem weitläufigen Saal, in dem die Sitzreihen wie in einem Kino nach hinten hin anstiegen. Auch ihr Instrukteur hatte den Raum bereits verlassen. Sie sahen sich an, bevor er etwas zögerlich fragte: „Denkst du auch, was ich gerade denke?"

Sie sah zur Tür hinüber, die die letzten Kollegen vor ihnen hinter sich geschlossen hatten. Um diese späte Zeit war der Bürobau völlig verwaist und sie bestimmt die einzigen Mitarbeiter, die oberhalb des Erdgeschosses inklusive der Lobby überhaupt noch hier waren. Ein kleines Lächeln umspielte ihre Lippen. „Ich denke, unsere Beziehung wird niemals langweilig werden, und wenn wir hundert Jahre alt werden sollten."

„Unser Ruf ist sowieso schon ruiniert, was das angeht. Da kommt es darauf auch nicht mehr an." Sie packte sein Hemd am Bund und zog es ihm aus der Hose. Nick lächelte breit und begann ihre Bluse aufzuknöpfen. Allmählich artete ihr gegenseitiges Verlangen ein wenig aus. Nun, solange es ihren Alltag nicht nachhaltig beeinflussen würde...

Dimensionsfähre, im Anflug auf Filiale 297 - Monat 11

Nachdem bereits sechs der acht Vierer-Teams eingewiesen worden waren und sich für den Rest des Fluges auf das komfortablere Langstreckendeck nach oben zurückgezogen hatten, kam nun Tamara an die Reihe. Sie hatte die Wartezeit, die sich inzwischen auf fast zwei Stunden belief, mit geschlossenen Augen dösend und meditierend verbracht, alles andere um sich herum völlig ausblendend. Die Aufenthalte beim Schamanen in Fernost hatten ihrem Seelenwohl und ihrer charakterlichen Stabilität wirklich gut getan, wie sie immer wieder feststellen musste.

Entsprechend war sie entspannt, als sie eine Hand auf ihrer Schulter spürte, die sie sanft wachrüttelte. „Aufwachen, Truppführerin Schnyder, wir sind an der Reihe."

Tamara öffnete die Augen und sah in ein absolut liebreizendes und attraktives Gesicht mit den klassisch proportionierten Gesichtszügen einer römischen Götterstatue. Ihre Augen wirkten faszinierend auf Tamara, da sie in diesem Licht nicht zu sagen vermochte, ob sie blau, grün, grau oder eine raffinierte Mischung aus all diesen Farben waren. Ihre langen hellbraunen Haare hatte sie zu einem Pferdeschwanz zusammen gebunden. Zudem hatte sie in etwa Rebeccas Statur und Figur, auch wenn sie nicht so durchtrainiert war wie ihre beste Freundin nach dem extrem harten Springertraining.

„Um Himmels Willen, nenn' mich Tamara. Du willst mir doch keine Versicherung verkaufen! Wir gehen demnächst zusammen in die Scheiße rein, da können wir uns doch wenigstens duzen."

Die Angesprochene grinste. „Finde ich gut. Ich bin Marie. Kommst du mit nach vorne? Es soll gleich losgehen."

Tamara erhob sich und musterte ihre neue Partnerin. Ihr ging etwas auf. „Du bist nicht etwa Marie Delacourt?"

Verblüfft sah diese auf: „Wow, ich wusste ja nicht, dass ich berühmt bin."

„Eher berüchtigt. Du erinnerst dich sicher noch an Dominik Geiger und Rebecca Paulenssen. Dir haben sie es wohl zu verdanken, dass sie per Schocktherapie auf Stufe Eins befördert wurden, in Nicks Fall ein Jahr vorzeitig."

Marie lachte auf. „Ja, natürlich. Dann bist du eine Kollegin von ihnen?"

„Kollegin, beste Freundin, Mitbewohnerin, such dir was aus." Die junge Schweizerin sah über die Schulter. „Dann wollen wir mal."

Marie wirkte etwas verunsichert, dachte Tamara innerlich belustigt. Mal sehen, ob sie sich bei diesem Einsatz professioneller benahm als bei jenem, der damals so fürchterlich schiefgelaufen war.

Dann verging ihr das Lachen schlagartig, als sie die beiden anderen Teammitglieder ihrer Vierer-Bande erblickte, die sich angeregt miteinander unterhielten.

„Ich glaub, ich bin in der *Matrix*! Hat TransDime denn gar kein vernünftiges Personal mehr, dass ich immer wieder über die gleichen Leute stolpere?" Die beiden Angesprochenen sahen auf.

Ziska und Nicolas, der Springer von Filiale 64, unter deren Leitung sie dort aus dem Gefängnis geholt worden war.

„Truppführerin Schnyder, dass ich das noch erleben muss! Ich könnte dasselbe sagen wie Sie." Nicolas schüttelte nur missbilligend den Kopf.

„Nenn' mich Tamara. Und ich habe dir ja gesagt, dass du eines Tages noch vor mir wirst salutieren müssen." Selbstzufrieden baute sie sich vor ihm auf.

Ziska gab ihr die Hand und sagte: „Ich würde gerne sagen, schön dich wieder zu sehen, aber es kommen so viele schlimme Erinnerungen hoch... von denen, die ich noch habe."

„Mach dir nichts draus, Ziska. Wir ziehen diesen Einsatz durch und gehen einfach wieder unserer Wege, okay? Für mich ist es viel wichtiger, zu wissen, ob es dir auch wirklich gut geht?" Neugierig musterte sie die Scharfschützin.

Sie nickte mit verkniffenem Mund. „Ich kann nicht klagen. TransDime Therapien wirken Wunder. An viele schlimme Dinge, die ich erlebt habe, kann ich mich nicht mehr erinnern. Es fühlt sich komisch an, mit so einem Loch in seinem Gedächtnis herumzulaufen, doch das konnte ich mir wohl nicht aussuchen."

„Glaub mir, so ist es das Beste für alle, aber vor allem für dich selbst. Deine Kollegin Marie kennst du ja bereits, wenn ich richtig informiert bin?"

Die beiden reichten sich auch noch die Hand und beendeten damit die Gruppenbegrüßung. Marie meinte trocken: „Ich kenne und respektiere dich. Dein Talent als Korrektor ist unumstritten, da kann ich nichts dagegen sagen."

„Ich danke dir. Bei mir hat sich vieles geändert, seitdem wir uns zum ersten Mal begegnet sind. *Ich* habe mich völlig verändert. Nach der letzten Therapie mit Gedächtnislöschung wurde ich nach der Reha mit einer relativ einfachen Aufgabe betraut, um wieder ins Geschäft einzusteigen. Etwas Langfristiges, das allein erledigt werden kann, kein hohes Risiko beinhaltet und viel Reisen mit sich bringt. Daher kann ich mich wirklich nicht beklagen. Für diese Mission wurde ich nur eingeteilt, weil ich zufällig in Reichweite war, als diese Teams zusammengestellt wurden."

Nicolas meinte, widerstrebend in Richtung Tamara nickend: „Ihr müsst schon irgendwas auf dem Kasten haben, sonst hätten sie bestimmt andere für diese heikle Mission genommen. Also lasst uns die Einweisung hinter uns bringen und uns auf unseren Job konzentrieren."

Tamara erwiderte sein Nicken. „Du hast recht. Ich werde mit Marie zusammen losziehen, du mit Ziska." Sie ging nach vorne und setzte sich zu Frau Lin.

Nicolas wollte wissen: „Wer sagt, dass du dir deinen Partner aussuchen darfst?"

Sie legte zwei Finger auf ihre Schulter, zum Zeichen einer Rangepaullette. „Truppführerin, schon vergessen?"

Zähneknirschend wandte sich Nicolas daraufhin an Ziska. „Tja, da kann man wohl nichts machen. Wir werden schon zurecht kommen, nicht wahr?"

Sie legte ihm kurz eine Hand auf seinen Arm und sagte sachlich: „Natürlich. Ziehen wir es ganz professionell durch, dann sind wir auch ruckzuck wieder hier in der Fähre und die Analysten können ihren Job machen."

Marie sah sich um in ihrem kleinen Team. „Klingt gut für mich."

Die Einsatzleiterin kam nun zu ihnen und erörterte: „Ihr Ziel liegt in China. Folgendes ist vorgesehen..."

Frankfurt am Main, Filiale 88 - Monat 11

Wieder hatten sie eine ungewisse Wartezeit zu überbrücken und waren dazu nach Hause gefahren. Dies war unter Umständen für eine Weile die letzte Nacht in eigenen Betten, was sie auszukosten gedachten.

Nick und Rebecca waren eine Weile nach ihnen in gelöster Stimmung erschienen, zufrieden und entspannt. Sie hatten sich gleich in ihr Schlafzimmer zurückgezogen und ihre Mitbewohner sich selbst überlassen.

Als Sven mitten in der Nacht kurz aufstand, um sich ein Glas Wasser aus der Küche zu holen, entdeckte er Teresa, die vor dem heimeligen Kaminfeuer auf der Couch eingenickt war. Er legte eine Decke über sie und ging dann in die angeschlossene Küche hinüber, um sich noch sein Glas zu holen.

„Danke für die Decke, das war sehr fürsorglich von dir." Teresas Stimme riss ihn aus seinen Gedanken.

„Ach, ist doch selbstverständlich." Er setzte sich zu ihr auf die Couch. „Es ist zwar nicht so, dass sich einer von uns erkälten könnte..."

„Ja, die kleinen Nano-Biester in unserem Kreislauf machen alles platt, was wir uns an Erregern jemals einfangen könnten. Ein seltsamer Gedanke, aber doch irgendwie beruhigend. Und TransDime reibt sich die Hände, weil sie Unsummen an Krankenstandsausgaben einspart, wenn wir nie bei der Arbeit fehlen." Sie lächelte verschmitzt und sah ins Kaminfeuer. „Und warum bist du auf?"

Er zögerte kurz, dann entschloss er sich zu antworten. „Ich bin immer nervös, wenn Tammy auf einer Mission ist und ich nicht weiß, wie es ihr geht. Sie ist so eine tolle, humorvolle Frau... wenn ihr was passieren würde, ich wüsste echt nicht, was ich dann tun sollte."

Nun sah sie doch noch zu ihm herüber: „Dass dir das so zusetzt, wusste ich gar nicht. Dich hält man immer für so einen harten Kerl, wenn man dich sieht."

Er schüttelte betrübt den Kopf. „Komm schon, du kennst mich seit meinem ersten Tag bei TransDime und ich dich auch. Und du weißt, dass ich auch zartfühlend sein kann."

„Ja, das habe ich nicht vergessen. Aber damals waren wir die jungen Wilden. Wir haben schnell gemerkt, dass wir nicht zusammen passen." Sie lehnte ihren Kopf an seine Schulter. „Aber ein netter Typ bist du trotzdem und ein guter Freund obendrein."

„Danke, Teresa." Er strich ihr sanft über die Schulter. Es lag keinerlei erotische Spannung in diesem Moment, sie genossen einfach nur das Zusammensein als alte Gefährten, die viel gemeinsam erlebt hatten. „Wollen wir uns gegenseitig in den Schlaf wiegen oder gehen wir doch noch ins Bett, um ein paar Stunden Nachtruhe zu ergattern?"

Sie nickte und erhob sich als Erste. „Du hast recht. Davon abgesehen wissen wir ja noch nicht einmal, wie lange sie uns noch in Ruhe lassen, bis sie uns in die SF-Anzüge stecken."

„In denen wir ausnehmend gut aussehen", fügte er scherzhaft hinzu.

„Vor allem, seitdem wir nicht mehr mit der Splitterfasernackt-Optik durch die Gegend laufen müssen."

Teresa schmunzelte. „Das machen die Ausbilder im Camp garantiert schon seit Menschengedenken so, um die Anwärter zu verarschen, wetten? Vielleicht sind sie auch ein klein wenig pervers und ergötzen sich heimlich an dem Bild dieser jungen, durchtrainierten Körper in fleischfarbenen hautengen Anzügen."

„So wird es sein!" Sven lachte und legte die Decke auf der Couch zusammen, bevor sie sich beide in ihre Räume zurückzogen und sich eine gute Nacht wünschten.

Der Militärkomplex lag friedlich im Dunkel der Nacht; nur selten konnte man in der Tiefe zwischen den Häusern des Stützpunktes eine Patrouille von bewaffneten Soldaten auf einem Kontrollgang sehen.

Auf dem Flachdach eines der höheren Gebäude wurde die ruhige Nacht von einem seltsamen Gebilde gestört, das einer schwarzen Kugel glich. Nur etwa drei Meter im Durchmesser und sogar schwärzer als die tiefste Dunkelheit, konnte sie gegen den Nachthimmel kaum wahrgenommen werden. Der Fremdkörper schwebte von oben herab zwischen die Kamine und Lüftungsschächte, verharrte wenige Zentimeter über dem Kies, mit dem das Dach bedeckt war, und öffnete sich dann.

Die Öffnung war schmal und das Innere des seltsamen Objektes nur sehr schwach beleuchtet, damit niemandem ihre Ankunft auffiel. In schneller Reihenfolge sprangen vier schwarz gekleidete Gestalten auf das Dach. Sofort nachdem der letzte ausgestiegen war, hob eine der Gestalten ihren Unterarm und drückte an einem daran festgeschnallten, kleinen Gerät ein paar Knöpfe. Die Öffnung wurde kleiner und verschwand, nur die kaum sichtbare schwarze Kugel verharrte an ihrem Platz und schwebte lautlos knapp über dem Boden.

Die vier hielten einen Moment inne. Nicolas und Tamara hatten ihre Visiere geschlossen und die Farbe des Anzugs auf mattschwarz gestellt, sodass sie fast wie eine Version der schwarzen Kugel in Menschengestalt wirkten. Die beiden Scharfschützinnen trugen normale Kommandokleidung, die ebenfalls dunkel war, komplettiert von schwarzen Sturmhauben und Nachtsichtgeräten.

„Marie, beziehe deine Position. Wir bleiben in Kontakt und fordern dich an, falls wir das Gebäude verlassen müssen." Tamara nickte ihr kurz zu, worauf die große Frau die Geste erwiderte und am Rand des Daches, aber ein kleines Stück von der hüfthohen Kante entfernt mit den Schatten der Nacht verschmolz. Sie trug als Einzige ein schweres Gewehr für hohe Reichweiten, die anderen drei, die im Gebäudeinneren operierten, Betäubungsgewehre. Bei einem Schuss, der schwere Betäubung bewirkte, wurde fast immer auch das Kurzzeitgedächtnis in Mitleidenschaft gezogen, sodass der Getroffene nach dem Erwachen für gewöhnlich nicht mehr wusste, was ihn da überhaupt niedergestreckt hatte. Sehr praktisch bei solchen Einsätzen. Vorausgesetzt, man konnte auch alle Gegner ausschalten und keiner entkam, um berichten zu können, dass er mit Strahlenwaffen von Unbekannten beschossen worden war.

Sie verschafften sich Zutritt zu einem Treppenhaus und schlichen die engen Absätze einen nach dem anderen hinab bis ins zweite Obergeschoss. Dort öffneten sie die Tür zu einem unbeleuchteten Korridor, der durch die gesamte Etage führte.

Mit Handzeichen gaben sie sich zu verstehen, dass sie wie geplant vorrücken würden. Tamara ging nach links, Nicolas nach rechts. Beide würden unabhängig voneinander versuchen, an die Daten zu kommen, während Ziska den Zugang zum Treppenhaus bewachte, von dem aus sie auch die Lifttür im Auge hatte.

Das Büro, in dem sie den Computer für ihren Hackerangriff vorfinden würde, lag genau an der erwarteten Stelle. Ihre Informationsquellen waren demnach erstklassig, dachte sie zufrieden. Die Bürotür war nicht einmal verschlossen, sodass sie direkt eintreten konnte und ohne Umschweife den dortigen PC einschaltete. Nachdem er hochgefahren war, hielt sie sich gar nicht erst lange mit Passwörtern oder einer Datensuche auf. Das kleine flache Gerät, das den Durchmesser einer und die Dicke von zehn übereinander gestapelten CDs hatte, musste nicht einmal physisch mit dem Computer verbunden werden. Es genügte, das kleine Wunderwerk, welches dem Entwicklungsstand von ihrer Filiale **88** schätzungsweise um mehrere Jahrhunderte voraus war, auf oder direkt neben den PC zu legen. Das Verbinden mit dem Rechner, das Spiegeln der Festplatte und sogar das der angeschlossenen Server geschah automatisch und beanspruchte nicht einmal eine Minute.

Zudem war das Gerät so präpariert, dass Tamara eine Art Transponder für das Kopiergerät trug und sich nicht weiter als einen Meter von ihm entfernen durfte. Sollte dieser Abstand überschritten werden, zerstörte sich die Kopiereinrichtung nach weniger als einer Minute auf eindrucksvolle Weise, wie ihr bei der Einweisung versichert worden war. Diese Maßnahme diente dazu, dass es im Falle einer Gefangennahme von ihr nicht in feindliche Hände gelangen würde. Dieses Stück von High-tech in einer Filiale mit diesem Entwicklungsstand wäre eine massive Störung der Zeitlinie hier.

„Eins ist drin, bin beim Fischen. Alles ruhig", gab sie durch und sah sich im dunklen Raum um, der so typisch eingerichtet war wie Büros in aller Welt.

„Zwei hier, bin beim Fischen. Alles ruhig."

„Drei hier, alles ruhig", kam Ziskas Meldung aus dem Flur.

„Vier hier, alles ruhig", bestätigte auch Marie vom Dach aus. Solange alles in dieser Weise weiterging, konnte sie sich nicht beklagen.

„Zwei hier, bin auf dem Rückzug. Fisch ist im Korb." Erstaunt vernahm Tamara die Meldung des anderen Springers. Ihr eigener Download war noch nicht vollständig beendet, wie ihr Gerät ihr anzeigte. Vielleicht hatte sie von diesem PC aus Zugriff auf mehr Daten als er?

Nun, das würden die Analytiker dann heraus finden.

Endlich zeigte auch ihr Kopiergerät an, dass es seine Arbeit vollendet hatte. Sie packte es ein und gab durch: „Eins hier, bin auf dem Rückzug. Der Fisch ist im Korb. Vier, Rückzug zum Boot."

Da sie hier in einer Hafenstadt waren, konnte ihr Funkverkehr sogar im astronomisch unwahrscheinlichen Fall, dass ihre unorthodoxe Frequenz geortet und der Scrambler überwunden wurde, für Funkverkehr zwischen mehreren Fischerbooten gehalten werden. Oder die Zuhörer, die gewiss militärischer Natur wären, solange verwirren und zögern lassen, bis ihr Kommando wieder verschwunden war.

Sie sah gerade noch, wie Nicolas im Treppenhaus verschwand, als sie den Flur betrat. Als nächstes winkte ihr Ziska zu, die Waffe locker im Anschlag auf Hüfthöhe.

Tamara erreichte sie und winkte sie stumm vor, die Nachhut übernehmend. Während Ziska bereits die Stufen empor hastete, ließ Tamara noch einmal den Blick über den dunklen Flur gleiten.

Ein leiser Klingelton erklang.

Dann erschien in der Lifttür ein Lichtspalt, der sich ständig verbreiterte.

Jemand war mit dem Aufzug auf ihr Stockwerk gefahren.

Sie streckte ihre 'Fühler' aus, während sie sich gleichzeitig nach hinten stieß, um nicht gesehen zu werden. Vier Männer. Noch während sich die Tür vom Treppenhaus, von einer Druckfeder getrieben, langsam automatisch schloss, flammte im Flur Licht auf.

Jemand rief etwas auf Mandarin. Tamara machte sich gar nicht erst die Mühe, das im Kopf zu übersetzen. Der Tonfall sagte alles.

„Eins hier, Kontakt! Sofort alle ins Boot. Schnell!" Tamara sprang die Treppe förmlich hoch, vier Stufen auf einmal nehmend. Dabei machte sie praktisch keine Geräusche und war bereits um die erste Treppenflucht herum und außer Sicht, als die Tür wieder aufgestoßen wurde.

Ein Mann rief etwas mit zögerlichem Tonfall, danach ein zweiter in bestimmender, zorniger Manier. Dann wurde das Licht eingeschaltet.

Tamara war bereits am oberen Ende der Treppen angekommen und wisperte in den Funk: „Eins hier. Sind alle im Boot?"

„Positiv. Kommst du?" Marie hatte offenbar die Funkdisziplin vergessen.

„Sie sind mir dicht auf den Fersen. Schließt das Boot, dann sieht man euch nicht. Sie sind nur zu viert, ich schalte sie auf dem Dach aus." Tamara hörte deutlich das Poltern der Männer unter ihr, begleitet von mehreren wütenden Ausrufen.

„Negativ! Du schaffst es noch bis..."

„Tu es. Sofort!" Tamara konnte die zwanzig Meter von der Tür des Treppenhauses bis zur schwarzen Kugel, der Absetzfähre, nicht mehr rechtzeitig überbrücken, ohne Gefahr zu laufen, beim Besteigen noch gesehen zu werden. Sie erhaschte noch einen kurzen Blick auf Nicolas, bevor sich die Luke schloss und die Fähre damit fast unsichtbar wurde in der Dunkelheit hier oben.

Tamara raste um das Treppenhaus herum und duckte sich in die Schatten dahinter. Einen Moment später wurde die Tür aufgestoßen und die vier Männer, Soldaten mit Helmen und bewaffnet mit Sturmgewehren, eilten auf das Dach. Sie verteilten sich sofort in einem Halbkreis und leuchteten den Boden und die nähere Umgebung um sich herum ab.

Tamara wisperte leise: „Vier, öffne die Luke. Jetzt!"

Einen Moment später schrie einer der Männer erstaunt auf, als plötzlich aus dem

Nichts am anderen Ende des Daches ein helles Rechteck auftauchte, welches einen Meter über dem Boden schwebte und immer breiter wurde. Die ersten der Soldaten rissen ihre Waffen herum und richteten sie auf die unmögliche Erscheinung.

Tamara hatte die Überraschung ihrer Gegner ausgenutzt, sich aufgerichtet und schoss allen Vieren in rascher Folge in den Rücken. Die schmalen orangenen Strahlen gaben nur ein leises Zischen von sich, doch die Wirkung war dennoch enorm. Alle vier klappten auf der Stelle zusammen und blieben regungslos liegen. Ziska sprang aus der Kugel und raunte leise: „Respekt, gut geschossen."

Sie schalteten rasch die Taschenlampen der Männer aus und schleiften sie ins Treppenhaus, wo Nicolas und Tamara dank ihrer kraftverstärkenden Anzüge mühelos alle ins oberste Stockwerk trugen und dort ablegten. Wenn sie am Morgen aufwachten oder gefunden wurden, würde man den betreffenden Stock zuerst untersuchen. Nichts würde auf das zweite Obergeschoss hinweisen und sie würden sich auch nicht mehr daran erinnern, dass sie auf der zweiten Etage gewesen waren, als sie auf unerklärliche Weise alle gleichzeitig eingeschlafen waren. Kampfspuren gab es auch keine und die Entladungen der Betäubungsgewehre hinterließen keine Spuren, die ohne eine gründliche neurologische Untersuchung entdeckt werden konnten, sodass dieser Fall lange genug rätselhaft bleiben würde, bis der Stein ins Rollen gekommen war und die Invasion laufen würde.

Sie schwebten eine Viertelstunde lang nach Süden in Richtung aufs offene Meer hinaus, bis sie das Signal der Fähre bekamen, die sie aufnehmen würde. In fast eintausend Metern Höhe fiel niemandem in der Bucht unter ihnen der schwache Lichtschein auf, der kurz sichtbar wurde, als die kleine Kugel in den offenen Bauch der viel größeren, auf dessen Frachtdeck, schwebte.

Mission erfolgreich.

Frankfurt am Main, Filiale 88 - Monat 11

„Es geht los!" Rebecca kam aus dem Schlafzimmer gelaufen, als die anderen drei gerade beim Frühstück zusammen saßen. Wie zum Beweis hielt sie ihr Mobiltelefon hoch. Nur wenige Sekunden später regten sich die Handys aller anderen ebenfalls und kündigten den Erhalt der Nachricht an, die sie zum Einfinden in der TransDime Zentrale auffordern würde.

Sven las die Meldung durch. „Wenigstens haben wir noch genug Zeit, um zu Ende zu frühstücken."

„Was Tammy jetzt wohl gerade macht?" Rebecca glitt auf einen freien Stuhl und goss sich eine Tasse Kaffee ein.

„Ich hoffe, es geht ihr gut", fügte Nick noch hinzu.

„Letzte Nacht habe ich wieder von ihr geträumt. So intensiv hatte ich das noch nie bei einer Frau." Sven schien völlig weggetreten bei dieser Feststellung. Rebecca und Nick tauschten einen amüsierten Blick aus.

„Sie ist eben deine Traumfrau." Teresa stieß ihn neckisch mit dem Ellenbogen in die Seite.

„Ja, das ist sie. Oh Mann, dass es mich jemals so erwischen könnte, hätte ich nie gedacht. Was hat dieses zauberhafte Wesen nur mit mir gemacht?"

„Genau das, dich verzaubert. Trag's mit Fassung, Mann. Dagegen ist kein Kraut gewachsen." Nick grinste vor sich hin und warf dann einen Blick auf die Uhr. „Wir sollten die Wohnung noch sturmfest machen. Wer weiß, wie lange wir diesmal weg sein werden."

Bald waren sie bereit zur Abfahrt. Die Fahrt zur Firma verlief noch in relativ gelöster Stimmung; sie scherzten und ließen sich die langsam ansteigende Anspannung nicht anmerken. Es war ungewöhnlich, dass sie noch ein zweites Mal zu einer Einweisung mussten, bevor sie zum Einsatz abreisten.

Wieder war es Gabriel Fench, der ihnen die näheren Informationen unterbreitete.

„Zunächst einmal das Wichtigste vorneweg: die Aufklärungsmission ist ein fast perfekter Erfolg gewesen. Von den acht Zielen wurden alle erreicht und nur bei einem wurde das Team zur Datenextraktion direkt gesichtet und bekämpft, jedoch ohne Verluste oder Schäden bei unseren Leuten. In drei Einrichtungen bestand Kontakt, jedoch ohne Beweise oder schlüssige Spuren auf unser Eindringen zu hinterlassen.

Der große Vorteil der Betäubungsgewehre, mit denen wir arbeiten: wenn man alle Gegner erwischt, weiß hinterher keiner mehr, was eigentlich passiert ist."

Ein paar der Springer lachten, bevor es weiterging. Ein Bild erschien hinter dem mutmaßlich britischen Einweiser, eine sehr detaillierte Luftaufnahme von einem städtischen Gebiet. „Was Sie hier sehen, ist unser erstes Einsatzziel, das TransDime Werksgelände in San Diego, Kalifornien. Es hat in etwa die Form eines Parallelogramms und wird auf allen vier Seiten von Schnellstraßen begrenzt, wie Sie hier sehen können."

Mit einem Laserpointer fuhr er den Perimeter des Areals ab. Die oberen und unteren Grenzen verliefen ziemlich genau in West-Ost-Richtung, die beiden Seiten verjüngten sich nach unten hin, sodass die Nordgrenze des Geländes etwa doppelt so lang war wie die südliche. Hier verliefen zwei mehrspurige Boulevards, die auch ein halbes Dutzend an Eingängen zum Werksgelände aufwiesen. Alle vier Ecken fielen einem gleich durch Verzweigungen ins Auge, die aussahen wie die typischen Kleeblätter eines Autobahnkreuzes. Nick hatte immer gedacht, dass er derart logisch angeordnete Kreuzungsanlagen in den USA, oder in diesem Fall den URA, nicht antreffen würde, daher war er ziemlich überrascht. Alle Highway-Kreuzungen, die er aus Filmen kannte, sahen von oben aus wie eine Schüssel Spaghetti.

Die beiden Seiten des Geländes säumten folglich Highways, welche leichter zu verteidigen sein würden, falls sie in die Lage geraten sollten, dies zu müssen. Sie erfuhren, dass genau das ihre primäre Aufgabe sein würde; das Werksareal bewachen und verteidigen sowie Mitarbeitern aus anderen Filialen, die sich noch außerhalb des Geländes befanden, den gefahrlosen Zutritt zu ermöglichen, damit sie per Fähre evakuiert werden konnten.

Es konnte gut sein, dass sie eine Weile dort in der Niederlassung in San Diego würden ausharren müssen. Zunächst würden Kriminelle und Plünderer versuchen, das Chaos für sich zu nutzen und aufs Firmenareal zu gelangen. Das musste verhindert werden.

Und das war nur der Anfang.

17

San Diego, Filiale 297 - Monat 12

Rebecca öffnete die Zugangstür zum Flachdach des höchsten Gebäudes in der Außenreihe nahe der Nordostecke des TransDime Areals und fand dort wie erwartet Nick und Lovisa vor, die die Umgebung mittels Ferngläsern sorgfältig beobachteten, sobald ihnen etwas mit bloßem Auge verdächtig vorkam.

„Hallo, ihr Beiden. Na, schön warm heute, nicht wahr?"

Lovisa wischte sich den Schweiß von der Stirn und rückte den Stabilisatorgürtel zurecht, den sie hier alle tragen mussten. „Wie es halt so ist an der mexikanischen Grenze im Frühsommer. Zum Glück halten die SF-Anzüge einem die größte Hitze vom Hals."

Es stimmte, dass sie hier im Norden von San Diego keine zwanzig Kilometer vom berühmt-berüchtigten Tijuana, direkt an der Grenze gelegen, entfernt waren. Entsprechend hoch waren die Temperaturen um diese Jahreszeit, wenn die Sonne am Mittag steil über ihnen stand und auf sie herab brannte.

Sie hatten ihren Anzügen eine dunkelblaue matte Färbung verpasst, um ihnen ein unauffälligeres Erscheinungsbild zu geben. Von weitem konnten sie so für Wachpersonal gehalten werden, die das seit gestern verwaiste Werk beaufsichtigten und vor Plünderungen und Einbrüchen schützten. Gearbeitet wurde hier schon eine Weile nicht mehr, nachdem es sich herumgesprochen hatte, dass eine Invasionsarmee durch den Golf von Kalifornien ungehindert bis fast zum nördlichen Ende von Baja California hatte vorstoßen können. Nun wurden große Mengen an Truppen und Material in der Nähe der Mündung des Colorado Rivers angelandet, nachdem die Verteidiger dem Vernehmen nach von den Truppen aus Asien und Australien beinahe mühelos aus der Landezone zurück gedrängt worden waren.

Nachdem laut den von ihnen erbeuteten Plänen gleichzeitig auch auf Vancouver Island, auf Nova Scotia und auf den Bahamas ähnliche Brückenköpfe gebildet wurden, war der Fall glasklar: die globalen Streitkräfte, die beschlossen hatten, dem Treiben der URA Einhalt zu gebieten, gingen gezielt auf deren Staatsgebiet los und ließen den Rest des amerikanischen Kontinents erst einmal in Ruhe. Diese Taktik sollte gemeinsam mit diversen Propagandaaktionen in Lateinamerika bewirken, dass dort Volksaufstände angezettelt wurden, welche die dort stationierten Garnisonstruppen binden sollten. Somit würde die kontinentale Zangenbewegung aus allen vier Ecken in den URA auf weniger militärischen Widerstand treffen.

Zu ihrem Glück war in diesem Fall das von ihnen zu sichernde Areal hier in San Diego, auch wenn es riesig war, sowohl am nördlichen Stadtrand als auch auf den drei anderen Seiten von weiteren Industriegebieten umgeben. Diese waren gut einsehbar und durch die mehrspurigen Straßen südlich und nördlich von ihnen ergab sich ein breiter Streifen, den potentielle Eindringlinge würden überqueren müssen, um an den Zaun des Geländes heran zu kommen.

Westlich und östlich von ihnen durchschnitten noch breitere Freeways die Landschaft. Im Osten war das kein Problem, da sich auch dort jenseits der Autobahn Industrieanlagen anschlossen.

Der neuralgische Punkt lag auf dieser, der westlichen Seite, denn direkt hinter der abgesenkten Fahrbahn des Freeways lag ein Wohngebiet mit vielen dicht an dicht stehenden Häusern, Gärten, Anwesen und vor allem vielem dichten Bewuchs in ihrer Richtung. Auf dieses Viertel mussten sie mehr Aufmerksamkeit richten. Allein in den paar Stunden, seitdem sie den Parameter zur Sicherung des Werkes errichtet und alle ihre ersten Positionen bezogen hatten, waren im Viertel gegenüber mehrfach Schüsse gefallen. Auch wenn nicht mit Sicherheit bestimmbar war, woher genau sie gekommen und wem sie gegolten hatten, waren die Springer seitdem doch auf der Hut.

„Habt ihr irgendwas Verdächtiges gesehen?" Rebecca ließ ihrerseits den Blick über das dicht bebaute, unübersichtliche Wohnviertel schweifen. Auf den ersten Blick wirkte alles verlassen und friedlich, keine Menschenseele war zu sehen.

Lovisa berichtete ohne besonders viel Enthusiasmus: „Nein, in letzter Zeit nur eine

Handvoll Menschen zu Fuß oder in Autos, die uns hier oben nicht bemerkt haben. Auf dem Highway selbst ist auch nichts mehr los, wie du siehst. Als wir unsere Schicht hier begonnen haben, kam noch alle paar Minuten ein Auto vorbei, stets in nördlicher Richtung, raus aus der Stadt und weg von der drohenden Gefahr aus dem Süden. Auch das ist abgeebbt, seit mindestens einer halben Stunde haben wir kein ziviles Fahrzeug mehr gesehen."

„Ja, die einzigen Autos, die wir ab und zu noch sehen, sind Streifenwagen auf Patrouille," bestätigte Nick. „Aber auch die werden Plünderungen nicht völlig verhindern können. Ein paarmal haben wir bereits zerbrechendes Glas oder Gepolter von drüben gehört, was auf Einbrüche schließen lässt."

„Wie man es vermuten sollte in so einer Lage." Rebecca wandte sich ihren beiden Freunden und Kollegen zu. „Ihr werdet gleich abgelöst und habt dann kurz Pause. Fench hat unsere Gruppe für den ersten Ausflug zur Hereinholung der Mitarbeiter auserkoren, die aus anderen Filialen stammen und sich noch außerhalb des Areals aufhalten. Es wird wohl insgesamt drei solcher Aktionen geben, da sich die zu evakuierenden Leute bis zu einer halben Tagesreise entfernt aufgehalten haben, als die Neuigkeiten über die Invasion über sie hereinbrachen."

„Na ja, eine halbe Tagesreise unter normalen Umständen ist in dieser Ausnahmesituation sicher um etliches länger, falls sie es überhaupt bis hierher schaffen sollten. Das Kriegsrecht gilt ja jetzt schon eine ganze Weile. Und bestimmt wird die Stadt demnächst zum Kriegsgebiet erklärt werden, wenn der Feind am Stadtrand in Sicht kommt. Da sollte man doch mit Straßensperren, Wegelagerern und anderen Gesetzlosen rechnen." Nick hatte sich offenbar auch Gedanken gemacht um die Großlage, in der sie sich befanden.

Als sich die Tür zur Treppe öffnete, winkte Lovisa ihren beiden Kollegen zu, die sie ablösen sollten. Es waren Samira, eine Perserin aus Filiale 32 und Omaan, ein baumlanger Kerl aus dem Simbabwe der Filiale 133. Sie gehörten zur dritten Gruppe ihres Trupps und würden eine der späteren Rückholaktionen mitbetreuen. Jetzt jedoch waren erst einmal sie an der Reihe mit Wache schieben.

Als sie zur Tür nach unten gingen, erklärte Rebecca: „So wie ich es mitbekommen habe, werden wir nach der dritten und letzten Aktion für verspätete Nachzügler das Werk dichtmachen und den Transferbereich versiegeln, wie es in solchen Fällen üblich ist. Alle, die es nicht mir einer sicheren Zeitmarge hierher schaffen können, werden in eine andere, weiter landeinwärts liegende Filiale gelotst. Zum einen haben sie mehr Zeit, um dorthin zu kommen und zum anderen ist die Lage dort nicht so brenzlig wie hier im Moment.

Nachdem wir dort das gleiche Spiel voraussichtlich für weitere zwei Tage gespielt haben, werden wir auch diesen Standort aufgeben und dann noch einen dritten aufsuchen, der wiederum weiter von der Front entfernt ist. Da TransDime nicht damit rechnet, dass die Streitkräfte der URA eine Chance gegen diese Invasionsarmee hat, wird so verfahren werden."

„Klingt übel für die Leute hier." Lovisa sah ein wenig betrübt aus.

„Und wohin werden wir als nächstes geschickt werden, wenn wir hier fertig sind?", wollte Nick neugierig wissen.

„Wenn sich die Stoßrichtung der feindlichen Truppen so entwickelt, wie von den Taktikern der Firma vorhergesagt, nach Phoenix in Arizona. Es wird damit gerechnet, dass der Großteil der Truppen zuerst den Großraum Los Angeles sichert und dann die Bucht von San Francisco, bevor sie sich ins Hinterland nach Arizona und New Mexico ausbreiten. Falls dies wider Erwarten doch der Fall sein sollte, wird Albuquerque in New Mexico unser nächstes Ziel sein, denn das liegt viel weiter im Osten und auch ein ganzes Stück weiter von der Grenze zu Mexiko entfernt. Als letztes sollten wir dann wohl nach Denver, der Hauptstadt von Colorado entsandt werden."

Lovisa stöhnte: „Das wird für uns mindestens eine Woche werden, oder?"

„Ich würde sogar auf mehr tippen, acht Tage im Minimum. Hoffen wir das Beste." Rebecca seufzte. „Das Gute ist, alle Springer können am Multiversum-Superbuffet in der hiesigen Kantine soviel futtern, wie sie wollen. Zum einen muss alles weg, bevor die Invasoren kommen; diese dürfen nichts von den Speisen aus anderen Filialen mehr vorfinden. Und zum anderen müssen wir natürlich topfit und gesund sein für unseren Einsatz."

„Hm, super!" Nick lief alleine schon beim Gedanken an das ansonsten bei ihnen nur monatlich stattfindende Bankett mit den besten Nahrungsmitteln und Speisen aus allen Filialen des Multiversums das Wasser im Mund zusammen. „Ob wir wohl gleich mal dort vorbei schauen können? Ich könnte einen Happen vertragen."

Rebecca grinste. „Ich wusste, du würdest das sagen."

Gegen Abend waren sie parat für die erste Aktion, mit der sie die bis dahin hoffentlich am Sammelpunkt eingetroffenen TransDime-Mitarbeiter aus anderen Filialen aufs Areal holen und mit der dafür schon bereitstehenden Fähre von dieser Realitätsebene in eine sichere verfrachten wollten. Von dort aus konnten sie dann in ihre jeweilige Heimat zurückreisen, sobald der normale Fährbetrieb zwischen den Filialen wieder aufgenommen werden würde.

Mittlerweile war das restliche Kontingent der Springer mit einer Fähre angekommen, die bereits zuvor einen ersten Schwung an Mitarbeitern evakuiert hatte und dann in jener Auffang-Filiale den Nachschub an Spezialkräften aufgenommen hatte, der sich bereits dort zur Weiterbeförderung eingefunden hatte. Auch Wolf war mit von der Partie, was besonders Nick und Rebecca freute. Ironischerweise ließ indes die Ankunft von Tamara, obwohl diese schon länger als sie in dieser Filiale war, noch auf sich warten. Räumliche Distanzen zu überbrücken konnte manchmal schwieriger und langwieriger sein als der Wechsel auf eine andere Realitätsebene, selbst wenn dieser für gewöhnlich einen Raumflug bis fast zum Mond und zurück beinhaltete.

Da diese Einzelaktion nur eine Gruppe Springer benötigte, reichte allerdings auch Rebecca als ihre legitime Führerin, um den Einsatz durchzuführen. Sie waren nach dem letzten Briefing von Fench, ihrem kommissarischen Truppführer, in den

Transferbereich, der nur noch von einer Rumpfmannschaft betrieben wurde, hinabgegangen. Ihre Anzüge waren mattschwarz eingestellt und sie trugen die inzwischen so vertrauten Betäubungsgewehre, die in ihrer schwersten Einstellung zur Betäubung einen kaum noch sichtbaren Strahl verschossen. Auch nachts konnte der bleistiftdünne, schwach orange schimmernde Strahl fast nicht ausgemacht werden.

In der kugelförmigen Abflughalle waren sie auf dem Balkon um die Halle herum zum hinteren Ende gelangt, wo einer der Fluchttunnel aus der Anlage bereits für sie offenstand, aus Sicherheitsgründen von einem halben Dutzend Posten bewacht. Dies war das kritische Herzstück des Firmenareals, das auf keinen Fall irgendwelchen Außenstehenden zugänglich gemacht werden durfte, egal von welcher Partei der Kämpfenden. Gemäß Fench war dieser Teil der riskanteste der gesamten Operation, in dem sie einen nur schwer zu verteidigenden Zugang zum Transferbereich öffneten.

Der Tunnel war hell erleuchtet, da dieser Standort nicht außer Betrieb war wie der im Frankfurt der Filiale 127, wo sie zum ersten Mal eine solche Einrichtung zu sehen bekommen hatten. Die allermeisten Dimensionsreisenden würden im Idealfall diese Fluchttunnel niemals in ihrem gesamten Arbeitsleben zu sehen bekommen. Denn wenn das doch eintreten sollte, dann war etwas ganz und gar nicht in Ordnung. Oder sie waren frisch gebackene Agents der Funktionsstufe Eins auf ihrem ersten Durchhalte-Feldtrip der unerfreulichen Art, wie es bei ihnen allen einst der Fall gewesen war.

Nach etwa einer Meile kamen sie am Ende des Tunnels an. Hier, direkt nördlich des Werksgeländes, befanden sie sich bereits außerhalb der Stadt. Auf den Luftbildern hatte es nach hügeligem Buschland mit einzelnen trockenen Waldstücken ausgesehen. Es hatte auch mehrere Feldwege gegeben, von denen einer zu einem unauffälligen, eingezäunten Servicegebäude führte. Genau dort würden sie an die Oberfläche kommen.

Nick ging direkt hinter Rebecca her, die die Gruppe anführte. Er raunte ihr zu, für die anderen unhörbar: „Du siehst heute wieder mal unwiderstehlich aus in deinem hautengen SF-Anzug."

„Hör sofort auf mit dem Süßholzraspeln. Nach dem Einsatz kannst du ansatzlos weitermachen. Du bist übrigens auch nicht komplett unansehnlich, Mister 'Jean-Claude van Damme in seinen besten Jahren'."

Er blieb fast stehen vor Verblüffung. „Wow, das war ja fast schon ein Kompliment... oder?"

Sie sah über die Schulter und zwinkerte ihm zu. „Ab und zu kann das nicht schaden, oder, du schöner Mann?"

„Nach dem Einsatz, abgemacht." Er schluckte und grinste den Rest des Weges bis zum Ende des langen Tunnels in freudiger Erwartung breit vor sich hin.

Dann kamen sie in einen kleinen Treppenschacht, wo sie die Gitterrosttreppe Flucht um Flucht emporstiegen, weit über einhundert Stufen, wie Nick grob schätzte. Als alle oben angekommen waren, stellte sich Rebecca vor den Ausgang, eine massive Eisentür mit Kombinationsschloss.

„Alle bereit? Dann überprüft nochmal eure Gewehre, ob sie auf schwere Betäubung eingestellt sind und schließt die Visiere. Taktikmodus Eins mit der entsprechenden Frequenz, Nachtsicht und Umgebungssensoren für Bewegung aufs Display. Meldung: Springer eins bereit."

Nach und nach meldeten sich Nick, Sven, Lovisa, Linnea, Teresa, Chen und Wolf mit Springer Zwei bis Acht und sagten ihre Bereitschaft an. Der Uhrenvergleich ergab, dass sie nun unverzüglich abrücken mussten. Der Treffpunkt lag einhundert Meter südlich des Ausgangs und die einzuschleusenden Mitarbeiter hatten strikte Instruktionen bekommen, erst kurz vor der angegebenen Zeit den Treffpunkt aufzusuchen, zu ihrer eigenen Sicherheit.

Rebecca schaltete die Beleuchtung im Treppenhaus aus, gab den Öffnungscode im Tastenfeld neben der Tür an und diese öffnete sich auch prompt. Die schwere Tür schwang von einem Federmechanismus getrieben auf gut geölten Angeln lautlos auf. Lovisa und Chen blieben direkt vor dem Eingang zu dessen Sicherung zurück, während die anderen sechs Springer sich auf dem zehn mal zwanzig Meter großen, mit einem hohen Zaun umgebenen Areal kurz umsahen. Es war bereits dunkel und der Halbmond noch nicht aufgegangen. Die zwei kleinen Hütten und die diversen aus der betonierten Bodenplatte herausragenden Lüftungsrohre auf dem kleinen umzäunten Gelände waren dank ihres Anzugdisplays dennoch gut erkennbar, wenn auch nur einfarbig.

Die SF-Anzüge waren auf 50 Prozent Leistung eingestellt und boten somit einiges an Unterstützung, wovon die Gruppe auch rege Gebrauch machte. Sie hielten sich gar nicht erst mit dem Gittertor im übermannshohen Zaun auf, sondern sprangen einfach einer nach dem anderen über die Barriere aus elektrisch geladenem Maschendrahtzaun. Dann bewegten sie sich zügig in einer Reihe hintereinander durch ein kurzes Waldstück, vorsichtig zu allen Seiten hin absichernd. Es war absolut still und menschenleer auf dem kleinen Pfad bis hinunter zum Ende des Bewuchses.

Sie betraten einen geteerten Parkplatz, der gegenüber an ein eingezäuntes Gelände grenzte, auf dem viele verschiedene Container, Mulden und Abfallhaufen aus Holz, Metall und Haushaltsschrott verteilt waren. Ein Recyclinghof war das ideale Gebiet für solch einen Treffpunkt in einer Krisensituation, da dies einer der ersten Orte überhaupt war, der den Betrieb einstellen würde und dies auch getan hatte.

Und tatsächlich standen dort bereits ein Dutzend Wagen abgestellt. Als die Gruppe von Springern sich verteilte und in die Gefährte sah, stellte sich heraus, dass alle mit verunsicherten und verängstigten Leuten bemannt waren, zum Teil mitsamt Familien. Sie gaben sich als ihr Extraktionstrupp zu erkennen und überprüften kurz die Firmenausweise aller Leute. Es waren insgesamt siebenundzwanzig Männer, Frauen und Kinder samt Gepäck, die sie nun in die Mitte nahmen und rasch durch den finsteren Wald das kurze Stück zum Eingang des Tunnels eskortierten.

„Springer Eins an Sieben und Acht, wir treffen gleich bei euch ein. Öffnet das Außentor und sobald ihr uns seht, die Tür zum Treppenhaus." Rebecca führte den gemischten Pulk von Leuten und Springern an und hatte ihre Waffe auf den Weg vor sich gerichtet. Weder die Nachtsicht- noch die Bewegungssensoren zeigten etwas an, das sie beunruhigen musste.

„Hier Acht, verstanden, Tor wird geöffnet." Kaum war die Meldung von Chen bestätigt worden, erreichten sie auch schon die Lichtung mit dem eingezäunten Stück

TransDime-Besitz, von dem aus nur ein kaum benutzter Wartungsweg durch den Wald hinab zur Stadt führte.

Chen stand neben dem weit offenen Gittertor und hielt dieses offen. Während der Öffnung schaltete sich der Strom auf dem Zaun automatisch aus, wie Nick noch aus dem Briefing wusste. Davon abgesehen waren die Anzüge zusätzlich zu all ihren fantastischen Eigenschaften auch noch komplett isoliert gegen Stromschläge. Die Zivilisten eilten auf das Häuschen mit der von Lovisa geöffneten Stahltür zu, die in den rettenden Untergrund führte.

Nick und Linnea bildeten die Nachhut und sahen nur ab und zu über die Schulter nach hinten, um den Fortschritt der Rettungsaktion zu überprüfen. Beim Erreichen des Zaunes sah Nick auf einmal etwas am Rande seines Displays, was seine Annäherungssensoren ihm meldeten. „Springer Zwei an Fünf, hast du auch etwas auf deinen Sensoren?"

„Fünf an Zwei, positiv. Eins, sollen wir nachsehen?"

Rebecca meldete sich: *„Ja, aber seid vorsichtig."*

„Sind wir." Als die junge Frau aus Schweden mit den Modellmaßen sich nach rechts und er sich nach links bewegte, um die beiden durch das Dickicht sich nähernden Kontakte sozusagen in die Zange zu nehmen, dachte Nick sich noch, dass ihre Kommunikation sich so gar nicht nach Militärfunk anhörte, auch wenn sich der eine oder andere Mühe gab, genau diesen Anschein zu erwecken. Trotz all dem Drill, den sie durchlaufen waren, hatten die meisten seiner Kollegen eben doch nie bei einer regulären Militäreinheit gedient wie er. Die Funkerei hatte er immer gehasst, wie ihm wieder einmal unangenehm bewusst wurde.

Er drang möglichst leise ins knochentrockene Unterholz ein und ging nach knapp fünf Metern hinter einem dichten Busch in Lauerstellung, mit angelegtem Gewehr und auf ein Knie abgesenkt. Linnea sah was er tat und imitierte ihn zwanzig Meter rechts von ihm, ebenfalls hinter dichtem Bewuchs verborgen. In der Mitte zwischen ihnen näherten sich die zwei Signale, die sowohl eine Wärmesignatur als auch über die Bewegungsmelder deutlich sichtbar waren.

Dann kamen sie in ihr Blickfeld. Zwei große, grobschlächtig wirkende Männer. Sie trugen Shirts unter alten Lederwesten, Tarnhosen und Militärstiefel, hatten aber lange Haare und Bärte, die sie eher wie Mitglieder einer Motorradgang aussehen ließen denn als Waldwanderer oder ehemalige Soldaten. Die verschiedenen, bei diesen Sichtverhältnissen nicht erkennbaren Aufnäher auf ihren Westen sowie die beiden Maschinenpistolen, die sie bei sich trugen, trugen zu diesem Verdacht bei.

„Springer Zwei an Eins: zwei feindliche Subjekte, bewaffnet, Entfernung zwanzig Meter von der Peripherie."

„Hier Eins, sofort neutralisieren."

Nick hörte den einen noch auf Englisch sagen: „Bist du sicher, dass sie hier hoch gestiefelt sind, in dieser Dunkelheit? Das waren eine ganze Menge Leute, was wollen die denn hier oben?"

„Das werden wir gleich sehen. Wenn sie was Wertvolles dabei haben, schön für uns. Wenn nicht, haben sie vielleicht wenigstens ein paar hübsche..."

Ein leises Zischen erklang von rechts und der zweite der Männer brach mitten im Satz ab, stolperte und fiel der Länge nach hin. Der andere fuhr herum und begann zu fluchen: „Was zum Henker ist..."

Dann drückte Nick ab und der andere Rocker gesellte sich zu seinem Kumpanen auf den von trockenem Reisig bedeckten Waldboden, mit dem Gesicht nach unten. Nick hatte den Strahl seiner Waffe kaum sehen können, der von Linnea von gegenüber war ihm sogar völlig entgangen. Sehr gut.

„Zwei an Eins, Ziele neutralisiert."

„Gute Arbeit. Kommt zurück zum Zaun, wir machen gerade dicht."

„Verstanden." Nick hob eine Hand und deutete auf den Waldrand. Linnea hob ihre Hand und wiederholte die Geste, dann hastete sie zurück zum Zaun. Er ging noch kurz zu den beiden Bewusstlosen und nahm ihnen die Maschinenpistolen ab, die er rasch entlud und die Magazine in hohem Bogen in den Wald warf. Die Waffen schleuderte er mit viel Schwung in die entgegengesetzte Richtung. Bei diesem dichten Bewuchs dürfte es den Männern sogar bei Tageslicht schwerfallen, ihre Artillerie wiederzufinden.

Chen hatte das Gittertor bereits wieder geschlossen und verriegelt, sodass sie ohne weitere Umschweife einfach wieder über den Zaun sprangen. Die künstliche Muskulatur federte ihre Landung ab und entlastete ihre Gelenke; sie trabten leichtfüßig zum Treppenhaus und zogen die schwere Tür hinter sich zu.

Rebecca ließ Chen und Lovisa an sich vorbei und wandte sich dann an Linnea: „Alles klar bei euch?"

„Ja, die zwei hatten keine Ahnung, dass wir auf sie gelauert hatten. Sie sahen aus wie zwei Mitglieder einer Motorradgang. Ich hoffe, ich irre mich, denn diese Typen sind oft harte Hunde und sehr gefährlich." Sie sah ein wenig unwohl aus der Wäsche, nachdem sie ihr Visier mitsamt Haube eingefahren hatte. „Das war das erste Mal, dass ich tatsächlich auf jemanden geschossen habe."

Nick legte ihr eine Hand auf die Schulter. „Mach dir nichts draus, es war doch nur ein Betäubungsgewehr. Die Jungs werden in sechs bis acht Stunden mit einem Brummschädel und einem Filmriss aufwachen und sich fragen, ob sie vielleicht jeder eine Flasche Tequila getrunken haben, bevor sie aus unerfindlichen Gründen nachts im Wald herum gestiefelt sind. Je nach Verfassung erinnern sie sich an gar nichts mehr."

Rebecca sah die Schwedin an und fügte mitfühlend hinzu: „Ist schon ein seltsames Gefühl, auf einen Menschen anzulegen und den Abzug zu drücken, oder?"

„Ja, etwas ganz Anderes, als eine Gruppe Jungs aus Nahost zu vermöbeln, weil sie dich überfallen wollen. Die letzten Monate haben uns vielleicht alle ein wenig abstumpfen lassen, was das angeht." Sie schüttelte den Kopf. „Ich dachte immer, waffenlose Gewalt fällt einem tendentiell schwerer, weil es abstrakter ist und deshalb viel leichter, einen Abzug zu drücken als selbst zuzuschlagen. Bei mir ist es vielleicht anders, weil ich jahrelang Kickboxen betrieben habe."

Nick sah auf. „Das hast du noch gar nicht erzählt. Deshalb warst du beim Training als Springer so gut im Nahkampf. Deine Reflexe sind ja astrein, wie ich mich erinnere."

Nun lachte Linnea: „Tut dein Auge noch immer weh oder ist es nur dein Stolz, den ich verletzt habe? Nein, im Ernst, ich glaube, beim Stand, den wir in Selbstverteidigung und Nahkampf beim Beginn unseres Trainings als Springer hatten, hat meine

Vorkenntnis im Kampfsport kaum noch eine Rolle gespielt. Alle anderen waren ebenfalls schon so weit fortgeschritten, dass das kaum noch ins Gewicht gefallen ist."

Sie folgten den anderen hinab in den Tunnel, an dessen Ende bereits eine Fähre bereitstand. Nachdem sie alle Angestellten von TransDime, die sie eben geborgen hatten, der Obhut der Evakuierungsleiter übergeben hatten, bestiegen diese mit einem Teil der noch verbliebenen Mitarbeiter die Fähre. Die letzten Arbeiter im Werk hatten bis jetzt die Stellung gehalten und diverse industrielle Produktionsprozesse kontrolliert heruntergefahren.

Nun hieß es für diese Leute, an Bord auszuharren, bis die zweite Fuhre an Leuten kurz vor Morgengrauen zum zweiten Sammeltermin erschien. Danach würde die Fähre voll sein und außerhalb des Transferbereichs sich niemand mehr außer den Springern auf dem Werksgelände aufhalten.

Ihre Gruppe ging nun noch zu einem späten Abendessen in die Kantine, die nur für sie noch offen gehalten worden war. Sie nahmen eine weitere reichhaltige Mahlzeit ein und bezogen dann für eine kurze Ruheperiode für sie bereitstehende Behelfsquartiere.

Als sie kurz vor dem Morgengrauen geweckt wurden, traten sie eine weitere Wachschicht an den Arealgrenzen an, während der zweite Bergungseinsatz von Gruppe zwei ihres Trupps durchgeführt wurde. Das Briefing dazu mussten ihre Kollegen bereits hinter sich haben und sich mittlerweile im Tunnel befinden, der zum Ausgang auf der Waldlichtung führte.

Rebecca hatte nicht ganz uneigennützig Nick und sich den Posten auf dem höchsten Dach der Westseite zugewiesen, wo sie ein wenig Ruhe vor dem generellen Stress ihrer Lage hier hatten. Er lehnte sich im Dunkeln an ihre Schulter und meinte: „So lässt sich eine Nachtwache gut aushalten."

Sie erwiderte mit sanfter Stimme. „Ja, für ein paar Minuten mal nicht an Krise und Gefahr denken, das ist schon Gold wert. Und *dein* voller Einsatz vorhin nach dem Einsatz hat mir auch gut getan."

Als sie sich an ihn schmiegte, lächelte er glücklich. „Ich hab ja kaum etwas getan.

Du warst außer Rand und Band, wie eine Wildkatze."

Ihrem Tonfall war deutlich anzuhören, dass sie lächelte. „Mich hat das Adrenalin des Einsatzes wohl zusätzlich beflügelt. Genau *dafür* habe ich mich als Springer verpflichtet. Um Leuten zu helfen und die zu beschützen, die Schutz brauchen. Es war toll."

Er strich ihr übers Haar und dann sanft über die Wange. „Es wird immer toll sein. Weil du toll bist. Und mein Vokabular geht normalerweise auch über 'toll' hinaus..."

„Vielleicht später, wenn bei dir das ganze Blut mittschiffs abgeflossen ist und dein Gehirn wieder richtig durchblutet wird..."

Er lachte und rügte sie dann: „Du bist ganz schön frech, weißt du das?"

„Ist das eine Art, mit seiner Vorgesetzten zu reden?", konterte sie keck.

„Springer Eins an Einsatzleitung, wir werden angegriffen! Befinden uns am Treffpunkt, Parkplatz. Eine größere Anzahl Zivilisten sind vor Ort, stehen unter schwerem Beschuss! Mindestens zwanzig Angreifer von Süden her im Halbkreis mit teils automatischen Schusswaffen. Erbitten sofortige Verstärkung zum Schutz der Zivilisten!"

Beiden schoss augenblicklich das Adrenalin ins Blut. Nach nur wenigen Sekunden kam die Meldung von Fench: *„Hier Truppführer Zwei. Gruppe Eins und Drei, Überwachungsposten aufgeben und sofort nach Norden auf die Positionen von Gruppe Zwei vorrücken. Feuer frei nach eigenem Ermessen."*

Inzwischen registrierten sie auch das weit entfernte Knallen und Knattern von Schusswaffen. Rebecca schloss mit einem Tastendruck auf ihrem offenen Bedienfeld über ihrer Brust bereits das Visier und fuhr die Leistung ihres SF-Anzuges hoch. „Hier Springer Eins, Gruppe Eins, bestätigt. Gruppe eins, Leistung auf hundert Prozent. Mit Höchstgeschwindigkeit auf linker Flanke über den Hickmann Field Drive nordwärts vorstoßen."

„Springer Eins, Gruppe drei, bestätigt. Gruppe Drei, mit voller Anzugsleistung auf rechter Flanke über den Copley Drive und den Freeway 52 vorrücken." Noch während auch Nick seine Anzugsleistung auf einhundert Prozent hochfuhr und seine Haube mitsamt Visier schloss, hörte er die Bestätigung der dritten Gruppe ihres Trupps,

die sich über die andere Seite der Gefechtszone nähern würden. Nun war ihr gesamter Trupp, bestehend aus drei Gruppen à acht Springern, im Spiel.

Rebecca sah ihn kurz an, als sie ihre Waffe aufnahm und aktivierte; durch die Richtungspolarisation konnte er sie hinter ihrem Visier sehen, als sie einen Mundwinkel hochzog. Durch den Funk hörte er sie fragen: *„Bist du bereit?"*

Er erwiderte ihre Geste. „Los geht's."

Sie lief zum Rand des Dachs und sprang hinab auf die Straße. Es waren etwa zehn Meter, was der SF-Anzug noch problemlos abfedern konnte. Sie überließ dennoch nichts dem Zufall und rollte nach dem Aufkommen ab wie ein Fallschirmspringer, um direkt danach in einer fließenden Bewegung wieder hochzukommen und los zu spurten. Nick tat es ihr nach und konnte kaum mit ihr mithalten. Sie musste mindestens fünfzig Stundenkilometer auf dem 'Tacho' haben, dachte er.

Sie rannten mit Riesenschritten quer über die Böschungen und die Auf- und Abfahrten der Freeway-Kreuzung an der Nordwestecke des Werksareals. Rechts neben und hinter sich erkannte er ein halbes Dutzend anderer Springer, die ebenfalls in hohem Tempo auf ihre Route einschwenkten. Als sie die Kreuzung hinter sich gelassen hatten und dem leicht gebogenen Hickmann Field Drive folgten, war somit ihre gesamte Gruppe beisammen.

„Trupp Eins rückt nach, schwärmt aus und sichert den Perimeter des Areals. Transferbereich wird versiegelt, bis wieder genügend Kräfte zur Absicherung auf dem Areal sind." Diese Meldung bestätigte Nick, was er vermutet hatte. Da sein Trupp, die Nummer Zwei, nun komplett im Einsatz außerhalb des Areals war, hatte der Einsatzleiter den anderen Trupp nachrücken lassen und dieser sicherte nun statt ihnen den Perimeter des Werkes. Als zusätzliche Sicherheitsmaßnahme war der Eingang des Transferbereichs komplett versiegelt worden, bis wieder alle Springer beider Trupps zur Sicherung anwesend waren.

Sie erreichten den weitläufigen Kundenparkplatz eines Supermarktes, den sie in wenigen Sekunden überquert hatten. Beim Spurt über den direkt daran angrenzenden, verlassenen Freeway 52 sahen sie bereits die feindlichen Subjekte. Nick war nicht weiter überrascht, dass es sich um dieselbe Rockerbande handelte, deren zwei

Mitglieder vor einigen Stunden bereits ihre erste Attacke auf sie vorbereitet hatten. Ihre Leute waren wohl vermisst worden oder hatten nach ihrem Erwachen Verstärkung zum Parkplatz geholt.

Vor ihnen, mit dem Rücken zu ihnen und hinter diversen Autos sowie Motorrädern in Deckung liegend, beharkten etwa zwei Dutzend der schweren Jungs die Autos der neu eingetroffenen TransDime Mitarbeiter, aber auch die abgestellten vom ersten Schwung an Geflüchteten, mit Schusswaffen, die zum Teil halbautomatisch waren. Ein halbes Dutzend von ihnen lag bereits bewusstlos am Boden, getroffen von den Betäubungsschüssen der Gruppe, die ursprünglich die Mitarbeiter hatte abholen wollen.

Sie warfen sich etwa fünfzig Meter vor den Rockern in einer Linie auf den Boden, wo immer eine kleine Senke, ein Stein oder ein Strauch ein wenig Deckung bot. Wie ein Mann eröffneten sie das Feuer aus ihren Betäubungswaffen. Innerhalb von Sekunden fielen ein knappes Dutzend der feindlichen Schützen um, bis diese überhaupt merkten, dass ihnen nun aus einer anderen Richtung Gefahr drohte, der sie schutz- und deckungslos ausgeliefert waren.

Einen Moment später war ein Stück weit rechts neben ihnen die Gruppe Drei eingetroffen und ebenso wie sie in Stellung gegangen. Sie streckten die restlichen Männer ebenso effektiv und wie aus dem Lehrbuch nieder, wie auch seine Gruppe dies gerade eben getan hatte. Es verlief geradezu absurd unspektakulär, wenn man bedachte, welch hohes Gefahrenpotential diese bis an die Zähne bewaffnete Bande von Kriminellen gerade noch dargestellt hatte.

Der Gruppenführer von Gruppe Drei, Yoko Forrester, und Rebecca als Vorgesetzte ihrer Gruppe erhoben sich und gingen nach vorne zum Schauplatz des Gefechtes, um sich mit dem Kollegen aus Gruppe Zwei über den Stand der Dinge abzusprechen. Die anderen hielten die Waffen vorsichtshalber auf die ohnmächtigen Rocker gerichtet. Sechs von ihnen sicherten den Platz nach außen hin ab, doch das erwies sich als unnötig, da keinerlei weitere feindliche Kräfte mehr auftauchten.

Rebecca kam mit gesenktem Kopf zurück und sagte mit emotionsloser Stimme über Funk: *„Gruppe Eins, abrücken. Zurück zum Werksareal. Die Lage ist unter Kon-*

trolle."

Sie trat mit gesenkten Schultern zu ihm, als die anderen sich rasch auf den Rückweg machten. Etwas ratlos fragte er: „Was hast du denn?"

„Die Schießerei hat drei Verletzte gefordert..."

Er wollte gerade seine Erleichterung zum Ausdruck bringen, als sie fortfuhr: *„...und einen Toten. Ein kleiner Junge, fünf Jahre alt. Ein direkter Schuss durch seinen Brustkorb. Er ist sofort gestorben, auf der Stelle. Ich habe es sehen können, wie es passiert ist."*

Nick nahm sie in den Arm, als er merkte, wie ihre Schultern zu zucken begannen. Es war ein bizarrer Anblick, wie diese beiden schwarz gekleideten Soldaten mit behelmten Häuptern und den Gewehren in Händen sich umarmten. Nick versuchte sie zu trösten: „Es tut mir Leid, dass das passiert ist und dass du es so hautnah miterleben musstest. Ich weiß nicht, ob irgendjemand das hätte verhindern können. Wir sind wohl ins Revier dieser Gang eingedrungen oder der Parkplatz liegt dummerweise darin. Ich weiß es doch auch nicht."

„Das ist so sinnlos! Dieser Junge hatte sein ganzes Leben noch vor sich! Am liebsten würde ich dieser ganzen Bande...."

Als er hörte, wie Rebeccas Tonfall zornig wurde, fasste er sie bei den Schultern. „Wenn du diesen Kerlen jetzt etwas antust, macht uns das zu genau so schlechten Menschen, wie sie es sind. Wir sind nicht dazu da, um Rache zu üben, oder Selbstjustiz in irgendeiner Form."

Sie entspannte sich wieder ein wenig. *„Du hast ja recht. Ich wünschte nur, wir könnten irgendetwas tun."*

Er sah zurück und runzelte die Stirn. „Kennst du dich aus mit den Abzeichen auf diesen Westen? Ich meine, kann man daran erkennen, wer der Anführer ist?"

Sie drehte sich um und starrte ebenfalls auf den Haufen am Boden liegender Motorradrocker. *„Nicht wirklich. Warum?"*

Die meisten anderen ihrer Gruppe hatten sich bereits auf den Rückweg gemacht und die fast durchwegs unter Schock stehenden Mitarbeiter von TransDime waren inzwischen wie vorgesehen in Richtung Wald gebracht worden, um dort den Zugang zur Treppe nach unten zu nehmen. Bestimmt hatten sie auch das Opfer mit sich genommen. Die betäubten Gegner hatten sie einfach sich selbst überlassen.

Rebecca trat zur letzten der schweren Maschinen, die etwas abseits in einer lockeren Reihe aufgestellt waren. Sie meinte grimmig: *„Ich möchte etwas ausprobieren."*

Mit zwei kräftigen Rucken riss sie von einem der Motorräder die Benzinleitungen ab. Sofort floss scharf riechender Treibstoff auf die Straße rund um die Maschine. Rebecca richtete die Mündung ihres Gewehres auf die Pfütze und gab einen langen Schuss auf das Benzin ab, das sich nach mehreren Sekunden Dauerbestrahlung tatsächlich entzündete.

„Wer hätte das gedacht?", hörte er sie mitleidslos sagen, als sie aus mehreren Metern Entfernung beobachtete, wie die schwere Maschine nach und nach in Flammen aufging. *„Die thermische Energie eines schweren Betäubungsschusses reicht aus, um ein gemütliches kleines Feuerchen zu machen."*

„Ich glaube, wir haben ein ausreichendes Zeichen gesetzt. Komm jetzt." Nick hakte sie unter und zog die widerstrebende Rebecca mit sich. „Oder willst du jede einzelne Maschine abfackeln?"

„Verdient hätten sie es. Diese Schweine. Einer von ihnen ist ein Mörder, auch wenn wir nicht wissen, wer." Sie trat jedes einzelne Motorrad um, bis ausnahmslos alle am Boden auf der Seite lagen. Dann konnte er seiner Verlobten noch dabei zusehen, wie sie, unterstützt von ihrem SF-Anzug, jedem einzelnen der vorderen Räder mühelos mit einem Tritt einen 'Achter' verpasste. Die Felgen waren danach so stark verzogen, dass an ein Fahren mit diesen Maschinen nicht mehr zu denken war. *„So, jetzt können wir gehen."*

„Sie werden ziemlich unglücklich sein, wenn sie aufwachen." Nick sah nochmals über die Schulter auf das Fiasko, das einmal der Fuhrpark einer ausgewachsenen Motorradgang gewesen war. Dann sah er, wie Rebecca erstarrte. Sie stieß einen massigen Kerl mit Lederjacke, Jeanshose und Holzfällerhemd mit dem Fuß an. Er hatte dunkle, verstrubbelte Haare und einen ungepflegten Vollbart.

„Hm, bei diesem hier steht 'El Jefe' groß auf der Jacke. Wie gut ist dein Spanisch?"

„Du weißt doch genau, dass ich es fließend spreche und dass 'El Jefe' soviel heißt wie 'der Chef'. Aber..."

Entsetzt beobachtete er, wie sie den bewusstlosen Rocker aufnahm und ihn sich mühelos über die Schulter warf. *„Ich denke, wir haben alles."*

„Rebecca, hältst du das für eine gute Idee? Ich glaube nicht, dass Fench das für gut befinden wird."

Sie drehte sich zu ihm um und bemerkte, dass noch zwei andere, den Staturen nach Teresa und Sven, sie beide ansahen, während der Rest des Trupps bereits ein Stück weit voraus war. *„Springer Eins, Gruppe Eins an Einsatzleiter, habe den mutmaßlichen Anführer der Subjekte identifiziert und erbitte Erlaubnis, ihn zwecks Befragung mitzunehmen."*

„Springer eins, Erlaubnis erteilt. Machen Sie mit ihm, was Sie wollen. Von mir aus halten sie ihn am ausgestreckten Arm an einem Fuß kopfüber über die Kante des Daches, um von ihm alle gewünschten Informationen zu erhalten. Ende."

Alle sahen sich leicht schockiert an, doch Rebeccas Mundwinkel hob sich bereits wieder auf diese Art, die nichts Gutes verheißen mochte. *„Wer hätte das gedacht? Fench ist kein überkorrekter, zimperlicher Paragraphenreiter, wie alle dachten. Diese Art von schwarzem Humor hätte ich ihm gar nicht zugetraut. Vielleicht hat er zu viele schlechte Filme gesehen, wer weiß?"*

Nick konnte nur den Kopf schütteln. „Ja, solch einen bissigen Scherz über den Einsatzfunk rauszulassen, das hat schon was."

Rebecca sah ihn unverwandt an. *„Von welchem Scherz redest du da? Ich habe eine klare Anweisung bekommen."*

Sven stöhnte: „Rebecca, was willst du tun?"

Sie überlegte kurz: *„Nicht ich... diese Kerle sind Machos, vollgepumpt bis zum Stehkragen mit Vorurteilen und Rollenbildern. Nicht ich..."*

El Jefe wurde langsam wach. Er stöhnte und hielt sich den Kopf. Dann rollte er sich zur Seite und übergab sich, als der übermächtige Kopfschmerz ihn mit voller Wucht traf.

„Er ist wach." Eine leicht gedämpfte, weibliche Stimme aus dem Hintergrund.

Er richtete sich auf Knie und Hände auf, war aber noch zu keinem klaren Gedanken fähig. Was war das unter seinen Händen? Kies?

„Na endlich. Dann wollen wir mal." Eine weitere, tiefe männliche Stimme. Er kniff die Augen zu vor dem hellen, blendenden Sonnenlicht. Wie lange war er weggetreten gewesen? Und was war überhaupt passiert? El Jefe war völlig orientierungslos.

Dann fiel ein Schatten auf ihn und verdunkelte die grelle Sonne.

„Wen haben wir denn da? Den Chef der großen, bösen Gangsterbande. Ihr wolltet wohl bei uns mitspielen, was? Hat nicht so geklappt, wie ihr euch das gedacht hattet. Was wolltet ihr von den Leuten, die ihr überfallen habt?"

El Jefe rollte sich zu einem kniehohen Mauervorsprung, an den er sich erschöpft lehnte. „Was seid ihr für Typen?"

Eine harte, kräftig ausgeführte Ohrfeige traf ihn völlig überraschend und riss seinen Kopf herum. Die Hand war behandschuht und fühlte sich an wie eine emaillierte Stahlform, die ihm ins Gesicht schlug. Gepeinigt schrie er auf.

„Du, mein Alter, hast hier überhaupt nichts zu melden. Die Fragen stelle ich. Ist das klar?" Die tiefe Stimme klang überaus bedrohlich, doch noch war El Jefe nicht bereit, aus seinem gewohnten Alpha-Männchenschema auszubrechen. Er öffnete vorsichtig die Augen. Der Kerl vor ihm war riesig, muskulös und mit einem schwarzen Anzug sowie einem Helm bekleidet.

„Wart's nur ab, wenn meine Jungs hier eingeritten kommen, dann wirst du für deine Unverschämtheit..."

Diesmal trafen ihn zwei Ohrfeigen in rascher Folge auf beiden Wangen, die zweite mit der Hinterhand ausgeführt. Sein Kopf drohte zu explodieren. El Jefe hatte schon einiges mitgemacht in seinem Leben, aber er konnte sich nicht daran erinnern, jemals so fest geschlagen worden zu sein. Und der Muskelberg vor ihm hatte bisher noch nicht einmal die Faust geballt.

Sven, der von Rebecca fürs Verhör auserkoren worden war, schien allmählich in seine Rolle hineinzuwachsen. Er begann mit überaus höflicher Stimme zu erklären: *„Ich werde dich wohl auf den neuesten Stand der Dinge bringen müssen. Hier wird niemand mehr einreiten, denn deine Motorradgang existiert nicht mehr. Für eine Motorradgang braucht man nämlich Motorräder. Wir haben dummerweise in einem Anfall der Unprofessionalität sämtliche Maschinen zerstört, die ihr besessen habt. Das kann damit zusammenhängen, dass ihr bei eurem dämlichen, stümperhaften und sinnlos gewalttätigen Überfall einen kleinen Jungen erschossen habt. Hast du Zwergenhirn das kapiert? Und wage es ja nicht, mit etwas anderem als ja oder nein zu antworten.“*

„Wir haben keine Kinder erwartet, als wir...“

Diesmal waren es vier Ohrfeigen, genauso hart wie die vorherigen, die seinen Kopf klingeln ließen. El Jefe jaulte auf wie ein geprügelter Hund und sackte dann für einige Sekunden zusammen. Als er den Kopf mühsam wieder hob, Blut von seiner geplatzten Lippe leckend, drehte sich alles im Kreis.

Wie aus weiter Ferne kam die Stimme seines Peinigers: *„Du scheinst nicht der Allerhellste zu sein, was, du Kindermörder? Vielleicht verstehst du was von Exponentialrechnung? Bei der ersten dummen Antwort hast du eine aufs Maul bekommen, bei der nächsten zwei. Jetzt eben hast du um vier gebettelt. Beim nächsten mal werden es acht sein, dann sechzehn und jedes mal, wenn mir eine Antwort aus deiner Hackfresse nicht gefällt, wieder die doppelte Anzahl. Das heißt, wenn du so weiter machst wie bisher, werde ich dir nach vier weiteren dummen Kommentaren deine Fresse bis zum Sonnenuntergang zu Brei schlagen müssen. Ist das jetzt endlich in deinem Spatzenhirn angekommen? Ja oder nein?“*

Die weibliche Stimme im Hintergrund schaltete sich ein: *„Wenn du mit deiner Sadistennummer fertig bist, können wir vielleicht endlich mal zur Sache kommen? Wir haben nicht den ganzen Tag Zeit. Die Truppführerin ist bereits unterwegs zu uns und wenn sie hier rauf kommt, will ich Ergebnisse präsentieren, keinen hässlichen, blutenden Bastard, der nichts mehr nuscheln kann durch seine ausgeschlagenen Zähne.“*

El Jefe lehnte sich etwas zur Seite und erblickte eine große, grazil wirkende Frau mit traumhaften Rundungen, ebenfalls in schwarz und mit einem Helm maskiert, der direkt aus ihrem hautengen Anzug herauszuwachsen schien. Diese Typen sahen aus wie Aliens oder Soldaten aus der Zukunft und sie gingen äußerst skrupellos vor.

Zum ersten Mal seit Jahren verspürte er wieder richtige, nackte Angst.

„Also gut, nur fürs Protokoll, ein letztes Mal freundlich gefragt: Wo ist euer Klubheim? Wir wissen, dass es irgendwo im Viertel westlich von hier liegen muss, aber wir haben keine Lust, die ganze Gegend danach zu durchkämmen. Also?"

„Ich kann mich beim besten Willen nicht erinnern…" Der Rocker grinste ihn frech an, sich innerlich bereits auf die Serie von brutal harten Schlägen vorbereitend, die jetzt kommen mochte.

Der Hüne hob seine Hand, doch die Amazone hinter ihm hielt ihn zurück: *„Warte, das ist doch ermüdend und bringt nichts. Brich ihm irgendwas, damit wir hier endlich mal vorankommen. Die Kniescheiben oder die Daumen. Such dir was aus."*

Nun begann El Jefe sichtlich zu schwitzen. Er machte Anstalten, sich aufzuraffen und einen Angriffsversuch auf seinen Peiniger starten zu wollen. Sofort stellte sich ein riesiger Stiefel auf seinen Brustkorb und nagelte ihn förmlich gegen die niedrige Mauer, gegen die er halb lehnte, halb lag. Er stöhnte auf, als die Luft aus seinen Lungen gepresst wurde.

„Sieh mal einer an, er wird ein wenig mutiger. Da müssen wir doch gleich mal etwas dagegen unternehmen, oder?" Trotz des Helmes konnte der Rocker noch gut hören, wie Zorn und Mordlust die Stimme seines Peinigers verzerrte.

Nun ließ der Anführer der Rockerbande seinen Blick umherschweifen. Er befand sich wohl auf einem Flachdach, wie es den Anschein hatte. Überall um ihn herum ragten Lüftungsschächte, Klimaanlagen und ein Treppenschachthaus aus dem gekiesten Untergrund, der von der flachen weißen Betonmauer eingegrenzt war, gegen die er lehnte. Hinter den beiden Verhörern standen noch zwei weitere der schwarzen Gestalten, je ein Mann und eine Frau.

„Ich frage nochmal: wo ist euer Klubheim? Wir wollen keine unhöflichen Nachbarn sein und deshalb euren Besuch erwidern."

„Brich mir was du willst, ich verrate meine Brüder nicht." Trotzig starrte er den schwarzen Kerl vor sich an. „Ihr hattet uns doch komplett am Wickel, warum habt ihr es da nicht zu Ende gebracht?"

„Tja, Befehle ändern sich. Wenn es nach mir gegangen wäre... aber wir haben vorhin erfahren, wessen Kind ihr kaltblütig erschossen habt, daher hat sich das Blatt gewendet und die Schonzeit ist vorbei."

„Das dauert mir alles zu lange. Halt ihn raus, vielleicht lockert das seine Zunge." Wieder die drängende, durch den Helm leicht verzerrte Stimme der Amazone. El Jefe wurde sich erst jetzt angesichts des Kommentars des Hünen bewusst, dass sie vielleicht einen schrecklichen Fehler begangen hatten, als sie einfach blindwütig auf die fliehenden Zivilisten geschossen hatten.

Seine Gedankengänge wurden jäh unterbrochen, als er am Knöchel gepackt und grob nach oben gerissen wurde, bis er kopfüber nach unten am ausgestreckten Arm des Riesen in Schwarz hing. Das konnte doch nicht sein! Kein normaler Mensch hatte soviel Kraft, um einen ausgewachsenen Mann seines Gewichtes so von sich gestreckt nach oben zu halten.

„Der Kerl ist fett, kannst du mir mal kurz zur Hand gehen?"

Tatsächlich gesellte sich nun die Amazone zu ihnen und packte ihn am zweiten Bein, sein hilfloses Gestrampel abrupt beendend. Ehe er es sich versah, wurde El Jefe über die Dachkante bugsiert und starrte nun mit dem Kopf voran in den mehrstöckigen Abgrund und auf das Pflaster zehn Meter unter sich. Das Blut begann in seinen Ohren zu rauschen und ihm wurde schwindelig.

„Heeee, Leute, macht doch keinen Quatsch!" Er schrie in nackter Panik, als er sich mit der Aussicht auf einen tödlichen Sturz konfrontiert sah. Seine Eingeweide verknoteten sich und kalter Schweiß strömte ihm aus allen Poren.

„Wo ist euer Klubheim?"

„Kommt schon, zieht mich wieder zurück!"

Der Hüne schüttelte nur den Kopf. *„Irgendwas hast du immer noch nicht kapiert, Hombre, dass du in dieser Lage noch Forderungen stellst. Ich glaube allmählich, wenn wir jetzt loslassen, schlägst du nicht unbedingt mit einem wichtigen Körperteil auf."*

Die Frau sah ihren Kollegen an und schimpfte zornig: *„Du verlogener Kerl. Der Typ ist überhaupt nicht schwer! Du fauler Hund wolltest ihn nur nicht alleine halten."*

Sie ließ ihn los, sodass nun nur noch der prometheische Mann ihn an einem Knöchel hielt und ihn ein wenig durchsacken ließ. In nackter Panik begann El Jefe wieder zu schreien. „Heee!"

„Tut mir Leid, M'am", murmelte der Hüne und nahm nun den zweiten Knöchel, hielt ihn somit wieder mit beiden Händen weit ausgestreckt von sich übers Dach.

„Zu meiner Verteidigung: eigentlich habe ich nur gesagt, er ist fett, nicht schwer. Das kommt sicher von seiner hohlen Birne."

Plötzlich rief jemand vom entfernten Ende das Daches: *„Was läuft denn hier ab?"*

Eine andere weibliche Person war eben eingetroffen, doch so wie El Jefe gerade übers Dach hing, konnte er sie nicht erkennen. Die anderen begrüßten sie leise und bemerkten etwas in einer ihm fremden Sprache, worauf sich die neu hinzugekommene Person ihnen näherte.

Die Amazone fluchte leise: *„Scheiße, jetzt können wir die einfache Tour bestimmt vergessen."*

Dann veränderte sich ihre Stimme und wurde freundlich und sachlich.

„Truppführerin, schön dass du zurück bist. Wie war die Aufklärungsmission?" Die Amazone zollte der offensichtlich ihr vorgesetzten Frau Respekt.

„Ich rede nicht vor Gefangenen darüber. Ich bin soweit über die Ereignisse informiert worden. Nur was ihr hier konkret treibt, hat mir der Einsatzleiter nicht mitgeteilt. Was soll der Zirkus?"

Pflichtschuldig erklärte die Amazone sich: *„Wir haben nach der letzten Attacke den Anführer der Motorradgang gefangen genommen und nachdem beschlossen wurde, ihr Klubheim aufzusuchen, um sie zu neutralisieren, wollten wir von ihm die Information erhalten, wo sich dieses befindet."*

Unwillig und noch ungeduldiger als die Amazone vor ihm, entgegnete die Anführerin: *„Mit solchen kindischen Spielchen? Ich möchte wetten, dass er euch noch kein Wort verraten hat. Warum brecht ihr ihm nicht irgendwas oder schießt ihm in seine Kniescheiben? Das wird ihn schon auf Trab bringen."*

„*Das wollte ich ja machen, aber...*", begann der Hüne zu maulen.

Die Amazone fuhr ihm in die Parade: „*Halt die Klappe. Es war so, Boss: wir wollten es einfach so schnell wie möglich gestalten, damit wir dir ein Ergebnis präsentieren können, wenn du eintriffst. Dann hätten wir direkt loslegen können mit unserer Vergeltungsaktion.*"

„*Was für ein Unsinn! Es geht hier nicht um Rache für das Kind, wir müssen nur sicherstellen, dass keiner dieser Vollidioten uns bei der letzten Aktion heute Nacht wieder dazwischen pfuscht. Ich würde sagen, dass wir diesmal eine Gruppe voraus schicken und die Gegend weiträumig säubern, damit die Zivilisten gefahrlos reingeholt werden können.*

Ihr habt es euch mit diesem Affen doch nur leicht machen wollen, indem ihr euch die Suche nach ihrer Basis spart. Ich kenne euch doch! Tja, Pech gehabt, jetzt bin ich da und ihr habt nichts vorzuweisen, so wie ich das sehe. Deshalb könnt ihr euch gleich mal eine Gruppe nehmen und das Viertel drüben nach ihrem Klubheim durchkämmen. So unauffällig wird es ja wohl nicht sein, dass ihr daran vorbei lauft."

„Mist, hab ich es doch geahnt", raunte die Amazone dem Hünen zu.

„*Ja, was kann ich denn dafür, wenn er einfach nicht plaudern will?*"

Die Amazone fragte: „*Und was sollen wir jetzt mit dem stinkenden Flohzüchter hier machen?*"

„*Wenn er nicht augenblicklich den Mund aufmacht, lasst ihn fallen. Er ist uns sonst nicht mehr von Nutzen. Wir finden ihren Schlupfwinkel auch ohne ihn, wird nur ein wenig länger dauern. Aber das ist dann euer Problem.*" Die Truppführerin schien keinerlei Interesse an El Chefes Wohlergehen zu haben.

„Heeee!" Der Rocker begann wieder, sich zu winden.

„*Aber wenn wir...*", begann der Hüne zu protestieren.

„*Merkt ihr nicht, dass der euch nur verarscht? Er hätte es schon längst ausgespuckt, wenn es es hätte preisgeben wollen. Ihr vergeudet Zeit, Leute. Jetzt wirf ihn schon runter und dann fangt endlich an zu suchen! Ich will mich nicht wiederholen müssen*" Der Unwillen und die Unzufriedenheit der Truppführerin mit ihren Untergebenen war jetzt beinahe greifbar.

„Halt, wartet! Ich sag's euch ja. Nicht fallenlassen!" El Jefe schrie panisch und begann zu zappeln.

„Wirst du wohl stillhalten, du Volltrottel?" Der Hüne zog ihn über den Rand des Daches, ließ ihn leicht zurückschwingen, sodass er mit dem Hinterkopf unsanft an der niedrigen Umfassungsmauer des Daches anschlug und warf ihn dann grob auf den rauen Boden.

Nun sah sich der Rocker der Anführerin gegenüber. Sie war klein, sehr feminin, aber auch durchtrainiert und ebenso maskiert und uniformiert wie alle anderen dieses Trupps. *„Du hast noch genau eine Chance, sonst werfe ich dich Abschaum eigenhändig vom Dach. Wo ist euer* beschissenes *Drecks-Klubheim?"*

„Kreuzung Chateau Drive und Mount Abernathy Avenue, der Apartment Block dort direkt an der Kreuzung. Den haben wir uns komplett unter den Nagel gerissen."

„Gut, dann sehe ich mir den mal an. Springer Eins, du kommst mit mir. Ihr anderen seht zu, dass ihr diesmal einen vernünftigen Perimeter auf die Beine stellt, denn noch so ein Fiasko wie letztes Mal will ich nicht nochmal erleben, klar?"

„Du willst nur zu zweit dorthin?" Der Hüne klang ungläubig.

Verächtlich erwiderte die Frau: *„Klar, mit denen paar Dutzend Witzfiguren würde ich auch alleine fertig werden, aber der Marsch dorthin wäre langweilig. So können wir Mädels mal ein wenig unter uns reden. Stimmt's?"*

Die Amazone sagte mit ergebener Stimme: *„Klar, wieso nicht? Und was machen wir mit dem Intelligenzbolzen hier?"*

„Was wohl? Sag gute Nacht, Trottel." Sie hielt ihm das Betäubungsgewehr unter die Nase und drückte ab, bevor dieser überhaupt registrierte, wie ihm geschah. Der bleistiftdünne, fast unsichtbare Strahl fuhr ihm in den Brustkorb und ließ ihn erschlaffen.

Zufrieden besah sich Tamara ihr Werk, denn natürlich war sie es gewesen, die die ungeduldige Anführerin des Trupps gemimt hatte. So sehr hatte sie sich dabei nicht verstellen müssen, denn wie alle anderen auch sehnte sie sich bereits jetzt ein Ende dieses verfahrenen Einsatzes herbei.

Svens Stimme erklang in ihrem Helm: *„Truppführerin, du kommst doch aus der*

Schweiz. Was hältst du eigentlich von der Genfer Konvention?"

„Eine humanistische Errungenschaft erster Güte und aus unserer modernen Gesellschaft nicht mehr weg zu denken. Wieso fragst du?"

Ergeben kam Svens Antwort scheinheilig: *„Ach, nur so. Ist mir gerade eingefallen. Ich weiß auch nicht, warum."*

Es wurde langsam dunkel. Aus Westen, vom offenen Ozean her zog ein Sturm auf. Mächtige Wolkenberge türmten sich über dem Horizont auf und verschluckten die Sonne bereits eine Stunde vor Sonnenuntergang.

Im herunter gekommenen Viertel westlich des TransDime Areals befand sich eine Wohnanlage, die schon lange nicht mehr von normalen Mietern bewohnt wurde. Hier hatte sich die gesamte Motorradgang niedergelassen. Es war eine typische Anlage, mit einem Innenhof, an dessen vier Innenseiten entlang an den Hauswänden Galeriegänge zu den einzelnen kleinen Wohneinheiten führten. Unten gab es einen Gemeinschaftsraum, der auch als Klubheim genutzt wurde. Normalerweise war der Innenhof mit Bikes und Choppern dicht an dicht zugeparkt.

Doch ihre Motorräder lagen alle auf dem Parkplatz, unbrauchbar gemacht von den Typen, die sie aus dem Hinterhalt ins Reich der Träume geschickt hatten. Wohl oder übel hatten sie die Bikes zurücklassen müssen.

Als die ersten von ihnen wieder zu sich gekommen waren und es bereits Mittag gewesen war, hatte keiner von ihnen gewusst, was eigentlich mit ihnen geschehen war. Eben noch hatten sie sich auf dem Parkplatz ein Feuergefecht mit einem Haufen seltsamer Gestalten in Schwarz geliefert und ihnen richtig Feuer unter dem Hintern gemacht. Und einen Moment später wachten alle mit einem Riesenkater und ohne Waffen auf, Stunden später und ohne ihren Anführer, El Jefe. So hatten sie sich erst einmal schmachvoll zu Fuß zu ihrem Klubheim zurückgezogen, um ihre Wunden zu lecken.

Jetzt stand eine erste Beratung an, wie sie weiter vorgehen wollten. Da die Hierarchie nicht klar geregelt war, rief einfach jeder in die Diskussion hinein, was ihm gerade in den Sinn kam.

„Wir sollten die Sache auf sich beruhen lassen. Diese Typen haben uns übel in den Arsch getreten."

„Und was ist mit El Jefe? Wir müssen ihn suchen und nur dort haben wir eine Spur, die wir vielleicht aufnehmen können."

„Sind die anderen schon mit den geklauten Trucks los, um unsere Maschinen von dort wegzuholen?"

„Wir wissen überhaupt nicht, was in den nächsten Tagen geschehen wird. Wenn die Asiaten die Stadt erobern..."

„Ich sage, wir legen uns dort oben am Parkplatz erneut auf die Lauer und wenn diese Typen nochmals auftauchen sollten, werden wir sie alle machen. Aber wir müssen mindestens einen am Leben lassen, damit der uns dann flüstern kann, wo der Boss abgeblieben ist."

Zwanzig Meter entfernt, auf der gegenüberliegenden Straßenseite im Schatten zwischen zwei Häusern, deaktivierte Tamara ihre Peilrichtantenne des SF-Anzugs, mit der sie das Treffen belauscht hatte. Beide öffneten ihre Visiere. „Ich denke, wir haben genug gehört. Gehen wir rein und mischen sie so richtig auf."

Rebecca wirkte nun aber doch etwas besorgt. „Bist du sicher, dass wir Beide das schaffen?"

„Du wirst nichts zu tun haben, das mache ich alleine, wie gesagt. Ich muss einfach mal die Sau rauslassen, sonst platze ich.

Keine Angst, das wird gutgehen. Seitdem wir uns das letzte Mal gesehen haben, habe ich mich wieder ein Stückchen weiterentwickelt. Das geschieht ganz langsam und in einem Tempo, das ich gut verkraften kann. Durch die mentale Anleitung des Schamanen kanalisiere und steuere ich meine zunehmenden Fähigkeiten und kontrolliere das Ganze zu meiner vollsten Zufriedenheit.

Eigentlich hat das immer schon in mir gesteckt, so wie ich das jetzt begreife. Aus einem mir nicht bekannten Grund lerne ich jetzt die Zusammenhänge des Universums, die Strukturen und Bestandteile nach und nach zu begreifen, wahrzunehmen und zu steuern."

„Manchmal machst du mir direkt ein wenig Angst, wenn du so redest. Du klingst so weise, aber auch etwas übereifrig." Rebecca legte ihr besorgt eine Hand auf ihre Schulter.

„Ich verstehe, was du meinst. Bleib einfach dicht hinter mir, dann wirst du sehen, was ich dir sagen will. Vor allem meine Wahrnehmung ist besser als noch vor Kurzem und damit auch meine Reichweite, wenn du es so nennen willst. Kommst du?"

Rebecca schluckte hart. „Okay, aber keine Toten, wenn es sich irgendwie vermeiden lässt."

Nun sah Tamara doch nochmals über die Schulter. „Keine Angst, das beim letzten Springereinsatz war ein Unfall, weil ich mich noch nicht unter Kontrolle hatte. Ich heiße nicht Ziska."

Ihr ruhiger und zuversichtlicher Tonfall beruhigte auch ihre Freundin ein wenig. Sie aktivierte ihr Gewehr und folgte ihr über die Straße hinweg zum Apartmentkomplex.

Auf dem Dach und hinter zwei Fenstern waren insgesamt vier Wachposten sichtbar. Tamara hielt einen Moment inne, worauf die vier einfach einschliefen und ohne Bewusstsein in sich zusammensanken. Schnell hatten sie die Ecke der Hauswand erreicht, wo sich die Häuserstruktur zum Innenhof hin öffnete.

Tamara spähte nicht um die Ecke, sondern blieb einen Moment lang ruhig stehen. Ein klapperndes Geräusch war zu vernehmen, worauf Rebecca vorsichtig um die Ecke spähte. Dort war ein weiterer Mann, der ohne Bewusstsein neben seiner fallen gelassenen Maschinenpistole lag.

„Genial! Wie machst du das nur, ohne Sichtkontakt?"

„Ich nehme die Person mit anderen Sinnen wahr, für die eine Steinmauer kein Hindernis ist. Dann wende ich die Sache mit den Alpha-Gehirnwellen an, die ich dir schon im Springercamp erklärt habe. Ich bringe sie einfach dazu, zu entspannen und in Tiefschlaf zu fallen. Elektromagnetische Wellen..."

„Deine leichteste Übung, ich erinnere mich." Rebecca nickte beeindruckt.

„Wenn ich mich entsprechend konzentriere, wird sich keiner mehr unbemerkt an mich heranschleichen können. Können wir weiter?" Tamara hatte ihr Betäubungsgewehr deaktiviert und geschultert, da sie es nicht brauchen würde, wie sie Rebecca erklärt hatte.

Als sie an der Ecke des Durchgangs ankamen, der in den Innenhof mündete, meinte sie nach einer Sekunde des Zögerns: „Jetzt kommen die Gravitonen ins Spiel. Pass auf, die Wache dort im Treppenaufgang mit dem Gewehr, er steht direkt neben der Wand. Gleich wird sich direkt neben seinem Kopf ein Schwerkraftfeld des Fünffachen der Erdschwere aufbauen."

Kaum hatte sie das angekündigt, da keuchte der Wachtposten bereits überrascht auf, als er plötzlich mit dem Kopf gegen die Wand knallte und besinnungslos zu Boden sank.

„Und das auf zehn Meter Entfernung." Rebecca nickte erstaunt, als ein anderer Posten den Galeriegang entlang gerannt kam, mit dem Gewehr im Anschlag und gerade tief Luft holend, um einen Schrei auszustoßen, der den gesamten Komplex alarmieren würde.

Der Posten verharrte mit einem Mal, als sei er gegen eine Wand gelaufen. Sein Schrei verhallte lautlos und er griff sich mit beiden Händen an den Kopf, konnte ihn aber nicht berühren. Eine unbekannte Kraft hinderte ihn daran und isolierte den Kopf des Soldaten von der Atemluft um ihn herum. Es war fast, als hätte er eine schall- und luftdichte Glaskugel aufgesetzt bekommen.

Dann knallte auch sein Haupt gegen die Wand neben ihm und beendete seinen beginnenden Erstickungsanfall, worauf er sanft zu Boden glitt. Vor allem das Gewehr gab kein Klappergeräusch von sich, was Rebecca am meisten beruhigte. Was auch immer es war, das diese Phänomene auslöste, es funktionierte akkurat und zuverlässig.

Dennoch konnte sie nicht anders, als ihr Gewehr instinktiv hochzureißen und eine Wache, die genau in diesem Moment aus einer der kleinen Wohneinheiten herauskam, mit einem Betäubungsschuss nieder zu strecken. Tamara sah sie verblüfft an:

„Blitzartige Reaktion. Meinen Respekt, Beckie."

„Man tut, was man kann", meinte Rebecca bescheiden.

„Dann werde ich mal reingehen. Hinter dieser Tür wird gerade die Debatte geführt."

Ohne weitere Umschweife öffnete sie sie Tür und nach einer Schrecksekunde der Insassen des Raumes gab es einen kurzen Tumult, einzelne Schreie und laute, undefinierbare Geräusche.

Nach etwa fünf Sekunden schritt Rebecca durch die Tür und wusste nicht, was sie erwarten würde. Sie keuchte überrascht auf, als sie etwa zwei Dutzend Männer überall im Raum verteilt auf dem Boden liegen sah. Von der Decke rieselte an vielen Stellen der Putz, an einigen war er abgeplatzt und an zweien waren unregelmäßig gezackte Löcher von der ungefähren Größe eines Kopfes zu sehen. Diese Assoziation kam Rebecca automatisch, da sie sich ungefähr vorstellen konnte, was gerade passiert sein musste.

„Allmählich machst du mir ein wenig Angst", gestand sie Tamara, doch diese drehte sich nur um und lächelte sie an.

„Das stimmt doch nicht, oder?"

Ungewollt musste auch Rebecca lächeln. „Nein, du hast mich erwischt. Wenn jemand anderes als du über diese Fähigkeiten verfügen würde..."

Die hintere Tür zum Innenhof wurde aufgerissen und ein einzelner bewaffneter Rocker kam mit erhobener Waffe hinein gestürmt. Als er die Szene vor sich erfasste, zögerte er mit entsetztem Gesicht. Als der Lauf seiner Maschinenpistole gelborange zu glühen begann und sich nach unten bog, um in Klumpen auf den Boden zu tropfen, ließ er sie erschrocken los. In diesem Moment sprang Tamara aus dem Stand und überbrückte die vier Meter bis zu dem Mann. Ihr Fuß traf das Kinn des Mannes und fällte ihn wie einen Baum.

„Wow, guter Sprung. Das hat ausgesehen wie in einem der alten Kung-Fu-Filme, wo die Kämpfer an Seilen durch den Raum gezogen werden." Rebecca kicherte.

Tamara hielt einen Moment inne. „Zugegeben, ich habe ein wenig nachgeholfen bei diesem Spezialeffekt. So, das waren alle."

„Du hast gewusst, dass der Typ da hereinkommt, oder?"

„Ich habe ihn wahrgenommen, ja." Tamara fuhr den Helm ihres SF-Anzugs ein. Sie schloss für einen Moment ihre Augen und ihre Miene entspannte sich. Gleichzeitig begannen alle Waffen im Raum, sich vom Boden zu erheben und schwebten auf die Mitte zu, wo sie sich zu einem großen Klumpen sammelten. Perplex starrte Rebecca auf die Kugel, die wie gekneteter Stahl aussah, als der Ball aus nun schrottreifen Pistolen und Gewehren sich immer dichter zusammenballte. Ein schmaler Strom aus einem undefinierbaren Pulver rieselte aus diesem heraus und bildete einen kleinen Haufen unter der schwebenden Erscheinung, bevor sich der metallische Rest noch stärker verdichtete, bis er eine perfekte Kugel von der Größe eines Medizinballes ergab und dann sanft zu Boden schwebte.

„Jetzt bin ich wirklich tief beeindruckt", gestand ihr Rebecca und deutete auf den Haufen an Krümeln und Pulver, der aus der Masse herausgerieselt war. „Was ist das?"

„Kunststoff von den Griffschalen der Waffen und Schießpulver aus den Patronen." Ungewollt lachte Rebecca. „Du bist sicher der erste Superheld, der Mülltrennung betreibt. Während eines Kampfes, meine ich."

„Bitte nenne mich nicht einen Superhelden. Ich stehe zwar auf die Kollegen in Film und Comics, aber es wäre vermessen, mich so zu bezeichnen."

„Das ist dir wirklich ernst, oder? Wie soll man dieses Phänomen denn nennen? Hast du dir darüber schon Gedanken gemacht? Ich meine, gibt es überhaupt einen reellen Bezug dazu, mal abgesehen von dem Superhelden-Kram?" Rebecca verließ nun den Saal voller ohnmächtiger Männer, nicht jedoch ohne jedem Einzelnen von ihnen noch zusätzlich einen Betäubungsschuss zu verpassen. Sie wollte damit sicherstellen, dass keiner von ihnen ihrem Einsatz wieder in die Quere kommen konnte, bis sie die letzte Fuhre von Flüchtenden sicher aufs TransDime Areal geschafft hatten.

Tamara sah ihr dabei stumm zu und folgte ihr dann auf den Innenhof. Auch dort bekam jeder der dort liegenden Rocker noch eine Dosis aus dem Betäubungsgewehr. „Weißt du, um diesen Aspekt habe ich mir noch gar keine Gedanken gemacht. Ich würde lügen, wenn ich behaupten würde, es wäre nicht cool, aber darum geht es ja nicht. Irgendeinen Sinn muss das alles doch haben. Ich denke immer, ich habe eine Aufgabe zu erfüllen und dazu wurden mir diese Fähigkeiten gegeben. Ich hoffe wirklich, wenn der Moment kommt, dass ich auch erkenne, was diese Aufgabe ist und dass ich sie erfüllen kann."

„Jetzt machst du dir aber selbst gewaltig Druck. Ich glaube, es ist nicht gut, dich selbst so stark damit zu belasten. Du hast dir das ja schließlich nicht aussuchen können. Nimm es einfach so hin, wie es ist und lerne, diese Gabe zu gebrauchen und zu beherrschen. Ich würde dich ja Cosmic Girl nennen, weil du die Kräfte des Kosmos beherrschst..."

Rebecca unterbrach sich, als eine der Waffen eines ohnmächtig vor ihnen liegenden Rockers sich vom Boden erhob. Sie schien sich auf einmal auszudehnen, als würde sie wachsen. In einem Sekundenbruchteil schwoll sie an und wurde dabei transparant, bis sie sich einfach aufzulösen schien. „Also gut, jetzt muss ich nachfragen: wie hast du das gemacht?"

„Ich habe die Bindungskräfte zwischen den einzelnen Atomen aufgehoben, sie sozusagen desintegriert. Die Waffe ist noch da, verteilt sich aber gerade auf dem gesamten Innenhof und wird von den Luftströmungen weggetragen. Und übrigens, Beckie: hör bitte auf, mir Superhelden-Namen geben zu wollen. Mir reichen schon Nicks andauernde Vorschläge zur Genüge."

Rebecca nickte ernst. „Okay, das kann ich verstehen. Was ist mit den anderen Waffen der Typen hier?"

„Zu dritt werden sie wohl kaum noch einen Großangriff auf uns starten. Außerdem geht die letzte Aktion bereits in einer Stunde los. Die zweite und dritte Gruppe unseres Trupps schafft das auch ohne uns."

„Dann lass uns zurück zum Areal gehen. Inzwischen werden sie alle Perimeter-Posten zurückziehen, da wir ja direkt nach der Bergung der letzten Zivilisten alle in den Transferbereich abziehen und diesen von innen versiegeln. Ich glaube, wir sollten alle in eine Fähre passen, samt dem verbliebenen Personal und allen Springern."

Tamara grinste. „Der letzte macht das Licht aus? Das ist sicher auch bei TransDime so."

18

Phoenix, Filiale 297 - Monat 12

Sie waren nach der endgültigen Schließung des Standorts in San Diego wie erwartet mit der Fähre direkt nach Phoenix geflogen worden und dort im Transferbereich ausgestiegen, bevor die Fähre mit von dort zu Evakuierenden randvoll gestopft worden und zu ihrem Dimensionssprung wieder abgeflogen war. Kurz darauf kam jedoch bereits eine neue an, um den nächsten zu erwartenden Schwung an extradimensionalen Flüchtlingen aufzunehmen. Die Organisation dieser Bergungsmission war im Zeitplan sehr straff und detailliert geplant.

Hier waren die Gegebenheiten jedoch etwas anders als in San Diego. Sie waren viel weiter von der Front entfernt und hier ging fast alles noch seinen gewohnten Gang, wenn man von ersten Hamsterkäufen in den Supermärkten und kurzen Warteschlangen von Autos an den Tankstellen absah. Noch war hier kein Ausnahmezustand ausgerufen worden und auch keine Evakuierungsmaßnahmen in Kraft getreten.

Das Vorgehen der Invasoren verhielt sich genau so, wie sie anhand der gestohlenen Pläne vorhergesehen hatten; für sie ein sicheres Zeichen dafür, dass niemand der feindlichen Allianz ahnte, was bei ihren Überfällen auf deren militärische Einrichtungen ihr wirkliches Ziel gewesen war. Denn andernfalls wären die Aufmarsch- und Schlachtpläne auf jeden Fall noch in letzter Minute abgeändert worden.

Die Pazifikküste mit den großen Ballungsräumen in Kalifornien wurde laut den Nachrichten hart umkämpft und die URA-Truppen leisteten erbitterten Widerstand. Sie hatten auch bereits damit begonnen, die Garnisonstruppen aus dem lateinamerikanischen Ausland zur Unterstützung der bis jetzt hoffnungslos unterlegenen Streitkräfte ins Kernland der Nation zurückzuführen. Das würde den dort gelegenen Ländern und ihren Bevölkerungen bald schon Gelegenheit zu offenen Aufständen und Befreiungsaktionen von der Fremdbestimmung der URA bieten.

Ihre Aufgabe hier in Phoenix war es vorerst, den Perimeter des Werksgeländes mit einer Minimalbesetzung zu überwachen, weil die ersten Plünderungsversuche mit wachsendem Chaos und einsetzender Anarchie nach dem zu erwartenden Ausrufen des Ausnahme- oder gar Kriegszustandes sicher nicht lange auf sich warten lassen würden. Je nach Beurteilung der Lage würden sie dann die Sollstärke ihrer Wachmannschaften verstärken. Glücklicherweise waren derzeit auch noch keine Bergungsmissionen notwendig, weil alle Mitarbeiter aus anderen Filialen, die vor der anstehenden Bedrohung fliehen wollten, noch auf ganz normalem Weg an eines der Werkstore gelangen und sich Einlass verschaffen konnten.

Momentan wurde der zweite Trupp verstärkt in die Pflicht genommen, was ihnen ein wenig Freiraum verschaffte, nachdem sie die Hauptlast des prekären Einsatzes in Kalifornien getragen hatten. Sie hatten für den Rest des Tages sogar frei bekommen, unter der Auflage, das Gelände unter keinen Umständen zu verlassen. So entledigten sie sich ihrer SF-Anzüge, die nun in ihren speziell für Springer vorgesehenen Unterkünften einsatzbereit in den ihnen zugewiesenen Zimmern verstaut waren.

Mit dunklen Werksoveralls bekleidet, erkundeten sie aus rein beruflicher Neugier das hiesige Areal, falls es demnächst von Vorteil für sie sein sollte, sich hier zurecht finden zu können. Gemäß der urbanen Architektur von Phoenix, die in den meisten Straßenzügen wie ein Schachbrett aufgebaut war, wies auch ihr Werksgelände eine fast quadratische Form auf, mit einer Kantenlänge von fast einer Meile. Es hatte insgesamt elf Zugänge über bewachte Werkstore und war nicht so eng bebaut wie andere Gelände, z.B. in Europa. Die meisten Bauten waren nicht sehr hoch und es gab viel Platz zwischen den einzelnen Straßenzügen innerhalb dieses werkseigenen kleinen Stadtviertels. Auf allen vier Seiten grenzte es an Wohnviertel mit vielen kleinen Einfamilienhäusern, die dicht an dicht gebaut waren.

Rebecca, Nick, Tamara, Teresa und Sven gingen den Perimeter ab und besahen sich den hohen Zaun neben sich. Direkt neben ihnen verlief ein größeres Gebäude im Außenbereich des Firmenareals, an dessen Ladezone eine Vielzahl von Trucks stand. Nick las die Beschriftung der weißen Lastwagen. „Hm, klingt nach einer Molkerei. Was gibt es wohl sonst noch auf dem Gelände hier für Sparten?“

Tamara, die wohl auf dem kurzen Flug nach Phoenix bereits recherchiert hatte, antwortete: „Unter anderem einen Vertrieb für Insektizide, eine Produktionsstätte für industriell genutzte Transformatoren und Kondensatoren, einen Autoteile-Zubehörversand und nicht zuletzt eine Tierklinik.“

„Eine ziemlich unorthodoxe Mischung. Klingt für mich eher wie ein Industriepark für diverse Unternehmen als eine einzige Firma, die all diese Wirtschaftszweige betreibt.“ Teresa sah ein wenig ratlos aus.

Nick erklärte altklug: „Hier sieht die Firmenkultur ein wenig anders aus als in unserer Filiale. Bei all diesen Firmen hält TransDime eine Mehrheitsbeteiligung und tritt somit auch als Mäzen und lokaler Förderer gewisser ansässiger Unternehmen auf. Andere Länder, andere Sitten.“

Rebecca gähnte kurz. „Soll mir recht sein, solange wir es hier ein wenig ruhiger haben als in San Diego. Wir haben tatsächlich erst morgen früh die nächste Einsatzbesprechung; bis dahin steht uns die Infrastruktur hier zur freien Verfügung. Finde ich schön, mal zur Abwechslung nicht sofort kopfüber ins kalte Wasser geworfen zu werden.“

Sven befand: „Vor allem ist es sehr zuvorkommend, dass sie hier eine Art Motel für Angestellte haben, das sie uns komplett zur Verfügung gestellt haben. Die Zimmer sind zwar klein, aber nett eingerichtet.“

„Und ein Diner habe ich auch schon entdeckt. Wollen wir uns dort einen Happen zu Mittag gönnen?“ Tamara wies mit ausgestrecktem Finger auf ein kleines Restaurant vor ihnen, das im typischen amerikanischen Stil ausgestattet war, von den roten Kunstlederstühlen und -sitzbänken bis hin zur kitschigen und überfrachtet wirkenden Dekoration mit Nippes.

Rebecca meinte begeistert: „Oh ja, ich war noch nie in den USA. Was kann es Authentischeres geben als in einem Diner in den Staaten selbst zu essen?“

Worauf Nick altklug antwortete: „Vergiss nicht, dass dies nicht nur ein anderer Kontinent, sondern sogar eine andere Filiale ist. Wer weiß, was hier als amerikanische Haushaltskost gilt?“

Tamara gab zu bedenken: „Wenn das einen Einfluss haben sollte, dann wird die US-Küche hier eher noch nationaler isoliert sein, da sie seit Jahrzehnten keinen kulturellen Einflüssen vom Rest der Welt mehr ausgesetzt waren.“

Teresa wollte sie nicht begleiten, daher gönnten sie sich zu viert ein ungesundes und kalorienreiches Burgermenü, das ihre Erwartungen nicht mehr hätte erfüllen können. Ab morgen würden sie sich wieder am besten Buffet des Multiversums mit dem gesündesten Essen der Welt verpflegen, da durfte so ein lukullischer Schnitzer schon einmal sein. Vor allem, da bei ihrem Lebenswandel die Fettpölsterchen keine Chance hatten. Dafür sorgten zur Zeit allein schon die SF-Anzüge, die ihre Energie bekanntlich von den Trägern bezogen und einen ungeheuren Kalorienbedarf zur Folge hatten.

„Seitdem unsere Truppe wieder zusammen ist, benimmt sich Teresa ein wenig seltsam“, gab Sven beim Essen zum Besten. „Ist euch das auch schon aufgefallen?“

„Nicht direkt, eher, dass sie in den dienstfreien Zeiten öfter mal für eine Weile verschwunden ist. Aber das kann auch Zufall sein.“ Nick beendete gerade seine Mahlzeit und lehnte sich satt und zufrieden zurück.

Tamara nickte vor sich hin. „Doch, Sven hat Recht. Vielleicht ist da was dran, aber ich finde, wir sollten sie deswegen nicht behelligen. Wenn etwas ist, wird sie es uns schon sagen.“

Rebecca stimmte ihr zu: „Ja, sie ist eine eher sensible Natur, da sollte man sie nicht unnötig bedrängen. Manchmal denke ich, solch eine Seele von Mensch ist für diesen Job gar nicht geschaffen. Aber ich habe mich selbst schließlich auch für einen eher zart besaiteten Typ gehalten und jetzt seht mich an... Gruppenführer der knallhärtesten Elitetruppe des Multiversums.“

„Ich finde, wir tun ihr Unrecht. Teresa hat durchaus das Zeug, in all dem hier zu bestehen, genauso wir wir. Wie auch Rebecca hat sie einfach viel zu früh einen viel zu schlimmen Schock erlitten, was die Ereignisse bei TransDime angeht, denen man hier ausgesetzt sein kann.“ Tamara lehnte sich bedeutungsvoll nach vorne und senkte die Stimme. „Ich glaube sogar, sie hat von uns allen am meisten durchgemacht. Irgendeinen geheimen ultrakrassen Scheiß, über den sie nicht reden darf. Ihr wisst ja, wie das läuft. Aber wenn sie einen schwachen Moment hat, dann kann man es ihr ansehen."

„Du hast bestimmt recht. Eigentlich sollten wir sie bewundern, statt ihre Eignung in Frage zu stellen. Und sie hat keinen derartigen Rückhalt in einer anderen Person wie wir. Umso mehr sollten wir als ihre engsten Freunde und Mitbewohner uns darum bemühen, ihr als Gruppe diesen Rückhalt zu bieten." Nick wirkte beinahe feierlich, als er das verkündete.

Sven überlegte kurz. „Ich glaube, wir machen gar keinen so schlechten Job in dieser Hinsicht. Ich kenne sie am längsten von uns allen und ich kann mich nicht daran erinnern, sie jemals so zufrieden und gefestigt erlebt zu haben. Seitdem sie bei uns untergekommen ist, scheint sie ein Stück weit angekommen zu sein im Leben. Daher sollten wir stolz darauf sein, dass unsere kleine Gruppe im Penthouse so gut funktioniert."

„Ein wahres Wort. Dennoch wüsste ich gerne, was sie so sehr beschäftigt, dass sie sich dauernd rar macht in den letzten Tagen. Es ist ja nicht so, dass sie ihre Pflichten vernachlässigt, aber sobald sie auch nur eine freie Minute hat, ist sie von der Bildfläche verschwunden." Rebecca überlegte und fügte dann hinzu: „Ich glaube, ich werde ihr mal ganz unauffällig auf den Zahn fühlen. Ich habe von uns allen noch den besten Draht zu ihr."

„Ich dachte, das wäre ich. Schließlich haben wir beide die Woche direkt nach ihrem super traumatischen Erlebnis durchstanden." Nick sah sie staunend an.

„Frauen können besser miteinander, was gewisse Dinge angeht. Damit musst du dich einfach abfinden." Rebeccas Blick war eine unausgesprochene Warnung, das Thema in Svens Anwesenheit nicht in eine Richtung zu lenken, die sie in Erklärungsnot bringen konnte.

Dieser stand just auf. „Ich verschwinde mal kurz. Beschließt keine zukunftsweisenden Dinge, solange ich auf der Toilette bin, okay?"

Tamara konterte maliziös grinsend: „Nur wenn du versprichst, dass du auch keine zukunftsweisenden Dinge für dich beschließt, solange du..."

„Oh Mann." Sven rollte mit den Augen und verschwand.

Rebecca initiierte auf der Stelle einen Themenwechsel: „Jetzt zu Sven. Bist du schon zu einer Entscheidung gekommen, Tammy? Kannst du es wagen, es ihm zu sagen?"

Tamara wirkte stark verunsichert. „Ich fühle mich noch immer hin- und hergerissen, auch wenn mein Wunsch, mich ihm zu offenbaren, allmählich die Überhand gewinnt. Aber was ist, wenn er es nicht so gut aufnimmt? Wenn er mich nicht mehr als die sieht, die ich jetzt für ihn bin? Ist dann alles in Gefahr? Er könnte es in einem Anfall von Pflichtschuldigkeit TransDime melden. Was dann? Ich müsste für den Rest meines Lebens untertauchen und TransDime vom Widerstand aus bekämpfen. Und überhaupt: bekämpfen wir TransDime eigentlich in dem Sinn? Ich hätte es vielmehr als Unterwanderung bezeichnet."

„Wir bringen uns in Position, würde ich eher sagen. Wenn deiner Rolle und unserer ein bestimmtes Schicksal zugedacht ist, werden wir es merken, wenn der Moment zum offenen Handeln gekommen ist. Ich glaube eigentlich nicht an Vorhersehung, aber diese Geschichte ist so groß..." Nick versank in dumpfes Brüten.

„Es kann sein, dass wir unser ganzes Leben lang keine Gelegenheit dazu bekommen, etwas wirklich Bedeutendes in dieser Sache zu unternehmen, aber auch das wäre dann halt nicht zu ändern. Wichtiger ist, dass der Widerstand nicht auffliegt. Es kann durchaus sein, dass wir in einer der wichtigsten Zeiten in der Geschichte seit seiner Gründung leben. Noch nie hatten sie so viele Leute so günstig positioniert. Unsere Zeit wird kommen. Egal wie groß oder klein der Beitrag ist, den wir zur Aufklärung beitragen können, was hinter TransDime steckt." Tamara klang sehr überzeugt von dem, was sie sagte.

„Ja, aber was mit Sven ist, wissen wir immer noch nicht." Nick meinte nach kurzem Nachdenken: „Ist es besser, ihm so einen Hammer in der Geborgenheit der eigenen vier Wände zu verpassen oder eher in so einer Ausnahmesituation wie hier im Einsatz?"

„Wenn ich das wüsste... ich vertraue einfach auf mein Gefühl. Am Besten meditiere ich nochmal drüber, vielleicht bekomme ich Kontakt zum Meister. Wenn mir jemand einen Rat geben kann, dann er."

„Klingt vernünftig." Sie beendeten die Diskussion, als Sven zurückkam. Dann brachen sie auf und suchten ihre Zimmer auf.

Sven kam aus dem Badezimmer und fand Tamara im Schneidersitz auf dem Bett ihres Motelzimmers hockend vor. Sie hatte die Augen geschlossen und die Hände im Schoß gefaltet und wirkte hoch konzentriert. Er musste schlucken und brachte es nicht fertig, sie anzusprechen, daher setzte er sich in einen der Sessel im Zimmer und beobachtete sie.

Ihre Augen schienen sich hinter den Lidern zu bewegen, als würde sie etwas umtreiben, während sie in diesem Zustand verweilte. Nach einigen Minuten entspannte sie sich sichtlich und öffnete dann die Augen. Als sie ihn vor sich sah, war sie weder überrascht noch erschrocken.

„Hi."

„Hi." Er lächelte und kam zu ihr herüber. „Ich wollte dich nicht stören. Dir scheint das gut zu tun, diese Übungen zu machen."

Sie schmunzelte, als er sich hinter sie schob und von hinten umarmte. „Ja, stimmt. Aber ich würde es eher als Ferngespräche bezeichnen."

Nun musste er lachen. „Okay, wenn du es so nennen willst. Und wen hast du gerade angerufen?"

„Einen alten asiatischen Schamanen, meinen geistigen Führer und Meister im Erlernen der Selbstkontrolle und darin, meinen Platz im Multiversum zu finden."

„Das klingt toll. Stellst du mich ihm eines Tages vor?" Sven dachte bestimmt, dass sie sich im Scherz auf einen ihrer ehemaligen Karatelehrer bezog.

„Wenn die Zeit dafür reif ist, warum nicht? Er würde sich sicher auch freuen, den Mann kennen zu lernen, der so einen guten Draht zu mir hat. Er hat auch schon nach dir gefragt, daher denke ich, es sollte nur eine Frage der Zeit sein." Sie drehte sich um und küsste ihn spontan. „Du tust mir gut, Herr Petersen, und ich freue mich, dass wir uns gefunden haben."

„Ich kann mir gar nicht mehr vorstellen, ohne dich zu sein." Er erwiderte ihren Kuss und sah dann ihr ernstes Gesicht. „Was hast du denn? Hab' ich was Blödes gesagt?"

„Nein, gar nicht. Es ist nur, wenn ich dich dabei ansehe, merke ich, dass du das wirklich so meinst, nicht einfach nur daher sagst, weil du denkst, ich könnte das vielleicht gerne hören. Und dafür liebe ich dich. Ja, ich glaube, das tue ich." Sie sah, dass seine Augen feucht wurden.

„Dieser Moment ist so perfekt, ich weiß nicht, was ihn noch schöner machen könnte. Du weißt, dass ich dich auch liebe. Wenn ich etwas bedaure, dann nur, dass wir nicht früher zueinander gefunden haben. Schon als ich dich das erste Mal in der stillgelegten Abflughalle in Frankfurt in der Filiale 127 gesehen habe, konnte ich nur denken: oh Mann, was für ein Engel. Wenn mir eine Frau, die auch nur halb so toll ist wie sie, jemals ihr Herz schenkt, dann habe ich es geschafft."

„Dann herzlichen Glückwunsch. Aber vielleicht bin ich auch nur halb so toll, wie du damals gedacht hast. Ich würde dir gerne alles über mich erzählen, damit du für dich entscheiden kannst, ob ich wirklich deine Traumfrau bin oder eher ein Alptraum." Sie zögerte kurz.

„Ich trage Dinge mit mir herum, die man als Geheimnisse bezeichnen könnte. Und ich möchte alle diese Dinge mit dir teilen, aber ich weiß nicht, ob jetzt und hier der passende Rahmen dafür ist. Ich habe Angst, dass du mich dann nicht mehr so toll finden könntest. Kannst du dir vorstellen, dass es etwas an mir gibt, das dir Angst machen würde? Das bewirken könnte, dass du dich von mir abwendest und dass es dir vor mir graust?" Sie sah ihn mit Furcht erfülltem Blick an.

Etwas verunsichert erwiderte er ihren Blick: „Tammy, ich weiß so einiges von dir, das mir sagt, du bist auch nur ein Mensch wie jeder andere. Und..."

„Aber das bin ich eben nicht! Und bei den Dingen, die ich getan habe..." Sie brach erschrocken über ihren ungewollten Ausbruch hastig ab.

Er legte ihr sanft einen Finger auf die Lippen. „Du hast in meiner Gegenwart Ziska

508

geschworen, sie umzubringen. Du bist auf sie losgegangen in der festen Entschlossenheit, sie umzubringen. Dennoch hast du es nicht getan.

Du hast lange Zeit gebraucht, um die Geschichte mit Pierre zu verarbeiten. Wir alle hätten an so etwas zu knabbern gehabt. Zugegeben, die Verstümmelung dieser drei Angreifer damals in Wien war schon etwas extrem und ich für meinen Teil glaube, das war der Tiefpunkt deiner Krise.

Aber du hast nach einigen Wirren und Verirrungen das alles hinter dich gebracht und es geschafft, einen inneren Frieden mit dir selbst zu finden. Du hast es sogar klaglos hingenommen, mit Ziska zusammen arbeiten zu müssen. Offenbar hast du es akzeptiert, dass sie nicht vollkommen selbst für ihre Handlungen verantwortlich war, dafür einen hohen Preis gezahlt hat und hast es dann damit bewenden lassen. Alleine diese Leistung ist schon übermenschlich.

Du bist hart im Nehmen und hart im Austeilen, wenn es sein muss. Und das alles nur für die Erfüllung deiner Pflicht und dem Schutz deiner Freunde und aller, die dir wichtig sind. Du hast deinen moralischen Kompass gefunden und handelst nach ihm. Nicht zuletzt darum bist du auch Truppführerin geworden, denke ich.

Und vor allem bist du nach all dem immer noch dieser unglaublich tolle und liebenswerte Mensch. Das alleine schon zeigt mir, dass du etwas Besonderes bist."

Sie fiel ihm um den Hals und fing hemmungslos an zu schluchzen. „Das denkst du von mir? Oh Sven, das ist das Liebste, was mir jemals gesagt worden ist. Du bist so toll, ich liebe dich..."

„Na, komm schon, ist schon gut. Wir sind füreinander da, das wird sich nie ändern. Wenn du mich nicht eines Tages satt hast, bleibe ich bei dir, solange es uns beide gibt." Er umklammerte sie fest und drückte sie an sich.

„Und auch das meinst du wirklich ernst, oder?" Sie ließ von ihm ab und sah ihn mit großen Augen an.

Er erwiderte ihren Blick und lächelte. „Ja. Aber was auch immer jetzt logischerweise folgen würde, ich möchte es nicht jetzt und hier, während einer Einsatzpause und mit einem Stabilisatorgürtel um den Bauch sagen. Bitte lass uns warten bis nach dieser Aktion hier. Ich bekomme keine kalten Füße, da brauchst du dir keine Sorgen zu machen. Ich finde es einfach nur unpassend im Moment."

„Ja. Du hast recht. Wir sind ja noch nicht so lange fest zusammen und können ruhig noch etwas warten, bis..."

Ein Klopfen an der Zimmertür unterbrach sie. Sie sahen sich erstaunt an und Sven rief: „Herein?"

Teresas Kopf erschien im Türrahmen. Als sie die Beiden sah, verzog sich ihr Gesicht: „Oh, tut mir schrecklich Leid, ich störe euch gerade..."

Tamara sah sie lächelnd an. „Nein, eigentlich nicht. Wenn du eine Minute früher gekommen wärst, wäre es katastrophales Timing gewesen, aber jetzt gerade ist es okay."

Sven lächelte seine Freundin glücklich an und sah dann zu Teresa auf. „Ja, komm ruhig rein. Um was geht es?"

„Ich möchte euch um etwas bitten. Es wird euch seltsam vorkommen, aber es ist mir ein echtes Anliegen. Ihr würdet mir einen Riesengefallen tun..." Sie kam herein und schloss die Tür hinter sich.

„Langsam, Teresa. Worum geht es denn überhaupt?" Tamara setzte sich wieder in den Schneidersitz und wies auf den Sessel, in den sich ihre Freundin nach kurzem Zögern setzte.

„Das wird jetzt echt komisch klingen, aber ich war auch schon bei Nick und Beckie und sie haben sich auch einverstanden erklärt, deshalb dachte ich, ich versuche euch auch gleich mit ins Boot zu holen." Nervös sah sie die Beiden an.

„Mir fehlt Kontext." Sven erwiderte ihren Blick.

„Ich wollte vorschlagen, weil wir uns als Mitbewohner und Freunde so gut als Gruppe zusammen gefunden haben, dass wir nach diesem Einsatz zusammen in Urlaub fahren. Wir haben doch unsere obligatorische Woche zugute und keiner von uns hat seinen Jahresurlaub bisher auch nur angekratzt, da könnten wir doch gleich noch eine weitere Woche dranhängen."

„Ah, Kontext! Sehr gut." Sven grinste. „Und du klingst auch so, als hättest du schon etwas Bestimmtes im Sinn."

„Verflixt, du kennst mich einfach zu gut!" Sie konnte sich ein scheues Lächeln nicht verkneifen. „Ja, es geht darum, dass Nick und Rebecca immer davon erzählen, dass ihnen die Filiale 108 so gut gefallen hat. Ich war noch nie dort und ihr Beide auch nicht, wenn ich richtig informiert bin. Keiner von uns braucht dort einen Stabilisator-Gürtel, weil es in unserem Universum liegt und wenn Wolf unseren Fremdenführer spielt...“

Tamara grinste nun breit, als es ihr wie Schuppen von den Augen fiel. „*Dahin* bist du also ständig verschwunden! Jetzt wird mir einiges klar! Das finde ich toll, Teresa, dass du und Wolf euch ein wenig besser...“

Teresa war hochrot angelaufen und hob eine Hand: „Halt, halt! Du ziehst da etwas voreilige Schlüsse. Es ist nichts zwischen uns... na ja, fast nichts. Noch nichts? Ich weiß auch nicht... er ist so ein Gentleman und er geht nicht so schnell zur Sache wie man es bei uns gewohnt wäre...“

„Das muss dir nicht zu denken geben. Die Moralvorstellungen auf seiner Filiale sind etwas anders als bei uns und daher musst du ihm wohl einfach etwas mehr Zeit lassen. Was ist denn zwischen euch gelaufen bisher?“ Sven musterte sie neugierig.

„Nicht so wahnsinnig viel. Er macht mir dauernd Komplimente und ich treffe mich wann immer es geht, um mit ihm zu reden. Er ist ein total netter und verständnisvoller Mensch und wir haben uns jetzt oft und lange unterhalten. Dabei habe ich immer wieder harmlose, aber vertrauliche Gesten gemacht, wie ihn zu umarmen bei der Begrüßung oder meine Hand auf seinen Arm zu legen. Ich lege auch ab und zu einen Arm um ihn. Es gefällt ihm und er erwidert es, aber es fällt ihm wohl schwer, die Initiative zu ergreifen.“

„Mann, das hört sich ja an wie in der Grundschule. Kaum auszuhalten! Ihr beide seid tolle Menschen und solltet etwas mehr Selbstvertrauen haben. Inzwischen kennt ihr euch auch ein paar Monate und solltet wissen, ob das etwas werden könnte oder nicht. Irgendwie habe ich das immer geahnt, dass der richtige Mann für dich nicht von unserer Welt ist, wie man so schön sagen könnte.“ Sven hörte sich an, als würde er einem schüchternen Teenager die Leviten lesen.

„Was soll ich denn machen? Ich traue mich nicht so richtig, ihm reinen Wein einzuschenken. Bei unserer Ausbildung im Camp hat er stets mit den Zwillingen geliebäugelt. Er weiß noch gar nicht, dass die jetzt in Sünde mit unserem Supermann Jürgen leben. Ich hingegen stehe direkt vor Wolfs Nase."

„Auf diese Tatsache solltest du ihn hinweisen. Aber du hast wahrscheinlich Recht, wenn du sagst, im Urlaub nach dem Einsatz ist eine bessere Gelegenheit dazu. Weiß er denn schon von deinem Vorhaben?" Tamara schien nachzudenken, wie dieses Dilemma zu lösen war.

„Er hat Rebecca und Nick eingeladen. Sie haben ihm gesagt, er soll bloß nicht zu uns in die Filiale 88 kommen, wenn es sich irgendwie vermeiden lässt. Womit sie weiß Gott recht haben, er würde den Schock seines Lebens bekommen, in welcher Dystopie wir inzwischen leben, verglichen mit seiner Filiale. Es war meine Idee, das Ganze derart auszuweiten, dass wir alle gemeinsam fahren und ich mich dann in aller Ruhe um ihn kümmern kann. Er ist so ein lustiger Typ, galant und..."

Sven hob die Hand. „Halt, keine Lobeshymnen, sonst stehe ich noch schlecht da im Vergleich mit ihm. Wir wissen, dass er klasse ist. Was sagst du, Tammy? Urlaub an der Ostsee?"

„Ich finde, wir sollten uns mit Nick und Beckie zusammensetzen und das mal besprechen. Von mir aus gerne. Sie haben ja viel erzählt von ihrem Aufenthalt dort und wenn es nur halb so toll ist wie sie behaupten, fällt mir kein Grund ein, warum wir das nicht machen sollten. Es soll wie eine Art Zeitreise ins frühe zwanzigste Jahrhundert sein."

„Toll, ihr seid die Besten! Ich würde gerne eine Woche in ihrem geliebten Badeort in Ostpreußen bleiben und in der zweiten woanders hin, aber das bekommen wir schon hin. Dann gehe ich gleich mal zu Wolf und verkünde ihm die große Neuigkeit! Mal sehen, wie er reagiert." Sie stand auf und schoss förmlich aus dem Zimmer.

„Ach, muss Liebe schön sein." Tamara seufzte und sah dann Sven an.

„Wenn du es sagst..." Lachend balgten sie sich und hielten dann inne. Bei ihrem ersten Kuss dachte Tamara, auch ihre Offenbarung musste noch ein wenig warten. Das hier war wirklich nicht der richtige Ort. Sie war sich nur noch nicht sicher, wann genau sie ihm das alles erzählen sollte. Er spielte offenbar bereits jetzt mit dem Gedanken, den Rest seines Lebens in aller Formalität mit ihr zu verbringen. Sie konnte ihn doch nicht die Katze im Sack kaufen lassen!

Oder doch? Wenn sie sich ihm vor seinem vielleicht schon baldigen Antrag öffnete, konnte es dann sein, dass er sie nicht mehr wollte? Im Moment bewegte sie diese Frage, doch Tamara schob sie von sich und beschloss, die Augenblicke des Glücks zu genießen, die sie mit ihm hier und jetzt erlebte.

Es stellte sich heraus, dass dieser Teil des Einsatzes den Namen gar nicht verdiente. Am Ende des zweiten Tages waren alle noch erwarteten Zivilisten eingetroffen, geordnet mittels der Dimensionsfähren evakuiert worden und der Betrieb im Werk eingestellt worden. Die feindlichen Kräfte standen vor den Toren der Stadt und trieben die Armee der URA vor sich her, die sich praktisch ungeordnet zurückzog. Den Nachrichten zufolge glich es eher einer wilden Flucht als einem geordneten Rückzug der Army. Interessanter weise machten die feindlichen Truppen eher Gefangene, als die amerikanischen Soldaten zu töten. Sie schienen einem höheren moralischen Kodex zu unterliegen als die verzweifelten Verteidiger, die nun auch die Hauptstadt von Arizona preisgeben mussten.

Fench, der sich seit Tamaras Ankunft auf die Einsatzleitung konzentrierte, rief sie alle zu einer letzten Besprechung zusammen, bevor sie auch den Standort Phoenix aufgaben und den Transferbereich unwiderruflich versiegelten vor den letzten Abflügen. Er begann umständlich: „Ich wünschte, ich könnte sagen, wir haben auch hier gute Arbeit geleistet. Allerdings gab es hier ja nicht viel zu tun für uns. Der Zeitplan ist allerdings gestrafft worden, da die feindlichen Truppen den URA noch stärker die Hölle heiß machen und schneller vorrücken als befürchtet.

Zur Großlage: im Nordwesten sind die Küstenregionen von Washington State und

Oregon eingenommen und die Front befindet sich bereits in Idaho. Es wird damit gerechnet, dass Salt Lake City bereits morgen fallen könnte, deshalb auch die Planänderung. Alle Zivilisten, die aus Nordwesten dorthin zur Evakuierung sollten, wurden angewiesen, sich weiter ins Inland nach Denver zurückzuziehen. Dort werden wir unverzüglich Stellung beziehen. Des Weiteren wird unsere letzte reguläre Position im Werk von Albuquerque ebenfalls direkt von uns angeflogen und dort der Rest des Personals aus dem Südwesten abgeholt.

Für uns bedeutet das, dass wir uns für den Rest des Einsatzes aufsplitten werden. Es werden in Kürze in rascher Folge zwei Fähren ankommen, die erste wird in Truppstärke bemannt und nach Albuquerque fliegen, die zweite ebenfalls in Truppstärke zum Werk nach Denver, um dort die Evakuierung abzusichern. Die Scharfschützen werden ebenfalls auf die beiden Orte verteilt."

Als Fench kurz pausierte, fragte Tamara: „Welchem Ort wird mein Trupp zugewiesen?"

„Das ist ein Punkt, auf den ich gerade eingehen wollte. Mir ist aufgefallen, dass die Springer zur Grüppchenbildung neigen, was meiner Meinung nach der Moral nicht förderlich ist. Ich werde daher für den letzten Teil der Mission die einzelnen Trupps aufspalten und auf die beiden Standorte verteilen. Somit wird eine höhere Einsatzbereitschaft gewährleistet."

„Bitte verzeihen Sie, aber das kann doch nicht Ihr Ernst sein? Genau das Gegenteil wäre der Fall bei solch einer Maßnahme. Unsere Trupps haben zusammen die Ausbildung durchlebt und sind gut aufeinander eingespielt. Wenn Sie diese Strukturen willkürlich auseinander reißen, senkt das nicht nur die Effektivität der Einsatzkräfte im Ganzen, sondern gefährdet in der Konsequenz auch die Sicherheit der Springer und die der Zivilisten obendrein."

Mit herablassender Miene betrachtete Fench sie und erwiderte: „Das sehe ich anders. Zu Ihrem Pech ist das hier keine Demokratie. Meine Entscheidung steht fest. Also, die erste Reihe hier wird nach Albuquerque…"

Tamara erhob sich nun und ging auf den älteren Springer zu: „Hören Sie, ich sage das ja nicht zum Spaß. Wenn wir jetzt in dieser kritischen Phase so unvermittelt aufgespalten werden... was ist denn mit dir, Stefanos, hast du gar nichts dazu zu sagen?"

Sie warf dem Truppführer von Trupp zwei, einem jungen Angolaner aus Filiale 59, einen dringlichen Blick zu, der besagte, er solle dazu ebenfalls Stellung nehmen.

Dieser druckste unsicher herum. „Ich weiß nicht so recht, glaubst du wirklich, es ist eine so schlechte Idee? Wenn wir..."

„Sie sehen, Frau Schnyder, Sie stehen mit Ihrer irrigen Meinung offenbar alleine da. Zudem sind Sie alles andere als objektiv, wenn ich das bemerken darf. Ich bin auch nicht blind und taub, wissen Sie?" Mit einem süffisanten Lächeln und einem Seitenblick auf Sven besiegelte er sein Urteil, das er sich über sie gebildet hatte.

„Dann fahren wir mit der Verteilung fort, da dies nun geklärt ist. Die zweite Reihe, Sie werden..."

„Ich protestiere entschieden. Außerdem verlange ich, Ihren Vorgesetzten zu sprechen. Ich möchte gerne wissen, auf welchen sachlichen Fakten Ihre Vorgehensweise aufbaut, abgesehen von Ihrem *Gefühl*, bei uns gäbe es eine *Grüppchenbildung*." Tamara spuckte ihm die beiden Worte beinahe vor die Füße.

„Wenn ich noch ein Wort von Ihnen höre, werden Sie den Rest des Einsatzes im Frachtraum der nächsten Fähre verbringen und sich daheim einem Disziplinarverfahren unterziehen. War das jetzt klar genug?" Allmählich wurde Fench ungehalten.

Tamara murmelte: „Wenn wegen Ihrer Unfähigkeit auch nur eine Person verletzt wird oder Schlimmeres, werden Sie das bitter bereuen..."

Dann war sie zur Tür hinaus, bevor er eine Antwort drauf geben konnte.

Denver, Colorado, Filiale 297 - Monat 12

„So ein Schwachsinn!" Rebecca regte sich noch immer über die Willkür von Fench auf, als sie am frühen Abend dieses Tages bereits in Denver wieder mal auf einem Flachdach am Rande eines Industriegeländes saßen. Inzwischen war das fast zur

Gewohnheit geworden, dachte Nick grimmig. Ein Areal sah beinahe wie das andere aus, nur auf diesem waren überall zwischen den Straßen und Hallen Schienen verlegt, da hier offenbar schwerere Industrie beheimatet war.

Sie blickten nach Norden über den Zaun und einen Highway, hinter dem wie abgeschnitten das Stadtgebiet endete und ein Naturschutzgebiet begann. Sie überblickten eine trockene Prärie, die von einigen Buschgebieten und einzelnen Bäumen gespickt war. In der Ferne waren einige kleinere Seen zu erkennen.

Das weitaus Spektakulärere waren die Rocky Mountains, die direkt im Westen neben der Stadt bis auf 4'400 m hohe schroffe Gipfel anstiegen und einen atemberaubenden Anblick boten, so wie sie von der untergehenden Sonne im Hintergrund beleuchtet wurden.

Hier unten am Rande der Great Plains jedoch herrschte die Ruhe vor dem Sturm. Es war damit zu rechnen, dass die feindlichen Truppen nicht so schnell vorankommen würden, dass sie ihre Evakuierung hier nicht in aller Ruhe geordnet abschließen konnten. Dummerweise waren Tamara, Linnea, Lovisa, Teresa und Chen in Albuquerque und sie würden diese vor Abschluss der Operation auch nicht wieder zu Gesicht bekommen. Das nächste Mal würden sie sich erst wieder daheim oder durch Zufall in einem Transferbereich begegnen, wenn sie zufällig zeitlich die gleiche Fähre nach Hause nehmen würden.

„Ist nicht zu ändern. Ist dir eigentlich aufgefallen, dass wir außer im Einsatz bisher kaum zwei Worte mit Chen gewechselt haben? Er wirkte auf mich auch sehr bedrückt." Nick sah über die Schulter, als noch jemand aufs Dach trat und im Dämmerlicht mit einem langen, klobigen Gegenstand über der Schulter zu ihnen herüberkam.

„Wenn das nicht unser Traumpaar ist?" Eine bekannte Stimme, die sie schon lange nicht mehr vernommen hatten, erklang.

Rebecca schoss in die Höhe. „Marie Delacourt, du alte Ausknipserin! Was tust du denn hier?"

„Ihr seid wohl echt nicht auf dem Laufenden, was? Ich bin schon vor euch hier auf dieser Filiale angekommen und habe den ersten Infiltratrionseinsatz zum Datenklau mit eurer kleinen Freundin Tamara absolviert. Hat sie mich nicht erwähnt?"

„Doch, aber... wir hatten keine Ahnung, dass du immer noch dabei bist bei diesem Einsatz." Nick warf einen alarmierten Seitenblick auf Rebecca, deren Mundwinkel bereits nach unten gesackt waren.

Marie schüttelte Nick die Hand, dann Rebecca. „Alle Scharfschützen dieses ersten Einsatzes waren bisher dabei, ich war nur beim zweiten Trupp bisher, daher sind wir uns wohl noch nicht über den Weg gelaufen. Warum machst du denn so ein Gesicht, meine Süße? Sag bloß, du bist nach all der Zeit noch immer sauer auf mich, weil ich deinen Sonnyboy vor einer Ewigkeit mal flachgelegt habe."

„Wir sind jetzt übrigens verlobt, nur zu deiner Information." Der Tonfall in Rebeccas Stimme hätte einen Vulkan während des Ausbruchs vereisen können.

Maries Augen weiteten sich: „Ol, là là! Bitte verzeih mir, dass ich ihn eben angefasst habe, es soll nicht wieder vorkommen. Ich bin aus rein beruflichen Gründen hier."

„Genau, was führt dich zu uns auf unser lauschiges Dach in der romantischen Abendsonne?" Nick sah, wie Rebeccas Miene sich noch weiter verfinsterte und beschloss, es mit der Neckerei für diesmal gut sein zu lassen. Aus einem Grund, den er nicht nachvollziehen konnte, war ausgerechnet Marie wie ein rotes Tuch für sie.

„Eine ganz banale Angelegenheit: ich soll euch ablösen für die Nacht. Ich habe so gut durchgeschlafen in den letzten Tagen und als vorher gefragt wurde, wer eine Schicht auf einem Beobachtungsposten übernehmen wollte, habe ich mich spontan gemeldet. Ich mag die Prärie hier in den USA und die Weite des Landes, den Sternenhimmel..."

„Mit der Großstadt im Rücken wirst du aber vom Sternenhimmel nicht viel haben", neckte Rebecca.

„Darf ich dich fragen, was du da mit dir rumschleppst?" Nick beäugte die riesige, langläufige Waffe, die sehr wuchtig und futuristisch aussah, aber offenbar nicht sehr schwer sein konnte.

„Fragen ja, aber sagen darf ich es dir nicht." Marie lächelte versonnen. „Obwohl eure Truppführerin damals in Perth recht nah dran war mit ihrer Vermutung. Deshalb ist ihr auch über Funk ein Rüffel erteilt worden. Cleveres kleines Ding, diese Tamara

Schnyder. Hat bei unserem Spionageeinsatz mit einem einfachen Trick, Finesse und Schnelligkeit vier Ziele im Alleingang ausgeschaltet."

„Du hast ja keine Ahnung. Sie hat es faustdick hinter den Ohren." Rebecca betrachtete Marie lange. „Dann warst du also die Scharfschützin, die uns damals auf Filiale 191 den Arsch gerettet hat, als wir im Freien vorgerückt sind und von diesem Heckenschützen beschossen wurden."

Die Französin nickte. „Ja, gern geschehen. Weißt du, irgendwie mag ich dich. Mir ist nur nicht ganz klar, was ich noch tun muss, um dir klar zu machen, dass ich nichts mehr vom strammen Nick hier will. Es war eine einmalige Sache, es hat Spaß gemacht, es hat nichts bedeutet. Punkt."

Unangenehm berührt gestand Rebecca ihr: „Das weiß ich doch. Ich glaube, es ist einfach nur deshalb, weil du so eine wahnsinnig umwerfende Naturschönheit bist. Du bist die einzige Frau, von der ich weiß, dass sie sich Nick genommen hat und er es widerstandslos geschehen ließ, obwohl er es eigentlich nicht wollte. Ich habe mich wohl von dir bedroht gefühlt, auf einer unterschwelligen Ebene. Das Gefühl ist mir bis dahin völlig fremd gewesen."

Marie kicherte. „Zunächst mal: danke für die Blumen. Aber ich denke, ich kann dich beruhigen, denn dieser Kerl hier ist total verrückt nach dir. In dieser Hinsicht wirst du dir keine Sorgen machen müssen. Das habe ich dir schon einmal gesagt und ich denke, wenn er dir einen Ring angesteckt hat, wird sich das auch nicht geändert haben."

„Ich stehe übrigens hier direkt neben euch und kann euch gut hören. Müsst ihr so über mich reden, als ob ich gar nicht hier wäre?", beschwerte Nick sich.

Beide Frauen sahen ihn nun an. Marie sagte: „Nanu, du bist ja noch da. Ist mir gar nicht aufgefallen."

Als sich Nicks Miene nun verfinsterte, lachte Rebecca herzlich auf. „Du bist okay, Mädchen. Ich möchte hiermit offiziell das Kriegsbeil begraben."

„Das ist eine reife Reaktion, Rebecca. Ich bin einverstanden. Lass uns Frieden schließen." Marie reichte ihr die Hand und Rebecca schlug ohne zu zögern ein.

„Dass ich bei diesem historischen Moment zugegen sein darf... ich muss mir direkt ein paar Tränchen wegdrücken." Nicks Kommentar kam mit bissigem Tonfall hervor.

„Ach, Klappe, Nick. Du ruinierst den Zauber des Moments." Rebecca lachte ihn nun ebenfalls an, ihre Worte Lügen strafend.

„Ich würde am liebsten... he, was ist denn da hinten los?" Nick deutete über ihre Schulter ins dürre Gestrüpp der vertrockneten Prärie hinein.

Marie und Rebecca fuhren herum. Sofort hielten sich alle ihre Ferngläser vor Augen. Marie murmelte leise und schicksalsergeben: „Ach, *verflixt*."

Ein leises Summen mit ansteigender Frequenz zeugte davon, dass etwas Elektrisches mit hoher Spannungsfrequenz eingeschaltet worden war und hochfuhr. Nick setzte sein Fernglas ab und sah, dass der klobige, sechseckig verkleidete Lauf von Maries High-Tech-Gewehr mit vielen kleinen Querrippen durchzogen war, hinter denen es begann, schwach bläulich zu leuchten. Er sagte nichts dazu und legte das Fernglas wieder an die Augen.

Insgesamt drei Fahrzeuge fuhren mit abgeblendeten Scheinwerfern durch die Dämmerung querfeldein durch das flache Grasland. Es waren allesamt alt aussende Pick-Ups mit Doppelkabinen, die voll bemannt waren, inklusive der Ladeflächen, von denen die Männer bei der holperigen Fahrt manchmal fast herab geschleudert zu werden drohten.

„Eine Gruppe Landeier, die denken, sie können sich aus dieser Richtung unbemerkt hier anschleichen und plündern. Ich zähle nicht weniger als siebzehn Personen, viele von ihnen haben Gewehre dabei. Das sieht nach Ärger aus."

„Wie weit sind die wohl noch entfernt?", fragte Rebecca sich.

„Moment." Marie nahm ihr Gewehr auf und sah durch das ebenfalls bläulich schimmernde Visier. „Noch über zweitausend Meter."

Links von ihnen, in ein paar Meilen Entfernung, leuchtete ein Feuerball auf und stieg schnell in die Höhe, von hellgelb über orange nach rot die Farbe wechselnd. Ein paar Sekunden später konnte man ein rollendes Donnern vernehmen.

„Das war wohl eine Tankstelle, wenn ich raten müsste." Marie schüttelte den Kopf.

„Idioten. Plündern ist ja schön und gut in so einer Lage, aber dieser Vandalismus und die Zerstörungswut..."

„*Falke Zwei, Einsatzleiter. Bericht.*" Die ungeliebte Stimme von Fench erklang in ihrem Funk.

„Hier Falke Zwei. Explosion mehrere Kilometer westlich vom Perimeter, kein relevantes Ereignis. Dafür mehrere Wagen mit anderthalb Dutzend bewaffneten Subjekten von Norden her auf direkter Anfahrt aufs Gelände. Erbitte Anweisungen."

„*An alle Falken auf Nordseite: neutralisieren der Ziele mit allen Mitteln. Möglichst weit vom Areal entfernt, wenn möglich. Evakuierung einer größeren Gruppe Zivilisten auf dem offenen Areal ist gerade im Gange.*"

„Falke zwei, verstanden." Marie reckte und streckte sich und ließ ein paar Gelenke knacken, als würde sie sich für eine anstehende sportliche Kür dehnen.

„*Falke eins, verstanden.*"

Nick horchte auf. „Das klang gerade wie unsere alte Kollegin Ziska."

„Weil sie es *war*. Sie liegt dort hinten, auf dem höchsten Gebäude an der Nordostecke, auf der Lauer. Jetzt passt mal auf." Marie ging in eine kniende Position und klappte ein kleines Zweibein am vorderen Ende des langen, klobigen Laufes ihrer Waffe aus. Diesen stellte sie auf der kniehohen Begrenzungsmauer ab und stabilisierte so ihre Feuerposition. Dann drückte sie einen Schalter an der Seite der Waffe, worauf deren Summen noch hochfrequenter wurde und nun kaum noch zu hören war.

„Jetzt gibt es kein Zurück mehr. Wenn ich nicht in den nächsten zehn Sekunden abdrücke, entlädt sich der Kondensator und ich muss zwei Minuten warten, bis er wieder hochgefahren ist." Sie kniff ein Auge zu und legte das andere ans Zielfernrohr, die darin integrierte Anzeige ablesend. „Hm, noch knapp neunzehnhundert Meter."

Sie drückte ab und mit einem leisen, reißenden Zischen erschien das Phänomen, welches sie bereits bei Maries Deckungsfeuer im Werk von Perth bei ihrem ersten Springereinsatz damals in der Filiale 191 vor mehreren Monaten erlebt hatten. Auf fast zwei Kilometer Entfernung war es ungleich beeindruckender, denn selbst jetzt konnte man mit dem bloßen Auge keinen Flugverlauf der Geschossbahn ausmachen. Die gesamte Leuchtspur aus bläulich schimmernden Ringen bis hinunter zum Ziel war auf einmal sichtbar, wie angeschaltet, nicht von hier nach drüben zum Motorraum des ersten Pick-Ups gezogen.

Das Ergebnis, durch Nicks Fernglas beobachtet, war spektakulär. Die Motorhaube flog förmlich in die Luft und wirbelte weit über den Truck hinweg, vom zerrissenen Motorblock und beiden Zylinderköpfen samt aller acht abgerissenen Kolben des großvolumigen Benziners aus ihren Verankerungen gehoben. Nur noch der Rahmen und das Getriebe blieben im ansonsten leergefegten Motorraum zurück.

Sofort sprangen alle Insassen heraus und herab und stoben in alle Richtungen davon, verzweifelt eine Deckung suchend. Einen Moment später vernahmen sie einen gedämpften Knall aus der Ferne, als die fremdartige Leuchtspur wieder verblasste.

Marie lachte unangebracht fröhlich. „Haha, *voll* auf die Kurbelwelle! Die Schockwellen, die diese Wuchtgeschosse mit ihrer Spitze aus gehärteter Wolframlegierung beim Durchtritt von massiven Gegenständen verursachen, sind sensationell, nicht wahr?"

„Wuchtgeschosse?", echote Rebecca verständnislos.

„Munition, die alleine durch ihre kinetische Energie und Härte ihre Wirkung auf das Ziel entfaltet." Nick sah auf, als etwas seine Aufmerksamkeit erregte.

Eine Sekunde lang leuchtete wie eine bizarre Neonreklame vom höchsten Gebäude rechts von ihnen ebenso eine blaue Leuchtspur auf und der zweite Truck explodierte in einem Feuerball. Das war dann wohl Ziska gewesen. Sie war offenbar weniger zimperlich gewesen bei der Wahl ihres Zieles. Rollender Donner begleitete den aufsteigenden und dunkler werdenden Feuerpilz, der noch eine Sekunde lang weiter von innen heraus glühte und dann zu dunklem Rauch wurde.

Marie seufzte und legte bereits wieder an, während ihre Waffe dem Geräusch nach zu urteilen den Energiestoß für den nächsten Schuss aufbaute. „Ich habe ihr schon mehrmals gesagt, was passiert, wenn man einen Benzintank mit der Rai... dieser Waffe trifft."

„Du wolltest die Waffe *Railgun* nennen, um mich auf eine falsche Fährte zu locken", bezichtigte Nick sie mit erhobenem Mundwinkel, als sie nun erneut anlegte. „Netter Versuch, Marie. Aber eigentlich ist es eine Gaußkanone, stimmt's?"

„Verd... du bist gut, Dominik Geiger. Ha, seht euch das an, wie sie aus dem dritten Truck rausspringen und rennen wie die Hasen. Die wissen, was gleich kommt."

Nick ließ nicht locker. „Induktiv oder ferromagnetisch?"

Sie drückte ab und wieder erschien das bläuliche Leuchten, das eine schmale Linie zum dritten Fahrzeug in der Dämmerung markierte, die Unzulänglichkeit der Ansprechzeit des menschlichen Auges deutlich demonstrierend. Ein weiterer Feuerball erhellte die Prärie vor ihnen für einige Sekunden. Kurz darauf erreichte sie auch der Schall der Explosion.

Nun kam Maries Antwort: „Induktiv. Das Geschoss hat einen Kupferkern und wie gesagt eine Spitze aus einer speziell gehärteten Wolfram-Molybdän-Legierung, überzogen von einer Beschichtung aus Tantalhafniumcarbid. Das Ganze überzieht wiederum ein dünner Silbermantel wegen der Leitfähigkeit; der verdampft aber beim Abschuss."

„Wow, das am besten leitende Metall der Welt für den Start *und* ein Penetrator aus der intermetallischen Keramik mit dem höchsten bekannten Schmelzpunkt? Wie heiß wird das Geschoss denn?" Nick war jetzt völlig in der Fachsimpelei versunken. Der zweite Schuss von Ziska auf dem anderen Dach entging ihm fast. Rebecca runzelte die Stirn und hob ihr Fernglas an. Worauf schoss sie denn jetzt noch, da alle Fahrzeuge zerstört waren?

Einen Moment später senkte sie das Glas wieder, mit deutlich verstörter Miene. Durch drei Menschen hindurch zu schießen, die in einer Reihe hintereinander auf den Schützen zuliefen, war schon eine Sache an sich. Aber was diese Projektile mit diesen Menschen anstellten, eine ganz andere. Im Kern musste wohl immer noch ein gutes Stück der alten Ziska vorhanden sein, trotz all der Umformungen ihres Charakters durch TransDime mit den fragwürdigsten Methoden, die man sich vorstellen konnte.

„Das Geschoss erreicht an seiner Spitze etwa 2'500 °C, aber da Silber auch das Metall mit der höchsten Wärmeleitfähigkeit ist, verdampft der gesamte Mantel rückstandslos beim Abschuss, wie gesagt. Wir nennen sie übrigens dennoch Railgun, auch wenn es technisch nicht ganz akkurat ist, wie du schon festgestellt hast. Jetzt habe ich dir aber genug verraten. Köpfe runter." Marie duckte sich in einer fließenden Bewegung.

„Was?" Rebecca zögerte eine Sekunde, dann merkte sie, wie etwas Kleines an ihrem Ohr vorbei pfiff. Sofort ließen sie und Nick sich flach aufs Dach fallen, als noch mehr Projektile über sie hinweg zischten.

„Dachtet ihr, diese Punks lassen uns ohne jegliche Gegenwehr in aller Seelenruhe alle von ihnen bis auf den letzten Mann abknallen? Zum Glück haben diese Kugeln auf die große Entfernung nicht mehr viel Energie. Wir robben jetzt einfach ein paar Meter nach rechts und dann brenne ich ihnen noch eins auf den Pelz." Marie nahm ihr Visier kurz ab und hielt es über den Rand, dann nahm sie es wieder herunter und las etwas ab.

„Mann, sind die zäh. Neun oder zehn von ihnen sind bereits auf einen Kilometer herangekommen. Und jetzt sind sie auch weiter verteilt, sodass man sie nur noch einzeln erwischen kann. Sie scheinen zu lernen."

Über Funk kam eine Meldung: „*Springer Acht hier, mehrere Subjekte an der Nordwestkreuzung gesichtet, alle bewaffnet. Nähern sich der Ecke des Perimeters, nutzen Deckungsmöglichkeiten, um sich Abwehrfeuer zu entziehen. Weitere zehn bis zwanzig Subjekte in etwa fünfhundert Meter Entfernung auf dem Vormarsch. Reichweite ihrer Langwaffen übertrifft die effektive Reichweite unserer Betäubungsgewehre bei Weitem.*"

„*Hier Springer Fünf. An der Südostecke nähern sich ebenfalls ein gutes Dutzend Subjekte mit Feuerwaffen. Gleiche Situation wie bei Springer Acht. Erbitte Unterstützung.*"

„Langsam wird es interessant." Marie war nun fünf Meter von ihrer ursprünglichen Position entfernt und setzte aus der Deckung heraus die inzwischen wieder feuerbereite Waffe mit dem Zweibein auf die Kante des Daches. Dann schnellte sie hoch, zielte für eine Sekunde und feuerte. Kaum war das Zischen der Gaußkanone verklungen und die Leuchtspur erloschen, war sie bereits wieder in Deckung. Ruhig teilte Marie ihnen mit: „Sie sind noch knapp achthundert Meter entfernt. Allmählich könntet ihr auch etwas beitragen."

„Auf diese große Entfernung?" Nick kam gerade etwas in den Sinn. „Wie hoch ist eigentlich die Reichweite des Betäubungsgewehres?"

„In der Einstellung fünf, die du momentan angewählt hast, etwa zweihundert Meter. Gegen Sturmgewehre siehst du da kein Land. Aber wieso nennst du es Betäubungsgewehr?" Marie sah ihn fragend an.

„Na, weil es genau das *ist*. Man betäubt damit Menschen, in verschiedenen Schweregraden", sagte Rebecca perplex, um dann noch hinzuzufügen: „Was genau meinst du mit 'in dieser Einstellung'?"

„Jetzt seid ihr schon so weit herumgekommen bei TransDime und noch immer so naiv. Darf ich mal schnell?" Sie nahm Rebecca Ihr Gewehr ab und drückte ihr ihr eigenes in die Hand. „Da drückst du ab, sobald im Visier eine grüne 1 erscheint, okay?"

„Aber ich... ich werde doch keinen Menschen töten." Verdattert blickte Rebecca auf die lange, klobige Waffe, die um einiges schwerer war, als sie gedacht hatte. Sicher wegen der ganzen Magnetspulen, Kondensatoren und der sehr ergiebigen Energiequelle darin.

„Dann schieß' von mir aus einen an." Marie wandte sich der Seite des Betäubungsgewehrs zu, wo auf der fünfstufigen Anzeige alle fünf Lichter leuchteten, was für schwere Betäubung stand.

Direkt hinter der letzten LED war eine kleine Erhöhung, die sie zu Nicks und Rebeccas Erstaunen nach hinten aufklappte. Das flache Bauteil, das sich als Abdeckung erwies, war so gut in die Oberfläche integriert, dass es nicht als beweglich erkennbar gewesen war. Nun konnten die beiden Springer erkennen, dass die Reihe an LEDs nicht bei deren fünf endete, sondern bis zehn weiterging. Sie sahen sich völlig baff an. Marie erklärte hastig. „Was ihr da habt, ist ein Mark II. Das sieht zwar fast identisch aus wie das Mark I, das sie euch vielleicht bei früheren Babysitter-Einsätzen ausgegeben haben, ist es aber nicht."

Auf der Innenseite der Abdeckung war ein kleines Sensorfeld, auf das Marie ihren

Daumen presste. Daraufhin konnte sie die beiden Auf- und Ab-Tasten zur Stärke-Einstellung bis auf die vollen zehn Lichter erhöhen. Grimmig lächelte sie und sagte dann, als Rebecca sie noch immer wie gebannt anstarrte: „Na, was ist? Dein Gewehr ist soweit. Zehn, neun, acht, sieben..."

Ein Automatismus setzte bei Rebecca ein und sie schnellte empor, ihr Auge auf das Zielfernrohr gepresst. Das Zielfeld war ebenfalls bläulich monochrom ausgeleuchtet, mit der angekündigten grünen 1 in einer Ecke des Sichtfeldes. Sie sah einen der sich nähernden Eindringlinge, der sie bemerkt hatte und sein Gewehr empor riss.

Sie zielte auf den Rand seiner Schulter, drückte ab und wunderte sich darüber, dass es fast keinen Rückstoß gab. Der Kerl in ihrem Fadenkreuz allerdings brach augenblicklich zusammen, während sein Arm in hohem Bogen davon wirbelte, eine Blutspur durch die Gegend versprühend. Rebecca riss entsetzt die Augen auf, als sie sah, was das Projektil bei ihrem Gegner angerichtet hatte, obwohl sie bewusst nur für einen Streifschuss auf seine Schulter gezielt hatte. Marie hatte sie hereingelegt; bei dieser Waffe gab es keine Streifschüsse und auch keine Fleischwunden wie in Hollywood-Filmen.

Drei andere in seiner Nähe erstarrten und glotzten zu ihrem Opfer herüber, was Rebecca sogar durch das Visier hindurch erkennen konnte. Im nächsten Moment fehlte einem der anderen der Kopf, ersetzt von der elektromagnetischen Leuchtspur der anderen Gaußkanone von Ziska. Er klappte ebenfalls wie in Zeitlupe zusammen, während die Gesichter der anderen von Blutspritzern befleckt wurden. Einer der Männer neben ihm erbrach sich heftig. Die anderen der Angreifer sahen nun rot.

Als Rebecca sich wieder niederwarf, um den nun auf ihre Stellung einprasselnden Sturmgewehrkugeln zu entgehen, sah sie ebenfalls noch mit bloßem Auge das letzte seltsame Nachleuchten der Spur zu Ziskas Dach hin. Einen Moment später konnte man erkennen, wie Kugeln von automatischen Waffen am Rand ihres Standortes einschlugen, begleitet von weiteren ratternden Schüssen. Rebecca war so schockiert von dem Erlebten, dass sie nicht einmal etwas zu Marie sagen konnte wegen derer mutwilligen Unterlassung, sie aufzuklären über die Natur der Gaußkanone und deren Wirkung auf menschliche Körper.

Genau solche Dinge hatte sie vermeiden wollen, als sie der Ausbildung zum Springer zugestimmt hatte. Und nun war genau das geschehen, wovon sie sich immer insgeheim gefürchtet hatte. Sie hatte einen anderen Menschen getötet, und das nicht einmal in akuter Notwehr, allerdings auch nicht mit Absicht.

„Was zum Teufel ist mit diesen Typen los? Jeder normale Mensch wäre schon längst abgehauen. Hat ihnen jemand erzählt, wir sitzen auf dem Schatz der Nibelungen oder dass bei uns auf dem Areal ein Jungbrunnen sprudelt?" Marie schien entschlossen, der Sache nun ein Ende zu machen. Sie hielt jetzt Rebeccas Gewehr in der Hand, bereit, aus der Deckung heraus zu springen. „Dann passt mal gut auf."

Sie ging schnell in eine Ein-Knie-Position und feuerte. Die Waffe gab in dieser Einstellung keinen sichtbaren Strahl mehr ab, die Luft waberte nur noch entlang der Bahn der Energien, die gerichtet aus der Mündung der Waffe strömten. Sie gab in schneller Folge sieben Schüsse ab und blieb dann oben. Augenblicklich erschien Ziskas brünetter Schopf hinter der Kante ihres Daches. Nun hob Marie einen angewinkelten Arm mit zur Faust erhobener Hand, öffnete diese dann und ließ den Arm absinken. Ihre Korrektor-Kollegin auf ihrem 'Hochsitz' wiederholte das Signal.

Sie gab Rebecca ihr 'Betäubungsgewehr' zurück. Dieser kam ein Gedanke. Sie spähte durch ihr Zielfernrohr hinab auf das freie Feld und sagte mit einem Kloß im Hals: „In Zukunft nenne ich das Ding nie mehr *Betäubungs*gewehr. Vielleicht Strahlenkanone oder so was in der Art. Mein Gott, so ein Ende wünscht man keinem."

„Ja, life's a bitch. Ist allerdings kurz und schmerzlos; bei dieser Art von Beschuss bist du tot wie ein Stein, bevor deine Nervenbahnen Zeit haben, irgend etwas an dein Gehirn zu melden."

Nick wollte wissen: „Warum hast du die restlichen Angreifer denn mit Rebeccas Waffe erledigt statt mit deiner eigenen? Und warum hast du sie denn nicht nur betäubt?"

Marie seufzte und erklärte sich dann in aller Kürze: „Ihr lieben Springerlein, auch wenn ihr es bisher noch nicht wusstet, ihr seid die Besten und bekommt deshalb auch die beste Ausrüstung. Unsere Railguns sind vielleicht schnittig designed, gut geeignet für Scharfschützen und würden toll aussehen beim Abfeuern, wenn unsere Leben jemals verfilmt werden sollten.

Aber eure Strahlengewehre sind im Ernstfall einfach *noch* besser. Ihre Schussstärke lässt sich regulieren, man kann mit ihnen viel mehr Schüsse in kürzester Zeit abgeben, hat bei voller Stärke keine verräterischen Lichtspuren mehr und auch eine hohe Reichweite. Wenn ich sie auf Betäubung eingestellt gelassen hätte, hätten die Jungs da unten mit ihren Sturmgewehren ein Sieb aus uns gemacht. Ihre Kugeln hätten die Mauer hier längst durchschlagen, bevor sie in die effektive Reichweite eurer Waffen im Betäubungsmodus gekommen wären."

Nick stutzte und sagte dann unsicher: „Das war mir nicht bewusst. Das heißt, in der Betäubungseinstellung sind unsere Waffen einem stinknormalen Sturmgewehr haushoch unterlegen?"

„Genau. Und in der höchsten Einstellung sind sie einem Sturmgewehr haushoch *überlegen*. Das war auch meine Motivation bei der Geschichte eben.

Könnt ihr jetzt vielleicht runter gehen und den anderen Unterstützung geben? Wir Falken bleiben hier oben und sichern das Gelände weiträumig ab." Marie zuckte nur mit den Schultern.

Nick nahm Rebecca am Arm. „Lass' uns gehen, die anderen könnten wirklich ein wenig Hilfe gebrauchen."

„Ja, gerne." Nur zu bereitwillig folgte Rebecca Nick vom Dach herab. Gerade als sie dachte, sie würde beginnen, Marie zu mögen, stellte sich heraus, dass diese dem Wert eines menschlichen Lebens keinerlei Bedeutung zumaß. In dieser Hinsicht unterschied sie sich nicht all zuviel von Ziska, wie sie sie einst gekannt hatten. Auch die attraktivere und charmantere Verpackung der bildschönen Französin konnte darüber nicht hinwegtäuschen. Und obwohl ihre Argumente Hand und Fuß gehabt hatten, so konnte sie ihr doch diese bodenlose Grausamkeit nicht verzeihen, dass sie Rebecca völlig unvorbereitet hatte mit ihrer Railgun auf diesen Mann schießen lassen.

Und TransDime konnte sie nicht verzeihen, dass sie diese ganze Sache einfach so hinnahm, aufgrund ihrer jahrelangen, unterschwellig an ihr vorgenommenen Konditionierung. Sie wusste im Moment gar nicht, was von beiden Undingen das

Schlimmere für sie war.

Oh Gott, lass diese zwei Jahre möglichst schnell verstreichen, dachte sich Rebecca, als sie durch das Treppenhaus hinunter spurteten.

Inzwischen hatte Fench ihren Kollegen über Funk eröffnet, was sie tun mussten, um ihre Gewehre so wie Marie auf scharfes Waffenfeuer umzustellen. Spät, aber nicht zu spät wendete sich das Blatt somit zu ihren Gunsten und sie konnten die Angreifer mit vereinten Kräften, nicht aber ohne eine große Anzahl an Toten auf deren Seite, zurückschlagen.

Dabei war Nicks und Rebeccas Kameraden sowohl die grenzenlose Überraschung über das wahre, brutale Vernichtungspotential ihrer Dienstwaffen ins Gesicht geschrieben, als auch das Grauen über das, was sie mit diesen bei ihren Gegnern angerichtet hatten. Ihre vermeintlich humane Betäubungswaffe besaß ein derartig großes Potential, menschliches Leben zu vernichten, dass alle schlicht die Fassung verloren.

Am Ende dieses Tag war keiner von ihnen stolz auf das, was sie hier getan hatten.

Transferbereich, Filiale 160 - Monat 12

Nick, Rebecca, Sven und Wolf saßen in einem Restaurant an der Bar im Transferbereich, alle in ausnehmend gedämpfter Stimmung. Wolf fragte irgendwann, während sie alle missmutig an ihren Drinks nippten: „Sollten wir nicht irgendwann einen Happen essen? Diese Trinkerei auf fast nüchternen Magen bekommt mir irgendwie gar nicht."

„Hm, ja, vielleicht." Ohne ein weiteres Wort stand Rebecca auf und setzte sich an den nächstgelegenen freien Tisch. Die anderen drei folgten ihr ohne weitere Absprache. Sie orderten bei dem ironischerweise als American Diner ausgelegten Etablissement eine große Platte Starters für alle, die in verdächtig kurzer Zeit kam. Keinem von ihnen stand indes der Sinn danach, das zu hinterfragen.

„Hauptsache ungesund, das Fett in dem Finger Food saugt den Alkohol besser auf."

528

Sven nahm sich einen panierten Zwiebelring und biss herzhaft hinein, bevor er einen weiteren Schluck seines undefinierbaren Bieres trank.

„Wollt ihr jetzt euren Kummer nach jedem dieser Einsätze ertränken?", erkundigte sich Wolf.

„Welchen Kummer denn? Ist doch alles bestens! Wir sind die blöden Stabi-Gürtel endlich wieder los, sind nach dem Dimensionssprung direkt von Denver hier auf der äußerst verkehrsgünstigen Filiale 160 abgesetzt worden, wo wir eine 32er Verbindung bekommen und in nur zwei Sprüngen bis runter zur Filiale 96 kommen. Danach steigen wir um und sind in einem lumpigen 8er-Sprung in unserer Filiale 88. Und obendrein ist unser Urlaub inklusive der zusätzlichen zweiten Woche auf deiner Heimatfiliale 108 anstandslos genehmigt worden. Wir müssen nur nochmal für knapp zwei Tage zurück, bis wir sicher sein können, dass inklusive aller Widrigkeiten im Reiseverkehr alle anderen auch zurück sind. Du, mein lieber Wolf, kannst mit uns mit und musst dich gnädigerweise gar nicht mehr bei deiner Filiale zwischendurch zurückmelden. Du lernst die geballte Schönheit des Frankfurt am Mains der Filiale 88 kennen. Das will doch etwas heißen." Rebecca nahm nach dieser vor Ironie triefenden Rede einen Schluck ihres starken Longdrinks und angelte sich einen Chili Cheese Nugget von der Platte vor ihnen.

Sven sah auf. „Bist du fertig? Sarkasmus steht dir nicht."

Rebecca erwiderte mit ätzendem Tonfall: „Ja, genau. Sarkasmus wie Sarg. Und in Särgen sind eine Menge Leutchen gelandet, die wie dumme Lemminge mit Sturmgewehren gegen unsere Stellungen angerannt sind. Was zum Henker war da nur los? Waren die mit Drogen aufgeputscht? Hat ihnen jemand das Paradies auf Erden versprochen, wenn sie uns alle niedermähen und das TransDime-Werksgelände erobern? Wieso hat dieser Mob ausgerechnet uns dazu auserkoren, uns immer und immer wieder anzugreifen, bis wir uns nicht mehr anders zu helfen gewusst haben als unsere Waffen alle auf Stufe zehn freizuschalten, um nicht überrannt zu werden? "

„Du warst wenigstens vorgewarnt", merkte Sven höhnisch an. „Stell dir mal vor, was für einen Schock wir bekommen haben, als es über Funk auf einmal hieß: so und so, volle Power, alles plattmachen. Wo wir nicht einmal wussten, dass unsere bis dahin lächerlich homöopathisch anmutenden Kuschel-Betäubungsflinten das überhaupt leisten können."

Wolf nickte und knabberte lustlos an einem Chicken Wing. „Ja, erinnert mich daran, mich persönlich dafür bei Fench zu bedanken, wenn wir ihn das nächstemal sehen."

Nick griff nach seinem Bier, um den panierten Mozzarella Stick hinunter zu spülen, den er eben genüsslich verzehrt hatte.„Ach ja, bedanke dich bei Fench."

Wolf setzte seinen Drink ab. „Was?"

„Fench. Er sitzt da hinter dir, am anderen Ende des Diners." Nick wies mit dem Hals seiner Bierflasche über Wolfs Schulter.

Wolf regte sich nicht, doch bevor ihn jemand darauf ansprechen und ihn wegen seines inkonsequenten Verhaltens verhöhnen konnte, ging die Tür auf und Tamara kam hereingestürmt. Mit einer madonnenhaften Leidensmiene fiel sie Sven um den Hals und schluchzte: „Oh, Sven! Leute, es ist so furchtbar!"

Als nun auch Teresa völlig geschafft aussehend hereinkam und ihre Gruppe gleich sah, steuerte sie ebenfalls direkt ihren Tisch an.

Inzwischen hatte sich Tamara soweit gefasst, dass sie stockend berichten konnte: „In Albuquerque sind wir von einem marodierenden Pöbel attackiert worden, von drei Seiten gleichzeitig. Alles ist schiefgegangen bei dem Aufbau der Verteidigung, der Einsatzleiter dort hatte keine Ahnung, was er tun sollte und hat sich dennoch geweigert, mir die Leitung zu übergeben. Er hat gesagt, Fench hat ihm das explizit untersagt, weil ich Insubordination vor der gesamten Truppe betrieben habe. Was für ein Scheiß!"

Teresa setzte sich neben Wolf und fuhr für sie fort, mit leerem Blick und versteinerter Miene. „Alles ist im Chaos versunken, wir konnten minutenlang nichts koordinieren. Es wurden fast ein Dutzend zivile TransDime Mitarbeiter erschossen, die gerade zur Evakuierung angekommen waren. Chen ist von einer Kugel am Kopf getroffen worden, bevor er das Visier seines SF-Anzugs schließen konnte. Er war sofort tot. Und Lovisa wurde gleich von mehreren Salven einiger Sturmgewehre aus nächster Nähe getroffen. Ohne den SF-Anzug wäre sie ein Sieb. So ist sie mit schweren inneren Blutungen in ein künstliches Koma versetzt worden und mit der nächsten Fähre von einem behelfsmäßigen Sanitätsdienst evakuiert worden. Linnea ist bei ihr."

Entsetzt lauschten alle den Ausführungen. Teresa hatte Wolfs Hand genommen, was der unbewusst zuließ angesichts der schockierenden Neuigkeiten. „Was hätten wir denn tun sollen mit unseren lumpigen Betäubungsgewehren mit so einer kurzen Reichweite? Gegen eine derartige Übermacht? Sie sind wie Wellen gegen unsere Stellungen gebrandet. Ohne die paar Scharfschützen, die wenigstens einen kleinen Teil des Mobs aus der Distanz unschädlich gemacht hatten, wären wir jetzt alle nicht mehr hier. Irgendwann haben wir einfach nur noch blindlings um uns geschossen."

In Gedanken an ihre beiden besten Freunde fügte sie hinzu: *'Obwohl auffallend viele von ihnen über ihre eigenen Füße gestolpert sind und sich beim Hinfallen selbst k.o. geschlagen haben. Aber irgendwann hat auch das nicht mehr gereicht.'*

Nick und Rebecca sahen Tamara intensiv an und erkannten den tiefen Schmerz in ihren Augen deutlich. Sie wussten, dass es das Schlimmste überhaupt für sie sein musste, was sie sich hätte vorstellen können. Sie hatte ihre Kräfte nicht stärker einsetzen können, weil sie sich dadurch hätte verraten können. Deshalb hatten Freunde und unschuldige Menschen sterben müssen, damit sie ihr Geheimnis hatte wahren können.

Rebecca legte ihr die Hand auf ihren Arm und sagte leise: „Ist schon gut, Tammy. Wir müssen nur zusehen, dass diese Opfer nicht umsonst waren."

Tamara nickte ihr schwach zu und wisperte zurück. „Ja. Sie waren vielleicht sinnlos, aber nicht umsonst. Eines Tages werden wir dafür sorgen, dass sich etwas ändert. Zum Besseren."

Nick sah sie bange an und sagte: „Tamara, du musst mir auf der Stelle hoch und heilig versprechen, dass du jetzt nicht ausrastest und etwas Dummes machst."

Sie sah auf, plötzlich alarmiert. „Es ist Fench, oder? Er ist *hier*."

Sven nickte. „Aber Nick hat recht, das ist es nicht wert."

Sie sagte betont ruhig mit einer fast unheimlichen Kälte in der Stimme: „Ja, ihr habt recht."

Sie drehte sich um auf ihrem Stuhl und musterte ihn mit einem vernichtenden Blick quer durch das inzwischen halbvolle Diner hinweg. Dann rief sie: „Ich hoffe, Sie sind stolz auf sich, Fench! Dank Ihres brillanten taktischen Kalküls sind zum ersten Mal seit 37 Jahren bei einem Einsatz Springer zu ernsthaftem Schaden gekommen. Ja, genau, ich habe mich darüber informiert! 37 lange Jahre.

Ein Toter, eine Schwerverletzte. Dazu dreizehn tote Zivilisten, die formal unter *Ihrem* Schutz als Einsatzleiter standen. Ich hoffe, Sie schlafen heute Nacht recht gut und mit sich selbst zufrieden ein."

Fench erhob sich und setzte zu einer hochnäsigen Antwort an. In diesem Moment wurde ihm bewusst, dass fast alle der Transitgäste des Diners Springer von diesem Einsatz waren, die auf die nächsten Fähren zum Umsteigen warteten. Etwa zwanzig Augenpaare starrten ihn zornig bis mordlüstern an, was offenbar sogar seine Blasiertheit in Rauch auflöste. Er senkte den Blick und stand hölzern auf, um zu gehen.

Als er nach der Türklinke griff, um die Ausgangstür aufzuziehen, flog diese völlig überraschend auf und knallte mit der Kante gegen seine Stirn. Durch die Heftigkeit des Schlages ging er wie vom Blitz getroffen zu Boden. Alle starrten ihn an, man hörte ein ungläubiges Raunen durch den Raum gehen.

Er rappelte sich auf, schüttelte ungläubig den Kopf und sah die vielen schadenfroh grinsenden Springer um sich herum. Offenbar fragte er sich, was gerade geschehen war. Dann wankte er zur Tür und wurde just nochmals von dieser getroffen, als ob sich jemand von außen gegen diese geworfen hätte. Durch den Glaseinsatz in der Tür war jedoch niemand draußen zu sehen. Stöhnend sackte Fench zusammen, doch niemand stand auf, um ihm zu Hilfe zu eilen. Alle beobachteten nur das seltsame Ereignis, viele schwankend zwischen verblüfftem Staunen und schadenfrohem Grinsen.

Nick und Rebecca starrten nun zu Tamara hinüber, die grimmig befriedigt lächelte, aber aus einem anderen Grund als die restlichen Gäste im Raum. Nick formte mit seinem Mund lautlos die Worte 'Hör auf', worauf sie einen trotzigen Gesichtsaus-druck annahm. Danach war Fench endlich im Stande, vorsichtig durch die wider-spenstige Tür das Lokal zu verlassen, also hatte Tamara ihre kleine Gravitationsatta-cke wohl beendet.

Die Leute sahen ihm noch durch die großflächigen Fensterscheiben nach, als er leicht benommen vor dem Diner vorbei wankte und dann zu allem Überfluss auch noch stolperte und der Länge nach hinfiel.

Als alle erschrocken aufkeuchten und einige sogar lachten, zischte Nick zornig: „Tammy!"

Sie verdrehte die Augen wie ein kleines Kind, das bei einem bösen Streich erwischt worden war. „Schon gut, schon gut."

Sie nahm sich frech einen Zwiebelring von ihrer Platte und fragte: „Haben sie gutes Bier hier?"

„Nein!", riefen Nick und Sven wie aus einem Munde. Das, was auf dieser Filiale ge-braut wurde, verdiente die Bezeichnung nicht einmal mit viel gutem Willen.

Teresa fiel etwas ein: „Das haben wir euch noch gar nicht erzählt! Als wir mit der letzten Fähre in Albuquerque gestartet sind, ist das Areal dort bereits vollkommen von marodierenden bewaffneten Leuten überrannt worden. Es sah fast so aus, als hätten sie einen Plan gehabt, so wie sie vorgegangen sind, was angesichts der Anar-chie und der bestialischen Wildheit, mit der wir angegriffen wurden, eigentlich nicht möglich ist."

Tamara nickte mit finsterer Miene: „Ja, es hatte fast den Anschein, als wüssten sie, was sie taten. Wir sahen unter uns beim Aufsteigen aus dem Boden, wie sie gezielt das Gebäude mit dem versiegelten Eingang des Transferbereichs stürmten und wohl auch versucht haben, diesen aufzubrechen."

Nicks Augen waren weit aufgerissen. „Das kann doch nicht dein Ernst sein! Diese Zugänge sind doch extra so getarnt, dass sie wie eine Wand oder etwas in der Art aussehen und selbst wenn man sie findet, sind sie nahezu undurchdringlich. Trans-Dime ist es extrem wichtig, dass genau in solch einer Situation unter keinen Um-ständen irgendjemand Außenstehendes Zutritt zu einem Transferbereich erlangen kann."

Teresa bestätigte ihm mit düsterer Miene: „Du ahnst ja gar nicht, wie recht du damit hast. *Unter keinen Umständen.* Was wir gesehen haben, hat uns den Atem geraubt."

Rebecca sah ihre Freunde an, mit einem unguten Gefühl in der Magengrube. „Was ist denn passiert?"

Nun fuhr Tamara wieder fort. „Sie haben den Zugang sozusagen vermint, könnte man sagen. Jedenfalls ist das unsere Vermutung. Was noch erstaunlicher ist, ist die Tatsache, dass es dem angeblich so wilden und unorganisierten Mob in kürzester Zeit gelungen ist, die als absolut unüberwindlichen geltenden Zugangstore aufzuknacken. Für uns bleibt kein anderer Schluss. Als das passiert ist, war das bestimmt der Auslöser für die Vernichtung des Bereiches."

Sven rief fast aus und zügelte seine Lautstärke dann schnell: „Sie haben... sie haben den Transferbereich *gesprengt*?"

Teresa schüttelte den Kopf. „Viel krasser. Es hat sich eine schwarze Kugel aus dunkler Materie gebildet, die in einem Augenblick alles komplett vernichtet hat. Was man an der Oberfläche vom Ereignishorizont sehen konnte, hat vielleicht fünfzig Meter weit herausgeragt und etwa einen Durchmesser von einhundert Metern gehabt. Tammy meint, dass der größte Teil somit unter der Oberfläche lag und mindestens einen Durchmesser von einem Kilometer gehabt haben muss."

Allen anderen waren die Unterkiefer aufgeklappt und sie starrten die beiden Zeuginnen dieses ungeheuren Ereignisses mit weit offenen Mündern an, unfähig zu einem Kommentar.

Tamara ergänzte noch grimmig: „Wir konnten noch erkennen, wie die Ränder dieser riesigen Höhlung nach und nach unter ihrem eigenen Gewicht eingebrochen sind und noch unzählige weitere Angreifer, die sich nicht im Inneren des Phänomens befunden hatten, mit in den Abgrund gerissen haben. Gemeinsam mit Gebäuden, Fahrzeugen und ganzen Straßenzügen des Werksareals, nichts wurde verschont im Einzugsbereich der Zerstörung. Es muss Hunderte von Toten gegeben haben, bei dieser Geschwindigkeit des Einsturzes konnte sich niemand im direkten

Umfeld entziehen.

In kürzester Zeit war die Öffnung mindestens einen halben Kilometer groß und unregelmäßig gezackt. Die vielen Trümmer der umliegenden Strukturen haben den Krater zu einem guten Teil aufgefüllt, so dass man sicher nichts mehr von einer gleichmäßigen Kugelform erahnen kann, jedenfalls nicht in diesem Ausmaß. Eine fast perfekte Tarnung für diese unverhältnismäßig monströse Zerstörung.

Ich bezweifle auch, dass in dem Chaos der Kriegswirren irgendjemand in nächster Zeit auf die Idee kommen wird, dort hineinzusehen, geschweige denn diese gigantische Menge an Trümmern dort hinaus zu holen. Der Aufwand dafür wäre einfach zu groß; so etwas würde wohl nicht einmal in Friedenszeiten bewerkstelligt werden können, geschweige denn in einer Wiederaufbauphase nach den Kriegswirren dort. Und selbst wenn eines Tages jemand dort nachforscht, wird bestimmt niemand jemals herausfinden, was dieses katastrophale Ereignis und diese enorme Zerstörung ausgelöst hat. Dieses extrem tiefe Loch wird sich auch in recht kurzer Zeit mit Grundwasser füllen, trotz der Lage in der Wüste. Schließlich fließt der Rio Grande durch die Stadt."

Rebecca sagte leise mit entsetzter Miene: „Ist euch klar, was das heißt? Wenn jeder Transferbereich mit solch einer Selbstzerstörungseinrichtung versehen ist..."

„Ja. Willkommen beim Ritt auf der Kanonenkugel." Nick konnte es nicht glauben, was er da gehört hatte.

„Und wir sitzen gerade mitten *auf* einer dieser Kanonenkugeln, oder noch besser *in* einer." Nach diesem Kommentar von Rebecca sagte keiner mehr etwas.

Sie würden noch ein paar Stunden Zeit bis zu ihrem Flug totschlagen müssen, da sich der reguläre Verkehr noch nicht wieder normalisiert hatte. Immerhin war es eine logistische Meisterleistung gewesen, diese große Anzahl von Menschen und dazu das Material, aller Wahrscheinlichkeit nach Tonnen von Goldbeständen aus dieser Filiale, rechtzeitig wegzuschaffen. Und das bei vier Stoßrichtungen der Invasoren gleichzeitig, wobei sie stets den angreifenden Truppen immer einen Schritt hatten voraus sein müssen.

Was nun aus den URA werden würde, blieb abzuwarten. Als sie aus Denver abgeflogen waren, waren nach letzten Fernsehmeldungen ganz Neuengland, New York und New Jersey gefallen. Im Südosten des Landes hatten die Truppen aus Eurasien Florida, Georgia, South Carolina und Alabama im Handstreich genommen. Sie rückten auf den Mississippi vor und standen im Norden an den Großen Seen. Den dünn besiedelten Westen hinter den Ballungsräumen an der Pazifikküste hatten sie in Rekordzeit eingenommen. Es war eine Frage von Tagen, höchstens von Wochen, bis dieses amerikanische Staatengebilde der Vergangenheit angehören würde. Wann und in welcher Form TransDime hier wieder aktiv werden konnte, blieb abzuwarten.

Doch das war nun nicht mehr ihr Problem.

< 19 >

Frankfurt am Main, Filiale 88 - Monat 13

„Endlich daheim!" Sven stieß die Lifttür mit dem Fuß auf, worauf sich alle sechs Insassen aus der Kabine herausdrückten und sich erst mal ins große Wohnzimmer mit Koch- und Essbereich begaben, ihre Reisetaschen im toten Winkel des Flures stehen lassend. Es war später Abend und sie waren alle hundemüde.

„Bescheiden lebt ihr ja nicht gerade!" Wolf kratzte sich in seinem rotbraunen Lockenschopf, als sein Blick über den weitläufigen Bereich schweifte, der allein schon inklusive Kamin und Essecke weit über fünfzig Quadratmeter ausmachte.

„Wir teilen uns das ja auch zu fünft. Wenn man bedenkt, wie oft wir verreist sind…" Sven trat zum vier Meter breiten Panoramafenster, um die zwei Meter breite Tür zum riesigen Balkon zu öffnen.

„Ja, *dann* macht so eine Wohnung natürlich Sinn." Keiner von ihnen wusste so recht, ob Wolf das jetzt ernst gemeint hatte. Wie gebannt betrat er das Holzdeck des Außenbereichs und sah auf die nächtliche Skyline von Frankfurt hinüber. Wie zufällig gesellte sich Teresa zu ihm und teilte die Aussicht auf die Lichter der Stadt mit ihm.

Er sah zu ihr herüber. „Bist du auch so müde wie ich?"

„Ja, ich bin total fertig. Ich zeige dir gleich dein Zimmer, wo du heute übernachten kannst. Ich werde mich selbst auch gleich mal bettfertig machen. Die große Führung durch die Wohnung verschieben wir auf morgen." Sie gähnte ihn an.

„Ist gut." Er erwiderte ihr Gähnen; ihnen allen steckte die Reise wirklich in den Knochen, gepaart mit der Erschöpfung körperlicher und nicht zuletzt geistiger Natur, die so ein fordernder Springereinsatz nach sich zog.

Die anderen hatten sich alle bald auf ihre Zimmer zurückgezogen, daher waren nur noch sie beide auf. Teresa zeigte ihm, was er zur Küche und der Benutzung des Gäs-

537

tebades wissen musste und bezog ihm dann ihr Bett neu, bevor sie sich ihr Bettzeug nahm, um sich auf der Couch im Wohnzimmer niederzulassen. Seine Proteste ließ sie nicht gelten, dass er ja die Couch nehmen konnte.

Mitten in der Nacht kam Teresa dann zu ihm in ihr Bett gekrochen. Er wurde nur zur Hälfte wach. „Was machst du denn, Teresa?"

„Mich hat das alles sehr mitgenommen, Wolf. Mehr, als ich mir eingestehen wollte. Ich bekomme kein Auge zu; in der Fähre auf dem Flug hierher konnte ich auch schon nicht richtig zur Ruhe kommen. Ist es für dich in Ordnung, wenn ich den Rest der Nacht hier verbringe? Bei einem lieben Menschen, dessen Nähe mich beruhigt und vielleicht etwas Ruhe finden lässt?"

Er hob seinen Kopf ein wenig. „Es schmeichelt mir, dass du das in mir siehst. Wie könnte ich deine Bitte da ablehnen?"

„Du bist so ein edler Ritter. Du könntest niemals eine Maid in Nöten abweisen, habe ich Recht?" Ihr Tonfall hatte etwas Neckisches angenommen.

„Teresa, dir ist schon klar, dass wir bei mir daheim in der Moral noch etwas gefestigter sind als eure Sodom-und-Gomorrha Filiale, aber dass auch ich nicht mehr im Mittelalter lebe?" Er drehte sich nun zu ihr hin und legte eine Hand auf ihre Wange, worauf sie ihn mit großen Augen wie ein erstauntes Kind ansah.

„Ich wollte dich nicht auf den Arm nehmen, Wolf. Du bist ein netter Kerl und mir gefällt es, dass du nicht so freizügig bist wie die Menschen hier; ich versuche nur auszuloten, wie genau du in dieser Hinsicht tickst. Ich möchte nicht übers Ziel hinaus schießen und dich mit unserer Art abschrecken. Kannst du mir das nachsehen? Es ist nicht so einfach für mich, eine Balance zu finden in diesen Dingen."

Nun beugte er sich vor und küsste sie sanft auf die Stirn. „Es ist für uns alle nicht einfach. Sobald sich die verschiedenen Filialen begegnen, prallen Kulturen aufeinander. Ich habe auch schon ein wenig von euch aufgeschnappt, weißt du? Wäre das hier vor ein paar Jahren geschehen, bevor ich Nick und Rebecca begegnet war, würde ich jetzt bereits auf der Couch im Wohnzimmer liegen und du hier allein im Bett. Doch ich weiß heute, dass es in Ordnung geht. Du bist eine tolle Frau und hast dich aus freien Stücken zu mir gelegt, weil du Nähe und menschliche Wärme suchst. Wie viel davon echt und wie viel davon Kalkül von dir ist, um mir körperlich nahe zu sein, spielt für mich keine Rolle, weil mir Beides recht ist."

Sie sah ihn verschämt an und unterdrückte die Tränen nur mühsam. „Jetzt komme ich mir vor wie eine dumme Kuh. Du hast mich vom ersten Moment an durchschaut, nicht wahr? Was musst du jetzt nur von mir denken..."

Wolf lachte leise. „Um Himmels Willen, du musst nicht versuchen, so zu reden wie es bei mir daheim üblich ist. Ich fühle mich ja geschmeichelt, dass du das in dieser kurzen Zeit so gut aufgeschnappt hast bei all unseren schönen und langen Gesprächen, aber spare dir das ruhig auf bis zur Ankunft in der Filiale 108. Ich mag dich so wie du bist, auch ohne dass du dich verstellst oder seltsame Spielchen treibst, um mir nah zu sein. Du bist eine schöne, aufregende Frau und ein sensibler, mitfühlender Mensch. Welcher Mann würde dich aus seinem Bett werfen?"

Sie lächelte ihn nun glücklich an. „Es tut mir Leid, dass ich..."

Wolf legte ihr einen Finger auf die Lippen. „Ich sollte *dir* dankbar sein dafür, dass du das Tempo vorgibst. Und sei mir nicht böse, wenn ich von uns Beiden der Bremsklotz bin. Jetzt dreh dich zur anderen Seite, dann finden wir ein Arrangement für diese Nacht."

Sie stockte kurz: „Okay, das klingt... gut. Ich drehe mich also um, so zur Seite..."

Sie hatte sich von ihm abgewandt und er schmiegte sich nun von hinten an sie, um einen Arm um ihre Hüfte zu legen und sein Kinn auf ihre Schulter. „Ist das gut so?"

Teresa drehte ihren Kopf ein wenig und sagte glücklich: „Besser, als ich es mir für diese Nacht erträumt hatte. Du bist wirklich ein toller Mann, Wolf. Ich wünsche dir nochmals eine gute Nacht."

„Wünsche ich dir auch. Wenn du willst, können wir unsere Buchung auch auf ein

Doppelzimmer ändern. Mit dir zwei Wochen lang zu kuscheln ist doch eine schöne Aussicht." Er hauchte ihr einen sanften Kuss auf den Nacken, der sie wohlig erschaudern ließ.

„Du Schwerenöter! Natürlich finde ich das toll! Abgemacht." Sie nahm seine Hand und hauchte ihm ihrerseits einen Kuss auf den Handrücken, dann fiel sie fast augenblicklich entspannt und erschöpft in einen tiefen Schlaf. Wolf war derjenige, der länger wach lag und den Augenblick auskostete, bevor auch er friedlich lächelnd einschlief.

Am nächsten Morgen schliefen alle aus und fanden sich nach und nach zu einem langgezogenen, ausgiebigen Brunch im Wohn- und Essbereich ein. Bei offener Balkontür und geöffneten Fenstern war es fast, als säßen sie im Freien, sodass sie die halbwegs frische Brise in dieser Höhe über der Stadt genießen konnten.

Da sie erst am Abend die nächste Dimensionsfähre nehmen konnten, hatten sie noch Zeit, um den Tag zu verbummeln. Da es auch noch Sonntag war, versuchten sie ihr Glück und erreichten tatsächlich Lothar und Barbara, die sie gleich zu sich einluden. So fuhren sie in ihre ehemalige Haus-WG, wo sie dann am Nachmittag noch im Garten den herrlichen Frühsommertag genossen und spontan den Grill anwarfen.

Barbara meinte freundlich zu Wolf: „Da hast du aber ein großes Los gezogen, dass du von Filiale 108 stammst. Ich weiß ja nicht, wie viel du von hier gesehen hast..."

„Noch nicht genug, würde ich sagen. Es gibt hier bestimmt auch viele schöne Orte, nur dass man die bei einer TransDime Geschäftsreise wahrscheinlich eher nicht zu Gesicht bekommt. Und für Leute von unserer Filiale ist eure eben schon sehr krass." Wolf nahm sich noch eine Bratwurst vom Grill.

„Ja, alles ist relativ. Für uns ist es normal, hier zu leben, während es für jemanden von einer anderen Filiale ein Alptraum sein muss." Rebecca wirkte nachdenklich und musterte ihren Kollegen. „Du siehst so komisch aus der Wäsche, Wolf, als wäre dir etwas peinlich."

Verlegen meinte dieser darauf: „Ich fürchte, ich muss euch ein Geständnis machen. Wenn man frisch zum Agenten der Stufe Eins ausgebildet wurde und das Basistraining absolviert hat, wird man doch immer auf eine andere Filiale geschickt, so wie bei euch die Filiale 127 und..."

Teresa unterbrach ihn schockiert: „Sag jetzt nicht, euer dystopisches Erlebnis war es, *hierher* geschickt zu werden!"

Wolf druckste sichtlich unangenehm herum: „Na ja, nicht ganz... es war Filiale 60."

Tamara meinte daraufhin: „Und das zu jener Zeit, das kam damals auf jeden Fall aufs selbe hinaus. Wir finden ja noch nicht einmal heute irgendwelche Unterschiede zwischen dieser Filiale und Filiale 60. Wo seid ihr denn damals abgesetzt worden?"

„In Paris. Es erwies sich schlussendlich gar nicht so schwer für uns, bis nach Frankfurt zu kommen, auch wenn damals in Frankreich noch der terrorbedingte Ausnahmezustand galt. Für uns war es dennoch eine traumatische Grenzerfahrung. Wenn ihr bedenkt, wie es bei uns ist, könnt ihr euch das sicher gut vorstellen."

Lothar meinte dazu: „Du machst mir dafür aber inzwischen einen sehr abgeklärten Eindruck. Sicher hast du auch schon viel erlebt mittlerweile, unter anderem in der Filiale 60 und hier bei uns, nehme ich an?"

Wolf nickte mit düsterer Miene: „Ja, danach gibt es nicht mehr viel, was einen schrecken kann, würde ich sagen. Dafür weiß man seine Heimat erst richtig zu schätzen, wenn man solch eine Vergleichsmöglichkeit hat wie wir."

„*Das* kannst du auf jeden Fall laut sagen, Mann. Barbara, Serafina und ich waren übrigens im Lauf der Jahre auch schon alle einmal auf deiner Filiale, auf verschiedenen Missionen. Mir hat es dort jedenfalls sehr gut gefallen."

Serafina sagte dazu mit verträumtem Gesichtsausdruck: „Ja, man könnte euch alle direkt beneiden, dass ihr dort einen entspannenden und schönen Urlaub verbringen werdet."

„Entspannung und Ruhe brauchen wir auch dringend nach dem letzten Einsatz." Tamara ließ sich schwer auf einen der Gartenstühle fallen. „Wie lief es bei euch denn so in letzter Zeit?"

„Wir können nicht klagen, Leute. Eigentlich sind wir alle drei reif für die Beförderung auf Stufe zwei. Kann aber auch sein, dass wir das reguläre dritte Jahr noch absolvieren. Es eilt ja nicht und es kann ja schließlich nicht jeder so karrieregeil sein wie ihr Früchtchen."

Nick protestierte lachend: „Höre ich da eine Spur Neid in deiner Stimme, Meister Kranach?"

„Kann gar nicht sein. Nur weil ihr noch krassere Abenteuer auf anderen Filialen erlebt als andere und man euch die Kohle nur so hinterher wirft..." Lothar grinste seinen alten Freund gewinnend an.

Rebecca entgegnete eine Spur zu heftig: „Ums Geld geht es schon lange nicht mehr, Junge. Wir können wirklich etwas bewegen, gerade zur Zeit auch bei uns hier. Wir wissen nur noch immer nicht, welche Rolle wir in diesem großen Spiel eigentlich inne haben. Müsst ihr nicht auch immer wieder mit anderen Agenten des Nachts in irgendwelchen Großstädten in No-Go-Areas hinein und euch dort gezielt aufs Korn nehmen lassen?"

Barbaras Miene verfinsterte sich. „Können wir bitte das Thema wechseln? Ich prahle nicht gerne damit, anderen Menschen vorsätzlich Schmerzen zuzufügen, auch wenn es ausschließlich in Notwehr geschieht. Wir werden schließlich von der Firma bei diesen Einsätzen gezielt in solche Lagen gebracht."

Alle sahen sich betreten an, doch niemand traute sich, nach dieser Andeutung nach dem genauen Grund für ihre abweisende Haltung zu fragen. Die meisten konnten es sich auch so denken.

„Wir alle haben in letzter Zeit einen Haufen Scheiß erlebt. Lasst uns das für heute mal ausblenden und versuchen, diesen schönen Tag zu genießen. Wer weiß, wann wir alle das nächste Mal so zusammen kommen können wie heute?" Tamara hob ihr Bier zu einem angedeuteten Prosit an, dem sich alle bereitwillig anschlossen.

„Genau, schließlich haben wir jetzt Ferien. Die muss man genießen." Auch Teresas

Prämisse konnte sich niemand verschließen. So machten sie das Beste daraus und genossen noch den Rest des Tages, bis es für sie Zeit wurde, aufzubrechen. Sie hatten ihr Gepäck bereits in den Autos parat und fuhren daher direkt in die Niederlassung, wo sie im Transferbereich unter dem Werk dann einchecken und ihre Reisetickets abholen konnten.

Dann konnte es endlich losgehen.

Kranz, Filiale 108 - Monat 13

Sven betrat im altehrwürdigen Hotel *Monopol* das Zimmer, welches er sich mit Tamara teilte. Er war mit den Jungs, das hieß mit Wolf und Nick, auf Männertour gewesen, was ein bisschen sich Umsehen und Einkaufen sowie ein gutes ostpreußisches Bier in einem Strandlokal beinhaltet hatte. Die drei Damen indes waren unter Rebeccas Führung ebenfalls noch ein wenig für sich unterwegs gewesen an diesem ersten Nachmittag nach ihrer Ankunft. Sie hatten noch ein wenig Zeit, bis das Abendessen unten im großen verglasten Speisesaal mit Meeresblick serviert werden würde.

Zu seiner Überraschung fand er Tamara bereits im Zimmer vor, im Schneidersitz auf dem Bett hockend und mit geschlossenen Augen hoch konzentriert wirkend, was seltsam aussah, da sie ein leichtes hellblaues Sommerkleid trug, wie es hier Mode war.

Er wusste inzwischen, dass er sie während dieser Übungen generell nicht ansprechen sollte. So setzte er sich auf einen der beiden Sessel im luxuriös eingerichteten Zimmer und genoss kurz den friedlichen Ausblick auf die Ostsee, den das großflächige Fenster bot.

Die Schönheit und Fremdartigkeit, die in dieser Filiale Hand in Hand gingen, zeigte sich deutlich an der Atmosphäre, die dieser Ort verströmte. Es wirkte alles einen Tick altertümlich und war dennoch hochmodern, wenn auch auf eine ihm ungewohnte Art. Die Strandpromenade, die er draußen sah, wirkte wie von alten

Schwarz-Weiß-Bildern abgekupfert und originalgetreu nachgebaut. Auch die vorbei flanierenden Leute schienen alle ein wenig altmodisch gekleidet.

Und dann flog im Hintergrund ein riesiges weißes Luftschiff mit relativ hoher Geschwindigkeit quer über den blauen Himmel. Es war mindestens so groß wie die Zeppeline der goldenen Ära der deutschen Luftschifffahrt, war jedoch deutlich stromlinienförmiger gestaltet und hatte die Passagierabteile im Inneren des Tragkörpers integriert, wie Sven deutlich an den Fensterreihen im Rumpf erkennen konnte.

Er schloss seine Augen und atmete tief durch. Das, was jetzt gleich kommen würde, versetzte ihn in Aufregung und Vorfreude, machte ihm aber auch ein wenig Angst. Wie die meisten anderen, mit denen er hier war, war er nun Ende zwanzig und würde bald seinen dreißigsten Geburtstag feiern. Die Frau hier im Zimmer, der er vor ein paar Jahren zum ersten Mal begegnet war und die er in den letzten Monaten so intensiv kennen- und lieben gelernt hatte, war erst fünfundzwanzig und dennoch konnte er sich nicht mehr vorstellen, ohne sie zu sein.

In diesem Moment hatte er das Gefühl, als würde ihn jemand mustern, einer gründlichen Prüfung unterziehen und sich ein Urteil über ihn fällen. Ein seltsames Gefühl des beobachtet Werdens. Sven öffnete die Augen wieder, doch er war mit Tamara allein im Raum.

Als er sie ansah, lächelte Tamara mit geschlossenen Augen vor sich hin, als spürte sie seine Anwesenheit und seine Gefühle ihr gegenüber. Sein Herzschlag beschleunigte sich und er bekam einen Kloß im Hals, als er sie so beobachtete. Sie bewegte die Lippen leicht und ihr Lächeln wurde schwächer, wich erneut einem Ausdruck der Konzentration.

Dann öffnete sie die Augen und blickte ihn direkt an. Ihr Lächeln kehrte augenblicklich zurück. „Hallo, Schatz. Wie war's mit den Jungs an der Promenade?"

Sie schwang ihre Beine vom Bett und beugte sich ihm entgegen, als er ihr einen flüchtigen Kuss gab und antwortete: „Ganz gut. Wir haben ein wenig geshoppt. Ich habe etwas für dich gefunden."

„Oh, schön. Da bin ich ja mal gespannt. Hoffentlich bekommen wir das auch durch die Kontrollen am Transferbereich, sonst ist die Freude darüber kurz."

Sven nickte und kratzte sich in seinem braunen Lockenschopf. Dann fasste er sich ein Herz und begann: „Tamara, ich möchte dir etwas sagen."

Aufmerksam setzte sie sich auf die Bettkante und meinte: „Oh, das klingt aber ernst. Bin ich in Schwierigkeiten?"

„Nein, natürlich nicht." Er winkte ab und versuchte, die richtigen Worte zu finden. „Ich habe nur seit einiger Zeit schon über unsere Beziehung nachgedacht und habe eine Entscheidung getroffen. Und in Verbindung mit dieser Entscheidung möchte ich dir etwas geben. Ich wollte keine große Sache daraus machen, aber es ist nun mal eine große Sache. Ich hoffe nur, ich versaue dir nicht schon am ersten Tag den gesamten Urlaub damit."

Nun wurde sie misstrauisch. „Wie könntest *du* mir den Urlaub verderben? Sei nicht albern, ich bin mit meinen besten Freunden und dem Mann, den ich liebe, an einem wunderbaren Ort. Wenn schon, dann könnte höchstens *ich* dir den Urlaub verderben und mir den Rest meines Lebens."

Sven runzelte die Stirn: „Das verstehe ich jetzt nicht. Ich möchte dir etwas Wichtiges sagen und du... hast du etwa *auch* etwas auf dem Herzen?"

Sie nickte mit ernster Miene. „Aber ich glaube, ich lasse erst einmal dir den Vortritt. Dann steigern wir uns und arbeiten mein Geständnis auf."

Er erwiderte Tamaras Lächeln. „Du glaubst, du kannst meine Neuigkeit toppen? Da bin ich ja mal gespannt... also gut."

Er griff in seine Tasche und zog die Hand heraus, fest zur Faust geschlossen, um das zu verbergen, was er darin hatte. Dann ging er auf ein Knie und sah, wie ihre Augen immer größer wurden. Sie schlug die Hände vor den Mund. „Nein..."

Er lächelte nun selig und verkündete ihr: „Wir waren vorhin in einem Krämerladen, in dem ich etwas entdeckt habe. Und für mich war das wie ein Zeichen des Schicksals, denn ich habe schon seit einer Weile mit einem gewissen Gedanken gespielt und das auch schon angedeutet. Als ich dann diese bestimmten Dinge sah, wusste ich, der Zeitpunkt ist gekommen."

Er öffnete seine Hand und ihr Blick fiel auf einen silberfarbenen Ring. Es war kein besonders großer oder teuer aussehender Ring, zudem sah er sehr alt aus. Er war schmal, filigran gearbeitet und bildete einen keltischen Knoten im Flechtband ab, der kunstvoll verschlungen ringsum lief. Die erhabenen Ornamente waren blank von der Abnutzung, während die tiefer gelegenen Teile dunkel angelaufen waren.

Sven erklärte: „Ich weiß, dass du keinen Schmuck magst und noch nie in deinem Leben welchen regelmäßig getragen hast. Aber du hast mir erst neulich beim Ansehen der *Herr der Ringe* Filme erzählt, wie sehr dir der elbische Schmuck aus Silber und die keltischen Ornamente gefallen. Daher dachte ich, das sind die passenden Stücke, um mit dem Schmucktragen anzufangen und es ist auch die passende Gelegenheit."

Sie sah ihn staunend wie ein kleines Kind an, begann nach dem Ring zu greifen und sagte dann leise, noch zögernd: „Was willst du mir damit sagen? Der Ring ist traumhaft schön, ich weiß gar nicht was ich sagen soll."

„Wenn ich schon auf einem Knie bin, kannst du doch einfach *ja* sagen."

Sie hielt inne, schlug die Hände vor den Mund und stotterte: „Meinst... meinst du das ernst, Sven?"

Mit feierlicher Stimme sagte er: „Tamara Beatrice Schnyder, willst du mich alten Deppen eines schönen Tages heiraten?"

Sie wurde bleich. „Wow, das... das haut mich jetzt echt um. Ich glaube, ich werde gleich ohnmächtig."

Sein Lächeln wurde etwas dünner. „Ohnmächtig im guten Sinn, so wie 'von der Schönheit des Augenblicks überwältigt'?"

Sie beeilte sich, zu sagen: „Ja, ja, auf jeden Fall. Sven, du bist der tollste Mann, mit dem ich je zusammen war und das Beste, was mir seit Langem passiert ist. Ich liebe dich so sehr, dass ich sofort ja sagen möchte. Aber ich muss dir gegenüber fair sein. Bevor du dich auf mich einlässt, muss ich dir erst noch mein Geständnis machen. Dann wird die Entscheidung bei dir liegen, ob du mich überhaupt noch willst."

„Hast du ein dunkles Geheimnis oder etwas in der Art? Etwas aus deiner Vergangenheit, was du mir bisher verschwiegen hast? Ich meine, ich weiß ja schon einiges an Verfehlungen über dich und trotzdem bist du für mich die wundervollste Frau der Welt. Mann, ich habe gerade um deine Hand angehalten. So was macht man doch nicht einfach mal so. Was könntest *du* mir jetzt noch gestehen, das mich davon abbringen könnte, mit dir den Rest meines Lebens verbringen zu wollen?" Er sah sie nun fast eine Spur befremdet an.

Sie seufzte und verdrehte die Augen. „Das wird schwerer, als ich befürchtet hatte. Ich weiß, du hast eine blühende Fantasie und da du im Dienst von TransDime schon einen Haufen verrückten Scheiß gesehen hast, wie wir alle, kannst du dir so einiges vorstellen. Aber was ich dir jetzt offenbaren werde, wird *mindestens* so krass werden wie damals, als du von der Existenz des Multiversums erfahren hast."

Sven schüttelte zweifelnd den Kopf. „Das kann ich dir nur schwer abnehmen. Was könnte auch nur annähernd so unglaublich sein wie die Offenbarung damals?"

Sie überlegte, wie sie es formulieren sollte, dann holte sie tief Atem. „Also gut, fangen wir so an. Du hast jetzt all diese Wunder des Multiversums gesehen und weißt dadurch, dass es höhere Energien gibt, die bei uns noch praktisch unerforscht sind. Wir nennen sie tölpelhaft Dunkle Materie, Dunkle Energie und den Äther, in Ermangelung an bessere Begriffe und unserer Unfähigkeit, diese Grundfesten des Kosmos zu erfassen und zu begreifen.

Auch wenn wir als Menschen diese Kräfte nicht wahrnehmen und praktisch nicht einmal messen können, so durchfluten und erfüllen sie trotzdem alle uns bekannten Realitätsebenen und Universen. Sie verbinden alles miteinander und geben allem eine Form, Struktur und streben ein natürliches Gleichgewicht an. Inwiefern man dies als göttliche Fügung ansehen will, bleibt jedem selbst überlassen. Ich weiß nicht, ob es eine höhere Macht gibt oder etwas, was das Schicksal von ganzen Völkern oder Welten bestimmt.

Aber ich weiß, dass es so etwas wie eine Fügung gibt, einen kosmischen Zufallsgenerator, der immer wieder mal ein einfaches menschliches Wesen auf der Erde absetzt und ihm den Einblick auf alles gewährt. Wenn man diese Gabe entdeckt, muss man diese Besonderheit akzeptieren, weiter entwickeln und beherrschen. Und man muss geduldig sein, bis man seine Bestimmung findet. Man bekommt diese Gabe, die Struktur von allen Naturkräften um sich herum wahrzunehmen und zu einem gewissen Grad zu kontrollieren, nicht einfach so. Es bedarf geistiger Führung und einer gewissen..."

Sven hob die Hand, worauf sie verstummte. „Nur ganz kurz eine Zwischenfrage: hat das irgendwas mit deinen Meditationen zu tun und damit, dass du in letzter Zeit so enorm gereift bist? Ich meine, mir gefällt das, es ist ein Teil von dir, aber was du mir erzählst, ist schwer einzuordnen."

Tamara seufzte erneut. „Ja, das ist mir bewusst. Du bist auch erst der dritte Mensch, der von mir überhaupt davon erfährt. Und egal, was mit uns geschieht, ich muss die absolute Gewissheit haben, dass du keiner Menschenseele jemals etwas davon erzählen wirst. Ansonsten bin ich nämlich geliefert, verraten und verkauft. Wenn TransDime jemals auch nur ahnen würde, dass ich über diese Gabe verfüge, wäre mein Leben in Freiheit und Selbstbestimmung zu Ende."

Sofort gelobte Sven hoch und heilig: „Von mir wird niemand jemals ein Sterbenswörtchen erfahren, das schwöre ich dir. Ich könnte niemals etwas tun, das dir schadet. Aber es fällt mir immer noch schwer, mir vorzustellen, was du mit dieser spirituellen Geschichte überhaupt meinen könntest. Und die beiden anderen, die dein Geheimnis kennen, sind doch garantiert Rebecca und Nick, oder?"

„Wer sonst? Sie haben mich auch schon in Aktion erlebt, daher fällt es ihnen nicht so schwer, die ganze Sache zu glauben. Du musst es dir einfach so vorstellen: ich besitze gewisse Fähigkeiten, die mir die Manipulation von physikalischen Grundkräften erlauben. Und ich nehme die Welt um mich herum mit Sinnen wahr, die andere nicht haben.

Manche Dinge fallen mir dabei leicht, andere habe ich noch gar nicht im Griff oder ich weiß auch nicht, ob ich sie überhaupt jemals irgendwie beeinflussen können werde. Ich habe allerdings einen Mentor, der mir dabei hilft, immer wieder eine weitere Ebene der geistigen Öffnung zu erreichen und mir neue Dinge zu erschließen. Es gibt noch so viele Wunder im Multiversum, aber auch unsägliche Schrecken." Tamara musterte ihn unverwandt. „Hältst du mich jetzt für komplett irre oder glaubst du mir auch nur das kleinste bisschen von dem, was ich dir gerade alles erzählt habe?"

Sven rang um Fassung und sammelte sich, bevor er antwortete. „Ich will es dir glauben, aber mir fällt es noch immer schwer, mir ein konkretes Bild davon zu machen. Was sind das denn für Kräfte und Möglichkeiten, von denen du sprichst?"

„Ich versuche noch immer, alles was ich mir aneigne, mit unserer Schulwissenschaft wenigstens im Ansatz zu erklären. Ich weiß nicht, ob es das ist, was mich immer noch zurückhält, wie mein Meister mir wieder und wieder sagt. Aber ich habe das Gefühl, es hilft mir dabei, nicht völlig durchzudrehen bei der ganzen Sache. Also gut, ich fange bei den Dingen an, die mir am wenigsten Schwierigkeiten bereiten. Darunter fällt das elektromagnetische Spektrum, Elektrizität, Magnetismus, dann die Gravitation..."

„Die Gravitation? Du meinst, du kannst mit deinem Willen die Schwerkraft beeinflussen?" Er sah sie verblüfft an.

Sie lächelte. „Halte mal die Hand mit dem Ring auf."

Er tat wie ihm geheißen. Fast augenblicklich erhob sich der Ring vor seinen Augen und er keuchte auf, als das Kleinod langsam und gleichmäßig in einer geraden Bahn zu Tamaras ausgestreckter Hand schwebte und sich dabei drehte, damit er über ihren Ringfinger gleiten konnte. Dabei lächelte sie ihn spitzbübisch an.

Als sich der Ring auf ihren Finger geschoben hatte, riss sie auf einmal die Augen auf. Sie schlug die Hände vor den Mund und wirkte, als hätte sie einen Geist gesehen. „Oh mein Gott, was ist *das*?"

Sofort war Sven an ihrer Seite und stützte sie, als sie schwankte: „Tammy, was hast du denn? Ist alles in Ordnung? Hat dich diese Demonstration deiner Kräfte irgendwie geschwächt oder so?"

Sie schüttelte sich, wie um wieder zu Sinnen zu kommen. „Nein, nein, es geht schon wieder. Ich hatte gerade eine Erleuchtung, eine Art Erkenntnisschub. Wow, das ist unglaublich. Auf einmal nehme ich noch viel mehr von den Dingen um mich herum wahr. Keine Ahnung, woher das kam. Ob das Zufall war oder weil es in deinem Beisein geschehen ist."

„Was könnte *ich* damit zu tun haben?" Er sah sie unsicher an.

„Du bist eine wichtige Person in meinem Leben. Ich habe dir das noch gar nicht gesagt, dass ich schon Zeit meines Lebens eine besondere Verbindung mit Rebecca und Nick hatte. Wir drei haben uns diese geistige Verbundenheit vor allem während der Kindheit und Jugend geteilt, als unsere Geister offener und aufnahmefähiger waren für das Besondere. Vor allem Nick und Rebecca hatten schon immer ein ganz starkes geistiges Band, das die Beiden erst vor Kurzem wieder entdeckt haben. Erst da bin ich darauf gekommen, dass auch ich mit den beiden schon seit langer Zeit, lange bevor ich sie kannte, im Geiste verbunden war. Doch die wahren Seelenverwandten unter uns sind die Beiden. Toll, oder?

Aber auch du bist für mich wichtig. Das haben wir beide schon seit unserer ersten Begegnung gespürt, nicht wahr? Du hattest immer einen guten, beruhigenden Einfluss auf mich. In letzter Zeit habe ich dich oft im Geist berührt, wenn du weit weg warst, auch in anderen Filialen. Im Traum war ich oft bei dir, wenn du geschlafen hast und empfänglich warst für meine Gedanken. Das war bis jetzt die einzige Möglichkeit, mit dir über die Abgründe des Raumes und der Dimensionen hinweg Kontakt aufzunehmen. Du hast mir gut getan und ich möchte dir so gern etwas davon zurück geben. Deshalb möchte ich dir auch das Jawort geben, wenn du das jetzt noch willst."

„Das… wie könnte ich jetzt noch nein sagen? Jetzt da ich weiß, dass du wirklich meine Traumfrau bist und das nicht nur Einbildung war. Ich habe dich bereits gefragt und ich ziehe das nicht zurück. Das mit Rebecca und Nick nehme ich jetzt mal nur am Rande zur Kenntnis, das sollte eigentlich jedem vorbehaltlos klar sein, der euch auch nur ansatzweise kennt.

Tamara, ich möchte dich trotzdem oder jetzt erst recht zur Frau nehmen. Ich sehe aber, du hast den Ring an den rechten Ringfinger gesteckt. Ist das bei euch so Brauch?"

Tamara merkte auf. „Ach ja, natürlich. In Deutschland trägt man den Verlobungsring ja an der linken Hand. Bei uns in der Schweiz ist es nämlich die rechte, frag mich nicht warum. Aber ich möchte mich in dieser Hinsicht gerne anpassen. Der Ring ist übrigens toll, genau mein Geschmack. Nichts pompöses oder aufwendiges wie…"

Sie hatte den Ring eben abgenommen und erstarrte. Ihr Blick verklärte sich und sie keuchte auf. „Oh Mann, was ist denn *jetzt* los?“

„Was hast du denn, Tammy? Schatz, du machst mich echt fertig!“ Sven war sofort wieder an ihrer Seite.

Sie sah sich um, als sehe sie den Raum zum ersten Mal. „Das ist seltsam und irgendwie... beängstigend. Gerade hatte ich doch eine Art Erkenntnisschub, wie eine Art Quantensprung in der Wahrnehmung der Welt um mich herum. Es ist wieder weg, alles ist wie noch vor ein paar Minuten, bevor ich diese kleine Erleuchtung hatte. Als hätte ich eine beschlagene Fensterscheibe abgewischt und sie ist auf einmal wieder beschlagen. Ich 'sehe' nicht mehr so klar wie eben noch.“

Sven bemerkte: „Es kann Zufall sein, aber das geschah beide Male, als du den Ring aufgesetzt und wieder abgenommen hast, oder?“

Sie besah sich die Innenseite. „Das kann doch nicht sein. Es ist ein ganz normaler Ring, der... hm, Sterlingsilber. Hier ist eine 925 eingraviert.“

Sven nahm ihr das Schmuckstück aus der Hand und stülpte es über seinen kleinen Finger. „Bei mir hat er jedenfalls keinerlei fühlbare Wirkung. Hast du nicht etwas in der Art gesagt, dass du sonst nie Schmuck trägst?“

„Ja, das war vielleicht sogar das erste Mal, dass ich in meinem Leben etwas aus Silber berührt habe. Meine Anlagemünzen sind alle gekapselt oder in Tubes, diesen Kunststoffröhren zur Aufbewahrung... oh mein Gott, kann das sein?“

Sven sah sie mit gerunzelter Stirn an. „Du glaubst ernsthaft, das ist passiert, weil der Ring aus Silber ist? Vielleicht ist... weißt du was, zieh ihn doch einfach wieder an.“

Sie nickte mit grimmig entschlossener Miene. „Ja, diesmal aber an der linken Hand, wie es hierzulande üblich ist. Weißt du, wir sollten einen gewissen pseudo-mystischen Aspekt nicht von vorneherein ausschließen. Der Ring sieht sehr alt aus und ist in keltischem Stil geschmiedet.“

„Jetzt weiß ich nicht, ob du mich veralbern willst oder das ernst meinst. Ich meine, okay, du hast mir fantastische Dinge erzählt und ich habe einen kleinen silbernen Ring wie von Zauberhand durch die Luft schweben gesehen. Aber davon abgesehen...“

Sie hob die Hand und unterbrach ihn. „Es ist wieder zurück. Der Effekt ist wieder da, genauso wie vorher. Wie von Zauberhand sehe ich alles ein Stückchen klarer, die Strukturen der Welt um mich herum wirken eine Spur deutlicher. Das ist faszinierend. Außerdem passt er wie angegossen, als wäre er für mich maßgefertigt."

Sven musste plötzlich grinsen. „Wenn du denkst, das hat wirklich etwas mit dem keltischen Ring aus Silber zu tun, habe ich eine Überraschung für dich."

Er griff in seine Tasche und zog etwas heraus. „Ich hatte doch erwähnt, dass ich mehrere Dinge für dich habe. Dann schauen wir doch mal, ob wir deine Hypothese beweisen können."

Sie erstarrte ehrfürchtig, als er ihr ein fein geschlungenes Armband hinhielt, das auf den ersten Blick wie ein geschlungener Zopf aus drei Strängen wirkte. Bei genauerem Hinsehen entpuppte es sich als ein dem Ring nachempfundenes keltisches Knotenmuster, erstaunlich feingliedrig gearbeitet und ebenso alt und geschichtsträchtig aussehend wie der Ring, mit abgesetzten, aber blanken Stellen und angelaufenem Hintergrund, nicht breiter als ein Daumen. Bewundernd sagte Tamara: „Oh Mann, Sven. Das kann nicht dein Ernst sein. Es ist so schön, so schlicht und doch so kunstvoll gearbeitet..."

Als ihr die Stimme versagte, hob er sanft ihren Arm an und befestigte das Band um ihr Handgelenk. Es sah so gut und natürlich aus an Tamara, als hätte sie nie etwas anderes getragen. Ihr Blick verklärte sich. „Als würde man bei einer Bergwanderung bei mir daheim aus einer Nebelwand heraustreten und die sonnige Fernsicht über das Schweizer Jura genießen. Ich hätte nie gedacht, dass es etwas Materielles geben könnte, das diese Gabe beeinflussen kann. Aber Silber ist natürlich eines der chemischen Elemente mit den erstaunlichsten Eingenschaften. Bester elektrischer Leiter, bester Wärmeleiter, beste Reflexionsfähigkeit..."

Grinsend fügte Sven hinzu: „Und seit den Babyloniern und alten Chinesen als ein göttliches Metall verehrt. Das Mondmetall, wenn ich mich nicht irre. Man kann damit Werwölfe und andere mystische Kreaturen töten."

„Ich habe nicht vor, *das* auszuprobieren." Tamara erwiderte sein Grinsen. „Nicht zu vergessen die antibakteriellen Eigenschaften. Es tötet Pilze, Sporen und Keime ab und desinfiziert Wasser. Jetzt können wir noch eine weitere Eigenschaft hinzufügen, auch wenn ich keine Ahnung habe, wie man das bezeichnen könnte."

Sven meinte noch, verschmitzt lächelnd: „Bevor ich's vergesse..."

Mit diesen Worten holte er eine Halskette aus der Tasche, die in der Machart identisch mit dem Armband und dem Ring war. Tamara verschlug es die Sprache und sie schlug wieder staunend die Hände vor den Mund.

„Darf ich behilflich sein?" Er nahm ihr sanft die Hände wieder hinab und trat hinter sie, um ihr langes, rotbraunes Haar beiseite zu wischen und die Kette um ihren schlanken Hals zu legen. Dann musste er nur noch den einfachen, karabinerähnlichen Verschluss in ihrem Nacken schließen. Sie schloss erwartungsvoll die Augen und musste erneut aufkeuchen, fast schon eine Spur lustvoll.

„Das ist das schönste Geschenk, das mir in meinem ganzen Leben gemacht wurde. Sven, du ahnst gar nicht, was mir das bedeutet." Sie hielt die Augen geschlossen und bewegte die Augäpfel unter den Lidern hin und her, als würde sie sich mit geschlossenen Augen umsehen. „Das ist so unglaublich... es ist wunderschön. Unbeschreiblich. Als hätte ich von einem Moment auf den anderen ein paar neue Sinne bekommen. Das kann man mit Worten gar nicht erfassen..."

Sie ließ sich nach hinten aufs Bett fallen, die Augen noch immer fest geschlossen. „Du hast es geschafft, Sven Petersen. Du hast den einmaligsten, unnachahmlichsten Heiratsantrag der Menschheitsgeschichte gemacht."

Tamara schnellte plötzlich wieder hoch und öffnete ihre Augen, ihn freudestrahlend umarmend. „Ja, ich *will*. Ich bin zwar erst Mitte zwanzig, aber ich kann mir nichts Schöneres vorstellen, als mit dir den Bund der Ehe einzugehen. Allerdings frühestens nach dem Ende der Springerzeit. Und wir können nicht auf Filiale 2 ziehen, das würde dir nicht bekommen."

Er erwiderte ihre Umarmung und küsste sie lange. „Das ist der schönste Tag meines Lebens. Ich liebe dich so sehr, Tamara... aber wieso erwähnst du gerade jetzt die Filiale 2? Die zwei Monate dort habe ich doch halbwegs gut überstanden."

„Ich muss dir noch etwas gestehen. Ich habe dir während des Springertrainings ein wenig unter die Arme gegriffen. Während der Nächte habe ich die Schwerkraft um dich herum für mehrere Stunden verringert und dir so über die Nacht ein wenig Erleichterung verschafft, damit du so zur Ruhe kommen konntest." Sie sah ihn schuldbewusst an.

Er hielt inne und sagte dann, als ihm klar wurde, was das bedeutete: „*Das* hast du für mich getan? Ich hatte ja keine Ahnung... du bist die liebste und aufopferungsvollste Frau, die man sich nur wünschen könnte. Wenn ich dich nicht schon gefragt hätte, ob du mich heiraten willst, würde ich es spätestens jetzt tun. Und Filiale 2 lassen wir in diesem Fall natürlich aus bei unserer Zukunftsplanung. Du wolltest doch immer auf eine Forschungsfähre? Das würde mir auch gut gefallen."

Sie küssten sich lange, dann fragte er unvermittelt: „Und welche kosmischen Kräfte hast du noch? Du hast also einen Einfluss auf die Gravitation..."

„Eher die Gravitonen, wenn man es genauer definieren will." Sie sah sich um und setzte sich aufs Bett zurück, wieder im Schneidersitz. Dann erhob sie sich ein paar Zentimeter und schwebte ruhig über der Bettdecke.

Ihm fiel die Kinnlade hinab. „Du... du kannst *fliegen?*"

„Die Idee ist mir selbst auch eben erst gekommen. Mit meinem neuen silberinduzierten Level an Erkenntnis ist so vieles klarer. Ich muss das unbedingt dem Meister berichten, das könnte wirklich wichtig sein!" Sie ließ noch zur Unterstreichung ihrer Aussage die Nachttischlampe emporschweben. Dann hörte man den Stecker, der aus der Steckdose gezogen wurde und wie von Geisterhand am Kabel hängend hinter dem Bett hervor geschwebt kam. Gleichzeitig schaltete sich die Lampe an und aus, wobei sie leuchtete, obwohl sie ausgesteckt war.

„Das ist atemberaubend. Schatz, du könntest als Poltergeist Karriere machen." Sven besah sich bass erstaunt das Phänomen vor seinen Augen.

„Ja, elektromagnetische Wellen sind meine leichteste Übung, habe ich anfangs immer gesagt. Ich kann auch die Hirnwellen von anderen dahingehend beeinflussen, dass sie auf der Stelle einschlafen. Die Alphawellen im Gehirn sind schließlich auch nur Strom, der zwischen den Synapsen fließt. Beim letzten Einsatz war das eine praktische Sache. Rebecca konnte das live mitansehen, als wir das Klubheim der Biker ausgeräuchert haben."

„Jetzt wird mir einiges klar. Mann, an den Gedanken muss ich mich erst mal gewöhnen. Ich bin mit der atemberaubendsten Frau der Welt liiert."

Tamara sah auf die Uhr. „Wir haben noch eine Weile Zeit bis zum Abendessen, oder?"

Er studierte das Blatt mit den zehn Ziffern ebenfalls. „Wenn ich die hiesige Zeitmessung richtig verstanden habe, ja. Warum, hast du noch etwas vor?"

Sie nickte und schob das breite Bett zur Seite, bis in der Mitte des Raumes viel freier Platz war. „Ja, eine Stippvisite in den Bergen, wenn du nichts dagegen hast. Ich möchte dich meinem Meister vorstellen. Vorhin beim Meditieren habe ich mit ihm geistigen Kontakt gehabt. Er würde dich gerne kennenlernen."

Sven sah sie verständnislos an. „Hm, ich sollte mich bestimmt geehrt fühlen, oder? Aber welche Berge meinst du denn? Wir sind hier doch an der Küste, Stunden entfernt von jedem namhaften Bergland. Sag bloß, du kannst dich auch noch teleportieren!"

„Nein, obwohl man den Effekt durchaus so bezeichnen könnte. Bist du bereit?" Sie nahm ihn bei der Hand und bedeutete ihm, ein wenig in die Hocke zu gehen.

Er sah sie ein wenig unsicher an. „Was hast du vor?"

Sie drückte seine Hand. „Vertrau mir. Keine Sorge, ich bin über meine ungestüme Zeit, in der ich dumme und unüberlegte Dinge getan habe, hinweg. Es könnte allerdings etwas wehtun."

„Was meinst du denn damit?" Sven sah sich zweifelnd um, als plötzlich alles um sie herum schwarz wurde und sie einen Lidschlag später auf dem Bergabsatz mitten im Hochgebirge standen, vor dem Haus der Kommune des Schamanen auf der Filiale 101.

Sven krümmte sich augenblicklich zusammen vor Schmerzen. „Ahhh! Mann, das zwiebelt vielleicht! Was ist passiert?"

„Tut mir Leid, wenn ich dich so überrumpelt habe. Es ist nämlich so, dass ich auch Sprünge in andere Realitätsebenen machen kann und..."

Sven sah auf. „Du kannst *was*? Das... ah..."

Er sah sich um und registrierte die Umgebung, dann wurden seine Knie weich und er fiel um.

Verblüfft federte Tamara seinen Sturz ab und ließ ihn weich zu Boden sinken. Das war wohl doch etwas zu viel des Guten gewesen. Nun, jeder reagierte anders auf die Strapazen, die einem abrupten Wechsel der Realitätsebene außerhalb einer Fähre gleichkam. Sven schien es mit Fassung zu tragen, denn er schlug bereits wieder die Augen auf und erhob sich mühsam.

„Wo... wo sind wir?" Er nahm den frischen Wind und die dünne Luft wahr, dann sah er sich einmal im Kreis um, die gewaltigen, schroffen Hochgebirgsformationen staunend betrachtend.

„In Zentralasien, in den Bergen von Xinjiang. Ich bin mit dir zum Haus des Meisters gesprungen. Er ist ein uigurischer Schamane und mein geistiger Führer und Ratgeber.

Das dort unten ist das Flusstal des Yarkant und der riesige, majestätische Berg dort hinten in der Ferne ist der K2." Sie zeigte ihm die entsprechenden Landschaftsmerkmale und führte ihn dann zur Eingangstür des Hauses.

„Du kannst wirklich zwischen den Dimensionen hin- und herwechseln, wie du gerade willst? Wie funktioniert das bloß?"

Sie wiegelte ab: „Es ist nicht ganz so, wie du dir das vorstellst. Wie ich das geschafft habe, kann ich dir nicht vollständig erklären. Das erste Mal ist es aus Zufall in einer extremen Stresssituation passiert. Dann, nachdem ich wusste, was das für ein Gefühl war und welche Strippen ich bei den ineinander verwobenen Bändern des Mutiversums ziehen muss, konnte ich die Kontrolle darüber verbessern. Bitte verzeih mir, dass ich es dir nicht besser umschreiben kann, für mich selbst ist das auch noch neu.

Mittlerweile bin ich so weit, dass ich von dem Ort aus, an dem ich mich gerade befinde, nicht nur an den gleichen Ort in einer anderen Filiale wechseln kann wie am Anfang. Ich kann so eine Art Landmarke im Geflecht der Raumzeit-Systeme ansteuern. Überall, wo ich schon einmal war, kann ich hin springen, so als ob ich diesen bestimmten Ort erkennen und anwählen kann für meinen nächsten Sprung. Und ich kann mich dabei auch ohne einen Stabi-Gürtel problemlos in einem der anderen elf Universen aufhalten, weil ich die Differenzen in den Schwingungen ausgleichen kann."

„Das ist einfach unglaublich. Das wird alles verändern, Tammy. *Du* wirst alles verändern."

Sven war noch leicht benommen, schaffte aber dennoch die Stufen zur Tür hinauf und folgte ihr hinein in die Kommune.

Sie schüttelte den Kopf angesichts seiner letzten Aussage. „Nein, du irrst dich. Es darf niemand, vor allem niemand bei TransDime davon erfahren. Ich hatte bereits aus Zufall im Geiste Kontakt mit einer anderen Person, die aus diesen Gründen von TransDime an einem geheimen, schrecklichen Ort gefangen gehalten und zu Dingen gezwungen wird, die unvorstellbar für uns sein müssen. Wenn es geht, würde ich mir dieses Schicksal gerne ersparen. Obwohl es so aussieht, dass diese andere Person nur einen Bruchteil der Fähigkeiten hat, über die ich verfüge und auch nicht die Realitätsebenen wechseln kann wie ich. Es kann gut sein, dass es inzwischen gar nicht mehr möglich ist, mich mit herkömmlichen Mitteln gegen meinen Willen an einem bestimmten Ort festzuhalten."

Sven nickte verständnisvoll. „Das würde ich natürlich auch nicht wollen. Ich hoffe, wir werden nie in eine Lage kommen, in der wir das herausfinden müssen."

Eine der vielen Seitentüren im langen Hausflur öffnete sich und Lin erschien. „Sieh einmal an, der Meister hatte Recht! Ich hätte nicht gedacht, dass wir dich so schnell hier wiedersehen. Wie seid ihr hierhergekommen?"

„Durch meine Fähigkeiten; sie haben sich weiterentwickelt. Lange Geschichte. Ich habe den Mann mitgebracht, der von nun an an meiner Seite ist."

Die junge Asiatin verbeugte sich vor Sven. „Willkommen in unserer Kommune. Ich freue mich, dir zu begegnen."

„Kann der Meister mich empfangen?"

„Das wird er sich nicht entgehen lassen wollen, auch wenn du überraschend bei uns eintriffst." Lin bedeutete ihnen, zu warten und verschwand nach einem kurzen Klopfen hinter einer anderen Tür.

Nach ein paar Minuten kam sie wieder zu ihnen und wies auf die Tür, aus der sie soeben getreten war. „Ihr könnt ihn kurz sprechen."

Tamara klopfte an die Tür und öffnete diese.

Als sie eintraten, wurde ihnen bewusst, dass dies die Privatkammer des geistigen Oberhauptes der Kommune sein musste. Sie war nicht größer als die anderen Schlafräume oder pompös ausgestattet. Sven wurde bewusst, dass sie nicht einmal genau wussten, welche Tageszeit es hier war. In Ostpreußen war es bald Zeit zum Abendessen gewesen, aber das musste nichts heißen, wenn die Erde in dieser Filiale leicht anders rotieren sollte als an ihrem vorherigen Aufenthaltsort.

Der alte Mann mit weißen Haaren und Bart lag in einem schlichten Bett und hatte sich ein Kissen leicht hinter seinen Rücken geschoben. Er kicherte, als sie näherkamen. „Tamara, Tochter eines Schneiders. Du steckst wie immer voller Überraschungen. Zu keiner Zeit ist man noch davor sicher, dass du nicht unerwartet vor einen trittst. Dein jugendliches Ungestüm ist erfrischend, aber auch manchmal anstrengend."

Sie verbeugte sich und erklärte respektvoll: „Bitte verzeiht mir, Meister. Ich weiß, dass es für Euch nicht leicht ist, doch diesmal habe ich nicht nur einen, sondern gleich zwei triftige Gründe für mein unangemeldetes Erscheinen."

„Der eine steht wohl bereits hier an deiner Seite. Du musst Sven, der Sohn des Peters sein. Willkommen in unserer bescheidenen Hütte. Ich freue mich, dir von Angesicht zu Angesicht zu begegnen. Tamara hat voller Lob und in tiefer Verbundenheit von dir berichtet. Sorgt euch nicht darum, dass ihr nicht sogleich zueinander gefunden habt, wie es bei Dominik, dem Geigerssohn und Rebecca, der Tochter des Pauls geschehen ist. Für euch hat das nichts zu bedeuten.

Tritt näher, mein großer kräftiger Junge."

Sven bekam keinen Ton heraus, so surreal war das alles für ihn. Vor wenigen Minuten noch war er in ihrem pittoresken Hotelzimmer in einem Badeort gewesen und hatte sich über Tamaras Annahme seines Heiratsantrags gefreut und jetzt...

Der Schamane winkte ihn zu sich hinab. Als er in die dunklen Augen des weisen alten Mannes sah, wurde ihm ganz anders zumute. Ohne jeden Widerstand ließ Sven es zu, dass der Schamane sein Gesicht in beide Hände nahm und seine Augen schloss.

„Du bist der Eine der beiden, den ich am Rande des Schicksalsweges gesehen habe, welchen die drei Verbundenen beschreiten. Es war gut von dir, vor mir zu erscheinen, Sven Peterssohn. Du bringst Glück und Erfüllung in Tamaras Leben und spürst eine tiefe Zuneigung zu ihr. Du hast dich und dein Leben dem Schutz und der Unterstützung dieser besonderen Frau verschrieben. Und du bringst ihr das Licht und die Erkenntnis, nach der sie sich sehnt. Diese Erkenntnis ist etwas, das ich von euch erfahren möchte. Ich erahne Dinge, doch hellsehen kann ich nicht. Niemand kann das, soweit mein Wissen reicht.“

Tamara schluckte und sagte mit belegter Stimme: „Wie stets sind eure Weisheit und eure Kenntnis von Dingen, die sind und sein werden, erstaunlich. Genau deshalb sind wir zu euch gekommen.“

„Dann erklärt euch.“ Der Schamane ließ Sven wieder los und nickte ihm ermunternd zu.

„Ich habe um die Hand von Tamara angehalten. Sie hat mich daraufhin in ihr Geheimnis eingeweiht. Das hält mich aber nicht davon ab, sie genauso zu lieben, als wenn sie eine gewöhnliche Frau wäre. Sie könnte nicht einmal gewöhnlich sein, wenn sie es versuchen würde. Sie hat viel durchgemacht und ist dennoch diese Person geblieben, der ich mein Herz geschenkt habe. Oder vielleicht ist sie gerade durch all diese Dinge in ihrem Leben zu dieser Person geworden.“

Der Schamane kicherte leise, was Sven überraschte. „Eine gute Umschreibung! Nicht einmal, wenn sie es versuchen würde... aber da ist noch mehr. Ich sehe es an dir, du strahlst förmlich, Tamara. Das ist nicht nur das Glück der Liebe, das aus all deinen Poren strömt. Etwas an dir ist anders.“

„Das ist der eigentliche Grund für mein Kommen. Ich habe einen großen Sprung im Erlangen meiner Fähigkeiten gemacht, gerade eben erst. Ich sehe nun alles viel klarer und werde auch viel mehr bewirken können als bisher. Und das nur durch eine zufällige Entdeckung, die ich Sven zu verdanken habe.“ Sie nahm ihn bei der Hand und drückte diese vertraulich.

„Ob das Zufall war, bleibt abzuwarten. Berichte mir davon, Sven.“

„Als ich den Entschluss gefasst hatte, Tamara um ihre Hand zu bitten, sah ich mich um nach einem passenden Ring, den ich ihr geben konnte. In einem kleinen Geschäft stieß ich auf einen unscheinbaren alten Ring, gemacht aus Silber und ein dazu passendes Armband und eine Halskette. Ich..."

„Ah, Silber! Natürlich! Du hast nie zuvor Schmuck getragen, nicht wahr, Kind? Tritt näher und lass es mich ansehen." Sie tat wie ihr geheißen, worauf der Schamane zuerst den Ring und dann das Armband an ihrem anderen Arm befühlte. Die Halskette sah er nur kurz an, um seinen Überblick zu vervollständigen.

„Du trägst mächtige alte Symbole einer einst weisen und weit verbreiteten Kultur. Diese Ornamente kanalisieren und binden Energien. Das wusste man früher noch zu nutzen, bevor die Technik kam und all dies in Vergessenheit geriet oder ins Reich der Mythen und Geschichten zurück gedrängt wurde. Silber ist das besonderste Metall unter den Metallen; in vielen Welten des Multiversums wird es nur gering geschätzt, in anderen war es einst mehr wert als Gold und Edelsteine. In wieder anderen ist es das noch heute."

Sven erklärte sich umsichtig: „In unserer Filiale nimmt man für gewöhnlich Schmuck aus Gold oder anderen teuren Edelmetallen, um den Wert der Verbindung zweier Menschen durch die Ehe zu symbolisieren. Es war wohl wirklich reiner Zufall, dass ich diesen Schmuck für sie gekauft habe. Er hat keinen hohen Materialwert, aber ich weiß, dass sie nicht viel auf teuren Schmuck gibt und niemals welchen trägt, aber diese Art von keltischer Symbolik mag. Alleine deshalb habe ich ihn für sie erstanden."

„Sobald er mir den Ring angesteckt hatte, sah ich die Welt um mich herum klarer als je zuvor. Beim Anlegen des Armbandes und der Kette verstärkte sich das noch um ein Vielfaches. Ich kann euch gar nicht beschreiben, wie viel mehr ich vom Geflecht des Universums um mich herum erkennen kann und wie leicht mir das Erwirken von Dingen damit fällt. Sobald ich den Schmuck wieder ablege, schwächt sich diese Fähigkeit sogleich wieder ab." Tamara war nun sehr aufgeregt bei der Schilderung dieses Effektes.

„Das könnte der fehlende Teil auf deiner Reise zur Erlernung und Beherrschung deiner Fähigkeiten sein. Mit jedem dieser besonderen Kleinode steigt die Klarheit in dir auf. Ein Jammer, dass wir das nicht schon früher entdeckt haben."

„Glauben Sie, das kommt nur vom Silber oder auch von der Machart des Schmuckes?", fragte Sven.

„Eine gute Frage. Wenn du sagst, du hast noch nie zuvor deine Hand an ein Stück aus Silber gelegt, denke ich, es trägt auf jeden Fall seinen Teil dazu bei. Wo bist du gewesen, als du es erstanden hast? In welcher Filiale, meine ich?" Der Schamane schien über einiges nachzugrübeln.

„In einem kleinen Küstenort namens Kranz in Ostpreußen, in der Filiale 108", sagte Sven pflichtschuldig.

„Das ist die Welt der Königreiche, der schlimmen Seuchen und der schwebenden Schiffe, nicht wahr?"

Erstaunt bejahte Tamara. „Ja, das stimmt. Es wird allerdings für mich schwer, meinen neuen Schmuck durch die Kontrollen bei TransDime zu bekommen. Wir dürfen nichts aus einer anderen Filiale ohne besondere Erlaubnis mit in unsere Heimat bringen. Auch bei einem Verlobungsring oder anderem persönlichem Schmuck wird da keine... was ist denn, Sven?"

„Tammy, du kannst die Sachen einfach in unsere Filiale bringen, ohne dass du durch eine Kontrolle musst, schon vergessen?"

Als sie sich die flache Hand an die Stirn schlug, meinte der Schamane zu Sven: „Du bist ein guter und weiser Begleiter für Tamara. Ich freue mich über euer Glück und vor allem über diesen unerwarteten Fortschritt auf deiner Reise zur Erkenntnis über die Kräfte der Natur, Tamara. Aber ihr seid unerwartet gekommen und sicher auch unerwartet gegangen. Werdet ihr nicht vermisst oder gesucht werden?"

Tamara erschrak. „Das stimmt, wir sind jetzt schon zu spät für unser Treffen mit unseren Freunden. Ich danke euch für den Empfang und die Beratung, Meister. Ich werde bald wieder zu euch kommen, sobald ich kann."

„Versucht vielleicht noch, das zweite Armband und den anderen Ring zu finden, wenn ihr könnt."

Tamara hatte sich bereits zum Gehen gewandt, als der Schamane das noch wie beiläufig erwähnte. Sie erstarrte und sah den Asiaten mit großen Augen an. „Was? Was meint ihr?"

Sven merkte auf: „Äh, Tammy..."

Er griff in seine Hosentasche und zog einen etwas größeren Ring hervor, den er sich über seinen eigenen Finger streifte. „Zur Verlobung gehören doch immer zwei Ringe, dachte ich. Das andere Armband hielt ich für übertrieben... ich konnte ja nicht ahnen, dass es so wichtig sein würde. Da der Händler die Teile einzeln verkauft, habe ich das zweite Armband nicht genommen."

„Wir müssen morgen früh sofort in den Laden und nachsehen, ob es noch da ist. Da der größere Ring dir wie angegossen passt und der kleinere mir, halte ich das für Schicksal. Du sollst ihn wohl tragen, nicht ich, denke ich." Sie küsste ihn und wandte sich dann erneut zum Gehen.

Dann drehte sie sich an der Tür nochmals um: „Meister, woher wusstet Ihr... ach, was soll's, ich werde noch wahnsinnig."

Sie verließ den Raum und Sven folgte ihr. Bevor er die Tür schließen konnte, sagte der Schamane zum Abschied: „Achte gut auf sie und sei ihr ein guter und treuer Begleiter. Du hast jemanden gefunden, der durch nichts auf allen Welten aufzuwiegen ist."

„Ich verspreche es, Meister." Mit einem entschlossenen Nicken verließ auch er die Kammer des alten Weisen.

Nick sah auf seine Uhr und kratzte sich am Kopf. „An diese Form der Zeiteinteilung werde ich mich nie gewöhnen, glaube ich."

Rebecca fragte lächelnd: „Wie willst du dann deinen Ruhestand jemals hier verbringen können, wenn du nicht mal die Uhr lesen kannst?"

Er sah auf. „Kein Scheiß? Du überlegst dir das wirklich?"

„Der Gedanke ist doch verlockend, oder nicht? Wenn man das überhaupt darf, meine ich. So weit haben wir bisher noch nicht vorausgedacht. Aber es könnte doch durchaus möglich sein, dass man als verdienter TransDime-Scherge seinen Lebensabend auf einer Filiale seiner Wahl verbringen darf."

Wolf und Teresa, wie sie Beide auch recht elegant und schick gekleidet, kamen die große Treppe des eleganten Hotels hinab und betraten den weitläufigen Speisesaal durch die breiten, offenstehenden Türen. Nick fragte, als sie sich zu ihnen setzten: „Na, genießt ihr euren Aufenthalt hier?"

„Kann man so sagen. Ich finde diese Filiale faszinierend." Teresa rückte ihren Stuhl zurecht und langte nach einer der Speisekarten, die auslagen. „Es ist wie eine Zeitreise in die Vergangenheit, aber trotzdem modern. Diese Welt musste viel durchmachen, aber ist doch auf einem guten Weg. Vielleicht sogar auf einem besseren als unsere."

„Da hast du noch Zweifel?", ereiferte sich Rebecca.

„Nein, eigentlich nicht wirklich. Wenn du mich das noch vor ein paar Jahren gefragt hättest... aber heutzutage, nein, keine Zweifel. Unsere Filiale ist irgendwann in diesen letzten paar Jahren eindeutig falsch abgebogen, könnte man meinen, gemeinsam mit Filiale 60." Teresa seufzte.

Nick wandte sich nun an Wolf: „Genau, das würde mich einmal interessieren. Bist du eigentlich auch schon einmal auf einer Filiale gewesen, wo du keinerlei Unterschied zu deiner eigenen feststellen konntest, so sehr du dich auch bemüht hast, einen zu finden?"

Ihr rumänischstämmiger Kollege und Freund kratzte sich nachdenklich am Kopf. „Ich glaube nicht. Es gibt eine Filiale mit sehr ähnlichem Verlauf, Filiale 366, aber auf der haben die Pandemien noch viel schlimmer gewütet als bei uns. Die Infrastruktur auf dem Land ist bei ihnen nicht so weit ausgebaut, nur in den größeren Städten findet man flächendeckend die Segnungen der modernen Technik vor. Auf dem Land schreitet die Etablierung des technischen Fortschrittes erst noch voran. Als ich dort war, war es selbst für mich wie eine Zeitreise in die Vergangenheit, um bei Teresas Vergleich zu bleiben."

„Interessant. Liegt diese Filiale eigentlich in diesem Universum?“

Wolf schüttelte auf Rebeccas Frage hin den Kopf. „Leider nicht. Ich habe mich übrigens schon häufiger gefragt, wie die ganzen Linienfahrpläne überhaupt aufgestellt werden. Es gibt ja nicht nur die einzelnen Realitätsebenen, die bedient werden müssen, sondern auch noch die verschiedenen Universen. Und bei den höheren Nummern scheinen diese willkürlich quer durch alle Universen hindurch vergeben worden zu sein. Wie soll man da jemals einen Überblick über die verschiedenen Linien, die von den Fähren angesteuert werden, bekommen können?“

„Das ist ja der Witz dabei, du *sollst* das gar nicht können“, erklang eine Stimme hinter Wolf. „Diese ganze Geschichte enthält so viele Variabeln, dass es sogar für einen Mathematik-Genie nicht mehr erfassbar ist. Dazu kommt noch, dass immer wieder eine neue Filiale hinzukommt, und das in allen Universen in ebenfalls willkürlicher Reihenfolge. Größtenteils sogar, ohne dass einer von uns überhaupt etwas davon mitbekommt.“

Teresa sah auf: „Ah, schön, dass ihr euch auch noch zu uns gesellen konntet.“

Sven grinste verlegen. „Entschuldigt die Verspätung. Uns ist etwas dazwischen gekommen.“

„Hat das vielleicht ein Uhrwerk und zehn Ziffern, was euch dazwischen gekommen ist?“, wollte Nick süffisant wissen.

Tamara grinste ihn an: „Dass du die hiesigen Uhren nicht lesen kannst, wissen alle hier am Tisch. Schliess nicht von dir auf andere.“

„Das ist gar nicht... ach, Klappe!“ Beleidigt verschränkte Nick die Arme vor der Brust und wurde von allen ausgelacht.

„Habt ihr schon bestellt?“ Tamara merkte gleich, dass Rebecca sie argwöhnisch musterte.

„Nein, noch nicht... irgendwas ist anders an dir, Tammy. Die Haare vielleicht?“ Sie winkelte den Kopf an bei ihrer Musterung.

„Der Schmuck an dir ist mal was Neues“, gab Teresa ihre Beobachtung zum Besten.

Rebecca fiel es wie Schuppen von den Augen. „Natürlich! Wow, sieht schick aus. Ist die Kette neu?“

„Ja, hat Sven mir geschenkt. Und vor allem den hier." Sie hielt ihren Freundinnen den schlichten keltischen Silberring unter die Nase.

Sven begann umständlich: „Ja, dazu gibt es etwas zu sagen. Tammy trägt ja sonst nie Schmuck, aber zu dem Anlass konnte ich einfach nicht anders..."

„Wir haben uns verlobt!", platzte es aus Tamara heraus und beide der anderen Frauen begannen wie auf Kommando zu kreischen vor Begeisterung. Einige der anderen Gäste sahen bereits pikiert herüber, leicht verstimmt über diese ungehörige Störung.

Rebecca fiel ihrer Freundin um den Hals. „Ich freue mich so für euch. Aber bilde dir nichts ein, es wird nicht leicht, den Guten soweit zu erziehen, dass man ihn auf Dauer zu irgendwas gebrauchen kann."

„Heee, ich stehe hier direkt neben dir!", beschwerte Sven sich.

„Und ich, dein Verlobter, übrigens auch!", fiel Nick gleich in den Protest ein.

Rebecca ließ von Tamara ab, worauf diese nun von Teresa umarmt wurde. Rebecca gab Sven artig die Hand und umarmte ihn dann auch kurz. „Tut mir Leid, war nicht so gemeint, Ein guter Rat unter Frauen, nichts weiter."

„Das wird ja immer besser!" Nick glaubte seinen Ohren nicht trauen zu können.

Rebecca wandte sich ihm jetzt zu und sah ihn unwillig an: „Was ist denn?"

„Äh, nichts." Verunsichert ruderte er sofort zurück.

„Na, also." Sie widmete sich wieder gemeinsam mit Teresa ihrer Freundin, während sich Nick hinter Rebeccas Rücken zurück lehnte und Sven zuflüsterte: „Lauf, Sven, lauf so schnell du kannst! Ich weiß, wovon ich rede!"

Wolf lachte laut auf. Dann wandte er sich an die umliegenden Gäste: „Bitte entschuldigen Sie den unangemessenen Tumult, meine Herrschaften. Es wurde nur gerade die Verlobung dieses bezaubernden jungen Paares bekannt gegeben."

Als er auf Sven und Tamara deutete und der ganze Saal spontan Applaus spendete sowie ihnen mit erhobenen Gläsern zuprostete, wurden sie verlegen und nickten scheu lächelnd in alle Richtungen. Dann setzten sich alle wieder hin.

„Leute, das muss gefeiert werden. Wir bestellen uns gleich noch eine Flasche Champagner, würde ich sagen. Ich lasse ein paar Münzen springen für euch." Wolf war offenbar in Feierlaune.

Teresa wirkte glücklich an seiner Seite, doch als sie ihre Bestellung aufgegeben hatten und auf das Essen warteten, lehnte sich Rebecca in einem unbeobachtete Moment zu ihr herüber. „Ist bei dir alles in Ordnung?"

„Ja, ich genieße den Urlaub bisher in vollen Zügen. Eine tolle Idee, dass wir ihn alle gemeinsam verbringen. Ich bin froh, dass das geklappt hat." Teresa lächelte Rebecca zu und zwinkerte.

„Und wie läuft es mit Wolf?"

Sie seufzte ein wenig verträumt. „Er ist toll, ein wahrer Gentleman. Vielleicht ist es genau das, was ich brauche. Kein Hals über Kopf-Casanova, sondern ein ruhiger, bedachter Typ, der nichts überstürzt und sich Zeit lässt. Ich mache mir nur Gedanken, wohin das führen kann. Ich meine, eine Fernbeziehung mit einem Mann aus einer anderen *Filiale*... geht das überhaupt?"

„Wenn er aus einem der anderen Universen wäre, hätte ich Bedenken, wegen der Stabi-Gürtel und so. Aber so wie es momentan läuft... ihr könnt euch während den Urlauben sehen, während den Einsätzen... obwohl ich bete, dass wir nicht mehr so viele davon haben werden, bis die Bereitschaftszeit endet. Und danach könnt ihr ja in Ruhe überlegen, ob ihr zusammen weiter machen wollt, wo und was auch immer." Rebecca seufzte. „Gott, wie schön das wäre, wenn das unser letzter Einsatz gewesen wäre. An mir nagt es immer noch, dass ich andere Menschen getötet habe. Genau das wollte ich nie, denn ich bin kein Soldat und werde nie einer sein. Das ist etwas, was ich TransDime niemals werde verzeihen können."

Teresa nickte verstehend. „Du hast Recht. Aber ich möchte hier und jetzt einfach die gemeinsame Zeit mit ihm genießen, egal wie sich das mit Wolf entwickelt. Ich glaube, ich muss selbst die Initiative ergreifen, wenn ich will, dass sich etwas tut. Ein gemeinsames Hotelzimmer und löffeln in der Nacht, schön und gut. Aber da soll es nicht enden nach zwei Wochen, wenn es nach mir geht."

„Dann wünsche ich Waidmanns Heil. Schnapp' ihn dir, wenn du willst. Ich bezweifle, dass er sich mit Händen und Füßen wehren wird. Vielmehr sollte er dem Schöpfer auf Knien danken, dass eine Hammer-Frau wie du sich für ihn interessiert." Sie lachte die hübsche Rothaarige mit dem klassischen Madonnengesicht an und wandte sich dann wieder der Allgemeinheit zu, als ihre Fischgerichte aufgetragen wurden.

Am nächsten Morgen standen Sven und Tamara beim Schmuckhändler bereits auf der Matte, als dieser sein Geschäft öffnete. Leicht verwundert ließ er sie ein und sie machten sich gleich auf die Suche nach dem zweiten Armband, das Sven gestern nicht erworben hatte.

„Ich hoffe, es ist noch da. Das wäre schon tragisch, wenn jemand anderes ausgerechnet dieses Stück gestern noch gekauft hätte." Sie sah sich um und folgte dann Sven, der eine bestimmte Ecke im Haushaltswarenladen ansteuerte, wo der Schmuck ausgestellt war.

„Es *muss* einfach noch da sein. Diese Stücke haben nur darauf gewartet, in deinen Besitz zu gelangen. Die Kette, der Ring, das Armband... alles hat dir gepasst wie angegossen. Willst du das etwa Zufall nennen?" Sven hielt inne und starrte auf eine Vitrine.

„Da ist es."

Tamara holte den Verkäufer, um den Glaskasten aufzuschließen, in dem das Schmuckstück neben vielen anderen verschiedenen Geschmeiden verwahrt war. Dieser warf einen Blick auf Tamaras Hals: „Ah, ich verstehe. Das Set war unvollständig. Ich hätte den jungen Mann schon gestern darauf aufmerksam machen müssen, dass zwei Armbänder dazu gehören, auch wenn das heutzutage nicht mehr Mode ist, an beiden Handgelenken Armbänder zu tragen. Sehen Sie es ihrem Freund nach."

„Das werde ich, keine Sorge. Manchmal ist es gar nicht verkehrt, ein wenig altmodisch zu sein." Tamara nickte dem alten Herren mit der Glatze und Hornbrille höflich zu.

„Sie kommen doch sicher aus dem Südwesten, so wie Sie reden, nicht wahr, Gnä'
Frau? Wenn Sie meine Neugier verzeihen."

„Ja, aus Südbaden, aus dem Alemannischen", flunkerte sie darauf, etwas unangenehm berührt über ihre Unachtsamkeit, über ihren Akzent ihre Herkunft beinahe
preisgegeben zu haben. Wie schnell das passieren konnte, wenn man nicht strikt
mit allen Leuten in einer anderen Filiale Esperanto redete!

„Darauf hätte ich Geld wetten können. Ja, wir haben Urlaubsreisende aus dem ganzen Reich hier bei uns im schönen Kranz. Sie würden sicher den Preis für die wei-
teste Anreise in dieser Woche gewinnen... wenn es einen gäbe." Er lächelte me-
ckernd über seinen eigenen Scherz und händigte ihr das Armband aus.

„Jetzt ist es perfekt", sagte Tamara strahlend vor Freude, beide Arme von sich stre-
ckend und die silbernen Geschmeide an ihren Armen betrachtend.

„Dann passt es ja gut zu Ihnen", schmeichelte der Verkäufer ihr ganz unverhohlen,
bevor er sich an Sven wandte.

„Sie haben ein Riesenglück, werter Herr."

„Da haben Sie mal was Wahres gesagt." Sven nickte. „Was bekommen Sie von mir?"

Sie gingen zur Kasse, während Tamara sich noch ein wenig im Laden umsah. „Wissen Sie was? Da Sie ja gestern bereits so viel bei mir erstanden haben, runde ich für
Sie ab und bescheide mich mit zehn Mark, wenn Sie bar zahlen."

Sven nickte und sagte: „Sehr fair von Ihnen. Bitte sehr."

Er nahm eine goldene Münze aus seinem Portemonnaie und gab sie dem alten
Mann, der routinemäßig das Obvers ansah. „Sieh an, Wilhelm der Erste von 1888.
Dann kann ich ja heute mal früher Schluss machen."

Er übergab Sven die Quittung und holte eine Stahlkassette aus einer abgeschlosse-
nen Schublade seines Kassentisches. „Ist das nicht faszinierend, dass man immer
noch die wertvollsten Sammlerstücke im Umlauf findet? Wer sich seine Münzen
nicht ansieht und sie wieder aus der Hand gibt, ist selbst schuld. Merken Sie sich
das, junger Mann. Sie könnten sich eines Tages ein Vermögen entgehen lassen.
Heute ging das gerade noch gut; diese Prägung ist alt, aber nicht sehr selten. Man-

che andere erzielen aber inzwischen vierstellige Summen."

„Zugegeben, das war unachtsam von mir. Vielen Dank für den Tipp. Aber dafür habe ich etwas viel Wertvolleres gewonnen." Er sah sich nach Tamara um, die sich prompt zu ihm umdrehte und ihn wieder anstrahlte, als sich ihre Blicke trafen.

„Ja, da haben Sie wohl recht. Solch eine Naturschönheit wie Ihre Braut sieht man nicht alle Tage." Der Verkäufer seufzte und lächelte mitfühlend. Ja, die Liebe...

Sie verließen das Geschäft und spazierten gemächlich an der Promenade entlang, Hand in Hand wie ein frisch verliebtes Pärchen. Als Sven etwas zu ihr sagen wollte, sah er hinüber zu Tamara und stutzte auf einmal. „Das ist ja seltsam."

Sie wurde auf sein Verhalten aufmerksam. „Was hast du denn?"

Er fragte stirnrunzelnd: „Hast du zufälligerweise in den unergründlichen Tiefen deiner Handtasche ein Poliertuch?"

„Nicht, dass ich wüsste. Wieso fragst du?" Tamara runzelte die Stirn.

„Ein Ultraschallbad vielleicht?"

Sie fixierte ihn nun missmutig: „Werden wir jetzt albern?"

„Tamara, es geht mir um deine Kette! Sieh sie dir doch nur an!" Er wies auf das Geschmeide um ihren Hals, worauf sie versuchte, diese ein wenig anzuheben, um sie zu betrachten. Sie saß jedoch so gut um ihren Hals, dass sie sie nicht ins Blickfeld bekam.

Sie standen gerade neben einem Optikergeschäft, sodass sie sich neben einem Sonnenbrillenstand vor einen Spiegel stellte. „Was zum...?"

„Ich bilde es mir demnach nicht ein; du siehst es auch. Wie kann das sein?" Sven betrachtete ihr Spiegelbild. Die Kette darin strahlte in vollem Glanz, als sei sie brandneu, die jahrhundertealte Patina in den Vertiefungen war völlig verschwunden.

„Das kann gar nicht sein! Als ich sie anzog, sah sie noch völlig normal aus, schön alt und geheimnisvoll, mit all der dunklen Patina in allen Vertiefungen zwischen den..." Tamara hatte eine Hand gehoben, um die Kette zu berühren. Dabei fiel ihr Blick auf das Armband, das sie an dem betreffenden Arm trug. Auch dieses erstrahlte genauso auf wundersame Weise in völlig neuem Glanz.

Ihr Mund stand offen, als sie nun auch den anderen Arm erhob und den gleichen wundersamen Effekt beim zweiten Armband und dem Ring entdeckte. „Was ist da nur geschehen? Das ist unerklärlich!“

Sven sah sie mit großen Augen an. „Das... nein, das ist zu verrückt, um sein zu können!“

„Sag' bloß, du hast eine Erklärung für dieses Phänomen!“

Er schüttelte den Kopf. „Nein, nur eine Vermutung. Kann es vielleicht sein, dass das geschehen ist, nachdem du das zweite Armband angelegt hast und das Set damit vollständig war? Der Schmuck hat seine Bestimmung gefunden, seine Trägerin, deren Kräfte er auf seltsame Weise verstärkt und verbessert.“

„Das ist lächerlich!“, entfuhr es ihr empört. „Wir sind doch hier nicht bei einer Märchenstunde.“

„Gut, dann ist in diesem Fall durch reinen Zufall sämtliches Silbersulfid, das sich über etliche Jahrzehnte auf dem Schmuck gebildet hat, durch eine spontane chemische Reaktion zurück in reines Silber transformiert worden. Einfach so, ohne besonderen Anlass.“ Sven sah sie nun ein wenig sauer an.

Sie starrte ein wenig konsterniert vor sich hin. „Oder... das könnte ich selbst gewesen sein, auf einem unbewussten Level. Ich bin dazu fähig, glaube ich. Zu solch einfachen chemischen Reaktionen, beziehungsweise der Durchführung von diesen. Es kann aber auch in der Tat etwas mit dem Schmuck zu tun haben. Seine Verbindung zu mir lässt sich ja nun kaum noch leugnen, oder?“

Vorsichtig meinte Sven: „Wir wissen nicht, ob das mit genau diesem Schmuck zu tun hat oder ob jeder beliebige Schmuck aus Silber diese Wirkung auf dich hätte. Dazu fehlen uns Erfahrungswerte.“

Plötzlich strahlte Tamara. „Sven, das ist es! Ich liebe dich! Endlich geht einer von uns bei dieser ominösen Sache mal mit Logik und dem Willen zur Durchführung von empirischen Experimenten vor. Ich sollte mich schämen, dass du derjenige von uns bist und nicht ich.“

Nun war er ein wenig überrascht von ihrem jähen Stimmungswechsel. „Äh, danke. Aber was genau willst du damit sagen?“

Sie hakte ihn unter. „Ist doch klar! Auf zum nächsten Juwelier und anderen Schmuck aus Silber anprobieren. Nur so können wir das ausschließen, was wir entdeckt zu haben glauben.“

Eine halbe Stunde später verließen sie den erstbesten Schmuckladen, den sie gefunden hatten, wieder. Sichtlich erschöpft verkündete Sven: „Das war das letzte Mal in diesem Jahrzehnt, dass ich einen Fuß über die Schwelle eines solchen Geschäftes setze.“

„Dann muss ich aber noch eine ganze Weile auf meinen Ehering warten, falls du ihn nicht online bestellen willst. Aber von mir aus, eine Verlobung heißt ja nicht, dass man sofort einen Termin machen muss für die Hochzeit.“ Sie grinste fröhlich. „Und außerdem wissen wir jetzt definitiv Bescheid.“

Er nickte, ein wenig versöhnlicher. „Ja, das war's wohl wert. In dem Fall ist dein Fazit unverändert?“

„Ja, ich bleibe dabei. Anderer Silberschmuck hat auch diese verstärkende Wirkung auf meine Kräfte, aber bei Weitem nicht so stark wie dieser hier. Wenn es nicht an der speziellen Gestaltung dieser Stücke liegt, weiß ich auch nicht so recht, woran sonst. Ich weigere mich immer noch, diesen Kleinoden irgendwelche mystischen oder sogar magischen Kräfte zuzugestehen. Bestimmt liegt es an der Art, wie die Dinger gefertigt wurden. Durch ihre Form bündeln sie die Energien auf spezielle Weise oder so was in der Art. Wie eine Art kosmische Antenne in Schmuckform.“

„Oh, du Ungläubige!“, neckte er sie darauf. „Jetzt bleibt uns nur noch eine Kleinigkeit, um dieses Thema abzuschließen.“

„Was meinst du damit?“ Tamara sah ihn fragend an, während er seinen Ring, der im 'Partnerlook' zu ihrem gestaltet war, von seinem Finger streifte und ihn ihr reichte.

„Den musst du natürlich auch noch anziehen und eine Weile tragen. Mal sehen, ob sich dieser auch auf wundersame Weise erneuert und in neuem Glanz erstrahlt wie der Rest hiervon."

Er berührte ihre Kette kurz und streichelte wie beiläufig seitlich über ihren Hals. Sie schloss lächelnd die Augen, seine zarte Berührung kurz genießend, bevor sie dann seinen Ring entgegennahm und ihn wegen seiner Größe auf ihren Daumen steckte, wo er halbwegs passte.

„Dann wollen wir mal. Und was jetzt?"

Sven überlegte kurz. „Im Prinzip müssen wir noch einen weiteren Versuch machen, um ganz sicher zu gehen. Wir müssen einen Trödelladen auftreiben, in dem wir anderen alten Silberschmuck finden können. Den musst du dann ebenfalls anprobieren und sehen, ob dessen Patina ebenfalls verschwindet. Dann können wir diesen Effekt als Besonderheit dieses bestimmten Schmucks ausschließen, wenn das mit allem Silber passiert, das du anlegst."

„Allmählich erfüllst du mich mit Bewunderung, mein Schatz. Du hast ja richtiggehend logischen Sachverstand. Woher kommt das denn plötzlich?" Sie grinste, als sie seine Miene sah.

„He, das ist eine Unverschämtheit; diese Eigenschaft hatte ich immer schon. Genau deshalb hast du dich doch überhaupt erst in mich verliebt." Er stemmte die Hände in die Hüften und musterte sie schmollend.

Sie lachte nur und deutete nach vorne. „Ja, rede dir das nur ein, dann ist ja alles gut. Sieh mal dort, ein Pfandhaus. Dort sollten wir doch fündig werden, oder nicht?"

„Du suchst alten Schmuck? Das ist sogar eine der ersten Anlaufstellen dafür, würde ich sagen." Er warf ihr noch einen leicht erbosten Seitenblick zu wegen ihrer Stichelei eben, dann nahm sie vorausschauend allen Schmuck ab, den sie im Moment trug, inklusive Svens Ring. Dieser würde warten müssen, bis sie mit ihrer Beweisfindung fertig waren.

Plötzlich hielt Sven inne und sagte, als ihm etwas einfiel: „Warte noch kurz, wir müssen noch etwas anderes überprüfen!"

Er öffnete seine Brieftasche und nahm drei Fünfmarkstücke heraus. „Bitte Hand auf, gnä' Frau."

Ihr Gesicht erhellte sich. „Natürlich, auch diese Münzen sind aus 900er Silber. Gute Idee!"

Ihre Hand umschloss fest die Münzen und ihr Blick verklärte sich. „Ja, auch hier kann ich eine Wirkung spüren. Hier, nimm mal eine zurück... erstaunlich, es lässt spürbar nach. Da, nimm die zweite. Ja, der Effekt ist wieder schwächer geworden. Und die letzte, mit Dank zurück... jetzt ist die weitere Verstärkung meiner Sinne von eben wieder komplett verschwunden. Es funktioniert also auch mit anderen Gegenständen aus Silber, wenn auch nicht so stark wie mit dem 'magischen' Schmuck."

„Gut zu wissen. Wer weiß, was passiert, wenn du einen großen Silberbarren in jede Hand nimmst? Oder dich barfuß auf einen Stapel Silberbarren stellst? Ob es nur mit der Menge an Silber zusammenhängt, mit der du in Kontakt kommst, oder mit der Größe der Oberfläche, mit der du mit dem Metall in Berührung kommst? Oder vielleicht sogar mit Beidem..."

„Jetzt wirst du wieder albern, mein Lieber. Obwohl..." Sie schien tatsächlich über seine These nachzudenken. „Es gäbe da schon noch eine Möglichkeit, um das auszutesten..."

Am Ende dieses Tages konnten sie ein Fazit ziehen: mittels Ausschlussverfahren hatten sie festgestellt, dass ein beliebiger anderer Silberschmuck wie auch die Münzen zuvor nur einen Bruchteil der verstärkenden Wirkung auf ihre Fähigkeiten hatte im Vergleich mit ihrem 'Verlobungsschmuck', mehr aber nicht. Anderer alter Schmuck, den sie anprobiert hatte, war nicht wie durch Zauberei in kürzester Zeit wieder wie neu erschienen. Und auch der Ring von Sven, den sie danach für eine Weile aufgetragen hatte, war so geblieben, wie sie ihn von ihm erhalten hatte. Er passte augenscheinlich nur vom Design her zum Rest von Tamaras wundersamen Geschmeide der keltischen Zeit.

Nun kam zum übernatürlichen Aspekt demnach auch noch ein mystischer, unerklärlicher Nimbus hinzu. Immer wenn sie dachten, ihr Leben konnte unmöglich noch verrückter werden, wurden sie auf spektakuläre Weise eines Besseren belehrt.

Kranz, Filiale 108 - Monat 13

Am Abend des zweiten Tages hatten sich alle für die Nacht voneinander verabschiedet, nachdem sie von einem Abendspaziergang an der Promenade ins Hotel zurückgekehrt waren und noch einen Drink an der sehr gut sortierten Hausbar genommen hatten. Wolf und Teresa hatten sich sogar noch einen zweiten gegönnt und hatten ein ganzes Weilchen länger verweilt.

Irgendwann beschlossen sie dann, auch auf ihr Zimmer zu gehen. Wolf hakte sie unter und führte sie zur Treppe. Sie bemerkte: „Weißt du, mir gefällt das sehr, dass du so aufmerksam bist und so galant. Bei uns in der Filiale 88 würde das als altmodisch und steif gelten. Aber ich finde, es steht dir und verleiht dir irgendwie...“

Als sie nicht auf den Ausdruck kam, den sie verwenden wollte, half er verschmitzt lächelnd nach: „Attraktivität? Charme? Unwiderstehlichkeit?“

Sie lachte fröhlich und nahm gemeinsam mit ihm die letzte Treppenflucht: „Charme kommt der Sache schon nahe. Ich wollte schon sagen: 'Würde', doch Charme passt sogar noch besser.“

„Und seitdem ich dank der Springerausbildung keine Brille mehr tragen muss, bin ich außerdem noch attraktiver als zuvor“, scherzte er und holte ihre Schlüsselkarte hervor.

„Das kommt noch hinzu, mein Lieber.“ Sie gab ihm einen verspielten Klaps auf den Hintern, der ihn leicht zusammen zucken ließ, als er ihr Zimmer betrat.

„Aber, aber, gnä' Frau. Sind wir etwa ein wenig beschwipst?“ Er sah sich nach ihr um, als sie gerade das 'Bitte nicht stören'-Schild an ihre Türklinke hängte und dann die Tür verschloss.

„Das will ich doch schwer hoffen. Wie sollte ich diesen unverzeihlichen Ausrutscher eben sonst entschuldigen?“ Teresa streifte ihre hohen grünen Schuhe, passend zum luftigen Sommerkleid, ab und drehte sich zu Wolf um, während er sie in dem kurzen Gang musterte, welcher eine kleine Garderobe und die Tür zum Bad beherbergte.

Er murmelte: „Mist, du bist noch immer größer als ich, auch ohne Schuhe. Du gleichst einer eleganten Gazelle."

„Und du bist ein Charmeur." Sie legte beide Unterarme auf seine Schultern und faltete die Hände hinter seinem Nacken. „Aber ein lieber Kerl. Und es tut mir Leid, wenn ich mich in deinen Augen ungebührlich verhalte."

Als sie ihm einen verspielten Kuss auf die Nasenspitze gab, überraschte er sie, indem er seine Hände um ihre Taille legte und sie ein wenig näher an sich heran zog. Ihre Augen weiteten sich ein wenig, als er sein Gesicht ganz nah vor ihrem hatte und ihr eröffnete: „Teresa, du bist einfach fabelhaft. Ich möchte dir sagen, dass ich es noch keine Sekunde lang bereut habe, dass ich mich auf diesen tollen Gemeinschaftsurlaub mit euch eingelassen habe. Und vor allem nicht, dass ich mich zu einem Doppelzimmer habe überreden lassen."

„Du warst es doch, der es vorgeschlagen hat, wenn ich mich recht erinnere", verbesserte sie ihn, worauf er verlegen lächelte.

„Du hast mich erwischt, das war wirklich ich." Sanft und zaghaft drückte er seine Lippen auf ihre.

Sie hatte ihre Augen geschlossen und öffnete sie jetzt wieder, als er von ihr abließ und sie langsam zum Bett führte, wo er sie behutsam auf die Kante dirigierte und sich neben ihr niederließ. „Ich möchte mit dir reden."

„Ja?" Ihre grünen Augen leuchteten besonders intensiv, wie er fand. Seine hellbraunen konnten da nicht mithalten, dachte er, fasziniert von ihrer Erscheinung.

„Ich glaube, ich bin entweder der größte Spätzünder im Multiversum, oder ich habe die längste Leitung. Ich kenne dich jetzt schon eine ganze Weile und habe viel Zeit mit dir verbracht, vor allem auch während der Ausbildung haben wir uns ja drei Monate lang praktisch rund um die Uhr gesehen. Wie kann es sein, dass es so lange gedauert hat, bis ich mir eingestehen muss, dass ich mich rettungslos in dich verliebe, wenn ich jetzt nicht aufpasse?"

Teresa schluckte bei seiner Aussage und dachte kurz nach. Dann versuchte sie die Situation ein wenig aufzulockern. „Na, ich würde sagen, zumindest während des Springertrainings warst du ziemlich abgelenkt durch die Zwillinge. Das kann ich dir auch nicht verübeln. Und danach haben wir uns ja nur noch während den Einsätzen gesehen. Da standen wir durch die Ausnahmesituationen immer unter Dauerstress, was der Liebe auch nicht gerade förderlich ist.“

„Das stimmt“, lenkte er ein und nahm ihre Hand. „Aber dennoch...“

„Wolf, du musst dich nicht vor mir rechtfertigen. Ich fühle mich schon geehrt und geschmeichelt genug, dass du mir das *jetzt* sagst. Ich fühle mich bereits seit einer gewissen Zeit zu dir hingezogen, vor allem seit ich mich so viel und so gut mit dir unterhalten habe und gemerkt habe, dass wir viel gemeinsam haben und gut zusammenpassen.

Aber die ganze TransDime-Geschichte schwebt wie eine dunkle Wolke über unseren Köpfen. Ich will nicht hinnehmen, dass nur die besondere berufliche Situation ein Hindernis für uns wird, denn ich fühle mich gut, wenn ich mit dir zusammen bin und ich will das durch nichts auf der Welt verhindern lassen. Ich habe so viel für meine Karriere geopfert und das hier soll nicht auch noch mit auf diese Liste, die ohnehin schon viel zu lang ist.“

Ihm stockte der Atem. „Oh Mann, das klingt so, als wäre es dir wirklich ernst. Das ist... toll!“

Sie fuhr ihm mit einer Hand durch sein braunes Lockenhaar. „Es *ist* mir ernst. Mir ist egal, ob wir aus verschiedenen Filialen kommen und ob wir eine Extrem-Fernbeziehung werden führen müssen. Es gibt e-mails und Videobotschaften, die per Drohnendienst zwischen den Filialen verschickt werden können. Auch wenn wir nicht in Echtzeit miteinander reden können, macht mir das nichts aus. Ich finde es sogar ein wenig romantisch, eine Art Brieffreundschaft mit meinem Angebeteten zu führen. Wenn du dich darauf einlassen willst, ich will es.“

„Ja, Teresa. Ich habe dich inzwischen so gut kennengelernt, dass auch ich das gerne möchte. Du bist eine so ungewöhnliche und faszinierende Person, dass mir das nichts ausmachen wird. Wir müssen nur noch ein gutes Jahr lang aushalten, bis unsere Springerbereitschaft beendet ist, dann können wir uns überlegen, was wir tun wollen. Und du erscheinst mir auch nicht so wie die anderen aus deiner oder irgendeiner anderen Filiale. Du hast keine so lockeren Moralvorstellungen und kannst mit meiner Art gut umgehen."

Sie sah ein wenig verschämt zu Boden. „Das war nicht immer so. Am Anfang war ich schon ein wenig leichtfertiger, was Abenteuer mit anderen Männern angeht, was aber bei uns nichts Ungewöhnliches oder Verwerfliches ist. Aber ich habe ein berufliches Trauma erlitten, das mich emotional gezeichnet hat. Du weißt, ich darf nicht darüber reden, aber es war das Schlimmste, was ich mir je hätte vorstellen können. Nach dieser Sache bin ich ein wenig auf der Strecke geblieben, was amouröse Kurzgeschichten in meinem Leben anging."

„Bei euch ist es eher nicht üblich, sich mit anderen Stewards in einer festen Beziehung einzulassen, das habe ich schon mitbekommen." Wolf stand auf und reichte ihr die Hand, die sie nahm, um sich ebenfalls zu erheben.

„Ja, aber die guten Freundschaften, die ich über die Jahre knüpfen konnte und vor allem die letzte Zeit hat mir sehr darüber hinweg geholfen. Die seelischen Narben, die ich noch als Andenken an dieses Horrorerlebnis mit mir herumtrage, werden vielleicht nie heilen. Aber ich bin endlich so weit, das Selbstmitleid und die Zweifel hinter mir zu lassen, um nach vorne zu sehen und mir selbst wieder ein wenig persönliches Glück zuzugestehen." Teresa umarmte ihn und presste sich eng an ihn. „Bist du dabei?"

„Ja, nichts wäre mir lieber." Wolf hatte sich an sie gedrückt. „Ich weiß, dass es auf eurer Heimatfiliale um einiges rauer zugeht als hier, deshalb würdest du mein Geständnis sicher nicht so ernst nehmen können, wenn ich dir sage, dass ich auch ein Stück weit unter Dauerschock stehe wegen der Dinge, die ich in der letzten Zeit gesehen habe. Ich will weder einen Wettbewerb daraus machen, wer von uns mehr gelitten hat noch unsere Beziehung darauf aufbauen, dass wir uns gegenseitig darüber hinweg trösten, wie schlecht es uns Beiden doch geht. Ich will viel lieber das Leben und die schönen Seiten davon mit dir zusammen genießen."

Sie ließ ab von ihm und sah ihm tief in die Augen. „Wolf, das ist das Schönste, was du mir hättest sagen können. Das macht dich so begehrenswert, das kannst du dir gar nicht vorstellen."

Sie griff hinter sich und ließ dann ihr Kleid von ihren Schultern gleiten. Als es um ihre Knöchel herabrutschte, bemerkte sie trocken: „Heute Nacht bleibt es nicht beim Löffelchen machen oder Kuscheln, soviel kann ich dir schon mal verraten."

Er konnte seine Blicke nicht von ihr abwenden und sagte leise: „Du bist so wunderschön. Ich weiß gar nicht, was ich sagen soll..."

Sie beugte sich vor und knöpfte ihm das Hemd auf. „Das macht nichts. Wir werden auch so zurechtkommen..."

Rebecca hatte ein ausgiebiges heißes Bad in der bequemen Wanne in ihrem Bad genommen und kam gerade entspannt und zufrieden ins Zimmer. Sie hatte seit einer Weile kein Geräusch mehr von Nick gehört und angenommen, dass er eingeschlummert war oder an ihrem Kommunikationsterminal ein paar Nachrichten schreiben würde.

Überrascht fand sie ihn nun auf dem Bett hockend vor, die Augen geschlossen und mit gerunzelter Stirn hoch konzentriert wirkend. Er schien sie irgendwie wahrzunehmen, denn er kam wieder zu sich und sah sie ein wenig verblüfft an. „Nanu, ich dachte, du wolltest ein Bad nehmen?"

Sie gab ihrerseits eine wenig perplex zurück: „Habe ich doch gemacht. Lange und ausgiebig. Bist du geistig weggetreten?"

„Ja, ich habe total das Zeitgefühl verloren. Ich habe eben *Besuch* bekommen." Mit fassungsloser Miene starrte er vor sich ins Leere.

„Kann Tammy nicht einfach über die Hausleitung anrufen, wenn sie etwas will? Nur, weil Sven jetzt auch Bescheid weiß..." Sie brach ihre Beschwerde ab, als sie sein Kopfschütteln sah.

„*Nicht* von Tamara."

Sie schlug die Hand vor den Mund. „Oh Gott, etwa von dem *Anderen*? Der an dem grauenhaften Ort gefangen gehalten wird?"

Er nickte schwermütig. „Es war echt hart, was er mir vermittelt hat. Hast du denn gar nichts davon mitbekommen?"

Mit aufgerissenen Augen schüttelte sie den Kopf. „Nein, nicht das kleinste Bisschen. Wie kann das sein? Er hat wohl gezielt einen Einzelnen von uns angepeilt, um sich uns mitzuteilen."

Nachdenklich bestätigte er: „Ja, das würde erklären, dass der Kontakt viel intensiver war als beim letzten Mal, als er uns alle zusammen während der Verbindung 'angefunkt' hat. Er konnte mir sogar vage Bilder vermitteln von dem, was er gesehen hat. Es war furchtbar.

Es war Nacht und eine grauenhafte Sache passiert bei ihm nachts. Jede Nacht, hat er gesagt. Niemand kann sich dem entziehen. Es hat den ganzen Himmel ausgefüllt, ein gespenstisches blaues Licht, dann absolute Finsternis und das nackte Grauen. Danach konnte ich durch seine Augen sehen, wie er ins Freie gelaufen ist und der Erscheinung nachgeblickt hat, als es mit einem rötlichen Glühen über ihm davon gezogen ist. Ich glaube, ich bin nicht der Begabteste von uns, was dieses mentale Channeln angeht, denn ich habe nur schemenhaft sehen können, was er mir vermittelt hat. Ich bin mir nicht einmal völlig sicher, ob das Erinnerungen von ihm waren oder sogar Live-Bilder... was hast du denn?"

Sie war weiß wie eine Wand geworden, als sie seiner Umschreibung gelauscht hatte. „Nick, das kommt mir irgendwie bekannt vor. Ich kann es aber im Moment beim besten Willen nicht einordnen, aber ich könnte schwören, ich habe irgendwo schon einmal davon gehört. Wie kann das sein, wenn dieser Ort des Grauens so strikt geheim gehalten wird?"

Er schüttelte den Kopf und gab zu bedenken: „Also so etwas, wie ich es gesehen habe, ist nicht mal ansatzweise vorstellbar. Wenn du das schon mal irgendwo anders gehört hast, musst du es mit dem Sicherheitsleck des Jahrhunderts zu tun gehabt haben."

„Hast du noch mehr an Infos bekommen?" Sie sah ihn begierig an.

„Ich fürchte nicht. Er hat mir verzweifelt versucht, mehr zu übermitteln, aber ich konnte verbal fast nichts von dem verstehen, was er gesagt hat. Aber wie gesagt, konnte ich verschwommene Bilder dieses nächtlichen Ereignisses sehen und auch ansatzweise fühlen, was in ihm vorging während dieses Grauens. So etwas ist unvorstellbar." Nick war frustriert darüber, dass er nicht mehr aus der Verbindung hatte ziehen können.

Auch Rebecca ging es ähnlich. „Ich könnte verrückt werden. Je mehr du erzählst, desto mehr kommt es mir bekannt vor. Aber mir fehlt ein letztes Fitzelchen, um die ganze Geschichte mit meinen eigenen Erinnerungen in einen Zusammenhang bringen zu können."

„Wieso nimmt er jetzt auf einmal willentlich Kontakt mit uns auf? Ich dachte, er hatte gesagt, dass das zu gefährlich für uns wäre und er uns nicht in diese Sache mit hinein ziehen wollte." Nick war ratlos, was diesen Aspekt der Geschichte und den unerwarteten Sinneswandel des großen Unbekannten anging.

„Du hast recht, etwas Entscheidendes muss sich geändert haben für ihn. Wir müssen es gleich morgen bei der ersten sich bietenden Gelegenheit Tamara erzählen. Vielleicht hat sie eine Idee, was wir in der Angelegenheit unternehmen können." Rebecca sah ihn unsicher an.

Er bestätigte ihr: „Ja, das wird das Beste sein. Jetzt schlafen wir aber erst mal, es ist schon spät."

Rebecca seufzte: „Als ob ich nach dieser gruseligen Sache jetzt so einfach einschlafen könnte!"

„Frag mich mal, ich habe das alles *gesehen*!", protestierte er.

„Ich kann dich k.o. schlagen, wenn dir das hilft."

Nun musste Nick lachen. „Das ist meine Braut! Immer um mein Wohlergehen besorgt. Und vor allem darum, dass ich ausreichende Nachtruhe erhalte."

Sie schmiegte sich an ihn. „Ja, so bin ich. Bist du glücklich?"

„Unendlich. Wie eine liegende Acht." Er seufzte.

„Gute Antwort. Du hast bestanden."

Sie scherzten und neckten sich noch ein wenig, bis sie dann doch noch in einen unruhigen Schlaf fielen.

Am nächsten Morgen suchten sie gleich Tamara auf und schilderten ihr Nicks Erlebnis. Ihre entschiedene Antwort darauf war kurz und knapp.

„Wir müssen mit ihm Kontakt aufnehmen. Wir alle drei zusammen, so wie beim letzten Mal. Nur so können wir eine deutliche und verständliche Verbindung herstellen und erfahren, was wir wissen wollen. Irgendetwas wollte er uns mitteilen, sonst wäre er nicht dieses Risiko eingegangen und hätte den Kontakt gesucht mit einem von uns."

„Meinst du nicht, dass das gefährlich sein kann?" Rebecca war sehr vorsichtig, da sie noch immer mit Schaudern an diese erste mentale 'Begegnung' mit dem Unbekannten zurückdachte.

„Ich sehe keine unmittelbare Gefahr. Wir können den Kontakt zu ihm genauso unterbrechen wie er es das letzte Mal getan hat. Und ich wüsste auch nicht, wie er uns Schaden zufügen könnte." Tamara war sehr zuversichtlich.

Etwas zögerlich willigte Nick ein. „Wenn du meinst, dass wir das tun sollten..."

Rebecca zermarterte sich das Gehirn. „Wenn ich nur wüsste, woran mich die Beschreibung von Nick und das, was wir das letzte Mal bei dem Kontakt erfahren haben, erinnert. Ich bin ganz dicht davor, die Puzzleteile zusammenzufügen."

„Ein Grund mehr, ihn zu suchen. Es ist gar nicht gesagt, dass es uns gelingt, einen Kontakt mit ihm zu bekommen."

Sven, der sich bisher aus der Diskussion herausgehalten hatte, wollte wissen: „Kann ich euch irgendwie helfen?"

„Ja, eine Cola Zero wäre jetzt toll, mit Eis und einem Zitronenschnitz. Wenn du es schaffst, auf dieser Filiale eine Cola aufzutreiben, verleihe ich dir offiziell den Titel

Organisationstalent des Jahres." Nick grinste ihn unverschämt an.

„Warum gehe ich nicht einfach runter zu Wolf und Teresa und lasse euch eure Geisterbeschwörung in Ruhe machen?", erwiderte Sven darauf ein wenig beleidigt.

Tamara gab ihm einen Kuss auf die Wange. „Gute Idee, Schatz, lass dich von dem Deppen da nicht ärgern. Wir sehen uns dann später. Vielleicht brauchen wir gar nicht lange dafür und stoßen schon bald zu euch zur Schlacht am Buffet."

Beim Gehen murmelte Sven noch: „Als Nick neu war und ich im dritten Jahr, hat er noch zu mir aufgesehen. Irgendwie mochte ich ihn da noch mehr."

Rebecca lachte und stieß Nick den Ellenbogen in die Rippen: „Touché, mein Lieber."

Kaum war er draußen, da platzte es aus Nick heraus: „Tammy, mir ist etwas eingefallen, was mir keine Ruhe lässt."

„Um was geht's?" Tamara setzte sich auf das Bett, in ihrem inzwischen von ihm als gewohnt empfundenen Schneidersitz, in dem sie sich offenbar bei geistigen Übungen am besten konzentrieren konnte. Ihren Silberschmuck hatte sie inzwischen auch vollzählig angelegt.

Auf diesen wies er nun. „Es geht um das Geschmeide, mit dem dein Göttergatte in spe dich so großzügig behängt hat. Ich meine, er wusste ja noch nichts von deinen besonderen Kräften, dennoch hat er hier auf Filiale 108 etwas erworben, das er nicht mit in unsere Heimatfiliale mitnehmen kann. Entweder ist er nicht so helle wie gedacht oder er weiß ganz im Gegenteil etwas, was wir nicht wissen."

Nun konnte sich Tamara ein breites Grinsen nicht verkneifen: „Oh, du Ahnungsloser. Mein Sven ist ein ganz Durchtriebener. Er hat im Lauf der Jahre ein bürokratisches Schlupfloch entdeckt.

Es ist allen TransDime Angestellten strikt untersagt, jedwede persönlichen Gegenstände in andere Filialen mitzunehmen, jedoch nicht in die Transferbereiche in diesen anderen Filialen. Das wisst ihr ja selbst gut genug, da ihr wie alle anderen Reisenden auch eure bequemen Privatklamotten während der langen Transferreisen tragt und diese dann erst in der Zielfiliale gegen ortsübliche, unauffällige Kleidung wechselt. Euren Kram verstaut ihr dann in Schließfächern, um ihn später vor Antreten der Rückreise wieder abzuholen."

„Ja, aber was hat das mit dem Schmuck zu tun?" Rebecca runzelte die Stirn.

„Nun, solange ich ihn beim Betreten des Transferbereichs hier trage, geht man davon aus, dass er zu den Accessoires gehört, die ich zusammen mit der hier üblichen Kleidung zur Verfügung gestellt bekommen habe. So wie du diese goldene Kette mit Kreuz und die digitalen Armbanduhren, die ihr beide tragt. Man kann sich das ja wie auf jeder Filiale aus einem gewissen Fundus aussuchen; wir denken inzwischen gar nicht mehr darüber nach, wenn wir uns vor Betreten einer anderen Filiale derart ausstaffieren.

Beim Umziehen verschwindet mein Schmuck dann in meiner Tasche. Wir befinden uns ja nach dem Betreten des hiesigen Transferbereichs bis zum Verlassen desjenigen in unserer Heimatfiliale sozusagen in einer multidimensionalen Freihandelszone. Bei der Rückgabe der Kleidung fragt niemand nach dem Schmuck, weil ihn ja keiner vermisst. Vor dem Verlassen des Bereichs bei uns Zuhause ziehe ich ihn wieder an und schwupp-di-wupp..."

Nick stand der Mund offen: „Der alte Schlawiner! Das hat er sicher nicht zum ersten Mal gemacht! Na ja, bei Männern hält sich die Auswahl aber eher in Grenzen. Und bei wertvollen Uhren muss man aufpassen, dass es das Modell auch bei uns gibt, sonst fliegt man schnell mal auf. Aber zum Beispiel goldene Armketten sind da schon etwas anonymer."

Rebecca nickte. „Genau, wer von den Kontrollposten kennt sich schon derart gut mit x-beliebigem Schmuck aus, dass er sagen kann, dieses Stück oder jenes stammt nicht aus unserer Filiale? Und messbar ist das ja auch nicht, jedenfalls nicht meines Wissens. Wenn er schlau ist, bringt er den Schmuck zu einer Scheideanstalt, die ihn dann einschmilzt. So ist die Sache spurlos bereinigt und er bekommt immerhin den Materialwert des Edelmetalls."

„Ich glaube nicht, dass Sven das regelmäßig zur persönlichen Bereicherung tut. Es klang jedenfalls nicht so. Er hat einfach diese Lücke entdeckt und wollte sie für diese besondere Gelegenheit nutzen. Das Risiko, wegen so einer Sache auf Filiale 666 zu landen, ist dann wohl doch jedem zu groß.

Tja, wenn das jemals rauskommt, werden sie auf der Stelle das Betreten oder Verlassen mit persönlichen Gegenständen untersagen. Dann können wir mit nichts anderem mehr als der Kleidung, die wir am Leib tragen, die Kontrollen passieren." Tamara zuckte mit den Achseln.

Dann wurden sie ernster. Sie verteilten sich einfach im Zimmer, auf dem Bett und dem Sessel und entspannten sich. Schon nach kurzer Zeit hatten sie eine geistige Verbindung zwischen sich aufgebaut. Tamara ließ verlauten, ohne zu sprechen: „Ich strecke mal meine Fühler aus und sehe, was sich machen lässt."

„Das letzte Mal wurde er von der Stärke unserer Verbindung angezogen. Da wir jetzt so nahe beieinander sitzen, sollte es eigentlich noch leichter sein", gab Nick zu bedenken.

Ihr versucht mit mir zu reden.

Ohne jede Vorwarnung hatte sich die Stimme in ihren Köpfen manifestiert. Aufgeregt antwortete Tamara laut: „Ja, du hast vor kurzem Kontakt zu einem von uns aufgenommen, aber die Verbindung war nicht gut und er konnte nur einzelne Bilder erkennen, ohne dich zu verstehen."

Jetzt versteht ihr mich deutlicher?

„Ja, laut und deutlich. Du wolltest uns etwas mitteilen. Wo bist du jetzt?"

Noch immer gefangen an dem Ort des unbeschreiblichen Grauens. In der Welt, wo jegliche Hoffnung schon vor langer Zeit vergangen ist. Und sie lassen mich nur selten in eine andere Welt reisen. Ich muss so oft und so lange hier in dieser Hölle ausharren, dass es meinen Geist umwölkt und verdunkelt hat. Jeden Abend muss jeder hier um sein Leben fürchten, ob er dem Grauen rechtzeitig entfliehen kann; jede Nacht bricht die Verzweiflung und Hoffnungslosigkeit mit der Schwärze über uns hinein. Euer Freund hat es mit meinen Augen gesehen. Und alles nur für die Firma. Weil die Firma Antriebe braucht.

Rebecca vergaß ihre Angst und Vorsicht für einen Moment. „Antriebe? Meinst du mit der Firma etwa TransDime? Und was für Antriebe?"

Ja, TransDime. Sie brauchen ständig neue Antriebe, um neue Fähren bauen zu können. Die Anzahl der Welten wächst und die Anzahl der Fähren, die sie brauchen, um die Dimensionen zu überbrücken. Sie lassen mich hier verrotten, weil ich als Einziger

*das verstehe, was dazu nötig ist. Ich war der Einzige in meiner Generation, aber jetzt
bist auch du hier.*

„Du wirst von TransDime zu etwas gezwungen, das du nicht tun willst? Um für sie
neue Antriebe zu besorgen?" Tamara war aus einem Nick unbekannten Grund völlig furchtlos angesichts dieser Präsenz, die reine Dunkelheit über sie ausgoss. Nein,
es waren Emotionen, merkte er nun.

Gram.

Hoffnungslosigkeit.

Und Todesangst.

*Sei froh, du gütiges Wesen, dass die Firma nicht weiß, was in dir steckt. Sonst würdest du mein Schicksal teilen, das ist sicher. Ich kann dir nicht mehr sagen. Ich kann
hier nicht weg und muss tun, was sie wollen. Vermeide dieses Los, sonst bist auch du
verloren.*

Erstaunlicherweise war es nun Rebecca, die beinahe ängstlich fragte: „Bist du auf
der Filiale Null?"

*Von diesem Ort dürftest du keine Kenntnis haben. Wer hat dir von seiner Existenz
erzählt?*

„Eine Kollegin. Sie hat ähnliche Dinge über diesen Ort gesagt wie du. Daher habe
ich es erraten; bisher hatte ich nur eine vage Ahnung, aber jetzt ist es mir klargeworden. Meine Kollegin hat ein schreckliches Trauma davongetragen, obwohl sie
nur ein paar Tage dort gewesen ist. Sie leidet heute noch darunter, glaube ich. Und
du bist *ständig* dort?"

*Sie lassen mich nicht mehr gehen. Am Anfang durfte ich noch weg von dort, doch
mit den Monaten wurde es immer schlimmer. Die Firma wächst immer schneller, immer öfter geht etwas schief auf einer Filiale und sie brauchen dann viele Fähren. Immer mehr Fähren... und es ist sehr aufwändig, die Antriebe zu besorgen. Ich kann
euch nicht mehr verraten, sonst habe ich mein Leben verwirkt.*

Tamara wollte erstaunt wissen: „Wie kann das sein? Ich dachte, du bist für sie unersetzlich, so wie das eben geklungen hat? Wie kann denn dein Leben in Gefahr sein,
weil du etwas von dieser Filiale Null weiter erzählt hast?"

Das Einzige, was sie noch mehr fürchten, als mich zu verlieren, ist der Verrat des Geheimnisses der Filiale Null. Sie können die Antriebe auch ohne mich bergen, aber es ist ungleich komplizierter und aufwendiger ohne meine Gabe. Deine Kollegin aber hat ihr Leben leichtfertig in höchste Gefahr gebracht, indem sie dir davon berichtet hat. Hätte TransDime auch nur den Hauch eines Verdachtes, dass sie das getan hat, wäre sie nicht mehr am Leben. Das musst du ihr klarmachen.

Wir können uns über diese Ebene unterhalten, aber alle anderen Arten zu reden sind nicht völlig sicher. Es gibt immer einen Weg für TransDime, in Erfahrung zu bringen, über was man sich unterhalten hat. Seid auf der Hut, was das angeht. Und wenn ihr mit jemand anderem über die Filiale Null redet, gibt es danach nicht viele Verdächtige, die in Frage kommen, darüber etwas weiter gegeben zu haben.

„Wieso hast du denn gerade jetzt versucht, mit uns in Kontakt zu treten? Du warst doch so sehr dagegen bei unserem letzten Kontakt. Was hat sich verändert, dass du es dir doch noch anders überlegt hast?" Nick klang unsicher beim Stellen dieser Frage.

Eine Menge hat sich verändert. Der schlimmstmögliche Fall ist kurz davor, einzutreten. Diese Welt hier ist nicht immer die Hölle auf Erden gewesen. Es war eine fatale Entwicklung, für die niemand verantwortlich war und doch fühlt sich die Firma schuldig. Doch jetzt sind sie dabei, es absichtlich zu wiederholen und eine weitere Welt für ihre Zwecke zu opfern. Das ist bösartiger und verwerflicher als alles, was ihr euch vorstellen könnt.

Aber ich kann jetzt nicht weiter mit euch reden, ihr habt mich in einer prekären Situation kontaktiert. Es ist nicht sicher für mich, im Moment offen zu kommunizieren. Ich...

Er unterbrach sich. Tamara wollte wissen: „Wie sollen wir dich denn nennen? Wie ist dein Name?"

Mein Name... lautet...

Dann konnten sie deutlich spüren, dass die Verbindung nicht mehr bestand. Als ob sie schlagartig gekappt worden wäre

Nick konnte noch gar nicht fassen, was da eben passiert war. „Wie viel verrückter kann unser Leben noch werden? Ein Gefangener aus der Phantomzone mit ähnlichen Fähigkeiten wie Du, Tammy! Und er kontaktiert uns, um uns zu warnen vor dieser Filiale Null und einer teuflischen Machenschaft von TransDime. Woher wusstest *du* eigentlich davon, Rebecca?"

„Weil sie Teresa schon einmal dorthin geschickt haben. Die Arme war völlig am Ende mit den Nerven, als sie von dort zurückkam. Direkt danach war sie eine Woche lang mit dir auf Betreuung in diesem Kaff in Norddeutschland."

Tamara rief erstaunt: „*Deshalb* war sie so fertig damals. Ich war ja nicht dabei, aber nach allem, was ihr darüber erzählt habt, wundert mich jetzt gar nichts mehr an der Geschichte. Die arme Teresa; auf diesen Ort kann man sich gar nicht angemessen vorbereiten, scheint mir."

Nick fügte noch altklug hinzu: „Plön, Beckie, Plön heißt der Ort und ist kein Kaff, sondern eine wunderhübsche kleine Stadt. Wir wollen ja nächste Woche dorthin weiter fahren, um den zweiten Teil unseres Urlaubs dort zu verbringen, dann kannst du dir selbst einen Eindruck davon machen."

„Von mir aus, wenn man dort seine Ruhe hat." Rebecca schien dem Vorschlag tatsächlich nicht grundsätzlich abgeneigt zu sein. Und es war ein ausgesprochen leidenschaftlich vorgetragener Wunsch von Teresa gewesen, dem niemand von ihnen widersprochen hatte.

Tamara kam aufs Thema zurück: „Und wie gehen wir jetzt mit dieser unheimlichen 'Begegnung der dritten Art' um? Sollen wir das einfach abtun und diese arme Seele dort schmoren lassen? Das können wir doch nicht zulassen! Noch dazu hat er offenbar Informationen über eine wirklich große Sache, die TransDime plant oder sogar schon umsetzt. Das könnte pures Gold sein für den Widerstand!"

Nick erinnerte sie daran: „Du kannst doch im Moment gar nichts dagegen unternehmen. Praktisch niemand kann dir sagen, wo diese furchtbare, höllenähnliche Filiale Null sein soll. Die meisten wissen ja nicht einmal, dass sie überhaupt existiert. Und dort gibt es nur Schrecken und Verdammnis, wenn man unserem armen Freund glauben will."

„Und die Grundlage für die Antriebe der Dimensionsfähren, von denen TransDime ständig Nachschub braucht, wenn ich das richtig verstanden habe. Das könnte vielleicht sogar *das* große Geheimnis sein, das der Widerstand unbedingt erfahren muss, um Licht in das Dunkel von TransDimes Machenschaften zu bringen. Vielleicht wird es dem Multiversum besser gehen, wenn das bekannt wird. Noch wissen wir ja nichts darüber. Vor allem nicht, ob wir jemals dorthin gelangen können."

Rebecca fügte hinzu: „Oder überhaupt dorthin wollen."

„Beckie, wir *müssen* fast dorthin. Und wenn sich für einen von uns die Chance ergibt, dann sollte er oder sie diese auch nutzen. Vergiss nicht, wir sind Springer, wir werden mit allem fertig."

„Dein Wort in Gottes Ohr", fügte Nick noch hinzu.

„Nach dieser Beschreibung würde nicht mal der beschissene Chuck Norris dorthin wollen", murrte Rebecca. Ihr behagte der Gedanke anscheinend ganz und gar nicht.

Sie wollte wissen: „Glaubst du, du kannst vielleicht über den geistigen Kontakt mit unserem unbekannten Freund dorthin finden?"

„Ich fürchte, er hat sich komplett abgeschottet. In dieser Hinsicht sind seine geistigen Fähigkeiten bemerkenswert. Wenn er nicht gefunden werden *will*, habe ich wohl keine Chance, an ihn heranzukommen." Tamara seufzte.

Nick stimmte ein: „Schade, das wäre die eleganteste Lösung für uns gewesen, nicht wahr?"

Tamara sprach noch einen anderen Aspekt der Problematik an: „Wir sollten uns vielleicht ernsthaft überlegen, ob wir nicht Teresa in einer abhörsicheren Umgebung zu sämtlichen Details dieser Filiale Null befragen sollten. Auch wenn ihr das nicht gerade Wohlbehagen bescheren wird, dass sie uns Auskunft geben soll."

Zweifelnd meinte Nick: „Ich weiß nicht, allmählich steigt die Anzahl der Eingeweihten bedenklich an. Und wir müssten sie ja mindestens ein Stück weit in unser kleines Geheimnis einweihen. Auf jeden Fall würde sie von der Existenz des Widerstandes erfahren. Seid ihr wirklich sicher, dass wir das tun sollten?"

„Fällt dir etwas Besseres ein?" Tamara sah ihn an und fügte bei seiner fast hilflosen Miene hinzu: „Dachte ich es mir doch."

Sie warteten bis zum Abend, als sie es hatten arrangieren können, dass die drei Herren der Schöpfung einen ausgedehnten Kneipenbummel unternahmen, was primär dem Zweck diente, Wolf von Teresa wegzuholen. So hatten Tamara und Rebecca Gelegenheit, ihre Kollegin, Mitbewohnerin und Freundin in aller Ruhe zu befragen. Sie hatten tagsüber immer wieder überlegt, wie sie das am Besten anstellen konnten. Schließlich waren sie überein gekommen, einfach geradeheraus mit der Wahrheit herauszurücken und ihr reinen Wein einzuschenken, soweit dies nötig sein würde. Ihre Hoffnung war, dass Teresa das honorieren und auch verstehen würde, dass die Informationen und Erfahrungen, welche sie über die mysteriöse Filiale Null besaß, für sie von unschätzbarem Wert sein konnten.

Unter einem Vorwand hatten sie ihren bereits begonnenen Mädelsabend nach ein paar Cocktails kurz unterbrochen, um auf Tamaras Zimmer zu gehen. Dort angekommen, sahen sich Rebecca und Tamara kurz bedeutungsvoll an, die stumme Entschlossenheit austauschend, das jetzt durchzuziehen.

Teresa ließ sich arglos auf den Sessel neben dem kleinen Schreibtisch sinken und schlug die Beine unter dem eleganten, luftigen Sommerkleid übereinander. „Und, was wolltet ihr mir unbedingt zeigen?"

„Bevor wir dir enthüllen, um was es geht, müssen wir ganz sicher sein, dass nichts von dem nach außen dringt, was wir jetzt bereden wollen. Wir wissen, dass du ein großes Geheimnis bewahren kannst, auch wenn es dich noch so stark belastet. Deshalb haben wir beschlossen, es zu riskieren und dir zu erzählen, was für uns so wichtig ist." Tamara war todernst geworden bei dieser Ankündigung, wie Teresa auffiel.

Rebecca fügte nun ebenso ernsthaft hinzu: „Ja, wir haben lange überlegt, ob wir dir dieses Wissen aufbürden sollen, aber du bist in der letzten Zeit so eine gute Freundin geworden, dass wir uns einfach nicht vorstellen können, dass du uns verraten und verkaufen wirst."

Teresas Lächeln war etwas dünner geworden. „Ihr könnt einem ja richtig Angst machen, wenn ihr solche Sachen sagt. Was kann denn so schlimm und so extrem wichtig sein, dass ihr euch zu solch einer Rede hinreißen lasst?"

Tamara überlegte kurz: „Ich weiß einfach nicht, wie ich anfangen soll. Das Problem hatte ich auch schon mit Rebecca. Als ich sie eingeweiht habe, fiel sie aus allen Wolken."

„Ja, das war damals nicht leicht für mich. Aber jetzt genug drum herum geredet. Ich meine, wir alle drei führen ein Leben, das nicht verrückter, außergewöhnlicher und fantastischer sein könnte. Wir besuchen Parallelwelten, betätigen uns als Agenten und leider inzwischen auch als eine Art von Elitesoldaten. Ich bin immer noch ziemlich fertig, weil der eine große Grundsatz, den ich für mich gehabt hatte, nun zum Teufel ist." Rebecca senkte den Kopf nach dieser Aussage.

Teresa stand auf und ging zu ihr hinüber, ihr tröstend eine Hand auf die Schulter legend. „Du wolltest nie einen anderen Menschen töten. Das kann ich gut verstehen, denn ich habe seit diesem Einsatz auch fast jede Nacht Alpträume."

Tamara fiel ein: „Bei Alpträumen sind wir auch schon beim Thema. Wir haben nämlich durch reinen Zufall Kontakt mit jemandem bekommen, der uns über beunruhigende Dinge erzählt hat, die sich auf der hoch geheimen Filiale Null abspielen..."

Teresa war zusammengezuckt und mit entsetzter Miene in die Senkrechte gesprungen. „Beckie! Wie konntest du nur! Das habe ich dir in einem schwachen Moment im tiefsten Vertrauen erzählt!"

Diese hob abwehrend die Hände: „Warte doch! Bitte hör mich an, Teresa. Ich schwöre dir, ich hätte dein Geheimnis niemals irgend jemandem erzählt, doch in dem Zusammenhang musste Tamara es einfach erfahren. Es ist mir während dem Kontakt mit dem Unbekannten herausgerutscht, der auf Filiale Null mit uns kommuniziert hat."

Teresa stemmte die Fäuste in die Hüften und fixierte Rebecca wütend. „Verkauf mich nicht für dumm! Wenn man nicht in Echtzeit miteinander kommuniziert, kann einem nichts *herausrutschen*. Entweder man zeichnet die Botschaft auf oder schreibt sie nieder oder es geht eben nicht."

Tamara schaltete sich ein und erklärte beinahe verlegen: „Unter normalen Umständen hast du recht, aber in diesem speziellen Fall haben wir tatsächlich wie in einem normalen Gespräch mit dem armen Tropf dort geredet."

Verwirrt ließ sich Teresa wieder in ihren Stuhl sinken. „Das ergibt keinen Sinn. Es gibt keine bekannte Methode, wie man... hat das etwas mit eurem Geheimnis zu tun?"

„So ist es." Tamara setzte sich wieder einmal in den Schneidersitz auf ihr Bett neben Rebecca, die auf der Bettkante saß. „Aber du musst uns hoch und heilig schwören, dass du wirklich keinem davon erzählst. Nicht einmal Wolf."

„Da verlangt ihr aber eine Menge von mir, vor allem nach diesem kolossalen Vertrauensbruch." Leicht beleidigt wirkend verschränkte die rothaarige Frau ihre Arme vor der Brust.

Rebecca betrachtete sie und sagte dann zweifelnd, den Blick auf Tamara richtend: „Vielleicht hat sie recht und wir verlangen wirklich zu viel von ihr?"

Tamara sah sie einen Moment lang an und konzentrierte sich dann wieder auf Teresa: „Ich weiß, das muss dir schäbig von uns vorkommen, aber sieh es doch einmal so: wir hätten dir auch gar nichts davon sagen können. Stattdessen wollen wir dich in alles einweihen und dich miteinbeziehen, inklusive dem großen Geheimnis, das mit den Informationen zusammenhängt, die mit der Filiale Null zusammenhängen. Ist das denn nicht Vertrauensbeweis genug für dich?"

„Ihr macht es euch ja ziemlich leicht. Wollt ihr nicht eigentlich nur auf die bequemste Art an die Infos kommen, die ich habe?" Noch immer war Teresa skeptisch.

Rebecca flehte sie nun beinahe an: „Das letzte, was wir wollen, ist dass du denkst, wir wollen dich nur ausnutzen. Das, was wir dir anvertrauen wollen, ist noch viel weitreichender als jegliche Informationen, die du uns geben könntest. Und dennoch sind wir dazu bereit, weil wir dich als gute Freundin ansehen."

Teresas Augen wurden feucht. „Und ich sehe in euch die beiden besten Freundinnen, die ich je hatte, seit der Grundschule oder so. Bitte spielt nicht so mit meinen Gefühlen und meiner Loyalität zu euch, das macht mich wirklich fertig. Ich habe auch so schon genug Scheiß erlebt und finde gerade ein klein wenig Glück und Frieden. Wenn gerade ihr Beide mir das wieder kaputt macht, weiß ich nicht, wie ich das verkraften könnte, ehrlich!"

Rebecca stand auf und ging auf Teresa zu. Dann zog sie die überraschte Frau hoch und umarmte sie innig. „Das würde mir im Traum nicht einfallen. Es ist nur so, dass TransDime bei Weitem nicht die gute, alle Realitätsebenen umsorgende Organisation ist, für die man sie gerne halten würde."

Teresa löste sich aus ihrer herzlichen Umarmung und sah sie traurig lächelnd an. „Mir musst du das nicht sagen. Ich war auf Filiale Null, wie du weißt. Ohne jegliche Vorbereitung oder auch nur der kleinsten Vorwarnung, was mich dort erwarten würde."

„Dann kannst du dir sicher auch vorstellen, dass es Leute im Multiversum gibt, die sich sagen, dieser Verein ist bei Weitem nicht so koscher, wie er sich immer gibt. Unsere und viele andere Welten auch sind doch nur unterentwickelte Kolonien, die zu dem Wohl der obersten Filialen ausgebeutet werden. Uns allen hat man ziemlich übel mitgespielt. Und trotzdem machen wir Stewards und Agents immer weiter. Fragst du dich nicht, warum praktisch niemals jemand bei uns einfach alles hinschmeißt nach dem ganzen Scheiß, wie du es so treffend formuliert hast? Wir werden fürstlich bezahlt und können Karriere machen, aber können ebenso kaputt gehen und zerbrechen an dem, was wir hier mitmachen. Kaum einer von uns war nicht schon im sogenannten Erholungsurlaub, um das irgendwie verarbeiten zu können. Geschweige denn beim firmeninternen Psychodoc. *Jede* in diesem Raum hatte schon dieses spezielle Vergnügen."

Teresas Blick richtete sich in unbekannte Fernen. „Du hast recht, das habe ich mich schon unzählige Male gefragt. Wieso machen wir das alles mit und stecken alles weg, was sie uns durchleben und durchleiden lassen?"

Tamara meldete sich aus dem Hintergrund: „Ganz einfach, weil wir manipuliert worden sind, und zwar wir alle ohne Ausnahme; du, ich, einfach alle. Vom ersten Tag an, seit dem ersten Bewerbungstest wurden wir mittels diverser technischer Spielereien wie den Sprachlernprogrammen beeinflusst, natürlich unterschwellig und für uns nicht feststellbar. Einer der Einstellungstests etwa diente nur dazu, bei uns zu prüfen, wie empfänglich wir für subliminare Suggestionstechniken sind. Wer darauf nicht ausreichend anspricht, wird gar nicht erst eingestellt, und wenn er ansonsten ein As in allen anderen Kriterien ist. TransDime siebt alle Filialen weltweit nach diesen Leuten durch, sodass sie es sich leisten können, solche ansonsten vielversprechenden Fälle nicht zu nehmen.“

Teresa war die Kinnlade herabgefallen bei Tamaras in bitterem Tonfall vorgetragener Enthüllung. „Das... das meinst du nicht ernst, oder?“

„Mir war noch nie etwas ernster. Nur so halten sie uns bei der Stange. Wenn die Konditionierung abgeschlossen ist, sind wir gerade so weit geprägt, dass wir alles mitmachen, was sie von uns verlangen, ohne unseren eigenen freien Willen zu verlieren und zu hirn- und willenlosen Marionetten zu werden. Das wäre nicht in ihrem Sinn, denn dann würden wir unsere Fähigkeit, zu entscheiden und kreativ Probleme und Krisensituationen zu lösen, verlieren. In diesem Fall wären wir nutzlos für sie.“ Tamara senkte ihren Blick.

„Oh mein Gott!“ Teresa schlug die Hände vor den Mund, als sie erkannte, dass jedes Wort davon wahr war. Diesmal war sie es, die Rebecca spontan umarmte, nach Halt und Trost suchend. Auch Rebecca bekam feuchte Augen.

„Keine Angst, jetzt wo du es weißt, können wir dir den Rest der Geschichte auch noch erzählen. Dann wird dir bewusst werden, dass es Hoffnung gibt. Denn nicht alle Menschen wollen sich das noch länger von der Firma gefallen lassen. Im Geheimen erheben sich die ersten gegen diese hierarchische Diktatur von oben.“

„Was... was meinst du damit? So eine Art verdeckter Widerstand?“ Nun wurde Teresa wieder neugierig.

Tamara bestätigte ihr lächelnd. „Genau. Und stell dir vor, Nick, Rebecca und ich sind von ihnen angeworben worden. Das hat allerdings verschiedene Gründe. Die

Organisation ist wohl auch viel umfassender, als wir es uns vorstellen können, denn sie existiert schon sehr lange im Verborgenen. Eine der höchsten Prioritäten des Widerstandes ist, dass die Firma seine Existenz niemals auch nur erahnen darf. Mit den Möglichkeiten, die TransDime hat, würde der Widerstand eine gezielte Suche nach ihnen nicht lange überstehen. Die Selbstzufriedenheit und Arroganz der allmächtigen Herren der Filiale Eins ist gleichzeitig ihre größte Schwäche. Sie halten sich für derart überlegen und unbesiegbar, dass sie es nicht einmal in Erwägung ziehen, dass sich eine Opposition gegen sie bilden könnte, die auch innerhalb ihrer eigenen Organisation Mitglieder hat."

„Jetzt reitet ihr mich aber gerade bis zum Hals in die Scheiße rein mit diesem Geständnis. Ist euch jemals in den Sinn gekommen, dass ich das gar nicht hätte wissen wollen? Meine Loyalität gegenüber der Firma..."

Tamara unterbrach Teresa: „...ist zu großen Teilen implantiert. Ist dir nie in den Sinn gekommen, dass du dich gegen all das, was die Firma dir angetan hat und was du wegen ihr durchmachen musstest, auflehnen willst? Ihnen das heimzahlen willst?"

Verdattert meinte Teresa daraufhin: „Nein, ich... oh mein Gott, ihr habt Recht! Aber was lässt euch glauben, dass ich euch dann nicht auch sofort verraten werde, sobald ich die erste Gelegenheit dazu bekomme?"

„Meerondu shakiel nefell nand." Sobald Tamara diese Worte ausgesprochen hatte, erstarrte Teresa augenblicklich. Rebecca sah sie an.

„Musste das wirklich sein?" Sie stellte sich in aller Seelenruhe hinter die bewegungslose Frau, worauf sich Tamara zu ihr gesellte.

„Ich fürchte, ja. Bei Nick und dir war das doch *der* Augenöffner, oder nicht? Gut, dass wir vom Widerstand bereits gegen diese Codeworte immunisiert wurden. In einem Kampf mit einem TransDime Agenten kann das lebensrettend sein."

Nach einigen Momenten kehrte Leben in Teresa zurück. Verwirrt und leicht orientierungslos sah sie in den leeren Raum vor sich, zaghaft fragend? „Tammy? Beckie? Wo seid ihr?"

„Hinter dir."

Teresa schrie auf, zu Tode erschrocken und reflexhaft herumfahrend. Tamara blockte den Ellenbogenschlag gegen ihr Nasenbein mit Leichtigkeit ab und trat einen Schritt nach hinten.

„Tut uns Leid, Teresa, wir wollten dir damit nur demonstrieren..."

„Ihr... ihr seid vor meinen Augen verschwunden und dann gleichzeitig direkt hinter mir wieder aufgetaucht. Wie zum Henker habt ihr das gemacht?" Sie wurde fast hysterisch und ließ sich nur mit Mühe wieder beruhigen. Sie setzten sie auf die Bettkante und erklärten ihr, was vorgefallen war, dann war ihr fast wieder zum Lachen zumute.

„Meine Güte, habt ihr mich erschreckt! Ein Codesatz, der jeden konditionierten TransDime-Agenten kurzzeitig in Trance versetzt. Was für eine irre Sache!"

„Ja, auch Nick und mich hat es damals eiskalt erwischt. Aber so konnten wir davon überzeugt werden, was TransDime mit uns gemacht hat und welche Auswirkungen das haben kann. Was sagst du nun?" Ein wenig bange sah Rebecca ihr 'Opfer' an.

„Ich glaube euch. Und ihr könnt mir vertrauen, dass euer Geheimnis bei mir in sicheren Händen ist. Am liebsten würde ich diesem Widerstand augenblicklich beitreten, wenn das hier und jetzt möglich wäre." Teresas Miene wirkte ausnehmend entschlossen. Kein Wunder nach all dem, was sie wegen der Firma durchlitten hatte.

„Verrätst du uns jetzt, was du auf Filiale Null erlebt hast? Wir haben leider nicht mehr als einen schwachen Eindruck und einige Gesprächsfetzen von unserem Kontakt. Er konnte uns nicht viel sagen, bevor er die Verbindung wieder abbrechen musste." Tamara versuchte, sie nicht zu sehr zu drängen.

„Darauf kannst du zählen. Ich sage euch alles, was ich weiß. Also, passt auf..."

Als sie stockte und den Mund öffnete, zuckte ihr Blick auf einmal wild hin und her im Raum, als würde sie etwas suchen. Dann schloss sie den Mund wieder und ihre Miene wurde verzweifelt. Sie brach in Tränen aus und begann zu schluchzen.

„Oh Gott, was haben sie mit mir *gemacht*? Ich will euch erzählen, was ich auf Filiale Null erlebt habe, aber ich *kann* es nicht! Es ist wie eine geistige Blockade, die mich davon abhält, etwas Konkretes zu sagen. Ihr hattet mit allem Recht!"

Tamara legte einen Arm tröstend um ihre Schulter. „Das macht nichts, Teresa. Sie müssen bei euch nach dem Einsatz auf Filiale Null eine zusätzliche Konditionierung auf dem Rückflug oder so durchgeführt haben, um zu verhindern, dass ihr einfach so etwas Geheimes über diesen Ort heraus posaunen könnt."

„Aber das ist *abscheulich*! Wie können Sie nur so gewissenlos an unserem Geist herum pfuschen?" Wieder liefen ihr Tränen übers Gesicht.

„Wir versuchen einfach, etwas Allgemeines zu erfahren, vage Sachen, die die Konditionierung nicht sofort auslösen, okay? Wollen wir das probieren?", schlug Rebecca vor. „Mir gegenüber hast du ja auch ein paar Andeutungen machen können damals."

„Na gut, lasst uns das versuchen." Teresa fing sich allmählich wieder und sie starteten ihren Verhörversuch.

Nachdem Teresa geendet hatte, sahen sich Rebecca und Tamara mutlos an. Es war sogar noch schlimmer, als sie es je hätten vermuten können. Die Blockade war stark und tief verwurzelt in Teresas Unterbewusstsein, sodass sie ihnen nicht einmal etwas aufschreiben oder zeichnen konnte, um die Sprachblockade zu umgehen. Sie hatten absolut nichts Essentielles von ihr erfahren können.

Und dabei wussten sie noch nicht einmal genau, was ihr unbekannter Kontaktmann von dort ihnen hatte mitteilen wollen. Aber alleine schon die vagen Erklärungen und Schilderungen ihrer Freundin, die zu ihrem eigenen Glück nur einige Tage dort hatte ausharren müssen, gaben ihnen schon einen ersten Eindruck von dem, was dort vor sich ging.

Als die beiden Frauen betreten und schweigend vor sich hinstarrten und versuchten, das wenige Konkrete zu verarbeiten und einzuordnen, wollte Teresa nun doch noch wissen, wie es sein konnte, dass sie quasi in Echtzeit mit ihrem Informanten in einer anderen Dimension hatten kommunizieren können.

Angesichts der Informationen, die Teresa hatte preisgegeben können, so wenig es leider auch war, erschien es nur fair, ihr zumindest von ihren geistigen Verbindungsmöglichkeiten zu erzählen, ohne jedoch etwas von Tamaras besonderen Fähigkeiten zu verraten. Wer weiß, vielleicht würde ihre gute Freundin auch dieses große Geheimnis eines Tages erfahren. Doch noch sollte es nicht so weit sein. Teresa schien alleine von dieser Eröffnung schon total aus der Fassung gebracht, da wollten sie ihr nicht noch mehr zumuten.

Wie jeden Tag bei Sonnenaufgang trafen sich die sechs Freunde in der Hotellobby, in lockerer Laufkleidung und mit darunter angezogenen Badesachen. Bereits am zweiten Tag hatten sie alle gemerkt, dass es in dieser Phase ihres Lebens für sie nicht ging, einfach nur die Seele baumeln zu lassen und zu faulenzen.

Der Nachtportier schloss wie in den letzten Tagen auch für sie auf; bis sie zurück kamen, würde der reguläre Tagesbetrieb des Hotels bereits eingesetzt haben. So bogen sie direkt auf die Promenade, die hinter dem Hotel meerseitig verlief, um nach Westen zu joggen. Die aufgehende Sonne hatten sie im Rücken und einen frischen Wind aus Osten auch, der den ansonsten wolkenlosen Tag in seiner Schönheit jedoch nicht trüben konnte.

„Als wir das erste Mal hier waren, hatten wir gerade erst vom Multiversum und der Rolle von TransDime erfahren", sinnierte Nick. In dem gemächlichen, gleichmäßigen Tempo ihres Laufes war es problemlos möglich, sich bei dem phänomenalen Stand ihrer Kondition zu unterhalten, ohne auch nur ein wenig außer Atem zu kommen. Sie hatten den Ort schnell hinter sich gelassen und folgten bei ihrem morgendlichen Lauftraining einem Pfad durch den schmalen Waldstreifen, der den Strand des Samländischen Küstenhains von dem Bahndamm in Richtung Neukuhren trennte.

Teresa bemerkte: „Und wir alle müssen euch dafür danken, dass ihr unbedingt herkommen wolltet. Es ist wirklich ein Ort der Ruhe und Erholung. Richtig beschaulich ist es hier."

„Ja, schade, dass die erste Woche morgen schon zu Ende ist. Dann werden wir sehen, ob dein Vorschlag für die zweite Woche genau so ein toller Ort ist. Ich für meinen Teil war noch nie dort., auch wenn ich natürlich schon von ihm gehört habe." Wolf musterte seine Freundin neugierig.

„In unserer Filiale ist es im Herzen der Holsteinischen Schweiz jedenfalls sehr angenehm. Und viel schlechter kann es hier sicher auch nicht sein. Überall Seen und Wälder, ein kleines, gemütliches Städtchen in der Nähe der Ostsee zwischen Kiel und Lübeck... passt doch alles." Sven registrierte den Blick, den ihm einige der anderen zuwarfen bei seinem unerwartet abgegebenen Kommentar. „Ja, ich habe ein wenig recherchiert auf dem Hinflug. Wird ja wohl noch erlaubt sein. Hier ist Plön allerdings bedeutsamer als bei uns. Die Stadt hat etwa dreimal so viele Einwohner und eine erheblich bessere Infrastruktur. Das hängt sicher damit zusammen, dass im ehemaligen Schloss das Internat der reichen und Schönen ist, wo unter anderem auch die Prinzen zur Schule gehen."

„Das wusste ich nicht", gestand Teresa darauf.

„Hoffentlich sind die Mitglieder der Königs- und Kaiserhäuser nicht solche Stars wie bei uns und werden von der Presse auf Schritt und Tritt verfolgt." Rebecca begann sich schon einen Zirkusrummel der Paparazzi wie in Saint Tropez oder etwas Vergleichbares auszumalen.

„Keine Sorge, in dieser Filiale findet solch eine Sensationslust in den Medien nicht statt wie bei euch. Es geht hier weitaus gesitteter zu und man achtet die Privatsphäre, auch die von wichtigen und berühmten Leuten", beruhigte Wolf sie.

Sie liefen weiter und kamen an den Strand. Die Ostsee war fast glatt, nur ein leichter Wind kräuselte die Oberfläche ein wenig. Sie entledigten sich alle ihrer Oberbekleidung und verstauten diese in den mitgebrachten wasserdichten Säcken, welche sie sich auf den Rücken schnallten. Dann ging es wie an jedem der letzten Tage hinein in das frische, belebende Wasser. Mit kraftvollen Zügen pflügten sie durch das kühle Nass zurück in Richtung Kranz. Nach der Hälfte der Strecke schwammen sie zurück an Land und joggten mit gemässigterem Tempo entlang der Brandungslinie am Strand entlang zurück bis in den Ort. Bis dorthin waren sie wieder halbwegs trocken, zogen kurz vor Erreichen der Promenade ihre Joggingbekleidung wieder an und absolvierten dann den kurzen Rest der Strecke bis zum Hotel wieder im Laufschritt.

Nach einer kurzen Dusche nahmen sie darauf ihr wohlverdientes Frühstück ein und ließen es sich schmecken, während sie Pläne für den letzten Tag hier schmiedeten.

„Das tägliche Training tut wirklich gut. Ich komme mir manchmal vor wie ein Elitesoldat aus einer dieser Kommando-Einheiten des Militärs. Ohne regelmäßige körperliche Ertüchtigung würde mir wirklich etwas fehlen, glaube ich." Tamara vertilgte bereits ihr zweites Croissant.

„Könnte daran liegen, dass das tatsächlich auch so ist." Teresa neben ihr stupste sie mit dem Ellenbogen an. „Auch wenn du das offiziell nicht bist, sondern den Ordern einer privaten Firma folgst. Aber eine härtere Spezialeinheit als unsere gibt es wohl kaum, was das Training und den Grad an körperlicher Fitness angeht."

„Nur dass wir körperlich auf alles vorbereitet wurden, heißt nicht, dass wir auch zu allem fähig sind. Die bisherigen Einsätze haben das deutlich gezeigt. Man kann sich zwar Hochleistungssportler heranzüchten, aber keine Killer aus ihnen machen."

„Und was ist mit den Korrektoren? Ich will jedenfalls nicht wissen, wie deren Training genau aussieht", warf Wolf ein.

„Ich könnte mir vorstellen, dass der Aspekt mit dem nächtlich eingebläuten Spezialwissen sogar ähnlich wie bei uns abgelaufen ist." Nick sah zu seiner Verlobten hinüber, deren Blick Bände sprach.

„Davor hatte ich einen Riesenhorror. Als ich die Dinger zum ersten Mal gesehen habe, hatte ich bestimmt so etwas in der Art im Hinterkopf. Zu unserem großen Glück brauchen sie uns für alles Mögliche, nicht nur zum Ermorden von unliebsamen Menschen, die TransDimes Zielen im Weg stehen. Entsprechend gemäßigter fiel unsere Ausbildung aus." Rebecca war wie stets diejenige von ihnen mit dem genauesten moralischen Kompass. TransDime hatte sie dazu gebracht, andere Menschen zu töten, auch wenn es situationsbedingt in potentieller Notwehr geschehen war. Das könnte sich eines Tages als der größte Fehler herausstellen, den die Firma im Umgang mit ihr je gemacht hatte.

Denn das würde sie TransDime nie vergessen oder verzeihen können. Seit diesem Ereignis war ihr insgeheimer Groll auf die Firma gewaltig. Dessen war sich Nick sicher. Er wusste ja selbst noch nicht genau, wie er selbst auf lange Sicht mit dieser Tatsache umgehen sollte. Es war eine kriegsähnliche Situation gewesen, in der er gezwungen gewesen war, zu töten oder selbst getötet zu werden. Das machte die Sache zwar nicht besser, aber irgendwie abstrakter.

Sie beschlossen, den letzten Tag in aller Ruhe ohne große Ausflugspläne hier im Ort zu verbringen und somit ihre erholsame Woche an der ostpreußischen Küste ausklingen zu lassen. Morgen würden sie das gut ausgebaute und zuverlässige Bahnnetz der Reichsbahn in Anspruch nehmen, um in einer derart kurzen Zeitspanne nach Nordwestdeutschland zu gelangen, von der die Bahn in ihrer Filiale nicht einmal zu träumen wagte.

Nick und Rebecca flanierten Hand in Hand an der Promenade entlang und nahmen dann am späteren Vormittag ihren auf dem für ihr Hotel reservierten Strandabschnitt stehenden Zweier-Strandkorb in Anspruch. Beide lasen entspannt auf den Rückseiten ihrer Handys auf dem e-reader etwas oder surften im Internet. Interessanterweise hatten sie in der Funktionsstufe Zwei nun auch Zugang zu Basis-Datenbanken über andere Filialen, sodass sie zumindest ein wenig auf dem Laufenden bleiben konnten, was Entwicklungen in ihrer Heimat oder auch anderswo betraf. Offenbar stellten sie inzwischen ein derart kleines Sicherheitsrisiko dar, dass sie sogar auf anderen Filialen Zugriff auf diese Daten hatten.

Rebecca sah einmal kurz zu ihm hinüber und stöhnte auf. „Wirklich? Schon wieder, Schatz?"

Er brummelte, diverse Seiten einer lexikalischen Datenbank durchforstend: „Lass mich, Weib. Ich weiß, ich werde etwas finden. Es *muss* etwas geben."

Tamara und Sven kamen aus dem Wasser und steuerten ihren Korb an, um sich kurz mit ihnen zu bereden, was die morgige Abreise anging. Bevor sie das konnte, bemerkte Tamara jedoch, was Nick tat. „Du hast es immer noch nicht aufgegeben? Das wird doch nie im Leben etwas. Wie viele Leute sind inzwischen...?"

Er hob eine Hand, um sie zu unterbrechen. „Dreiundachtzig, euch alle mit eingeschlossen. Und nur, weil ihr inzwischen alle aufgegeben habt, heißt das nicht, dass es nichts gibt in der Hinsicht, was man nicht finden *könnte*. Ich war der Erste, der das Thema im Kollegenumfeld überhaupt zur Sprache gebracht hat. Was liegt daher näher, dass ich auch derjenige sein werde, der das Rätsel löst?"

Rebecca gab zu bedenken: „Es ist ja nicht so, dass wir es nicht alle ausgiebig versucht hätten, schließlich haben wir alle brav in den Topf eingezahlt. Aber nach all diesen Einsätzen und etlichen Monaten ist die Chance, dass irgendjemand etwas findet, doch verschwindend klein."

Wolf und Teresa stießen ebenfalls zu ihnen. Wolf hatte nur die Hälfte des Gesagten verstanden und erkundigte sich nach den Zusammenhängen in der seltsamen Unterhaltung, deren Sinn ihm verborgen blieb.

Teresa erklärte bereitwillig: „Es geht um die Einsätze in der Filiale 60, in die wir in letzter Zeit ständig geschickt werden. Es ist das erste Mal, dass wir zwischen der Filiale 88, unserer Heimat, und dieser anderen Filiale keinerlei Unterschiede feststellen können. Inzwischen hat sich eine Art Wettgemeinschaft gebildet und jeder hat tatsächlich eine Unze Gold in den Jackpot eingezahlt. Derjenige, der als Erster eine belegte Abweichung zwischen den beiden Parallelwelten nachweisen kann, bekommt den Topf. Aber wie du siehst..."

Wolf nickte grinsend. „Ja, was sich die Wirtschaftselite so alles für Späße ausdenkt, wenn ihr langweilig ist und sie nicht mehr weiß, wohin mit dem vielen verdienten Geld. Und ihr habt alle wirklich eingezahlt? Eine *volle* Unze?"

„Ja, am Anfang waren wir alle so sehr fasziniert von dem Gedanken, dass es wohl auch allen eine gute Idee erschien. Ich bin inzwischen der Meinung, dass der einzige bewiesene Unterschied das Fehlen von uns TransDime-Agenten in der anderen Filiale ist. Und das zählt selbstredend nicht. Schade um den schönen kleinen Goldbarren..." Rebecca seufzte.

Wolf setzte sich auf die Kante neben Nick. „Was siehst du dir gerade an?"

„Wahrscheinlich das Offensichtlichste, das alle zuerst machen: die Weltkarte von Filiale 60. Wenn ich da einen Unterschied finden würde, wäre das leicht verdientes Geld."

„Interessant, bei euch sieht fast alles ganz anders aus als bei uns. Na ja, kein Wunder, bei den Unterschieden in der Entwicklung. Vor allem dort in der Ecke heißt alles anders als bei uns. Liegt sicher an der unterschiedlich langen Besatzungszeit der Kolonialmächte früher." Wolf tippte auf ein Land in Westafrika. „Burkina Faso. Bei uns heißt dieser Staat zum Beispiel Obervolta."

„Hieß er bei uns früher auch mal. Im Grunde genommen ist die Weltkarte auf Filiale 108 so ähnlich wie unsere und die auf Filiale 60 vor gut hundert Jahren. Aber wer weiß, vielleicht stößt du mich ja mit der Nase auf was. Ich beteilige dich gerne."

„Heee, helfen gilt nicht!", rief Tamara empört.

„Sagt *wer*?", gab Nick frech zurück. „Und, was sagst du? Willst du dir eine Unze Gold als Taschengeld verdienen?"

„HEEE!" Alle mussten lachen, als Tamara noch zorniger dazwischen gehen wollte bei Nicks unheiliger Allianz mit Wolf.

„Ich finde es faszinierend, bei euch auf der Karte zu stöbern. Da, wo bei uns Siam ist, sind gleich drei Staaten in euren zwei identischen Filialen. Thailand, Kambodscha und Laos. Ich könnte das stundenlang machen. Hm..."

„Was ist?" Nick sah gespannt seinen Freund und Kollegen aus Filiale 108 an, als dieser nachdenklich die Karte studierte.

„Vielleicht verwechsle ich etwas, aber ich dachte, ich sei auf einer Filiale gewesen, auf der alles so war wie bei euch. Nur dass in den Nachrichten etwas über ein Krisengebiet im Südsudan kam. Hier auf der Karte von Filiale 60 gibt es aber nur ein einzelnes Land mit dem Namen Sudan." Wolf überlegte. „Ich dachte immer, dass ich damals auf Filiale 60 war, aber die Karte hier sagt etwas anderes."

Nick erklärte: „Ja, da musst du dich irren. Der Sudan ist ein islamischer Staat und in ihm herrscht ein Militärregime vom Feinsten. Es gab dort ewig lang schon Reibereien zwischen dem Südteil des Landes, zeitweise wurde dort auch eine autonome Region ausgerufen. Von dem strengen Regime wurden die Versuche, die volle Unabhängigkeit zu erlangen, aber immer wieder unterbunden.

Ich glaube, vor einiger Zeit wollte sich der Süden tatsächlich abspalten, weil dort bürgerkriegsähnliche Unruhen mit schlimmen Gemetzeln von völkermordähnlichen Dimensionen zwischen verfeindeten Stämmen stattfanden. Das ging damals in den Nachrichten durch die ganze Welt. Der Süden wollte sich für unabhängig erklären, aber die Machthaber spielten nicht mit. Gefälschte Volksabstimmung, Niederschlagung von Aufständen, das ganze Programm."

Wolf kratzte sich am Kopf. „Okay, kein geteilter Sudan bei euch und auf Filiale 60. So kann man sich irren. Auf der Karte in der Nachrichtensendung damals war das ein ganz schön großes Land, mindestens so groß wie das Deutsche Kaiserreich hier. Ach, bestimmt war ich einfach auf einer Filiale, die eurer von meiner Sicht aus sehr ähnlich war, aber eben doch mit kleinen Unterschieden wie diesem."

Rebecca erklärte geduldig: „Bei uns gab es einige Nationen, vor allem während dem Kalten Krieg, die in zwei Länder aufgeteilt waren, zum Teil jahrzehntelang. Ost- und Westdeutschland, Nord- und Südjemen, Nord- und Südvietnam und Nord- und Südkorea. Mit Koreas angekündigter Wiedervereinigung gibt es demnächst kein einziges Land auf der Welt mehr, das auf unseren beiden Zwillingsfilialen noch immer in zwei komplett voneinander unabhängige Nationen gespalten ist. Alle anderen haben wieder zusammengefunden in letzter Zeit. Und frische Trennungen wie deinen Südsudan gab es in den letzten paar Jahrzehnten auch keine mehr, zumindest nicht seit dem Ende des Kalten Krieges in den Neunziger Jahren."

Mit relativ desinteressierter Miene nickte Wolf daraufhin. „Gut, merke ich mir. Filiale 60 und 88. Keine geteilten Länder auf der Welt. Seht ihr, abgespeichert. Bei uns gibt es übrigens Korea als Staat gar nicht, es gehört zu Japan.

Dass ihr euch aber auch so verrückt machen müsst mit dieser Suche nach dem kleinsten Unterschied! Ist das nur so, weil ihr von diesen Filialen stammt oder steckt da mehr dahinter?"

„Vielleicht schon. Inzwischen ist das bei Einigen in der Firma fast schon zur Manie geworden. Sie sagen, wenn wir tatsächlich eines Tages einen Unterschied finden sollten, würde das bedeuten, das sich etwas im Gleichgewicht zwischen den beiden bis dahin augenscheinlich identischen Filialen verschoben hat und sich immer weiter aufschaukeln könnte, bis die Änderungen ein katastrophales Ausmaß annehmen würden." Sven verdrehte die Augen.

Auf einmal ruckte Nick in die Senkrechte hoch und versteifte sich merklich. „Leute, das gibt's nicht!"

„Was hast du denn?" Rebecca sah ihn fragend an. „Sag bloß...?"

„Ich glaube, ich habe etwas gefunden." Aufgeregt rief er diverse Seiten im Internet auf und verglich diese mit dem, was er zuerst entdeckt hatte. „Unglaublich! Ich schicke es sofort an Willfehr, mit allen anderen Teilnehmern der Wettrunde im Anhang als Empfänger, so wie es verlangt wird."

Tamara wollte einen Blick auf sein Telefon werfen, aber er drehte den Bildschirm sofort weg von ihr. „He, du neugieriges Wesen! Check deinen e-mail-Eingang, wenn du mir zum großen Gewinn gratulieren willst. So sind die Bedingungen."

Sie verdrehte die Augen. „Ja, stimmt, so sind die Regeln. Ein Fund wird sofort an alle Teilnehmer geschickt, damit bewiesen ist, dass es mit rechten Dingen zugeht und nicht jemand anderes ungerechtfertigter Weise Anspruch darauf erhebt."

Wolf kratzte sich ratlos am Kopf. „Ist das nicht ein wenig paranoide?"

„Beim Gold hört die Freundschaft auf, mein Lieber." Nick tippte noch etwas ein. „So, abgeschickt. Inzwischen ist die Nachricht auf dem Firmenserver und wird mit der nächsten Datendrohne in die Filialen 60 und 88 gesendet, wo sämtliche Mitspieler zu Hause sind."

„Ach, in der anderen Filiale haben auch einige TransDime-Agenten mitgemacht?" Wolf kam aus dem Staunen nicht mehr heraus.

Rebecca seufzte ergeben. „Machst du Witze? Sogar *mehr* als bei uns. Sie betrifft das ja genauso."

„Jetzt nicht mehr. Jedenfalls nicht alle." Grinsend lehnte sich Nick zurück und faltete die Hände hochzufrieden hinter seinem Kopf.

Sven nahm sein Mobiltelefon hervor, als es per Vibrationsalarm eine neue Nachricht anzeigte. Er öffnete sie und schluckte. „Leute, es ist wohl amtlich: Nick hat den Jackpot geknackt. Und *so sehr* versteckt war das gar nicht, was er aufgestöbert hat."

Allen standen die Münder offen, während Nick seinen Triumph stumm lächelnd auskostete. Tamara sah ihrem Freund über die Schulter und keuchte auf: *„Das* haben sie gelten lassen?“

„Es *ist* ein Unterschied, dazu noch ein eindeutiger“, erklärte Nick darauf siegesgewiss.

Auf die fragenden Mienen ihrer anderen Freunde hin erklärte Tamara unwillig: „Auf Filiale 60 wurde vor einer Weile eine Volksabstimmung durchgeführt, ob der olle Pseudo-Union Jack als Flagge von Neuseeland abgeschafft werden soll. Die Abstimmung verlief positiv und die neue Nationalflagge des schönen Inselreiches ist nun ein silbernes Farnblatt auf schwarzem Hintergrund.“

Rebeccas Augenbrauen schossen empor. „Ich erinnere mich daran! Bei uns wurde das abgelehnt und sie haben ihre alte Flagge behalten, trotz der Verwechslungsgefahr mit der ähnlich aussehenden Flagge von Australien. Ein Argument war, dass das neue Design mit dem Farnblatt direkt dem Rugbysport entliehen war und somit nicht ausreichend den nationalen Charakter des Landes widerspiegeln würde.“

„Tja, auf Filiale 60 haben das die Neuseeländer wohl etwas anders gesehen.“ Nick kam aus dem selbstzufriedenen Grinsen gar nicht mehr heraus.

Rebecca grinste ihn frech an: „Habe ich dir heute eigentlich schon gesagt, wie *sehr* ich dich liebe? Bist du jetzt mein Sugar-Daddy?“

Alle anderen grinsten, nur Wolf kratzte sich ratlos am Kopf. „Tja, so kann's gehen. Du bist jetzt also reich. Und, was wollen wir heute noch tun?“

„Du könntest uns alle schick zum Essen einladen“, schlug Teresa schadenfroh grinsend vor. „Da du ja jetzt im Geld schwimmst...“

„Im *Gold*“, korrigierte Nick neunmalklug, nur um dann seufzend einzulenken: „Aber ja, warum nicht? Hauen wir auf den Putz heute Abend. Und bis dahin?“

„Lasst uns diesen Tag doch ganz in Ruhe ausklingen lassen. Morgen früh geht es zeitig nach dem Frühstück mit der Bahn nach Königsberg und dann mit dem RFV nach Hamburg. So schön es hier auch ist, ich freue mich doch auch auf unsere zweite Woche in der holsteinischen Schweiz.“ Teresa hatte in der Tat besondere Erinnerungen an diesen kleinen Ort, den sie als nächstes besuchen würden.

Und ganz unmerklich begann somit auch ihr zweites Jahr als Springer. Was sie in diesem noch alles erwarten würde, konnten sie nicht einmal erahnen.

EPILOG

Yilike, Filiale 101 - Monat 14

Der Schamane saß im Schneidersitz am niedrigen Esstisch und meditierte. Er war sich der Umgebung bewusst, der Energien, die durch ihn und um ihn herum flossen. Er streckte seinen Geist aus, tastete nach anderen Präsenzen. Er wollte gerne von Tamara erfahren, wie es ihr ging, nachdem sie diesen geistigen Kontakt mit dem Unbekannten auf Filiale Null gehabt hatte. Auch der Widerstand brannte natürlich darauf, mehr von der Sache zu erfahren und saß wie auf glühenden Kohlen angesichts des Potentials, das in dieser Angelegenheit schlummern mochte.

Er lächelte unbewusst, als sein Geist nach kurzer Suche im Multiversum eine bekannte Präsenz streifte. *„Hallo, Tamara. Wie geht es dir?"*

Er fühlte eine große Überraschung bei seiner Gesprächspartnerin. *„Äh, was ist das? Ich höre eine Stimme in meinem Kopf, die nicht meinen eigenen Gedanken entspringt. Werde ich jetzt verrückt?"*

Der Uigure runzelte die Stirn. *„Ist das ein Scherz von dir, liebes Kind? Ich bin es, der Schamane von Yilike."*

Die Antwort wurde hervorgestoßen, durchtränkt von Erstaunen und Erkenntnis. *„Yilike! Natürlich. Ich träume vom Widerstand und dem Meister aus dem Yarkant-Tal. Seltsam, so einen intensiven Tagtraum hatte ich noch nie im Leben."*

Der Schamane wurde immer irritierter. *„Aber Tamara, was ist denn nur los mit dir? Du träumst doch nicht! Ich habe mir dir über deinen Geist Verbindung aufgenommen. Ich wollte wissen, wie es dir ergangen ist und ob dir dein Urlaub in Filiale 108 gefällt nach all der Aufregung der letzten Zeit."*

Ein verdächtig langes Schweigen folgte.

Dann erklang die geistige Stimme erneut, zögerlich und analytisch. *„Ich glaube, ich weiß jetzt, was hier geschieht. Das ist ein Missverständnis, Meister. Ich kenne Euch,* *denn ich bin Euch erst vor kurzem begegnet. Aber ich bin* nicht *die Tamara, die Ihr kontaktieren wolltet.*"

Die schwarzen Augen des Schamanen weiteten sich ungläubig. „*Du... du bist nicht... Tamara?*"

„*Doch, schon, aber die* andere *Tamara. Die Doppelgängerin eurer Musterschülerin Tamara Schnyder, wenn Ihr so wollt. Dank ihr hat mich der Widerstand mit Dominik und Sieglinde, den anderen beiden Alter Egos von ihren besten Freunden, zusammen-gebracht. Wir sind auf einem schönen und abgelegenen Bauernhof in Neuseeland auf Filiale 203 untergekommen und genießen das gemeinsame, wenn auch einfache Landleben, während wir uns hier noch eingewöhnen.*" Die ätherische Stimme vermittelte Dankbarkeit und Glück, tiefe Zufriedenheit.

„*Kind, das ist* außergewöhnlich. *Seit wann kannst du deinen Geist in dieser Weise befreien, dass du mit anderen auf dieser höheren Ebene Kontakt aufnehmen kannst?*" Der Uigure konnte es gar nicht fassen, was da gerade geschah.

„*Glückwunsch, Euch gebührt der Erstkontakt.*" Diese Antwort war typisch für Tamara. Die beiden jungen Frauen waren sich wirklich sehr ähnlich, auch im Wesen.

Ihm begann erst jetzt aufzugehen, was das bedeuten konnte. Einer Sache war er sich allerdings noch nicht sicher.

Sollte er das seiner anderen Schülerin mitteilen? Dass ihre interdimensionale 'Zwillingsschwester' auch den Vorstoß auf eine höhere Bewusstseinsebene gemacht hatte und vielleicht drauf und dran war, ebenfalls ein ungeheures Potential entfalten zu können? Was würde *diese* Neuigkeit für eine Wirkung auf sie haben?

Konnte er das auf Dauer überhaupt vor ihr verbergen?

Er wusste es nicht, bezweifelte es aber.

Dennoch entschied er sich fürs Erste dagegen, es ihr zu sagen. Er wollte zuerst einmal in Ruhe ausloten, wie es um die Geisteshaltung dieser zweiten Tamara bestellt war, ob sie auch die Reife und das Verantwortungsbewusstsein hatte, um mit der Gabe umgehen und sie sinnvoll einsetzen zu können.

Etwas anderes wurde dem Meister schlagartig klar angesichts dieser neuen Entwicklung. Er hatte bislang Sven als den einen von zwei Menschen angesehen, die am Wegesrand des Schicksalpfades des Dreigestirns standen, welches aus Nick, Rebecca und Tamara gebildet worden war. Mit der Manifestierung von Tamaras Doppelgängerin war eventuell bereits die zweite Figur gefunden, die unterstützend und Beistand spendend an diesem Schicksalsweg Hilfestellung geben mochte.

Das war etwas, das er nicht hatte kommen sehen.

Aber es war eben auch so, wie er es seinen Schützlingen erklärt hatte. Er war kein Hellseher, sondern konnte lediglich Strömungen im Raum-Zeit-Gefüge deuten und interpretieren. Er war weit davon entfernt, sich anzumaßen, das als eine genaue Wissenschaft anzusehen, die er beherrschte oder auch nur ansatzweise verstand.

Auch ihm war nur eine kleine Rolle in diesem Spiel zugedacht, und er gedachte, diese mit Demut und Verantwortung zu erfüllen.

Daher würde er sich gut überlegen müssen, wie ab jetzt vorzugehen war. Tammy, die ein gewaltiges Potential zeigte und noch immer mitten in dem Prozess war, mit einer rasant steigenden Lernkurve ihre Fähigkeiten zu entdecken, zu entfalten und zu beherrschen, war eindeutig die Dame in diesem multidimensionalen Schachspiel. Jetzt war eine zweite Figur dieser Art aufs Spielfeld gestellt worden. Ob es weise war, auch diese so einzusetzen wie die erste?

Er musste sich zuerst einmal Klarheit darüber verschaffen, wie es nun weitergehen würde. Die beiden Tamaras waren nicht identisch, das war niemand, der sich mit seinem Pendant oder auch mehreren Pendants aus anderen Realitätsebenen verglich. So konnte zum jetzigen Zeitpunkt noch niemand sagen, ob die andere Tamara, die sich ihm gerade offenbart hatte, über das gleiche Potential verfügte wie ihre Zwillingsschwester. Es war seine Aufgabe, das heraus zu finden.

Er würde mit ihr arbeiten müssen wie mit Tammy zuvor und mehr über sie erfahren. Ansonsten hielt er die Zeit noch nicht für gekommen, Tammy schon mit dieser neuen Situation zu konfrontieren oder zu belasten.

So begannen ansonsten nur klassische Dramen.

Mit Geheimnissen.